Ullstein

DAS BUCH

Frankreich zur Zeit der deutschen Besatzung. Hin- und hergerissen zwischen ihrer Liebe zu dem Jugendfreund Laurent d'Argilat und ihrer Leidenschaft zu dem ruppig-charmanten François Tavernier, erlebt die hübsche Léa Delmas, wie Krieg und Okkupation die behütete Welt ihrer Kindheit bedrohen. Sie muß eine Entscheidung treffen, die sie in höchste Gefahr bringt, und in deren Folge ihr altes blaues Fahrrad zum Symbol für eine Zukunft in Frieden und Freiheit wird.
Der Roman der Bestsellerautorin Régine Deforges stand bei Erscheinen monatelang auf der französischen Bestsellerliste und wurde auf der ganzen Welt ein großer Erfolg.

DIE AUTORIN

Régine Deforges stammt aus Montmorillon im westfranzösischen Poitu. Sie arbeitete als Buchhändlerin, Drehbuchautorin und Regisseurin, bevor sie 1968 als erste Frau in Frankreich einen eigenen Verlag gründete. Nach ihrem Romandebüt im Jahr 1976 folgten zahlreiche weitere Romane sowie Erzählungen und Kindergeschichten. Ihr 1982 veröffentlichtes Buch »Das blaue Fahrrad« machte sie weltweit zur Erfolgsautorin. Mit ihrem letzten Roman »Das Unwetter« eroberte sie auch in Deutschland wieder die Bestsellerlisten.

Régine Deforges

Das blaue Fahrrad

Roman

Aus dem Französischen
von Sylvia Strasser und Claus Sprick

Ullstein

Ullstein Buchverlage GmbH & Co. KG,
Berlin
Taschenbuchnummer: 24447
Titel der französischen Originalausgabe:
La Bicyclette Bleue

Ungekürzte Ausgabe
Oktober 1998

Umschlaggestaltung:
Theodor Beyer-Eynck
Foto: Tony Stone, Bilderwelten

Printed in Germany 1998
Gesamtherstellung:
Ebner Ulm
ISBN 3 548 24447 5

Gedruckt auf alterungsbeständigem
Papier mit chlorfrei gebleichtem
Zellstoff

Die Deutsche Bibliothek –
CIP-Einheitsaufnahme

Deforges, Régine:
Das blaue Fahrrad :
Roman / Régine Deforges.
Aus dem Franz. von Sylvia Strasser
und Claus Sprick. –
Ungekürzte Ausg. –
Berlin : Ullstein, 1998
(Ullstein-Buch ; 24447)
ISBN 3-548-24447-5

Im Gedenken an Fürst Yvan Wiazemsky

Die Autorin bedankt sich bei den folgenden Personen für ihre – in den meisten Fällen unfreiwillige – Kollaboration: Henry Amouroux, Robert Aron, Marcel Aymé, Robert Brasillach, Benoist-Méchin, Louis-Ferdinand Céline, Colette, Arthur Conte, Jacques Delarue, Jacques Delperrié de Bayac, Jean Galtier-Boissière, General de Gaulle, Jean Giraudoux, Jean Guéhenno, Gilbert Guilleminault, Bernard Karsenty, Jacques Laurent, Roger Lemesle, General Alain Le Ray, François Mauriac, Claude Mauriac, Henri Michel, Margaret Mitchell, Pierre Nord, Gilles Perrault, Marschall Pétain, L. G. Planes und R. Dufourg, Lucien Rebatet, P. R. Reid, Colonel Rémy, Maurice Sachs, Charles Tillon, Jean Vidalenc, Gérard Walter, bei Fürstin Wiazemsky und Fürst Yvan Wiazemsky.

Prolog

Wie an jedem Morgen war Pierre Delmas auch heute als erster auf den Beinen. Er trank eine Tasse von dem aufgewärmten Kaffee, den das Dienstmädchen auf einer Ecke des uralten Herdes bereithielt, pfiff nach seinem Hund und verließ das Haus – im Winter noch bei Nacht, im Sommer in der grauen Dämmerstunde vor Sonnenaufgang. Pierre Delmas liebte den Geruch der Erde, wenn noch alles schlief. Oftmals überraschte ihn der Tag auf der Terrasse; und er folgte dann mit den Augen der dunklen Linie der pinienbewaldeten Landes in Richtung Meer.

Am meisten bedauerte er, so erzählte man sich in der Familie, daß er nicht zur See gefahren war. Als Kind stand er oft stundenlang in Bordeaux am Quai des Chatrons und schaute den ein- und auslaufenden Frachtern nach. Er sah sich als Kapitän auf einem dieser Schiffe, als alleiniger Herrscher an Bord gleich nach dem lieben Gott, auf den Weltmeeren kreuzend, den Stürmen trotzend. Eines Tages hatten sie ihn, versteckt im Rumpf, auf einem Kohlendampfer aufgegriffen, der, bereit zur Abfahrt nach Afrika, im Hafen vor Anker lag. Weder Drohungen noch gutes Zureden hatten ihm zu entlokken vermocht, wie er auf das Schiff gelangt war und weshalb er ohne ein Wort der Erklärung seine über alles geliebte Mutter hatte verlassen wollen. Von diesem Tage an hatte er sich nie mehr an den Kais herumgetrieben, wo es so herrlich nach Abenteuer, Teer und Vanille duftete.

Pierre Delmas war schließlich Winzer geworden wie sein Vater. Vielleicht trieb ihn seine unerfüllte Liebe zum Meer dazu, jährlich Hektar um Hektar Land zu erwerben, auf dem nichts anderes wuchs als vom Westwind gepeitschte Pinien.

Im Alter von fünfunddreißig Jahren hielt er es für an der Zeit, sich eine Frau zu nehmen. Doch heiratete er nicht in die Bourgeoisie von Bordeaux ein, obwohl er dort manch gute Partie hätte machen können.

Isabelle de Montpleynet hatte er in Paris im Haus eines befreundeten Weinhändlers kennengelernt. Für ihn war es Liebe auf den ersten Blick. Sie war gerade erst neunzehn geworden, aber der schwere schwarze Haarknoten, der ihren Kopf nach hinten zog, und ihre melancholischen blauen Augen ließen sie älter wirken. Zu Pierre war sie aufmerksam und charmant, obwohl sie ihm zuweilen traurig und abwesend schien. Er wollte ihre Schwermut vertreiben und war lustig, ohne plump zu sein. Wenn Isabelle lachte, war er der glücklichste Mann auf der Welt. Es gefiel ihm, daß sie ihr prächtiges Haar nicht der Mode geopfert hatte wie die meisten Damen der feinen Gesellschaft von Bordeaux.

Isabelle de Montpleynet war die einzige Tochter eines reichen Grundbesitzers auf Martinique. Dort hatte sie auch die ersten zehn Jahre ihres Lebens verbracht und sich den dort üblichen melodischen Tonfall und eine geschmeidige Gewandtheit der Bewegungen bewahrt. Hinter ihrer scheinbaren Nonchalance verbarg sich jedoch ein stolzer, starker Charakter, der sich im Laufe der Jahre immer stärker herausbildete. Nach dem Tode ihrer Mutter, einer hinreißend schönen Kreolin, hatte der verzweifelte Vater sie seinen Schwestern anvertraut, Albertine und Lisa de Montpleynet, zwei unverheirateten alten Damen, die in Paris lebten. Sechs Monate später war auch er gestorben. Er hinterließ seiner Tochter riesige Plantagen. Schon nach kurzer Bekanntschaft erklärte Pierre Delmas Isabelle seine Liebe und hielt um ihre Hand an – ohne sich indes allzu große Hoffnungen zu machen. Zu seiner äußersten Überraschung und Freude willigte sie ein. Vier Wochen später heirateten sie in einer prunkvollen Zeremonie in Saint-Thomas-d'Aquin. Nach einem längeren Aufenthalt auf Martinique ließen sie sich auf Gut Montillac nieder, begleitet von Ruth, der alten Gouvernante, von der Isabelle sich nicht hatte trennen wollen.

Obwohl Isabelle eine Fremde war, wurde sie von Verwandten und Nachbarn rasch als eine der ihren aufgenommen. Ihre beträchtliche Aussteuer verwandte sie auf die Verschönerung des neuen Heims. Pierre hatte während seines Junggesellendaseins nur drei Räume bewohnt; die übrigen hatten leergestanden. Das änderte sich innerhalb eines Jahres gründlich, und als Françoise, ihre älteste Tochter, geboren wurde, war das alte Haus nicht mehr wiederzuerkennen. Zwei Jahre danach kam Léa zur Welt, dann, im Abstand von drei Jahren, Laure.

Pierre Delmas, der Eigentümer von Montillac, galt als der glücklichste Mann der ganzen Gegend. Von La Réole bis Bazas, von Langon bis Cadillac beneidete ihn manch einer um sein stilles Glück. Schloß Montillac lag inmitten mehrerer Hektar fruchtbaren Landes, zu dem viel Wald, vor allem aber Weinberge gehörten. Die Reben lieferten einen Weißwein, der im Geschmack dem berühmten Sauternes nahekam und bereits mit etlichen

Goldmedaillen ausgezeichnet worden war. Auch einen kräftigen vollmundigen Rotwein gab es in Montillac.

Die Bezeichnung »Schloß« für den aus dem frühen neunzehnten Jahrhundert stammenden weitläufigen Landsitz, war ziemlich hochgegriffen. Außer ein paar Weinkellern bestand es aus einem Bauernhof mit Scheunen, Ställen und Remisen. Pierres Großvater hatte die hübschen rosaroten bis dunkelbraunen Ziegel der Gegend durch ein kaltes graues Schieferdach ersetzen lassen, das angeblich als vornehm galt. Auf den Weinkellern und Wirtschaftsgebäuden war zum Glück die ursprüngliche Bedachung erhalten geblieben. Das Haus mit dem grauen Dach nahm sich daneben ehrwürdig und ein wenig trist aus und entsprach ganz dem Geist der großbürgerlichen Vorfahren aus Bordeaux. Man erreichte das Gut, das zwischen Verdelais und St. Macaire auf einem Hügel mit einem prachtvollen Ausblick auf die Garonne und das Langonnais gelegen war, über eine lange Platanenallee, die an einem alten Taubenschlag vorbeiführte. Gleich hinter der ersten Scheune verlief die »Straße«, wie man den Weg zwischen dem Bauernhof und den Wirtschaftsgebäuden des Schlosses nannte, zu denen auch eine riesengroße Küche gehörte. Hier war der eigentliche Eingang des Hauses. Nur Fremde empfing man in der Diele, deren schwarzweiß gefliester Boden mit einem farbenfrohen Teppich bedeckt war und deren Einrichtung sich aus den verschiedensten Stilrichtungen zusammensetzte. Alte Teller, reizende kleine Aquarelle und ein herrlicher Directoire-Spiegel verliehen den weißen Wänden eine heitere Note.

Durch die Eingangshalle gelangte man in den Hof, in dem zwei riesige Linden standen. Hier lebte die Familie von den ersten Frühlingstagen bis zum Beginn des Herbstes. Ein friedlicheres Fleckchen hätte man sich nicht vorstellen können. Zum Teil gesäumt von Fliederbüschen und Ligusterhecken, führte der Platz zwischen zwei Steinsäulen auf einen ausgedehnten Rasen, der sanft zur Terrasse hin abfiel und den Blick weit über das Land freigab. Zur Rechten sah man einen Hain, einen Blumengarten und die Weinberge, die sich rings um das Gut bis hin nach Bellevue erstreckten.

Pierre Delmas hatte diesen Flecken Erde liebengelernt, und inzwischen bedeutete er ihm beinahe ebensoviel wie seine Töchter. Er war ein leicht aufbrausender und doch sensibler Mann. Sein viel zu früh gestorbener Vater hatte ihm die Leitung des Guts übertragen, das seine Brüder und Schwestern verschmäht hatten, weil es zu weit von Bordeaux entfernt lag und nicht genug einbrachte. Bei der Übernahme hatte Pierre Delmas sich geschworen, ein rentables Weingut daraus zu machen, und sich bei seinem Freund Raymond d'Argilat, einem reichen Großgrundbesitzer aus Saint-Emilion, hoch verschuldet, um seine Brüder auszuzahlen. Und so war es gekommen, daß er zwar nicht an Bord eines Frachters gleich nach dem lieben Gott alleiniger Herrscher geworden war, wohl aber auf Montillac.

1

Der August neigte sich seinem Ende zu. Die siebzehnjährige Léa, zweitälteste Tochter von Pierre Delmas, saß mit halb geschlossenen Augen auf dem noch warmen Steinmäuerchen der Terrasse von Montillac und ließ die nackten, gebräunten Beine mit den gestreiften Leinenschuhen herunterbaumeln. Sie hatte sich der Ebene zugewandt, über die an manchen Tagen der salzige Geruch der Pinien heranwehte, die Hände links und rechts neben sich aufgestützt, und genoß es, das pulsierende Leben ihres Körpers unter dem leichten weißen Leinenkleid zu spüren. Mit einem wohligen Seufzer räkelte sie sich und bewegte sich fast wie ihre Katze Mona, wenn sie im Sonnenschein erwachte.

Wie ihr Vater liebte Léa dieses Gut, von dem sie jeden Winkel kannte. Als Kind hatte sie sich hinter den Bündeln aus Rebenreisig und zwischen den langen Reihen der Weinfässer versteckt und hatte mit Vettern, Cousinen und den Nachbarskindern Fangen gespielt.

Léa und Mathias Fayard, der um drei Jahre ältere Sohn des Kellermeisters, waren unzertrennliche Spielkameraden gewesen. Sie brauchte ihn bloß anzulächeln, und schon las er ihr jeden Wunsch von den Augen ab. Léas lockiges Haar war ständig in Unordnung, ihre Knie aufgeschürft, und ihr Gesicht schien nur aus zwei großen veilchenblauen Augen zu bestehen, die unter langen schwarzen Wimpern hervorschauten. Ihr Lieblingsspiel bestand darin, Mathias in Versuchung zu führen. An ihrem vierzehnten Geburtstag hatte sie ihn aufgefordert: »Zeig mir, wie Mann und Frau sich lieben!« Überglücklich nahm er sie daraufhin im Heu in der Scheune in seine Arme und bedeckte das schöne, hingebungsvolle Gesicht mit vielen kleinen Küssen. Aufmerksam unter halb geschlossenen Lidern hervorschauend, verfolgten die großen blauen Augen jede seiner Bewegungen. Sie stützte sich auf, um ihm zu helfen, als er die zarte weiße Bluse aufknöpfen wollte. Doch dann, aus einem plötzlichen Schamgefühl heraus, hatte sie die Hände über ihre kindlichen Brüste gelegt; ein unbekanntes Verlangen war in ihr entbrannt.

Als sie draußen die Stimme Pierre Delmas' hörten, hatte Mathias in seinen Liebkosungen innegehalten. »Hör nicht auf«, hatte Léa geflüstert und seinen Kopf mit dem krausen braunen Haar an sich gepreßt.

»Dein Vater ...«

»Hast du etwa Angst?«

»Das nicht, aber was ist, wenn er uns sieht?«

»Macht doch nichts! Was tun wir denn Schlimmes?«

»Das weißt du ganz genau. Deine Eltern sind immer so gut zu uns!«

»Aber du liebst mich doch!«

Er hatte sie lange betrachtet. Wie schön sie war: In ihrem Haar hatten sich kleine getrocknete Blumen und Grashalme verfangen, ihre Augen glänzten, der halb geöffnete Mund entblößte kleine weiße Raubtierzähne, die Spitzen ihrer knospenden Brüste hatten sich aufgerichtet. Er streckte die Hand aus, zog sie aber sogleich wieder zurück. Als spreche er zu sich selbst, sagte er: »Nein, es wäre nicht recht. Lieber nicht ...« Dann fuhr er mit festerer Stimme fort: »Ja, ich liebe dich, und weil ich dich liebe, will ich dich nicht einfach ... Du bist schließlich die Tochter des Gutsbesitzers, und ich ...«

Er kletterte bereits die Leiter hinab.

»Mathias ...«

Er antwortete nicht. Sie hörte nur noch, wie das Scheunentor hinter ihm ins Schloß fiel.

»So ein Trottel!«

Sie knöpfte ihre Bluse wieder zu und schlief ein. Erst beim zweiten Ruf zum Abendessen wurde sie wach.

In der Ferne, vom Kirchturm in Langon oder in Saint-Macaire, schlug es fünf. Sultan, der Hofhund, jagte fröhlich bellend hinter zwei jungen Männern her, die lachend den Rasen hinunterstürmten. Raoul Lefèvre erreichte vor seinem Bruder Jean das Mäuerchen, auf welchem Léa Platz genommen hatte. Atemlos lehnten sie sich rechts und links von Léa gegen die Mauer. Léa sah sie schmollend an.

»Ihr kommt ja reichlich spät! Ich dachte schon, ihr wärt zu dieser blöden Noëlle Villeneuve gegangen. Sie läßt ja keine Gelegenheit entgehen, euch schöne Augen zu machen.«

»Noëlle ist nicht blöd!« protestierte Raoul.

Sein Bruder versetzte ihm einen Tritt. »Ihr Vater hat uns aufgehalten. Villeneuve glaubt, daß es bald Krieg geben wird.«

»Der Krieg, der Krieg – von nichts anderem ist mehr die Rede. Ich kann es nicht mehr hören! Es interessiert mich überhaupt nicht«, entgegnete Léa schroff und schwang ihre Beine über die Mauer. Mit großer Geste warfen Jean und Raoul sich ihr zu Füßen.

»Vergib uns, Königin unserer Nächte, Sonne unserer Tage! Schämen soll er sich, dieser Krieg, der die jungen

Mädchen unglücklich macht und die jungen Männer dahinrafft! Deine verhängnisvolle Schönheit soll sich nicht in die Niederungen dieser erbärmlichen Kleinigkeiten begeben müssen! Unsere Liebe zu dir ist ohnegleichen. Wen von uns erwählst du, o Königin? Triff deine Wahl. Jean? Der Glückliche! Augenblicklich will ich tot daniedersinken vor Verzweiflung«, deklamierte Raoul und ließ sich mit ausgebreiteten Armen zu Boden fallen.

Mit schelmischen Blicken umkreiste Léa den am Boden liegenden Körper, stieg mit verächtlicher Miene über ihn hinweg, stieß ihn mit dem Fuß an und meinte nicht minder dramatisch:

»Im Tode ist er noch größer als zu Lebzeiten.«

Jean bemühte sich, ernst zu bleiben, als Léa seinen Arm ergriff und ihn mit sich fort zog.

»Soll er doch da bleiben, der stinkende Kadaver. Kommt, mein Freund, und werbt um mich.«

Die beiden entfernten sich unter dem gespielt verzweifelten Blick Raouls, der ihnen mit erhobenem Kopf nachsah.

Raoul und Jean Lefèvre verfügten über enorme Kräfte. Die beiden jungen Männer – zwanzig und einundzwanzig Jahre alt – waren einander beinahe ebenso zugetan wie Zwillinge. Machte Raoul eine Dummheit, nahm auch Jean die Schuld auf sich; erhielt Jean ein Geschenk, teilte er es sogleich mit seinem Bruder. Auf dem Gymnasium in Bordeaux hatten sie die Lehrer durch ihr unverhohlenes Desinteresse schier zur Verzweiflung gebracht. Jahrelang gehörten sie zu den Schlechtesten der Klasse. Das Abitur hatten sie mit Verspätung geschafft – und das nur, um, wie sie erklärten, ihrer Mutter Amélie eine Freude zu machen. Der eigentliche Grund waren indes wohl die Hiebe mit der Reitpeitsche gewesen, die die temperamentvolle Frau ohne zu zögern unter ihrem vielköpfigen wilden Nachwuchs auszuteilen pflegte. Bereits in jungen Jahren hatte der Tod ihres Mannes sie mit sechs Kindern, von denen das jüngste gerade zwei Jahre alt war, alleingelassen. Mit Energie und Ausdauer hatte sie das Weingut La Verderais weitergeführt.

Sie mochte Léa nicht sonderlich, hielt sie für schlecht erzogen, ja für unausstehlich. Es war kein Geheimnis, daß Raoul und Jean Lefèvre in das Mädchen verliebt waren; die anderen Jungen witzelten darüber, und die Mädchen ärgerten sich.

»Sie ist unwiderstehlich«, sagten die jungen Burschen. »Wenn sie einen aus halb geschlossenen Augen anschaut, würde man alles dafür geben, sie in die Arme nehmen zu dürfen.«

»Allen Männern läuft sie nach!« sagten die Mädchen voll Eifersucht. »Sobald sie merkt, daß einer sich für eine andere interessiert, macht sie ihm schöne Augen.«

»Mag sein, aber mit Léa kann man sich über alles unterhalten: Pferde, Pinien, Weinberge und vieles andere.«

»Das paßt zu einem Bauern, aber nicht zu einem Mädchen von Welt. An ihr ist ein Junge verlorengegangen! Schickt es sich vielleicht, allein oder mit Männern und dem Gesinde den Kühen beim Kalben und den Pferden bei der Paarung zuzusehen – oder mitten in der Nacht aufzustehen, um mit dem Hund Sultan den Mond zu betrachten? Ihre Mutter ist ratlos. Léa wurde wegen Ungehorsams aus dem Internat verwiesen. Sie sollte sich ein Beispiel an ihrer Schwester Françoise nehmen. Das ist ein ordentliches junges Mädchen ...«

»Aber so langweilig! Sie hat nichts als Musik und Kleider im Kopf ...«

Léas Macht über die Männer war in der Tat grenzenlos. Nicht einer, der ihr zu widerstehen vermocht hätte. Alt oder jung, Pächter oder Eigentümer, das Mädchen wickelte sie alle um den Finger. Für ein Lächeln von ihr hätte so mancher eine Dummheit begangen – ihr Vater zuallererst.

Hatte sie irgend etwas angestellt, ging sie in sein Arbeitszimmer, setzte sich auf seine Knie und schmiegte sich in seine Arme. Das Glücksgefühl, das Pierre Delmas in solchen Augenblicken durchströmte, war so mächtig, daß er die Augen schloß, um es besser genießen zu können.

Raoul sprang auf und gesellte sich zu Léa und Jean. »Kuckuck, ich bin wiederauferstanden! Worüber habt ihr gesprochen?«

»Von der Gartenparty, die Monsieur d'Argilat morgen gibt, und von dem Kleid, das Léa anziehen soll.«

»Was du auch trägst, ich bin sicher, du wirst die Schönste sein!« meinte Raoul und faßte Léa um die Taille.

Sie befreite sich lachend. »Hör auf, du kitzelst mich! Es wird ein herrliches Fest werden. Und weil Laurent seinen vierundzwanzigsten Geburtstag feiert, wird sich alles um ihn drehen. Nach dem Picknick findet ein Ball statt, dann das Abendessen und schließlich ein Feuerwerk. Wenn das nichts ist!«

»Laurent d'Argilat hat doppelten Grund zu feiern«, sagte Jean.

»Was meinst du damit?« Léa hob ihr hübsches, sommersprossiges Gesicht.

»Das darf ich dir nicht sagen; das ist noch geheim.«

»Du hast also Geheimnisse vor mir! Und du«, wandte sie sich an Raoul, »weißt du, was er meint?«

»Ja, ich glaube schon ...«

»Ich habe gedacht, ich wäre eure Freundin und ihr hättet mich so gern, daß ihr mir nichts verheimlichen würdet«, maulte Léa und ließ sich auf die kleine Steinbank vor der Mauer des Weinkellers fallen. Sie tat, als wische sie sich mit dem Rocksaum über die Augen. Schniefend beobachtete sie aus den Augenwinkeln, wie die beiden Brüder einander verlegen ansahen. Léa nutzte ihre Unschlüssigkeit aus und versetzte ihnen den Gnadenstoß, indem sie sie von unten her mit falschen Tränen in den Augen ansah: »Laßt mich allein, ihr habt mich gekränkt!«

Raoul wurde weich. »Also gut. Monsieur d'Argilat wird morgen die Vermählung seines Sohnes bekanntgeben . . .«

»Die Vermählung seines Sohnes?« fiel Léa ihm ins Wort. Sie verstellte sich nicht länger, sondern stieß heftig hervor: »Du mußt völlig übergeschnappt sein. Laurent denkt nicht daran zu heiraten, das hätte er mir bestimmt gesagt!«

»Wahrscheinlich hatte er noch keine Gelegenheit dazu, aber du weißt doch, daß er seit seiner Kindheit mit Camille d'Argilat, seiner Cousine, verlobt ist«, fuhr Raoul fort.

»Camille d'Argilat? Aber die liebt er doch gar nicht! Das war doch nur Spielerei, um den Eltern einen Gefallen zu tun!«

»Da irrst du dich. Morgen wird offiziell die Verlobung zwischen Laurent und Camille bekanntgegeben; sie wollen schon sehr bald heiraten, wegen des Krieges . . .«

Léa hörte nicht mehr hin. Ihre Fröhlichkeit wich einer furchbaren Panik. Ihr wurde abwechselnd warm und kalt, ihr wurde übel, und der Kopf tat ihr weh. Laurent und heiraten? Das konnte nicht wahr sein! Alle wußten zwar nur Gutes über Camille zu erzählen, aber sie war bestimmt nicht die richtige Frau für ihn; eine Intellektuelle, die ständig über ihren Büchern saß, eine richtige Städterin. Er kann dieses Mädchen nicht heiraten, er liebt doch *mich*! Ich habe es neulich genau gespürt an der Art, wie er meine Hand hielt, wie er mich ansah. Ich weiß es, ich fühle es.

»Das interessiert Hitler doch nicht . . .«

»Trotzdem, in Polen . . .«

Die beiden Brüder waren so sehr in ihre Unterhaltung vertieft, daß sie die Veränderung, die mit Léa vor sich gegangen war, gar nicht bemerkten.

»Ich muß ihn unbedingt sehen«, sagte sie laut.

»Was sagst du da?« fragte Jean.

»Ach nichts, ich muß jetzt nach Hause.«

»Jetzt schon? Wir sind doch gerade erst gekommen.«

»Ich bin müde und habe Kopfschmerzen.«

»Morgen auf Roches-Blanches wirst du doch bestimmt nur mit Raoul und mir tanzen, versprochen?«

»Meinetwegen, meinetwegen«, sagte Léa gereizt und erhob sich.

»Hurra!« schrien sie in gemeinsamer Vorfreude.

»Grüß deine Mutter von uns.«

»Werde ich tun. Bis morgen.«

»Und vergiß nicht: Jeder Tanz gehört uns!«

Die beiden rannten davon.

Die benehmen sich wie kleine Kinder, dachte Léa. Entschlossen kehrte sie dem Haus den Rücken und steuerte auf den Kalvarienberg zu, der ihr schon als Kind stets Zufluchtsstätte gewesen war, wenn sie Kummer hatte. Hatte sie sich mit ihren Schwestern gezankt, hatte Ruth sie bestraft, weil sie ihre Hausaufgaben vernachlässigt hatte, oder war sie von der Mutter gescholten worden, immer hatte sie sich in eine der Kapellen geflüchtet, um ihren Schmerz oder Zorn zu besänftigen.

Sie machte einen weiten Bogen um den Hof von Sidonie, die früher im Schloß Köchin gewesen war, dann aber infolge Krankheit ihre Stellung hatte aufgeben müssen. Als Dank für ihre treuen Dienste hatte Pierre Delmas ihr dieses Haus zur Verfügung gestellt, dessen Lage einen weiten Blick in die Umgebung bot. Léa kam des öfteren auf ein Plauderstündchen zu Besuch zu der alten Frau, die ihr jedesmal ein Gläschen ihres Johannisbeerlikörs aufdrängte. Sie war überaus stolz auf ihr Gebräu, und Léa versäumte es nie, ihr das erhoffte Kompliment zu machen, obgleich es ihr vor Johannisbeerlikör grauste. Heute jedoch konnte sie Sidonies Geschwätz und ihren Cassis unmöglich ertragen.

Atemlos blieb sie vor dem Kalvarienkreuz stehen und ließ sich, den Kopf zwischen den eiskalten Händen, auf die unterste Stufe fallen. Ein fürchterlicher Schmerz durchbohrte sie, das Blut pochte in ihren Schläfen, in ihren Ohren rauschte es, und der Geschmack von Galle erfüllte ihren Mund. Sie hob den Kopf und spie aus.

»Nein, es kann nicht sein! Es ist einfach nicht wahr!« Die Gebrüder Lefèvre hatten ihr bestimmt nur aus Eifersucht von Laurents bevorstehender Heirat erzählt. Heiratete man etwa, bloß weil man im Kindesalter einander versprochen worden war? Camille war außerdem viel zu häßlich für Laurent. Ihr braver, schwermütiger Blick, ihre angeblich zarte Gesundheit, ihr unscheinbares Auftreten – wie öde und lustlos ein Leben an der Seite einer solchen Frau! Nein, Laurent *konnte* sie unmöglich lieben; *sie* allein, Léa, liebte er und nicht dieses schmächtige Ding, das sich nicht einmal richtig auf einem Pferd halten oder eine Nacht hindurch tanzen konnte... Er liebte sie, davon war sie überzeugt. Seine Art, ihre Hand zu halten, ihren Blick zu suchen, hatte es bewiesen ... Gestern erst am Strand ... sie hatte den Kopf in den Nacken geworfen ... und sie hatte gespürt, wie leidenschaftlich gern er sie geküßt hätte. Freilich hatte er es nicht getan ... Sie gingen einem wirklich auf die Nerven, diese jungen Männer der guten Gesellschaft, arme Gefangene ihrer Erziehung! Nein, Laurent konnte Camille unmöglich lieben.

Diese Gewißheit gab ihr neuen Mut. Entschlossen, herauszufinden, was wirklich dran war an diesem Märchen, richtete sie sich auf. Die beiden Lefèvres würden teuer bezahlen für diesen üblen Scherz. Sie blickte zu den drei Kreuzen auf und murmelte: »Hilf mir!«

Léas Vater war heute morgen nach Roches-Blanches gefahren, er mußte jeden Augenblick zurückkehren. So beschloß sie, ihm entgegenzugehen. Er würde ihr bestimmt sagen können, was es mit dieser Geschichte auf sich hatte.

Wie erstaunt war sie, als er ihr unterwegs plötzlich entgegenkam. »Du bist ja gerannt, als wäre der Teufel hinter dir her! Hast du dich wieder mal mit deinen Schwestern gestritten? Du bist feuerrot im Gesicht, und dein Haar ist ganz durcheinander.«

Sie hatte sich bemüht, eine gefaßte Miene aufzusetzen, als sie ihren Vater erspäht hatte, geradeso, wie man sich hastig das Gesicht pudert, wenn unangemeldet Besuch vor der Türe steht: das Ergebnis war mangelhaft. Sie zwang sich zu einem Lächeln, ergriff ihres Vaters Arm, legte den Kopf an seine Schulter und sagte mit zuckersüßer Stimme:

»Wie schön, dich zu sehen, Papa; ich war gerade auf dem Weg zu dir. Ein herrlicher Tag, nicht wahr?«

Leicht verwundert über den scherzenden Ton, drückte Pierre Delmas seine Tochter an sich. Sein Blick schweifte über die Weinberge, deren schöne Regelmäßigkeit den Eindruck von Ordnung und Beschaulichkeit vermittelte. Seufzend meinte er: »Ja, ein herrlicher, friedlicher Tag. Womöglich der letzte.«

Gedankenlos entgegnete Léa: »Der letzte? Warum denn? Der Sommer ist noch nicht vorbei, und auf Montillac ist die schönste Jahreszeit der Herbst.«

Pierre Delmas lockerte seine Umarmung und sagte nachdenklich: »Ja, es ist die schönste Jahreszeit ... Dennoch überrascht mich deine Unbekümmertheit. Alle um dich herum reden von einem bevorstehenden Krieg und du ...«

»Der Krieg, der Krieg!« fiel sie ihm heftig ins Wort. »Ich kann das Gerede vom Krieg nicht mehr hören! Hitler ist doch nicht so verrückt und erklärt Polen den Krieg; und wenn, was geht uns das an? Sollen doch die Polen sehen, wie sie zurechtkommen!«

»Sei still, du weißt nicht, was du sagst!« schrie er und packte sie am Arm. »Zwischen unseren beiden Staaten besteht ein Bündnis. Weder Großbritannien noch Frankreich können sich dem entziehen.«

»Die Russen haben sich doch mit Deutschland verbündet.«

»Ja, zu ihrer Schande. Aber Stalin wird eines Tages begreifen, daß er hereingelegt worden ist. Chamberlain wird tun, was die Ehre ihm zu tun befiehlt; er wird Hitler zu verstehen geben, daß er das Bündnis zwischen England und Polen zu respektieren gedenkt.«

»Und dann?«

»Dann? Dann gibt es Krieg.«

Betroffenes Schweigen senkte sich über Vater und Tochter. Nach einer Weile brach Léa es: »Aber Laurent d'Argilat sagt doch, wir sind gar nicht vorbereitet, unsere Waffen stammen aus dem Ersten Weltkrieg, sie taugen höchstens noch für ein Waffenmuseum, unsere Luftwaffe ist unfähig und unsere schwere Artillerie erbärmlich . . .«

»Für jemanden, der nichts vom Krieg wissen will, bist du aber gut über unsere Streitkräfte informiert, besser jedenfalls als dein Vater. Was hältst du von der Tapferkeit unserer Soldaten?«

»Laurent sagt, die Franzosen hätten keine Lust zu kämpfen.«

»Es wird ihnen aber nichts anderes übrigbleiben . . .«

». . . und sie sterben für nichts und wieder nichts in einem Krieg, den sie gar nicht wollen.«

»Sie werden für die Freiheit sterben . . .«

»Die Freiheit . . . eine schöne Freiheit, wenn man tot ist! Ich will nicht sterben, und ich will auch nicht, daß Laurent stirbt!« Ihre Stimme war heiser geworden. Sie wandte den Kopf, damit ihr Vater ihre Tränen nicht sah.

Delmas war von den Worten seiner Tochter erschüttert. Daß sie weinte, merkte er nicht.

»Wenn du ein Mann wärst, Léa, würde ich dich einen Feigling nennen.«

»Ich weiß nicht, was mit mir los ist, Papa! Verzeih mir, ich hab dir weh getan, aber ich fürchte mich.«

»Wir haben alle Angst . . .«

»Laurent nicht! Er sagt, er wird seine Pflicht tun, obgleich er überzeugt ist, daß wir geschlagen werden.«

»Die gleiche Miesmacherei habe ich heute nachmittag bei seinem Vater herausgehört.«

»Warst du in Roches-Blanches?«

»Ja.«

Léa legte ihre Hand in die des Vaters, schenkte ihm ihr zärtlichstes Lächeln und zog ihn mit sich fort.

»Komm, gehen wir nach Hause, sonst wird es zu spät, und Mama macht sich Sorgen.«

»Du hast recht«, meinte er und lächelte zurück.

Sie machten halt bei Bellevue, um Sidonie zu begrüßen, die nach dem Abendessen draußen ein wenig frische Luft schöpfte.

»Na, Sidonie, wie geht's?«

»Oh, es könnte schlimmer sein, Monsieur. Solange das Wetter gut ist, wärmt die Sonne meine alten Knochen. Und hier ist es doch so schön.« Mit einer weitausholenden Handbewegung wies sie auf die wunderbare Landschaft. Im Schein der untergehenden Sonne leuchtete das Smaragdgrün der Reben, die staubigen Straßen und die ziegelgedeckten Weinkeller wirkten golden; über allem lag ein Licht von trügerischem Frieden.

»Kommt doch auf ein Gläschen herein ...«

Die Glocke am Gutshaus läutete zum Abendessen. So blieb ihnen der Johannisbeerlikör erspart.

Unterwegs fragte Léa, die sich bei ihrem Vater eingehängt hatte: »Worüber habt ihr sonst noch gesprochen, Monsieur d'Argilat und du, abgesehen vom Krieg? Über das Fest von morgen?«

In dem Bestreben, seine Tochter auf andere Gedanken zu bringen, erwiderte Pierre Delmas: »Es wird bestimmt ein herrliches Fest werden, das schönste seit langem. Ich will dir ein Geheimnis verraten – aber nur, wenn du mir versprichst, es deinen Schwestern nicht weiterzusagen. Die können nämlich ihren Mund nicht halten.«

Unwillkürlich verlangsamte Léa ihren Schritt; ihr wurden plötzlich die Beine schwer.

»Was für ein Geheimnis?«

»Morgen wird Monsieur d'Argilat die Vermählung seines Sohnes bekanntgeben.«

Léa blieb stehen; sie sagte kein Wort.

»Willst du denn nicht wissen, mit wem?«

»Mit wem?« brachte sie mühsam hervor.

»Mit seiner Cousine Camille d'Argilat. Das kommt ja nicht überraschend. Camille wollte allerdings den Hochzeitstermin vorverlegen, weil soviel vom Krieg gemunkelt wird ... aber ... aber was hast du denn?«

Pierre Delmas faßte Léa am Arm, da sie zu fallen schien. »Du bist ja ganz blaß, mein Schatz ... was ist mit dir? Du bist doch hoffentlich nicht krank? Ist es wegen Laurents Hochzeit? ... Du bist doch nicht etwa in ihn verliebt?«

»Doch ... ich liebe ihn, und er liebt mich!«

Fassungslos führte er Léa zu einer Bank am Wegesrand, drückte sie nieder und setzte sich neben sie.

»Was erzählst du denn da! Er kann dir unmöglich gesagt haben, daß er dich liebt. Er weiß doch, daß er seine Cousine heiraten muß. Wie kommst du darauf, daß er *dich* lieben könnte?«

»Ich weiß es, das ist alles.«

»Das ist alles ...«

»Ich gehe zu ihm hin und sage ihm, daß ich ihn liebe, dann kann er seine Cousine, diese dumme Gans, nicht heiraten.«

Pierre Delmas sah seine Tochter betrübt an. Dann sagte er streng: »Zunächst einmal ist Camille d'Argilat nicht dumm. Sie ist ein reizendes Mädchen, wohlerzogen und gebildet, genau die richtige Frau für Laurent ...«

»Ganz bestimmt nicht.«

»Laurent ist ein Mann mit strengen Grundsätzen; ein Mädchen wie du würde sich bald mit ihm langweilen.«

»Das ist mir gleich, ich liebe ihn so, wie er ist. Und ich werde es ihm sagen ...«

»Gar nichts wirst du ihm sagen! Ich will nicht, daß

sich meine Tochter einem Mann an den Hals wirft, der eine andere liebt.«

»Er liebt keine andere, denn er liebt ja *mich.*«

Als er die Bestürzung im Gesicht seiner Tochter sah, zögerte Pierre Delmas einen Augenblick. »Er liebt dich nicht. Er selbst hat mir voller Freude von seiner Hochzeit erzählt«, sagte er dann.

Der Schrei, der sich der Kehle seiner Tochter entrang, traf ihn wie ein Schlag. Es war noch gar nicht lange her, da war seine Léa ein kleines Mädchen gewesen, war in sein Bett gekrochen, weil sie sich vor dem Wolf aus dem Märchen fürchtete, die die gute Ruth ihr erzählte, – und jetzt war seine kleine Léa verliebt!

»Aber Häschen, meine Kleine, mein Lämmchen!«

»Papa . . . oh, Papa!«

»Ist ja gut, ich bin ja da . . . Wisch dir die Tränen ab . . . Wenn deine Mutter dich so sieht, macht sie sich Sorgen. Versprich mir, daß du vernünftig sein wirst. Du darfst dich nicht so weit erniedrigen, Laurent deine Liebe zu gestehen. Du mußt ihn vergessen . . .«

Léa hörte nicht hin. Ein hoffnungsvoller Gedanke riß sie aus ihrer Trübseligkeit. Sie nahm das Taschentuch, das er ihr reichte, und schneuzte sich geräuschvoll – »Nicht gerade wie eine Frau von Welt«, hätte Françoise gesagt. Lächelnd hob sie ihr fleckiges Gesicht. »Du hast recht, Papa, ich werde ihn vergessen.«

Das Erstaunen, das sich in seinem Gesicht widerspiegelte, war so komisch, daß Léa in Gelächter ausbrach.

Da soll sich einer bei den Frauen auskennen, sagte sich Delmas, und ein großer Stein fiel ihm vom Herzen.

Der zweite Glockenschlag, der zum Abendessen rief, trieb sie zur Eile an.

Vor dem Essen rannte Léa hinauf in ihr Zimmer. Sie

tauchte ihr Gesicht in kaltes Wasser und bürstete sich das Haar. Prüfend betrachtete sie ihr Spiegelbild. Fast nichts mehr zu sehen, dachte sie. Nur ihre Augen glänzten ein wenig stärker als gewöhnlich.

2

Léa hatte, um nicht am traditionellen Abendspaziergang teilnehmen zu müssen, eine Migräne vorgeschützt. Diese Ausrede hatte ihr Ruths Fürsorge und von seiten ihrer Mutter ein besorgtes Streicheln über die Stirn eingetragen, die daraufhin einstimmig für zu heiß befunden wurde. Als die Familie außer Haus war, flüchtete Léa ins »Kinderzimmer«, wie es noch immer genannt wurde.

Dies war ein großer Raum im ältesten Flügel des Schlosses, in welchem sich ansonsten die Unterkünfte der Dienstboten und die Rumpelkammer befanden. Das »Kinderzimmer« war ein einziges großes Durcheinander. Hier stapelten sich Truhen aus Korbgeflecht voller altmodischer Kleider; früher hatten die Delmas-Mädchen sie an Regentagen mit großer Freude hervorgekramt, um sich zu verkleiden; daneben gab es Schneidermannequins, deren Rundungen derart übertrieben waren, daß sie wie Parodien auf den weiblichen Körper wirkten; in zahlreichen Kisten lagerten kostbare Bücher aus dem Besitz Pierre Delmas' und seiner Brüder. Anhand dieser Bände hatten Léa und ihre Schwestern lesen gelernt. Aus hohen Fenstern, die außer Reichweite der Kinder lagen, fiel Licht in das Zimmer, dessen Decke mit breiten Dachbalken versehen war. Der Boden bestand aus verblaßten, teilweise gelockerten und hier und da zerbrochenen Terrakottafliesen und war mit alten, verschossenen Teppichen bedeckt; die Tapeten waren verblaßt. Dieses Zimmer war einer von Léas Schlupfwinkeln. Inmitten von unbrauchbar gewordenem Kinderspielzeug lag sie oft stundenlang zusammengekauert auf ihrem Kinderbett und las, träumte vor sich hin oder weinte, in den Armen ihre alte Lieblingspuppe.

Das letzte Tageslicht erhellte schwach den Raum und tauchte die Ecken in dunkle Schatten. Die Arme um ihre Beine geschlungen, hockte Léa in dem Kinderbett und starrte mit gerunzelter Stirn auf das Porträt einer Ahnfrau, ohne es indes wahrzunehmen.

Seit wann bin ich eigentlich in Laurent d'Argilat verliebt? fragte sie sich. Immer schon? Nein, das stimmt nicht. Seit dem vergangenen Jahr erst – und zunächst hatte ich es nicht einmal bemerkt. Er übrigens auch nicht.

Alles hatte in den Osterferien begonnen, als Laurent seinen kranken Vater besuchte. Wie immer, wenn er in der Gegend war, hatte er Monsieur und Madame Delmas einen Höflichkeitsbesuch abgestattet. Léa hatte allein in dem kleinen Eingangssalon gesessen, vertieft in den neuesten Roman von François Mauriac, ihrem nächsten Nachbarn. So sehr war sie in ihre Lektüre versunken, daß sie die Eingangstüre nicht hatte gehen hören. Der herbe Geruch feuchter Erde war mit der frischen Frühlingsluft hereingeweht und hatte sie von ihrer Lektüre aufblicken lassen. Überrascht sah sie vor sich einen großen, gutaussehenden blonden Mann in Reitkleidung mit einer Gerte in den Händen. Die Bewunderung in seinen Augen war so offensichtlich, daß sie lebhaftes Vergnügen an seinem Blick empfand. Sie erkannte ihn in ihrer Verwirrung nicht sofort, aber ihr Herz begann schneller zu schlagen. Er lächelte. Endlich sprang sie auf und warf sich in einer kindlichen Geste an seinen Hals.

»Laurent!«

»Léa? Bist du es?«

»Ja, ich bin Léa!«

»Wie ist das möglich, als ich Sie ... als ich dich das letztemal sah, warst du noch ein Kind, dein Kleid war zerrissen, dein Haar struppig und deine Beine aufgeschürft. Und jetzt ... jetzt sehe ich eine bezaubernde, elegante junge Dame vor mir« – er ließ sie sich vor ihm drehen, damit er sie besser bewundern konnte – »mit einer kunstvollen Frisur« – sie hatte ihr Haar Ruths Händen überlassen, die es zu meisterhaften Korkenziehern gebändigt hatten, so daß sie wie ein Burgfräulein aus dem Mittelalter wirkte.

»Gefalle ich dir?«

»Mehr, als ich mit Worten auszudrücken vermag.«

Wie stets, wenn sie jemanden zu becircen versuchten, klimperte Léa naiv mit den Wimpern ihrer großen dunkelblauen Augen. Man hatte ihr viel zu oft gesagt, wie unwiderstehlich sie dadurch wirkte.

»Ich könnte dich immerzu ansehen. Wie alt bist du jetzt?«

»Im August werde ich siebzehn.«

»Meine Cousine Camille ist zwei Jahre älter als du.«

Warum nur erweckte dieser Name ihr Mißfallen? Eigentlich hätte sie sich aus Höflichkeit nach Camilles Familie, die sie gut kannte, erkundigen müssen, aber der Gedanke, Camilles Namen auszusprechen, war ihr unerträglich.

Laurent d'Argilat fragte nach dem Befinden ihrer Eltern und Schwestern. Sie hörte kaum auf seine Fragen, beantwortete sie aufs Geratewohl mit Ja oder Nein und hatte nur Ohren für den Klang seiner Stimme, die sie erbeben ließ. Verwundert verstummte er und betrachtete sie mit größter Aufmerksamkeit. Léa war überzeugt, er hätte sie in diesem Augenblick in seine Arme genommen, hätten nicht ihre Mutter und die beiden Schwestern unerwartet das Zimmer betreten.

»Aber Léa! Laurent ist hier, und du hast uns nicht gerufen?«

Der junge Mann küßte der Mutter die Hand. »Jetzt weiß ich, woher Léa ihre schönen Augen hat«, sagte er und blickte das Mädchen an.

»Schweigen Sie! Man darf Léa nicht zu oft sagen, daß sie schön ist, sie weiß es nur zu gut.«

»Und was ist mit uns?« riefen Françoise und Laure.

Laurent beugte sich hinab und nahm die kleine Laure auf den Arm. »Jeder weiß, daß die Frauen von Montillac die schönsten der ganzen Gegend sind!«

Ihre Mutter hatte darauf bestanden, daß Laurent zum Abendessen blieb. Léa lauschte wie gebannt seinen Worten, auch dann noch, als er zum erstenmal die Möglichkeit eines Krieges erwähnte. Beim Abschied hatte er sie auf die Wange geküßt, viel länger, da war sie sicher, als ihre Schwestern. Vor Erregung hatte sie ein paar Sekunden lang die Augen geschlossen. Als sie sie wieder öffnete, begegnete ihr Blick dem ihrer Schwester Françoise, in dem sich Erstaunen und Verärgerung spiegelten. Auf der Treppe zu den Schlafzimmern hatte Françoise ihr dann zugeflüstert: »Den bekommst du nicht!«

Léa, die in Erinnerungen an den wunderbaren Abend schwelgte, hatte nichts darauf erwidert, und das verblüffte Françoise mehr als alles andere.

Eine Träne rann über Léas Wange.

Inzwischen war die Nacht hereingebrochen. Das stille Haus füllte sich mit den Stimmen der heimkehrenden

Spaziergänger. Léa sah ihren Vater das Feuer im Wohnzimmerkamin entfachen, um die abendliche Feuchtigkeit zu vertreiben. Dann setzte er sich in seinen Sessel, legte die Füße auf den Feuerbock, und nahm Zeitung und Brille von dem einbeinigen, ovalen Tisch. Ihre Mutter, deren schönes, ebenmäßiges Gesicht der Schein der Lampe mit dem rosaseidenen Schirm erhellte, arbeitete an einer Stickerei. Ruth hatte sich neben die Stehlampe zurückgezogen und nähte die letzten Stiche an den Ballkleidern für das morgige Fest. Laure spielte mit einer der von ihr so geliebten Miniaturpuppen. Die ersten Takte eines Chopin-Walzers klangen herauf. Léa lauschte für ihr Leben gern dem Spiel von Françoise, deren Talent sie bewunderte – was sie ihr freilich niemals sagen würde ... Die heimelige Atmosphäre im Schoß der Familie, die ihr manchesmal auf die Nerven ging, vermißte Léa an jenem Abend in der kühlen Finsternis des Kinderzimmers. Sie wünschte, sie könnte jetzt zu Füßen ihrer Mutter sitzen, auf dem kleinen Schemel, der ausschließlich ihr vorbehalten war, und ins Feuer schauen oder, den Kopf gegen die mütterlichen Knie gelehnt, von Ruhm und Liebe träumen oder lesen oder gar in den alten Fotoalben mit den abgegriffenen Einbänden blättern, die ihre Mutter wie Reliquien aufbewahrte.

Seit Beginn des Sommers war Laurent beinahe täglich nach Montillac gekommen. Gemeinsam galoppierten sie durch die Weinberge oder rasten in seinem neuen Wagen durch die eintönige Heidelandschaft und die schier endlosen Pinienwälder des Landes. Den Kopf gegen die Lehne des Cabriolets gelehnt, wurde Léa der vorbeihuschenden Baumwipfel, die in einen künstlich-blauen Postkartenhimmel ragten, nicht müde. Nur selten waren Léa und Laurent auf diesen Ausflügen allein, aber die Gegenwart der anderen nahm Léa hin als eine Konvention, die man eben wahren mußte. Sie rechnete es Laurent hoch an, daß er nicht von der plumpen Aufdringlichkeit der Lefèvre-Brüder war. Er redete wenigstens nicht in einem fort von Jagd, Weinbergen, dem Wald oder Pferden. Sie hatte ihren früheren Widerwillen gegen seine scharfsinnigen Beobachtungen über englische und amerikanische Autoren vergessen. Ihm zuliebe hatte sie Conrad, Faulkner und Fitzgerald im Originaltext gelesen; das war eine schwere Prüfung für sie gewesen, denn englische Texte fielen ihr nicht leicht. So ungeduldig sie sonst auch sein mochte, ertrug sie nun sogar seine Anfälle von Schwermut, wenn ihn der Gedanke an einen nahe bevorstehenden Krieg überkam.

»Unzählige Menschen werden wegen eines zweitrangigen Aquarellmalers sterben müssen«, sagte er traurig.

Was sie an anderen störte, bei ihm akzeptierte sie es, weil ein Lächeln, ein liebevoller Blick oder ein Händedruck sie für alles entschädigte.

»Léa, bist du da?«

Ein helles Rechteck flutete in den dunklen Raum, als die Tür geöffnet wurde. Die Stimme der Mutter ließ sie zusammenfahren. Als Léa sich aufrichtete, knarrte das Bett.

»Ja, Mama.«

»Was machst du denn hier im Dunkeln?«

»Ich hab' nachgedacht.«

Das grelle Licht der Glühbirne blendete sie schmerzhaft, und sie bedeckte ihre Augen mit dem angewinkelten Arm.

»Mach bitte das Licht wieder aus, Mama!«

Isabelle Delmas gehorchte und trat näher. Sie stieg über einen Stapel Bücher hinweg, der ihr den Weg versperrte, setzte sich auf einen alten, eingedrückten Betschemel am Fußende des Bettes und strich ihrer Tochter über das zerzauste Haar.

»Sag mir, was dich bedrückt, mein Schatz.«

Léas Kehle schnürte sich zusammen, und das Bedürfnis, ihr Herz auszuschütten, wurde übermächtig. Doch sie kannte die strengen Ansichten ihrer Mutter in diesem Punkt und widerstand ihrem Verlangen, ihr die Liebe zu einem Mann zu gestehen, der im Begriff war, eine andere zu heiraten. Um nichts in der Welt hätte sie dieser ein wenig unnahbaren Frau, die sie bewunderte, verehrte und der ähnlich zu sein sie sich sehnlich wünschte, Kummer bereiten mögen.

»Nun sag es mir schon, mein Kleines. Schau mich nicht an wie ein in die Falle gegangenes Tier!«

Léa versuchte zu lächeln, von dem bevorstehenden Fest zu erzählen und von ihrem neuen Kleid, aber ihre Stimme versagte. Unter Tränen warf sie sich der Mutter an die Brust und schluchzte heftig. »Ich fürchte mich so vor dem Krieg!«

3

Früh am nächsten Morgen hallte das Haus wider von dem Gebrüll, dem Gelächter und dem hastigen Hin und Her der drei Schwestern. Angesichts der Wünsche ihrer drei »Kleinen« wußte Ruth nicht mehr, wo ihr der Kopf stand. Überall mußte sie nach Handtaschen, Hüten, Schuhen suchen . . .

»Beeilt euch, da kommen schon eure Onkel und Vettern!«

Vor dem Schuppen waren inzwischen drei Limousinen vorgefahren. Luc Delmas, Pierres älterer Bruder, ein berühmter Anwalt aus Bordeaux, der große Stücke auf Maurras hielt, hatte seine drei jüngsten Kinder mitgebracht: Philippe, Corinne und Pierre. Léa mochte sie ganz und gar nicht; in ihren Augen waren sie arrogant und hinterhältig – bis auf Pierre, den sie Pierrot nannte. Es hatte ganz den Anschein, als wäre er aus der Art geschlagen. Mit zwölf Jahren war er wegen unverschämten und gottlosen Betragens von allen kirchlichen Lehranstalten in Bordeaux verwiesen worden und besuchte – zum großen Leidwesen seines Vaters – ein staatliches Gymnasium.

Bernadette Bouchardeau, die Witwe eines Obersten, hatte all ihre Liebe und Zärtlichkeit auf ihren einzigen Sohn, Lucien, gelenkt, der kurze Zeit vor dem Tod ihres

Gatten zur Welt gekommen war. Der Achtzehnjährige fühlte sich schier erdrückt von der Fürsorge seiner Mutter und wartete auf die erstbeste Gelegenheit, das Elternhaus zu verlassen.

Adrien Delmas, Dominikaner und das »Gewissen der Familie«, hatte die Angewohnheit, mit seinem Bruder Pierre seinen Spott zu treiben. Léa war die einzige seiner Neffen und Nichten, die sich nicht von seiner hünenhaften Mönchsgestalt mit der beeindruckenden langen weißen Kutte einschüchtern ließ. Er war ein bemerkenswerter, weit über die Grenzen Frankreichs hinaus bekannter Prediger. Mit zahlreichen Geistlichen aller Konfessionen stand er in regem Briefwechsel, sprach mehrere Sprachen und unternahm häufig Auslandsreisen.

Sowohl in der vornehmen Gesellschaft von Bordeaux als auch in seiner eigenen Familie galt Pater Adrien als Revolutionär. Hatte er etwa nicht einige spanische Flüchtlinge, die Nonnen vergewaltigt und Gräber geschändet hatten und nach dem Fall von Barcelona das Land verlassen mußten, bei sich aufgenommen? War er nicht auch mit dem Briten George Orwell, diesem sozialistischen Schriftsteller, befreundet? Auch einem ehemaligen Oberleutnant der 29. Division, der mit schweren Verwundungen unter sengender Sonne durch Kaffeehäuser und Badeanstalten irrte und des Nachts in ausgebombten Häusern oder im Dickicht schlief, ehe er die Grenze nach Frankreich überqueren konnte, hatte Adrien bereitwillig Gastfreundschaft gewährt. Als einziger von drei Brüdern hatte er das Münchener Abkommen als rechtswidrig angeprangert und dabei geäußert, daß die Feigheit, durch welche es zustande gekommen sei, dem Krieg nur Vorschub leiste. Monsieur d'Argilat war der einzige, der diese Ansicht teilte.

Raymond d'Argilat und Adrien Delmas waren seit

vielen Jahren befreundet. Beide liebten Chamfort, Rousseau und Chateaubriand, gerieten sich in die Haare über Zola, Gide und Mauriac und waren ein Herz und eine Seele, wenn es um Stendhal oder um Shakespeare ging. Ihre Diskussionen über Literatur konnten sich über Stunden hinziehen. Traf Pater Delmas in Roches-Blanches ein, sagten die Bediensteten: »Ach, da ist ja der Pater wieder mit seinem Zola, dabei weiß er doch genau, daß Monsieur ihn nicht mag!«

Als einziges Mädchen war Léa an jenem Spätsommermorgen dunkel gekleidet, obwohl es dem Anlaß nicht entsprach. Sie hatte einst einen zähen Kampf mit ihrer Mutter führen müssen, bevor ihr das Kleid aus schwerer schwarzer Seide mit einem Muster von winzigen roten Blüten, das ihre schmale Taille, ihren hübschen Busen und ihre geschwungenen Hüften stark betonte, angepaßt und schließlich auch gekauft wurde. An den nackten Füßen trug sie hochhackige Sandaletten aus rotem Leder. Kokett blickte sie unter einem schwarzen Strohhut hervor, der mit einem zu den Schuhen passenden Blumensträußchen verziert war. Ihre Handtasche war ebenfalls rot.

Als erste stürzten sich die Gebrüder Lefèvre auf Léa. Danach küßte Lucien Bouchardeau sie und flüsterte Jean ins Ohr: »Mensch, ist die attraktiv!«

Nun trat auch Philippe Delmas hinzu; er gab ihr einen Kuß und errötete dabei heftig. Léa ließ ihn stehen und wandte sich Pierrot zu, der ihr um den Hals fiel und dabei ihren Hut verschob.

»Wie schön, dich zu sehen, Pierrot!« sagte sie und erwiderte seine Küsse.

Sich einen Weg durch den Schwarm von Verehrern bahnend, stand nun der Dominikaner in seiner weißen Kutte vor dem Mädchen. »Wollt ihr mich endlich durchlassen, damit ich mein Patenkind umarmen kann!«

»Oh, Onkel Adrien, das freut mich aber, daß du gekommen bist! Aber du machst so ein besorgtes Gesicht! Stimmt etwas nicht?«

»Es ist nichts weiter, mein Kleines, ist schon in Ordnung! Wie groß du geworden bist! Wenn ich daran denke, wie ich dich damals über das Taufbecken gehalten habe! Es wird Zeit, daß du ans Heiraten denkst. An Verehrern mangelt es dir ja wohl nicht!«

»Aber Onkelchen!« lachte sie geschmeichelt und rückte ihren Hut gerade.

»Los, beeilt euch, wir kommen noch zu spät! Alle Mann einsteigen!« schrie Pierre Delmas mit gezwungener Fröhlichkeit. Sie schlenderten zu den Fahrzeugschuppen. Zur großen Enttäuschung der Gebrüder Lefèvre, die Léa zu Ehren den alten Celtaquatre auf Hochglanz poliert hatten, stieg diese in den Wagen ihres Onkels.

»Fahrt schon vor mit eurer Klapperkiste! Wir treffen uns in Roches-Blanches. Läßt du mich fahren, Onkel?«

»Kannst du das denn?«

»Ja, aber Mama darf es nicht wissen. Papa erlaubt es mir manchmal. Er lehrt mich auch die Verkehrsregeln. Die sind viel schwieriger als das Fahren selbst. Ich hoffe, daß ich trotzdem bald die Prüfung ablegen kann.«

»Aber du bist doch noch viel zu jung!«

»Papa hat gesagt, wir werden uns mit den Leuten schon einigen.«

»Das sollte mich wundern. Aber nun zeig mal, was du kannst.«

Lucien, Philippe und Pierrot stiegen zu ihnen ins Auto. Nachdem der Mönch den Motor angeworfen hatte, stieg er, die Kutte hochgerafft, als letzter ein.

»Heiliger . . .«

Mit einem heftigen Ruck war Léa angefahren.

»Entschuldige, Onkel, ich bin an dein Auto nicht gewöhnt.« Nachdem die Passagiere heftig durchgeschüttelt worden waren, gelang es Léa endlich, das Fahrzeug in Griff zu bekommen. Sie trafen denn auch als letzte auf Roches-Blanches, dem Gut von Monsieur d'Argilat in der Nähe von Saint-Emilion, ein. Eine lange Eichenallee führte zu dem im eleganten Stil des späten achtzehnten Jahrhunderts gebauten Schloß – das sich von der Neugotik der umliegenden Schlösser abhob, die samt und sonders aus der zweiten Hälfte des neunzehnten Jahrhunderts stammten. Laurent und sein Vater hingen mit großer Liebe an diesem Besitz, den sie nach besten Kräften instandhielten.

Als Léa aus dem Wagen stieg, öffneten sich die übereinanderliegenden Bahnen ihres Kleides und gewährten einen tiefen Blick auf ihre Beine. Raoul und Jean Lefèvre stießen unwillkürlich einen bewundernden Pfiff aus, worauf die anwesenden Damen und Mädchen sie mit entrüsteten Blicken bedachten.

Ein Diener fuhr den Wagen in einen Hof hinter den Gebäuden. Léas Blick suchte nur einen einzigen Menschen in der Menge, die sich inzwischen vor dem Schloß gebildet hatte: Laurent. Mit ihren Begleitern ging sie auf den Hausherrn zu.

»Da bist du ja endlich, Léa! Ohne dein Lächeln und deine Schönheit kann kein Fest gelingen!« begrüßte sie Raymond d'Argilat und betrachtete sie liebevoll.

»Guten Tag, Monsieur. Ist Laurent nicht da?«

»Selbstverständlich ist er da! Er zeigt Camille gerade, wie weit der Umbau gediehen ist.«

Léa erschauderte. Die Sonne an diesem prächtigen Septembertag verfinsterte sich für sie. Pierre Delmas war die Veränderung an Léa nicht entgangen. Er griff ihren Arm und zog sie beiseite.

»Bitte kein Theater und keine Tränen! Ich wünsche nicht, daß meine Tochter vor allen Gästen eine Szene macht!«

Léa unterdrückte das in ihr aufsteigende Schluchzen. »Es ist nichts weiter, Papa, ich bin bloß ein wenig erschöpft. Nach dem Essen geht es mir sicher wieder besser.«

Sie nahm ihren Hut ab und gesellte sich mit hoch erhobenem Kopf zu ihren Verehrern, die sich um einen großen Tisch drängten, an dem Erfrischungen geboten wurden. Sie lächelte zu ihren galanten Reden, lachte über ihre Scherze, trank ihnen mit einem köstlichen Château-d'Yquem zu, und dennoch ging ihr nur ein einziger Gedanke durch den Kopf: Er ist bei Camille.

Das Fest versprach herrlich zu werden. Von einem wolkenlosen Himmel strahlte die Sonne. Der am frühen Morgen besprengte Rasen war tiefgrün und roch nach frisch gemähtem Gras, die Rosen in den Blumenrabatten dufteten. Unter einem riesigen Zeltdach war ein üppiges Büffet aufgebaut; für die Bedienung sorgten Angestellte im weißen Jackett. Da und dort hatte man Sonnenschirme, Tische, Stühle und Gartensessel aufgestellt. Die helle Garderobe der Frauen, ihre Bewegungen, ihr Gelächter verliehen der Gesellschaft einen Hauch von ausgelassener Fröhlichkeit, die nicht so recht passen wollte zu den ernsten und besorgten Mienen einiger Herren. Selbst Laurent d'Argilat, dem zu Ehren man hier versammelt war, schien Léa blaß und abgespannt, als er endlich in Begleitung eines Mädchens in einem schlichten, weißen Kleid erschien. Das zarte Gesicht der Braut strahlte vor Glück. Die Gäste applaudierten. Léa ordnete in gespielter Teilnahmslosigkeit ihr Haar.

Raymond d'Argilat bat um Ruhe.

»Liebe Freunde, wir haben uns an diesem 1. September 1939 versammelt, um den Geburtstag meines Sohnes Laurent und seine Verlobung mit seiner Cousine Camille zu feiern.«

Abermals erscholl lauter Beifall.

»Danke, meine Freunde, danke, daß ihr so zahlreich gekommen seid! Es ist mir eine große Freude, euch heute hier in meinem Haus begrüßen zu dürfen. Wir wollen trinken, essen, lachen an diesem festlichen Tag ...« Seine Stimme versagte vor Rührung. Mit einem strahlenden Lächeln trat sein Sohn neben ihn.

»Das Fest möge beginnen!«

Léa hatte sich mit ihren Verehrern abseits von den anderen einen Platz gesucht. Jeder beanspruchte für sich die ehrenvolle Aufgabe, sie bedienen zu dürfen. Bereits nach kurzer Zeit hatte sie Speisen vor sich stehen, die für mehrere Tage gereicht hätten. Sie lachte, plauderte, verschenkte großzügig ihr Lächeln und kokette Blicke. Die Mädchen, die leer ausgingen, sahen enttäuscht zu. Noch nie schien Léa so fröhlich gewesen zu sein. In Wirklichkeit jedoch tat ihr jedes Lächeln weh, und ihre Fingernägel gruben sich fest in ihre feuchten Handflächen. Als Laurent auf sie zukam, am Arm Camille, die immer noch vor Glück strahlte, dachte Léa, sie müsse auf der Stelle tot umfallen.

»Guten Tag, Léa, ich hatte noch gar keine Zeit, dich zu begrüßen«, sagte Laurent mit einer Verbeugung. »Erinnerst du dich an Léa, Camille?«

»Aber natürlich!« erwiderte diese und ließ den Arm ihres Verlobten los. »Wie könnte man Léa vergessen?«

Léa hatte sich erhoben und betrachtete die Rivalin verächtlich. Ihre Muskeln spannten sich, als Camille sie auf beide Wangen küßte.

»Laurent hat mir viel von dir erzählt. Ich hoffe sehr, daß wir Freundinnen werden.« Sie schien zu übersehen, daß Léa ihre Küsse nicht erwiderte, und zog ihren Bruder, einen schüchternen jungen Mann, heran. »Erinnerst du dich an meinen Bruder Claude? Er freut sich riesig, dich wiederzusehen.«

»Guten Tag, Léa.«

Wie sehr er seiner Schwester ähnelte!

»Komm, Liebling, wir wollen die anderen Gäste nicht vernachlässigen«, sagte Laurent und zog seine Verlobte mit sich fort.

Léa blickte ihnen nach. Ein Gefühl tiefer Verlassenheit überkam sie, und sie hatte Mühe, ihre Tränen zurückzuhalten.

»Darf ich mich zu euch setzen?« fragte Claude.

»Mach ihm doch Platz«, sagte Léa grob und stieß Raoul Lefèvre, der rechts neben ihr saß, in die Seite. Verwundert und gekränkt erhob er sich und ging zu seinem Bruder.

»Findest du nicht, daß Léa heute sonderbar ist?«

Anstelle einer Antwort zuckte Jean nur mit den Achseln.

Léa reichte Claude einen mit kaltem Fleisch überladenen Teller. »Hier, nehmen Sie, ich hab's noch nicht angerührt.«

Claude setzte sich, nahm den Teller und bedankte sich, nicht ohne dabei sichtlich zu erröten.

»Bleiben Sie längere Zeit auf Roches-Blanches?«

»Sollte mich wundern, bei dem, was sich da zusammenbraut . . .«

Léa hörte nicht hin. Ihr war plötzlich der Gedanke gekommen, daß Laurent wahrscheinlich nicht die geringste Ahnung von ihrer Liebe hatte. Eine ungeheure Erleichterung ergriff von ihr Besitz, und ihr fröhliches

Lachen rief bei den anderen erstaunte Blicke hervor. Sie stand auf und ging auf das sogenannte Wäldchen zu. Claude d'Argilat und Jean Lefèvre stürzten hinterher. Ungnädig herrschte sie die beiden an: »Laßt mich in Ruhe, ich will allein sein!«

Betreten kehrten sie an den Tisch zurück, um den sich inzwischen viele Gäste drängten, die eifrig ins Gespräch vertieft waren.

»Glaubst du, es kommt zum Krieg?« wollte Raoul Lefèvre von Alain de Russay wissen, der ein wenig älter war und ihm für eine zuverlässige Auskunft der richtige zu sein schien.

»Ohne jeden Zweifel. Ihr habt doch letzte Nacht die Meldung im Rundfunk gehört: Danzig soll unverzüglich dem Deutschen Reich angegliedert werden; Hitler hat dem polnischen Gesandten seine Forderungen vorgetragen und ihm ein Ultimatum gestellt, das am Abend des 30. August abläuft. Heute haben wir den 1. September. Ihr könnt euch darauf verlassen, daß zu dieser Stunde Gauleiter Forster die Angliederung Danzigs an das Deutsche Reich verkündet hat und die Deutschen bereits in Polen einmarschiert sind.«

»Dann gibt es also tatsächlich Krieg?« sagte Jean Lefèvre, und seine Stimme klang plötzlich beinahe erwachsen.

»Ja.«

»Das ist ja herrlich! Wir ziehen in den Kampf!« tönte Lucien Bouchardeau großspurig.

»Und wir werden siegen!« erklärte Raoul Lefèvre mit jungenhafter Begeisterung.

»Da wäre ich mir nicht so sicher«, meinte Philippe Delmas skeptisch.

Im Laufschritt war Léa über die große Wiese geeilt. Unter den schattenspendenden Bäumen des Waldrands hielt sie inne. Von hier aus bot sich ein weiter Blick über das Gut der Argilats. Es war ein reiches Land, Lage und Boden waren noch besser als auf Montillac, und der Wein war feuriger. Léa liebte Roches-Blanches. Ihr Blick wanderte über die Wiesen und Wälder, über die Weinberge und das Schloß, als gehöre alles ihr. Nein, niemand kannte dieses Land besser und liebte es zärtlicher als sie, einmal abgesehen von ihrem Vater und Monsieur d'Argilat ... und Laurent natürlich. Laurent, der liebte sie, daran gab es keinen Zweifel. Aber er sah in ihr offenbar immer noch das kleine Mädchen. Dabei war sie kaum jünger als Camille. Camille ... was er bloß an diesem schmächtigen, flachbrüstigen, schlecht gekleideten, linkischen Ding finden mochte, das den Anschein erweckte, als sei es erst vor kurzem aus dem Kloster gekommen! Und ihre Frisur! Wie konnte man heutzutage noch so herumlaufen! Zu einem solchen Kranz aus strohblonden Zöpfen fehlte bloß noch die Elsässer Kopfschleife! Alles paßt genau zu dem wieder in Mode gekommenen fanatischen Patriotismus! Und dann noch ihr falschfreundliches Getue: »Ich hoffe sehr, daß wir Freundinnen werden ...«

Nein, Laurent konnte dieses unscheinbare Ding unmöglich lieben, und er heiratete Camille sicher nur einer alten Familienfreundschaft zuliebe. Wenn er jedoch erführe, daß sie, Léa, ihn liebte, würde er bestimmt diese lächerliche Verlobung auflösen und mit ihr auf und davon gehen.

So versunken war Léa in ihre Träume, daß sie gar nicht den Mann bemerkte, der sie, an einen Baum gelehnt, amüsiert beobachtete. Oh, jetzt fühlte sie sich gleich wohler! Man brauchte nichts als ein bißchen Ruhe und Zeit zum Nachdenken, und schon hatte man wieder einen klaren Kopf. Léa hatte ihr Gleichgewicht zurückgewonnen: sie würde ihren Willen schon durchsetzen. Sie stand auf und schlug sich mit der rechten Faust in die linke Handfläche, eine Geste, die sie ihrem Vater abgeschaut hatte; sie bedeutete, daß er soeben einen Entschluß gefaßt hatte. »Und ich kriege ihn bestimmt!«

Lautes Gelächter ließ sie zusammenfahren. »Davon bin ich überzeugt!« sagte eine fremde Stimme mit geheuchelter Ehrfurcht.

Léa fuhr herum. »Sie haben mich aber erschrocken! Wer sind Sie überhaupt?«

»Ein Freund von Monsieur d'Argilat.«

»Sie? Das würde mich sehr wundern. Oh, Verzeihung ...«

Abermals brach er in Gelächter aus.

Das Lachen steht ihm gut, dachte Léa.

»Sie brauchen sich nicht zu entschuldigen, Sie haben gar nicht so unrecht. Abgesehen von ein paar Geschäftsinteressen gibt es nicht viel Gemeinsames zwischen den ehrenwerten Herren von d'Argilat und meiner Wenigkeit. Überdies würde ich mich in dieser Gesellschaft ungeheuer langweilen.«

»Wie können Sie nur so etwas sagen! Die d'Argilats sind die höflichsten und kultiviertesten Leute der ganzen Gegend!«

»Das meinte ich ja.«

»Wie bitte?«

Neugierig betrachtete Léa ihren Gesprächspartner. Eine derart ungenierte Äußerung über die Eigentümer von Roches-Blanches hatte sie noch nie gehört. Der Mann, der vor ihr stand, war sehr groß, sein braunes Haar war sorgfältig gekämmt, die blauen Augen in seinem tiefgebräunten, ziemlich häßlichen, aber scharf konturierten Gesicht blickten übermütig; der Mund mit den fleischigen Lippen zeigte prächtige Zähne. Der Mann kaute auf einer übelriechenden Zigarre herum. Der gut geschnittene Anzug in hellem Grau mit feinen weißen Streifen stand in schroffem Gegensatz zu dem wettergebräunten Gesicht und der fürchterlichen Zigarre.

Léa machte eine Handbewegung, als wolle sie den widerlichen Geruch vertreiben.

»Stört Sie vielleicht der Rauch? Eine schlechte Angewohnheit, die ich in Spanien angenommen habe. Aber nun, da ich wieder in der feinen Gesellschaft von Bordeaux verkehre, werde ich mich wieder an Havannas gewöhnen müssen.« Mit diesen Worten warf er die Zigarre zu Boden und trat sie sorgfältig aus. »Im Krieg wird es wohl ziemlich schwer werden, welche zu bekommen.«

»Der Krieg ... der Krieg ... ihr Männer redet von nichts anderem mehr. Warum sollte es Krieg geben? Ich will davon nichts wissen!«

Der Mann lächelte nachsichtig und sagte wie zu einem launischen Kind: »Sie haben recht, ich bin ein Unmensch. Ein reizendes junges Mädchen wie Sie mit so läppischen Dingen zu belästigen! Sprechen wir lieber von Ihnen. Haben Sie einen Bräutigam? Nein? Aber einen Liebhaber? Auch nicht? Das glaube ich nicht. Ich habe vorhin beobachtet, wie Sie von netten jungen Männern umschwärmt wurden, die Ihnen sehr zugetan schienen – abgesehen natürlich vom glücklichen Bräutigam ...«

Léa, die sich wieder gesetzt hatte, erhob sich abrupt. »Sie langweilen mich, Monsieur, ich möchte zu meinen Freunden zurück.«

Er verneigte sich spöttisch. Sein Gehabe begann Léa aufzuregen.

»Ich werde Sie nicht zurückhalten. Nichts liegt mir ferner, als Ihnen meine unangenehme Gesellschaft aufzudrängen oder Sie Ihren Verehrern vorenthalten zu wollen.«

Léa schritt grußlos und erhobenen Hauptes an ihm vorüber.

Der Mann setzte sich auf die Bank, holte eine Zigarre aus einem braunen Lederetui hervor, biß das Ende ab und spie es aus. Dann steckte er sie an und sah dem hübschen Mädchen, das den Krieg nicht mochte, nachdenklich hinterher.

Unter den Bäumen begannen Musiker auf einem Holzpodest ihre Instrumente aufzubauen. Neugierig sahen ihnen die Jüngeren unter den Gästen zu.

Léa wurde von ihren Freunden mit großem Hallo begrüßt. »Wo warst du bloß? Wir haben dich überall gesucht.«

»Es war nicht nett von dir, einfach zu verschwinden.«

»Léa zieht eben reife, etwas undurchsichtige Männer jungen Leuten aus gutem Hause vor«, sagte ihre Cousine schnippisch.

Léas hochgezogene Augenbrauen verrieten großes Erstaunen. »Wen meinst du damit?«

»Du wirst uns doch nicht einreden wollen, François Tavernier nicht zu kennen, mit dem du da oben im Wäldchen geflirtet hast!«

Léa zuckte die Achseln und warf dem Mädchen einen mitleidigen Blick zu. »Ich habe diesen Herrn heute zum erstenmal gesehen, und seinen Namen erfahre ich gerade von dir. Im übrigen hätte ich gerne zu deinen Gunsten auf seine Gesellschaft verzichtet. Aber was soll man machen: Schließlich kann ich ja nichts dafür, daß die Männer lieber mit mir zusammen sind als mit dir.«

»Vor allem diese Sorte Männer.«

»Jetzt hör endlich auf damit! So scheußlich, wie du mir weismachen willst, kann er nicht sein, sonst hätte d'Argilat ihn wohl kaum in seinem Haus empfangen.«

»Ich glaube, Léa hat recht. Wenn Monsieur Tavernier Gast von d'Argilat ist, dann wird das schon seine Richtigkeit haben«, kam Jean Lefèvre seiner Freundin zu Hilfe.

»Er soll Waffenschieber sein und die Dinger tonnenweise an die spanischen Republikaner verkauft haben«, murmelte Lucien Bouchardeau.

»An die Republikaner!« rief Corinne Delmas aus, die Augen vor Entsetzen weit aufgerissen.

»Na und? Schließlich brauchen auch sie Waffen, um zu kämpfen!« sagte Léa gereizt. In diesem Moment begegnete ihr Blick dem ihres Onkels Adrien, der ihr, so hatte es den Anschein, beifällig zulächelte.

»Wie kannst du nur so etwas sagen!« schrie Corinne. »Ungeheuer sind das, Nonnen haben sie vergewaltigt, Leichen ausgegraben, gemordet und gefoltert haben sie!«

»Haben die andern vielleicht nicht gemordet und gefoltert?«

»Aber das waren Kommunisten, Feinde der Kirche!«

»Na und? Deshalb hatten sie trotzdem ein Recht zu leben.«

»Wie kannst du, eine Delmas, nur so schreckliche Dinge sagen? Eure Familie hat doch für Francos Sieg gebetet.«

»Vielleicht haben wir uns geirrt.«

»Das ist aber ein ziemlich ernstes Thema für so hübsche Köpfchen«, sagte Adrien Delmas und trat näher. »Wollt ihr nicht lieber tanzen? Gleich beginnt die Musik.«

Wie ein Schwarm aufgescheuchter Ringeltauben stoben die etwa fünfzehn Jungen und Mädchen davon und stürzten auf die Tanzfläche, die unter einem weiten, offenen Zelt errichtet worden war. Nur Léa blieb regungslos stehen.

»Wer ist dieser François Tavernier?«

Der Dominikaner war von dieser Frage offensichtlich überrascht und peinlich berührt. »Ich weiß es nicht genau. Er entstammt einer wohlhabenden Familie aus Lyon, mit der er jedoch gebrochen hat, angeblich wegen einer Frau und aufgrund politischer Meinungsverschiedenheiten.«

»Und das mit den Waffen, stimmt das?«

»Das weiß ich nicht, er ist ein verschwiegener Mann. Aber wenn er es getan hat, hat er damit wenigstens ein bißchen von der Ehre Frankreichs gerettet. Unser Land hat sich im spanischen Bürgerkrieg nicht gerade moralische Lorbeeren erworben.«

»Wie kannst du als Priester nur so reden! Der Papst hat sich doch hinter Franco gestellt!«

»Ja, schon, aber auch der Papst kann irren.«

»Jetzt übertreibst du aber Onkel!« prustete Léa los. »Ich hab' geglaubt, der Papst wäre unfehlbar!«

Nun lachte auch Adrien Delmas. »Du bist mir eine ganz Schlaue! Und ich hab' immer gedacht, solche Dinge interessieren dich nicht.«

Léa ging mit ihrem Onkel zur Tanzfläche. Die Klänge eines feurigen Paso doble schlugen ihnen entgegen.

»Das erzähle ich den Leuten, damit sie mich in Ruhe lassen. Sie reden oft so völlig ungereimtes Zeug daher, und am liebsten wäre mir, wenn sie überhaupt den Mund hielten. Aber dir kann ich ja sagen, daß es mich brennend interessiert. Ich lese heimlich alle Zeitungen, ich höre Radio London.«

»Hast du heute morgen Nachrichten gehört?«

»Nein, ich hatte keine Zeit wegen des Picknicks. Und ...«

»Léa! Da bist du ja endlich! Hast du vergessen, daß du mir einen Tanz versprochen hast?« rief Raoul Lefèvre.

»Und mir auch!« setzte sein Bruder hinzu.

Widerwillig trennte Léa sich von ihrem Onkel und ließ sich auf die Tanzfläche führen. Adrien Delmas wandte sich um. Hinter ihm stand François Tavernier, sog an seiner Zigarre und sah Léa beim Tanzen zu.

Nahezu eine Stunde lang ließ Léa keinen Tanz aus. Ihre Augen suchten Laurent. Wo mochte er bloß sein? Dann entdeckte sie Camille allein mit Françoise, während sie selbst mit Claude d'Argilat tanzte, dessen Verliebtheit von Minute zu Minute wuchs. Plötzlich sackte seine Tänzerin unverhofft ein wenig zusammen.

»Léa, was hast du?«

»Ach, ich bin nur ein bißchen erschöpft. Würdest du mich an einen ruhigen Ort bringen und mir ein Glas Wasser holen?«

Eilfertig geleitete Claude sie in den Schatten eines Baumes, auf halbem Wege zwischen dem Haus und dem Tanzvergnügen, abseits von Lärm und Trubel.

»Bleib ruhig hier sitzen, ruh dich aus, ich bin gleich wieder da.«

Kaum war er fort, sprang Léa auf und lief zum Haus hinüber. Sie ging ins Gewächshaus, den Stolz von Roches-Blanches. Eine feuchte, unangenehme Schwüle herrschte dort. Pflanzen der ungewöhnlichsten Art krochen über den Boden, reckten sich zum Glasgewölbe empor. Ein steinerner Pfad schlängelte sich zwischen Blumenbeeten hindurch und mündete in einer künstlichen Grotte, an deren Felswände sich büschelweise Orchideen klammerten. Eine Tür führte zur Diele im

Schloß. Léa stieß sie auf. Aus dem großen Salon drangen ihr die Stimmen ihres Vaters, ihres Onkels Adrien und Monsieur d'Argilats entgegen. Sie lauschte: Laurent war anscheinend nicht bei ihnen. Er war auch nicht in der Bibliothek oder im kleinen Salon. Sie kehrte in den Wintergarten zurück. Der Geruch von hellem Tabak hing im Raum: So rochen Laurents Zigaretten. Im Halbdunkel entdeckte sie einen glimmenden roten Punkt neben einem hohen Gefäß, aus welchem lange, weiße, betörend duftende Blumen hervordrängten.

»Bist du's, Léa? Was machst du denn hier?«

»Ich hab' nach dir gesucht.«

»Hast du deine Liebhaber schon satt, daß du das Fest verlassen hast?« fragte er und trat näher.

Wie schön er aussah in dem blaugrünen Licht, das auf sein Gesicht fiel! Sie streckte ihm die Hand entgegen. »Laurent!«

Er nahm ihre Hand, schien aber nichts von ihrer inneren Erregung zu merken. »Was gibt es?«

Léa fuhr sich mit der Zunge über die trockenen Lippen. Ihre Hand in der seinen zitterte, und sie konnte fühlen, daß auch Laurent zitterte. Da verlor sie ihre Angst, und ein Schauer des Begehrens durchlief ihren Körper. Die Augen halb geschlossen wie ein lauerndes Tier, flüsterte sie: »Ich liebe dich.«

Kaum hatte sie diese Worte ausgesprochen, als sie ein Gefühl ungeheurer Erleichterung überkam. In Erwartung eines Kusses hielt sie Laurent ihr Gesicht hin, die Augen noch immer halb geschlossen. Aber er gab ihr keinen Kuß. Sie öffnete die Augen und trat einen Schritt zurück.

Laurent machte ein erstauntes, verärgertes Gesicht. Genauso hatte ihr Vater ausgesehen, wenn sie als kleines Mädchen etwas angestellt hatte. Was hatte sie denn so

Verwunderliches gesagt? Schließlich hatte er sie umworben, und sie war darauf eingegangen, ja, sie liebte ihn! Warum sagte er denn nichts? Er lächelte – ein falsches Lächeln, so erschien es Léa.

»Ich kann mir nichts Schöneres denken als deine Freundschaft, meine liebe Léa ...«

Wovon redet er da? Von Freundschaft?

»Du wirst all deine Verehrer eifersüchtig machen ...«

Was erzählt er denn da? Ich sage ihm, daß ich ihn liebe, und er spricht von meinen Verehrern ...

»Hör auf, mich zu necken, Laurent«, rief sie aus. »Ich liebe dich, das weißt du genau, und du liebst mich auch!«

Laurent legte vorsichtig seine nach Tabak riechende Hand auf ihren Mund. »Sei still, Lea, sag nichts, was du später bereust!«

»Niemals werde ich schweigen«, sagte sie vorwurfsvoll und riß seine Hand, die sie am Sprechen hinderte, fort. »Ich liebe dich, und ich will dich für mich haben. Ich begehre dich ebensosehr, wie du mich! Aber bitte, du kannst ja sagen, daß es nicht stimmt. Wenn du dich traust ...«

Nie mehr sollte Léa den Widerstreit der Gefühle vergessen, der sich auf Laurents Gesicht abzeichnete. Eine ganze Welt schien vor seinen Augen zu entstehen und wieder zu versinken. Laurent, der für eine stille, durchschnittliche Liebe geschaffen war, wurde zwischen Angst und Begeisterung hin und her gerissen. Léa war in diesem Augenblick von ungewöhnlicher Schönheit. Ihr zerrauftes Haar, ihr lebhaftes Gesicht, ihre schimmernden Augen, die aufgeworfenen Lippen, all das war eine einzige Aufforderung zum Kuß. »Antworte mir doch! Du liebst mich, nicht wahr?«

»Ja, ich liebe dich«, murmelte er. Stürmisch nahmen

sie einander in die Arme, ihre Lippen trafen sich zu einem leidenschaftlichen Kuß. Dann aber, ganz unvermittelt, stieß Laurent sie von sich. In zärtlichem Erstaunen sah Léa ihn an, ihre feuchten Lippen halb geöffnet.

»Wir sind von Sinnen, Léa! Laß uns das alles vergessen!«

»Nein, ich liebe dich, und ich will dich heiraten.«

»Aber ich muß Camille heiraten.«

Léas dunkelblaue Augen blickten ihn bestürzt an. »Aber du liebst doch mich! Wenn du Angst vor dem Heiraten hast, laß uns einfach fortgehen. Ich will mit dir leben, weiter nichts.«

»Das geht nicht. Mein Vater hat meine Verlobung mit Camille bekanntgegeben. Eine Lösung der Verlobung würde ihr und meinem Vater entsetzlich weh tun!«

Léa versetzte ihm einen Fausthieb. »Und daß es mir weh tun könnte, davor hast du keine Angst?«

Bei diesen Worten huschte ein schwaches Lächeln über Laurents blasses Gesicht. Er legte seine Hände auf Léas Schultern und sagte kopfschüttelnd: »Nein, du bist stark, und nichts vermag deine Kraft zu erschüttern. Du hast einen ungeheuren Lebenswillen in dir, der Camille und mir fehlt. Wir gehören einer viel zu alten Familie an, deren Blut und Nerven verbraucht sind. Wir bedürfen der Ruhe, unserer Bücher und ... Nein, laß mich ausreden! Camille und ich haben viel gemeinsam, wir teilen dieselben Ansichten, wir lieben beide ein einfaches und geregeltes Leben und haben vorwiegend geistige Interessen ...«

»Die habe ich auch!«

»Sicher«, entgegnete er müde. »Aber du würdest dich schon bald mit mir langweilen: Du gehst gern tanzen, du flirtest gern, du bist gern unter Leuten. Ich mag das alles nicht ...«

»Hast du mit mir nicht geflirtet?«

»Nein, ich glaube nicht. Ich habe nur den Fehler begangen, dich zu oft zu besuchen, zu viel mit dir allein zu sein ...«

»... und mich in dem Glauben zu wiegen, daß du mich liebst.«

»Das habe ich nicht gewollt. Es hat mir große Freude bereitet, mit dir zusammenzusein. Du bist so voller Leben, so frei, so stolz ... so schön ... Ich hatte keine Bedenken, ich wäre nie auf den Gedanken gekommen, daß du dich für einen so langweiligen Mann wie mich interessierst ...«

»Du hast mich aber niemals gelangweilt ...«

»Ich war dir immer dankbar, daß du mir zuhörtest ...«

»Aber du hast mir doch gerade gesagt, du liebtest mich!«

»Ja, aber ich habe mich geirrt. Meine Liebe zu dir ist ohne Hoffnung. Sie kann sich ebensowenig erfüllen wie der Traum vom großen Glück!«

»Nichts ist unmöglich. Man braucht nur ein bißchen Mut.«

Versonnen sah er sie an, aber sein Blick wirkte leer.

»Ein bißchen Mut, genau das ist es ... Aber diesen Mut habe ich nicht.«

Léas Gesicht verfinsterte sich. »Sie sind ein Feigling, Laurent! Sie lieben mich, das haben Sie selbst gesagt. Und jetzt lassen Sie zu, daß ich mich vor Ihnen erniedrige und ziehen mir eine häßliche, geschmacklos gekleidete Zimperliese vor, die Ihnen einen Schwarm von mißratenen, überängstlichen Gören bescheren wird ...«

»Léa, hör auf, in diesem Ton von Camille zu sprechen!«

»Den Teufel werd' ich tun! Wie kannst du eine solche Frau bloß lieben? Ständig läuft sie mit gesenktem Kopf herum; und dann erst mal ihre argwöhnischen Blicke, dieser frömmelnde Gesichtsausdruck und ihr brav gekämmtes glanzloses Haar!«

»Aber Léa!«

»Weshalb hast du mich glauben gemacht, daß du mich liebst?«

»Bitte, Léa . . .«

Léa war in ihrer Verbitterung unfähig zu erkennen, daß sie für Laurent nie etwas anderes als eine gute Freundin gewesen war. In ihren Zorn mischte sich die Demütigung der Zurückgewiesenen. Mit voller Wucht schlug sie ihm ins Gesicht. »Ich hasse dich!«

Ein roter Fleck zeichnete sich auf dem blassen Gesicht des jungen Mannes ab.

Ihr Jähzorn hatte Léa zur Besinnung gebracht. Abgrundtiefe Verzweiflung überkam sie. Sie glitt zu Boden und brach in lautes Schluchzen aus, die Stirn gegen das Felsgestein der Grotte gepreßt, das Gesicht unter ihren Händen und dem wirren Haar verborgen.

Tief betrübt sah Laurent sie an. Er strich ihr sanft über das weiche Haar, wandte sich dann um und ging langsam aus dem Raum. Sachte zog er die Tür hinter sich zu.

Das fast unhörbare Geräusch des zuschnappenden Schlosses erstickte Léas Schluchzen. Nun war es endgültig aus; sie hatte alles verdorben, er würde ihr diese lächerliche Szene, ihre Beschimpfungen niemals verzeihen. So ein Dreckskerl . . . Zuzulassen, daß sie sich auf diese Weise vor ihm demütigte! In ihrem ganzen Leben würde sie diese Schmach nicht vergessen!

Mühsam erhob sie sich. Ihr Gesicht war fleckig, ihr Körper schmerzte heftig wie nach einem Sturz.

»So ein gemeiner Hund!« Sie versetzte einem Blumentopf mit einer zarten Orchidee einen solchen Tritt, daß er an der steinernen Wand zerschellte.

»Wollen Sie nicht mal aufhören mit diesem Theater?« tönte eine Stimme aus dem Halbdunkel.

Léas Herzschlag setzte aus, ihre Kehle wurde trocken. Abrupt wandte sie sich um. Langsam trat François Tavernier näher. Fröstelnd verschränkte Léa die Arme vor der Brust.

»Soll ich Sie aufwärmen oder Ihnen lieber einen Cognac holen?« Sein gönnerhafter, spöttischer Ton gab ihrer Selbstachtung Auftrieb. »Ich brauche nichts. Was wollen Sie hier?«

»Ich habe auf Monsieur d'Argilat gewartet und mich in der Zwischenzeit ein wenig ausgeruht. Das ist wohl nicht verboten.«

»Sie hätten sich immerhin bemerkbar machen können.«

»Dazu ließen Sie mir keine Zeit, meine Liebe. Ich war eingenickt. Und ich bin aufgewacht, als Sie dem Sohn unseres Gastgebers eine Liebeserklärung machten. Welch ein Temperament! Solche Leidenschaft hat Monsieur d'Argilat junior gar nicht verdient!«

»Ich verbiete Ihnen, so von ihm zu sprechen!«

»Oh, verzeihen Sie, ich wollte Sie nicht kränken. Aber Sie werden mir doch zustimmen, daß dieser charmante Gentleman ein Idiot ist, ein so reizendes Angebot auszuschlagen . . .«

»Sie sind ein Flegel!«

»Mag sein, aber wenn Sie mir auch nur ein bißchen Aufmerksamkeit geschenkt hätten, hätte ich . . .«

»Ich kann mir nicht vorstellen, daß eine Frau einem Individuum wie Ihnen irgendwelche Aufmerksamkeit schenkt.«

»Sie irren sich, mein liebes Mädchen, die Frauen mögen es ganz gern, wenn man sie hart anfaßt.«

»Das mag für die Frauen zutreffen, mit denen Sie zu verkehren pflegen, aber nicht für ...«

»Wohlerzogene Mädchen wie Sie?«

Plötzlich fühlte Léa ihre Handgelenke in seinen großen Händen. Er zog sie an sich und legte die Arme um sie. Haß auf den Mann, der Zeuge ihrer Erniedrigung gewesen war, überkam sie, und sie schloß die Augen.

François Tavernier sah Léa an, als wollte er ihre geheimsten Gedanken erraten. Das spöttische Funkeln in seinen Augen erlosch.

»Lassen Sie mich los, Sie ekeln mich an!«

»Zorn steht Ihnen!« Die Lippen des Mannes berührten sanft Léas Mund. Sie konnte sich nicht von der Stelle rühren und versuchte vergeblich, sich loszureißen. Aber er griff mit einer Hand nur fester nach ihr, während er ihr mit der anderen durch das wirre Haar strich. Sein heftiger Kuß schmeckte nach Tabak und Alkohol. Léa wurde von Wut ergriffen, plötzlich aber merkte sie, daß sie seine Küsse erwiderte. Woher kam nur dieses wohlige Schwächegefühl, das ihren ganzen Körper erfaßte?

»Nein, lassen Sie mich!«

Mit einem Aufschrei befreite Léa sich aus seiner Umarmung. Was hatte sie bloß getan? Sie mußte den Verstand verloren haben! Sich von einem Mann küssen zu lassen, den sie verachtete, dem sie den Tod wünschte! Wo sie doch einen anderen liebte! Und seine scheußlichen Küsse hatten ihr sogar gefallen!

»Sie Dreckskerl!«

»Ihr Wortschatz scheint ziemlich beschränkt zu sein. Gerade eben erst sagten Sie dasselbe zu einem anderen Mann.«

»Ich verabscheue Sie!«

»Heute vielleicht. Aber morgen? Wer weiß?«

»Niemals! Ich hoffe, der Krieg bricht aus und verschlingt Sie!«

»Ihr erster Wunsch wird in Erfüllung gehen. Rechnen Sie aber nicht allzu sehr mit meinem Verschwinden; ich habe nicht die Absicht, mein Leben in einem Krieg zu riskieren, den wir von vornherein verloren haben.«

»Feigling! Wie können Sie so etwas sagen?«

»Seit wann ist man ein Feigling, wenn man die Wahrheit erkennt? Laurent d'Argilat ist übrigens genau derselben Meinung.«

»Beleidigen Sie nicht jemanden, dem Sie nicht das Wasser reichen können!«

Taverniers unbändiges Gelächter traf Léa härter, als wenn er sie mit Worten beleidigt hätte.

»Sie sind mir zuwider!«

»Diesen Eindruck hatte ich eben aber nicht.«

Mit einem letzten Rest von Würde marschierte Léa hinaus und schlug die Tür hinter sich zu.

Léa stand am Fuß der breiten Treppe in der großen Eingangshalle mit dem weißen Marmorboden und drehte sich unschlüssig im Kreise. Fetzen eines lauten und erregten Gesprächs drangen durch die Wände des Arbeitszimmers von Monsieur d'Argilat. Die Tür wurde aufgerissen. Hastig verbarg sich Léa hinter der Kellertüre. Laurent d'Argilat und François Tavernier trafen sich in der Diele.

»Was ist passiert?« fragte Tavernier.

»Im Rundfunk wird Forsters Stellungnahme zum Einmarsch in Danzig und zur Angliederung der Stadt an das Deutsche Reich übertragen!«

Laurent d'Argilat war dermaßen blaß geworden, daß

François Tavernier mit mehr Ironie, als er beabsichtigt hatte, fragte: »Wußten Sie das denn nicht?«

»Doch, natürlich, aber wir – das heißt mein Vater, Camille, Pater Adrien, Monsieur Delmas und einige andere – waren übereingekommen, die Nachricht geheimzuhalten, um das letzte Fest, das wir in Friedenszeiten feiern können, nicht zu verderben.«

»Auch das wird nichts mehr nützen . . . Aber was ist mit Polen? Was berichten sie darüber?«

»Seit 5 Uhr 45 wird an der gesamten Front gekämpft. Sie bombardieren Warschau.«

Raoul und Jean Lefèvre kamen ins Haus gerannt. »Vincent Leroy kommt eben aus Langon. Es herrscht allgemeine Mobilmachung!«

Hinter ihnen drängten sich die Gäste mit besorgten Mienen, um Näheres in Erfahrung zu bringen. Einige Frauen weinten. In Begleitung von Pater Adrien und Monsieur Delmas trat Monsieur d'Argilat aus seinem Arbeitszimmer.

»Meine Freunde, meine Freunde«, sagte er mit leiser Stimme. Er schien um Jahre gealtert.

Durch die offene Tür war das Rauschen eines Rundfunkgeräts zu hören, es folgten deutsche und polnische Worte, schließlich die alles übertönende Stimme eines Dolmetschers.

Jemand drehte den Ton lauter.

»Männer und Frauen von Danzig, endlich ist der Augenblick gekommen, nach dem ihr euch zwanzig Jahre lang gesehnt habt! Mit dem heutigen Tage ist Danzig ins Großdeutsche Reich zurückgekehrt. Unser Führer Adolf Hitler hat uns die Freiheit gebracht. Zum erstenmal weht die Hakenkreuzfahne, die Fahne des Deutschen Reiches, an allen öffentlichen Gebäuden der Stadt Danzig. Vom heutigen Tage an wird sie auch vor den ehemals polnischen Gebäuden und überall im Hafen flattern.«

Drückendes Schweigen lastete auf der kleinen Versammlung, während ein Sprecher Hitlers die soeben vollzogene Wiedereingliederung Danzigs in das Deutsche Reich kommentierte und ausführlich den Jubel der Bevölkerung beschrieb.

»›Artikel 1: Die Verfassung der Freien Stadt wird mit augenblicklicher Wirkung außer Kraft gesetzt‹«, wiederholte Adrien Delmas leise, als spreche er zu sich selbst.

»Heute morgen hat die Wehrmacht die Kampfhandlungen gegen Polen eröffnet«, fuhr unerschütterlich die Stimme im Rundfunk fort.

»Das bedeutet Krieg«, flüsterte Bernadette Bouchardeau verzweifelt und sank in einen Sessel.

»Oh, Laurent!«

Mit Tränen in den Augen warf Camille sich in die Arme ihres Verlobten.

»Wein doch nicht, Liebling, der Krieg wird bestimmt nicht lange dauern.«

Léa beobachtete sie aus nächster Nähe. In dem allgemeinen Durcheinander bemerkte niemand ihr blasses Gesicht und ihr wirres Haar. Sie vergaß, was im Wintergarten geschehen war, daß Laurent ihre Liebe zurückgewiesen hatte, und war ganz beherrscht von der Angst vor seinem möglichen Tod.

»Ich dachte, Sie hassen ihn«, raunte ihr die dunkle Stimme Taverniers ins Ohr.

Léa errötete vor Wut, wandte sich um und zischte: »*Sie* hasse ich! Ich hoffe, Sie sind der erste Tote in diesem Krieg.«

»Ich bedaure sehr, teuerste Freundin, aber wie ich Ihnen bereits gesagt habe, ist es nicht meine Absicht, Ihnen diesen Gefallen zu tun. Sie können von mir verlangen, was Sie wollen – Schmuck, Pelze, Häuser – ich werde Ihnen gerne alles zu Füßen legen. Aber an meinem Leben hänge ich, und mag es noch so erbärmlich sein.«

»Da sind Sie aber der einzige. Und heiraten würde ich Sie . . .«

»Wer spricht denn von heiraten? Ich will nur Ihr Liebhaber sein.«

»Drecks . . .«

»Ja ja, ich weiß, ich bin ein Dreckskerl.«

»Ruhe, Ruhe, Hitler spricht!«

4

Auf Isabelle Delmas' Wunsch hin übernachteten die Angehörigen ihres Gatten auf Montillac. Klappbetten waren in den Gästezimmern, in den Zimmern der drei Schwestern und im Kinderzimmer aufgestellt worden. Léa hatte Pierrot ihre Fluchtburg – das alte Kinderbett – abgetreten, und dieser wußte ihre Geste zu schätzen.

Der Krieg war am Abend fast in Vergessenheit geraten; Cousins und Cousinen halfen Ruth und dem Zimmermädchen Rose, die Betten in die Zimmer zu tragen und zu beziehen. Gelächter, Geschrei und lautes Fußgetrappel erfüllten das Haus. Nach getaner Arbeit sanken die jungen Leute atemlos auf die Betten, in die Kissen oder auf den Boden des überfüllten Kinderzimmers, in dem noch der Staub schwebte, den Roses energisches Fegen aufgewirbelt hatte. Sie gaben diesem Raum den Vorzug vor dem Salon, wo die Eltern sich eingefunden hatten.

Pierrot und Léa saßen im Bett und spielten Karten. Zerstreut, wie sie war, verlor sie. Ärgerlich warf sie die Karten hin und lehnte sich nachdenklich an die Gitterstäbe.

»Léa, du träumst! Du bist dran!«

»Sie denkt an François Tavernier«, sagte Corinne.

»Er hat mit niemandem gesprochen außer mit ihr«, fügte Laure hinzu.

»Irrtum, sie denkt nicht an Tavernier«, säuselte Françoise.

»An wen denn dann?« fragte Corinne.

Léa hantierte mit den Karten und bemühte sich, möglichst unbeteiligt auszusehen. Was würde dieses Biest antworten? Françoise hatte früher, als sie noch kleiner waren, oft die Gedanken der jüngeren Schwester erraten, hatte gewußt, was sie angestellt oder wo sie sich versteckt hatte. Léa war darüber manchmal so in Wut geraten, daß sie Françoise verprügelte. Wie oft hatte Ruth die beiden Streithähne trennen müssen ... Françoise konnte es sich einfach nicht abgewöhnen, ihre Schwester ständig zu überwachen und jede noch so kleine Verfehlung der Mutter zu berichten, obwohl Isabelle Delmas diese Bespitzelungen nicht billigte, sondern sie sogar hart bestrafte. Aber das verschärfte die Rivalität zwischen den beiden Schwestern nur.

»Na, an wen denkt sie?« wiederholten die beiden Cousinen.

Françoise ließ sich mit der Antwort Zeit; ein frohlokkendes, boshaftes Lächeln spielte um ihre Mundwinkel.

»Sie denkt an Laurent d'Argilat!«

»Der ist doch mit Camille verlobt! ...«

»Das kann nicht stimmen ...«

»Du bist verrückt!«

»Du mußt dich irren!«

Vor sich sah Léa Pierrots fragendes Gesicht.

»Doch, ganz bestimmt, sie liebt Laurent d'Argilat!«

Blitzschnell sprang Léa aus dem Bett und hatte Françoise an den Haaren gepackt, noch ehe diese auch nur einen Finger rühren konnte. Aber trotz ihrer Überraschung reagierte Françoise sofort, und ihre Fingernägel gruben sich tief in die Wange der Schwester. Ein paar Tropfen Blut quollen hervor. Schließlich gewann Léa die Oberhand, setzte sich rittlings auf Françoise, packte sie bei den Ohren und schlug ihren Kopf auf den Boden. Die anderen sprangen herbei, um die beiden zu trennen. Als es ihnen endlich gelungen war, blieb Françoise einen Augenblick regungslos liegen.

Der Lärm und das Geschrei hatte die Eltern alarmiert.

»Du benimmst dich unmöglich, Léa! Weshalb hast du deine Schwester geschlagen?« fragte Isabelle Delmas streng. »In eurem Alter ...«

»Mama ...«

»Geh auf dein Zimmer! Auf das Abendessen wirst du heute verzichten.«

Léas Zorn legte sich mit einem Schlag. Sie wünschte, sie hätte der Mutter sagen können, wie unglücklich sie war, wie sehr sie auf ein liebes, ein tröstendes Wort von ihr hoffte. Aber sie wurde gescholten und abgewiesen. Sie sah Françoises triumphierenden Blick, hielt die Tränen, die ihr kommen wollten, zurück und schritt erhobenen Hauptes an den Onkeln und Tanten vorbei, die ihr vorwurfsvoll nachsahen. Nur Onkel Adrien hatte eine liebevolle Geste und ein warmes Lächeln für sie, die besagen wollten: Nimm es nicht so tragisch!

Schnell rannte sie aus dem Zimmer.

»Arme Isabelle, die Kleine wird dir noch viel Kummer bereiten«, sagte Bernadette Bouchardeau zu ihrer Schwägerin.

Isabelle verließ wortlos das Kinderzimmer.

Léa widersetzte sich der Anordnung ihrer Mutter. Sie ging nicht auf ihr Zimmer, sondern lief in den Garten hinaus, überquerte den Hof und rannte durch den Weinberg auf Bellevue zu. Weil sie Sidonies Hof umgehen wollte, kletterte sie über die Mauer, die das Grundstück begrenzte, und ging auf der staubigen Straße entlang, bis sie den Pfad, der zum Kalvarienberg hinauf führte, erreicht hatte. Auf halbem Wege zwang ein lauer, feuchter Windstoß sie, ihren Schritt zu verlangsamen und schließlich stehenzubleiben. Die Arme über der Brust verschränkt, als wollte sie ihr pochendes Herz bezähmen, betrachtete sie mit wachsender Faszination die Gewitterwolken, die sich drohend über der Ebene zusammenzogen. Rings um sie her tobte ein Sturm, unter dem die Natur sich wand, klagend und widerspenstig, als versuche sie dem Unwetter zu entrinnen, das unaufhaltsam vom Meer her näher kam. Der Himmel verfinsterte sich zusehends, dunkle Wolken von erschreckender Gestalt zogen auf.

Das Haar vom Sturm durcheinandergewirbelt wie die Schlangen des Medusenhauptes, betrachtete Léa regungslos das Toben rings umher, das jenes in ihrem Innern besänftigte. Das Erschaudern der Erde übertrug sich auf ihren Körper. Die schweren, warmen Regentropfen, die zur Erde fielen, setzten schwere Düfte frei, die sie mehr berauschten, als der angenehmste Wein es vermocht hätte. In kürzester Zeit war ihr Kleid durchnäßt, klebte an ihrem Körper und zeichnete dessen Konturen nach. Der Wind strich über ihre Brüste und ließ deren Spitzen hart werden. Blau zuckte ein Blitz durch die Wolken, beinahe augenblicklich gefolgt von einem Donnerschlag, der die Erde erzittern ließ. Léa schrie auf. Eine urtümliche Freude erhellte ihr Gesicht, über das tränengleich die Regentropfen strömten. Befreiendes, unbändiges Gelächter stieg in ihr auf und barst mit dem Dröhnen des Donners. Das Lachen wandelte sich zum Schrei, einem Schrei des Triumphes und der Lebensfreude. Sie sank zu Boden, auf den Weg, den der Regen schon in Morast verwandelt hatte. Ihre Lippen berührten den von der Sonne noch warmen Schlamm und öffneten sich, um die weiche Masse aufzunehmen. Ihre Zunge leckte über den Lehmboden, und sein Geschmack schien alle Gerüche Montillacs in sich zu vereinen. Sie wünschte, die Erde würde sich auftun, sie verschlingen und sie in den Reben, in den Blumen, in den Bäumen des zärtlich geliebten Landes zu neuem Leben erwachen lassen. Dann warf sie sich auf den Rücken, das Gesicht den vom Himmel stürzenden Fluten darbietend.

Als Léa am späten Vormittag des darauffolgenden Tages erwachte, fühlte sie sich wie zerschlagen. Sie versuchte sich an die Geschehnisse des Vortages zu erinnern. Beim Anblick der rings um ihr Bett verstreuten schmutzigen Kleider fiel ihr das Gewitter ein und was dem Unwetter vorangegangen war. Sie fühlte sich hilflos und verzweifelt. Zum erstenmal in ihrem Leben bekam sie nicht, was sie wollte. Sie zog die Decke über den Kopf, wie um ihren Kummer zu ersticken. Schritte und Rufe drangen durch den Schutzwall aus Stoff. Sie schlug die Decke zurück und setzte sich auf.

Mein Gott! Was würde Ruth zu ihrem schmutzstarrenden Nachthemd und den Laken sagen? Kurz und kräftig wurde an die Tür geklopft. »Léa! Steh auf, Laurent und Claude d'Argilat wollen sich verabschieden!«

Sie riß sich das Nachthemd vom Leib und stürzte in den Waschraum. Nachdem sie Wasser in das Becken hatte laufen lassen, wusch sich den Dreck von Gesicht und Körper. Kräftig fuhr sie mit der Bürste durch das Haar und riß es büschelweise aus, da die Strähnen völlig verfilzt waren. Sie griff nach dem erstbesten Kleid – einem alten Kleid aus rosarotem Leinen, das sie besonders mochte, das ihr aber mittlerweile zu eng und zu kurz geworden war. Dann schlüpfte sie in ein ausgetretenes Paar Leinenschuhe und eilte die Treppe hinunter.

Im großen Salon war die Familie vollzählig um Laurent und Claude d'Argilat versammelt. Die Mienen der beiden jungen Männer hellten sich auf, als ihre Freundin mit wehendem, glänzendem Haar das Zimmer betrat, die Wangen gerötet von der rigorosen Reinigung, eingezwängt in das Kleid, in dem sie wie ein kleines Mädchen wirkte, das zu schnell gewachsen war.

Léa bezwang das Verlangen, sich in Laurents Arme zu werfen. Die Anstrengung, gelassen zu wirken, ließ sie erzittern, und sie sagte sanft:

»Mußt du schon fort, Laurent?«

»Ich muß zu meinem Regiment zurück.«

»Ich auch. Nach Tours«, ergänzte Claude.

In der Absicht, ihrem Vater, ihrer Schwester und Laurent eins auszuwischen, ergriff Léa Claudes Arm und zog ihn beiseite.

»Versprich mir, daß du vorsichtig sein wirst!«

»Ich verspreche es. Wirst du manchmal an mich denken, wenn ich an der Front bin?«

»Ich werde nichts anderes tun.«

Claude bemerkte ihren spöttischen Tonfall nicht. Ein warmes Glücksgefühl durchströmte ihn, und er stammelte: »Dann ... dann ... hast du mich ... ein bißchen gern?« In diesem Moment hörte Léa Laurent sagen: »... wir werden heiraten, sowie ich Urlaub bekomme. Camille ist sehr daran gelegen.«

Vor Schmerz senkte sie den Kopf. Eine Träne floß über ihre Wange, und Claude täuschte sich zum zweitenmal. »Du weinst ja, Léa? ... Um mich? ... Hast du mich so lieb?« Sie verkniff sich eine unwirsche Handbewegung. Wie konnte er nur glauben, daß sie sich für ihn interessierte? Er war genau so unscheinbar wie seine

Schwester. Wie gerne hätte sie Laurent für seine Feigheit, Camille für ihre Liebe und Claude für seine Dummheit bestraft! Sie hob den Kopf und sah den tief bewegten jungen Mann aus harten Augen an.

»Natürlich liebe ich dich.«

»Dann . . . würdest du mich auch heiraten?«

»Aber sicher.«

»Wann?«

»Wenn du das erste Mal auf Urlaub kommst.«

»Laß uns nach draußen gehen.«

Mit überraschender Bestimmtheit ergriff er Léas Hand und zog sie aus dem Salon hinaus in den Garten. Hinter einem Hortensienbeet zog er sie an sich und küßte sie. Léa hätte ihn beinah zurückgestoßen; dann aber sagte sie sich, es müsse durchgestanden werden. Gott, wie ungeschickt er war! Sie dachte an den Kuß, den sie von Laurent bekommen hatte, doch wurde der Gedanke rasch von der Erinnerung an den Kuß François Taverniers verdrängt. Ein Schaudern durchlief sie, und Camilles Bruder zog abermals einen falschen Schluß.

»Du liebst mich wirklich!«

Léa hätte um ein Haar laut aufgelacht.

»Bist du einverstanden?«

»Womit?«

»Daß ich deinen Vater um deine Hand bitte?«

Léa spürte, daß von der Antwort ihre Zukunft abhing. War es tatsächlich so klug, diesen armen Jungen zu heiraten, nur um Laurent zu bestrafen? Würde sie selbst nicht als erste darunter zu leiden haben?

Durch das Blattwerk hindurch sah sie Françoise vorübereilen.

»Ja, mein Schatz«, entgegnete Léa und umarmte Claude.

Zurück im Haus bat Claude d'Argilat Pierre Delmas

um eine sofortige Unterredung unter vier Augen. Nach Beendigung des kurzen Gesprächs hatte sich die Miene von Léas Vater verdüstert.

Unter einem grauen, wolkenverhangenen Himmel verdunstete der letzte Rest Wasser in den Pfützen auf den Gartenwegen. Die Luft war schwer und drückend. Vor den Ställen summten Fliegenschwärme. Léa stieß ein Scheunentor auf. Die Holzplanken der Wände hatten sich mit der Zeit grau verfärbt. Wie einst in Kindertagen kletterte Léa die gegen das Heu gelehnte Leiter hinauf, ließ sich in die duftende, pieksende Masse plumpsen und überdachte die Ereignisse der vergangenen Stunden. Laurent und Claude waren abgereist. Sie selbst war umgehend geflohen, um dem schmerzhaften, fragenden Blick ihres Vaters zu entgehen. Einer Diskussion mit ihm fühlte sie sich noch nicht gewachsen. Sie schloß die Augen und suchte Vergessen im Schlaf. Als Kind hatte sie sich oft in den Schlaf geflüchtet, wenn ihre Mutter sie gescholten hatte oder anderweitiger Kummer sie plagte. Stets war der erlösende Schlaf zur Stelle gewesen, nur heute wollte er nicht kommen. Sie wälzte sich im Heu hin und her und hatte beinahe das Gefühl, man habe sie verraten.

Plötzlich ließ sich jemand neben sie ins Heu fallen.

»Mathias! Was machst du denn hier?«

Der Freund aus ihrer Kinderzeit umarmte sie, bedeckte sie mit Küssen und murmelte:

»Biest ... du kleines Biest ...«

»Hör auf! Laß mich los, du tust mir weh!«

»Als Claude d'Argilat dich vorhin küßte, hast du das nicht gesagt!«

Léa lachte laut auf und stieß ihn von sich.

»Ah, daher!«

»Was heißt ›daher‹? Ist das vielleicht noch nicht genug?«

»Ich glaube nicht, daß dich das was angeht. Ich kann küssen, wen ich mag.«

»Erzähl mir bloß nicht, dieser Lackaffe gefällt dir!«

»Ich glaube kaum, daß ich dich nach deiner Meinung fragen muß.«

Mathias sah seine Freundin verärgert an, aber allmählich wurde sein Blick zärtlicher. »Du weißt doch, daß ich dich liebe.« Es klang so liebevoll, daß Léa vor Freude ganz gerührt war.

Sie strich mit der Hand durch sein dichtes Haar und flüsterte gefühlvoller, als sie eigentlich beabsichtigt hatte: »Ich liebe dich auch, Mathias.«

Als wäre dies ganz selbstverständlich, fielen sie einander in die Arme.

Mathias' Liebkosungen linderten Léas Not. Allmählich vergaß sie Laurent, Claude und ihren Kummer und widmete ihre ganze Aufmerksamkeit dem Küssen. Wäre die Stimme ihres Vaters nicht an ihr Ohr gedrungen, hätte sie sich Mathias hingegeben; so aber riß sie sich aus seinen Armen los und sprang hinunter auf den gestampften Boden des Schobers.

Unzählige Male war Léa geschmeidig wie eine Katze vom Heuboden gesprungen. Diesmal jedoch knickte sie mit dem Knöchel um. Sie schrie auf. »Mein Fuß!«

Mathias war sogleich zur Stelle. Auch ihr Vater hatte den Schrei vernommen; seine Gestalt zeichnete sich im Türrahmen ab. Als sein Blick auf seine am Boden liegende Tochter fiel, stürzte er hinzu und stieß den jungen Mann zur Seite.

»Was hast du?«

»Nichts weiter, Papa, ich hab' mir nur den Knöchel verstaucht.«

»Zeig her.«

Pierre Delmas betastete den Fuß. Abermals schrie Léa auf. Der Knöchel war stark angeschwollen. Vorsichtig hob er sie auf.

»Ruth soll den Doktor rufen, Mathias.«

Wenig später lag Léa auf dem Sofa im Empfangssalon, Rücken und Füße von Kissen gestützt. Schließlich erschien Doktor Blanchard. Nachdem er den verletzten Fuß abgetastet und bandagiert hatte, beruhigte er die Eltern.

»Eine handfeste Verstauchung, aber nichts Ernstes. Eine Woche absolute Ruhe, dann kann sie wieder laufen und springen.«

»Acht Tage ohne Bewegung! Das schaffe ich nie, Doktor!«

»Keine Bange, man gewöhnt sich daran.«

»Man merkt, daß es nicht Sie getroffen hat«, schmollte Léa.

Um Léa besser pflegen zu können, beschloß Isabelle Delmas, ihre Tochter auf dem Sofa im Arbeitszimmer des Vaters schlafen zu lassen. Daraufhin kehrte Léas Lächeln zurück. Sie mochte dieses Zimmer im Erdgeschloß des Schlosses besonders gern: Seine Wände waren mit reichbestückten Bücherregalen gesäumt, und eine große Fenstertür, die in den schönsten Teil des Gartens führte, gab einen herrlichen Blick auf Wälder und Weinberge frei.

Am späten Nachmittag kamen die Gebrüder Lefèvre, um von Léa Abschied zu nehmen. Sie gebärdete sich so sanft, so zärtlich, so kokett, daß beide in der festen Überzeugung aufbrachen, der Auserwählte ihres Herzens zu sein.

»Ist es nicht genug, daß du Laurent nachläufst, dich mit diesem peinlichen Tavernier abgibst und mit Claude und Mathias flirtest? Mußt du auch noch diesen beiden Tölpeln den Kopf verdrehen?« sagte Françoise, die Zeugin der Szene geworden war. »Du bist nichts als eine ...«

»Müßt ihr euch schon wieder streiten, Kinder! Françoise, deine Schwester ist krank, sie braucht Ruhe. Laß sie in Frieden!« Die Mutter hatte das Zimmer betreten und setzte sich auf einen Stuhl an Léas Seite. »Tut's noch weh?«

»Ein bißchen. Es pocht so in meinem Bein.«

»Das ist normal. Erinnere mich daran, dir heute abend ein Beruhigungsmittel zu geben.«

»Es ist so schön, krank zu sein und von dir umsorgt zu werden, Mama.« Léa griff nach der Hand ihrer Mutter und küßte sie. »Ich hab' dich so lieb, Mama.«

Isabelle streichelte ihrer Tochter die Hand. So blieben sie eine ganze Weile sitzen, ohne ein weiteres Wort miteinander zu wechseln. Dann nahm Isabelle das Gespräch wieder auf.

»Stimmt, was dein Vater mir gesagt hat?«

Léa zog ihre Hand zurück; ihr Gesichtsausdruck verfinsterte sich.

»Antworte mir. Willst du Claude d'Argilat wirklich heiraten?«

»Ja.«

»Liebst du ihn denn?«

»Ja.«

»Diese Liebe scheint mir aber ziemlich plötzlich gekommen zu sein. Du hattest ihn doch über ein Jahr lang nicht gesehen. Hast du mir vielleicht etwas verschwiegen?«

Léa überkam das jähe Verlangen, ihrer Mutter alles zu gestehen, ihr ihren Kummer anzuvertrauen, sich von ihr trösten zu lassen. Andererseits wollte sie ihr keine

Sorgen bereiten, sie nicht enttäuschen; im Gegensteil, sie wollte sie beruhigen. »Es ist alles in Ordnung«, erwiderte sie daher mit fester Stimme, »ich liebe Claude wirklich.«

5

Noch immer auf das Sofa im Arbeitszimmer ihres Vaters gebettet, hörte Léa durch die geöffnete Wohnzimmertür die letzten Sätze der im Rundfunk übertragenen Rede von Edouard Daladier: »Wir führen diesen Krieg, weil man uns dazu gezwungen hat. Ein jeder befindet sich auf seinem Posten auf Frankreichs Boden, dem Land der Freiheit, auf dem die Achtung vor der Menschenwürde eine ihrer letzten Zufluchtsstätten findet. Mögen eure Anstrengungen zum Wohle des Vaterlandes untrennbar verbunden sein mit dem innigen Gefühl der Einheit und der Brüderlichkeit. Lang lebe Frankreich!«

Neben dem Sofa saß auf einem niedrigen Stuhl Claude d'Argilat, den einen Arm im Gipsverband.

»Wäre dieser verdammte Arm nicht, würde ich diesen *Boches* schon zeigen, was ein französischer Soldat ist.«

»Da bist du doch selber dran schuld! Warum mußtest du auch die arme alte Stute deines Onkels wie ein Irrer zum Galopp antreiben?«

»Du hast ja recht«, gab er kläglich zu, »aber ich war so glücklich über deine Liebe und daß du mich heiraten willst, da mußte ich einfach galoppieren!«

»Armer Claude, wir beide geben wirklich ein reizendes Pärchen ab. Zwei Schwerbeschädigte!«

»Im Grunde freue ich mich sogar über diesen blöden Unfall: So habe ich wenigstens noch etwas von dir, jetzt, wo deine anderen Verehrer fort sind. Hast du schon mit deinen Eltern über unsere Hochzeit gesprochen? Ich habe Camille alles erzählt. Sie freut sich, dich bald zur Schwägerin zu haben.«

»Warum hast du es ihr gesagt? Das sollte doch unter uns bleiben, bis Papa seine Einwilligung gegeben hat!« rief Léa zornig.

»Aber Liebling, Camille ist doch meine Schwester. Wir haben nie Geheimnisse voreinander!«

»In diesem Fall hättest du aber wirklich den Mund halten können!«

»Warum siehst du mich so böse an?«

»Weil ich es nicht mag, wenn alle Welt über meine Privatangelegenheiten Bescheid weiß!«

»Camille ist doch nicht alle Welt.«

»Ach, hör auf, du regst mich auf mit deiner Camille. Laß mich allein.«

»Aber Léa . . .«

»Geh jetzt, ich bin müde.«

»Ich bin ein Rohling, verzeih mir, bitte, ja?«

»Ja, ja.«

»Danke, mein Schatz, also bis morgen«, sagte Claude und ergriff ihre Hand, was sie nur widerwillig geschehen ließ.

»Ist gut, bis morgen.«

Kurz nachdem Claude gegangen war, betrat Pierre Delmas das Zimmer. »Wie geht es denn unserer Patientin?«

»Sehr gut, Papa, aber ich wünschte, ich könnte endlich wieder aufstehen, ich bin schon ganz kribblig.«

»Hab Geduld, mein Kätzchen, denk an Kiplings Satz . . .«

»Zu große Eile war das Verderben der gelben Schlange, die die Sonne verschlingen wollte.«

»Wie ich sehe, hast du die Ratschläge deines alten Vaters noch nicht ganz vergessen. Handle danach, meine Tochter, du wirst sehen, wie richtig sie sind.«

»Ich zweifle ja gar nicht daran«, seufzte Léa.

Pierre Delmas nahm hinter seinem Schreibtisch Platz, setzte die Brille auf, schob ein paar Schriftstücke hin und her, blätterte einige Zeitungen durch, zog eine Schublade auf, schloß sie wieder, vertiefte sich in die Betrachtung der Zimmerdecke, erhob sich schließlich und ging zur Fenstertür.

»Die Tage werden kürzer«, bemerkte er wie zu sich selbst und blickte nach draußen.

Léa betrachtete aufmerksam die hohe, kräftige Gestalt ihres Vaters. Seine Schultern schienen eine Spur gebeugter, sein Haar grauer geworden zu sein. Irgendwie kam er ihr zerbrechlich vor. Bei diesem Gedanken mußte sie lächeln. Zerbrechlich, er, Pierre Delmas, der ein volles Faß stemmen konnte und die Pinien in den Wäldern des Landes ebenso geschwind und gut wie der beste Holzfäller zu schlagen vermochte?

»Papa!« rief sie in plötzlicher Zärtlichkeit aus.

»Ja.«

»Ich hab dich lieb!«

»Du hast mich lieb, und doch willst du mich verlassen«, sagte er, wandte sich um und kam auf sie zu.

»Das ist nicht dasselbe.«

Mit einem Seufzer ließ Pierre Delmas sich auf den niedrigen Stuhl fallen, der unter seinem Gewicht ächzte.

»Bist du sicher, daß du diesen einarmigen Tolpatsch heiraten willst?« Léa antwortete nicht, sondern senkte störrisch den Kopf. »Tust du es vielleicht aus Trotz?«

Errötend schüttelte sie ihre wirre Mähne.

»Die Ehe ist eine ernste Sache und eine Verpflichtung fürs ganze Leben. Hast du es dir wirklich gut überlegt?«

Léa wollte ihren Vater unbedingt glauben machen, daß sie ernsthaft in Claude verliebt und die Affäre Laurent eine längst vergessene Kinderei sei.

»Ich hab' Claude vorher nicht richtig gekannt. Als ich ihn auf dem Fest traf, habe ich gespürt, daß ich ihn liebe. Laurent mag ich sehr gerne, aber mit Liebe hat das nichts zu tun.« Zweifelnd sah Pierre Delmas sie an. »An dem Abend neulich auf dem Kalvarienberg hatte ich aber einen ganz anderen Eindruck.«

Léas Herz verkrampfte sich. Wie sollte sie nur diese Komödie weiterspielen?

»An dem Abend damals bei der Kapelle war ich müde und furchtbar wütend darüber, daß Laurent mir nicht selbst von seiner Hochzeit erzählt hat. Ich dachte, er wäre in mich verliebt, und ich fand es immer so schön, mit ihm zu flirten. Mir ist gleich, ob er heiratet oder nicht. Im Grunde ist er ein langweiliger Kerl, und ich frage mich, wie Camille es bloß mit ihm aushält.«

»Ganz meine Meinung. Zu einem Mädchen wie dir würde am besten einer der beiden Lefèvres passen.«

»Aber, Papa, das sind doch bloß gute Kameraden!«

»Kameraden? Mein armes Kind, du verstehst ganz offensichtlich nichts von Männern. Die beiden sind verrückt nach dir, und sie sind bestimmt nicht die einzigen. Aber jetzt mußt du schlafen. Gute Nacht, mein Kätzchen!«

Schon nach kurzer Zeit war Léa wieder auf den Beinen. Sie nahm ihre Streifzüge durch die Gegend wieder auf, nun meist in Begleitung von Claude. Die Weinlese rückte näher, und wie jedes Jahr um diese Zeit herrschte auf Montillac rege Betriebsamkeit. Da die Männer in jenem Herbst eingerückt waren, mußten die Frauen sie ersetzen. Ein paar Tage lang geriet der Krieg fast in Vergessenheit: Die Trauben konnten nicht warten.

Am Himmel braute sich ein Gewitter zusammen. Alle arbeiteten so schnell sie konnten, um fertig zu werden, ehe das Unwetter losbrach. Die übliche Pause um vier Uhr entfiel, da die Ernte vor dem Gewitter eingebracht werden mußte. Um fünf Uhr fielen die ersten Tropfen, bald goß es wie aus Kübeln, und die Pflücker mußten aufhören. Binnen kurzem befanden sich die Ochsenkarren mit den Trauben in geräumigen Schuppen in Sicherheit.

In einer Scheune standen lange Tische mit blütenweißen Tischtüchern, die üppig gedeckt waren mit Pasteten, Fleisch, Geflügel, Käse, dampfenden Suppenterrinen und Weinkrügen. Neben dem Scheunentor stand ein Wasserfaß, in welchem die Arbeiter sich die Hände wuschen, bevor sie rings um die Tische Platz nahmen.

Pierre Delmas saß am Stirnende des Tisches, während Isabelle, die sich eine große weiße Schürze vor das Sommerkleid gebunden hatte, Françoise, Laure und Ruth bedienten. Léa, deren Blasen an den Händen von ihrem Arbeitseifer zeugten, hatte an der Seite ihres Vaters Platz genommen.

Der Festschmaus während der Lese war alljährlich Anlaß für ein mehrtägiges Fest. Die jungen Leute aus der ganzen Umgebung kamen zusammen, lachten, sangen, tanzten. Aber in diesem Jahr wollte keine rechte Stimmung aufkommen. Die Frauen waren in der Überzahl, und die wenigen Männer waren Greise. Niemand sprach, als die Mahlzeit begann; alle dachten an die abwesenden Männer, wohl auch an die Fröhlichkeit der vergangenen Feste.

Da ihm die Bedrücktheit seiner Gäste nicht verborgen

blieb, erhob sich Pierre Delmas und brachte einen Trinkspruch aus: »Trinken wir auf das Wohl unserer Soldaten, erfüllen wir frohen Herzens die Aufgaben, die sie nicht übernehmen konnten.«

»Auf das Wohl unserer Soldaten!« riefen die Gäste aus.

Léa legte die Hand auf das Knie des Vaters, der sein Glas ein zweitesmal hob, für sie allein.

»Ich trinke auf dein Glück, mein Schatz!« fügte er leise hinzu.

6

»Oh, Léa, ich freue mich so, daß du meinen Bruder heiratest! Bis ihr eine Wohnung gefunden habt, werdet ihr bei uns in der Rue de Rennes wohnen.«

»Aber ich will nicht nach Paris!« rief Léa.

»Das wird nicht anders gehen, mein Liebes. Sobald der Krieg zu Ende ist, wird Claude sein Studium wieder aufnehmen.«

»Und was soll ich in der Zwischenzeit anfangen?«

Camille lachte lauthals. »Ich werde dir Paris zeigen. Es wird dir bestimmt gefallen, schließlich ist Paris die schönste Stadt der Welt. Wir sehen uns Ausstellungen an, besuchen Museen, Konzerte, die Oper, die Comédie française . . .«

»Alles schön und gut, aber Montillac ist mir lieber.«

»Du hast recht, Montillac ist wunderschön, Roches-Blanches ebenfalls, aber mit Paris kann das alles nicht mithalten. Laurent denkt übrigens genauso wie ich. Er sagt, in Paris läßt es sich am besten arbeiten, man hat alles, was man braucht. Die Bibliotheken . . .«

»Ich mag keine Bibliotheken! Das sind die reinsten Bücherfriedhöfe.«

Léa wußte, daß sie ein bißchen übertrieb, aber Camille ging ihr mit ihrem Paris und ihrer Bildungsbeflissenheit arg auf die Nerven.

Nachdem Pierre Delmas die Argumente ausgegangen waren, hatte er nachgegeben und der Hochzeit seiner Tochter mit Claude d'Argilat zugestimmt. Dieser hatte ihm so überschwenglich gedankt, daß er sich einredete, seine Kleine könne möglicherweise doch mit dem jungen Mann glücklich werden. Isabelle hatte ihre Tochter nur fest in die Arme geschlossen, und Françoise hatte gemurmelt: »In der Not frißt der Teufel Fliegen!«

Allein Laure und Ruth bekundeten offen ihre Freude über die Heirat; Laure, weil sie Hochzeiten ganz allgemein liebte, und Ruth, weil sie der Meinung war, »das wird das leichtfertige Mädchen sicher zur Raison bringen«.

Nicht lange nach der offiziellen Bekanntgabe der Verlobung traf eine Nachricht ein, die die beiden Familien zutiefst beunruhigte und um ein Haar bewirkt hätte, daß Léa sich verriet: Oberleutnant Laurent d'Argilat war bei dem Versuch, einem seiner Männer, der in ein Minenfeld geraten war, zu Hilfe zu kommen, verwundet worden. Pierre Delmas und seine Tochter hielten sich gerade auf Roches-Blanches auf, als ein Bote die Neuigkeit brachte. Als Camille sah, daß Monsieur d'Argilat erbleichte, erriet sie sogleich, daß ihrem Verlobten etwas zugestoßen war. Sie erhob sich und ging, am ganzen Körper zitternd, auf ihren Onkel zu.

»Ist Laurent etwas passiert?«

Nun erhob sich auch Pierre Delmas.

»Sag es mir doch! Was ist mit Laurent!« bat Camille flehentlich.

»Nichts Ernstes, mein Kind, nichts Ernstes«, brachte Monsieur d'Argilat mühsam heraus. »Nur eine Verwundung am Arm.«

Im selben Augenblick betrat ein Diener mit einem Telegramm den Raum. Monsieur d'Argilat reichte es seinem Freund.

»Öffnen Sie es, Pierre, ich habe nicht den Mut dazu.«

Pierre Delmas tat wie befohlen und las den Text. Ein Lächeln erhellte sein breites Gesicht.

»Es ist von Laurent. Er ist wohlauf und wird morgen hier sein.«

»Morgen!«

»Jawohl, morgen. Hier, lesen Sie selbst ...«

Léa hatte sich abseits gehalten, bemüht, ihren Wunsch zu schreien, zu unterdrücken und dann, als klar war, daß Laurent nichts Ernstes passiert war, nicht vor Glück zu weinen. Laurent lebte! Er würde zurückkommen, sie würde ihn sehen! Sie schloß die Augen. Aber Camilles Stimme riß sie aus ihren seligen Träumen.

»Wir wollen die Gelegenheit nutzen, Onkel, und unseren Hochzeitstermin vorverlegen. Ich bin sicher, das ist Laurents größter Wunsch.«

»Wie du meinst, Camille ...«

»Léa, warum heiratest du nicht auch in Saint-Macaire wie ich? Es wäre doch herrlich, am gleichen Tage Hochzeit zu feiern!«

Diese dumme Gans! Wo die Hochzeit stattfand, war Léa völlig gleichgültig, schließlich heiratete sie nicht Laurent. Um keinen Preis der Welt wollte sie mitanhören, wie der Mann, den sie liebte, einer anderen sein Jawort gab. Sie machte der Unterhaltung ein rasches Ende.

»Ich will unbedingt in Verdelais heiraten. Komm, Papa, Mama wartet auf uns.«

Nur mit Mühe vermochte Léa auf dem Heimweg ihre Tränen zurückzuhalten. Sie fühlte den besorgten Blick ihres Vaters auf sich ruhen. Diese seine Tochter, die sonst so schwatzhaft war, antwortete nur einsilbig auf seine Fragen, und so verstummte er bald. Zu Hause angelangt, wehrte Léa sich nicht einmal gegen Françoises provozierende Bemerkungen. Sie flüchtete ins Kinderzimmer, wo sie bis zum Abendessen mit tränenlosen brennenden Augen in ihrem Bettchen kauerte.

Seit dem frühen Morgen war Léa ständig in Bewegung. Claude hatte ihr am Abend zuvor versprochen, sie anzurufen, sobald Laurent eingetroffen sei. Rastlos wanderte sie im Haus auf und ab. Als es Isabelle schließlich zuviel wurde, schickte sie ihre Tochter nach Bellevue und trug ihr auf, sich nach Sidonies Befinden zu erkundigen. »Die frische Luft wird dir guttun!«

Wütend rannte Léa los. Die letzten Regenfälle und die Wagenspuren hatten auf dem unbefestigten Weg tiefe Rillen hinterlassen, so daß sie aufpassen mußte, sich nicht erneut den Fuß zu verstauchen. Als sie Sidonies Haus erreichte, war sie völlig außer Atem und ließ sich für einen Augenblick auf der kleinen Bank nieder, die neben dem Eingang stand. Der alte Hund begrüßte Léa mit freudigem Gekläff, und kurz darauf öffnete Sidonie, die durch den Lärm aufmerksam geworden war, die Tür.

»Bist du's Kleines? Warum kommst du nicht herein? Du bist ja ganz naßgeschwitzt. Komm schnell, sonst erkältest du dich noch.«

Léa umarmte die Alte und trat ein.

»Es ist doch hoffentlich nichts passiert auf dem Schloß, daß du so gerannt bist?«

»Nein, nein, nichts. Mama läßt nur fragen, ob es dir gutgeht.«

»Deine Mutter ist eine liebe Frau! Sag ihr, mir geht's so, wie es einem in meinem Alter gehen kann. Ach, Herzchen, es gibt nichts Schlimmeres, als alt zu werden!«

»Red doch nicht, Sidonie, besser alt als tot.«

»Da bin ich mir nicht so sicher! So was sagt man, wenn man jung ist und noch frisches Blut durch die Adern fließt, wenn man auf Leitern klettern kann, ohne Angst vorm Fallen zu haben, und noch anderen von Nutzen ist. Aber schau mich an. Deinem Vater bin ich eine Last, deiner Mutter eine Sorge, mehr nicht...«

»So etwas darfst du nicht sagen, Sidonie, du weißt, daß jeder auf Montillac dich liebhat.«

»Sicher weiß ich das. Aber trotzdem hab' ich das Gefühl, ich bin euch nur eine Last, vor allem jetzt, mit diesem verflixten Krieg. Nicht mal stricken kann ich, meine armen krummen Finger können die Wolle und die Nadeln nicht mehr halten. Ich würde unseren Soldaten so gern Socken stricken. Im vorigen Krieg haben sie so gefroren!«

Eine Träne lief über ihre Wange, und Léa beobachtete, wie sie sich in den Falten der Mundwinkel verlor. Von Mitleid ergriffen, kniete sie vor Sidonie nieder wie einst als kleines Mädchen, wenn sie Kummer hatte und das Gesicht in ihrer Schürze vergrub, die nach Korn und Seifenlauge roch. Wie früher strich Sidonie mit ihrer rauhen, abgearbeiteten Hand liebevoll über Léas Haar.

»Mußt nicht traurig sein, Kleines. Ich bin eine verrückte Alte, die einen Haufen Unsinn redet und immer nur jammert. Hör nicht auf mich, es liegt am Gewitter, daß ich heute alles schwarz sehe. Na, komm, schau mich an! Nun seh sich einer dieses Baby an! Und du willst eine junge Dame sein, die bald heiraten wird? Dein Verlobter würde vielleicht ein Gesicht machen, wenn er dich so sähe, Nase und Augen rot wie bei einem weißen Karnickel. Erinnerst du dich noch an die weißen Karnickel? War das ein Theater, wenn sie geschlachtet werden sollten! Du wolltest sie immer retten, hast dich mit ausgebreiteten Armen vor die Ställe postiert und gebrüllt: ›Nein, die nicht, das sind Prinzessinnen, die eine böse Fee in Karnickel verzaubert hat!‹ Wir haben dich einfach überlistet, dein Vater und ich. Wir haben gewartet, bis es dunkel wurde, dann haben wir bunte Bänder in die Ställe gelegt, damit du am anderen Morgen glauben solltest, die Kaninchen seien in Prinzessinnen zurückverwandelt worden und hätten beim Fortgehen ihre Bänder vergessen ...«

Ein Lächeln huschte über Léas Gesicht.

»Damals war ich noch dumm genug, an Feen zu glauben.«

»Tust du das heute nicht mehr? Das ist ein Fehler. Wer hat dir deine Schönheit gegeben? Sicher, wir haben den lieben Gott, aber auch die Feen sind zu was nütze.«

Léa lachte. »Hör auf, Donie, ich bin kein kleines Kind mehr.«

»Für mich wirst du immer meine Kleine bleiben, das Kind, das mir versagt blieb«, antwortete die Alte, zwang Léa aufzustehen und drückte sie ungestüm an sich.

Eine ganze Weile blieben sie eng umschlungen stehen. Dann holte Sidonie ein kariertes Taschentuch aus ihrer Schürzentasche, schneuzte sich geräuschvoll und wischte sich über die Augen.

»Ach, man darf nicht so rührselig werden. Sag deiner Mutter, sie solle sich keine Sorgen machen, mir fehlt es an nichts. Und sag Mademoiselle Ruth noch einmal dankeschön für ihren Besuch gestern ... Wo hab' ich bloß meine Gedanken! Du wirst doch nicht gehen wollen, ohne ein kleines Schlückchen Johannisbeerlikör zu dir genommen zu haben?«

»Danke, Sidonie, mach dir nur keine Umstände.«

»Aber was denn, keineswegs, keineswegs ...«

7

»Laurent d'Argilat, wollen Sie die hier anwesende Camille d'Argilat zur Frau nehmen?«

»Ja, ich will es.«

Laurents festes, deutliches »Ja« hallte durch das gotische Gewölbe und versetzte Léa einen tiefen Stich ins Herz. Es war als umhülle sie Grabeskälte, als erstarre ihr Körper zu Stein, als gefriere das Blut in ihren Adern und als setze ihr Herzschlag aus.

Die Farben der Kirchenfenster, die eine wahre Festtagssonne bestrahlte, begannen zu tanzen wie Teilchen eines Kaleidoskops; buntschillerndes Licht fiel auf den Altar, wo der Priester die Messe las, umflutete Camille unter ihrem weißen Schleier, verwandelte Laurents Uniform in ein Harlekinkostüm. Er sieht aus wie Jonas, mein alter Hampelmann, dachte Léa. Das magische Lichterspiel breitete sich in der ganzen Kirche aus. Bald ragte nur noch eine einzige graue Statue aus dieser fließenden bunten Masse. Erleichtert stellte Léa fest, daß sie hinter geschlossenen Lidern wieder alleinige Herrscherin über die Farben war. Ein Dröhnen schleuderte das Rot wie einen Blutstrahl zum Gewölbe empor, das für einen kurzen Augenblick aus dem Dunkel getaucht war; ein schriller Ton trieb das Blau auseinander, während das Grün sich zu einem düsteren Teppich ausbreitete, auf welchen gelbe, rosarote und veilchenblaue Tupfen wie Blumenblätter niederregneten. Und dann, während das dumpfe Grollen wie unter Führung eines unsichtbaren Dirigenten noch weiter anschwoll, vereinigten die Farben sich zu Formen des Grauens, die um so entsetzlicher wirkten, als ein dicker schwarzer Strich sie umrandete. Eine teuflische, rötliche Gestalt, die an Abscheulichkeit nicht zu übertreffen war, richtete sich vor Léa auf. So groß war ihre Angst, daß sie einen Schrei ausstieß.

Woher kam nur diese unerträgliche Hitze? Wer hatte die Ungeheuer verdrängt? Wo waren die tanzenden, bunten Schatten geblieben? Warum war alles plötzlich so dunkel? Und diese Musik, die das Herz zermarterte und in den Schläfen dröhnte ...

»Möchten Sie die Kollekte einsammeln, Mademoiselle?« Was wollte dieser rotgekleidete Riese von ihr? Warum sprach er sie an, dieser Mann in dem komischen Aufzug, mit der federgeschmückten Kopfbedeckung? Woher rührte dieser unerträgliche Druck an ihrem Arm?

»Léa ...«

»Mademoiselle ...«

Sie wandte sich nach links und sah aus einer Art Nebel heraus das besorgte Gesicht ihres Verlobten auftauchen. Der Druck? Das war seine Hand. Schroff riß sie sich los. Mit welchem Recht wagte er, sie zu berühren? Und was wollte dieser rotgekleidete Kerl mit seinem mit weißem Satin gefütterten Korb? Sammeln sollte sie ... Sonst noch was? Begriff er denn nicht, daß ihr der Gedanke zuwider war, zwischen den Kirchenbänken hindurchzugehen, in der einen Hand den Saum des blaßrosa Organdykleids, in der anderen den Korb? Der Kirchendiener fragte abermals: »Möchten Sie die Kollekte einsammeln, Mademoiselle?«

»Nein, danke«, erwiderte sie abweisend.

Überrascht sah er sie an. Die jungen Mädchen sammelten sonst immer gerne, denn das gab ihnen Gelegenheit, ihre Kleider vorzuführen ... Kopfschüttelnd wandte er sich an Françoise, die eilfertig zusagte, ein herausforderndes Lächeln auf den Lippen.

Endlich war der Gottesdienst zu Ende. Vor dem mit weißen Blumengestecken geschmückten Altar nahmen die Jungvermählten die Glückwünsche von Verwandten und Freunden entgegen.

Als die Reihe an Léa war, die sich durch nichts als durch ihren Hochmut aufrechterhielt, streckte Camille, die durch die zarte Rötung ihres Teints schöner wirkte als sonst, ihr die Arme entgegen und drückte sie an ihre Brust. »Bald bist du an der Reihe, Léa, mögest du so glücklich sein, wie ich es in diesem Augenblick bin!«

Teilnahmslos ließ Léa sich küssen. »Es ist nicht wahr, alles ist nur ein Traum, ein schlechter Traum ...« An diesen Worten hielt sie sich in ihrer Verwirrung fest.

Claude schob sie weiter, bis sie vor Laurent stand.

»Gib ihm einen Kuß!« forderte er sie auf.

Dröhnende Orgelmusik begleitete den Hochzeitszug. Die überglückliche Camille war hübsch anzusehen in ihrem langen cremefarbenen, in der Sonne schimmernden Satinkleid und dem schon leicht vergilbten Spitzenschleier, den die Bräute der Familie d'Argilat seit Generationen zu tragen pflegten. Die Hand der jungen Frau ruhte auf dem schwarzen Frackärmel ihres Gatten, der aufmerksam seinen Schritt dem ihren anpaßte. Dem Paar folgten die acht Brautjungfern in hellrosa Organdy gekleidet, ihre mädchenhaften Gesichter von breitkrempigen Hüten beschattet. Léa haßte die Farbe ebenso wie den Stoff.

Zahlreiche Neugierige hatten sich auf dem Kirchplatz eingefunden und begrüßten das Brautpaar.

Ein langhaariger Fotograf, dessen Hals eine breite Fliege schmückte, bat die Hochzeitsgesellschaft, vor dem Kirchenportal Aufstellung zu nehmen. Bei der ersten Aufnahme bewegte sich Léa, so daß ihr Gesicht auf dem Bild später verschwommen blieb, und bei der zweiten hielt sie den Kopf so tief gesenkt, daß man lediglich die Oberseite ihres Hutes erkennen konnte.

Gemeinsam mit Claude, Lucien und Laure fuhr Léa im Wagen ihres Onkels Adrien nach Hause zurück. Unterwegs wurde sie von heftiger Übelkeit ergriffen, so daß sie eiligst aussteigen und sich am Straßengraben übergeben mußte.

»Aber das Kind ist ja ganz heiß vor Fieber!« rief Adrien, der Léas Kopf stützte. Ihr Gesicht war bleich und rotfleckig. Nachdem der Brechreiz sich gelegt hatte, ließ sie sich ins Gras fallen; Adrien half ihr wieder auf die Beine, hob sie hoch und trug sie zum Fahrzeug.

»Mir ist so kalt«, klagte sie.

Lucien holte eine Reisedecke aus dem Kofferraum und deckte sie zu.

Doktor Blanchard diagnostizierte Masern, verordnete eine strenge Diät und absolute Ruhe.

Die Hochzeit, die Anfang November hätte stattfinden sollen, mußte verschoben werden, und Claude mußte, zu seiner großen Verzweiflung, zu seinem Regiment zurückkehren, ohne seine Braut, die noch immer unter Fieberanfällen litt, noch einmal wiedergesehen zu haben.

Pierre Delmas, Isabelle und Ruth hielten abwechselnd an Léas Bett Wache. Die Genesung zog sich in die Länge. Noch nie hatte Doktor Blanchard in seiner immerhin vierzigjährigen Laufbahn einen so schweren Fall von Masern erlebt. Er befürchtete sogar, Léas Erkrankung sei der Beginn einer Epidemie, doch glücklicherweise traten weitere Erkrankungen nicht auf. Beinahe täglich trafen lange Briefe von Claude d'Argilat in Montillac ein. Ungeöffnet stapelten sie sich auf einem der Nachttischchen in Léas Schlafzimmer. Einmal in der Woche schrieb ihm Isabelle Delmas, wie es seiner Verlobten ging, und Ende der dritten Woche konnte Léa zum erstenmal dem Schreiben ihrer Mutter einen kurzen Satz hinzufügen.

Claude d'Argilat konnte sich über dieses Zeichen der Genesung nicht mehr freuen, denn als der Brief eintraf, war er tot. Er war von einer explodierenden Übungshandgranate zerrissen worden. Etliche Tage hielt man die Nachricht vor Léa geheim, da man fürchtete, sie sei noch nicht stark genug, den Schock zu verkraften.

An einem herrlichen, warmen Dezembernachmittag ging Léa, von Ruths Arm gestützt, auf die Terrasse hinaus. Sie spürte neue Kraft in ihren Körper strömen und seufzte wohlig.

»Jetzt gehen wir lieber wieder hinein. Das war genug fürs erstemal.«

»Laß uns noch ein bißchen draußen bleiben, Ruth, es tut mir so gut.«

»Nein, Kleines«, entgegnete die Gouvernante mit fester Stimme. Léa wußte, daß man Ruth in manchen Dingen besser nicht widersprach, und so fügte sie sich.

Plötzlich sah sie eine schwarze Gestalt auf sich zukommen. Warum trug sie Trauer? Regungslos, mit wachsendem Entsetzen, blickte Léa der Frau entgegen.

»Laurent!« schrie Léa so laut, daß selbst die Vögel in den Bäumen aufgeschreckt wurden. Verständnislos sah

Ruth Léa an. Die Frau in Schwarz, ihr Gesicht hinter einem Schleier verborgen, war inzwischen ganz nahe gekommen.

»Laurent!« stöhnte Léa und raffte ihren wollenen Morgenrock enger um den Leib. Die Frau in Schwarz lüftete den Schleier, und Léa erkannte Camille, die ihr teilnahmsvoll in die Augen sah. Sie streckte die Arme nach ihrer Schwägerin aus und wollte sie küssen. Léa erstarrte.

»Meine arme kleine Léa!«

»Was ist mit Laurent?«

»Du bist ein guter Mensch, daß du zuerst an andere denkst! Nein, Laurent geht es gut, er läßt dich umarmen und dir sagen, daß wir jederzeit für dich da sind.«

Léa hörte gar nicht mehr zu.

Die Nachricht, daß Laurent wohlauf war, erfüllte sie mit unbeschreiblicher Freude. Mit einem strahlenden Lächeln umarmte sie Camille.

»Hast du mir einen Schrecken eingejagt! Was soll denn diese Kostümierung? Um wen trauerst du denn?«

»Oh, Léa, weißt du es noch nicht?«

»Was soll ich wissen?«

Camille sank zu Boden, die Hände vors Gesicht geschlagen.

»Was ist denn los? Warum führst du dich so auf? Ruth, warum trägt Camille Trauer?«

»Ihr Bruder ist gestorben.«

»Ihr Bruder? Welcher Bruder? ... Oh! ... Du meinst ...?«

Ruth antwortete mit einem Nicken.

»Claude? ...«

Jetzt brauche ich ihm wenigstens nicht zu erklären, warum ich ihn nicht mehr heiraten will, dachte Léa automatisch. Dann aber wurde sie rot vor Scham, und ihre

Augen füllten sich mit Tränen, deren Bedeutung Camille mißverstand.

Léa erholte sich zusehends. Trotz der bitteren Kälte, die ihre Wangen und ihre Nase mit zartem Rot überhauchte, unternahm sie mit ihrem Vater lange Spazierritte durch die Weinberge und über die Felder. Der Krieg schien weit weg. Und Schwarz stand ihr ausgezeichnet.

Um sie auf andere Gedanken zu bringen, schlug Pierre Delmas ihr vor, ihn auf eine Geschäftsreise nach Paris zu begleiten. Wohnen sollten sie bei Isabelles Tanten, Lisa und Albertine de Montpleynet. Begeistert nahm Léa seinen Vorschlag an. In Paris würde sie Laurent wiedersehen, der vor kurzem ins Kriegsministerium versetzt worden war . . .

8

Vater und Tochter trafen mit dem Abendzug in Paris ein. Auf dem schwach erleuchteten Bahnhof konnte man kaum etwas erkennen. Draußen herrschte dunkle Nacht; das gedämpfte Licht der wenigen Laternen erleuchtete die Straßen kaum. Nach schier endlosem Warten fanden sie ein Taxi mit verhangenen Scheinwerfern.

Langsam fuhr der Wagen an den Quais entlang. Léa kam es vor, als führen sie durch eine Geisterstadt, so wenige Fahrzeuge und Fußgänger waren zu sehen. Einzelne blaue Lichter, die da und dort aufleuchteten, ließen alles nur noch unwirklicher erscheinen.

»Da ist Notre-Dame«, sagte Pierre Delmas.

Léa konnte nichts entdecken als eine dunkle Masse, die sich kaum sichtbar vom düsteren Himmel abhob.

»Hier ist die Place Saint-Michel.«

Das sollte das berühmte, fröhliche, lebhafte Quartier Latin sein? Léa sah ein paar Gestalten vorüberhuschen, die offensichtlich bemüht waren, einander aus dem Wege zu gehen.

Als hätte er ihre Gedanken erraten, sagte Léas Vater: »Wie trostlos es hier ist! Es hat sich alles ungeheuer verändert. Früher waren um diese Zeit immer noch viele Menschen auf den Beinen, und die Cafés waren voll.«

In trübsinnige Gedanken versunken, erreichten sie schließlich die Rue de l'Université.

Der Empfang, den Lisa und Albertine ihnen bereiteten, war so freundlich, daß das Lächeln auf ihre Gesichter zurückkehrte. Im Eßzimmer, dessen prächtige Panoramatapete eine Einschiffung nach den Antillen zeigte, erwartete sie ein hübsch gedeckter Tisch. Léa hatte dieses Zimmer früher, als kleines Mädchen, zu ihrer Welt erkoren, wann immer sie bei den Tanten zu Besuch gewesen war. Immer wenn die Tür offenstand, verbarg sie sich unter dem langen Tisch. Von ihrem Versteck aus konnte sie die Schiffe, die riesigen, grellbunten Blumen und das tiefblaue Meer sehen. All diese Bilder paßten zu den Geschichten, die Isabelle über ihre ferne, unbekannte Heimat erzählte.

»Wie schön, Tante Albertine! Nichts hat sich verändert.«

»Warum auch, Kleines? Es reicht doch, wenn *wir* uns ändern!«

»Aber du bist auch genau wie früher, Tante Albertine!«

Albertine umarmte ihre Nichte und schob ihr einen Stuhl hin; Pierre Delmas setzte sich seiner Tochter gegenüber.

»Ihr müßt hungrig sein. Estelle hat Kalbsbraten mit Morcheln zubereitet, das essen Sie doch gern, Pierre«, sagte Albertine, und Lisa fügte lachend hinzu: »Sie weiß noch von früher, daß es eins Ihrer Leibgerichte ist.«

»Ich seh' schon: Bei euch werde ich einige Kilo zunehmen, und eure Nichte wird mit mir schimpfen.«

»Genau derselbe wie früher, immer zu einem Späßchen aufgelegt!« kicherten die beiden alten Tanten.

Léa ließ sich das Essen schmecken.

Als Pierre sie ansah, mußte er unwillkürlich an den

armen Claude denken, der offensichtlich ziemlich rasch in Vergessenheit geraten war.

In ihrem Zimmer, dem ehemaligen Mädchenzimmer ihrer Mutter, fand Léa einen prächtigen Strauß Teerosen mit einer Grußkarte vor. »Für die Neu-Pariserin! Alles Liebe, Camille und Laurent«, las sie. Die Freude war ihr vergällt: Was sollte sie mit einem Gruß von Camille? Und für Laurent interessierte sie sich nur allein, nicht mit seiner Frau. Sie zerriß die Karte und legte sich enttäuscht schlafen.

Am nächsten Morgen weckten sie der herrliche Duft heißer Schokolade und strahlender Sonnenschein, vor dem sie unter die Bettdecke flüchtete.

»Mach die Vorhänge zu! ...«

»Aufstehen, Faulpelz, wer bleibt denn bei so einem Wetter im Bett? Weißt du überhaupt, wie spät es ist?«

Léa streckte die Nasenspitze heraus. »Nein.«

»Gleich elf Uhr! Dein Vater ist schon lange auf, und Camille d'Argilat hat bereits zweimal angerufen«, sagte Albertine und stellte das Tablett neben dem Bett ab.

»Oh, diese Nervensäge!« zischte Léa und setzte sich auf.

Albertine reichte ihr das Frühstück. »Warum sagst du so etwas? Es ist sehr nett von Camille, daß sie sich so um dich kümmert.«

Léa zog es vor, nicht zu antworten, und setzte sich bequem zurecht. »Wie lieb von dir, Tante! Die mag ich so gerne!« Herzhaft biß sie in eine lauwarme, goldbraune Brioche.

»Genieße sie, mein Schatz, demnächst soll wieder alles rationiert werden. Heute ist ein Kuchentag, dafür gibt's kein Fleisch; morgen sind die Bäckereien zu und die Schlachtereien geöffnet. Wir werden uns daran gewöhnen müssen.«

»Na, endlich wach?« Lisa schaute durch die halboffene Tür. »Hast du gut geschlafen?«

»Guten Morgen, Tante. Ich hab' geschlafen wie ein Murmeltier. Dieses Zimmer erinnert so sehr an Mama, als hätte sie's nie verlassen.«

Nach einem Kuß ließen die beiden Schwestern sie allein. Léa schlang noch drei Brioches und zwei Tassen Schokolade hinunter. Dann schob sie das Tablett beiseite und streckte sich aus, die Arme unter dem Kopf verschränkt. Die Tüllgardinen vor dem leicht geöffneten Fenster bewegten sich sanft im Wind. Die Figuren auf Jouys Gemälde an der Wand mit der blauen, verblaßten Tapete schienen in der Frühlingssonne zum Leben zu erwachen. Léa fiel es nicht schwer, sich ihre Mutter in diesem Zimmer vorzustellen. Wovon mochte die junge Isabelle an einem Frühlingsmorgen geträumt haben? Ob sie an Liebe, Leidenschaft oder Heirat gedacht oder sich gewünscht hatte, das Leben in vollen Zügen genießen zu können? Nein, das war unmöglich. Ihre Mutter schien über solche Dinge weit erhaben zu sein.

Irgendwo draußen klingelte das Telefon. Einige Sekunden später klopfte jemand an die Tür.

»Herein!«

Eine kräftige Frau in den Fünfzigern trat ein, über dem hellgrauen Kittel eine große Schürze von makellosem Weiß.

»Estelle! Wie schön, Sie zu sehen! Wie geht es Ihnen?«

»Gut, Mademoiselle Léa.«

»Seien Sie nicht so förmlich, Estelle, kommen Sie her, und umarmen Sie mich!«

Die Haushälterin der Montpleynets ließ sich das nicht

zweimal sagen. Sie küßte das Mädchen, das sie als kleines Kind auf ihren Armen getragen hatte, auf beide Wangen.

»Mein armes Kind! So ein Unglück! ... Ihr Bräutigam ...«

»Seien Sie still, ich möchte nicht darüber sprechen.«

»Natürlich ... Verzeihen Sie, Kleines, das war ungeschickt von mir.«

»Aber nein.«

»Oh, beinahe hätte ich's vergessen ... Mademoiselle ... Madame d'Argilat verlangt sie am Telefon. Sie ruft schon zum drittenmal an.«

»Ich weiß«, stöhnte Léa gereizt. »Ist das Telefon noch immer im kleinen Salon?« Sie schlüpfte in ihren Morgenmantel aus granatfarbenem Samt, einem Weihnachtsgeschenk ihrer Mutter. Barfuß lief sie über den Flur in den kleinen Salon, dem Lieblingsaufenthalt der Schwestern Montpleynet.

»Hallo, Camille?«

»Bist du's, Léa?«

»Ja, entschuldige, daß ich dich habe warten lassen.«

»Macht nichts. Ich freue mich so, daß du in Paris bist. Es ist so schön draußen. Wollen wir heute nachmittag nicht einen Spaziergang machen?«

»Wenn du willst.«

»Ich hole dich um zwei Uhr ab. Ist dir das recht?«

»Ja.«

»Dann bis nachher. Wenn du wüßtest, wie sehr ich mich freue, dich zu sehen.«

Ohne ein weiteres Wort hängte Léa ein.

Auf einer Bank im Garten der Tuilerien saßen zwei junge Frauen in Trauerkleidung und genossen die Rückkehr der Sonne nach einem Winter, der Frankreich wochenlang unter einer dicken Schneedecke begraben hatte. Alles kündete vom Frühling: die Luft war mild, und das helle Licht tauchte die Gebäude an der Rue de Rivoli und den Louvre in einen warmen rötlichen Schimmer. Die Gärtner pflanzten die ersten Blumen in die buchsbaumgesäumten Rabatten, die Männer bewunderten die Beine der vorübergehenden Frauen, Kinder tobten rings um das Wasserbecken, und über allem hing jener unbeschreibliche Duft des Frühlings, dessen Faszination sich niemand entziehen konnte.

Selbst Camille gab sich diesem berauschenden Gefühl hin, von Léa ganz zu schweigen. Es verdrängte den Kummer über den Tod ihres Bruders ebenso wie ihre Angst, dieser verrückte Krieg könne ihr auch noch den Mann rauben.

Ein Ball rollte ihr zwischen die Füße und riß sie aus ihren Träumereien.

»Verzeihung, M'dame!«

Camille lächelte dem kleinen blonden Jungen zu, hob den Ball auf und gab ihn zurück.

»Danke, M'dame!«

Gerührt blickte sie ihm nach. »Ist er nicht lieb? Schau nur, Léa, er hat die gleiche Haarfarbe wie Laurent!«

»Finde ich nicht«, antwortete Léa trocken.

»So ein Kind hätte ich auch gern.«

»Eigenartige Idee, sich jetzt ein Kind zu wünschen. Da muß man entweder verrückt sein oder leichtsinnig«, entgegnete Léa bissig.

Camille glaubte, sie habe die Freundin mit ihrem Wunsch nach Mutterfreuden verletzt, wo die arme Léa doch gerade erst ... »Entschuldige, ich bin schrecklich egoistisch. Man könnte meinen, ich hätte den armen Claude schon vergessen, und dabei ... dabei fehlt er mir so sehr!« schluchzte sie auf.

Zwei Passantinnen verlangsamten ihren Schritt und blickten voller Mitgefühl auf die schmale, schwarzgekleidete Gestalt, die vor Kummer am ganzen Körper zitterte. Diese Blicke trieben Léas Verdruß auf die Spitze.

»Hör endlich auf, dich so zur Schau zu stellen!« Camille nahm das Taschentuch, das die Schwägerin ihr reichte. »Entschuldige, aber ich bin weder so tapfer noch so gefaßt wie du.«

Léa verkniff sich die Bemerkung, daß weder von Tapferkeit noch von Fassung die Rede sein konnte. Sie wollte sich die Frau des Mannes, den sie liebte und den sie noch am selben Abend wiedersehen würde – Camille hatte sie zum Essen eingeladen – nicht zur Feindin machen.

»Komm, wir trinken einen Tee! Kennst du hier irgendwo ein Lokal?«

»Eine gute Idee. Wir gehen ins *Ritz*, das ist ganz in der Nähe.«

»Einverstanden!«

Sie schlenderten von den Tuilerien zur Place Vendôme.

»Können Sie denn nicht aufpassen!« rief Léa aus. Ein Mann, der aus dem Eingang des berühmten Hotels herauskam, hätte sie beinahe umgerannt.

»Verzeihen Sie, Madame. Oh, das ist ja die entzükkende Léa Delmas! Trotz dieser Verkleidung hätte ich Sie unter Hunderten wiedererkannt, meine Teure. Sie sind mir unvergeßlich.«

»Würden Sie mich bitte loslassen? Sie tun mir weh.«

»Verzeihen Sie, ich bin wirklich ein Rohling«, sagte François Tavernier lächelnd, zog seinen Hut und verneigte sich vor Camille. »Bonjour, Madame d'Argilat, erinnern Sie sich noch an mich?«

»Guten Tag, Monsieur Tavernier. Ich erinnere mich

an alle Gäste, die bei der Bekanntgabe meiner Verlobung dabei waren.«

»Ihr Gatte wurde, soviel ich weiß, nach Paris versetzt. Ich möchte nicht indiskret sein, aber darf ich fragen, um wen Sie trauern?«

»Um meinen Bruder, Monsieur.«

»Mein aufrichtiges Beileid, Madame d'Argilat.«

»Und mich fragen Sie nicht?« fuhr Léa dazwischen, wütend, daß sie übergangen worden war.

»Sie?« versetzte er scherzhaft. »Sie tragen Schwarz vermutlich aus Koketterie. Einer Ihrer Liebhaber muß Ihnen gesagt haben, daß es Ihnen steht und Ihren Teint und Ihr Haar besser zur Geltung bringt.«

»Monsieur, bitte schweigen Sie!« rief Camille. »Wie können Sie nur so etwas sagen ... Mein Bruder Claude war ihr Verlobter.«

In François Taverniers Miene spiegelten sich nacheinander Erstaunen, Mitgefühl, Zweifel und schließlich Spott, was Léa in ihrem Zorn jedoch entging.

»Ich möchte Sie auf Knien um Verzeihung bitten, Mademoiselle Delmas. Ich wußte nicht, daß Sie Monsieur d'Argilat zugetan waren und ihn zu heiraten gedachten, und ich möchte Ihnen mein aufrichtiges Beileid aussprechen.«

»Mein Privatleben geht Sie nichts an. Auf Ihr Mitleid kann ich verzichten.«

Camille versuchte zu vermitteln: »Seien Sie ihr nicht böse, Monsieur. Sie weiß nicht, was sie sagt. Der Tod meines Bruders hat sie zutiefst erschüttert. Die beiden haben sich sehr geliebt.«

»Davon bin ich überzeugt«, meinte François Tavernier mit einem Augenzwinkern zu Léa.

Nicht nur, daß dieser Flegel, dieser Gauner, dieser Lump die Szene auf Roches-Blanches nicht vergessen hatte; er besaß auch noch die Frechheit, es ihr zu verstehen zu geben! Léa ergriff Camilles Arm.

»Laß uns nach Hause gehen, Camille, ich bin müde.«

»Erst trinken wir einen Tee, das wird dir guttun.«

»Madame d'Argilat hat recht. Den Tee im *Ritz* kann ich Ihnen bestens empfehlen. Und das Gebäck ist einfach köstlich!« Sein affektierter Ton widersprach seinem Äußeren so sehr, daß Léa trotz ihrer Wut beinah in Lachen ausgebrochen wäre. Unwillkürlich huschte ein flüchtiges Lächeln über ihr mürrisches Gesicht und erhellte es für ein paar Sekunden.

»So ist es schon besser!« rief er aus. »Für ein Lächeln von Ihnen – und wenn es noch so flüchtig ist – könnte ich mein Seelenheil aufs Spiel setzen!«

Ein Mann in grauer Uniform, die Mütze in der Hand, hatte während der Unterhaltung unweit der kleinen Gruppe vor einer großen schwarzen Limousine gestanden. Nun trat er näher.

»Verzeihen Sie, Monsieur, aber Sie werden sich verspäten. Der Herr Minister erwartet Sie.«

»Danke, Germain. Was ist schon ein Minister gegen eine schöne Frau? Soll er doch warten! Dennoch muß ich mich von Ihnen verabschieden, meine Damen. Erlauben Sie, Madame d'Argilat, daß ich Ihnen in den nächsten Tagen meine Aufwartung mache?«

»Mit Vergnügen, Monsieur Tavernier. Mein Mann und ich würden uns sehr freuen.«

»Werde ich Sie auch wiedersehen, Mademoiselle Delmas?«

»Das sollte mich wundern, Monsieur. Ich bin nur kurze Zeit in Paris und habe viele Freunde zu besuchen.«

»Dann sehen wir uns bestimmt wieder. Ich darf mich empfehlen!«

Nach einem letzten Gruß stieg Tavernier in den Wagen. Der Fahrer schloß die Tür, setzte sich hinter das Steuer und fuhr langsam an.

»Wollen wir jetzt noch einen Tee trinken?«

»Ich dachte, du wolltest nach Hause.«

»Ich hab's mir anders überlegt.«

»Wie du willst, meine Liebe.«

In ihrer hübschen Wohnung am Boulevard Raspail, in der edle Louis-XIV-Möbel mit einer modernen Einrichtung harmonierten und eine Atmosphäre von erlesenem Luxus verbreiteten, ordnete Camille gerade einen Blumenschmuck. So sehr war sie in ihre Beschäftigung vertieft, daß sie Laurent nicht eintreten hörte. Als er sie über dem schwarzen Spitzenkragen ihres Crêpekleides auf den Nacken küßte, stieß sie einen leisen Schrei aus.

»Hast du mich erschreckt!« sagte sie zärtlich und wandte sich um, einen Strauß rosaroter Primeln in der Hand.

»Wie war dein Tag mit Léa?«

»Schön. Aber die Ärmste steht noch immer ganz unter dem Schock von Claudes Tod. Mal ist sie traurig, dann wieder fröhlich und voller Energie, mal sanftmütig und plötzlich wieder grob. Ich wußte nicht genau, wo ich mit ihr dran war.«

»Du hättest mit ihr hingehen sollen, wo etwas los ist.«

»Das bin ich auch! Wir sind auf eine Tasse Tee ins *Ritz* gegangen und haben dort François Tavernier getroffen.

»Das ist nicht weiter verwunderlich, schließlich wohnt er dort.«

»Zu mir war er charmant und mitfühlend, zu Léa dagegen äußerst seltsam.«

»Was heißt seltsam?«

»Man könnte meinen, er versuche sie unaufhörlich zu necken und aus der Fassung zu bringen. Was ihm im übrigen nur allzu gut gelingt. Du kennst ihn doch ein wenig – was ist er für ein Mensch?«

Laurent dachte eine Weile nach, ehe er antwortete. »Ziemlich schwer zu sagen. Im Ministerium halten ihn manche für einen Halunken, der zu allem fähig ist, wenn für ihn dabei etwas herausspringt. Andere wiederum sind der Meinung, er sei einer der Männer, die besser als alle anderen die Lage zu analysieren verstehen. An seinem Mut besteht kein Zweifel, davon zeugen auch die Verwundungen, die er in Spanien davongetragen hat. Auch seine Intelligenz und sein fachliches Können stehen außer Frage ... Er soll zahlreiche Geliebte und ein paar treue Freunde haben.«

»Das klingt ja nicht gerade verheißungsvoll. Wie findest *du* ihn denn?«

»Ich habe keine feste Meinung über ihn, finde ihn sympathisch und unsympathisch zugleich. In zahlreichen Punkten stimmen wir überein, vor allem was die Unfähigkeit der militärischen Führung und diese idiotische Strategie des Abwartens betrifft, die die Truppe demoralisiert. Seine Analyse des finnisch-sowjetischen Krieges hat mir trotz eines gewissen Zynismus sehr imponiert. Tavernier fasziniert mich, und im nächsten Moment stößt er mich ab. Es hat den Anschein, als besäße er überhaupt kein Gefühl für Moral. Wenn er es hat, versteht er es jedenfalls gut zu verbergen. Was soll ich dir sonst noch sagen? Seine Persönlichkeit ist wirklich zu vielschichtig, als daß man sie mit einigen Worten umreißen könnte ...«

»Das scheint das erstemal zu sein, daß dich jemand so irritiert.«

»Ja. Irgend etwas an ihm entzieht sich meinem Fassungsvermögen. Wir haben die gleiche Schulbildung, stammen aus ähnlichen Verhältnissen, unsere Bildung, unser Geschmack in Literatur und Musik sind fast identisch. Wir sind beide weitgereist und haben gelernt, selbständig zu denken. Bei mir hat das im Lauf der Zeit den Wunsch, für die Erhaltung unserer Freiheit zu kämpfen, immer stärker werden lassen. Tavernier hingegen scheint das alles gleichgültig zu sein; die Zukunft der Menschheit interessiert ihn nicht die Bohne!«

»Ich halte ihn nicht für so gleichgültig.«

Gerührt betrachtete Laurent seine junge Frau. »Du hast ein gutes Herz, und du kannst dir nicht vorstellen, daß es auch böse Menschen gibt.«

Es läutete an der Tür.

»Da kommen unsere Gäste«, sagte Camille aufgeregt. »Mach du ihnen auf, ich muß in die Küche und nachsehen, ob alles fertig ist.«

Nie zuvor hatte Léa sich bei einem Essen derart gelangweilt. Das Geschwätz von Camille und den Fräulein de Montpleynet, das sich ausschließlich um die Pariser Versorgungsprobleme, den Luftschutz und die Dienstboten drehte, fand sie unerträglich. Ein Glück, daß nicht auch noch Kinder da waren, sonst hätten sie sich noch über die jeweiligen Vorzüge von Muttermilch, Dosenmilch oder Milchpulver und über die verschiedenen Möglichkeiten, die lieben Kleinen auszustaffieren, ausgelassen. Sogar ihr Vater, der sich nun wirklich nicht besonders gut in solchen Dingen auskannte, beteiligte sich an dieser peinlichen Unterhaltung.

Laurent schien die Ehe schlecht zu bekommen. Es war augenscheinlich, daß er zugenommen und Haare verloren hatte; seine Zähne blitzten nicht mehr so weiß, und sein Blick war trübe. Was Wunder bei dieser Frau!

Dennoch war Léa in dem Moment, in dem sie die Wohnung von Laurent und Camille betreten hatte, von Laurents Anblick aufs neue fasziniert gewesen. In Wirklichkeit war er immer noch schlank und von natürlicher Eleganz! Laurents glänzende Augen betrachteten Léa mit unverhohlener Bewunderung. Was hatte er noch gesagt, als er sie zur Begrüßung in seine Arme genommen und an sich gedrückt hatte? »Du wirst immer wie eine Schwester für mich sein.« Was war das bloß für ein lächerlicher Einfall. Seine Schwester! Dann hatte er hinzugefügt: »Claude hätte es so gewollt.« Was wußte er schon von den Wünschen eines Toten? Und sie, Léa, hatte schließlich auch noch ein Wörtchen mitzureden. Und dann hatte er auch noch gesagt: »Dieses Haus ist das deinige.« Er sollte es nur nicht zu oft sagen, sonst würde sie ihn beim Wort nehmen! Obwohl sie nichts mehr gewünscht hätte, als seine Lippen auf den ihren zu spüren, hatte sie sich begnügt zu antworten: »Danke, Laurent!«

Wie sehr hatte sie sich auf dieses Wiedersehen mit Laurent gefreut. Aber nun erstickte ihre Freude in Langeweile.

In den zwei darauffolgenden Wochen sah Léa Laurent fast täglich. Unglücklicherweise waren sie niemals allein. Um kurze Augenblicke an seiner Seite verbringen zu können, ertrug sie sogar Camille, deren Freundlichkeit ihr jedoch in zunehmendem Maße verhaßt wurde. Es gab nur wenige Momente, in denen sie einen klaren Kopf behielt. Dann gestand sie sich ein, daß Camille eigentlich interessanter war als die meisten anderen Frauen aus ihrer Bekanntschaft. Sie konnte sich über fast alles unterhalten, ohne schulmeisterlich zu wirken; auch gab sie sich die größte Mühe, Léa Abwechslung zu bieten. Sie, die so großen Wert auf Anstand legte, war trotz ihrer Trauer mit Léa ins Kino und ins Theater gegangen. Léa sah sie noch vor sich, wie sie den langen Crêpeschleier von ihrem Hut abnahm und mit einer Bedächtigkeit zusammenfaltete, die mehr über ihren Kummer aussagte als jedes Wort. Es geschah Léa zuliebe, weil diese erklärt hatte, sie habe es satt, mit einer Witwe auszugehen; sie werde krank und trübsinnig dabei.

Eines Morgens – Léa war gerade beim Frühstücken – betrat Pierre Delmas das Zimmer seiner Tochter.

»Guten Morgen, mein Schatz, bist du zufrieden mit deinem Aufenthalt in Paris?«

»Oh, ja, Papa, wenn ich mich auch gern ein wenig mehr amüsiert hätte.«

»Was verstehst du unter ›amüsieren‹? Du bist jeden Tag unterwegs gewesen; du bist ins Museum gegangen, bist in den großen Kaufhäusern gewesen und im Bois de Boulogne Boot gefahren. Was willst du mehr?«

»Ich wäre so gern tanzen gegangen, oder ins Cabaret und in die Folies-Bergère!«

»Weißt du eigentlich, was du da sagst? Dein Verlobter ist erst seit vier Monaten tot, und du denkst an nichts anderes als dein Amüsement. Hast du denn gar kein Herz?«

»Ist doch nicht meine Schuld, daß er tot ist.«

»Jetzt gehst du aber wirklich zu weit, Léa! Ich habe dir zwar nie geglaubt, daß du Claude liebst, aber jetzt bin ich wirklich enttäuscht von dir.«

Der verächtliche Ton ihres Vaters traf Léa wie eine Ohrfeige. Mit einemmal fühlte sie sich unglücklich, unverstanden und bloßgestellt zugleich. Unvermittelt brach sie in Tränen aus.

Pierre Delmas konnte vieles vertragen – aber nicht, daß seine Lieblingstochter weinte. »Ist doch nicht so schlimm, Kleines, nimm's nicht so tragisch. Ich verstehe ja, daß es schwer ist, in deinem Alter auf Vergnügungen zu verzichten. Wir fahren bald nach Hause, dort hast du deine Mutter wieder, und wir machen wieder unsere schönen langen Spaziergänge.

»Ich will aber nicht nach Montillac zurück.«

»Warum denn nicht? Zumal du dich doch in Paris offensichtlich langweilst?«

Léa schwieg.

»Antworte mir, Liebling.«

Sie wandte ihm ihr tränenüberströmtes Gesicht zu, wohl wissend, daß sie mit dieser Miene alles bei ihm erreichen konnte.

»Ich möchte mich an der Sorbonne einschreiben und Literatur studieren«, sagte sie vorsichtig.

Verwundert sah Pierre Delmas sie an.

»Eine komische Idee! Wenn die Zeiten anders wären, dann könnte ich es ja verstehen. Aber jetzt, mitten im Krieg?«

»Das ist keine komische Idee! Camille und ihre Freundinnen studieren schließlich auch. Und hier in Paris ist noch kein Krieg!«

»Darüber muß ich erst mit deiner Mutter sprechen. Und ich muß deine Tanten fragen, ob sie dich auch für längere Zeit aufnehmen würden.« Sekunden später hatte Pierre Delmas alle Hände voll zu tun, seine Tochter abzuwehren, die ihm mit ihren Küssen fast die Luft zum Atmen raubte.

»Ruf du Mama an, die Tanten übernehme ich«, rief sie aus und hüpfte aus dem Bett. »Und außerdem«, fügte sie hinzu, »hat Camille mir vorgeschlagen, bei ihr zu wohnen, wenn es Probleme geben sollte.«

»Ich sehe schon, ihr habt euch gegen mich verschworen! Wohin gehst du heute?«

»Ich weiß noch nicht. Camille ruft nachher an. Und was machst du?«

»Ich habe eine Konferenz und danach ein Geschäftsessen.«

»Vergiß nicht, daß wir heute abend bei Laurent zum Essen eingeladen sind. Er will uns einige seiner Freunde vorstellen.«

»Ich denke dran. Bis heut' abend!«

»Bis heut' abend. Und vergiß nicht, Mama anzurufen!«

Nachdem der Vater gegangen war, begann Léa durch das Zimmer zu tanzen. Sie war sicher, daß er ihr ihren Wunsch erfüllen würde. Und für den heutigen Tag hatte sie sich etwas Besonderes vorgenommen: Sie wollte Laurent heimlich treffen – allein. Zu Camille hatte sie gesagt, sie hätte einige Einkäufe zu erledigen, und den Tanten hatte sie erzählt, sie esse mit Camille zu Mittag. Wie herrlich, einen ganzen Tag für sich zu haben! Und wie schön das Wetter war! Léa beschloß, das hübsche neue Kostüm einzuweihen, das sie ohne Wissen der anderen in einer eleganten Boutique im Faubourg Saint-Honoré erstanden hatte, mit Hut, Handtasche und Handschuhen. Es hatte sie ihre gesamten Ersparnisse gekostet. Eine Melodie vor sich hinträllernd marschierte sie ins Badezimmer. Als sie wieder herauskam, eingehüllt in einen weiten weißen Morgenmantel, der stark nach *Après l'ondée* duftete, fragte Albertine, die durch den Flur ging, ob ihr das Parfumfläschchen ausgelaufen sei.

Gleich elf Uhr. Wenn ich zur Mittagszeit im Kriegsministerium sein will, muß ich mich beeilen, dachte Léa und zog sich hastig an. Sie schauderte vor Vergnügen, als sie die blaßrosa Seidenbluse, die gut zu ihrem Teint paßte, auf ihrer Haut spürte. Der Rock aus schwarzem Crêpe stand ihr vorzüglich; die Jacke betonte ihre schmale Taille. Der Hut auf ihrem hochgesteckten Haar entsprach der neuesten Pariser Mode – eine Art Tamburin aus schwarzem Stroh, diskret geschmückt mit rosa Blümchen und einem Schleier. Hochhackige Pumps, Handschuhe aus feinstem Leder und eine schmale, zum Hut passende Unterarmtasche vervollständigten die für ihr Alter etwas zu strenge Garderobe. Dabei war es gerade ihr sehnlichster Wunsch, damenhaft zu wirken. Léa warf einen letzten Blick auf den Sitz der Strumpfnähte und ihre Gesamterscheinung. Sie gefiel ihr so gut, daß sie ihrem Spiegelbild glücklich zulächelte.

Nun hieß es, unbemerkt von den Tanten hinauszugelangen, denn diese würden es sicher äußerst seltsam finden, daß eine trauernde Braut die Farbe Rosa trug und ihren Hut mit Blumen zierte.

Als die Eingangspforte sich hinter ihr schloß, stieß Léa einen Seufzer der Erleichterung aus. Fröstelnd lief sie in Richtung Boulevard Saint-Germain, um dort ein Taxi zu nehmen. So eine Kälte! Die Sonne war trügerisch, der Winter schien zurückgekehrt zu sein.

Sie mußte bis nach Saint-Germain-des-Prés gehen, ehe sie ein Taxi fand. Die Männer blickten ihr bewundernd nach, die Frauen eher neidvoll. Am Taxistand genossen die Fahrer, an ihre Wagen gelehnt, die Sonne, rauchten oder stampften mit den Füßen, um sich warmzuhalten. Léa stieg ins erste Fahrzeug. Ein junger Mann mit einer häßlichen karierten Mütze setzte sich hinter das Steuer.

»Wo darf ich Sie hinbringen, schöner schwarzer Frühling?«

»Zum Kriegsministerium, bitte.«

»Also auf zum Kriegsministerium!«

Léa trat vor die Ordonnanz.

»Ich möchte Oberleutnant d'Argilat sprechen.«

»Sind Sie angemeldet?«

»Ja«, stammelte Léa, beeindruckt von diesem Ort, an dem ein Treiben herrschte wie in einer Bahnhofshalle. Soldaten und Offiziere sämtlicher Waffengattungen gingen aus und ein.

»Was machst du denn hier, Léa?«

»Mademoiselle sagt, sie sei mit Ihnen verabredet.«

Laurent hob die Augenbrauen. Als er Léas beschämte Miene sah, nahm er sie jedoch beim Arm und sagte: »Richtig. Ist etwas passiert? Doch nichts Ernstes?«

»Nein, ich hatte einfach Lust, dich zu sehen«, entgegnete sie und warf ihm einen schrägen Blick zu. »Und mit dir zu Mittag zu essen.«

»Eine fabelhafte Idee! Ich bin zufällig frei. Komm mit in mein Büro, ich werde Camille anrufen, damit sie uns Gesellschaft leistet.«

»O nein!« rief sie aus. Laurent sah sie überrascht an, und Léa fuhr in milderem Ton fort: »Camille hat keine Zeit; sie muß Besorgungen machen für heute abend.«

»Ach ja, ich hatte ganz vergessen, daß wir die Einladung haben. Wohin sollen wir gehen?«

»In ein ganz vornehmes Restaurant.«

»Einverstanden«, meinte er lachend. »Was würdest du zum *Maxim's* sagen?«

»Phantastisch.«

Ein Dienstwagen des Ministeriums setzte sie in der Rue Royale ab. Albert, der *maître d'hôtel*, begrüßte sie höflich.

»Den Tisch für Monsieur d'Argilat!«

Als Léa den Saal betrat, drehten sich die Leute nach ihr um, und ihr Herz unter der rosa Seidenbluse pochte heftig. Nachdem sie Platz genommen hatte, sah sie sich um, ohne ihre Neugier zu verbergen, und machte aus ihrem Vergnügen, im berühmtesten Restaurant der Welt zu sitzen, keinen Hehl. Sie bewunderte die Blumen in den Silbervasen, das Porzellan, die Kristallgläser, die lautlosen, flinken Ober, die Spiegel, die bis in die Unendlichkeit das hellrosa Licht der Lampenschirme zurückwarfen, die Juwelen der Frauen, ihre Hüte, die Spitzengardinen, das Rot der Teppiche auf dem dunklen Holz . . . Alles zeugte von unerhörtem Luxus. Und der Krieg war weit, weit weg.

»Der dort sieht aus wie Maurice Chevalier«, flüstete sie Laurent ins Ohr.

»Er ist es. Und dort drüben, ganz hinten, das ist Sacha Guitry. Am Nebentisch sitzt Mary Marquet . . .«

Der Oberkellner reichte ihnen die Speisekarten.

»Was möchtest du essen?«

»Ist mir gleich, mir schmeckt bestimmt alles. Such du etwas für mich aus.«

Nach der Bestellung trat der Weinkellner an ihren Tisch.

»Was wünschen Sie zu trinken, Monsieur?«

»Champagner!« rief Léa aus.

»Haben Sie gehört? Madame wünscht Champagner.«

In kürzester Zeit stand die Flasche auf dem Tisch.

»Trinken wir auf uns«, sagte Léa und hob ihr Glas.

»Auf uns und alle, die wir lieben«, fügte Laurent hinzu.

Schweigend tranken sie und sahen sich dabei in die Augen. Léa blühte in der Nähe des Mannes, den sie liebte, regelrecht auf. Der Schleier auf ihrem Hütchen gab ihrem frischen Gesicht etwas Geheimnisvolles, ließ ihre feuchten Lippen sinnlich wirken. Wie eine Liebkosung spürte sie Laurents Blick. Mit bewußter Koketterie hob sie langsam ihren Schleier und entblößte ihr Gesicht.

»Wie schön du bist!«

Léa reagierte mit einem rauhen Lachen. Laurents Hände verkrampften sich auf der weißen Tischdecke. Léa zitterte, als sie es sah, denn ihr war, als spüre sie diese Hände auf ihrer Haut. Da tat sie etwas, das sie bereits als kleines Mädchen getan hatte, was aber unter den gegebenen Umständen als Provokation gelten mußte. Zwischen Daumen und Zeigefinger drehte sie sanft ihre Unterlippe hin und her.

»Hör auf!«

Léas Finger hielten jäh inne. Aber aus ihrer Miene sprach naives Erstaunen. Da in diesem Moment das Essen serviert wurde, blieb ihnen eine Auseinandersetzung erspart. Léa stürzte sich heißhungrig auf die Speisen; den geräucherten Lachs hatte sie mit wenigen Bissen verschlungen.

»Mhmm! Schmeckt herrlich!« Und ohne weiteren Übergang fuhr sie fort: »Glaubst du, daß der Krieg weitergeht?«

Auf diese Frage war er so wenig gefaßt, daß er um ein Haar sein Glas umgestoßen hätte.

»Ja. Ich muß zu meinem Regiment zurück.«

Léa riß die Augen auf. »Wann?«

»Übermorgen.«

»Wohin?«

»In die Nähe von Sedan.«

»Weißt du es schon lange?«

»Seit drei Tagen.«

»Und Camille?«

»Ich hatte noch nicht den Mut, es ihr zu sagen.«

Léa rührte den nächsten Gang kaum an, trank jedoch mehrere Gläser Champagner. Allmählich verschwammen die Angstvisionen, in denen sie Laurent tot oder verwundet vor sich sah. Eine rauschhafte Euphorie überkam sie.

»Laß uns von etwas anderem sprechen«, schlug sie vor. Ihre Hand legte sich auf die seine.

»Du hast recht. Warum diese letzten Stunden des Glücks und des Friedens mit trüben Gedanken belasten. Selbst in den schlimmsten Augenblicken werde ich dich als schöne Dame in Rosa und Schwarz in Erinnerung behalten.«

Das Kinn in die Handfläche gestützt, die Augen halb geschlossen, beugte Léa sich vor.

»Siehst du, du liebst mich eben doch.«

Laurent wurde rot wie ein kleiner Junge.

»Leugne es nicht, ich spüre es! Nein! Sag nichts, du würdest doch nur dummes Zeug reden. Ich liebe dich, Laurent, ich liebe dich noch mehr als an jenem Tag, an dem ich es dir sagte. Ich habe mich mit Claude verlobt, weil ich mich rächen wollte, weil ich dir weh tun wollte. Zum Glück ist er . . . pardon, das wollte ich nicht sagen. Ich meinte damit, ich bin noch immer frei.«

»Du vergißt, daß ich *nicht* frei bin.«

»Das stimmt, aber du liebst *mich*.«

»Das ist richtig. Und selbst wenn – hältst du mich für so niederträchtig, Camille zu verlassen? Gerade jetzt . . .«

»Gerade jetzt was?«

»Wenn das nicht der gute Laurent d'Argilat ist!«

»Tavernier! Wie geht es Ihnen?«

Taverniers Eleganz war unübertroffen. Ein richtiger Parvenu! dachte Léa beim Anblick der hochgewachsenen Gestalt im mausgrauen, tadellos geschnittenen Anzug.

»Leider nicht so gut wie Ihnen. Ich bin entzückt, Sie wiederzusehen, Mademoiselle Delmas.«

Aufgebracht neigte Léa den Kopf.

Der Störenfried mußte lächeln. »Ich sehe, das gilt

nicht für Sie. Ich darf mich verabschieden, wir sehen uns ja heute abend noch.«

François Tavernier winkte ihnen zu und schlenderte, nachdem er noch zwei oder drei andere Leute kurz begrüßt hatte, zum Ausgang.

»Ich kann den Kerl nicht riechen, und ich hab' mich wohl verhört: Du hast ihn doch nicht etwa eingeladen für heute abend?«

»Doch, er hat mir schon so oft gesagt, er wolle Camille seine Aufwartung machen.«

»Na, das kann ja ein lustiger Abend werden!«

»Du bist ungerecht, er kann sehr komisch und charmant sein.«

»Sollte mich wundern. Er ist ein ungehobelter Mensch. Ich hab' genug von diesem Ort, komm, laß uns gehen.«

Die Sonne schien nicht mehr, als sie das Restaurant verließen. Der Himmel war bedeckt.

»Es sieht so aus, als ob es schneien wollte«, meinte Laurent, während sie zu dem am Straßenrand geparkten Fahrzeug gingen.

»Komm, gehen wir nach Hause, mir ist kalt.«

»Das wundert mich nicht, du bist ja auch viel zu leicht angezogen. Komm rasch ins Auto.«

Drinnen hüllte er Léa in seinen Regenmantel und legte den Arm um ihre Schultern. Eine Zeitlang fuhren sie schweigend durch die Straßen

»Rue de l'Université, bitte.«

»Drück mich an dich, das wärmt«, sagte Léa und lehnte den Kopf gegen die Schultern ihres Begleiters. Sie schloß die Augen und spürte, wie wachsende Erregung von ihm Besitz ergriff. Bald konnte auch sie nicht länger an sich halten.

»Küß mich!«

Laurent versuchte, ihre Lippen zu ignorieren, aber Léa zog ihn langsam, unaufhaltsam an sich. Er gab seinen Widerstand auf. Camille, die Gegenwart des Chauffeurs, alles war vergessen. Die Zeit stand still. Der Wagen rollte bereits im Schrittempo durch die Rue de l'Université, als er sich endlich von ihr loszureißen vermochte.

»Wo soll ich halten, Herr Oberleutnant?« murmelte der Fahrer verlegen.

»Wir sind schon da. Halten Sie hier.«

»Jawohl, Herr Oberleutnant.«

Stumm, aber mit triumphierender Miene sah Léa ihn an. Sie sieht aus wie ein wildes Tier, schoß es Laurent durch den Kopf, während er sich, bemüht, Haltung zu zeigen, mit den Fingerspitzen durchs Haar fuhr. Der Wagen hielt. Léa wartete nicht, bis der Fahrer die Tür geöffnet hatte, sondern stieg aus, den Hut in der Hand.

Laurent begleitete sie zur Tür. »Ich möchte mich für vorhin entschuldigen.«

»Was soll ich entschuldigen? Es war doch recht angenehm! Und nun mach nicht so ein Gesicht! Verliebt zu sein ist doch kein Unglück! Bis heut' abend, *mon amour*!«

Einen Augenblick lang blieb Oberleutnant d'Argilat regungslos vor der Haustür stehen, die hinter Léa ins Schloß gefallen war.

Die Ermahnungen ihres Vaters zur Pünktlichkeit waren zwecklos gewesen: Léa kam zwanzig Minuten zu spät zu der Einladung, die Laurent und Camille ihnen zu Ehren gaben. An jenem Abend trug sie zum erstenmal ein langes, enggeschnittenes Abendkleid aus schwarzem Satin, das sie ganz am Anfang ihres Parisaufenthalts gekauft hatte. Als Pierre Delmas seine Tochter vor der Abfahrt in diesem Aufzug sah – das Kleid saß eng wie eine zweite Haut; Arme und Schultern waren entblößt –, brüllte er: »In diesem Aufzug kommst du mir nicht aus dem Haus!«

»Aber Papa! Solche Kleider sind gerade Mode, alle Frauen tragen sie!«

»Mag sein, aber für ein junges Mädchen wie dich schickt sich das nicht. Zieh bitte etwas anderes an!«

Léas Blick verfinsterte sich, ihr Mund wurde schmal.

»Ich habe kein anderes. Entweder ich trage dieses, oder ich bleibe zu Hause.«

Pierre Delmas kannte seine Tochter. Er wußte, daß nichts sie von ihrem Entschluß abbringen würde.

»Leg dir wenigstens einen Schal um«, brummte er schließlich.

»Ich hab' was Besseres! Schau, was Tante Albertine mir geliehen hat: Ihre Pelzcape aus schwarzem Fuchs.«

Diamantohrringe, von Lisa besorgt, vervollständigten Léas Abendgarderobe; sie ließen den Nacken unter ihrem hochgesteckten Haar noch zarter wirken.

Ein junges Hausmädchen führte sie zur Garderobe. Ungeachtet der zornigen Miene ihres Vaters, ließ Léa die Fuchsjacke an der Garderobe zurück. An Vaters Arm, in der Hand ein mit weißen und schwarzen Perlen besticktes Abendtäschchen, betrat sie betont lässig den Salon. Alle Blicke richteten sich auf sie.

»Léa! Wie wundervoll du aussiehst!« rief Camille. Ihre schlichte Garderobe bestand aus einem langen schwarzen Faltenrock aus Crêpe und einer weißen Bluse mit dreiviertellangen Ärmeln, die von einer Kamee geschlossen wurde. »Ich habe eine Überraschung für dich. Sieh mal, wer da ist!«

»Raoul! Jean!«

In kindlichem Überschwang fiel Léa den Brüdern Lefèvre um den Hals. Beide trugen Uniform.

»Wie schön, euch zu sehen! Was macht ihr in Paris?«

»Wir hatten Urlaub«, berichtete Raoul, und Jean ergänzte:

»Wir sind auf dem Weg zurück an die Front. Da unser Zug erst morgen früh geht, haben wir bei Camille und Laurent vorbeigeschaut und bekamen prompt eine Einladung für heute abend.«

»Wir wollten dich besuchen, aber Camille hat uns gesagt, du würdest auch kommen, und da sollten wir dich lieber überraschen.«

»Eine prima Idee!« sagte Léa und strahlte Camille an.

»Komm, ich mach' dich mit unseren Freunden bekannt!«

Léa begegnete einem General, einem Oberst, einem Mitglied der Académie, einem bekannten Schriftsteller, einem berühmten Maler, einer schönen Frau, zwei Damen im reiferen Alter und – François Tavernier . . .

»Da sind Sie ja schon wieder!«

»Was für eine nette Begrüßung! Man erkennt gleich Ihren liebenswerten Charakter.«

Mit einer brüsken Bewegung wandte Léa ihm den Rücken zu.

»Von hinten ebenso schön wie von vorne!«

Léa wirbelte herum. »Unterlassen Sie Ihre anzüglichen Bemerkungen!«

»Meine Liebe, wenn Frauen eine bestimmte Art von Kleidern tragen, dann doch sicher nicht deshalb, weil die Männer auf die Farbe des Stoffes aufmerksam werden sollen. Oder? Fragen Sie mal unseren Freund Laurent d'Argilat.«

»Was soll sie mich fragen?« sagte Laurent und blieb neben ihnen stehen.

»Mademoiselle Delmas hätte gern gewußt, ob Ihnen ihr Kleid gefällt.«

»Ausgezeichnet«, stotterte Laurent. Eine peinliche Pause entstand. Dann sagte er: »Entschuldigen Sie, ich glaube, Camille braucht mich«, und entfernte sich.

»Flegel!« zischte Léa François an, der in lautes Gelächter ausbrach.

Inzwischen gesellte sich ein General zu den beiden.

»Na, Tavernier, haben Sie sie schon erobert?«

»Noch nicht, Herr General.«

Léa begab sich zum Buffet, wo Raoul, Jean und Pierre Delmas eine lebhafte Diskussion führten.

»Wir sprachen gerade über die Lage Frankreichs«, erklärte Raoul. »Wann fahrt ihr nach Hause zurück?«

»Ich glaube, ich bleibe noch ein Weilchen hier, ich würde gerne Vorlesungen an der Sorbonne besuchen. Hast du schon mit Mama telefoniert, Papa?«

»Ja.«

»Und ist sie einverstanden?«

»Sie sagt, für die Sorbonne sei das Jahr schon zu weit fortgeschritten, aber du kannst noch vierzehn Tage bleiben, wenn es deinen Tanten nichts ausmacht.«

»Bestimmt nicht! Danke, Papa! Bleibst du auch hier?«

»Das geht nicht, ich muß in zwei Tagen abreisen.«

Raoul reichte Léa ein Glas Champagner und zog sie beiseite.

»Du solltest lieber nicht hierbleiben. Der Krieg geht weiter. Auch Paris könnte in Gefahr geraten.«

»Kannst du dir die Deutschen in Paris vorstellen? Ihr werdet sie bestimmt aufhalten. Ihr habt doch mehr Truppen als sie!«

»Das spielt keine Rolle. Sie sind besser vorbereitet, sehr gut ausgerüstet, und ihre Luftwaffe ist der unseren weit überlegen.«

»Schon, aber ihr habt mehr Mut.«

Raoul schüttelte den Kopf. »Ach, wer hat schon Mut, wenn er Panzern gegenübersteht ...«

»Nun, hör auf! Ich bin so froh, dich zu sehen, verdirb uns den Abend nicht.«

»Du hast recht. Trinken wir auf den Sieg, auf dich und deine Schönheit!«

Léa, Raoul und Jean gingen in den Nebenraum hinüber, den eine zweiflügelige Tür vom Salon und den Gästen trennte. Die Wände waren mit Bücherregalen gesäumt, im Kamin aus weißem Marmor brannte ein Feuer, und auf dem Kaminsims stand eine prächtige Bronzefigur: Pferd und Reiter, die von einem Wolfsrudel angefallen werden. Léa setzte sich in einen der beiden Ohrensessel, die rechts und links vom Kamin plaziert waren. Die Jungen ließen sich ihr zu Füßen nieder.

Schweigend starrten die drei in die hellen Flammen. Wie wohltuend war die Wärme des Feuers, das Knistern der Holzscheite!

An die Tür gelehnt, ein Glas Champagner in der Hand, beobachtete François Tavernier die jungen Leute. Er empfand spontan Sympathie für die beiden Brüder. Es amüsierte ihn, wie vernarrt sie in ihre kokette Freundin waren, und fragte sich, was wohl geschehen würde, wenn sie einem von beiden ihre Gunst schenkte.

Léa räkelte sich mit einem behaglichen Seufzer in ihrem Sessel. Ihre Arme, ihre Schultern, ihr Gesicht waren vom Schein des Feuers mit einem goldenen Schein umgeben. Ihr Profil zeichnete sich deutlich vor dem hellen Hintergrund ab, ihre Züge waren in Schatten getaucht. Dann neigte sie den Kopf und bot ihren Nacken dar, als warte sie darauf, geküßt zu werden.

François Tavernier führte sein Glas so abrupt an die Lippen, daß ein paar Tropfen Champagner auf seinen Smoking spritzten. Er mußte dieses Mädchen haben.

Niemals hatte er eine Frau so sehr begehrt wie diese. Was machte sie nur so viel anziehender als andere Frauen? Gewiß, sie war schön, sehr schön sogar, aber sie war noch ein Kind. Im Grunde schauderte ihn vor jungen Mädchen, die sich einem Mann hingaben und hinterher den Verlust ihrer Jungfernschaft bejammerten. Die hier schien aus anderem Holz geschnitzt. Er hatte noch den Klang ihrer Stimme im Ohr, wie sie diesem Trottel von d'Argilat die Liebeserklärung gemacht hatte. Wäre *er* der Adressat gewesen, er hätte sich mit ihr auf das nächste Sofa gelegt oder sie in eine Scheune geführt. Die pieksenden Halme auf ihrer zarten Haut hätten ihr bestimmt gefallen . . . Eines Tages würde sie ihm gehören.

Léa wandte sich zur Tür und begegnete dem Blick Taverniers, dessen Bedeutung ihr nicht verborgen blieb. Obgleich sie diesen Mann haßte, durchlief sie ein wollüstiger Schauer. Dies wiederum entging François Tavernier nicht. Männlich-selbstzufrieden lächelte er.

Léa fand dieses Lächeln aufreizend, nicht ahnend, daß sich eine heftige Gefühlsregung dahinter verbarg.

»Was stehen Sie da wie angewurzelt?«

»Ich betrachte Sie.«

Der eindringliche Ton, in dem er sprach, reizte sie noch mehr, und sie erhob sich mit unnatürlicher Langsamkeit.

»Komm, wir gehen«, forderte sie die Gebrüder Lefèvre auf, »nicht einmal hier hat man seine Ruhe.«

Ohe auf sie zu warten, steuerte Léa auf den Salon zu. Als sie an François Tavernier vorübergehen wollte, ergriff er ihren Arm und sagte mit Erregung in der Stimme: »Ich mag es nicht, wenn man mich auf diese Weise behandelt.«

»Sie werden sich daran gewöhnen müssen, falls wir

uns unglücklicherweise wiedersehen sollten. Und jetzt lassen Sie mich los!«

»Erst möchte ich Ihnen noch einen guten Rat geben ... ja, ich weiß, Sie können darauf verzichten. Bleiben Sie nicht in Paris, es könnte gefährlich werden hier.«

»Da müssen Sie sich irren. Es kann gar nicht gefährlich werden, schließlich sind Sie ja noch hier. Anstatt an der Front zu kämpfen wie jeder anständige Mann.«

Er wurde blaß, sein Gesicht wurde hart und sein Blick böse. »Wenn Sie nicht ein Kind wären, würde ich Sie ohrfeigen.«

»Die einzigen Feinde, gegen die zu kämpfen Sie in der Lage sind, scheinen die Frauen zu sein. Nun lassen Sie mich doch los, Sie tun mir weh!«

Ohne jeden erkennbaren Grund brach er in schallendes Gelächter aus, das die allgemeine Unterhaltung übertönte, und ließ ihren Arm los, auf dem seine Finger rote Abdrücke hinterlassen hatten. »Sie haben recht, Frauen sind die einzigen Gegner, die ich anerkenne, und ich muß zugeben, ich gewinne nicht immer gegen sie.«

»Gewinnen Sie überhaupt jemals?«

»Sie werden schon sehen.«

»Das war's dann wohl, Monsieur.«

Léa gesellte sich zu Camille, die gerade mit einer Freundin plauderte.

»Mir scheint, unsere junge Freundin hatte mit Tavernier eine Rechnung zu begleichen«, sagte die Frau, die Léa nicht kannte.

Léa warf ihr einen ihrer hochmütigen Blicke zu. »Ich verstehe nicht, was Sie meinen.«

»Madame Mulstein kennt Monsieur Tavernier gut; sie lobt ihn in den höchsten Tönen«, warf Camille rasch ein.

Léa entgegnete nichts darauf; mit einer Gleichgültigkeit, die alles andere als höflich war, wartete sie ab.

»Mein Vater und mein Mann haben die größte Hochachtung vor ihm. Er ist der einzige, der mir helfen kann, die Erlaubnis für ihre Ausreise aus Deutschland zu bekommen.«

»Weshalb wollen sie Deutschland denn verlassen?« fragte Léa, unwillkürlich neugierig geworden.

»Weil sie Juden sind.«

»Na und?«

Sarah Mulstein betrachtete das schöne Mädchen, das in seinem engen Abendkleid aus schwarzem Satin aufreizend und kindlich zugleich wirkte. Sie dachte an ein Erlebnis, das sie selbst einige Jahre zuvor gehabt hatte. Am Arm ihres Vaters und ihres jungen Ehemanns betrat sie ein vornehmes Berliner Cabaret. Sie hatte ihr neues Kleid aus weißem Satin an jenem Abend zum erstenmal getragen. Als der Geschäftsführer ihren Vater, Israel Lazar, Dirigent eines Orchesters von Weltruf, erkannt hatte, war er herbeigeeilt und hatte sie an den besten Tisch geführt. Sie waren ihm gefolgt. Plötzlich versperrte ihnen ein großer blonder Mann mit blaurot angelaufenem Gesicht, der die Uniform der SS trug, den Weg. In der Hand hielt er einen Cognacschwenker. Er sprach ihren Vater an: »Israel Lazar?«

Ihr Vater blieb stehen und verneigte sich höflich. Doch der andere brüllte: »Das ist ein jüdischer Name ...«

Die Gespräche in dem großen, in Rot und Schwarz gehaltenen Saal verstummten; die Klaviermusik im Hintergrund unterstrich die spannungsgeladene Stille. Der Geschäftsführer versuchte einzugreifen, der Offizier jedoch schob ihn mit dem Handrücken so grob zur Seite, daß er gegen einen Kellner stolperte und stürzte. Einige Frauen schrien laut auf. Der Offizier packte Israel Lazar am Kragen seines Smokings, sah ihn haßerfüllt an und sagte ihm ins Gesicht, daß er Juden nicht ausstehen könne. Sarahs Ehemann versuchte einzugreifen, aber der Offizier warf ihn mit einem Fausthieb zu Boden, wo er ohnmächtig liegenblieb. »Wissen Sie nicht, daß wir in unserem Land keine Juden mögen? Daß ein Jude weniger ist als ein Hund, und daß nur ein toter Jude ein guter Jude ist?«

Die Klaviermusik verstummte. Alles um Sarah herum begann sich zu drehen. Erstaunt stellte sie fest, daß ihre Überraschung größer war als ihre Angst. Sie nahm sonderbare Einzelheiten wahr: die große Blonde dort hatte ein geschmackvolles Kleid an; die grauhaarige Dame drüben trug ein langes Perlenkollier; die Tänzerinnen vor dem roten Vorhang hatten wunderschöne Beine. Sie hörte sich schreien: »Papa!«

Die SS-Leute, die den Offizier begleiteten, umringten sie und sagten, für eine Jüdin sei sie gar nicht so übel. Einer der Männer faßte nach ihrem weißen Kleid. Wie in einem Alptraum hörte sie das Geräusch von reißendem Stoff. Inzwischen hatte ihr Mann die Besinnung wiedererlangt und eilte ihr zu Hilfe. Da schlugen sie ihm mit einer Flasche auf den Kopf, und langsam sank er zu Boden, das Gesicht blutüberströmt. Auch ihr weißes Kleid war voller Blutflecken. Ungläubig sah sie an sich herunter, ohne den Versuch zu machen, ihre nackten, besudelten Brüste zu bedecken. Sie schrie laut um Hilfe.

»Halt's Maul, du dreckige Jüdin!«

Jemand flößte ihr ein Glas Cognac ein. Er brannte ihr in Augen und Nase. Ihr wurde übel von dem Alkoholgeruch; sie beugte sich vor und übergab sich. Da traf sie eine Stiefelspitze mit voller Wucht in den Bauch und schleuderte sie gegen eine Säule.

»Die Drecksau hat mich angekotzt!«

Danach konnte sie sich nur noch an Bruchstücke erinnern: ihr Mann, der in seinem Blut lag, sie in ihrem Erbrochenen, ihr Vater, den sie an den Haaren zerrten, Schreie, schrille Pfiffe aus Trillerpfeifen, Sirenen. Die letzten Worte, die sie hörte, ehe die Türen des Krankenwagens sich hinter ihr schlossen, waren: »Nicht weiter schlimm, sind bloß Juden . . .«

»Na und?« fragte Léa ein zweitesmal.

»Die Juden werden dort in Lager gesperrt, aufs grausamste gequält und umgebracht«, erwiderte Sarah Mulstein mit sanfter Stimme.

Ungläubig starrte Léa sie an. Dann sagte sie aufrichtig: »Verzeihen Sie, das habe ich nicht gewußt.«

9

Am nächsten Morgen weckte Léa ein Anruf von Laurent. Er bat sie zu einem gemeinsamen Mittagessen in die *Closerie des Lilas*. Léa zweifelte keinen Augenblick, daß er, noch ehe der Tag zu Ende war, ihr Liebhaber sein würde. Sorgfältig wählte sie ihre Garderobe: lachsfarbene, mit cremefarbener Spitze besetzte Seidenunterwäsche und, da es kalt war, ein schwarzes wollenes Hemdblusenkleid mit einem weißen Piquékragen, der ihr ein wenig das Aussehen einer Internatsschülerin verlieh. Sie bürstete ihr Haar und ließ es locker auf die Schultern fallen, weil sie fand, es bilde einen angemessenen Kontrast zu ihrer züchtigen Kleidung. Sie schlüpfte in einen schwarzen Tuchmantel und verzichtete, nach mehreren Anproben, auf einen Hut.

Da sie zeitig dran war, ging sie zu Fuß den Boulevard Saint-Michel hinunter. Die frische Luft tat ihr gut, und sie betrat die *Closerie* mit geröteten Wangen und glänzenden Augen. Das Lokal mit dem dunklen Holz, den Samtbänken und dem Barmixer, der gekonnt mit einem blitzenden Shaker hantierte, gefiel ihr auf Anhieb. Sie gab ihren Mantel an der Garderobe ab. Laurent erwartete sie an der Bar. Er war mit sorgenvoller Miene in den *Figaro* vertieft und bemerkte Léa erst, als sie ihm gegenüber Platz nahm.

»Schlechte Nachrichten?«

»Oh, Léa! Entschuldige«, sagte er und schickte sich an aufzustehen.

»Bleib sitzen. Guten Tag, ich freue mich sehr, dich zu sehen.«

»Guten Tag. Möchtest du etwas trinken?«

»Dasselbe wie du.«

»Ober, einen Portwein, bitte.«

Léa sah ihn eindringlich an, entschlossen, jeden seiner Wünsche zu erfüllen.

Ein Kellner trat näher. »Monsieur, Ihr Tisch ist bereit. Wünschen Sie Platz zu nehmen?«

»Ja, dort sind wir ungestört. Bringen Sie bitte das Glas von Mademoiselle an unseren Tisch.«

Der Ober brachte den Portwein, und der Oberkellner reichte ihnen die Karte. »Heute gibt es weder Fleisch noch Gebäck, Monsieur«, sagte er in so traurigem Ton, daß Léa beinah laut aufgelacht hätte. »Aber unser Fisch ist ausgezeichnet.«

»Wunderbar, den nehmen wir. Möchtest du ein paar Austern vorneweg? Es sind die letzten, und hier schmekken sie immer köstlich.«

»Fein«, erwiderte Léa und führte das Glas Portwein an ihre Lippen.

Auf Empfehlung des Weinkellners wählte Laurent einen Meursault, doch Léa fiel auf, daß er die Wahl mit einer für einen Winzer erstaunlichen Gleichgültigkeit traf. Er sieht sehr müde aus und scheint Sorgen zu haben, dachte sie und sprach ihn direkt darauf an.

»Stimmt etwas nicht?«

Laurent betrachtete sie, als wolle er ihr Gesicht seinem Gedächtnis bis in die kleinsten Einzelheiten einprägen. Unter seinem forschenden, eindringlichen Blick blühte sie auf.

»Du bist sehr schön . . . und auch sehr stark.«

Léa hob fragend die Augenbrauen.

»Ja, stark bist du«, fuhr er fort. »Ohne irgendwelche Fragen zu stellen läßt du dich von deinem Verlangen leiten. Du bist wie ein Tier, ohne jegliches Gefühl für Moral, ohne Rücksicht auf die Folgen für dich oder für andere.«

Worauf wollte er nur hinaus! Statt sich in philosophischen Betrachtungen zu ergehen, sollte er ihr lieber sagen, daß er sie liebte.

»Ich bin nicht wie du, Léa. Ich wollte dich sehen, um dir drei Dinge zu sagen und dich um einen Gefallen zu bitten.«

Der Ober brachte den Wein und die Austern. Die Liebe hatte Léa keineswegs appetitlos gemacht. Zärtlich sah Laurent ihr zu und vergaß sein eigenes Essen.

»Du hattest recht, sie sind köstlich. Warum ißt du denn nicht?«

»Ich hab' keinen rechten Hunger. Willst du meine haben?«

»Darf ich?« fragte Léa mit einer Gier, die Laurent trotz seiner sorgenvollen Miene zu einem Lächeln veranlaßte.

»Was wolltest du mir sagen?«

»Ich reise heute abend ab.«

»Heute abend?«

»Um Mitternacht. Ich muß zu meinem Regiment in die Ardennen zurück.«

Die Augen plötzlich voller Angst, schob Léa den Teller von sich.

»Man rechnet mit einer deutschen Offensive.«

»Unsere Soldaten werden sie zurückschlagen.«

»Daran kann ich nicht so recht glauben.«

»Du redest wie François Tavernier.«

»Tavernier ist vermutlich der Mann, der am besten

über die Lage informiert ist. Unglücklicherweise hört der Generalstab General Gamelins nicht auf ihn.«

»Das wundert mich nicht, wer könnte einem solchen Burschen schon Vertrauen schenken? Was wolltest du mir sonst noch sagen?«

Ohne sie anzuschauen, stieß Laurent in einem Atemzug hervor: »Camille erwartet ein Kind.«

Léa schloß vor Schreck die Augen. Krampfhaft klammerte sie sich an den Tisch. Voller Verzweiflung über den tiefen Schmerz, den er ausgelöst hatte, besorgt über ihr blasses Gesicht, legte Laurent seine Hand auf ihre Hände, die kalt waren wie Eis.

»Sieh mich an, Léa.«

Niemals würde er ihren tieftraurigen Blick vergessen. Das stumme Leid in ihren Augen war mehr, als er ertragen konnte.

»Weine nicht, *mon amour*. Ich wollte dir noch sagen, ich liebe dich.«

Was hat er da gesagt? Daß er mich liebt? Aber dann ist ja doch nicht alles verloren! Warum weine ich überhaupt? Camille erwartet ein Kind. Na, und wenn schon, dann ist sie eben ein paar Monate lang häßlich, während ich ...! Es ist wirklich nicht der richtige Zeitpunkt, Laurent ein tränenverquollenes, häßliches Gesicht zu zeigen! Er liebt mich. Eben hat er es gesagt. Das Leben ist wundervoll!

Unvermittelt begann sie zu lachen und wischte sich mit der Serviette über die Augen. »Wenn du mich liebst, ist alles andere unwichtig. Es ist mir völlig gleichgültig, ob Camille ein Kind erwartet, ich will *dich*!«

Er sah sie mit einem müden Lächeln an. Unmöglich, ihr begreiflich zu machen, daß ihre Liebe ohne Ausweg war. Er haderte mit sich, weil er, wie er meinte, Verrat an seiner Frau begangen hatte.

»Sag mir noch einmal, daß du mich liebst.«

»Ob ich dich liebe oder nicht – an unserer Beziehung wird sich nichts ändern. Ich bin mit Camille verheiratet.«

»Das interessiert mich nicht! Alles, was ich weiß, ist, daß ich dich liebe, und daß du mich liebst. Du bist verheiratet, na und? Das wird uns nicht davon abhalten, miteinander zu schlafen.«

Wie begehrenswert sie war, wenn sie provozierende Dinge aussprach, deren Bedeutung ihr vermutlich gar nicht klar war! Aber Léas nächster Vorschlag bewies ihm, daß *er* der Naive war.

»Wir könnten in ein Hotel gehen. Es gibt eine Menge am Montparnasse.«

Er glaubte seinen Ohren nicht zu trauen. Er wurde rot und konnte erst nach einer Weile antworten.

»Das kommt überhaupt nicht in Frage.«

Léa machte große Augen.

»Aber warum denn nicht? *Ich* habe doch den Vorschlag gemacht.«

»Ich möchte vergessen, was ich da gehört habe.«

»Du weißt überhaupt nicht, was du willst. Du begehrst mich und traust dich nicht, es zuzugeben. Du tust mir leid.«

Bedrückt sah er sie aus traurigen Augen an.

Der Fisch auf ihren Tellern wurde kalt.

»Hat es Ihnen nicht geschmeckt, Mademoiselle? Wünschen Sie etwas anderes?«

»Nein, es ist gut so«, unterbrach ihn Laurent, »bringen Sie mir die Rechnung.«

»Jawohl, Monsieur.«

»Gib mir noch was zu trinken.«

Nach außen hin ganz entspannt, in Wirklichkeit jedoch völlig verzweifelt, trank Léa langsam ihr Glas leer.

»Worum wolltest du mich bitten?« fragte sie nach einer Weile.

»Hat doch keinen Zweck, du würdest es ohnehin nicht tun.«

»Darüber kann nur ich entscheiden. Also, was ist es?«

Laurent seufzte: »Ich wollte dich bitten, auf Camille achtzugeben. Der Arzt befürchtet Komplikationen während der Schwangerschaft. Sie soll bis zur Niederkunft im Bett bleiben.«

»Nett, daß du dabei an mich gedacht hast«, versetzte Léa spöttisch. »Hat sie niemanden sonst, der sich um sie kümmern könnte?«

»Nein, sie hatte nur ihren Bruder, und jetzt hat sie nur noch meinen Vater und mich.«

»Warum schickst du sie nicht nach Roches-Blanches?«

»Der Arzt warnt vor der anstrengenden Reise.«

»Hast du denn keine Bedenken, deine schwangere Frau in den Händen ihrer Rivalin zurückzulassen? Ganz zu schweigen von den Deutschen, die bald in Paris sein werden, wenn man deinen Worten und denen deines Freundes Tavernier Glauben schenken darf.«

Laurent schlug die Hände vors Gesicht, und diese Geste rührte Léa. Unwillkürlich mußte sie lächeln.

»Einverstanden, ich kümmere mich schon um deine Familie.«

Ungläubig hob er den Kopf. Seine Augen schimmerten feucht.

»Wirklich?«

»Ich hab's dir doch gesagt. Aber glaub bloß nicht, daß du so einfach davonkommst. Ich liebe dich, und ich werde alles daransetzen, daß du Camille vergißt.«

10

Eine Woche nach Laurents Abreise hatte Léa immer noch nicht herausgefunden, warum sie ihm versprochen hatte, für Camille zu sorgen. Als sie diese nämlich auf ihr drängendes Bitten hin besuchte, war ihr Camilles Begrüßung verhaßter denn je.

Als Léa hereinkam, hatte Camille, die im Bett lag, aufzustehen versucht, aber ein Schwächeanfall hatte sie daran gehindert. Ihre mageren Arme streckten sich der Besucherin entgegen.

»Ich bin so froh, dich zu sehen, Liebes!«

Léa setzte sich an den Rand des Bettes. Es blieb ihr nichts anderes übrig, als Camilles Küsse zu erwidern. Schadenfroh stellte sie fest, wie schlecht die junge Frau aussah, wie dunkel die Ringe unter ihren Augen waren. »Hat Laurent es dir schon gesagt, das mit dem Kind?« fragte sie und errötete. Mit fiebrigen Fingern drückte sie die Hand, die Léa ihr zögernd überließ. Léa nickte stumm. »Er hat mir gesagt, du seist bereit, dich um mich zu kümmern. Wie soll ich dir nur dafür danken? Du bist so gut. Ich fühle mich so allein, seit Laurent fort ist. Wenn ich nicht an ihn denke, dann muß ich an meinen armen Bruder denken, der auf so sinnlose Weise ums Leben gekommen ist. Ich zittere um mein Kind. Ich schäme mich, es auszusprechen, aber dir kann ich es ja sagen, nicht wahr? ... Ich habe Angst, furchtbare Angst vor den Schmerzen der Geburt und daß ich dabei sterben könnte.«

»Stell dich nicht so an, vom Kinderkriegen stirbt man nicht.«

»Das sagt der Doktor auch, aber ich fühle mich so schwach. Du kannst das nicht verstehen, du strotzt vor Kraft und Gesundheit ...«

»Mit deinem Gejammer machst du es auch nicht besser«, fiel Léa ihr unwirsch ins Wort.

»Du hast recht, entschuldige.«

»Hast du etwas von Laurent gehört?«

»Ja, es geht ihm sehr gut. An der Front ist alles ruhig. Er weiß nicht, wie er seine Männer beschäftigen soll. Sie langweilen sich und vertreiben sich die Zeit mit Kartenspielen und Trinken. Sein einziger Trost ist, daß er wieder bei seinen Pferden ist. In seinem letzten Brief hat er mir ausführlich von Fauvette, Gamin, Wazidou und Mystérieux erzählt.«

Nach kurzem Klopfen trat das Hausmädchen ein und meldete das Eintreffen des Arztes. Léa nahm die Gelegenheit wahr, um sich zu verabschieden, und versprach, am nächsten Tag wiederzukommen.

Tags darauf machte Léa sich wie versprochen wieder auf den Weg zu Camille. Das Wetter war prachtvoll. Die Pariser schienen allesamt aus ihren Häusern gekommen zu sein, so zahlreich bevölkerten sie die Gehsteige des Faubourg Saint-Germain und die Straßencafés. An der Kreuzung Bac-Saint-Germain gab es einen gewaltigen Verkehrsstau. Die Autos stimmten ein ausgelassenes Hupkonzert an, offensichtlich mehr aus Freude am fröhlichen Lärm, denn aus Ärger über die nervenraubende Warterei. An diesem herlichen Maitag schien alle Welt frohgestimmt und entspannt zu sein. Wäre nicht die stattliche Zahl uniformierter Soldaten und Offiziere gewesen – kein Mensch hätte geglaubt, daß Krieg war.

Am Boulevard Raspail betrat Léa die Buchhandlung Gallimard, um ein Buch für Camille zu kaufen. Da sie nicht wußte, für welche Art von Literatur die junge Frau sich interessierte, blieb sie unschlüssig vor den Auslagen mit den zahllosen Werken stehen.

»Kann ich Ihnen behilflich sein, Mademoiselle?«

Der Mann, der sie angesprochen hatte, trug einen eleganten hellen Anzug. Er war eher groß und hatte ein breites, leicht aufgedunsenes Gesicht mit tiefblauen Augen und langen, dichten Wimpern, die seinem Blick etwas Feminines verliehen. Der Mund mit den roten Lippen war schön gezeichnet. Unwillkürlich rückte er seine gelbe, grüngepunktete Fliege zurecht. Léa hielt ihn für den Buchhändler und erwiderte:

»Gerne. Ich suche etwas Unterhaltsames für eine kranke Freundin, aber ich weiß nicht, was sie mag.«

»Bringen Sie ihr das hier mit ... das wird ihr bestimmt gefallen.«

»*L'Ecole des cadavres* ... Louis-Ferdinand Céline ... meinen Sie wirklich? Klingt ziemlich makaber.«

»Ist es auch«, sagte er mit einem kaum verhohlenen ironischen Lächeln. »Céline ist der richtige Autor für einen deprimierten Menschen. Er ist leicht zu lesen, sein Stil ist unnachahmlich, und seine ebenso humorvollen wie seriösen Betrachtungen machen ihn zu einem der bedeutendsten Schriftsteller unserer Zeit.«

»Ich danke Ihnen, Monsieur, ich nehme das Buch. Was bin ich Ihnen schuldig?«

»Ich weiß nicht, fragen Sie die Dame an der Kasse. Entschuldigen Sie mich, ich muß gehen.«

Er nahm seinen grauen Filzhut von einem der Tische und verneigte sich kurz vor Léa, ehe er den Laden verließ.

»Nehmen Sie dieses Buch, Mademoiselle?« fragte eine Verkäuferin.

»Ja, der Herr, der eben hinausging, hat es mir empfohlen. Ist es gut?«

»Wenn Monsieur Raphael Malh es Ihnen empfohlen hat, kann es nur gut sein«, versicherte die Verkäuferin mit einem breiten Lächeln.

»Ist er der Leiter der Buchhandlung?«

»O nein! Monsieur Malh ist einer unserer treuesten Kunden. Er ist ein sehr gebildeter Mann, der sich besser als irgendwer sonst in der modernen Literatur auskennt.«

»Was macht er?«

»Das weiß niemand so recht. Manchmal hat er sehr viel Geld, manchmal muß er sich da und dort was zusammenborgen. Er beschäftigt sich mit Gemälden, mit Kunstgegenständen und, soviel ich weiß, auch mit seltenen Erstausgaben. Er schreibt auch selbst. Zwei seiner Werke sind in der *Nouvelle Revue française* erschienen und haben großen Anklang gefunden.«

Léa bezahlte und verließ das Geschäft. Die Begegnung mit Malh hatte sie auf sonderbare Weise beeindruckt. Mit ihrem Päckchen in der Hand schlenderte sie den Boulevard Raspail hinunter.

Als sie die Eingangspforte von Camilles Haus erreicht hatte, trat ein Mann heraus. Sogleich erkannte sie François Tavernier.

»Was machen Sie denn hier?«

»Ich habe Madame d'Argilat einen Besuch abgestattet«, erwiderte er und zog seinen Hut vor ihr.

»Ich glaube kaum, daß sie darüber besonders erfreut war.«

»Sie irren sich, meine Liebe, sie weiß meine Gesellschaft sehr zu schätzen und findet mich offenbar recht amüsant.«

»Das wundert mich nicht bei ihr. Sie täuscht sich immer in den Menschen.«

»Nicht in allen, nur in manchen . . . Zum Beispiel in Ihnen«, fügte er hinzu und sah sie nachdenklich an.

»Wie soll ich das verstehen?«

»Sie sieht Sie nicht, wie Sie wirklich sind; sie mag Sie nämlich sehr gern.«

Léa zuckte die Achseln, als wollte sie sagen: ›Von mir aus!‹

»Ja, sie mag die Frau, die sich geschworen hat, ihr den Mann zu nehmen. Denn das ist es doch, was Sie sich in Ihrem hübschen Köpfchen vorgenommen haben, nicht wahr?«

Léa wurde rot, aber es gelang ihr, ihre Wut zu unterdrücken. Mit sanfter Stimme und einem unschuldigen Lächeln entgegnete sie:

»Wie können Sie nur so etwas Abscheuliches behaupten? Das ist alles längst vergessen. Laurent ist für mich nichts weiter als ein Freund, der mir bei seiner Abreise aufgetragen hat, mich um seine Frau zu kümmern.«

»Sollten Sie das amüsant finden?«

Léa begann zu lachen, ein offenes, erfrischendes Lachen.

»Da haben Sie allerdings recht: Camille interessiert sich nur für fade Dinge.«

»Und Sie?«

»Ich will alles kennenlernen, alles erleben. Wenn meine Tanten nicht wären, die jeden meiner Schritte bewachen, und wenn dieser Krieg nicht sämtliche jungen Männer aus dem Verkehr gezogen hätte, würde ich jeden Abend in vornehmen Restaurants speisen, in Tanzlokale gehen und stundenlang in Bars hocken.«

»Ein hübsches Programm! Wie wäre es, wenn ich Sie heute abend um sieben abholte? Wir könnten ein Gläschen trinken, dann ins Varieté gehen, danach in einem feinen Lokal dinieren und schließlich tanzen gehen oder russische Volkslieder hören.«

Diese Aufzählung von Vergnügungen ließ Léas Augen groß werden wie die eines Kindes, das zum ersten Mal vor dem Weihnachtsbaum steht. François Tavernier hatte Mühe, an sich zu halten und sie nicht in seine Arme zu nehmen, so hinreißend fand er sie mit ihrem durchtriebenen Charakter, ihrer Lebensfreude und ihrer unter der Haut schwelenden Sinnlichkeit. »Das wäre wundervoll, ich langweile mich nämlich schrecklich.«

Dieses kleinlaute Eingeständnis aus einem so hübschen Mund hätte Tavernier beinahe alle guten Vorsätze vergessen lassen. Er verbarg seine Erregung hinter schallendem Gelächter. Wie ein Wolf, dachte Léa, er ist wie alle anderen. Wenn ich will, kann ich ihn um den Finger wickeln.

»Also, abgemacht, ich werde Sie gegen sieben Uhr abholen. Vorher werde ich mir erlauben, Ihre sehr verehrten Tanten anzurufen und sie um ihre Erlaubnis zu bitten.«

»Und wenn sie ablehnen?«

»Sie müssen wissen, schöne Freundin, daß noch keine Frau mir je verwehrt hat, um was ich sie gebeten habe«, erwiderte er voller Ironie, die Léa für Selbstgefälligkeit hielt.

»Ich werde ja sehen, was meine Tanten sagen, wenn ich nach Hause komme. Auf Wiedersehen.«

Ihr Stimmungwechsel war François Tavernier nicht entgangen, und er fragte sich: Sollte sie etwa keinen Sinn für Humor haben?

Der große Raum, der Camille als Schlafzimmer diente, war ganz in Weiß und Beige gehalten. Als Léa eintrat, stand Camille am Fenster, die Stirn gegen die

Scheibe gelehnt. Ihr Morgenrock aus cremefarbenem Satin verschmolz mit den Wänden und dem Teppichboden. Sie wandte sich um, als die Tür zufiel.

»Wie kannst du nur aufstehen!« rief Léa. »Ich dachte, du müßtest im Bett bleiben.«

»Schimpf nicht mit mir, ich fühle mich schon viel besser. Monsieur Tavernier hat mich besucht, das hat mir gutgetan.«

»Ich weiß, ich bin ihm unten im Eingang begegnet.«

»Er sorgt sich unsertwegen und meint, wir sollten Paris verlassen. Ich habe ihm geantwortet, daß seine Sorgen unbegründet seien, denn an der Front ist alles ruhig. So ruhig, daß General Huntzinger die Pariser Prominenz zu einer Theatergala in sein Hauptquartier eingeladen hat.«

»Woher weißt du das?«

»Laurent hat es mir geschrieben.«

»Wie geht es ihm?«

»Sehr gut, ich soll dich umarmen und dir sagen, daß er sich über ein paar Zeilen von dir sehr freuen würde. Hast du etwas von deinen Eltern gehört?«

»Ja, Mama möchte, daß ich nach Hause komme.«

»Oje!« Mit einem Seufzer ließ Camille sich in einen Sessel fallen.

»Mach dir keine Gedanken, ich hab' ihr gesagt, daß ich dich nicht allein lassen kann und daß du mich brauchst.«

»Wie wahr! Eben noch habe ich zu Monsieur Tavernier gesagt: Léas Anwesenheit gibt mir ein Gefühl der Sicherheit, sie stärkt mich und macht mir Mut.«

Wortlos klingelte Léa nach dem Hausmädchen.

»Bringen Sie Madame zu Bett. Du mußt dich jetzt ausruhen, Camille. Ah ja, beinah hätte ich's vergessen: ich hab' dir ein Buch mitgebracht.«

»Danke, daß du daran gedacht hast. Von wem ist es?«

»Von einem gewissen Céline. Er soll ein bedeutender Schriftsteller sein.«

»Céline! . . . Hast du schon etwas von ihm gelesen?«

»Nein. Und du?«

»Ich hab's versucht, aber er erzählt so brutale, so entsetzliche Dinge . . .«

»Das mußt du verwechseln: ein gewisser Raphael Malh hat mir versichert, es sei ein sehr unterhaltsames Buch.«

»Wer, hast du gesagt?«

»Raphael Malh.«

»Jetzt verstehe ich, er hat sich über dich lustig gemacht. Er ist ein niederträchtiger Mensch, der alles besudelt, was er berührt, und dessen größtes Vergnügen es ist, anderen weh zu tun, vor allem seinen Freunden.«

Ihre heftige Reaktion überraschte Léa. Nie hatte sie Camille so hart über einen anderen Menschen urteilen hören.

»Was hat er dir getan?«

»Mir nichts, aber er hat einen Menschen, den Laurent und ich sehr gern hatten, in die Verzweiflung getrieben, ihn verraten und ihn bestohlen.«

»Kenne ich ihn?«

»Nein.«

In der Rue de l'Université hatte ein Bote kurz vor Léas Eintreffen drei riesige Rosensträuße abgeliefert. Lisa und Albertine standen verzückt davor und riefen ein ums anderemal aus: »Wie wundervoll!«

»Dieser Monsieur Tavernier ist ein Mann von Welt, wie man sie heute selten findet!«

Léa amüsierte sich über die beiden alten Jungfern, die

ihr ganzes Leben gemeinsam verbracht und sich nicht einen einzigen Tag voneinander getrennt hatten. Albertine, die fünf Jahre älter war, hatte wie selbstverständlich die Rolle des Familienoberhauptes übernommen: Sie verwaltete das Erbe der Eltern, dirigierte die Dienstboten mit fester Hand, bestimmte, welche Reisen unternommen und welche Reparaturen durchgeführt werden sollten. Sie hatte, wie man so schön sagt, die Hosen an.

Lisa hingegen lebte seit dem Ausbruch des Krieges in beständiger Furcht; sie schlief schlecht, und wachte beim leisesten Geräusch auf, die Gasmaske griffbereit auf dem Nachttisch. Nie ging sie aus dem Haus, ohne ihre Maske geschultert zu haben, selbst wenn sie nur in Saint-Thomas-d'Aquin zur Sonntagsmesse ging oder ihre Freundin auf der anderen Straßenseite besuchte. Sie las sämtliche Zeitungen und hörte alle Rundfunkstationen ab, angefangen von Radio Paris und Radio -37 bis hin zum Pariser Sender und Radio Ile-de-France. Seit dem deutschen Einmarsch in Polen waren die Koffer gepackt. Sie hatte darauf bestanden, daß ihre Schwester den prachtvollen alten Renault mit der Karosserie von Arthur Boulogne verkaufte und statt dessen eine große Limousine, den schnelleren und geräumigeren Vivastella Grand Sport, erwarb. Nach einigen kleinen Ausflügen in die Umgebung von Paris – Albertine, die als einzige einen Führerschein hatte, sollte sich an den neuen Wagen gewöhnen – war er in einer Werkstatt im Faubourg Saint-Germain abgestellt worden, deren Inhaber den Auftrag erhielt, das Fahrzeug zu warten und betriebsbereit zu halten. Hätte er je seine Pflichten vergessen, dann hätte ihn der allwöchentliche Besuch, den Lisa und ihre Gasmaske ihm abstatteten, um sich zu vergewissern, daß alles in Ordnung war, schon daran erinnert.

»Léa, mein Kind, dieser reizende Monsieur Tavernier

war so freundlich, zu fragen, ob er dich in ein Wohltätigkeitskonzert zugunsten armer Kriegswaisen einladen dürfe.«

»Habt ihr zugesagt?« fragte Léa, die nur mühsam ein Lächeln unterdrücken konnte.

»Natürlich. Wenn es für einen wohltätigen Zweck ist, kannst du dich trotz deiner Trauer in Gesellschaft begeben«, erklärte Albertine.

»Ist das denn schicklich?« fragte Léa scheinheilig. Es fiel ihr immer schwerer, nicht laut loszulachen.

»Aber gewiß. Er ist ein wohlerzogener Mann, er ist mit Ministern und mit dem Staatspräsidenten befreundet. Überdies verkehrt er bei deiner Freundin Camille«, bekräftigte Lisa.

»Na dann! ... Wenn er bei Camille verkehrt, kann ich ja ohne Bedenken mit ihm ausgehen.«

»Schau dir nur mal diese herrlichen Rosen an«, rief Lisa aus und hielt Léa ihren Strauß hin.

»Willst du dir deine denn nicht ansehen?« fragte Albertine, die sorgfältig das Papier faltete, in das ihre gelben Rosen eingeschlagen waren. Léa riß das Seidenpapier auf. Wunderschöne weiße Rosen mit rotem Rand kamen zum Vorschein. Zwischen den Stielen steckte ein Umschlag. Sie nahm ihn rasch an sich und ließ ihn in die Tasche ihres Kostüms gleiten.

»Mademoiselle Léas Blumen sind bei weitem die schönsten«, verkündete Estelle, die mit einer schweren Kristallvase voller Wasser den kleinen Salon betrat.

»Darf ich mir deinen Fuchs ausleihen, Tante?«

»Aber sicher, Liebes. Estelle bringt ihn dir in dein Zimmer.«

Léa war gerade eben mit dem Ankleiden fertig geworden, als die Türklingel sie hochschrecken ließ. ›Schon!‹ ging es ihr durch den Kopf. Der hohe Schrankspiegel warf ihr Bild zurück, und sie lächelte sich selbstgefällig zu. Tavernier hatte recht: dieses Kleid stand ihr ausgezeichnet und brachte ihren Teint und ihre Figur hervorragend zur Geltung. Dennoch ärgerte sie sich über sich selbst, weil sie seiner schriftlichen Bitte nachgekommen war. »Ziehen Sie das Kleid von neulich an, Sie sehen wunderschön darin aus.« Ihr war ohnehin keine andere Wahl geblieben, denn es war ihr einziges langes Kleid. Ehe sie aus dem Zimmer trat, warf sie sich die schwarze Fuchsjacke über, um ihre bloßen Schultern vor den Tanten zu verbergen. Diese hatten sich im kleinen Salon versammelt und lachten schallend über François Tavernier, der im dunklen Smoking am Kamin lehnte und Witze erzählte.

»Guten Abend, Léa. Beeilen wir uns, damit wir nicht später als der Präsident eintreffen.«

»Ja, ja, beeilt euch lieber!« trieb Albertine, die von Tavernier tief beeindruckt war, sie an.

Vor dem Haus öffnete François Tavernier den Schlag eines prachtvollen schwarz-roten Bugatti. Der Ledergeruch des luxuriösen Gefährts war ungemein ansprechend. Mit einem dumpfen Brummen setzte sich der Wagen in Bewegung.

»Ein tolles Auto!«

»Ich wußte, daß es Ihnen gefallen würde. Man muß die Gelegenheit nutzen; Vollblüter wie diesen hier wird man nicht mehr lange herstellen.«

»Warum? Immer mehr Leute fahren Auto.«

»Das stimmt. Aber ein solches Modell verkörpert eine Lebensart, die mit dem Krieg aussterben wird . . .«

»O nein! Kein Wort über den Krieg heute abend, oder ich steige auf der Stelle aus.«

»Verzeihen Sie«, entgegnete er. Er nahm ihre Hand und führte sie an seine Lippen.

»Wohin entführen Sie mich?«

»Keine Angst, ich werde Sie nicht in ein Wohltätigkeitskonzert ausführen, wie ich Ihren Tanten weisgemacht habe. Aber seien Sie unbesorgt: Morgen werden Sie im *Temps* und im *Figaro* lesen können: Zur Wohltätigkeitsgala in der Oper waren unter anderem Monsieur Tavernier, Berater des Innenministers, in Begleitung der entzückenden und eleganten Mademoiselle Léa Delmas erschienen.«

»Wie ist denn das möglich?«

»Ich habe Freunde in beiden Redaktionen, die mir diese kleine Gefälligkeit gern erweisen. Was halten Sie davon, wenn wir erst ein Gläschen an der Bar des *Coupole* trinken, bevor wir uns Josephine Baker und Maurice Chevalier im *Casino de Paris* anhören? Der Barkeeper mixt ausgezeichnete Cocktails.«

Léa war von Josephine Baker begeistert; nur Maurice Chevalier gefiel ihr nicht.

»Das ist ein Fehler«, sagte François Tavernier, »er verkörpert den Geist des heutigen Frankreich.«

»Dann mag ich eben diesen Geist nicht, ich finde den Mann durchtrieben und selbstgefällig, anzüglich und vulgär!«

»Ein sonderbares kleines Mädchen sind Sie, kokett und tiefsinnig. Was wohl später mal aus Ihnen wird? Das würde ich gerne miterleben!«

In der großen Halle des *Casino de Paris* drängte die Menschenmenge dem Ausgang zu und diskutierte über das Schauspiel, das ihr sichtlich gefallen hatte.

»Ich habe Hunger«, sagte Léa, die sich bei ihrem Begleiter untergehakt hatte.

»Jetzt gehen wir essen. Ich wollte Sie ins *Monseigneur* einladen, aber es war kein einziger Tisch mehr frei, nicht einmal für mich. Ich hab' uns einen Tisch im *Shéhéra-*

zade reservieren lassen, wo Léo Marjane gastiert. Das russische Orchester ist eines der besten von Paris. Es wird Ihnen bestimmt gefallen.«

War es der Kaviar, der Wodka, der Champagner oder die Musik? Léa fühlte sich von solcher Lebensfreude beflügelt, daß sie hell auflachte und ihren Kopf an Taverniers Schulter lehnte. Amüsiert verfolgte er, wie das junge Mädchen aufblühte und sich ganz dem Vergnügen hingab. Sie bat die Kapelle um einen langsamen Walzer und forderte ihren Begleiter ungeniert zum Tanzen auf. Ihre Bewegungen waren so geschmeidig, so voll sinnlicher Anmut, daß die übrigen Gäste bald nur noch Augen für dieses eine Paar hatten, das langsam über die Tanzfläche schwebte.

François Tavernier fühlte ihren vibrierenden Körper in seinen Armen. Er zog sie fester an sich, und sie verschmolzen zu einem einzigen über die Tanzfläche gleitenden Wesen.

Alles rings um sich her vergessend, tanzten sie noch ihren Walzer, nachdem die Musik längst zu spielen aufgehört hatte. Erst das Gelächter und der Beifall im Saal holten sie in die Wirklichkeit zurück. Ohne sich um die Zuschauer zu kümmern, hielt Tavernier sie weiterhin in seinen Armen.

»Sie tanzen gut«, sagte sie voller Überzeugung.

»Sie auch«, erwiderte er anerkennend, während sie an ihren Tisch zurückkehrten.

»Das Leben ist wundervoll! So möchte ich immer leben können: trinken und tanzen!« rief Léa aus und hielt ihm ihr leeres Glas entgegen.

»Sie haben genug getrunken, kleines Mädchen.«

»Nein, ich möchte noch was haben.«

François Tavernier winkte den Ober herbei, und sogleich stand eine neue Flasche Champagner vor ihnen.

Schweigend, sanft gewiegt von den Klängen des Liedes *Schwarze Augen*, tranken sie sich zu.

»Küssen Sie mich, mir ist danach, geküßt zu werden.«

»Sogar von mir?« fragte er und beugte sich vor.

»Sogar von Ihnen.«

Ein beharrliches Hüsteln neben ihnen unterbrach ihren Kuß. Ein sehr blasser junger Mann stand vor ihrem Tisch, den Hut in der Hand.

»Loriot! Was gibt es denn, mein Freund?«

»Kann ich Sie einen Moment sprechen, Monsieur, es ist sehr dringend.«

»Entschuldigen Sie mich bitte einen Augenblick.«

Tavernier folgte Loriot an die Bar. Nach einer kurzen, lebhaften Unterhaltung kehrte er mit verschlossener Miene zu Léa zurück.

»Kommen Sie, wir gehen.«

»Schon? Wie spät ist es denn?«

»Vier Uhr früh. Ihre Tanten werden sich Sorgen machen.«

»Aber nein, sie wissen doch, daß ich mit Ihnen zusammen bin. Sie halten Sie für einen so grundanständigen Menschen«, prustete sie los.

»Genug jetzt, wir müssen gehen.«

»Aber wieso denn?«

Wortlos warf er einige Geldscheine auf den Tisch, ergriff Léas Arm und zog sie hoch.

»Lassen Sie mich los! Würden Sie mir vielleicht erklären, was das alles zu bedeuten hat?«

»Das hat zu bedeuten, teuerste Freundin, daß die Deutschen in diesem Augenblick Calais, Boulogne und Dünkirchen bombardieren und Luftlandetruppen über Holland und Belgien einsetzen«, erwiderte er tonlos.

»O nein! . . . Mein Gott! Laurent! . . .«

Die Anspannung in seinem Gesicht schlug unvermittelt in Gehässigkeit um. Für ein paar Sekunden maßen sie einander mit Blicken. Erst die Garderobenfrau unterbrach das stumme Duell, indem sie Léas Fuchsjacke brachte und ihr hineinhalf.

Auf dem Rückweg sprachen sie kein Wort miteinander. In der Rue de l'Université begleitete Tavernier sie bis an die Haustür. Als sie den Schlüssel ins Schloß steckte, drehte er sie zu sich herum, nahm ihr Gesicht in seine Hände und küßte sie leidenschaftlich. Willenlos ließ sie es geschehen.

»Vorhin haben Sie mir besser gefallen.«

Sie erwiderte nichts darauf, schloß nur ruhig die Tür auf, trat ein und zog sie langsam hinter sich zu. In der Stille der Mainacht hörte sie nichts weiter als das Pochen ihres Herzens und das Motorengeräusch eines sich entfernenden Fahrzeugs.

Sie verstreute ihre Kleider auf dem Fußboden, schlüpfte in das Nachthemd, das auf dem Bett bereitlag, legte sich hin und zog die Decke über den Kopf. Das konnte natürlich nicht das kleine Bett im Kinderzimmer von Montillac ersetzen, aber immerhin war es eine Zuflucht.

Mit Laurents Namen auf den Lippen schlief sie ein.

11

»Albertine ... Estelle ... Léa ... *les Boches, les Boches,* die Deutschen kommen ...«

Estelle, die Finger voller Mehl, stürzte als erste aus der Küche; als nächste kam Albertine in einem schlichten weißen Hauskleid aus ihrem Zimmer, in der Hand einen Federhalter; zuletzt erschien Léa, ungekämmt und im Nachthemd, die schwarze Fuchsjacke über die Schultern geworfen.

»Was schreist du denn so?« fragte Albertine streng.

»Die *Boches* sind in Belgien einmarschiert, es kam gerade in den Nachrichten!« schluchzte Lisa, die in ihrem rosa Morgenmantel einen beklagenswerten Anblick bot.

»Mein Gott!« stieß Estelle hervor und bekreuzigte sich. Ihre Finger hinterließen einen weißen Mehltupfer auf ihrer Stirn.

»Dann hab' ich also doch nicht geträumt«, murmelte Léa.

Albertine fuhr sich mit der Hand an die Kehle und sagte gar nichts. Das Telefon hatte schon eine ganze Weile geklingelt, ehe Estelle endlich den Hörer abnahm.

»Hallo ... Einen Augenblick, Madame ... Für Sie, Mademoiselle, Léa.«

»Ja, am Apparat. Dann rufen Sie doch den Arzt ...

Er ist nicht da? ... Also gut, keine Aufregung, ich komme sofort.«

Den anderen erklärte sie: »Camille ist von der Nachricht im Rundfunk arg mitgenommen. Das Zimmermädchen ist halb verrückt vor Angst, und der Arzt ist nicht zu erreichen. Ich werde zu ihr gehen.«

»Soll ich mitkommen?« bot Albertine ihr an.

»Nicht nötig, danke. Würden Sie mir bitte eine Tasse Kaffee machen, Estelle?«

Als Léa bei Camille eintraf, hatte die junge Frau schon das Bewußtsein wiedererlangt.

»Ich hatte solche Angst, Mademoiselle Léa, ich dachte schon, Madame wäre tot!«

»Aber, Josette, so hören Sie doch auf. Haben Sie eine Nachricht für den Arzt hinterlassen?«

»Ja, er kommt vorbei, sobald er aus dem Krankenhaus zurück ist.«

Camilles Schlafzimmer war abgedunkelt worden; nur ein kleines Lämpchen beleuchtete schwach einen Teil des Bettes. Vorsichtig trat Léa näher, um nicht an ein Möbelstück zu stoßen. Von Mitleid gerührt, beugte Léa sich über das Gesicht, das große Angst widerspiegelte, und legte ihre Hand auf die eisige Stirn. Camille schlug die Augen auf, erkannte sie aber nicht.

»Sag nichts, der Arzt muß jeden Augenblick kommen. Ich bin bei dir. Schlaf nur weiter.«

Mit einem schwachen Lächeln schloß die junge Frau erneut die Augen. Léa wich nicht von ihrer Seite, bis am frühen Nachmittag der Arzt eintraf. Er schien sehr besorgt, als er aus dem Schlafzimmer zurückkam.

»Sind Sie die einzige Angehörige von Madame d'Argilat in Paris?« fragte er.

Léa überlegte kurz, ob sie ihn über die Familienverhältnisse aufklären sollte, ersparte sich dann aber doch weitschweifige Erklärungen.

»Ja«, antwortete sie.

»Ich kann Ihnen nicht verschweigen, daß ich mir große Sorgen mache. Madame braucht absolute Ruhe. Ich muß mich darauf verlassen können, daß Sie jegliche Aufregung von ihr fernhalten.«

»Das scheint mir beim augenblicklichen Stand der Dinge nicht ganz einfach«, bemerkte Léa spöttisch.

»Ich weiß«, seufzte der Arzt, während er ein Rezept ausstellte, »aber sie braucht, soweit es irgend möglich ist, äußerste Ruhe.«

»Ich werde tun, was ich kann, Herr Doktor.«

»Ich möchte, daß ständig jemand bei ihr ist. Hier ist die Anschrift einer tüchtigen und zuverlässigen Frau. Rufen Sie sie an und sagen Sie ihr, ich hätte sie empfohlen. Hoffentlich ist sie abkömmlich. Ich werde morgen wiederkommen. Bis dahin halten Sie sich bitte genau an die Anweisungen auf dem Rezept.«

Madame Lebreton, Krankenschwester und Kriegerwitwe des 1. Weltkriegs, traf gegen sechs Uhr abends ein und nahm die Dinge mit einer Bestimmtheit in die Hand, die Léa zwar zuwider, aber nicht unwillkommen war. Die Aussicht, die Nacht in Laurents Wohnung verbringen zu müssen, war ihr ebenso unerträglich wie die Vorstellung, sich noch einmal Camilles Tränenstrom mit ansehen zu müssen. Nachdem Madame Lebreton ihre Telefonnummer notiert hatte, entließ sie Léa mit der Zusicherung, sie brauche sich keine Sorgen zu machen. Im Hause der Damen de Montpleynet herrschte ein unvorstellbares Durcheinander. Lisa wollte auf dem schnellsten Wege nach Montillac fahren, während ihre Schwester dafür plädierte, erst einmal die weitere Entwicklung abzuwarten. Beim Anblick Tante Lisas brach Léa in schallendes Gelächter aus: im Reisekostüm, den Hut schief auf dem Kopf und die Gasmaske unter den Arm geklemmt, saß sie auf einem der zahlreichen Koffer, die den Flur versperrten.

»Ich rühr' mich nicht vom Fleck, und wenn es Nacht drüber wird«, verkündete sie grimmig.

Albertine zog Léa in den kleinen Salon.

»Ich glaube nicht, daß wir sie beruhigen können. Wir werden abreisen müssen. Deine Eltern haben übrigens angerufen und wollen, daß du so schnell wie möglich nach Hause kommst.«

»Ich kann nicht. Camille ist krank und hat niemanden, der sich um sie kümmert.«

»Dann nehmen wir sie eben mit.«

»Sie darf sich unter keinen Umständen bewegen.«

»Aber ich kann dich doch nicht allein in Paris lassen! Und dieses aufgescheuchte Huhn von Lisa kann ich doch auch nicht allein fahren lassen!«

»Tante, die Deutschen sind noch weit, und unsere Armee wird sie am Vorrücken hindern.«

»Wahrscheinlich hast du recht, und wir sorgen uns umsonst. Ich werde versuchen, Lisa zur Vernunft zu bringen.«

Sie wurde darin von François Tavernier unterstützt, der gekommen war, um sich bei Léa nach Camille zu erkundigen, nachdem die Pflegerin sich geweigert hatte, ihn einzulassen.

Solange er noch in Paris sei, brauche sie nicht das geringste zu befürchten, beschwichtigte er die schlotternde Lisa. Sie willigte schließlich ein, bis Pfingstmontag zu warten, in der festen Überzeugung, der Heilige Geist werde die Heeresführer erleuchten.

»Und außerdem, meine Damen – stehen wir nicht unter dem Schutz der heiligen Genoveva, der Schutzpatronin von Paris? In Saint-Etienne-du-Mont und in Notre-Dame hat sich heute nachmittag eine riesige Menschenmenge eingefunden. Zusammen mit einigen Ministern der Radikalen Partei und mit mehreren Bischöfen hat Paul Reynaud für Frankreich gebetet und den Schutz der heiligen Jungfrau erfleht. Im Sacré-Cœur hat die große Orgel die Marseillaise gespielt. Seien Sie gewiß, der Himmel ist mit uns!«

François Tavernier sagte das mit so feierlicher Miene, daß Léa darauf hereingefallen wäre, hätte sie nicht das Augenzwinkern bemerkt, mit dem er ihr zu verstehen gab, was sie von seiner Rede zu halten hatte.

»Sie haben recht«, meinte Lisa beruhigt. »Gott ist mit uns.«

Am darauffolgenden Tag hatte Camille ihre Beherrschung zurückgewonnen, und ihre Wangen zeigten wieder ein wenig Farbe. Auf ihre Bitte hin kaufte Léa eine Karte von Frankreich, an Hand derer sie genau verfolgen wollte, wo Laurent sich befand und welchen Verlauf der Vormarsch der deutschen Truppen in Belgien nahm. Ein großes Gemälde von Max Ernst mußte der Karte Platz machen. Mit kleinen bunten Fahnen markierte Léa die Positionen des französischen und des deutschen Heeres.

»Gott sei Dank ist er nicht in Girauds Armee, sondern in den Ardennen, nicht weit von der Maginot-Linie«, sagte Camille.

»François Tavernier meint, gerade das sei die Schwachstelle der französischen Verteidigung.«

»Das kann nicht sein, sonst hätten sie in letzter Zeit doch nicht so häufig Urlaub bekommen!« widersprach Camille heftig.

»Zeit für Ihre Spritze, Madame d'Argilat.« Ohne anzuklopfen hatte Madame Lebreton das Zimmer betreten. »Sie sollten sich doch ausruhen. Gleich kommt der Arzt, und er wird es gar nicht gern sehen, wenn Sie sich so aufregen.«

Camille errötete wie ein Kind, das man bei einer Dummheit ertappt hat, und stammelte: »Sie haben recht.«

»Ich werde jetzt lieber nach Hause gehen und nachschauen, ob Tante Lisa nicht irgend etwas angestellt hat. Sie ist so durchgedreht, daß sie zu allem fähig ist«, sagte Léa und erhob sich.

»Wenn ich daran denke, daß ihr nur meinetwegen nicht abgereist seid!«

»Glaub nur das nicht. Hier ist es viel amüsanter als in Langon oder selbst in Bordeaux.«

»Amüsant, amüsant!« brummte die Pflegerin vor sich hin. Léa und Camille mußten sich zwingen, nicht laut aufzulachen.

»Vergiß nicht, morgen die Zeitungen mitzubringen.«

»Morgen gibt es keine Zeitungen, morgen ist Pfingsten«, erwiderte Léa, während sie ihren schwarzen Filzhut zurechtrückte.

»Ach ja, das hab ich ganz vergessen. Ich werde beten, daß diese verdammten Deutschen zurückgeschlagen werden. Komm nicht zu spät.«

»Abgemacht, bis morgen dann, ruh dich aus.«

Als sie die Rue de Grenelle überquerte, stieß Léa, ganz in Gedanken versunken, mit einem Passanten zusammen. Sie entschuldigte sich und erkannte den Mann wieder, der ihr das Buch von Céline empfohlen hatte. Auch er erkannte sie wieder und zog grüßend seinen Hut.

»Hat Ihrer Freundin das Buch gefallen?«

»Keine Ahnung, aber mir scheint, Sie haben sich mit Ihrem Ratschlag über mich lustig machen wollen.«

»Glauben Sie?«

»Ja, aber das ist nicht der Rede wert.«

»In der Tat. Verzeihen Sie, ich habe mich noch nicht vorgestellt: Raphael Malh.«

»Ich weiß.«

Er sah sie verblüfft und ein wenig beunruhigt an. »Haben wir etwa gemeinsame Bekannte?«

»Ich glaube kaum. Ich muß jetzt gehen. Auf Wiedersehen.«

»Sie dürfen nicht so einfach weglaufen. Ich möchte Sie wiedersehen. Wie heißen Sie?«

Ohne recht zu wissen, warum, hörte Léa sich antworten: »Léa Delmas.«

»Ich sitze jeden Tag gegen ein Uhr im *Deux-Magots* und würde mich sehr freuen, Sie zu einem Gläschen einladen zu können.«

Léa grüßte mit einem Kopfnicken und ging ohne ein Wort davon.

In der Rue de l'Université herrschte ungewöhnliche Stille: die Wohnung war leer. Besorgt fragte sich Léa, ob die Reisewut nicht doch über Lisa gesiegt und ihre Angst Albertine und Estelle angesteckt hatte. Sie hatte den Gedanken kaum zu Ende gedacht, da standen die beiden Schwestern auch schon im Flur, gefolgt von Estelle.

»Das hättest du sehen sollen, so viele Menschen, solche Inbrunst! Gott kann uns nicht im Stich lassen«, erklärte Lisa atemlos, während sie ihren lächerlichen rosa Hut mit dem üppigen Veilchenstrauß absetzte.

»Es war wirklich ergreifend«, stellte Albertine bedächtig fest und zog ihre graue Kostümjacke aus.

»Bei so viel Gebeten und Prozessionen haben die *Boches* keine Chance«, fügte Estelle hinzu und verschwand in der Küche.

»Wo seid ihr denn gewesen?« erkundigte sich Léa.

»Ganz Paris ist aufgefordert worden, sich in Notre-Dame zum Gebet zu versammeln. Also sind wir hingegangen«, erklärte Lisa, während sie ihr Haar ordnete.

Léa ging in den kleinen Salon, in dem ein funkelnagelneues Radio von gewaltigen Ausmaßen stand.

»Eine Anschaffung von Tante Lisa«, kam Albertine dem fragenden Blick ihrer Nichte zuvor.

»War der alte denn kaputt?«

»Nein, aber sie wollte unbedingt einen Empfänger neben ihrem Bett stehen haben, der ständig eingeschaltet ist. Sie will stündlich die Nachrichten hören können, Tag und Nacht. Sie hört sogar Radio London.«

Léa drehte an den Knöpfen des Geräts. Einige Sekunden war es still, es folgte Rauschen und Knistern, und schließlich hörten sie:

»... An der Gare du Nord werden übermorgen die ersten Züge mit belgischen und holländischen Flüchtlingen eintreffen. Wer diesen unglücklichen Menschen seine Sympathie bekunden möchte, möge sie am Bahnhof willkommen heißen. Spenden nimmt das Französische Rote Kreuz entgegen.«

»Da gehen wir hin«, sagte Albertine mit fester Stimme. »Léa, ruf den Mechaniker an. Er soll den Wagen gleich morgen früh herbringen. Estelle und ich werden nachsehen, was wir an Lebensmitteln und Kleidung haben.«

Léa fand Camille in Tränen aufgelöst. Sie kniete vor dem Rundfunkgerät, und weder die flehentlichen Bitten Sarah Mulsteins, die zu Besuch gekommen war, noch die Schelte Madame Lebretons vermochten sie zum Aufstehen zu bewegen.

»Laßt mich in Ruhe, seid still, ich will Nachrichten hören!« schrie Camille, einem Nervenzusammenbruch nahe. »Oh, Léa, sag ihnen doch, sie sollen mich zufrieden lassen!«

»Ich komme später wieder«, verabschiedete sich Sarah.

Als sie gegangen war, schob Léa die Krankenschwester energisch zur Tür hinaus.

»Hör doch, sie wiederholen das Kommuniqué des französischen Generalstabs.«

»Zwischen Namur und Mézières ist es dem Feind gelungen, zwei kleinere Brückenköpfe zu errichten, den einen bei Houx, nördlich von Dinant, den anderen bei Monthermé. Ein dritter von größerer Bedeutung wurde im Wald von Marfée errichtet, nicht weit von Sedan . . .«

»Der Wald von Marfée . . . Siehst du hier auf der Karte? Das ist ganz in der Nähe von Laurent.«

Léa stellte sich vor die Karte, tippte mit dem Finger auf Sedan, dann auf Moiry, wo Laurent d'Argilat sein mußte.

»Aber nein, das sind noch gut zwanzig Kilometer.«

»Zwanzig Kilometer, was ist das schon für eine Armee mit Panzern und mit Flugzeugen, die alles bombardieren? Weißt du nicht mehr, wie es den Polen ergangen ist, als ihre Kavallerie die deutschen Panzerverbände angriff? Niedergemacht wurden sie, allesamt niedergemacht! Ich will nicht, daß Laurent! . . .«, schrie Camille. Von Weinkrämpfen geschüttelt, sank sie auf den Teppich.

Léa schwieg. Sie betrachtete die Karte. Das rote Fähnchen, das den Standort des 18. berittenen Jägerregiments markierte, kam ihr wie ein Blutfleck auf der grünen Fläche vor, die den Wald darstellte. Camille hatte recht: zwanzig, dreißig, ja selbst fünfzig Kilometer waren für einen Panzer so gut wie nichts. Wo würden sie vordringen, um den Mann zu töten, den Camille und sie liebten: bei Mouzon? bei Carignan? Das kleine Dorf Moiry war für sie mit einem Schlag Mittelpunkt der

Welt und der wichtigste Schauplatz des Krieges geworden. Sie mußte unbedingt wissen, was dort vor sich ging. Wer konnte ihr das sagen? François Tavernier? Er müßte es wissen.

»Weißt du, wo ich François Tavernier erreichen kann?«

Camille hob ihr verweintes Gesicht.

»François Tavernier? ... Eine glänzende Idee! Er war gestern hier und hat mir lauter beruhigende Dinge erzählt. Er ist beim Nachrichtendienst im Continental erreichbar. Er hat seine Telefonnummer auf meinem Notizblock notiert, neben der Blumenvase.«

Sie fand auf Anhieb die richtige Stelle: In einer schönen, breiten Handschrift waren ein Name und eine Telefonnummer quer über die gesamte Seite geschrieben worden. Léa wählte die Nummer. Eine Frauenstimme meldete sich. Léa nannte ihren Namen und eine andere, männliche Stimme übernahm das Gespräch.

»Monsieur Tavernier? ...«

»Nein, Loriot hier. Wir sind uns vor ein paar Tagen begegnet.«

»Tut mir leid, ich erinnere mich nicht.«

»In einem russischen Nachtlokal.«

»Aah! ...«

»Was kann ich für Sie tun, Mademoiselle Delmas? Monsieur Tavernier ist nicht da.«

»Wann kommt er zurück?«

»Das kann ich nicht sagen, er ist im Auftrag des Ministers an die Front gereist.«

»Wohin?«

»Bedaure, Mademoiselle, das darf ich Ihnen nicht sagen, das ist streng geheim. Sobald er zurück ist, werde ich ihm ausrichten, daß Sie angerufen haben. Sie können sich darauf verlassen.«

»Danke, Monsieur, auf Wiederhören.«

Mit einer hilflosen Geste wandte sie sich Camille zu. Wie sehr sie ihn liebt, dachte Léa, als sie die junge Frau noch immer verzweifelt am Boden kauern sah.

»Steh auf«, sagte sie barsch.

In Camilles Wangen kehrte ein Hauch von Farbe zurück.

»Entschuldige, Léa, ich führe mich wirklich lächerlich auf. Laurent würde sich meiner schämen, wenn er mich so sähe.«

Mühsam stützte Camille sich auf einen Sessel und richtete sich auf. Sie schwankte, fand das Gleichgewicht wieder und schleppte sich unter Léas kalten, verächtlichen Blicken zu ihrem Bett, auf dem sie würdevoll Platz zu nehmen versuchte. Dabei preßte sie ihre Lippen zusammen, um nicht vor Schmerz aufzustöhnen. Ihre bläulich verfärbten Hände legten sich über ihr Herz, und ihr Mund öffnete sich zu einem Hilfeschrei. In diesem Augenblick trat der Arzt ins Zimmer.

»Großer Gott!«

Er stürzte auf Camille zu und half ihr, sich auf dem Bett auszustrecken. »Holen Sie die Krankenschwester!« herrschte er Léa an, während er seine Tasche öffnete.

Als sie mit Madame Lebreton zurückkehrte, hatte er Camille bereits eine Spritze in den Arm gegeben.

»Ich hatte Ihnen doch gesagt, Sie sollen sie nicht aus den Augen lassen«, stieß er hervor. »Madame d'Argilat wäre beinahe gestorben, während die da...«, – er zeigte auf Léa – »dabeisteht und zuschaut, ohne einen Finger zu rühren!«

Léa wollte ihm gerade eine wütende Antwort geben, als Josette hereinkam und meldete, Madame Mulstein sei gekommen, um sich nach Madame zu erkundigen.

»Ich werde sie empfangen.«

Sarah Mulstein lag halb ausgestreckt auf einem niedrigen Sofa, als Léa den Salon betrat. Sie richtete sich auf, ließ sich aber gleich wieder zurückfallen, als sie das Mädchen erkannte.

»Entschuldigen Sie, wenn ich liegenbleibe, Léa, aber ich bin völlig erschöpft. Wie geht es Camille?«

»Schlecht.«

»Was können wir tun?«

»Nichts«, sagte der Arzt, der aus dem Schlafzimmer gekommen war. »Sie braucht Ruhe und nochmals Ruhe. Können Sie ihren Gatten nicht erreichen, Mademoiselle Léa?«

»Der ist doch an der Front, Doktor!« rief Léa aus.

»Stimmt, stimmt, ich verliere noch den Kopf in diesem Krieg! Ich muß immer noch an die grauenvollen Ereignisse des letzten Krieges denken, an all die Menschen, die sinnlos starben, und jetzt fängt das Ganze wieder von vorne an.« Er säuberte mit einem zerknitterten Ziertüchlein seine beschlagenen Brillengläser. »Sie schläft jetzt. Für diesesmal ist die Krise überstanden. Sie muß endlich begreifen, daß sie das Leben ihres Kindes aufs Spiel setzt, wenn sie sich nicht zusammennimmt. Ich habe ihr verboten, Zeitungen zu lesen und Rundfunk zu hören. Aber ich habe meine Zweifel, ob sie sich auch an meine Anweisungen halten wird. Ich muß jetzt gehen; ich habe Madame Lebreton gesagt, was zu tun ist. Morgen komme ich wieder. Auf Wiedersehen, meine Damen.«

Sarah und Léa schwiegen ein paar Sekunden.

»Arme Camille, sie hat sich einen schlechten Zeitpunkt ausgesucht, um ein Kind zur Welt zu bringen«, seufzte Léa.

»Meinen Sie?« fragte Sarah und erhob sich. »Was haben Sie heute abend vor, wollen wir gemeinsam zu Abend essen?«

»Mit dem größten Vergnügen, aber ich muß erst nach Hause, mich umkleiden und meinen Tanten Bescheid geben.«

»Sie können ohne weiteres so ausgehen, und baden können Sie auch bei mir. Rufen Sie Ihre Tanten an und sagen Sie ihnen, daß Sie vor zehn wieder zu Hause sind.«

Léa gehorchte. In der Rue de l'Université war nur Estelle zu Hause; die beiden Fräulein de Montpleynet waren ausgegangen und noch nicht zurück. Léa müsse unbedingt zur genannten Stunde wieder zu Hause sein, mahnte Estelle.

Der kleine Speisesaal des *L'ami Louis* war überfüllt. Weil sie »Freundinnen von Monsieur Tavernier« waren, stellte der Wirt ihnen ein rundes Marmortischchen hinter die Eingangstür, deren Klinke er abzog. Ein junger Kellner hängte ein Schild mit der Anschrift *complet* in die Tür und zog einen schmutzstarrenden Samtvorhang zu, der das Lokal vor den Blicken der Passanten abschirmte.

Neugierig blickte Léa sich um. Zum erstenmal besuchte sie ein Lokal dieser Art, und es entsprach ihren Vorstellungen von einem eleganten Restaurant ganz und gar nicht.

»Ich werde Sie in ein Bistro ausführen, das zur Zeit sehr beliebt ist«, hatte Sarah gesagt.

Im Widerschein der gelblichen Wände sahen die Gäste wie Leberkranke aus. Das Sägemehl auf den zersprungenen Fliesen bildete feuchte, schmutzige Häufchen unter den Füßen, die Holzstühle waren hart und unbequem, der Lärm und der Rauch beinahe unerträglich.

Geschickt trug der Kellner die Gedecke auf. Das makellose Weiß, das blitzende Silberbesteck und die funkelnden Gläser zerstreuten Léas Bedenken ein wenig. Aus Höflichkeit beugte sie sich vor und fragte:

»Kommen Sie oft hierher?«

»Ziemlich oft. Ich sagte Ihnen ja schon, daß ich dieses Restaurant durch François Tavernier kennengelernt habe: Die Leberpastete, das Fleisch, das Wild und der Wein sind ausgezeichnet. Das Lokal selbst ist nicht besonders einladend, aber die Küche und das freundliche Personal lassen einen das rasch vergessen.«

»Was für einen Wein wünschen Sie, Madame?«

»Ich habe vergessen, welchen Wein Monsieur Tavernier immer nimmt, den finde ich nämlich sehr gut.«

»Er ist in der Tat vorzüglich, Madame, es ist ein Château La Lagune.«

»Sehr schön, wir werden ihn auf sein Wohl trinken.«

Mit Kennermiene kostete Léa den Wein.

Seit ihrer Ankunft in Paris wohnte Sarah im Hotel *Lutétia*. So brauchte sie sich nicht um den täglichen Kleinkram zu kümmern, wie sie sagte. Zwei Stunden zuvor hatte sie mit Léa das Hotelzimmer betreten, ihre Schuhe ans andere Ende des Raumes geschleudert und ihren leichten Mantel auf das Doppelbett mit der geblümten Chintzdecke geworfen.

»Machen Sie es sich bequem, ich lasse Ihnen das Badewasser einlaufen.«

In einem langen blauen Frotteemantel war sie aus dem Badezimmer zurückgekommen. »Es dauert nicht lange, bis die Wanne voll ist. Badesalz steht im Regal. Möchten Sie etwas trinken? Ich werde mir einen *Alexandra* bestellen, der Barkeeper mixt ihn ganz hervorragend.«

»Gut, dann nehme ich auch einen«, hatte Léa erwidert. Die Ungezwungenheit dieser Frau, die sie kaum kannte, machte sie ein wenig befangen.

Nach einer Viertelstunde trat Léa, mit rosigem Gesicht und in einen malvenfarbenen Morgenmantel gewickelt, aus der Badezimmertür. Ihr Haar war hochgesteckt.

»Wie jung Sie sind!« rief Sarah aus. »Einen Teint wie den Ihren hab' ich noch nie gesehen, auch nicht solch einen Blick oder einen so schönen Mund. Ich kann verstehen, daß man sich in Sie verliebt.«

Léa war unter der Flut von Komplimenten rot geworden. Sie fühlte sich unbehaglich.

»Hier, trinken Sie Ihr Glas leer. Ich habe uns einen Tisch in einem Restaurant bestellt, das ich sehr schätze. Ich hoffe, es wird Ihnen gefallen.«

Während sie redete, hatte sie einen der zahllosen Koffer durchwühlt, die mitten im Raum offen herumlagen. Sie hatte hellblaue Unterwäsche und dunkelgraue Strümpfe herausgefischt und aus einem anderen Koffer ein rotes, leicht zerknittertes Wollkleid hervorgekramt.

»Ich bin gleich soweit«, hatte sie noch gesagt und war wieder im Badezimmer verschwunden.

Welch ein Durcheinander! dachte Léa. Und Mama findet mich unordentlich! Was sie wohl zu einer Tochter wie Sarah sagen würde ... Erstaunt stellte sie fest, daß sie in den vergangenen Tagen nicht ein einziges Mal an ihre Mutter gedacht hatte. Sie nahm sich vor, ihr einen langen Brief zu schreiben.

»Stellen Sie das Radio an«, rief Sarah ihr durch die dünne Trennwand zu.

Léa sah sich um und räumte Kleider, Mäntel und Zeitungen beiseite: Nichts, was auch nur im entferntesten wie ein Rundfunkempfänger aussah. Im kurzen Unterkleid, das feuchte Haar mit einem Handtuch trocknend, kam Sarah zurück.

»Warum haben Sie das Radio nicht angemacht? Jetzt müßten die Nachrichten kommen.«

»Ich kann es nicht finden.«

»Ach ja, das hab ich ganz vergessen, es ist zur Reparatur abgeholt worden. Sind Sie noch nicht angezogen?«

Mit einer Handbewegung deutete Léa an, daß ihre Kleider sich im Badezimmer befanden.

»Wo hab ich bloß meinen Kopf heute abend? Ich bin wirklich todmüde.«

Als Léa wieder ins Zimmer kam, war Sarah halb unter das Bett gekrochen, um ihre Schuhe zu suchen, die sich zu guter Letzt im Papierkorb fanden! . . .

Der Kellner servierte eine Gänseleberpastete und dicke Scheiben Bayonner Schinken, während der Weinkellner ihnen einschenkte.

»Als Hauptgericht können Sie zwischen Entrecôte, Schmortopf à la provençale, Lammrücken und Täubchen mit Erbsen wählen.«

»Nehmen Sie die Täubchen, die sind vorzüglich«, empfahl Sarah.

Lächelnd neigte Léa den Kopf.

»Und jetzt stoßen wir auf das Wohl unseres Freundes François an!« sagte Sarah und hob ihr Glas.

»Ich bin zutiefst gerührt!« vernahmen sie hinter sich die fröhliche Stimme Taverniers. Mit seinem leicht zerzausten Haar, dem Rollkragenpullover und der Tweedjacke wirkte er jünger.

»François!« entfuhr es Sarah. »Was für eine Überraschung! Ich dachte schon, Sie lägen unter deutschen Bomben begraben!«

»Es hätte nicht viel gefehlt«, erwiderte er und neigte sich über die Hand, an welcher ein herrlicher Diamant funkelte.

»Guten Abend, Léa. Hat Ihre Tante ihre Angst überwunden?«

»Guten Abend. Im Augenblick geht's.«

»Man sagte mir, Sie hätten angerufen. Hoffentlich nichts Ernstes?«

»Camille wollte mit Ihnen sprechen. Ich dachte, Sie seien an der Front?«

»War ich auch; ich bin erst am späten Nachmittag zurückgekommen. Wie Sie sehen, hatte ich keine Zeit mehr, mich umzuziehen, können Sie mir verzeihen? Erlauben Sie, daß ich mich zu Ihnen setze, auch wenn Ihr Tisch klein ist?«

»Was für eine Frage! Wir werden zusammenrücken«, erwiderte Sarah.

»Kellner, einen Stuhl, bitte!«

»Was wünschen Sie zu essen, Monsieur?«

»Ein Entrecôte, sehr blutig.«

Der Weinkellner schenkte ihnen ein zweitesmal ein. Schweigend und nachdenklich trank François seinen Wein. Léa brannte darauf, zu erfahren, was er erlebt hatte, wagte aber nicht, ihn danach zu fragen.

»Spannen Sie uns nicht auf die Folter«, rief Sarah. »Was tut sich dort unten?«

Verdruß blitzte in Taverniers dunklen Augen auf. Abwechselnd betrachtete er die beiden jungen Frauen, die jede auf ihre Art schön waren: die Brünette mit den großen schwarzen Augen, dem matten hellen Teint, der kühn geschwungenen Nase und dem großen Mund, der blendend weiße Zähne entblößte; und die Rassige mit dem ungebärdigen, flammenden Haar, der eigenwilligen Stirn, dem sinnlichen Mund und jenem seltsamen Blick, in den man sich hätte verlieren mögen. Diese Kopfbewegung, wenn sie jemandem ihre Aufmerksamkeit schenkte ...

»Reden wir morgen darüber, ich möchte nicht, daß Sie sich jetzt Ihre hübschen Köpfchen zerbrechen.«

»Nein, nicht morgen, jetzt«, beharrte Sarah Mulstein und ergriff Taverniers Arm. »Ich habe ein Recht, es zu erfahren«, fuhr sie mit gedämpfter Stimme fort. »Wenn die Nazis den Krieg gewinnen, sehe ich meinen Vater und meinen Mann nie wieder.«

»Ich weiß, Sarah, ich weiß.«

»Nein, Sie wissen es eben nicht. Sie wissen nicht, wozu die fähig sind ...«

»Beruhigen Sie sich, Sarah, ich weiß das alles ebensogut wie Sie. Auch wenn die Ereignisse sich überschlagen, sind meine Kontakte in Deutschland nicht abgerissen, und die Neuigkeiten sind nicht schlecht. Trotzdem ...«

»Trotzdem?«

»... frage ich mich, ob beide in Frankreich tatsächlich sicherer wären.«

»Wie können Sie daran zweifeln! Frankreich ist ein freies Land, ein gastfreundliches Land, das Land der Menschenrechte. Frankreich würde nie einen Juden einsperren, nur weil er Jude ist.«

»Ich bewundere Ihr Vertrauen in die Gerechtigkeit meines Landes. Ich hoffe, Sie behalten recht.«

»Aber wir werden den Krieg nicht gewinnen«, warf Léa ein, die sich bisher nicht an dem Gespräch beteiligt hatte.

François Tavernier blieb die Antwort erspart, denn das Essen kam. Sie machten sich alle drei heißhungrig darüber her. Schon bald ließen der Wein und das ausgezeichnete Essen eine lebhafte Unterhaltung über alles und jedes aufkommen. Mit unbeschwertem Lachen und leicht beschwipst – vor allem Léa hatte viel getrunken – beschlossen die beiden Frauen den Abend.

»Oh, schon halb elf! Meine Tanten sorgen sich bestimmt«, sagte Léa und erhob sich.

»Kommen Sie, ich bringe Sie nach Hause. Das geht auf meine Rechnung«, sagte François Tavernier und legte ein Trinkgeld auf den Tisch.

Als Léa zu Hause ankam, waren ihre Tanten viel zu erschöpft, um ihr noch Vorhaltungen zu machen. Zerstreut begrüßten sie Sarah Mulstein und François Tavernier und hatten nur den einen Gedanken: endlich ins Bett zu kommen.

»Halten Sie mich über Camilles Zustand auf dem laufenden«, bat Sarah, nachdem sie Léa auf beide Wangen geküßt hatte.

»Ich rufe Sie morgen an«, flüsterte François ihr zu, während er zur Seite trat, um Sarah vorbeizulassen.

12

Seit jenem 14. Mai, an dem François Tavernier ihr gesagt hatte, daß Frankreich den Krieg verloren habe, war für Léa alles viel zu schnell gegangen.

Auf der Karte hatten sie und Camille den unaufhaltsamen Vormarsch der deutschen Truppen verfolgt und konnten einfach nicht glauben, daß so etwas möglich war. Sie zitterten um Laurent, von dem Camille seit der Offensive vom 10. Mai nichts mehr gehört hatte und dessen Regiment den Panzerverbänden Guderians gegenüberlag. Presse und Rundfunk wurden zensiert, dennoch ahnten sie, daß Tausende von französischen Soldaten in den Departements Meuse und Somme sinnlos ihr Leben lassen mußten. Schlimmste Gerüchte, die sie von Flüchtlingen erfuhren, machten die Runde: Plünderungen von Dörfern und Städten, ständige Luftangriffe, die Vernichtung der IX. Armee unter Corap, dessen Nachfolger Giraud sich vergeblich bemühte, die versprengten Truppen wieder zu sammeln, der Untergang der II. Armee – Laurents Armee – unter General Huntzinger; Spione, die überall lauerten, Kinder, die ihre Eltern verloren hatten, Alte und Kranke, die im Stich gelassen worden waren ...

François Tavernier riet Sarah und Léa dringend, die Stadt zu verlassen. Sarah weigerte sich mit der Begründung, daß sie ihren Vater und ihren Mann nur in Paris wiederfinden könne, falls ihnen die Flucht aus Deutschland gelänge. Für Léa war es zur Abreise zu spät: Camilles Gesundheitszustand hatte sich nach vorübergehender Besserung wieder verschlechtert.

Lisa hatte ihren Kopf durchgesetzt. Nachdem General Gamelin kaltgestellt und Marschall Pétain zum stellvertretenden Ministerpräsidenten ernannt worden war, hatte sie sich zunächst beruhigt. Doch dann gewann wieder Panik die Oberhand: Zwei Tage später verließen die beiden Damen de Montpleynet gemeinsam mit Estelle die Rue de l'Université, nachdem sie Léa Sarah Mulstein und François Tavernier anvertraut hatten. Bis zur letzten Minute hatten sie gehofft, daß ihre Nichte sich ihnen anschließen würde, so sehr fürchteten sie die Vorwürfe von Isabelle und Pierre Delmas.

Schweren Herzens hatte Pierre Delmas seiner Tochter erlaubt, bei Camille in Paris zu bleiben, vor allem, um seinen alten kranken Freund d'Argilat zu beruhigen, der sich aus Sorge um seine Schwiegertochter fast zu Tode grämte.

Endlich, am 30 Mai, kamen zwei Briefe von Laurent. Triumphierend brachte Josette sie in den Salon, wo Camille und Léa am Fenster saßen.

»Madame, Madame, Post von Monsieur!«

Mit klopfendem Herzen und unfähig, ein Wort zu sagen, sprangen die beiden jungen Frauen auf. Das Hausmädchen stand da, zwei dicke, mit Feldpoststempeln bedeckte Briefe in der ausgestreckten Hand, und war erstaunt, daß die gute Nachricht nicht freudiger aufgenommen wurde. Langsam sank Camille auf ihren Stuhl.

»Ich hab' nicht den Mut dazu, Léa, willst du sie nicht öffnen?«

Ohne ein Wort riß diese dem Mädchen die Briefe aus der Hand, schlitzte nervös mit dem Zeigefinger die Umschläge auf und faltete ungeduldig die billigen, linierten, eng beschriebenen Blätter auseinander. Der eine Brief datierte vom 17. Mai, der andere vom 28.

»Bitte lies vor«, flüsterte Camille mit belegter Stimme.

»*Meine geliebte Frau*«, begann Léa.

Die Worte tanzten vor ihren Augen: »*Meine geliebte Frau . . .*«, und diese Worte galten nicht ihr. Sie trat ans Fenster, um ihre Erregung zu verbergen.

»Lies weiter, ich bitte dich!«

Camille konnte nicht ahnen, welche Überwindung es Léa kostete, fortzufahren. Monoton las sie vor:

»Meine geliebte Frau, in den letzten Tagen habe ich so oft an Dich gedacht und daran, wie einsam Du Dich in Deinem Zustand fühlen mußt, so ohne jede Nachricht von mir. Aber in Paris weißt Du sicherlich mehr als wir hier. Es ist alles so unglaublich! Ich kann einfach nicht begreifen, was seit dem Einmarsch der Deutschen in Belgien und Luxemburg geschehen ist. Ich war ausgezogen, um meine Pflicht zu erfüllen. Statt dessen mußten wir uns zurückziehen. Wir sind keine Soldaten mehr, sondern Flüchtende unter Tausenden anderer Flüchtlinge. Wo man hinsieht, überfüllte Fahrzeuge, Motorräder, Fahrräder, stapelweise Koffer und Taschen. Männer, weinende Frauen, schreiende Kinder, die sich zu Fuß über die Straßen schleppen und durch die brütende Hitze irren.

Die feindlichen Luftangriffe werden von Tag zu Tag häufiger. Die verlassenen Dörfer werden geplündert. Nur die Tiere bleiben zurück: Schweine, umherirrende Kälber, verschreckte Hühner, brüllende Kühe, die uns nachlaufen und darauf warten, gemolken zu werden.

Einzig der Gedanke, Dich, meine Liebste, in Sicherheit zu wissen, hält mich aufrecht. Überall sehe ich Flüchtlinge, die in den Gräben und auf den Feldern wie Leichen auf dem Schlachtfeld herumliegen und unter den Feuergarben der Tiefflieger vor Entsetzen schreien. Ich hasse den Krieg, das weißt Du; aber ich schäme mich, wenn ich mit ansehen muß, wie unsere Truppen sich auflösen, ich schäme mich für die kopflose Flucht unserer Befehlshaber. Ich muß immerzu an Dich denken, an unser Kind, an meinen Vater, an Roches-Blanches, an alles, wofür ich lebe. Und an die Ehre ... Manchmal möchte ich toben vor Wut, daß ich nicht an vorderster Front stehe und mit der Waffe in der Hand den Feind zurückschlage. Wenn ich die Haufen verwundeter, angeschossener, zerfetzter Pferde sehe, könnte ich mich übergeben und heulen. Die ganze letzte Zeit habe ich im Wald geschlafen, in Scheunen, und gegessen, was ich auftreiben konnte. Ich bin müde, zerschlagen, gedemütigt. Was können wir tun?«

Léa reichte Camille diesen ersten Brief, damit sie die zärtlichen Schlußworte selber lesen konnte, die ihr so furchtbar weh taten.

»Ich bitte dich, liebe Léa, lies mir auch den andern vor. Wir lieben ihn beide, ich möchte, daß wir gemeinsam hören, was er macht, was er durchzustehen hat.«

Léa fuhr zusammen; sie fragte sich, was Camille damit hatte sagen wollen. Ahnte sie, was sie für Laurent empfand? Oder war sie wirklich so naiv und arglos?

Der zweite Brief stammte vom 28. Mai 1940:

»Mein lieber Schatz. Seit meinem letzten Brief haben wir eine beachtliche Strecke zurückgelegt. Weißt Du,

daß wir kaum fünfzig Kilometer von Paris entfernt sind? Dich so nahe zu wissen, ohne Dich sehen zu können, macht mich beinahe verrückt. Deine Briefe haben mich alle gleichzeitig erreicht. Ich bin froh und beruhigt, Léa in Deiner Nähe zu wissen. Sag ihr bitte, wie dankbar ich ihr bin.

Von meinem Vater habe ich ebenfalls Nachricht erhalten, leider keine gute. Ich fürchte, daß dieser Krieg, den er so gefürchtet hat, und die Niederlagen, die Frankreich erleidet, seinen Gesundheitszustand weiter verschlechtern. Unsere Moral ist eher gedrückt, und was in den Zeitungen steht, die wir nur noch unter der Hand bekommen, ist auch nicht gerade ermutigend: die Luftangriffe auf Holland und Belgien, die Besetzung von Amiens, Abbeville, Boulogne, Calais, die alliierten Divisionen in Flandern praktisch eingeschlossen, die Entlassung Gamelins und seine Ablösung durch den viel zu jungen Weygand ... Vielleicht kann die Ernennung Marschall Pétains zum stellvertretenden Ministerpräsidenten Frankreichs Hoffnungen erfüllen und seine Ehre wiederherstellen ...

Ich sende Dir mein Kriegstagebuch. Lies es, wenn Du Mut dazu hast. Vielleicht wird Dir dann manches klarer werden. Ich sagte Dir bereits, ich bin froh, nicht kämpfen zu müssen, aber nicht aus Feigheit, das mußt Du mir glauben, sondern weil ich es verabscheue, Blut zu vergießen.

Dennoch, und das habe ich Dir ja schon geschrieben, empfinde ich die deutschen Erfolge und unsere Unterlegenheit, wie sie zumindest in unserem Abschnitt nicht zu leugnen ist, – als schmerzliche Schande.

Ich muß nun schließen, Camille, der Oberst läßt mich zu sich rufen. Paß gut auf Dich auf, ich liebe Dich.«

Léa gab ihr das Tagebuch. Camille legte es auf die Knie, versuchte, sich auf die ersten Seiten zu konzentrieren und sagte vor sich hin: »Es geht ihm gut, er lebt.«

»Offenbar, sonst würde er kaum schreiben«, versetzte Léa gereizt.

Wortlos überflog Camille die Blätter vom 10. bis zum 27. Mai. Starr vor Staunen las sie den Bericht einer von Tag zu Tag kopfloseren Flucht. Hin und wieder las sie einen Abschnitt laut vor:

»La Ferté-sur-Chiers, Beaufort. Ich mache wieder einen Erkundungsritt ... Niemand weiß, wo der Oberst ist, und viele glauben, daß er nicht mehr lebt ... Lebensmittel und Futter auftreiben ... Einer meiner Männer wurde von einer Tretmine zerfetzt ... Ein Obergefreiter wurde von einem betrunkenen Soldaten getötet ... Wiazemsky und ich haben nur einen Gedanken: den Nachschub sichern. Es ist uns gelungen, die umherirrenden Kühe zu melken. Die Milch haben wir an die Kinder verteilt ... Am Abend sind die Flugzeuge wiedergekommen; wir hörten ein entsetzliches Pfeifen, gefolgt von Detonationen. An den Boden gepreßt, erleben wir erstmals einen Angriff mit Flügelminen. Am Straßengraben ein einsamer Hauptfeldwebel, der vor sich hin weint ... Wir übernachten in einer Scheune ...«

»Armer Laurent«, murmelte Camille, »ausgerechnet er, der nur im Bett schlafen kann!«

Léa warf ihr einen haßerfüllten Blick zu.

»Hör mal, Léa«, rief Camille entzückt, »am 24. Mai haben sie in Châlons haltgemacht.«

»Ein unvergeßliches Erlebnis: endlich wieder eine große Stadt mit Zivilisten, Kaufhäusern, Cafés. Ein gutes Abendessen, Weinbrand, Zigarre: manchmal hat der Krieg auch etwas Gutes. Was für ein wunderbares Gefühl, sich nach einem ausgiebigen Bad in ein frischbezogenes Bett zu legen.«

Wütend sah Léa zu, wie die junge Frau ihre Lektüre beendete.

»Ich beneide ihn, er kann sich wenigstens frei bewegen!«

»Wie kannst du nur so etwas sagen!« rief Camille. »Laurent riskiert täglich sein Leben!«

»Mag sein, aber er hat wenigstens keine Zeit, sich zu langweilen.«

Betrübt sah Camille ihre Freundin an.

»Langweilst du dich denn so arg mit mir? Ich weiß, daß es nicht gerade ein Vergnügen ist, die Krankenschwester zu spielen. Wenn ich nicht wäre, wärst du sicher schon längst zurück bei deinen Eltern. Oh, wie verärgert du über mich sein mußt!«

Camille begann zu schluchzen.

»Hör auf zu heulen, sonst bekommst du wieder einen Schwächeanfall, und dann gibt Madame Lebreton mir die Schuld.«

»Verzeih mir, du hast recht. Warum gehst du nicht öfter aus? Sarah Mulstein und François Tavernier haben dich so oft eingeladen. Warum lehnst du immer ab?«

»Es reicht, wenn ich sie jeden Nachmittag hier sehe.«

»Aber sie kommen doch nicht jeden Tag hierher!«

»Und wenn schon, mir ist es auch so noch zu oft.«

Niedergeschlagen senkte Camille den Kopf.

»Ich mag die beiden ganz gern. François ist ein so guter, fröhlicher Mensch ...«

»Ich möchte bloß wissen, was du an diesem Drückeberger findest ...«

»Léa! Du weißt genau, daß das nicht stimmt, daß er hier wichtige Aufgaben zu erfüllen hat und daß die Regierung häufig seinen Rat braucht.«

»Das sagt *er*! Du bist zu leichtgläubig, mein armes Kind. Bei Sarah ist es das gleiche; es würde mich nicht wundern, wenn sie eine Spionin wäre.«

»Jetzt übertreibst du aber wirklich; du liest zu viele schlechte Romane und siehst dir zu viele billige Filme an ...«

»Ich versuche eben, die Zeit totzuschlagen, so gut ich kann.«

»Ich bitte dich, Léa, laß uns nicht streiten. Wir wollen uns lieber freuen, daß Laurent bei guter Gesundheit ist.«

»Im Augenblick ist deine wichtiger. Glaubst du, der Arzt würde dir erlauben zu reisen?«

»Ich weiß nicht«, seufzte Camille. »Ich wäre so gern auf Roches-Blanches, bei Laurents Vater. Ich habe solche Angst um mein Kind!«

Es klopfte. Josette trat ein. »Madame Mulstein und Monsieur Tavernier sind draußen.«

»Führen Sie sie herein«, rief Camille. Ihr blasses Gesicht rötete sich vor Freude.

»Schon wieder!« stöhnte Léa mißmutig.

Mit einem Strauß Rosen in der Hand ging Sarah Mulstein auf Camille zu und küßte sie auf beide Wangen. Sie lächelte, als sie Laurents Briefe auf der cremefarbenen Satindecke bemerkte.

»Wie ich sehe, haben Sie Post von unserem Soldaten erhalten. Es müssen gute Nachrichten sein: Sie sehen besser aus, und auch Ihr Blick wirkt beinahe heiter.«

»Ja, ich fühle mich sehr erleichtert. Was für schöne Rosen! Sie sind so gut zur mir. Danke, Sarah.«

»Guten Tag, Léa. Was machen Sie denn für ein finsteres Gesicht? Was ist Ihnen über die Leber gelaufen?«

»Gar nichts, ich langweile mich nur«, entgegnete Léa und ließ sich von Sarah umarmen.

»Lassen Sie mich dieses Gesicht anschauen«, sagte François Tavernier, während er sich über Camilles Hand beugte. »Sie sehen beinah ebenso rosig aus wie Ihre Blumen.«

»Ich glaube, jetzt übertreiben Sie ein bißchen«, lachte die junge Frau. »Haben Sie etwas Neues von Ihrem Mann gehört, Sarah?«

Ehe sie antwortete, setzte sie ihren extravaganten schwarzen Filzhut mit der langen roten Feder ab. Sie nahm in einem niedrigen Sessel neben dem Bett Platz und zupfte mechanisch den Plisséerock ihres Kostüms zurecht.

»Ja, ich hab' gestern Nachricht bekommen ...«

»Das freut mich aber sehr für Sie ...«

»... daß er in ein Lager nach Polen abtransportiert wurde«, beendete Saran den Satz.

»O nein!« schrie Camille.

Léa hatte sich abseits gehalten. Jetzt trat sie auf François Tavernier zu und sagte voller Verachtung:

»Ich dachte, Sie sollten ihn aus Deutschland herausbringen?«

»Es hat nicht geklappt.«

»François hat alles Menschenmögliche getan«, sagte Sarah müde.

»Wie können Sie da so sicher sein?« entgegnete Léa heftig.

»Léa!«

»Lassen Sie nur, Camille. Sie wissen doch, daß unsere

schöne Freundin mich für einen Spion hält, einen Dreckskerl und noch einiges mehr, das ich lieber nicht erwähnen möchte«, beschwichtigte er scheinbar gelassen.

»Lassen Sie mich antworten, François. Mein Vater hat mich von Lyon aus angerufen. Von ihm weiß ich, wie sie meinen Mann verhaftet haben. Die Nazis haben sich an ihm dafür gerächt, daß sie meinen Vater als weltbekannten Künstler nicht einfach einsperren konnten. Hätte François sich nicht so häufig eingeschaltet, wäre nicht nur mein Mann deportiert worden . . . Papa wird morgen in Paris eintreffen.«

Betretenes Schweigen senkte sich über den Raum. Léa brach es als erste.

»Ich möchte mich bei Ihnen entschuldigen, François, und bei Ihnen auch, Sarah.«

»Ich sagte Ihnen bereits, Léa: Sie sind noch so jung! Sie sprechen zu voreilig über Dinge, die Sie nicht verstehen. Sie werden sich daran gewöhnen müssen, vorsichtiger zu sein. Gerade Sie, die Sie überall Spione wittern, sollten vor der fünften Kolonne auf der Hut sein«, sagte Sarah.

Léa wandte sich ab, um ihre Verstimmung zu verbergen. Sie blickte auf die Uhr.

»Ich habe völlig vergessen, daß ich eine Verabredung habe. Bis heute abend, Camille, du bist ja jetzt in guten Händen.«

François Tavernier folgte ihr in die Diele, wo sie vor einem hohen Spiegel ihren Hut aufsetzte.

»Dieser Hut steht Ihnen nicht, er macht Sie alt. Von der Farbe abgesehen, würde er Ihrer Tante Lisa prachtvoll stehen . . .«

Wütend wandte Léa sich um. »Davon verstehen Sie nichts. Das ist ein Hut von *Agnès*, der neueste Chic.«

»Spielen Sie nicht die Pariserin, meine Liebe. Als kleiner Wildfang aus Montillac sind Sie viel verführerischer, vor allem, wenn Sie rot werden, so wie jetzt.«

»Ich bin nicht rot, und auf Ihre Meinung pfeife ich. Lassen Sie mich in Frieden.«

»Nein, ich muß mit Ihnen reden. Gehen wir in Ihr Zimmer.«

»Das könnte Ihnen so passen!«

»Spielen Sie nicht die Zimperliche. Das steht Ihnen nämlich ebensowenig. Kommen Sie.«

Er packte sie am Arm und schob sie auf eine der Türen zu.

»Lassen Sie mich los, oder ich schreie.«

»Dann schreien Sie eben. Wollen Sie nicht weitergehen? Dann trage ich Sie eben hinein.«

Er machte seine Worte sogleich wahr und hob Léa hoch, die trotz ihrer Drohung nicht zu schreien begann, sondern mit ihren Fäusten auf ihn einhämmerte, um sich zu befreien.

»Hier ist es doch, das jungfräuliche Gemach, oder?« Mit der Schulter drückte er die angelehnte Tür auf.

»Lassen Sie mich los! Wollen Sie mich wohl loslassen!«

»Zu Befehl, teure Freundin.«

Lässig ließ er sie auf das Bett fallen. Voll ohnmächtiger Wut federte sie hoch und richtete sich auf; ihr Hut war zu Boden gefallen, das Haar hing ihr wirr in die Stirn.

Zum Sprung bereit kauerte sie auf dem Bett. Aber François war schneller. Schon saß er neben ihr und hielt ihre Handgelenke fest umklammert.

»Flegel, Dreckskerl . . .«

»Wie ich Ihnen schon mehrfach sagte, ist Ihr Vorrat an Schimpfwörtern äußerst begrenzt. Sie sollten mehr lesen. Genug gespielt jetzt, ich muß mit Ihnen reden. Werden Sie mir zuhören?«

»Sie können mich mal ...«

»Na ja, jetzt gehen Sie aber zu weit. Wenn Sie nicht stillhalten, werde ich Sie küssen.«

Léa gab ihren Widerstand augenblicklich auf. »Sie wollen mit mir reden? Worüber?« fragte sie ernst.

»Über Sie und Camille. Sie müssen weg von hier. In Paris sind Sie nicht mehr sicher.«

»Das weiß ich auch«, bemerkte Léa, während sie ihre Handgelenke rieb. »Ist es denn meine Schuld, wenn der Arzt sie nicht für transportfähig hält?«

»Ich werde mit ihm sprechen. In ein paar Tagen werden die Deutschen in Paris sein, und ich wieder an der Front ...«

»Sieh an! Welch merkwürdige Idee! Ich dachte, Ihnen liegt nichts an einer verlorenen Sache.«

»Daran liegt mir in der Tat nichts. Aber dabei geht es um etwas anderes.«

»Um die Ehre vielleicht?« sagte Léa so verletzend wie möglich.

Vor dem Blick, den er ihr daraufhin zuwarf, duckte sie sich in der Erwartung, geschlagen zu werden. Doch nichts dergleichen geschah. Sie sah auf und wurde rot vor Scham, als sie den fassungslosen Ausdruck in seinem Gesicht bemerkte. Sie fühlte das Verlangen, sich in seine Arme zu werfen und ihn um Verzeihung zu bitten. Vielleicht hätte sie es getan, wäre er nicht in diesem Moment in schallendes Gelächter ausgebrochen.

»Die Ehre ... Mag sein ... aber solch hehre Gefühle stehen mir nicht an. Vermutlich muß man Laurent d'Argilat heißen, um zu wissen, was das ist.«

»Lassen Sie Laurent und seine Ehre aus dem Spiel. Wir sprachen von einer eventuellen Abreise.«

»Können Sie Auto fahren?«

»Ja, ich habe meinen Führerschein noch in Bordeaux gemacht, kurz bevor ich nach Paris kam.«

»Ich werde versuchen, einen Krankenwagen oder ein anderes geräumiges Fahrzeug, in dem Camille auf der Fahrt liegen kann, zu beschlagnahmen, zu leihen, zu kaufen oder auch zu stehlen. Sie werden Madame Lebreton und Josette mitnehmen.«

»Was? Sie wollen uns alleine fahren lassen?«

»Bleibt mir eine andere Wahl? Alle gesunden Männer sind an der Front. Außerdem sind Sie durchaus in der Lage, allein zurechtzukommen.«

Wortlos senkte Léa den Kopf. François Tavernier war von dieser Geste der Hilflosigkeit gerührt. Er faßte mit beiden Händen in ihr volles Haar und sah ihr ins Gesicht. Dicke Tränen rannen über ihre noch ein wenig kindlichen Wangen. Sanft küßte er sie auf die Lider und dann auf ihre Lippen, die sie ihm ohne Widerstand überließ. Er setzte sich auf das Bett, nahm seine Hände von ihrem Haar und zog sie an sich.

»Weinen Sie, wenn Sie das erleichtert.«

Beim Klang seiner tiefen weichen Stimme, die sie an die ihres Vaters erinnerte, begann Léa laut zu schluchzen und schmiegte sich eng an François.

»Ich möchte nach Hause ... ich habe solche Angst, daß Camille ihr Kind verliert ... was würde Laurent sagen? ... warum kommt Papa nicht und holt mich? Stimmt es, daß die Deutschen alle Frauen vergewaltigen!«

»Du wirst bald zu Hause sein, Liebes, mach dir keine Sorgen, ich werde mich um alles kümmern ...«

»... aber Sie haben doch gesagt, Sie müßten fort ...«

»Ich werde vor meiner Abreise für alles sorgen.«

François kam sich ein wenig schäbig vor, die Situation auszunützen; seine Lippen wurden drängender, seine Hände kühner. Unter seinen Liebkosungen wurde Léa ruhiger, und allmählich erwiderte sie seine Küsse.

Stimmen im Flur rissen sie jäh aus dem kurzen Augenblick der Zärtlichkeit. Mit einem Rest von Vertrautheit schob sie François Tavernier fort, erhob sich und ordnete ihre zerknitterten Kleider. »Sitzen Sie doch nicht so da und starren mich an, wischen Sie sich den Mund ab. Sie haben überall Lippenstift, und kämmen Sie sich«, sagte sie und zeigte ihm die Bürsten auf dem Frisiertisch. Mit einem Lächeln gehorchte er.

»Es hört sich an, als ob der Arzt da ist und sich mit Madame Lebreton streitet«, flüsterte Léa und horchte nach draußen. Es klopfte. »Ich bin's, Josette, Mademoiselle. Der Arzt möchte Sie sprechen.«

»Ist gut, sagen Sie ihm, daß ich komme. Was mag er von mir wollen?« fragte sie zu François gewandt.

Der zuckte die Achseln.

»Ich werde Sie nun verlassen. Ich muß das Treffen vorbereiten, das morgen mit Churchill und seinen drei engsten Mitarbeitern stattfinden soll.«

»Was erwarten Sie von dieser Besprechung?«

»Nicht viel. Reynaud möchte neue Flugzeuge von der Royal Air Force, aber er wird sie nicht bekommen. Ebensowenig wird er erreichen können, daß die in Dünkirchen eingeschlossenen französischen Truppen gleichzeitig mit den britischen evakuiert werden.«

»Was soll dann überhaupt diese Zusammenkunft?«

»Um den Kontakt nicht zu verlieren und um in Erfahrung zu bringen, wo genau unsere Verbündeten stehen und welche Haltung sie zu einem separaten Waffenstillstand einnehmen würden.«

»Einem separaten Waffenstillstand?«

»Es wird davon gesprochen. Aber denken Sie an etwas anderes. Eine hübsche Frau sollte sich über solche Dinge nicht den Kopf zerbrechen. Das ist Männersache«, sagte er nachdrücklich und zog sie an sich. Sie ließ es geschehen und sah ihn an, wie sie ihn nie zuvor angesehen hatte.

»Es würde mir gar nicht gefallen, wenn Ihnen etwas zustieße, meine Liebe.«

Léa war offensichtlich enttäuscht, keinen Kuß mehr zu bekommen. Er mußte über ihren Schmollmund lächeln.

»Für heute muß es genügen. Ich will sehen, ob ich einen Wagen für Sie auftreiben kann. In zwei Tagen melde ich mich wieder. Und jetzt gehen Sie zu Doktor Dubois.«

Ohne ein weiteres Wort verließ Léa das Zimmer.

»Wie reizend, daß Sie schon kommen, Mademoiselle Delmas! Glauben Sie, ich hätte nichts Besseres zu tun, als auf Sie zu warten?« schimpfte der Arzt, als Léa den Salon betrat.

»Entschuldigen Sie, Herr Doktor, ich dachte, Sie wären bei Madame d'Argilat.«

»Madame d'Argilat geht es gut.«

»Heißt das, wir können fahren?« rief Léa freudig.

»Das wäre durchaus möglich gewesen, wenn Madame Lebreton nicht aus fadenscheinigen Gründen gekündigt hätte.«

»Fadenscheinige Gründe«, ereiferte sich die Krankenschwester, deren Anwesenheit Léa erst jetzt auffiel. »Ich habe soeben erfahren, daß mein schwerverwundeter Schwiegersohn in der Bretagne ist und meine Tochter unbedingt mit ihren beiden Kindern zu ihm will. Und so etwas nennen Sie fadenscheinig!«

»Ihre Tochter ist alt genug, um ohne ihre Mutter zu reisen«, knurrte der Arzt ungehalten.

»Mit zwei Kindern von drei und fünf Jahren? Man merkt, Doktor, daß Sie nie Kinder gehabt haben.«

»Darüber kann ich nur froh sein in diesen Zeiten.«

»Madame Lebreton, Sie können mich doch jetzt nicht mit Camille allein lassen! Ich weiß nicht, wie ich für sie sorgen und ihr ihre Spritzen geben soll.«

»Tut mir leid, aber ich muß zuerst an meine Familie denken. Bringen Sie sie doch ins Krankenhaus!«

»Sie wissen ganz genau, Madame Lebreton, daß in den Krankenhäusern kein einziges Bett mehr frei ist und einige Häuser schon evakuiert worden sind«, hielt ihr der Arzt vor.

»Ich kann es auch nicht ändern«, erwiderte die Pflegerin trocken. »Ich nehme heute den Nachtzug nach Rennes. Mademoiselle Delmas, es ist Zeit für Madame d'Argilats Spritze. Wenn Sie wollen, zeige ich Ihnen, wie man sie setzt. Das ist nicht besonders schwierig.«

Sarah Mulstein saß noch bei Camille, als die beiden Frauen und Doktor Dubois das Zimmer betraten. Der Arzt gab sich Mühe, Camille die Mitteilung in möglichst unbefangenem Ton zu überbringen:

»Madame Lebreton muß uns aus familiären Gründen verlassen. Sie wird Mademoiselle Delmas zeigen, wie sie Ihnen die Spritze zu geben hat.«

Camille wurde blaß. Dann sagte sie mit einem schwachen Lächeln: »Hoffentlich ist es nichts gar zu Ernstes, Madame. Ich danke Ihnen für die gute Pflege. Arme Léa, ich falle dir ziemlich zur Last!«

»Drehen Sie sich um«, befahl die Krankenschwester unwirsch, nachdem sie die Spritze vorbereitet hatte.

Sarah und der Arzt traten beiseite, und Madame Lebreton erklärte:

»Schauen Sie her, es ist gar nicht so schwierig: Sie stechen die Kanüle kurz und kräftig ein und drücken dann den Kolben langsam hinunter . . .«

13

Die Bevölkerung von Paris verließ ihre Stadt.

Die Bombenangriffe am Montag, dem 3. Juni, auf die Flughäfen Orly, Le Bourget und Villacoublay, auf die Citroën-Werke und auf Wohngebiete im XV. und XVI. Arrondissement hatten nahezu dreihundert Todesopfer gefordert. In den frühen Morgenstunden brachen die ersten Fahrzeuge in Richtung Süden auf. Die größten Menschenmassen aber drängten zur Gare de Lyon und zur Gare d'Austerlitz und mischten sich dort unter den Flüchtlingsstrom aus dem Norden und Osten des Landes.

Eine dumpfe Stille und Benommenheit wie an einem Mittag im August lag über der Place Saint-Sulpice, die Léa überqueren mußte, um im Rathaus die Lebensmittelkarten für die drei Bewohnerinnen des Hauses am Boulevard Raspail abzuholen. Ohne das Blatt mit den gelben Abschnitten, die man auf die Innenseite der Fettkarte kleben mußte, bekam man keinen Zucker. Auch Milch, Kaffee und Butter waren schon knapp, und man begann sich zu fragen, woraus demnächst das Frühstück bestehen sollte.

Als sie nach zweistündiger Wartezeit wieder aus dem Rathaus kam, war sie denkbar schlechter Laune. Erschöpft vom langen Stehen in den Korridoren, in denen es nach Putzmitteln, altem Papier und Schweiß roch, setzte sie sich auf eine der Bänke am Brunnen und zog den beigen Regenmantel, den sie sich von Camille geliehen hatte, enger um sich. Es war nicht sehr warm; düstere Wolken zogen über den Himmel, aus dem von einem Augenblick zum anderen Tod und Verderben herabstürzen konnten. Verbittert erinnerte sie sich an Camilles stoische Ruhe in dem Moment, als die Sirenen aufheulten, die Flugzeuge mit ohrenbetäubendem Dröhnen Paris überflogen und die Bomben detonierten. Léa hatte sie gedrängt, in den Keller zu gehen, den man als Schutzraum hergerichtet hatte. Eigensinnig hatte Camille sich geweigert und erklärt, sie wolle lieber dem Tod ins Auge sehen, als lebendig begraben werden. Mit einer Mischung aus Wut und Angst war Léa bei ihr geblieben, den Kopf unter Seidenkissen vergraben. François Tavernier hatte auch nichts mehr von sich hören lassen! Er konnte doch unmöglich an die Front gefahren sein, ohne sie noch einmal zu treffen und sein Versprechen einzulösen, ihr ein Fahrzeug für die Flucht zu beschaffen.

Es war schon der 6. Juni.

»So ein Stirnrunzeln verheißt aber nichts Gutes!« sagte jemand und setzte sich neben sie.

Léa wollte den Mann schon barsch zurechtweisen, da erkannte sie Raphael Malh.

»Ach, guten Tag, sind Sie nicht abgereist?«

»Wohin denn?«

»Zum Teufel, meinetwegen!«

»Dahin gehen wir alle, meine Liebe und mir soll es recht sein. Ich hatte schon immer ein Faible für blonde Teufel, vor allem in Uniform. Sie nicht? Endlich mal was anderes als diese feisten Franzosen mit ihren vulgären Visagen und dieses ganze hakennasige Ausländerpack.«

»Seien Sie still, das ist gemein, was Sie da sagen.«

»Was ist daran gemein? Haben wir es nicht Leuten wie Blum und Konsorten zu verdanken, daß wir den Krieg verlieren? Ich weiß Bescheid, das können Sie mir glauben. Ich bin Halbjude, wissen Sie.«

»Ich habe eine jüdische Freundin, deren Mann allein deshalb verhaftet wurde, weil er Jude ist.«

»Das ist ja wohl auch Grund genug!«

»Sie sagen entsetzliche Dinge!« rief Léa und sprang auf.

»Kommen Sie, liebe Freundin, beruhigen Sie sich, das war doch nur ein Scherz.« Er stand ebenfalls auf und ergriff ihren Arm. Unwirsch riß Léa sich los.

»Entschuldigen Sie, aber ich muß nach Hause.«

»Warten Sie, ich habe auch eine Freundin. Sie hat mir aufgetragen, einen ihrer Pelzmäntel zu verkaufen, einen prächtigen Silberfuchs. Den könnte ich Ihnen zu einem sehr günstigen Preis überlassen. Sie würden ein gutes Geschäft machen.«

»Ich wußte gar nicht, daß Sie sich für Pelzmäntel interessieren.«

»Es geht mir ja auch nur darum, einer Freundin einen Gefallen zu erweisen. Sie braucht das Geld, um aus Paris wegzukommen. Was soll man machen – sie ist auch Jüdin, und sie hat Angst vor den Nazis. Ich habe größere Angst vor der Langeweile. Aber wenn Sie nicht an Pelzen interessiert sind, ich hätte da auch Teppiche, wunderschöne alte Brücken.«

»Dann sind Sie also jetzt unter die Teppichhändler gegangen. Und ich hatte immer geglaubt, Sie seien Schriftsteller.«

Augenblicklich schwand der spöttische Ausdruck von seinem Gesicht. Ein müdes, trauriges Lächeln verlieh seinen etwas verweichlichten Zügen eine melancholische Schönheit. Aber der scharfe Blick aus seinen hellwachen Augen unter der hohen Stirn war kaum zu ertragen.

»Ja, ich bin Schriftsteller. Ich bin vor allem Schriftsteller. Was verstehen Sie als Frau denn schon vom Leben eines Schriftstellers, von dem täglichen Kampf zwischen dem Bedürfnis zu leben und dem Bedürfnis zu schreiben! Das sind zwei unvereinbare Dinge. Mir geht es wie Oscar Wilde: ich möchte ein exzellentes Werk schaffen und ein exzellentes Leben leben. Und das geht nicht. Es macht mich rasend, aber ich muß mich entscheiden: leben oder schreiben. Ich trage ein großes Buch in mir, das weiß ich, aber mein Verlangen, am Treiben dieser Welt und an ihren Leidenschaften teilzuhaben, bedrängt mich derart, daß meine Arbeit darunter leidet. Die Goncourts schrieben in ihrem *Journal*: ›Der Tagesablauf muß geregelt, friedvoll und ruhig sein, das körperliche Befinden bürgerlichem Wohlbehagen entsprechen, der Geist gesammelt und von jeglicher Ablenkung abgeschirmt sein; nur dann kann Großes, Dramatisches, Aufwühlendes entstehen. Wer sich in Leidenschaften verzehrt oder in einem aufreibendem, nervösen Leben verausgabt, wird kein Werk zustande bringen, sondern sein Leben damit vergeuden, zu leben.‹ Mein Leben damit vergeuden, zu leben ... genau das tue ich. Ihr Frauen seid davor geschützt durch euren Mangel an Phantasie, euer einziger schöpferischer Akt ist das Gebären. Gewiß, es gibt exquisite Ungeheuer wie Madame de Noailles oder Colette ... ah, wie kunstvoll diese Frau mit Worten umzugehen versteht! Aber wahre Intelligenz, die ihrem Wesen nach maskulin ist, gibt es unter ihnen kaum.«

»Die Intelligenz maskulin? Wie können Sie so etwas behaupten in einer Zeit, da dieses Land in den Händen derer, die Ihrer Meinung nach die wahre Intelligenz besitzen, kläglich unterzugehen droht!«

»Eine Intelligenz und eine Stärke, die der unsrigen überlegen sind, haben uns besiegt. Wir werden uns ihnen beugen müssen.«

»Uns diesen Barbaren beugen?«

»Herzchen, Ihr Kopf ist hübsch, aber leer. Sie plappern nach, was Sie von Ihrer Concierge gehört haben. Dieser Krieg, den Sie für barbarisch halten, wird sich als Wohltat für Frankreich erweisen. Ich darf noch einmal die Goncourts zitieren. Schon 1857 schrieben sie: ›Alle vier- oder fünfhundert Jahre bedarf es der Barbarei, um die Erde wiederzubeleben. Sie erstickt sonst an der Zivilisation. Wenn einst in Europa ein alter Stamm aus einem lieblichen Landstrich blutarm geworden war, fielen aus dem Norden sechs Fuß hohe Kerle über ihn her und formten die Rasse neu.‹ Jetzt werden die Deutschen jene Kerle sein und unserem anämischen Volk mit neuem Blut zur Wiederauferstehung verhelfen. Glauben Sie einem homosexuellen Gauner, Mademoiselle, der aus literarischen und manchmal auch aus persönlichen Motiven jenes denkende Tier, das man Mensch nennt, gründlich studiert hat. Das arme Tier hat nie verwinden können, daß Gott diesen Menschen eines Tages aus seinem Angesicht verbannte. Sie kennen doch das hübsche Wort von Lamartine: ›Der Mensch ist ein gefallener Engel, der sich an den Himmel erinnert.‹«

»Mir ist, als hörte ich meinen Onkel Adrien, den Dominikaner«, mokierte sich Léa.

»Der hat bestimmt die richtige Wahl getroffen. Früher wollte ich auch mal Priester werden. Ich, ein Jude, hatte mich bekehrt. Freunde von mir, überzeugte Katholiken, unterstützten meinen Wunsch. Am Abend vor der Priesterweihe floh ich aus dem Seminar und verbrachte drei

Tage und Nächte in einem Knabenbordell. Ach, es war göttlich! Welch herrliches Gefühl, nach dem säuerlichen Achselgeruch der geistlichen Herren, nach den aknezerfressenen Wangen meiner Schlafsaalkameraden, die in einer Art Dauerbrunst Unterhosen und Laken beschmutzten, und nach den Morgengebeten, gegen die sich das harte Stück Fleisch unter der Soutane aufbäumte, endlich die zarten und parfümierten Körper der kleinen männlichen Huren zu streicheln und zu küssen. Aber was verstehen Sie kleines Mädchen schon davon, die Sie unberührt sind und noch nicht einmal die faden sapphischen Umarmungen kennen?«

»In der Tat, ich verstehe nichts davon. Sie widern mich an.«

»Da haben Sie recht, ich bin ein unwürdiger Widerling!« lachte er schallend. »He, scheene Frau, willst nich kaufen Teppiche oder scheene Pelz? Ich dir machen eine gute Preis, weil du bist hibsch«, fuhr er fort und zog groteske Grimassen.

Sein Gesicht hatte einen so verschlagenen und zugleich unterwürfigen Ausdruck angenommen, daß Léa lachen mußte.

»Sie sind verrückt, mein lieber Raphael. Ich weiß wirklich nicht, warum ich Ihnen erlaube, so mit mir zu sprechen.«

»Weil Sie mich amüsant finden, meine Liebe, und weil mein ungereimtes Zeug Sie aus Ihren jugendlichen Träumen reißt. Sie müssen allmählich erwachsen werden, Herzchen! Die Zeit, in der wir leben, ist nicht mehr die der Kindheit!«

Schweigend gingen sie nebeneinander her. An der Ecke Rue de Grenelle und Rue des Saints-Pères blieb Raphael Malh stehen. »Kommen Sie auf eine Tasse Tee zu mir? Ein Freund hat mir ein entzückendes Appartement in der Rue de Rivoli überlassen. Der Blick auf die Tuilerien ist zauberhaft.«

»Danke, aber das geht nicht. Die Freundin, bei der ich wohne, ist krank. Sie macht sich bestimmt Sorgen, ich bin schon über drei Stunden fort.«

»Also dann bis morgen? Kommen Sie auch wirklich? Ich würde Ihnen gerne einige Bücher geben, die ich sehr liebe. Es ist so wichtig, dieselben Bücher zu lieben, wenn man sich miteinander befreunden will.«

Léa sah ihn an und konnte nicht umhin, eine gewisse Zuneigung zu empfinden, die ihr unbegreiflich war. »Ich komme, wenn ich kann, das verspreche ich Ihnen.«

Auf einen Umschlag mit dem Aufdruck *Nouvelle Revue française* kritzelte er seine Anschrift und Telefonnummer. »Ich erwarte Sie ab vier. Rufen Sie mich an, wenn Sie verhindert sind. Ich zähle auf Sie. Bis morgen.«

»Bis morgen«, erwiderte Léa und steckte den Umschlag in die Tasche. Im Laufschritt eilte sie durch die Rue de Grenelle. Bis zum Boulevard Raspail begegnete ihr kein Mensch. Léa kam nicht dazu, den Schlüssel ins Schloß zu stecken, denn Camille riß die Tür auf. Sie war in aller Eile in ein marineblaues Kostüm geschlüpft, das ihren runden Bauch betonte und ihr mageres Gesicht noch blasser wirken ließ.

»Da bist du ja endlich!« rief sie und lehnte sich an die Wand, um nicht zu stürzen.

»Bist du wahnsinnig? Wie kannst du nur aufstehen!«

»Ich wollte dich suchen«, murmelte sie. Dann verlor sie das Bewußtsein und glitt langsam an der Wand entlang zu Boden.

»Josette, Josette, kommen Sie schnell!«

Das Hausmädchen erschien in der Tür zum Dienstbotenzimmer. Als sie Camille bewußtlos am Boden liegen sah, stieß sie einen Schrei aus.

»Helfen Sie mir lieber, anstatt herumzustehen, wie eine Schwachsinnige!« Rot vor Aufregung und mit wirrem Haar half Josette, die Ohnmächtige in ihr Zimmer zu tragen und auf das Bett zu legen.

»Ziehen Sie ihr die Kleider aus, ich werde ihr eine Spritze geben.«

Als Léa mit der Spritze in der Hand zurückkam, war Camille schon zugedeckt. Sie trug nur noch ein dünnes rosa Unterkleid. Léa gab ihr die Spritze und beobachtete besorgt ihr eingefallenes Gesicht mit den zusammengepreßten Nasenflügeln. So lange hatte es noch nie gedauert, bis Camille das Bewußtsein wiedererlangte.

»Warum haben Sie ihr erlaubt, aufzustehen?«

Josette hockte am Fußende des Bettes und schluchzte. »Es ist nicht meine Schuld, Mademoiselle, ich habe in der Küche Tee gemacht. Als ich aus dem Zimmer ging, hörte Madame in aller Ruhe Radio, und dann plötzlich stand sie hinter mir, barfuß, mit wirrem Blick. Ich war so erschrocken, daß ich beinahe die Teekanne fallengelassen hätte. Immerzu sagte sie: ›Wir müssen Léa suchen, wir müssen Léa suchen ...‹ Ich wollte sie zurück in ihr Zimmer bringen, aber sie stieß mich zur Seite und sagte: ›Packen Sie die Koffer, die Deutschen kommen.‹ Da habe ich Angst bekommen, ich dachte, sie hätte die Nachricht im Rundfunk gehört. Ich wollte rasch die Koffer packen, während Madame sich ankleidete. Und dann kamen Sie ... Ist es wahr, Mademoiselle, daß die *Boches* kommen?«

»Ich weiß nichts davon. Rufen Sie Doktor Dubois an, er soll kommen, es ist dringend.«

»Ist gut, Mademoiselle.«

Léa beugte sich über Camille und hielt ihr Riechsalz unter die Nase. Und wenn die Deutschen tatsächlich kommen? dachte sie in einem Anflug von Panik.

»Mademoiselle, der Arzt ist nicht da, und niemand weiß, wann er zurückkommt.«

»Léa ...« Langsam schlug Camille die Augen auf.

»Léa ... du bist da ... ich hatte Angst, du wärest abgereist ... Im Rundfunk ... die Meldung, die Regierung wolle Paris verlassen ...«, stammelte sie und umklammerte Léas Arm.

»Jetzt beruhige dich wieder. Ich bin gerade eben nach Hause gekommen und habe nicht einen Deutschen auf der Straße gesehen. Alles ist ruhig; du regst dich unnötig auf. Laurent wäre bestimmt nicht zufrieden mit dir, wenn er sähe, wie unvernünftig du bist. Ruh dich aus, versuche zu schlafen. Doktor Dubois wird gleich hier sein«, log sie.

»Verzeih mir, ich hatte solche Angst ohne dich.«

Es war fast dunkel, als Camille einschlief, und der Arzt war noch immer nicht da. Léa bekam Hunger und ging in die Küche, um nach etwas Eßbarem zu suchen. Nichts. Außer etwas trockenem Gebäck war nichts zu finden. Wütend suchte sie nach Josette, um sich darüber zu beklagen, daß keine Lebensmittel mehr da waren. Sie fand sie im Salon, wo sie reisefertig angezogen im Dunklen saß. Vor ihr stand ein Koffer.

»Was machen Sie hier in Hut und Mantel und ohne Licht?«

»Ich will fort, Mademoiselle. Ich will zurück in die Normandie zu meinen Eltern.«

Entsetzt starrte Léa sie an. »Sie wollen mich mit einer Kranken allein lassen!«

»Ich habe Angst, Mademoiselle, ich habe furchtbare Angst ... ich will nach Hause.«

»Hören Sie auf zu heulen. Die Deutschen sind längst bei Ihnen zu Hause, wenn nicht heute, dann morgen. Sie gehen jetzt besser schlafen.«

»Mad ...«

»Schweigen Sie! Und vergessen Sie nicht, morgen etwas zu essen zu kaufen. Gute Nacht.«

Léa wandte sich um und ließ das Mädchen schluchzend und ratlos zurück.

Gegen sechs Uhr früh am nächsten Tag riß die Türklingel Léa aus einem unruhigen Schlaf. Das muß Doktor Dubois sein, dachte sie, griff nach ihrem Morgenmantel und erhob sich von dem Sofa in Camilles Zimmer, auf dem sie die Nacht verbracht hatte. Gähnend öffnete sie die Tür.

Vor ihr stand ein Mann in einer schlammbespritzten Uniform, mit ungewaschenem Gesicht und einem mehrere Tage alten Bart.

»Laurent ...«

»Nein, es ist nicht Laurent, ich bin's nur. Sie scheinen noch nicht ganz wach zu sein, teure Freundin. Darf ich eintreten?«

Léa trat zur Seite, um François Tavernier einzulassen.

»Machen Sie nicht so ein Gesicht. Halten Sie mich für ein Gespenst?«

»Beinahe. Wo sind Sie denn all die Tage gewesen? Ich habe mehrmals versucht, Sie anzurufen, aber Sie waren nie da.«

»Wie Sie an meiner Kleidung erkennen können, war ich nicht im Maxim's.«

»Hören Sie auf, sich über mich lustig zu machen! Sie hätten mich wenigstens anrufen können, ich habe darauf gewartet.«

»Wie nett von Ihnen. Lassen Sie sich umarmen für so viel Treue.«

»Hauen Sie ab, Sie sind ja so verdreckt, daß man es mit der Angst bekommt.«

»Was wollen Sie, meine Teure, der Krieg ist nun mal ein schmutziges Geschäft. Aber dafür hat man als Soldat ein Recht auf die Küsse schöner Frauen.«

François Tavernier zog sie an sich und küßte sie trotz ihres Widerstrebens. Als er merkte, daß sie weiterhin abweisend blieb, ließ er sie los.

»Erzählen Sie mir, wie es Madame d'Argilat geht.«

»Schlecht.«

»Und der Arzt?«

»Ich warte seit gestern auf ihn. Haben Sie einen bequemen Wagen gefunden?«

»Ja, ich habe in den letzten Tagen nicht nur Krieg geführt. Ich habe einen Vivastella in tadellosem Zustand aufgetrieben. Können Sie den fahren?«

»Es wird mir wohl nichts anderes übrigbleiben.«

»Ich habe einen zuverlässigen Mann losgeschickt, ihn zu holen; in zwei Tagen ist der Wagen hier.«

»In zwei Tagen?«

»Er steht in Marseille . . .«

»Ich hätte auf Papa hören und den Zug nehmen sollen.«

»Daran hatte ich auch schon gedacht. Aber es war kein Abteil zu bekommen, in dem Camille im Liegen hätte reisen können.«

Wieder schellte es an der Tür.

»Oh, Doktor!« rief Léa, kaum daß sie die Tür geöffnet hatte. Doktor Dubois sah kaum präsentabler aus als François Tavernier. Sein Anzug war zerknautscht, sein Kinn schlecht rasiert, und seine rotgeränderten Augen verrieten, daß er in der letzten Nacht kaum ein Auge zugetan hatte.

»Ich konnte nicht eher kommen. Wären Sie so freundlich, mir einen Kaffee zu machen?«

»Ich würde auch gern einen nehmen«, sagte François.

»Mal sehen, ob ich welchen auftreiben kann. Josette hat solche Angst, daß sie nicht mehr wagt, einkaufen zu gehen.« Wie befürchtet, waren in der Küche weder Kaffee noch Milch noch Brot zu finden.

»Ich werde mich darum kümmern«, sagte François, der Léa gefolgt war. »Nicht weit von hier ist ein Bistro, in dem ich früher Stammgast war. Der Wirt wird mir schon aushelfen. Bis das Wasser kocht, bin ich wieder da. Lassen Sie mir inzwischen ein Bad einlaufen. Ich habe keine Zeit mehr, noch in meine Wohnung zu gehen.«

Er kam mit einer großen Papiertüte zurück, aus der er frisch gemahlenen Kaffee, eine Flasche Milch, eine Tafel Schokolade, ein Kilo Zucker und – Wunder über Wunder! – zwanzig noch warme Buttercroissants zog.

François Tavernier ließ es sich nicht nehmen, Camille das Tablett selbst ans Bett zu bringen. Ihm zuliebe zwang sie sich, ein Croissant zu essen. Er selbst aß fünf, Léa ebenfalls, der Arzt drei. Nachdem sie sich satt gegessen und eine Zeitlang nichts gesagt hatten, brach Léa das Schweigen und sagte zu François: »Wenn Sie Wert darauf legen, ein heißes Bad zu nehmen, sollten Sie sich lieber beeilen.«

»Dafür habe ich jetzt keine Zeit mehr. Ich muß General Weygand Bericht erstatten und dann zu einer Besprechung mit Marschall Pétain.«

»In diesem Aufzug?« entfuhr es Doktor Dubois.

»Warum nicht? Das ist schließlich der Aufzug all derer, die sich wegen der Unfähigkeit des Generalstabs niedermetzeln lassen müssen, und auch der versprengten Truppen, die auf der Suche nach einem Kommando umherirren und die man von Paris fernzuhalten versucht.«

»Und was machen Sie danach?« fragte Camille.

»Danach werde ich für Frankreich sterben, Madame!« erwiderte er theatralisch.

»Machen Sie keine Witze, François. Es wäre furchtbar für mich, wenn Ihnen etwas zustieße.«

»Vielen Dank, daß Sie das sagen, liebe Madame d'Argilat. Ich verspreche Ihnen, mir Mühe zu geben, am Leben zu bleiben. Was meinen Sie, Doktor«, wandte er sich an den Arzt, »halten Sie unsere Freundin für transportfähig?«

»Es wäre bodenloser Leichtsinn, sowohl ihres Herzens als auch des Kindes wegen. Aber wenn es zu neuen Luftangriffen kommt – in Gottes Namen. Ich werde ihr stärkere Medikamente verschreiben. Ich will sehen, ob ich morgen wiederkommen kann.«

»Madame, Mademoiselle! Die Deutschen haben Dieppe, Compiègne, Rouen und sogar Forges-les-Eaux besetzt, wo meine Patin wohnt!« schrie Josette, die mit einem Stück Croissant in der Hand in das Zimmer stürzte.

François Tavernier packte sie am Arm und schob sie schneller wieder heraus, als sie hereingekommen war.

»Sind Sie verrückt? Wollen Sie Madame umbringen?«

»O nein, Monsieur«, schluchzte die Ärmste. »Aber ich muß an meinen Vater denken, an meine Mutter, an meine jüngeren Brüder ...«

»Ich weiß, Kleines, in zwei Tagen werden Sie zusammen mit Madame d'Argilat und Mademoiselle Delmas Paris verlassen können. Sie werden in die Gironde fahren, aufs Land, dort wird Ihnen nichts geschehen«, besänftigte er sie und strich ihr über das Haar.

»Ja, Monsieur, aber wann werde ich meine Familie wiedersehen?«

»Das weiß ich nicht, vielleicht schon bald. Josette, versprechen Sie mir, daß Sie auf Madame d'Argilat achtgeben werden.«

»Jawohl, Monsieur.«

»Danke, Josette, Sie sind ein tapferes Mädchen. Sie haben zwei Tage Zeit, um Vorräte für die Reise zu besorgen. Hier, kaufen Sie sich noch ein hübsches Kleid.«

»Oh, danke, Monsieur«, sagte Josette und steckte, beinahe getröstet, die Geldscheine ein.

Léa und der Arzt verließen Camilles Zimmer.

»Beeilen Sie sich, wenn Sie noch mit Marschall Pétain und der Regierung sprechen wollen. Eben wurde im Rundfunk gemeldet, daß die Herren sich in wenigen Stunden in die Touraine absetzen werden«, sagte Doktor Dubois mit tonloser Stimme. Er reinigte seine beschlagenen Brillengläser.

»Bis morgen.«

Die Wohnungstür schloß sich hinter dem Arzt, der plötzlich um Jahre gealtert schien.

»Warum habt ihr Camille Nachrichten hören lassen?« fragte François Tavernier.

»Ich kann nichts dafür«, seufzte Léa und raffte fröstelnd ihren Morgenmantel zusammen.

»Seien Sie tapfer, das Schwierigste kommt noch. Küssen Sie mich!«

Spontan warf Léa sich an seine Brust und schlang die Arme um den Hals des Mannes, der sich über sie beugte. Ihre Lippen trafen so heftig aufeinander, daß es schmerzte. Léas salzige Tränen ließen ihren Kuß nach Meerwasser schmecken. Er löste ihre Arme von seinem Nacken und schob sie ein Stück von sich fort, ohne sie loszulassen. Wie schön sie war, wie sie so vor ihm stand und sich ihrem Schmerz überließ!

»Lieben Sie mich nicht doch ein wenig?« flüsterte er unwillkürlich. Sie schüttelte den Kopf.

Jäher Schmerz überschattete sein schlecht rasiertes Gesicht. Aber war das so wichtig? Ihre Küsse würden ihm auch genügen. Abermals zog er sie an sich. Seine Hände verirrten sich für einen kurzen Augenblick unter ihren Morgenmantel. Als sie voneinander ließen, waren Léas Tränen getrocknet.

»Ich muß Sie jetzt verlassen, teure Freundin«, sagte er lächelnd. »Vielen Dank für den liebenswürdigen Empfang. Bis bald, geben Sie gut acht auf sich und auf Camille. Auf Wiedersehen.«

Stumm blickte Léa ihm nach. Gedankenverloren fuhr sie mit dem Zeigefinger den Konturen ihrer feuchten Lippen nach.

Léa und Josette hatten völlig vergessen, daß es Sonntag war. Die meisten Lebensmittelläden hatten geschlossen. Sie marschierten bis zum Markt von Saint-Germain, wo sie nach endlosem Schlangestehen ein Dutzend Eier erstehen konnten, ein Huhn, ein Kaninchen, eine große Wurst, Käse, zwei Kilo Äpfel und nach einigem Feilschen sogar einen riesigen Schinken.

Erschöpft, aber stolz auf ihre Einkäufe, mit leerem Geldbeutel (es war alles so teuer geworden!) gingen sie die Rue du Four hinunter, den schwer bepackten Einkaufskorb zwischen sich.

Das Wetter war prächtig, und auf den Straßen herrschte nur wenig Betrieb: ein paar alte Frauen mit spärlich gefüllten Einkaufsnetzen, Clochards, da und dort eine Concierge, die aus Gewohnheit vor dem Haus den Gehsteig fegte, zwei Polizisten auf quietschenden Fahrrädern, ein Wagen, der mit einer Matratze, einem Spiegelschrank und einer quirligen Kinderschar so überladen war, daß man sich wunderte, wie er überhaupt noch vorwärtskam. Die Rue de Rennes glich einem endlosen bleiernen Fluß, dessen Ufer unbewohnt waren. Plötzlich bogen Lastkraftwagen um die Ecke des Boulevard Saint-Germain. Unter einer notdürftig befestigten

Plane konnte man hastig verschnürte Aktenbündel erkennen. Léa zog Schonbezüge über die Möbel und begann die Koffer zu packen. Als sie Camilles Regenmantel zusammenfaltete, fand sie in einer der Taschen den Zettel mit Raphael Malhs Adresse. Verstimmt erinnerte sie sich ihres Versprechens, ihn zu besuchen oder ihn wenigstens anzurufen.

Draußen auf dem Boulevard schien die Sonne. Alles machte einen so stillen, sommerlich friedfertigen Eindruck; nur das Zwitschern der Spatzen und das Gurren der Tauben waren zu hören. Mit einer abrupten Bewegung schlug Léa den Kofferdeckel zu und legte einen leichten schwarzen Wollumhang um die Schultern ihres kurzen schwarzen, rotgetupften Seidenkleids. Vor dem Spiegel im Flur setzte sie ihren schwarzen Strohhut auf. Vorsichtig öffnete sie die Tür zu Camilles Zimmer und spähte hinein. Camille schlief Gott sei Dank. In der Küche packte Josette die Vorratskörbe für die Fahrt zusammen.

»Ich gehe schnell einen Besuch machen. Ich bin bald wieder zurück.«

»Es ist leichtsinnig, so ganz allein auszugehen, Mademoiselle.«

Léa zog es vor, ihr keine Antwort zu geben.

Abgesehen von einigen Personenwagen und kleineren Lastwagen, die mit den verschiedenartigsten Paketen beladen waren, wirkte Paris wie ausgestorben. Als Léa den Pont-Royal überquerte, fielen ihr schwere dunkle, wolkenähnliche Gebilde auf, die hinter dem Grand Palais in den Himmel emporstiegen. Neugierig beschleunigte sie ihren Schritt. Die Tuilerien wirkten nicht minder verlassen als die Straßen. Vor dem düsteren Hintergrund des Himmels sah Léa das Kreuz, das der Obelisk der Place de la Concorde mit dem Triumphbogen am

Etoile bildet, hell in der Sonne glänzen. Mit klopfendem Herzen blieb sie stehen und glaubte vor sich in einem fahlen Gewitterlicht den Kalvarienberg von Verdelais zu sehen. Der plötzliche Wunsch, dort am Fuße des Kreuzes knien zu können, vor dem sie als Kind gebetet und als junges Mädchen geweint hatte, war so stark, daß sie taumelte.

»Mein Gott«, flüsterte sie.

Im stillen sprach sie ein Gebet zum Herrgott ihrer Kindheit, das beim Anblick solch überwältigender Schönheit alsbald zum Dankgebet wurde. Mit Bedauern riß sie sich von dem Schauspiel los. Ohne einer Menschenseele begegnet zu sein, erreichte sie das Haus in der Rue de Rivoli, in dem Raphael Malh wohnte. Mit einer Art Hemd aus weißer Wolle bekleidet, wie es die Araber unter dem Burnus tragen, öffnete er ihr die Tür. Erstaunt sah er sie an.

»Haben Sie vergessen, daß ich Ihnen versprechen mußte, Sie heute zu besuchen?« fragte sie.

»Wo bin ich bloß mit meinen Gedanken! Verzeihen Sie, teure Freundin, aber Sie treffen mich mitten in Reisevorbereitungen an.«

»Sie reisen ab?«

»Morgen oder übermorgen. Der Vormarsch der Deutschen hat mich meine Stellung gekostet. Der Leiter von Radio Mondial erwartet täglich, oder besser gesagt stündlich, den Befehl zur Evakuierung.«

»Und wohin?«

»Wahrscheinlich nach Tours, wo sich auch die Regierung aufhält. Ich kann Sie mitnehmen, wenn Sie möchten.«

»Reden Sie keinen Unsinn. Übermorgen reise auch ich ab.«

»Wer weiß, wo wir übermorgen sein werden! Setzen

Sie sich. Stören Sie sich nicht an der Unordnung hier. Möchten Sie einen Tee?«

»Etwas Kaltes wäre mir lieber.«

»Ich fürchte, ich kann gar nichts anbieten, es sei denn, Sie mögen Whisky. Der Eigentümer dieser Wohnung hat mir zwei Kisten dagelassen. Ich habe erst eine leergemacht.«

»Einverstanden, obwohl ich noch nie Whisky probiert habe.«

»Machen Sie es sich bequem.«

Léa blickte sich um. Der Salon war vollgestopft mit Nippsachen aller Art, darunter einige von auserlesener Schönheit, wie das schmale Lackkästchen in den Farben von Skarabäusflügeln, andere wiederum von ausgesuchter Scheußlichkeit wie die kleinen, grellbunt bemalten Figurinen. Léa trat an die geöffnete Balkontüre und genoß den Blick über die Tuilerien. Mit zwei Gläsern, die eine bernsteinfarbene Flüssigkeit enthielten, gesellte sich Raphael zu ihr. »Ich trinke auf Ihre Schönheit.«

Lächelnd neigte Léa den Kopf und hob ihr Glas. Nach dem ersten Schluck verzog sie das Gesicht.

»Schmeckt es Ihnen nicht?«

»Ein eigenartiger Geschmack.«

»Trinken Sie noch ein wenig! Sie werden sehen, man gewöhnt sich schnell daran.«

Sie lehnten sich an das Geländer des Balkons und tranken in langsamen Zügen. Ein widerlicher, aufdringlicher Brandgeruch stieg ihnen in die Nase.

»Was ist denn das?« fragte Léa.

»Seit heute morgen brennt es in der Nähe des Bois de Boulogne. Gehen wir hinein.« Sie nahmen auf einem niedrigen, mit Kissen übersäten Sofa Platz.

»Haben Sie noch Platz im Koffer?« wollte er wissen.

»Es kommt darauf an, wofür.«

»Ich habe gestern versprochen, Ihnen einige Bücher zu leihen, die für mich zum Besten zählen, was es an Literatur gibt.«

Er nahm drei Bände vom Sofa und schien einen Moment zu zögern, ehe er sie Léa reichte.

»Nein, ich werde sie Ihnen nicht leihen, ich schenke sie Ihnen. Vielleicht sehen wir uns heute zum letztenmal. Behalten Sie sie als Andenken an mich: die *Götterdämmerung* von Elémir Bourges, die ich gegen den gesamten Flaubert nicht tauschen würde. *Das Leben des Abbé de Rancé.* Vielleicht sind Sie noch ein bißchen zu jung dafür. Es ist ein Werk für die reiferen Jahre, etwas, das einen im Alter ständig begleiten sollte. Ach was, dann lesen Sie es eben später, wenn es soweit ist. Und natürlich *Cheri* von der berühmten Colette. Die Heldin, eine bewundernswerte Frauengestalt, trägt denselben Vornamen wie Sie. Glanz und Elend einer Frau spiegeln sich in diesem Roman wider. Mögen Sie ihr ähnlich werden.«

Nichts erinnerte in diesem Moment an den oberflächlichen Raphael Malh, den Gelegenheitsverkäufer von Pelzen und Teppichen, an den Kolumnisten für *Marianne* oder an den Pariser Homosexuellen! Léa begriff, daß er ihr mit diesen Büchern einen Teil von sich selbst zum Geschenk machte.

»Danke«, sagte sie schlicht und gab ihm einen Kuß auf die Wange.

Er stand auf, um sich seine Ergriffenheit nicht anmerken zu lassen. »Herzchen, wenn es meine Bestimmung gewesen wäre, eine Frau zu lieben, dann hätte sie so wie Sie sein müssen«, meinte er und verbeugte sich.

Léa sah auf die Uhr. »Ich muß gehen, es ist schon nach sechs.«

»Ich werde Sie nach Hause begleiten. Eine hübsche

junge Frau sollte in diesen Zeiten nicht allein durch die Straßen gehen.«

»Danke, aber es ist doch kein Mensch unterwegs.«

»Eben, deshalb ist es ja so gefährlich. Glauben Sie einem, der eine Vorliebe für dunkle Ecken hat. Die bösen Buben lauern stets in stillen Winkeln. Solche Begegnungen sollte man besser vermeiden, wenn man nicht zu denen gehört, die sie suchen. Geben Sie mir Ihre Bücher, ich werde sie Ihnen einschlagen.« Von einem hohen, schwarz lackierten Möbelstück mit Elfenbeinintarsien holte er einen prachtvollen roten Seidenschal herunter, der mit bunten Blumen und Vögeln bestickt war, und wickelte die drei Bände darin ein.

»So, jetzt haben Sie ein hübsches Bündel, das hervorragend zu Ihrer Garderobe paßt.« Er reichte ihr das seidene Päckchen und öffnete die Tür.

»Sie gehen so? Wollen Sie sich nicht umziehen?« wunderte sich Léa.

»Sagten Sie nicht, Paris sei menschenleer? Und selbst wenn Massen unterwegs wären? Seh ich denn so nicht hübsch aus? Bin ich nicht schick? Afrikanische Gewänder waren für mich stets der Gipfel der Eleganz. Jetzt fehlt mir nur noch ein *keffieh*. Schade.«

Die milde Luft draußen war verpestet vom Brandgeruch. Raphael ergriff Léas Arm. »Gehen wir am Seineufer entlang, wenn es Ihnen recht ist. Vielleicht ist es für uns beide der letzte Spaziergang dort.«

Vor dem Institut de France hatten zwei Bouquinisten ihre Läden geöffnet. In dem einen stand eine dicke Frau unbestimmbaren Alters, in dem anderen ein Greis mit müden Augen. Beide grüßten Raphael als alten Stammkunden, ohne von seiner Kleidung besondere Notiz zu nehmen.

»Wieso haben Sie heute geöffnet? Sie hatten doch sicherlich nicht viel Kundschaft.«

»Leider, Monsieur Malh, leider. Selbst die Mutigsten sind geflüchtet. Welch ein Jammer, diese schöne Stadt aufzugeben!«

»Sie sollten ihrem Beispiel folgen!«

Ich, Monsieur? Niemals. Ich bin hier groß geworden, bin in einem Hinterhof in der Rue des Grands-Augustins zur Welt gekommen, am Quai Saint-Michel zur Schule gegangen, im Schatten von Saint-Julien-le-pauvre habe ich meine Unschuld verloren, und in Saint-Séverin habe ich geheiratet. Meine Frau war die Tochter eines Trödlers aus Belleville und liegt auf dem Père-Lachaise begraben, meine Tochter hat ein Bistro am Montmartre, mein ältester Sohn besitzt einen gutgehenden Laden gegenüber von Notre-Dame, und mein Jüngster wird diesen Laden hier übernehmen, sofern er je aus diesem gottverdammten Krieg zurückkommt. Außerhalb von Paris verkümmern wir an Leib und Seele. Also bleiben wir hier. Nicht wahr, Germaine?«

Die dicke Frau, deren Haut wettergegerbt war wie die eines Seemanns, stimmte ihm lautstark zu:

»Du sagst es, Dicker.«

Diese entschiedene Feststellung duldete keinen Widerspruch. Raphael und Léa verabschiedeten sich.

Die schrägstehenden Sonnenstrahlen warfen ein rötliches Licht auf die grotesken Figuren des Pont-Neuf. Überladene Fahrzeuge folgten einander in Richtung Boulevard Saint-Michel. In der Rue Guénégaud hörten sie durch ein geöffnetes Fenster eine Uhr siebenmal schlagen.

»Wir müssen uns beeilen, sonst komme ich zu spät.«

Bis zum Boulevard Raspail sprachen sie nur noch wenig. Vor der Haustür umarmten sie sich wie zwei Freunde und wünschten einander Glück.

Am nächsten Tag erhielt Camille einen Brief von Laurent. Er befand sich in der Nähe von Beauvais und schrieb, es sei eine wunderschöne Stadt mit einer prachtvollen, bedeutenden Kathedrale.

»Von wann ist der Brief?« fragte Léa bestürzt.

»Vom 2. Juni. Warum? Oh, mein Gott! Beauvais ist doch zerstört worden«, stammelte Camille und brach zusammen.

Léa war zu verstört, als daß es ihr in den Sinn gekommen wäre, der Unglücklichen Hilfe zu leisten.

»Léa!« flehte Camille. Aber das junge Mädchen war wie vor den Kopf geschlagen und nahm nichts mehr wahr. Endlich löste sie sich aus ihrer Starre, beugte sich zu Camille nieder und half ihr auf. Gleich darauf fielen die beiden einander in die Arme und weinten. So fand sie Doktor Dubois. Trotz seiner Erschöpfung fand er die richtigen Worte, um ihnen ein wenig die Angst zu nehmen.

Am Dienstag, dem 11. Juni, waren die Bewohnerinnen des Hauses am Boulevard Raspail zur Abfahrt bereit. Nur der Wagen fehlte noch. Sie verbrachten die ganze nächste Nacht mit Warten.

Am Mittwochvormittag wurde die Spannung so unerträglich, daß Léa unter dem Vorwand, nachsehen zu wollen, ob von der Gare d'Austerlitz noch Züge gingen, das Haus verließ. Sie trug Sandalen und überholte mit raschem Schritt auf dem Boulevard Saint-Germain Gruppen jämmerlicher Gestalten mit Kinderwagen, Schubkarren und Leiterwagen, die sämtlich mit traurigen Habseligkeiten, vollgepfropft waren: hier eine Standuhr, ein Staubsauger, eine Nähmaschine, dazu ein Barometer und ein Goldfischglas, dort eine zusammengerollte Matratze, das Porträt der Großeltern oder das Hochzeitsfoto, ein Vogelkäfig, in dem ein schmächtiger

Zeisig oder ein verängstigtes Turteltaubenpärchen herumflatterte, eine Puppe mit Porzellankopf, ein verschossener Teppich . . . Viele Kinder mit blassen Gesichtern, übermüdete Frauen, ausgemergelte Greise. Woher kamen sie? Aus den Vororten, aus dem Norden, aus Belgien? . . . Am Boulevard Saint-Michel schloß sich ein Teil den Massen an, die zum Jardin du Luxembourg hinauftrotteten, während der Rest, darunter Léa, zur Gare d'Austerlitz weitermarschierten. Vor dem Bahnhof hatte sich eine undurchdringliche Menge angesammelt. Unmöglich, einen Schritt weiterzukommen. Die wildesten Gerüchte kursierten.

»Die *Boches* sind in Enghien . . .«

»Nein, in Anvers . . .«

»Sie haben die Treibstofflager rings um Paris gesprengt . . .«

»Sie haben Versailles bombardiert . . .«

»Es fahren keine Züge mehr . . .«

»Der Bahnhof wird abgesperrt . . .«

Er wurde tatsächlich gesperrt. Hinter den Gittern hockte ein Bahnbeamter auf einem Waggondach und versuchte, sich der Menge mit Hilfe eines Lautsprechers verständlich zu machen. Nach mehrmaligen Aufforderungen gelang es ihm, sich Gehör zu verschaffen.

»Aus Sicherheitsgründen bleiben die Tore bis heute nachmittag um fünf geschlossen . . .«

Ringsum erhob sich Protestgeschrei.

»Ruhe . . . Lassen Sie mich doch weitersprechen . . . Ruhe! . . .«

Die Schreie verstummten.

». . . damit soll den Reisenden, die sich bereits im Bahnhof befinden, das Zusteigen ermöglicht werden . . .«

»Buuh . . . und was wird aus uns?«

»Niemand wird zurückbleiben. Für die Gare d'Austerlitz und die Gare Montparnasse werden zweihundertachtunddreißig zusätzliche Züge eingesetzt ... Zur Zeit verläßt alle fünf Minuten ein Zug die Stadt ... Keiner von Ihnen wird zurückbleiben ... Haben Sie Geduld ...«

Mühsam bahnte sich Léa einen Weg zwischen den Beinen der Leute hindurch, die sich mitsamt ihrem Gepäck auf der Straße niedergelassen hatten. Die Rasenflächen des Jardin des Plantes glichen improvisierten Picknickplätzen. Sie schlug sich zur Rue Linné durch, in der Hoffnung, dort weniger Gedränge vorzufinden. Ein Mann sprach sie an und folgte ihr bis zur Rue des Ecoles. Er überhäufte sie mit dummen Bemerkungen, die sich bis zur Obszönitäten steigerten, bis er schließlich – ohne ersichtlichen Grund – seine Verfolgung aufgab. Vor dem *Dupont-Latin* stieg ihr der Duft von Pommes frites in die Nase und erinnerte sie daran, daß sie noch nicht zu Mittag gegessen hatte. Die große Brasserie war fast leer. Genüßlich verzehrte sie einen Teller Pommes frites, trank ein Bier und zum Abschluß eine Tasse Kaffee. Gestärkt machte sie sich auf den Weg zum Odéon und kämpfte sich mühsam durch die Menge, die den Boulevard Saint-Michel hinaufströmte. Es war bereits vier Uhr nachmittags.

14

Der Wagen traf am folgenden Morgen um fünf Uhr ein. Der Fahrer, ein junger Mann, war völlig erschöpft. Den Kopf auf die Arme gelegt, schlief er am Küchentisch ein, ohne die Tasse Kaffee angerührt zu haben, die vor ihm stand. Léa und Josette schafften inzwischen das Gepäck hinunter und betteten Camille, die sich angeblich großartig fühlte, auf die Rückbank. Während Josette das Fahrzeug bewachte, ging Léa noch einmal hinauf und weckte den Fahrer, der nach einer knappen Stunde Schlaf völlig benommen war. Erst nachdem er den aufgewärmten Kaffee getrunken hatte, kam er langsam wieder zu sich.

Camilles Anweisungen folgend, drehte Léa den Gashahn zu und schaltete den Strom ab. Als sie die Wohnungstür abschloß, fragte sie sich, ob sie wohl je hierher zurückkommen würde. Unten auf der Straße hatte der Fahrer inzwischen die Koffer, darunter einen großen Schrankkoffer, auf dem Autodach befestigt.

»Ich habe vergessen, mich vorzustellen. Ich heiße Antoine Durand. Ich werde Sie bis nach Etampes fahren, wo ich mich ein paar Kameraden anschließen werde. Monsieur Tavernier hat uns einen Passierschein, mit dem wir durch die Porte d'Orléans kommen, und fünfzig Liter Benzin besorgt.«

»Warum braucht man denn einen Passierschein, um dort durchzufahren?« wollte Léa wissen.

»Das kann ich Ihnen nicht sagen, Mademoiselle. Aber alle Zivilisten, die Paris verlassen wollen, werden über die Porte d'Italie umgeleitet.«

Sie brauchten drei Stunden, bis sie die vom Militär bewachte Porte d'Orléans erreicht hatten. Nach einem Blick auf ihre Papiere ließ der Offizier sie passieren. Bis zur Nationalstraße 20 konnten sie sich nur im Zickzack an Hindernissen und Absperrungen vorbeischlängeln und mußten dann noch eine Kontrolle über sich ergehen lassen, ehe sie auf die Straße nach Orléans gelangten. Dort trafen sie nur noch auf Armeefahrzeuge. Hinter Montlhéry überholten sie die ersten Fußgänger, Frauen in Pantoffeln oder in Schuhen mit viel zu hohen Absätzen, die ihre hastig angekleideten Kinder hinter sich her zerrten oder einen Kinderwagen schoben, aus dem zwischen Paketen der Kopf eines Kleinkindes hervorlugte. Halbwüchsige zogen viel zu schwer bepackte Handkarren. Auf manch einem dieser Karren saß ein Greis oder ein Behinderter. Mitten unter ihnen immer wieder fahnenflüchtige Soldaten, ohne Helm, mit verstörtem, leerem Gesichtsausdruck. Einige trugen Koffer, andere ihr Gewehr, und alle versuchten mit gesenktem Haupt den Militärkontrollen zu entgehen.

Es wurde immer schwieriger, den Wagen durch den unaufhörlich wachsenden Strom von Fahrrädern, Motorrädern, Pferdewagen, Ochsenkarren, kleinen Lieferwagen, Dreirädern, Feuerwehrautos, Personenwagen und sogar Leichenwagen zu manövrieren. Manche dieser Fahrzeuge waren so alt, daß man sich fragte, wie sie überhaupt noch fahren konnten. Im Schrittempo durchquerten sie Arpajon. Ein Soldat, der den Verkehr zu regeln hatte, wies sie darauf hin, daß es verboten sei, zu überholen. Als Léa ihm den Passierschein zeigte, hob er die Arme, als wolle er sagen: »Ja, wenn das so ist!« An den Kreuzungen mühten sich hier ein Matrose, dort ein Flieger oder ein Infanterist, diesem kläglichen Exodus durch ihre Anwesenheit den Anschein einer gewissen Organisation zu geben. Dem Fahrer gelang es, etwa zwanzig Autobusse mit Strafgefangenen und ihren Wärtern zu überholen, indem er von der Straße auf einen angrenzenden Acker auswich. Aus welchem Gefängnis mochten sie kommen? Bald schon mußte Antoine auf die Fahrbahn zurück und sich wieder in den zähen Strom einreihen, der sich unter einer gleißenden Sonne dahinschleppte, die die Gesichter bräunte und den Radfahrern und Fußgängern den Schweiß aus den Poren trieb. Am Straßenrand stand ein Mann vor seinem kleinen Garten mit einer verbeulten Aluminiumkanne in der Hand, vor ihm mit Wasser gefüllte Eimer, auf die er schlug, um die Leute auf sich aufmerksam zu machen. Er rief den Flüchtlingen zu: »Holt euer Geld raus, Leute! Zehn Sous das Glas, zwei Francs die Flasche!«

Seine Frau reichte den Durstigen unterdessen ein Glas oder eine Flasche und sammelte das Geld ein.

»So eine Schande!« ereiferte sich Camille.

»Da werden Sie noch ganz andere Dinge zu sehen bekommen, bis Sie am Ziel sind«, bemerkte der Fahrer trocken.

Endlich erreichten sie Etampes. Sechs Stunden hatten sie gebraucht – für sechsundvierzig Kilometer.

Die Einwohner der kleinen Stadt hatten sich dem Flüchtlingsstrom angeschlossen. Nur noch ein einziges Hotel war geöffnet, und die Flüchtenden rissen einander den Kaffee, das Brot und den Käse, den man dort verkaufte, aus den Händen. Über zwei Stunden benötigten sie, die Ortschaft zu durchfahren. Antoine Durand war am Ende seiner Kräfte. Er steuerte das Fahrzeug wie ein Automat, und mehr als einmal sank ihm der Kopf auf die Brust. Plötzlich kam ihm zu Bewußtsein, daß sie Etampes hinter sich gelassen hatten. Mit einem Schlag war er wach. Er hielt den Wagen an. »Ich kann nicht weiterfahren. Ich empfehle Ihnen, auf Nebenstrecken auszuweichen.«

»Sie können uns hier doch nicht allein lassen!« schrie Josette.

»Ich habe meine Befehle, ich darf nicht weiterfahren.«

Im selben Augenblick war das gefürchtete Dröhnen zu hören, das jedes Motorgeräusch, das Kindergeschrei und die trampelnden Füße Tausender von Menschen übertönte.

»Schnell, raus aus dem Auto!« schrie Antoine und sprang schon aus dem Fahrzeug. »Legen Sie sich in den Graben!«

Mit Léas Hilfe stieg Camille aus dem Wagen. Ihre Hände verkrampften sich schützend über ihrem Bauch. Sie rannte los und ließ sich neben der zitternden Josette und einem betagten Ehepaar, das sich eng umschlungen hielt, in das staubige Gras des Straßengrabens fallen.

In geringer Höhe, so dicht über dem Boden, daß man die Piloten deutlich erkennen konnte, brausten die Flugzeuge über sie hinweg, ehe sie wieder in den wolkenlosen Himmel aufstiegen. Die lähmende Angst ließ ein wenig nach, und schon hoben sich die ersten Köpfe, als die deutschen Tiefflieger aus einer jähen Kehrtwendung heraus die lange, regungslos an den Boden gepreßte Flüchtlingskolonne unter Beschuß nahmen. Die Staubfontänen der einschlagenden Kugeln bedeckten Léa mit Straßenschmutz. Zwei-, dreimal kehrten die Flugzeuge wieder. Als der mörderische Lärm aufgehört hatte, herrschte zunächst lange Stille. Dann erst hörte man das erste Stöhnen, die ersten Schreie, die ersten Hilferufe. Schwarzer, Übelkeit erregender Rauch von brennenden Körpern, Gummi und Benzin hüllte diesen Schauplatz des Grauens ein. Josette drehte sich im Kreise. Camille erhob sich mühsam, aber unverletzt. Die beiden alten Leute neben ihr rührten sich nicht. Die junge Frau rüttelte den Mann an der Schulter. Er rollte auf die Seite, und man sah, daß ein- und dieselbe Kugel das Paar getötet hatte. Camille preßte beide Fäuste vor den Mund und erstickte einen Aufschrei. Sie überwand ihren Abscheu, beugte sich hinab und schloß den beiden die Augen, Antoine war unverletzt geblieben. Als Léa sich aufrichtete, wurde ihr schwindlig. Wäre Camille nicht gewesen, wäre sie gestürzt. »Du bist ja verletzt, Liebes!«

Léa betastete ihre Stirn; ihre Hand war voller Blut. Es berührte sie auf besondere Weise, ängstigte sie jedoch nicht weiter.

»Lassen Sie mich sehen«, sagte ein etwa sechzigjähriger Mann mit vollem weißen Haar, »ich bin Arzt.«

Seinem Arztkoffer entnahm er Kompressen und Verbandzeug.

»Es ist nur der Augenbrauenbogen, nichts Ernstes. Ich werde Ihnen einen strammen Verband anlegen, damit die Blutung aufhört.«

Leicht betäubt, ließ Léa ihn gewähren.

Mit ihrem Kopfverband, der sie wie einen Veteran aus dem Ersten Weltkrieg aussehen ließ, saß sie an der Straßenböschung und beobachtete unbeteiligt das Geschehen rings umher: zahlreiche Fahrzeuge waren in Brand geraten, aber wie durch ein Wunder war ihr Auto verschont geblieben. Da und dort lagen leblose Körper. Überall stöhnten Verwundete und schrien um Hilfe. Es dauerte Stunden, bis die Straße geräumt war. Niemand dachte daran, etwas zu essen. Es war acht Uhr abends, als Léa sich hinter das Steuer setzte. Der Fahrer war verschwunden. Auf inständiges Bitten von Camille ließ Léa eine alte Frau zusteigen, die ihre Angehörigen nicht wiedergefunden hatte.

Über eine Strecke von mehreren Kilometern begleitete sie der Anblick von Tod und Zerstörung. Kurz vor Anbruch der Dunkelheit verließ Léa die Nationalstraße 20 bei Angerville in der Hoffnung, ein geöffnetes Restaurant oder Café zu finden. Nichts. Alles geschlossen. Léa war todmüde; das Blut aus ihrer Wunde rann ihr über die Wange. Das Dorf war überfüllt mit Flüchtlingen, die in Hauseingängen, in der Kirche, in der Schule, auf dem Dorfplatz, ja sogar auf dem Friedhof schliefen. Etwas außerhalb der Ortschaft hielt Léa den Wagen am Rande eines Ackers an. Die vier Frauen stiegen aus. Die Nacht war mild und sternenklar; die Luft duftete nach Heu. Josette öffnete den Korb mit den Vorräten, über die sie sich gierig hermachten.

Als sie bei Tagesanbruch erwachten, stellten sie fest, daß ihr Wagen einen Platten hatte. Léa versuchte vergeblich, das Rad abzumontieren, machte sich dann auf die Suche nach einem Mechaniker. Doch die Werkstatt war, ebenso wie alle anderen Geschäfte, geschlossen. Auf dem Kirchplatz traf sie ein paar Nonnen an, die warme Milch an die Kinder verteilten. Léa fragte sie, wo sie Hilfe finden könne.

»Mein armes Kind, es ist niemand mehr hier. Alle gesunden Männer sind entweder im Krieg oder geflüchtet: der Bürgermeister, der Notar, der Arzt, die Feuerwehrleute, der Lehrer, die Bäcker, alle sind fort. Nur der Herr Pfarrer ist noch da, aber der ist schon recht alt. Selbst Gott hat uns verlassen, mein Kind.«

»Wollen Sie wohl still sein, Schwester Jeanne! Wie können Sie es wagen, an Gottes Güte zu zweifeln!« rief eine Nonne mit einem fein geschnittenen, müden Gesicht aus.

»Verzeihen Sie, Ehrwürdige Mutter, aber nach all dem Elend, das ich seit unserer Abreise gesehen habe, zweifle ich mehr und mehr an dieser Güte.«

»Die Erschöpfung wird schuld daran sein, daß Sie so gottlos reden, Schwester Jeanne: gehen Sie und ruhen Sie sich aus!«

Dann wandte sie sich an Léa. »Kommen Sie, mein Kind, ich werde Ihren Verband erneuern.«

Mit geübten Händen entfernte sie den schmutzigen Verband und reinigte die Wunde, die entlang der Augenbraue verlief. Mit Hilfe von Heftpflaster legte sie einen frischen Verband an.

»Es ist nicht allzu schlimm, aber mit ein, zwei Stichen sollte man die Wunde doch nähen.«

»Ich werde doch nicht entstellt sein?«

»Seien Sie unbesorgt«, sagte die Schwester lachend. »Sie werden trotzdem noch einen Mann abbekommen.«

Léa bedankte sich und machte sich auf den Weg zurück zum Auto. Dreimal bat sie Männer, die schwere Lasten schleppten, um Hilfe. Sie wurde zur Seite gestoßen und bekam nicht einmal eine Antwort. Mutlos und verzweifelt setzte sie sich am Dorfausgang auf einen Grenzstein.

»Léa!«

Zu erschöpft, um sich darüber zu wundern, an diesem ihr bis gestern noch unbekannten Ort mit ihrem Namen angesprochen zu werden, hob sie den Kopf. Vor ihr stand ein Soldat und starrte sie an. Er war dreckig, unrasiert, barhäuptig; sein Haar war zu lang, sein Mantel ebenso wie die Stiefel und Wickelgamaschen mit grauem Staub bedeckt; den Stahlhelm hatte er am Tornister befestigt, über jeder Schulter baumelte ein Brotbeutel, das Gewehr hielt er in der Hand.

Léa erhob sich. Wer war dieser Mann? Woher kannte er ihren Namen? Und doch ... dieser Blick ... diese tiefblauen Augen ... »Mathias!«

Mit einem Aufschrei stürzte sie ihm entgegen. Das Gewehr glitt ihm aus den Händen, und seine Arme schlossen sich um die Freundin seiner Jugend.

»Mathias ... Mathias ...«

»Du ... du bist es wirklich ...«, stammelte der junge Mann, während er sie mit Küssen bedeckte.

»Wie schön, dich wiederzusehen! Was machst du hier?«

Er hob sein Gewehr auf, ehe er ihr antwortete. »Ich bin auf der Suche nach meinem Regiment. Es soll drüben bei Orléans sein. Und du, was machst du hier auf der Landstraße? Ich dachte, du seist auf Montillac und in Sicherheit.«

»Ich bin mit Camille d'Argilat zusammen, sie erwartet ein Kind und ist krank. Wir konnten nicht früher fort. Was für ein Glück, dich zu treffen! Wir haben nämlich eine Panne.«

Camille, Josette und der alten Dame fiel ein Stein vom Herzen, als sie die beiden kommen sahen. »Ich hatte solche Angst, dir könnte etwas zugestoßen sein, Léa!« rief Camille.

»Im Dorf hab' ich niemanden gefunden, der mir hätte helfen können. Zum Glück bin ich Mathias begegnet. Du erinnerst dich doch an Mathias Fayard, den Sohn des Kellermeisters?«

»Aber natürlich. Wie geht es Ihnen, Mathias?«

»Den Umständen entsprechend, Madame«, seufzte er.

Nachdem er einen Becher noch lauwarmen Kaffee aus der Thermosflasche getrunken hatte, wechselte Mathias das Rad. Die Kirchturmuhr schlug neun.

Mathias steuerte den Wagen. Auf Nebenstraßen versuchte er, sich Orléans zu nähern. Seine Gegenwart gab den Frauen ein Gefühl der Sicherheit. Camille, Josette und die alte Dame schliefen. Léas Hand ruhte vertrauensvoll auf dem Knie des jungen Mannes.

Auf der schmalen weißen Straße schleppte sich der Strom von Fußgängern und Fahrzeugen so langsam wie ein Leichenzug dahin. An den Straßenrändern die Zeugen der letzten Bombenangriffe: verlassene Fahrzeuge, einige davon ausgebrannt, Pferde- und Hundekadaver, frisch ausgehobene Gräber auf den Äckern, verschiedene Möbelstücke, Küchengerät, Kinderwagen, aufgeplatzte Koffer. Unmittelbar vor ihnen blieb ein uraltes Automobil, auf dessen Dach zwei zusammengerollte Matratzen festgezurrt waren, mit einem Motorschaden stehen. Mathias stieg aus und half, den Wagen von der Straße zu schieben. Eine Frau stand weinend daneben, ein Kleinkind auf dem Arm und zwei weitere Kinder an ihrem Rockzipfel. Mathias stieg wieder ein, und sie setzten die Fahrt fort. Gegen ein Uhr legten sie eine Rast ein. Etwa dreißig Kilometer hatten sie bis dahin zurückgelegt.

Am Brunnen eines kleines Dorfes wuschen sie sich notdürftig und fühlten sich ein wenig frischer. Camille sah schlecht aus; ihre Züge waren angespannt. Aber kein Wort der Klage kam über ihre Lippen, obwohl ihr hin und wieder Schweißperlen auf die Stirn traten. Die Greisin mit dem Witwenhäubchen, deren Namen sie nicht kannten, wiegte den Kopf hin und her und murmelte wieder und immer wieder mit quälender Beharrlichkeit:

»Gib acht auf die Kinder, Michèle! Georges, Loïc, kommt zurück . . .«

»Sie soll aufhören, sie soll endlich aufhören!« explodierte Léa.

Camille legte den Arm um die gebeugten Schultern der unbekannten Frau. »Machen Sie sich keine Sorgen, Madame, Georges und Loïc sind außer Gefahr, sie sind bei ihrer Mutter.«

»Gib acht auf die Kinder, Michèle!«

Mit einer kraftlosen Geste bedeckte Camille ihre Augen mit ihrer Hand, die so mager geworden war, daß sie ihren Ehering hatte abstreifen müssen, um ihn nicht zu verlieren.

»Sie haben keine Ahnung, wie man mit Leuten umgeht, die nicht ganz richtig im Kopf sind«, sagte Josette und tippte sich mit dem Zeigefinger an die Stirn. Sie nahm die Alte beim Arm und schüttelte sie grob.

»He, Alte, du bist jetzt still, sonst lassen wir dich am Straßenrand zurück. Deinen Georges und deinen Loïc kannst du in der Hölle wiedersehen!«

»Josette, schämen Sie sich nicht, so mit der armen Frau zu reden?« empörte sich Camille. »Lassen Sie sie los!«

Widerwillig gehorchte das ungekämmte, grobschlächtige Mädchen mit dem roten Gesicht. Schweigend aß jeder ein hartgekochtes Ei oder eine Scheibe Wurst. Der jammernswerte Zug von Menschen auf der engen Straße unter einem heißen, gleißenden Himmel riß nicht ab. Selbst die Greisin sagte nichts mehr. Sie war eingenickt.

»Wir müssen weiter«, sagte Mathias.

Es war dunkel, als sie den Stadtrand von Orléans erreichten. Nicht ein Laden, der geöffnet, nicht ein Haus, das bewohnt gewesen wäre: auch die Einwohner von

Orléans hatten die Flucht ergriffen. Der Boulevard de Chateaudun und der Faubourg Bannier waren bombardiert worden. Ein heftiges Gewitter entlud sich und zwang die Menschen, die eine unbezähmbare Angst auf die Straße getrieben hatte, ihren Weg ins Ungewisse noch langsamer als bisher fortzusetzen. Jeder suchte Schutz, so gut er konnte, und manch einer zögerte nicht, Türen und Fenster der verlassenen Häuser gewaltsam zu öffnen. Das Unwetter war ebenso schnell vorbei, wie es gekommen war. Schattenhafte Gestalten schlichen aus den aufgebrochenen Häusern und trugen Uhren, Bilder, Gefäße und Schatullen davon, ohne auch nur den Versuch zu unternehmen, ihr Tun zu verheimlichen. Die Plünderer begannen ihr unheilvolles Werk.

»Ich fürchte, wir müssen hier im Wagen übernachten«, sagte Mathias, der seit einer Stunde nicht einen Schritt vorwärtsgekommen war.

»Mademoiselle, Mademoiselle! Madame ist ohnmächtig geworden!«

»Ich kann auch nichts daran ändern. Versuchen Sie, ihr Tropfen einzuflößen.«

Josette nahm das Fläschchen, das Léa ihr reichte, und goß ein wenig davon in den Becher der Thermosflasche. Nach einiger Zeit hatte Camille das Bewußtsein wiedererlangt.

Abermals kamen sie ein paar Meter voran.

Stumpfsinnig, wie eine Herde Vieh, strömte die Menge zu beiden Seiten des Fahrzeugs durch den Faubourg Bannier, immer geradeaus, den Kopf gesenkt unter der Last ihrer Habseligkeiten und überwältigt von Müdigkeit. Wäre nicht das Geräusch der Motoren, der Wagenräder und der schleppenden Schritte Tausender von Menschen gewesen, so hätte man den Flüchtlingsstrom für eine endlose, stumme Geisterprozession halten können, die durch die von weißen Blitzen durchzuckte schwarze Nacht einem ungewissen Schicksal entgegenging.

Von rechts mündete eine fast leere Straße ein. Die Menschen waren vor Angst und Leid so abgestumpft, daß sie dicht beisammenblieben. Die Fahrer der Autos und Fuhrwerke lenkten ihre Fahrzeuge im Schlaf. Mathias bog an einer Kreuzung ab, schaltete die Scheinwerfer aus Furcht vor Flugzeugen aus und tastete sich vorsichtig durch die Finsternis. Sie gelangten in ein Viertel, das erst vor kurzem durch einen Bombenangriff verwüstet worden war. Aus den geschwärzten Ruinen stieg der Geruch von feuchtem Ruß und modrigen Kellern empor. Léa schauderte, obgleich es schwül war. Auf einem kleinen, lindenbestandenen Platz, der verschont geblieben war, hielten sie an. Sie stiegen aus und vertraten sich ein wenig die Beine, die vom stundenlangen Sitzen steif geworden waren. Ein jeder ging hinter einen Baum, um sich zu erleichtern.

Mit Josettes Hilfe streckte Camille sich auf einem Rasenflecken aus. »Mir ist kalt«, flüsterte sie.

Das Mädchen kehrte zum Wagen zurück, holte eine Reisedecke und breitete sie über Camille aus. Die Hände an ihren Bauch gepreßt, bedankte diese sich mit einem traurigen Lächeln.

»Brauchen Sie noch etwas, Madame?«

Camille schüttelte den Kopf und schloß die Augen. Die namenlose Alte irrte durch eine der Straßen davon, die nur notdürftig von den Trümmern geräumt waren. »Gib acht auf die Kinder, Michèle . . .!«

Eng umschlungen gingen Mathias und Léa um den Platz herum. Aus einem kleinen Vorgarten strömte ein betörender Rosenduft. Mathias stieß eine hölzerne Pforte auf. Die beiden jungen Leute standen in einer

Laube, die, soweit sie das in der Dunkelheit erkennen konnten, von weißen Rosen umrankt war. Sie setzten sich auf eine breite Bank, auf der einige Kissen zurückgeblieben waren, und atmeten genüßlich die würzige Luft ein.

Wie fern doch der Krieg in diesem Augenblick war ... Sie brauchten nur die Augen zu schließen, und schon glaubten sie in Montillac auf der Bank zu sitzen, deren Stein noch warm von der Nachmittagssonne war und von der aus man auf die Weinberge blickte, den Rücken an die Mauer gelehnt, an der ein altersschwacher Rosenstrauch mit weißen, duftenden Blüten emporrankte. Es verging kein Tag im Sommer, an dem sie nicht an den langen Abenden dort haltgemacht hätten, wenn die untergehende Sonne die alten Steine, die Ziegel der Weinkeller und die braunen Planken des Schuppens mit flüssigem Gold übergoß. Zu dieser Stunde verströmte die Erde einen Frieden, den alle Bewohner auf Montillac tief empfunden hatten.

Mathias drückte Léa fester an sich. In den Armen ihres Freundes aus Kindertagen fühlte Léa sich zum erstenmal seit langer Zeit geborgen. Ihre Gedanken wanderten zu den Spielen im Heu, den Verfolgungsjagden durch das hohe Gras, der Trunkenheit zur Weinlese, den Ausritten durch die Weinberge, den Fahrradfahrten über den Hügel von Saint-Maixant, den Begegnungen im Mondschein, wenn sie die Höhlen von Saint-Macaire erforschten oder nach dem Verlies im Schloß der Herzöge von Epernon bei Cadillac suchten.

Wie sicher die beiden auch jetzt noch waren, das Leben noch vor sich zu haben ... In ihren zerknitterten Kleidern saßen sie auf der Holzbank, den Kopf in den Nacken gelegt, berauscht vom Duft der Rosen. Es schlug zwei Uhr.

»Du solltest ein wenig schlafen, Léa.«

Das Mädchen streckte sich auf der Bank aus und legte den Kopf in den Schoß des Gefährten. Schon nach kurzer Zeit war sie eingeschlafen. Voller Zärtlichkeit beobachtete er lange ihren Schlaf. Ringsumher war alles dunkel.

Camille schreckte aus unruhigem Schlaf hoch und wußte eine Sekunde lang nicht, wo sie sich befand.

Alles war dunkel. Selbst die friedlichen Linden ragten schwarz und drohend über ihr empor. Ihr Kind bewegte sich, bereitete ihr Schmerzen und Freude zugleich. Sie suchte Halt an einem Baumstamm, richtete sich auf und umschloß ihren Bauch mit den Händen.

Zuerst vernahm sie so etwas wie ein fernes Grollen: vielleicht ein Gewitter. Sie lauschte ... Das Gewitter kam näher ... ein dumpfes Dröhnen ... eine Gestalt ließ sich neben ihr zu Boden fallen.

»Madame, Madame, die Flugzeuge ...«

Kaum war Josettes Entsetzensschrei verstummt, als das Grauen begann: ein Bombenhagel schlug unmittelbar neben dem kleinen Platz ein. Der Boden bebte, Ruinen stürzten ein. Detonation folgte auf Detonation, und innerhalb kürzester Zeit schlugen Flammen empor, die die Linden mit einem Schlag in helles Licht tauchten.

Mathias zerrte die Frauen, die zum Wagen gerannt waren, gewaltsam von dort weg und drängte sie zu einer freien Stelle auf dem Platz.

»Das Benzin«, schrie er Léa zu, als diese sich zur Wehr setzte.

»Es sieht so aus, als bombardierten sie die Straße, auf der wir vorhin noch standen«, schluchzte Josette.

In einiger Entfernung gingen die Bombenangriffe weiter. Man konnte das Knattern der Maschinengewehre hören.

»Mein Gott, wo bleibt denn die Flak?« knurrte Mathias. Er konnte nicht wissen, daß es in Orléans keine Flakbatterie mehr gab. Das Dröhnen der Flugzeuge wurde schwächer ... und schwoll abermals an. Im Tiefflug fegte das Geschwader ein weiteres Mal über die Stadt. Ein gewaltiger Lufttorpedo schlug mit einem fürchterlichen Knall ein und zerstörte die letzten noch unbeschädigten Gebäude: eine Werkstatt und das Hotel *Saint-Aignan*. Ein Regen aus Steinen, Eisen und Feuer prasselte auf den langen Flüchtlingszug nieder.

Über den eben noch so stillen Platz rannten Menschen in zerfetzter Kleidung, das Gesicht vor Angst verzerrt, verstörte Frauen, in den Armen kleine Körper mit verdrehten Gliedern, und Wesen ohne Hände, ohne Arme, ohne Gesicht. Ein Geschöpf wie aus einem Alptraum, dem die Explosion die Kleider vom Leib gerissen hatte, hüpfte mit erstaunlicher Geschwindigkeit auf einem Bein vorüber, das auf lächerliche Weise noch mit einem flachen Schuh bekleidet war, während auf der anderen Körperseite nur noch ein blutiger Stumpf vorhanden war, aus dem eine dunkle Flüssigkeit sickerte. Mit schreckgeweiteten Augen, unfähig sich vom Fleck zu rühren, sahen Léa und ihre Freunde den Unglücklichen nach. Ein Feuerwehrauto raste mit heulenden Sirenen an ihnen vorüber und tauchte sie im Vorbeifahren in helles Scheinwerferlicht. Kurz darauf hielt ein kleiner Lastwagen neben ihnen. Ein alter Mann, der einen Stahlhelm aus dem Ersten Weltkrieg trug, stieg aus und fragte: »Jemand verletzt?«

»Nein, alles in Ordnung, danke«, erwiderte Mathias.

»Aber du bist ja Soldat ... du bist jung, komm mit, wir sind alt und nicht mehr sehr kräftig.« Der Mann deutete auf seine Kameraden.

»Geh nicht, Mathias!« schrie Léa und klammerte sich an ihn.

»Das ist aber nicht richtig, was Sie da machen, Fräuleinchen«, brummte der Alte. »Hunderte von armen Menschen sind unter den Trümmern dort verschüttet. Wir müssen ihnen helfen!«

»Er hat recht, Léa, laß ihn gehen«, sagte Camille.

»Und wir, was wird aus uns, wenn wir ganz allein sind?«

»Ihr seid auch jung, kommt mit und helft uns.«

»Das geht nicht, meine Freundin ist krank.«

»Also, dann los! Während wir hier quatschen, müssen andere sterben!«

Mathias zog Léa beiseite. »Das sind Soldaten vom Luftschutz, ich muß ihnen gehorchen. Steigt in den Wagen und versucht die Brücke zu erreichen.«

»Aber wir können dich doch nicht hier zurücklassen!«

»Ich muß meine Pflicht tun, ob an der Front oder hier.«

»Aber wir haben den Krieg verloren!« rief Léa verzweifelt.

»Na und? Ist das ein Grund? Weine jetzt nicht, wir werden uns wiedersehen. Nimm mein Gewehr, man kann nie wissen. Paß auf dich auf, ich liebe dich!«

Niedergeschlagen sahen die drei jungen Frauen zu, wie Mathias sein Marschgepäck aus dem Wagen holte und in den Lieferwagen kletterte, der langsam in Richtung Brandherd davonfuhr.

Die Arme auf die Motorhaube gestützt, den Kopf zwischen ihnen verborgen, brach Léa in Tränen aus.

»Wir müssen weiter, Mademoiselle«, sagte Josette. Sie mußte Camille stützen, deren Gesicht jetzt noch eingefallener wirkte.

»Du hast recht, heulen hilft uns auch nicht weiter«, entgegnete Léa. Sie riß sich den Verband von der Stirn, der sich in der Hitze gelockert hatte. Gemeinsam betteten sie Camille auf den Rücksitz. »Danke«, murmelte sie. »Wo ist die alte Frau geblieben?«

»Die ist schon vor langer Zeit fort, Madame«, erwiderte Josette und deutete mit der Hand zur Feuersbrunst hinüber.

Camille befand sich in einem Dämmerzustand und wimmerte leise vor sich hin. Josette streckte den Kopf zum Fenster hinaus und lotste Léa an den Hindernissen vorbei: Trümmer aller Art, Wasserfontänen aus geplatzten Leitungsrohren, brennende Holzbalken, die von den Dächern stürzten. »Achtung, rechts ist ein großes Loch!«

Léa konnte ihm nicht mehr ausweichen. Die Erschütterung ließ Camille aufschreien und Josette fluchen. Hinter ihnen stürzte ein Haus ein, und Steinbrocken prasselten auf die Karosserie, die sofort von einer dicken Staubschicht überzogen war.

»Ich kann nichts mehr sehen!« schrie Léa.

Sie standen mitten in den zischenden Flammen, die sie von allen Seiten zu umgeben schienen. Vergeblich versuchte Léa, den Scheibenwischer in Gang zu setzen.

»Steig aus«, befahl sie Josette, »und mach die Windschutzscheibe sauber!«

»Nein, Mademoiselle, ich kann nicht, ich habe solche Angst!« schluchzte das Mädchen.

Léa packte sie an den Haaren. »Steig aus, sag' ich, mach schon!«

Faustschläge hagelten auf Josette herab, die nicht einmal den Versuch unternahm, sich zu verteidigen.

»Hör auf, Léa, ich bitte dich, hör auf!« Mit kraftlosen Händen versuchte Camille, ihrer Freundin Einhalt zu gebieten. »Ich werde gehen, gib mir einen Lappen.«

»Du bist ja verrückt, du kannst dich nicht mal auf den Beinen halten. Gib mir eine Decke, wenn du dich nützlich machen willst.« Draußen mußte Léa gegen den Sog des Brandes ankämpfen, aber es gelang ihr, mit der Decke den größten Teil der Scheibe vom Staub zu befreien. Plötzlich hörte sie trotz des tosenden Lärms hinter sich einen Schrei und dann den dumpfen Aufschlag eines Körpers. Abrupt wandte sie sich um, bereit, mit der Decke zuzuschlagen. Ihre Bewegung blieb im Ansatz stecken ... Hinter ihr stand Camille im Schein der Flammen. Ihre Hände umklammerten den Gewehrlauf, ihr starrer Blick war auf den Boden gerichtet. Vor ihren Füßen lag ein Mann mit blutüberströmtem Gesicht. An seiner Seite blinkte die lange Klinge eines Schlachtermessers. Léa bückte sich und rüttelte den Mann, der sich aber nicht mehr rührte. Langsam richtete sie sich wieder auf und starrte die Frau, die ihr das Leben gerettet hatte, an, als sehe sie sie zum erstenmal. Die zartbesaitete Camille hatte, ohne zu zögern, einen Menschen getötet! Woher hatte sie in ihrer Schwäche die Kraft dazu genommen? Behutsam nahm Léa ihr das Gewehr aus den Händen. Als hätte sie nur auf diese Geste gewartet, sank Camille neben dem Toten auf die Knie.

»Mein Gott, ist er tot? Ich konnte nicht anders handeln ... verstehst du? Ich sah, wie er heranschlich, das große Messer in der erhobenen Hand ... Er wollte dich umbringen ... Was dann geschah, weiß ich nicht mehr ...«

»Danke«, sagte Léa mit einer Wärme in der Stimme, die sie selbst überraschte. »Komm, steig ein, wir wollen schnell weg von hier!«

»Aber ich habe einen Menschen getötet!« schrie Camille und biß sich auf die Knöchel ihrer Faust.

»Du hattest keine andere Wahl, komm.«

Ungewöhnlich liebevoll half Léa ihr auf. Vom Wagen aus hatte Josette alles mit angesehen. Mit offenem Mund saß sie da und verzog keine Miene.

»Entweder helfen Sie mir jetzt, oder ich bringe Sie auch um!« herrschte Léa sie an. Wie ein willenloser Automat stieg das Mädchen aus dem Wagen. »Beeilen Sie sich!«

Kaum hatten sie Camille auf die Rückbank gebettet, als sie auch schon das Bewußtsein verlor.

»Kümmern Sie sich um sie. Was ist denn los? Steigen Sie schon ein!«

Mit aufgerissenen Augen starrte Josette zu Boden.

»Mademoiselle . . . er ist nicht tot!« hauchte sie.

Tatsächlich: der Mann richtete sich auf, schwenkte sein Messer hin und her und stieß schwerfällig hervor: »Miststücke! . . . das habt ihr euch so gedacht, was . . . ihr kleinen Huren . . . ich werde euch aufschlitzen . . .«

»Schnell, steig ein!«

Josette verschwand im Wageninneren. Im gleichen Moment trat Léa ganz ruhig ein paar Schritte zurück, lud das Gewehr durch, wie Mathias es ihr gezeigt hatte, brachte es in Anschlag, trat noch einen Schritt zurück und drückte ab.

Sie hatte das Gefühl, der Rückstoß zerschmettere ihre Schulter. Der Mann vor ihr erstarrte einen Augenblick, während sein Gesicht, in dem ein großes Loch klaffte, Erstaunen auszudrücken schien; gleich darauf fiel er, noch immer mit erhobenem Arm, hintüber.

Léa stand wie versteinert da; das Gewehr an sich gepreßt, starrte sie auf den Toten vor ihr.

Eine glühende Hand legte sich auf die ihre. Camille . . . was machte sie denn hier? Konnte sie nicht ruhig im Wagen liegenbleiben? Ich habe weiß Gott schon genug Sorgen, selbst wenn ich nicht unentwegt auf Laurent d'Argilats Frau aufzupassen hätte. Laurent ... bestimmt war er jetzt schon tot, an der Front geht es gewiß noch schlimmer zu als hier. Nur – er ist ein Mann, ein Soldat, er hat ein Gewehr. Ein Gewehr ... Aber ich habe ja auch eines! Habe ich nicht eben einen Menschen getötet? ... Peng! ... Mit einem einzigen Schuß. Vater wäre stolz auf meine Schießkünste ... Hat er mir nicht das Schießen beigebracht, auf der Jagd und auf den Volksfesten im Dorf? Bestimmt wäre er stolz auf seine Tochter ...

»Léa ...«

So etwas kann man mit mir, der Tochter von Pierre Delmas, nicht machen: das hat er nun davon, dieser Schweinehund mit seinem zermatschten Kopf! Haha, jetzt schaut er ganz schön dumm aus der Wäsche!

»Komm, Léa, komm beruhige dich, es ist vorbei, wir müssen weiter.«

Oh, diese Nervensäge! Unmöglich, sich zu amüsieren, wenn Camille in der Nähe ist. Weiter? Natürlich müssen wir weiter, aber wohin?

Ringsum brannte alles lichterloh, und es war merkwürdig schwül. Mit der staubbedeckten Hand wischte Léa sich den Schweiß fort, der ihr über die Augen rann und in ihrer Wunde brannte. Eine plötzliche Übelkeit ergriff sie. Auf Camille und das Gewehr gestützt, erbrach sie sich.

»Geht es jetzt besser?«

Ein Knurren war Léas Antwort. Ja, jetzt ging es ihr besser, aber hier durften sie keine Sekunde länger bleiben.

»Diesmal ist er wirklich tot«, sagte Josette, nachdem die beiden jungen Frauen im Wagen Platz genommen hatten. Das war die ganze Leichenrede, die für den armen Kerl gehalten wurde.

Bei Tagesanbruch fanden sie sich an der Place Dunois wieder. Hier waren die Gebäude unbeschädigt geblieben und ein Notlazarett eingerichtet worden. Auf dem Boden lagen Dutzende von Verwundeten. Nonnen mit blutbefleckten Gewändern eilten zwischen ihnen hin und her.

Léa sprang aus dem Wagen. »Wo finde ich einen Arzt, Schwester?«

Eine graue Strähne rutschte unter der Haube hervor, als die Nonne sich mühsam aufrichtete.

»Es ist keiner mehr da, mein Kind. Nur wir und unsere Mutter Oberin sind noch zurückgeblieben. Wir warten auf die Krankenwagen, damit wir die Verletzten ins Sonis-Hospital oder ins Stadtkrankenhaus bringen können.«

»Wo ist das?«

»Ich weiß es nicht, wir sind aus Etampes.«

Ratlos blickte Léa sich um. Camille war – zum Glück – ohnmächtig geworden, sie konnte weder etwas sehen noch hören. Léa hielt einen jungen Feuerwehrmann an; der aber rannte an ihr vorbei.

»Ach bitte, wo geht's zur Brücke?«

Der Mann war fast noch ein Kind. »Die Brücken? Die werden gesprengt. Sie kommen sowieso nicht hin. Man braucht Stunden, um vom Martroi in die Avenue Dauphine auf der anderen Seite des Pont Royal zu gelangen. Für Sie wäre der Pont du Maréchal-Joffre das beste.«

»Und wie kommt man dahin?«

»Normalerweise durch die Rue de Coulmiers oder besser noch durch die Rue Maréchal-Foch. Dann über den Boulevard Rocheplatte und von dort eine der Straßen hinunter.«

Er ließ sie stehen und hastete weiter.

Wie lange schon mochte sie durch dieses Viertel von

Orléans gefahren sein? Immer vor, zurück, im Zickzack und alle paar Meter zum Anhalten gezwungen, weil Trümmer den Weg versperrten oder das Militär Stacheldrahtsperren errichtet hatte. Und Camille war noch immer ohne Bewußtsein. Léas Nacken, Schultern und Arm schmerzten, die Stirnwunde machte ihr zu schaffen, und dazu diese Hitze ...«

Seit dem plötzlichen Ende des Unbekannten mit dem Messer war Josette sehr still geworden. Ab und an warf sie der Fahrerin einen bewundernden und zugleich furchtsamen Blick zu, war ihr dabei aber nach Kräften behilflich und weigerte sich nicht mehr auszusteigen, um einen Balken, ein Möbelstück oder sonstige Hindernisse mit ihren kräftigen Armen aus dem Weg zu räumen. Léas unerschrockenes Handeln hatte sie beruhigt.

»Ich habe Hunger, Mademoiselle.«

Sie hatten zwar seit Stunden nichts mehr gegessen, aber wie konnte man nur unter solchen Umständen hungrig sein?

Sie gelangten in die Rue de la Porte Saint-Jean, in der sich verängstigte Menschen drängten. Nach der Überquerung des Boulevard Rocheplatte hatten sie sich von neuem in den Flüchtlingsstrom eingereiht, in einen unglaublichen Wirrwarr von Pferden, Kinderwagen, Ambulanzen, abgerissenen Soldaten, betrunkenen Männern mit Leichengesichtern, Greisen auf den Schultern sich Erbarmender, herumgestoßenen Kindern, die sich verlaufen hatten und nach ihren Müttern brüllten. Selbst wenn Léa den Motor abgestellt hätte, wäre der Wagen von der Menge weitergeschoben worden. Endlich schlug Camille die Augen auf, schloß sie jedoch sogleich wieder.

»O nein, jetzt reicht's aber!« schrie Léa, die einen neuerlichen Ohnmachtsanfall befürchtete.

Unter Aufbietung all ihrer Kräfte gelang es Camille, die Augen noch einmal zu öffnen.

»Geben Sie mir bitte meine Tropfen und einen Schluck Wasser, Josette.« Nichts schien ihr so köstlich wie das inzwischen lauwarme Wasser aus der Thermosflasche. »Noch ein bißchen«, bat sie mit begieriger Stimme.

Als die den Becher zum Mund führen wollte, kreuzte ihr Blick den eines kleinen Jungen, der neben dem Wagen ging: er war bleich, seine Züge waren angespannt, und unaufhörlich leckte er mit der Zunge über seine rissigen Lippen.

»Hier, nimm«, sagte Camille und reichte ihm den Becher durch das geöffnete Fenster.

Ohne ein Wort des Dankes nahm er ihn entgegen, trank gierig daraus und reichte ihn weiter an eine junge Frau in einem schwarzen Kostüm, das sicher einmal sehr elegant gewesen war. Die Frau trank nicht selbst, sondern flößte das Wasser einem hübschen kleinen Mädchen von vier oder fünf Jahren ein.

»Danke, Madame«, sagte die Mutter.

Camille öffnete den Wagenschlag. »Steigen Sie ein.«

Die Frau zauderte einen Augenblick, dann schob sie ihre Kinder vor sowie eine sehr würdevolle alte Dame mit beeindruckend weißem Haar und einem schwarzen Strohhut.

»Meine Mutter . . .«

Zuletzt stieg sie selbst ein.

»Camille, du bist verrückt, sag den Leuten, sie sollen wieder aussteigen!«

»Ich bitte dich, sei still, Léa! Der Wagen ist nur zur Hälfte besetzt. Es ist ein Wunder, daß man ihn uns nicht schon längst abgenommen hat. Jetzt sind alle Plätze belegt, und wir haben unsere Reisegefährten selbst ausgesucht.«

Léa mußte einsehen, daß Camille recht hatte, und schwieg.

»Vielen Dank, meine Damen, danke. Mein Name ist Le Ménestrel. Unser Wagen hatte bei Pithiviers eine Panne. Ein paar freundliche Leute haben sich wegen ihres hohen Alters meiner Mutter erbarmt und ihr einen Platz in ihrem Fahrzeug angeboten, das aber auch schon voll besetzt war. Ich lief mit den Kindern nebenher. Aber leider blieb auch dieses Auto liegen.«

»Was hat Sie denn in diesen Teil von Orléans verschlagen, wenn Sie aus Pithiviers kommen?« fragte Josette mißtrauisch, die Straßenkarte auf ihren Knien.

»Ich weiß es nicht. Französische Soldaten haben uns nach Les Aubrais geleitet, mehr weiß ich nicht. Bei diesem fürchterlichen nächtlichen Bombenangriff haben wir dann unsere neuen Freunde verloren.«

Camille ließ den Proviant verteilen. Heißhungrig verschlangen sie das trockene Brot. Die Kinder teilten sich die wenigen Äpfel, die noch da waren. Kurz darauf nickten die alte Dame und das kleine Mädchen ein.

Ein schwerer, mit Aktenordnern und Büromaterial vollgepfropfter Lastkraftwagen, auf dessen Dach einige Jungen geklettert waren, mußte anhalten. An allen Ekken und Enden quoll Rauch aus ihm hervor. Er wollte nicht mehr anspringen. Schreie und Verwünschungen wurden laut. Da öffnete sich zum Glück eine hohe Toreinfahrt, in die einige freiwillige Helfer den Wagen hineinschoben. In diesem Augenblick tauchten die Tiefflieger wieder auf. Schreiend versuchte die Menge, der Falle der engen Straße zu entkommen.

»Vorwärts ... Aus dem Weg! ... Laßt mich durch ... Hau ab, du Schlampe! ... Saukerl ... Vorsicht, die Kinder! ... Papa ... Mama! ...

Oben am Himmel tobten sich die Flieger nach Herzenslust aus. Sie machten Loopings, flogen ein Stück auf dem Rücken, kehrten zurück und warfen bei jedem neuen Anflug ihre tödliche Ladung ab. Ein dichter Bombenteppich fiel über die Rue Royale, die Rue de Bougogne, die Place Saint-Croix und die Loire. Ein paar Schritte weiter, in der Rue du Cheval-Rouge, wurde ein Artilleriekonvoi vernichtet. Die Mörder am Himmel leisteten ganze Arbeit.

Ein Jugendlicher, dem ein Arm abgerissen worden war, wurde auf die Motorhaube geschleudert, Blut spritzte auf die Windschutzscheibe; er sprang auf und rannte davon, während er nach seiner Mutter rief. Fünf oder sechs Menschen wurden von Maschinengewehrgarben niedergemäht. Einer von ihnen starrte verblüfft auf seine Eingeweide, die aus seinem aufgeschlitzten Bauch quollen. Madame Le Ménestrel preßte die Köpfe ihrer Kinder an ihre Brust, um ihnen den grauenvollen Anblick zu ersparen. Die Großmutter hielt die Augen geschlossen und betete.

Neben ihrer Angst empfanden Camille und Léa ohnmächtige Wut. Wenige Meter vor ihnen ging ein Auto in Flammen auf. Mit brennenden Kleidern und Haaren stürzten die Insassen aus dem Fahrzeug. Sie schrien gellend. Einer wurde von einem scheuenden Pferd zu Boden gerissen, das vor einen Karren gespannt war und alles zermalmte, was sich ihm entgegenstellte. Der Unglückliche brüllte auf, als ihm das Rad beide Beine brach. Er versuchte sich aufzurichten, aber die Flammen hatten ihn rasch eingeholt, und bald war sein Gebrüll verstummt. Nach kurzer Zeit war nichts als eine unförmige Masse von ihm übriggeblieben.

»Ich will nicht so sterben!« brüllte Josette und riß den Wagenschlag auf.

»Nicht!« schrien Camille und Léa wie aus einem Munde.

Josette hörte nicht. In panischer Angst hetzte sie zwischen den Leichen hindurch, trat in Blutlachen, stürzte, rappelte sich wieder hoch und suchte nach einem Fluchtweg.

Da die Straße abschüssig war, kam es Léa so vor, als komme das Flugzeug ihr von unten entgegen. Die Linie der von der Fahrbahn hochspritzenden Kugeln eilte ihm voraus. Wer noch am Leben war, preßte sich flach gegen den Boden; nur Josette stand aufrecht inmitten des Blutbades rings um sie her und starrte wie gelähmt auf die Perlenschnur des Todes, die über sie niederfiel.

Camille öffnete den Mund zu einem stummen Schrei. Dann sackte sie zusammen; ihr Kopf fiel gegen die Schulter von Madame Le Ménestrel.

Durch die Wucht der Kugeln wurde Josette nach hinten geschleudert; mit ausgebreiteten Armen und hochgerutschtem Rock fiel sie zu Boden. Léa stürzte aus dem Auto und rannte zu ihr. Josette lag da mit geweiteten Augen und lächelte, als sei im Augenblick des Todes jegliche Angst von ihr gewichen. Aus ihrer zerfetzten Kehle quoll pulsierendes Blut. Léa durchwühlte ihre Taschen nach einem Taschentuch, um den Blutstrom zu stoppen. Da sie keines fand, riß sie sich die Bluse herunter und preßte sie auf die tiefe Wunde. Aber jede Hilfe kam zu spät, denn Josette war tot.

Es ist allein meine Schuld! Hätte ich sie nach Hause zu ihren Eltern fahren lassen, wäre sie noch am Leben ... das arme Mädchen, sie war so alt wie ich ... Zärtlich strich Léa über das blonde, blutverschmierte Haar und sprach auf die Tote ein, so wie einst ihre Mutter zu ihr gesprochen hatte, wenn ihr das Herz schwer war vor Kummer: »Jetzt brauchst du keine Angst mehr zu haben ... es ist vorbei ... ist ja gut jetzt ... schlaf ein ...«

Sanft drückte sie ihr die Augen zu. Dann schleppte sie die Tote von der Straße fort und lehnte sie an einen Hauseingang.

Keine Sirene signalisierte das Ende des Angriffs, denn es war niemand mehr da, um sie in Betrieb zu setzen. Nach und nach wagten die Überlebenden aufzustehen. Fassungslos betrachteten sie die grauenvolle Szenerie: ausgebrannte Gerippe von Fahrzeugen und Kinderwagen, verbogene oder rußgeschwärzte Fahrräder, verstümmelte oder verbrannte Leichen, herumirrende entsetzensstumme Kinder, wehklagende Mütter, die sich die Haare rauften, Männer, die die tote Ehefrau oder Mutter in den Armen trugen, Frauen, die sich mit blutigen Händen und zerrissenen Kleidern sinnlos im Kreise drehten, Verwundete, die um Hilfe riefen ...

»Schnell, wir müssen die Straße räumen, um den Weg zur Brücke frei zu machen«, befahl ein dicker Mann mit der Rosette der Ehrenlegion am Revers.

Léa packte sofort mit an, und Madame Le Ménestrel folgte ihr.

»Gehen Sie zurück, nehmen Sie das Gewehr, und passen Sie auf, daß man uns nicht den Wagen stiehlt.«

»Sie können sich auf mich verlassen!«

Stunde um Stunde schleppte Léa tote Körper, Schutt und Trümmer aller Art. Schon bald war sie mit einer dicken Schicht aus Blut und Schmutz bedeckt. Soldaten – Überlebende der 7. Armee – waren inzwischen den Rettungsmannschaften zur Hilfe gekommen.

»Ich glaub', ich seh' nicht richtig! Ist das nicht Mademoiselle Delmas höchstpersönlich?«

Auf der ganzen Welt gab es nur einen einzigen Menschen, der es in einer solchen Situation noch fertigbrachte, so zu spotten.

›François!« Mit einem Aufschrei stürzte sie in seine Arme. Vor ihr stand ein schmutzverkrusteter, bärtiger Tavernier in Uniform. »Oh, François! Sie hier . . . Bringen Sie mich schnell von hier fort . . . Wenn Sie wüßten . . .«

»Ich weiß, Kleines, ich weiß. Wo ist Madame d'Argilat?«

»Drüben im Wagen.«

»Wie geht es ihr?«

»Nicht besonders! – Und Josette ist tot.«

Als sie sich dem Auto näherten, richtete Madame Le Ménestrel die Waffe auf sie, weil sie Léa nicht sofort erkannte.

»Bleiben Sie stehen!«

»Ich bin's, Madame, und das ist ein Freund, der uns helfen wird.«

»Verzeihen Sie! Vorhin waren zwei gräßliche Männer hier und wollten uns den Wagen wegnehmen. Sie gingen erst, als sie begriffen, daß ich wirklich abdrücken würde. Aber sie drohten mir an, Verstärkung zu holen und wiederzukommen. Es ist entsetzlich: Sie nehmen den Toten Geld und Schmuck ab.«

Es war bereits dunkel, als es François gelang, das schwere Tor einer Einfahrt zu öffnen. Léa saß am Steuer und fuhr den Wagen in einen großen Hof, in dem eine gewaltige Platane stand. François verriegelte das Tor mit einer Eisenstange. Abgesehen von den zerbrochenen Fensterscheiben schien das Haus unbeschädigt.

»Ich will nachsehen, ob wir hineinkönnen«, erbot sich Madame Le Ménestrel, nachdem sie ihrer Mutter beim Aussteigen geholfen hatte.

»Ihr bleibt bei eurer Großmutter, Kinder.«

François und Léa trugen Camille aus dem Wagen. Sie

war noch immer ohne Bewußtsein. Ihr Atem ging schwach und stoßweise.

»Ich habe die Tür aufbekommen. Wir können Ihre Freundin drinnen hinlegen. Seht mal nach, Kinder, ob ihr Kerzen findet!«

Bruder und Schwester rannten die Außentreppe hinauf. Camille wurde in einem Zimmer im Erdgeschoß untergebracht.

»Ich werde mich um sie kümmern«, sagte Madame Le Ménestrel zu Léa, »besorgen Sie mir etwas Wasser.«

Es gab kein Wasser mehr, weder in der Küche noch im Badezimmer. In einem Winkel des Hofes entdeckte François Tavernier einen Brunnenschacht. Das Scheppern des leeren Eimers an den Felswänden erinnerte Léa an den Brunnen von Montillac. Wie weit lag diese Zeit zurück! Würde sie ihr Elternhaus je wiedersehen? Die neuerlich einsetzenden Bombenangriffe, diesmal zum Glück auf ein anderes Stadtviertel, kamen ihr wie eine Antwort vor.

François schleppte mehrere Eimer Wasser ins Haus. Das Kinn in die Hände gestützt, sah Léa ihm von den Treppenstufen aus zu.

»So, jetzt können die Damen sich waschen. Und gleich sind wir selbst an der Reihe.«

Er holte einen weiteren Eimer Wasser herauf, stellte ihn auf dem Brunnenrand ab und begann sich zu entkleiden. Bald war er nackt.

Léa ließ die Augen nicht von ihm und fand ihn schön, diesen breiten, gebräunten Oberkörper, der in der klaren Nacht schweißnaß glänzte, die schmalen Hüften, die langen, behaarten Schenkel und das blasse Glied inmitten dichter brauner Haare.

»Na, worauf warten Sie denn? Nun ziehen Sie schon Ihre Lumpen aus, Sie sind ja zum Fürchten schmutzig!«

Léa gehorchte. Sie streifte den dreckigen Rock ab, das zerfetzte Unterkleid und den Schlüpfer.

»Zuerst kommt es einem ein bißchen kalt vor, aber dann ist es herrlich, Sie werden schon sehen. Ich hab' ein Stück Lavendelseife und Handtücher gefunden.«

Er goß ihr Wasser über den Kopf und den Rücken. Unwillkürlich schrie sie auf, so eisig schien ihr die Dusche. François seifte sie ein und rubbelte sie so kräftig ab, als wolle er sogar die Erinnerung an das Blut, das sie besudelt hatte, entfernen. Dann ließ er sie schaumbedeckt stehen, schüttete sich den Rest Wasser über den Leib und reichte ihr die Seife.

»Sie sind dran.«

Nie hätte sie es für möglich gehalten, daß der Körper eines Mannes eine so große Oberfläche haben und seine Muskeln so stählern sein konnten. Ihre kleinen unbeholfenen Hände entlockten ihm ein wohliges Brummen. Sie kauerte vor ihm nieder, um seine Beine einzuseifen.

»Ich habe immer davon geträumt, Sie eines Tages so vor mir zu sehen.«

Léa erwiderte nichts. Sie rieb seine Schenkel, seine Waden ab.

Er griff unter ihre Arme und zog sie hoch. »Hören Sie auf, das stimmt gar nicht. Ich mag Sie stolz und eigensinnig.«

Er zog sie an sich, und ihre mit Seifenschaum bedeckten Körper glitten aufeinander zu. Ihre Lippen suchten sich.

Nach kurzer Pause hatten die Luftangriffe wieder eingesetzt. Als ob ihr Verlangen ihnen sicheren Schutz gewährte, verharrten sie unbeweglich und rührten sich auch nicht, als ganz in der Nähe eine Bombe einschlug und ein Feuer entfachte, dessen flackernder Widerschein sich auf ihren Körpern abzeichnete.

»Lieben Sie mich«, flüsterte sie. »Ich will nicht sterben, ohne geliebt worden zu sein.«

François hüllte sie in ein Badetuch, nahm sie auf seine Arme und trug sie ins Haus. Er stieg die Treppe hinauf in den ersten Stock, betrat eines der Zimmer und legte sie auf ein großes Bett, über dem ein Kruzifix hing.

»Dafür, daß er dich in meine Arme führte, könnte ich diesen Krieg preisen«, murmelte er und drang behutsam in sie ein.

Léa empfand in ihrer grenzenlosen Begierde keinen Schmerz, sondern nur ein immer stärker werdendes Verlangen. Als die Lust sie überwältigte, schrie sie laut auf. François legte ihr die Hand auf den Mund, um ihre Schreie zu ersticken. Als er sich zurückzog, stöhnte sie. Wenig später schlief sie ein, noch immer am ganzen Körper bebend.

François Tavernier konnte nicht umhin, sich einzugestehen, daß er dieses Mädchen liebte. Aber sie, liebte sie ihn auch? Er wußte, daß das, was soeben geschehen war, nicht zählte. Unter den gegebenen Umständen hätte Léa mit jedem beliebigen Mann geschlafen, sofern er nicht gerade abstoßend war. François kannte die Frauen gut genug, um zu wissen, daß allein vorausgegangene Ereignisse und ihr Lebenshunger sie in seine Arme getrieben hatten, und dieser Gedanke deprimierte ihn.

Die Sonne stand bereits hoch am Himmel, als Léa vom Klirren eines Löffels in einer Tasse erwachte. François beugte sich über sie. Er war frisch rasiert, sein Haar war noch feucht, und er trug eine verschmutzte Uniformhose. »Es ist spät, kleine Langschläferin, Sie müssen aufstehen. Ich habe Tee und Gebäck aufgetrieben und Ihnen ein anständiges Frühstück zubereitet.«

Was mache ich denn in diesem Bett, dachte sie, nackt, in Gesellschaft eines Mannes, der nicht Laurent ist? Plötzlich fiel ihr alles wieder ein, und ihr Gesicht lief dunkelrot an.

»Sie brauchen nicht rot zu werden, es war wunderbar! Ich habe Ihnen den Koffer heraufgebracht – ich nehme jedenfalls an, daß es der Ihre ist. So, und jetzt lasse ich Sie allein, dann können Sie sich anziehen und frühstücken.«

Léa machte sich schwere Vorwürfe. Was war bloß mit ihr los? Ich habe Laurent betrogen und mich wie eine läufige Hündin benommen – und es genossen ... Bei diesem Gedanken durchlief sie ein Zittern. Das also war die Liebe, dieser Taumel, der jede Zelle des Körpers mitreißt, dieses Wunder, das einen alles vergessen läßt, selbst diesen schrecklichen Krieg? Noch einmal sah sie die grauenhaften Ereignisse des vergangenen Tages vor sich. Josette war tot. Und Camille? Was war mit Camille, die Laurent ihr anvertraut hatte?

Mit einem Satz war Léa aus dem Bett. Abermals errötete sie, als ihr Blick auf das zerknautschte Laken mit dem Blutfleck fiel. Sie packte es und warf es in die hinterste Ecke eines Schrankes. Ihr Magen krampfte sich zusammen und erinnerte sie daran, daß sie seit Stunden nichts mehr gegessen hatte. Ohne sich Zeit zu nehmen, sich anzukleiden, stürzte sie sich auf das Gebäck und den Tee, den ihr Liebhaber für sie aufgebrüht hatte. Die Fensterläden standen offen. Léa schaute hinaus und sah, wie François Tavernier draußen im Hof das Benzin aus den Kanistern, die der Fahrer umsichtigerweise im Kofferraum verstaut hatte, in den Tank des Wagens füllte. Die Kinder jagten lachend hintereinander her, während ihre Großmutter mit sorgfältig zu einem Knoten frisiertem Haar in einem Korbsessel saß und ihnen gerührt zusah. Daneben saß Camille; sie lächelte. Madame Le Ménestrel trug Pakete vom Haus zum Wagen.

Das Wetter war schön. An diesem Sonntag, dem 16. Juni 1940, herrschte in diesem Hof in Orléans eine Stimmung wie beim Aufbruch in die Ferien. Aber da heulten in der Ferne, vermutlich am anderen Ufer der Loire, die Sirenen auf, und wenig später kamen die Flugzeuge.

»Beeilen Sie sich, sie bombardieren die Brücken. Wenn die getroffen werden, können wir nicht mehr hinüber«, rief François, als er ins Zimmer stürmte.

Ohne sich darum zu kümmern, daß sie nackt war, öffnete Léa ihren Koffer und nahm einen Schlüpfer, ein Hemdblusenkleid aus blauem Leinen und weiße Ledersandaletten heraus.

»Hier, den können Sie wieder runterbringen«, kommandierte sie, nachdem sie den Koffer zugeklappt hatte.

Ohne François weiter zu beachten, kleidete sie sich an. Starr und bleich vor Wut sah er ihr zu. Plötzlich packte er sie am Arm und zog sie an sich.

»Ich mag es nicht, wenn man in diesem Ton mit mir spricht.«

»Lassen Sie mich los!«

»Nein, erst werde ich Ihnen noch etwas sagen, Sie störrisches Biest: eines Tages werden Sie mich anflehen, Sie zu lieben ...«

»Niemals!«

Waren sie seit der Abfahrt überhaupt ein Stück vorwärtsgekommen? Ringsumher herrschte nichts als Panik.

»Schnell, schnell, die Deutschen kommen, die Brükken werden gesprengt!«

Die Hitze war ebenso drückend wie tags zuvor. Endlich erreichten sie den Quai Barentin. Pioniertruppen, die den Pont Joffre bewachten, bemühten sich, die Menschenmenge in eine bestimmte Richtung zu lenken und die verminte Brücke zu sperren, sobald sie den Befehl zur Sprengung erhielten. Ihre lächerlich geringe Zahl ließ ihnen jedoch wenig Hoffnung, daß es ihnen gelingen würde, den gewaltigen Menschenstrom aufzuhalten. Für die Überquerung der Brücke benötigte man eine halbe Stunde.

Und wieder kehrten die Bomber zurück. Ein Teil der Flüchtenden warf sich zu Boden, andere wiederum schoben, drängelten, rannten die vor ihnen Laufenden um, nur um ein paar Meter zu gewinnen. Bomben fielen ins Wasser, Schlammfontänen regneten auf die zwölf Brückenbögen herab und übergossen die Menschenmassen, die sich darüber wälzten. Auf dem Quai schlug eine Granate ein und ließ einen Teil der Fahrbahn in die Loire rutschen; Autos, Fahrräder und Fußgänger wurden von einem Schwall aus Geröll und Sand mit in die Tiefe gerissen. Es war ein Sturz in die Hölle. Dreimal kehrten die Bomber zurück, konnten aber weder den Pont Royal noch den Pont Joffre treffen. Statt dessen nahmen sie jene unter Beschuß, die diese Brücken zu überqueren versuchten. Um den Kugeln zu entgehen, kletterte eine Frau über die Brüstung und stürzte sich in die Tiefe, an einer Stelle, an der der Fluß fast kein Wasser führte ... Ein Wagen, dessen Fahrer hinter dem Steuer tödlich getroffen wurde, blieb jäh stehen. Zwei Dutzend Besessene hoben das Auto unter gewaltigem »Hau-ruck«-Gebrüll an und kippten es, ohne Rücksicht auf seine Insassen, in die Loire. Unter dem Getrampel Hunderter von Füßen starben Verwundete; man watete in einem widerlichen Brei.

Endlich zogen die Flugzeuge ab.

»Übernehmen Sie das Steuer«, sagte François zu Léa. »Ich werde versuchen, mit dem Kommandeur zu sprechen.«

»Sie können uns doch hier nicht allein lassen!«

Ohne eine Antwort stieg François Tavernier aus und bahnte sich einen Weg zu den Wachsoldaten.

»Marchand!«

»Tavernier!«

»Was machst du denn hier in dieser Hölle?«

»Das ist eine zu lange Geschichte. Ist es wahr, daß die Brücken gesprengt werden sollen?«

»Das hätte schon längst geschehen müssen. Gestern standen die Deutschen in Pithiviers und in Etampes; sie können jetzt nicht mehr weit von Orléans sein. Ich habe nicht einmal die nötige Menge Sprengstoff bekommen und mußte sie obendrein auf die beiden Brücken aufteilen. Wenn ich das gewußt hätte, hätte ich nicht siebenhundertundfünfzig Kilo unter der Eisenbahnbrücke in die Luft gejagt.«

»Herr Oberleutnant, Herr Oberleutnant«, schrie ein junger Soldat, der mit dem Fernglas in der Hand auf einem Spähwagen stand, »ich glaube, ich hab' einen deutschen Panzer auf dem Quai du Châtelet entdeckt!«

»Großer Gott!« entfuhr es Marchand. Er sprang auf das Fahrzeug und riß dem Soldaten den Feldstecher aus der Hand. »Scheiße, sie steuern auf den Pont Georges V. zu. Geben Sie das Signal zum Zünden. Schnell, verdammt noch mal, schnell, die *boches* sind auf der Brücke!«

Mit schweißbedeckter Stirn verfolgte Albert Marchand durch den Feldstecher die drei vorrückenden Panzerwagen, deren Tempo durch den Flüchtlingsstrom verlangsamt wurde. Die Deutschen eröffneten das Feuer auf die Handvoll Wachsoldaten. Sie hatten etwa die

Mitte der Brücke erreicht, als eine Reihe von Explosionen und dann ein gewaltiges Krachen zu hören war: einer der Brückenbogen auf der Nordseite stürzte in den Fluß und riß alles, was sich auf der Fahrbahn befand, mit in die Tiefe. Ein paar Sekunden lang konnte man überhaupt nichts mehr erkennen. Es war 15 Uhr 30.

Als die Staub- und Rauchwolken sich aufgelöst hatten, schrie Marchand, das Fernglas noch immer an die Augen gepreßt: »Großer Gott, sie sind drüben, sie fahren auf Sully zu!« Mit bestürzter Miene glitt er vom Wagen herunter.

»Halten Sie die Leute zurück, wir müssen den Pont Joffre sprengen.«

»Aber, Herr Oberleutnant, wer jetzt auf der Brücke ist, schafft es nicht mehr bis ans andere Ufer!«

»Ich weiß, mein Lieber, aber wir haben keine andere Wahl. Beziehen Sie Stellung und zögern Sie nicht, von der Waffe Gebrauch zu machen.«

Die sechzehn Soldaten setzten sich in Bewegung und drängten die Fußgänger zurück.

»Macht Platz, Platz da, die Brücke wird gesprengt.«

Die Menge, die mit angesehen hatte, wie ein Teil des Pont Royal eingestürzt war, blieb stehen. Einige gaben die Weisung weiter. »Ein Grund mehr, sich zu beeilen!« brüllte ein Wahnsinniger und stürmte auf die Absperrung der Soldaten zu. Ein Schuß fiel, und der Mann sackte in sich zusammen. Fassungsloses Staunen ergriff die Umstehenden: Französische Soldaten zielten auf ihre eigenen Landsleute. Aber die Menge drängte immer stärker nach. Bald gaben die vordersten Reihen nach. Ein kleines Auto schoß nach vorne und fuhr zwei alte Leute um, die in das Niemandsland zwischen den Soldaten und der Brücke geschleudert wurden. Der Wagen fuhr unaufhaltsam weiter und begrub einen der Soldaten unter sich. Das war wie ein Signal: die Menge setzte sich in Bewegung, ein, zwei, drei Schüsse peitschten auf, verfehlten aber ihr Ziel. Gleich darauf waren die Soldaten verschwunden, von der Masse uberrollt.

Sofort nach der Detonation auf dem Pont Royal hatte François Tavernier sich eilig auf die Suche nach dem Fahrzeug gemacht, das seinen kostbarsten Besitz barg. Auf dem Quai Barentin war es nicht mehr. Mit Fäusten und Ellbogen kämpfte er sich zur Brücke vor. Dort war der Wagen: er kam nur so langsam voran wie ein Spaziergänger, der alle Zeit der Welt hat.

Léa war außer sich vor Freude, als sie Tavernier entdeckte. »Gott sei Dank, da sind Sie ja! Ich dachte schon, Sie hätten uns im Stich gelassen.«

François nahm Léas Platz hinter dem Steuer ein.

»Die Brücke wird gesprengt«, flüsterte er ihr zur.

»Oh . . .«

»Pst! Kein Grund, die anderen verrückt zu machen; wir werden versuchen, uns durchzuschlängeln.«

Neben dem Auto marschierte ein Soldat.

»Die Brücke wird gesprengt! Geben Sie das einigen Leuten weiter, die Sie für zuverlässig halten. Sie sollen versuchen, die Menschen anzutreiben, ohne daß es zu einer Panik kommt.«

Verständnislos blickte der Soldat ihn an. Sein dreckverkrustetes, vor Erschöpfung angespanntes Gesicht zeigte keinerlei Regung. Stumpfsinnig setzte er einen Fuß vor den anderen, wie ein Herdentier. Doch plötzlich stieß er einen Schrei aus und rannte die vor ihm Gehenden um:

»Die Brücke wird gesprengt, die Brücke wird gesprengt!«

Als hätte ein Peitschenhieb sie getroffen, machte die Menge einen Satz nach vorn. Etwa zehn Meter trennten sie vom linken Loireufer. Wie Tiere beim ersten Anzeichen eines Erdbebens kämpften sie gegeneinander, stießen die Schwächsten zurück und verloren jedes Gefühl für Menschenwürde. Wer stolperte, war verloren; er wurde zu Tode getrampelt.

Dann folgte eine Reihe von Detonationen. Mit fürchterlichem Getöse stürzte auch die zweite Brücke ein.

Seit dem Einsturz des Pont Royal war erst eine halbe Stunde vergangen.

Léa und François standen neben dem Wagen und starrten auf das Desaster. Es gelang ihnen nicht, den Blick von dem Bild des Grauens zu lösen. Wie viele mochten es gewesen sein auf der Brücke? Dreihundert, fünfhundert, achthundert, mehr? Im Flußbett versuchten vereinzelte Überlebende die bizarren ineinander verkeilten Berge von Toten, Eisenteilen und Felsbrocken zu erklimmen. Verletzte waren auf die Brückenpfeiler geschleudert worden und schrien um Hilfe, andere ertranken im tiefen Wasser der Loire. Auf der Motorhaube eines brennenden Wagens verkohlte die Leiche eines Kleinkindes.

»Nichts wie fort von hier«, knurrte François Tavernier und schob Léa ins Auto. Schwärzlicher Qualm stieg unten aus dem Fluß empor.

Zwischen Trümmern hindurch bog der Wagen in die Avenue de Candalle ein. Von Saint-Marceau aus feuerten französische Maschinengewehre in Richtung Quai de Prague und Quai des Grands-Augustins. Kurz vor Notre-Dame-du-Val bat Camille, aussteigen zu dürfen.

»Das ist wohl kaum der rechte Moment«, stöhnte Léa.

»Bitte, ich muß mich übergeben!«

François Tavernier hielt an. Schwankend entfernte sich die junge Frau.

»Ich werde ihr helfen«, sagte Madame Le Ménestrel und stieg ebenfalls aus.

»Danke«, murmelte Camille, während sie sich die Lippen mit dem schmutzigen Taschentuch abwischte, das Madame Le Ménestrel ihr reichte. Auf sie gestützt, kehrte Camille zum Wagen zurück und stieg ein.

»Mama, wir müssen mal Pipi«, sagte der kleine Junge.

»Also schön, Liebling, aber komm schnell!«

Sie gingen ein paar Schritte vom Wagen weg. Das kleine Mädchen hockte sich hin, während sein Bruder am Hosenschlitz hantierte. Da schlug urplötzlich mit pfeifendem Geräusch eine Granate wenige Meter neben ihnen ein. Wie im Zeitlupentempo sahen die Fahrzeuginsassen, wie Mutter und Kind in die Luft geschleudert wurden und, von Splittern durchsiebt, weich in den Staub zurückfielen.

Mit einem Entsetzensschrei sprang die alte Dame auf und hastete zu ihrer Tochter, zu ihrer Enkelin und dann zu ihrem Enkel. Mit ausgebreiteten Armen, die Hände geöffnet, lief sie von einem zum anderen.

François Tavernier beugte sich über Madame Le Ménestrel und hob ihren Kopf an. Er wurde bleich, als er die tödliche Wunde unter seinen Fingern spürte. Selbst im Tod hatte die Mutter ihre natürliche Grazie bewahrt. Quer über ihren seitlich angewinkelten Beinen lag ihre Tochter, die Puppe noch in der Hand. Das Kind schien zu schlafen, während sich auf seinem rosa Leinenkleid eine rote Blüte rasch vergrößerte. Etwas weiter entfernt lag der kleine Junge. Der Kopf war fast ganz vom Rumpf abgetrennt, und sein kleines Glied lugte aus dem Hosenschlitz hervor.

Camille ging von einem zum anderen und wiederholte unentwegt: »Alles meine Schuld ... alles meine Schuld ...«

Sie erlitt einen Nervenzusammenbruch. Léa packte sie bei den Schultern, schüttelte sie, redete auf sie ein und versetzte ihr rechts und links eine Ohrfeige, die sie zum Schweigen brachte.

»Es ist nicht deine Schuld, da kannst nichts dafür. Komm ins Auto.«

»Kommen Sie, Madame, hier können Sie nicht bleiben«, sagte François Tavernier zu der Großmutter.

»Lassen Sie mich, Monsieur, ich kann sie nicht allein hier zurücklassen. Ich muß sie begraben.«

»Das ist zu gefährlich, es könnte Ihr Tod sein!«

»Das ist die einzige Gnade, um die ich den Herrn bitte, Monsieur. Mit ihnen hat Gott mir alles genommen.«

»Ich kann Sie aber doch nicht allein hier lassen, Madame.«

»Doch, das müssen Sie, Monsieur, denken Sie an die beiden jungen Frauen, die Sie begleiten, und an das Kind, das die eine erwartet. Sie sind es, die Ihre Hilfe brauchen, nicht ich.«

»Ich bitte Sie, Madame! . . .«

»Drängen Sie mich nicht, bitte!«

Schweren Herzens trat François zu Léa und zu Camille, die er auf den Armen zum Wagen trug. Er bettete sie sanft auf den Rücksitz und setzte sich hinter das Steuer.

»Kommen Sie?« rief er Léa zu, die wie versteinert dastand und den Blick nicht von den drei Toten abzuwenden vermochte.

Flugzeuge überflogen das Viertel, warfen aber keine Bomben ab. Die französischen Soldaten hier in Saint-Marceau hatten aufgehört zu schießen. Bei ihrem Einzug in Orléans durch den Faubourg de Bourgogne stießen die Deutschen auf keinerlei Widerstand. Sie fällten einen Baum am Boulevard Motte-Sanguin, um eine Auffahrt zu der Eisenbahnbrücke frei zu machen, die nicht gesprengt worden war. Gegen vier Uhr nachmittags rollten die ersten Panzer auf den Bahngleisen über die Loire und trafen mit denen zusammen, die den Pont Georges V. noch vor der Sprengung hatten überqueren können.

Trotz ihres tapferen Widerstandes wurden die in Orléans stationierten Soldaten, denen zur Verteidigung der Brücke nur eine alte, in aller Eile mit Ziegelsteinen verkeilte 9-cm-Eisenbahnflak zur Verfügung stand, von den zahlenmäßig überlegenen und besser bewaffneten Deutschen, die drei kleine Geschütze am Brückenkopf in Stellung bringen konnten, unter hohen Verlusten in die Avenue Dauphine zurückgedrängt.

Gegen fünf Uhr erreichten die ersten Truppen des Gegners die Croix-Saint-Marceau und stellten an allen Kreuzungen Maschinengewehre auf. Fassungslos kamen die wenigen Bewohner des Viertels, die nicht geflohen waren, aus ihren Kellern und bestaunten die siegreichen Soldaten, von denen man ihnen monatelang erzählt hatte, sie seien halb verhungert und hätten kaum noch Kleider und Schuhe. Eine schon etwas ältere Frau konnte der Versuchung nicht widerstehen, die Uniformjacke eines jungen Offiziers zu betasten. Der lächelte ihr zu und grüßte höflich: »Bonjour, Madame.«

Bestürzt brach die Frau in Tränen aus, rannte davon und rief: »Man hat uns belogen!«

Unterdessen marschierten französische Truppen durch den Faubourg Bannier in Orléans ein.

»Paßt auf, die Deutschen sind da!«

»Das kann doch nicht sein«, rief ein Oberleutnant zurück, »die sind doch hinter uns.«

Er hatte kaum den Befehl erteilt, Verteidigungsstellungen einzunehmen, als über den Boulevard Saint-Euverte auch schon motorisierte Truppen heranrollten. Nach einem kurzen Feuerwechsel mußten die Soldaten sich ergeben. Der Oberleutnant und zwei seiner Männer wurden getötet. In Motte-Sanguin hatten die Deutschen ein provisorisches, von Maschinengewehrstellungen gesichertes Gefangenenlager eingerichtet. Gegen Abend kamen weitere Gefangene hinzu. Von überall her hörte man die Schreie der Verwundeten und die Rufe der Rettungsmannschaften. Die Geschütze dröhnten, Feuersbrünste wüteten, und langsam erstarb das Knattern der letzten französischen Maschinengewehrnester. Geisteskranke, die aus der Anstalt Fleury entwichen waren, schlichen mit irrem Gelächter, das den Überlebenden kalte Schauer über den Rücken jagte, durch die Ruinen; entflohene Strafgefangene plünderten die wenigen Läden, die von den Flammen verschont worden waren. Es gab kein Wasser mehr, keine Elektrizität, kein Brot; es gab keinen Bürgermeister und keinen Stadtrat mehr, nur noch eine verlassene, verwüstete Stadt.

Die erste Nacht der langen Besetzung von Orléans brach herein.

15

Über Nebenstraßen gelangten die Flüchtenden spät nachts nach La Trimouille, ein Dorf im Departement Vienne. Camille lag fiebernd auf der Rückbank, das Gesicht von kaltem Schweiß bedeckt. Auf einem Platz in der Nähe des Ufers schliefen Flüchtlinge auf der bloßen Erde. Aus der Tür eines Cafés drang ein schwacher, gelblicher Lichtschein. Das Lokal war überfüllt.

François Tavernier hielt den Wagen an und stieg aus. Ein penetranter Geruch nach Bier, Rauch und Unrat nahm ihm fast den Atem. »Ein Bier«, rief er dem schnauzbärtigen Wirt zu und stützte die Ellbogen auf die feuchte Theke.

»Hab' keins mehr.«

»Dann einen Cognac.«

»Auch nicht mehr da, alles verkauft.«

»Rum?«

»Nichts, gar nichts mehr da, nicht mal Limonade: alles weggetrunken.«

»Also gut, was können Sie mir denn anbieten?«

»Eine Anisette hätt' ich noch da.«

»Na schön, dann eine Anisette.«

Nie zuvor hatte François ein Glas Anisette so genossen. Er bestellte noch eines und brachte es Léa, die draußen vor der geöffneten Tür auf der Treppe saß.

Ohne ein Wort des Dankes nahm sie das Glas und leerte es gierig.

»Haben Sie sich nach einem Arzt erkundigt?«

»Noch nicht. Wie geht es Camille?«

Wortlos zuckte Léa mit den Achseln.

François ging zurück in das Lokal. »Können Sie mir sagen, wo ich einen Arzt finde?«

»Keiner mehr da. Der alte Vignaud ist tot, und sein Nachfolger hat sich das Bein gebrochen. Da müssen Sie schon nach Montmorillon oder nach Le Blanc, dort gibt's Krankenhäuser.«

»Wie heißt die nächste Stadt?«

»Montmorillon, zwölf Kilometer von hier.«

»Gibt es dort ein Hotel?«

Der Mann lachte schallend. »Ein Hotel! Er will ein Hotel! Gibt mehrere dort, aber da werden Sie nicht mal einen Teppich finden, auf dem Sie schlafen könnten. Sind alle zum Bersten voll, weil, von irgendwoher ist der Befehl gekommen, daß Zivilisten nicht über Montmorillon hinaus dürfen. Jetzt lungern fünfzigtausend auf den Straßen rum.«

»Und in Le Blanc?«

»Alles dasselbe, außerdem sind da Luftangriffe gewesen, und der Ortskommandeur hat die Brücke verminen lassen.«

»Schnell, François, Camille stirbt!«

Die Unterhaltungen waren jäh verstummt, als Léa mit einem Aufschrei in den Saal gestürmt war.

»Ist jemand krank von euch?«

»Ja, eine schwangere junge Frau.«

Die Wirtin, eine dicke, unwirsch dreinblickende Person, kam hinter der Theke hervor, ohne dabei aufzuhören, ein Glas abzutrocknen.

»Vielleicht kann ich euch helfen. Wenn ihr in Montmorillon seid, fahrt ihr hinter der alten Brücke gleich rechts in die Rue du Puits-Cornet. Das vierte Haus links, das ist das von meiner Cousine, Madame Trillaud. Sagt ihr, ich hätte euch geschickt, Lucienne. Wenn sie kann, wird sie euch helfen.«

François Tavernier verabschiedete sich mit einem festen Händedruck. »Vielen Dank, Madame, danke schön.«

»Schon gut, schon gut«, brummte sie.

Die Fahrt durch Montmorillon sollten sie so schnell nicht vergessen. Fahrzeuge aller Art verstopften Straßen und Plätze. Die Kirchen ebenso wie die Schulen und Festhallen waren in Schlafsäle umgewandelt worden. Sie verfuhren sich, und es gab niemanden, der ihnen den Weg hätte zeigen können. Endlich fanden sie die alte Brücke und die enge Rue du Puits-Cornet. Léa hatte eine ganze Weile an die Tür geklopft und wollte gerade aufgeben, als die Tür sich einen Spaltbreit öffnete.

»Was gibt's denn? Einen um diese Stunde zu wekken!«

»Sind Sie Madame Trillaud? Ihre Cousine Lucienne schickt uns.«

Die Tür ging auf. »Lucienne? Was will sie denn?«

»Nichts, sie meinte, Sie könnten uns vielleicht helfen. Meine Freundin ist krank.«

»Was hat sie denn?«

»Sie ist schwanger und seit Stunden ohne Bewußtsein.«

»Arme Kleine. Kommen Sie rein.«

François trug die regungslose Camille in das kleine Haus.

»Viel Platz ist ja nicht bei mir, weil doch meine Verwandten aus Paris gestern gekommen sind. Nur mein Schlafzimmer ist noch frei.«

»Aber Madame ...«

»Machen Sie kein Gewese, was anderes finden Sie doch nicht. Frauen müssen einander beistehen. Kommen Sie, helfen Sie mir mal, die Bettwäsche zu wechseln.«

Kurz darauf lag Camille in Madame Trillauds Bett. Sie hatten ihr ein altmodisches Nachthemd übergestreift.

»Damit ist es aber noch nicht getan, jetzt brauchen wir noch einen Arzt. Die kriegen auch kein Auge mehr zu, die armen Teufel. Ich versuch's mal erst mit Doktor Soulard. Wenn der noch nicht zurück ist, bei Doktor Rouland, der schielt zwar, ist aber ein guter Arzt.«

Sie warf sich einen alten Mantel über die Schultern. »Ich bin gleich wieder da. In der Küche steht noch Kaffee auf dem Herd, und Brot ist im Brotkorb. Butter gibt's keine mehr. Oben auf dem Schrank in der Speisekammer stehen noch ein paar Gläser Marmelade, da können Sie sich was von nehmen.«

François Tavernier und Léa saßen an dem großen Küchentisch. Er beobachtete sie, wie sie die dritte Scheibe Brot mit Erdbeerkonfitüre in ihre Kaffeetasse tauchte.

Dunkle, violette Ringe lagen unter ihren Augen; sie war blaß und erschöpft.

»Sie essen ja gar nichts«, bemerkte sie mit vollem Mund und schielte auf seine Brotschnitte.

Lächelnd schob er sie ihr über den Tisch.

»Danke«, sagte sie leise und griff rasch danach, als hätte sie Angst, er könnte es sich anders überlegen.

Nach dem letzten Tropfen Kaffee lehnte Léa sich zurück. »Ich hatte solch einen Hunger.«

»Das hab' ich gemerkt: Sie sind der reinste Vielfraß.«

Es schlug zwei Uhr. Die Ellbogen auf den Tisch und den Kopf in die Hände gestützt, begann Léa zu grübeln.

Was machte sie in diesem unbekannten Haus, in diesem gottverlassenen Nest, mit einer Sterbenden, fern von den Menschen, die sie liebte? Ihre Eltern mußten vor Sorge schier verrückt werden.

»Hören Sie auf, mich so anzustarren.«

»Können wir nicht mal für einen Augenblick Frieden schließen?«

Gereizt erhob sie sich und stellte die Tassen auf die steinerne Spüle. Als sie an ihm vorüberwollte, hielt er sie fest.

»Warum stellen Sie sich so an, Sie kleiner Querkopf? Sie lieben mich nicht, na schön, aber Sie lieben die Liebe. Also hören Sie endlich auf, sich dagegen zu sträuben. Wissen Sie, daß es kein besseres Mittel gegen die Angst gibt? Sie haben gestern großes Glück gehabt, Mädchen; ich will mich ja nicht brüsten, aber viele Frauen brauchen Jahre, um Lust dabei zu empfinden. Sie sind geschaffen für die Liebe, Léa, weisen Sie sie nicht zurück!«

Wie schon am Tag vorher liebten sie sich mit großer Leidenschaft. Die Zeit blieb für sie stehen, als sie reglos einige Minuten verharrten und nichts als ihre wild pochenden Herzen spürten. Dann richtete François sich auf, brachte seine Kleidung in Ordnung, half Léa auf, drückte sie noch eine Weile an sich und flüsterte ihr zärtliche Worte ins Haar.

»Meine schöne Geliebte ... mein Kleines ...«

Ihr Körper war zur Ruhe gekommen. Sie ließ sich von der weichen Stimme des Geliebten wiegen.

Als Madame Trillaud mit dem Arzt zurückkehrte, schlug Léa rasch ihren Rock herunter.

»Das ist Doktor Rouland.«

»Wo ist die Patientin?«

Madame Trillaud ging ihm voran in ihr Schlafzimmer.

Léa folgte. Beim Anblick Camilles schwand alle Müdigkeit aus seinen Gesichtszügen und seiner Haltung. Er schlug die Decken zurück und horchte die Kranke sorgfältig ab.

»Seit wann ist sie in diesem Zustand?« fragte er, während er sein Stethoskop wegsteckte.

»Ich weiß nicht mehr genau«, erwiderte Léa, »seit gestern abend sechs Uhr.«

»War sie vorher schon einmal so lange bewußtlos?«

»So lange wie diesmal noch nie, aber es kommt öfter vor, mal für längere, mal für kürzere Zeit. Unser Arzt in Paris hat gesagt, sie müsse im Bett bleiben, sowohl des Kindes als auch ihres Herzens wegen.«

»Zeigen Sie mir mal die Medikamente, die sie einnimmt.«

Léa ging hinaus zum Wagen und holte Camilles Handtasche. Sie reichte dem Arzt die Arzneimittel und das Rezept.

»Ja, das ist gut, aber nicht mehr stark genug. Ich werde ihr eine Spritze geben, um das Herz zu unterstützen, aber ich kann für nichts garantieren. Eigentlich gehört sie ins Krankenhaus, aber es gibt kein einziges freies Bett mehr.«

Wenige Minuten nach der Injektion schlug Camille die Augen auf, aber sie war zu schwach, sich umzusehen. François setzte sich an den Bettrand und nahm ihre mageren, kraftlosen Hände in die seinen. »Es wird alles wieder gut, Camille, Sie müssen sich ausruhen.«

»Die Kinder, mein Gott, die Kinder ...«, stöhnte sie.

Doktor Rouland nahm Léa beiseite. »Sind Sie eine Angehörige?«

»Ja«, log sie.

»Ich mache mir große Sorgen: das Herz kann von einer Sekunde zur anderen aussetzen. Man muß ihren

Mann und ihre Eltern verständigen... Ach was, ich rede Unsinn; ihr Mann ist sicher an der Front und ihre Eltern weiß Gott, wo.«

»Ich wollte sie zu ihrem Schwiegervater in die Gironde bringen.«

»Ein Transport kommt nicht in Frage. Wenn sie diese Krise überwindet, muß sie bis zur Niederkunft stilliegen.«

»Soll das heißen, daß wir hierbleiben müssen?«

Der Arzt antwortete nichts. Aus seinem Koffer holte er alles Nötige für eine weitere Injektion. Wenig später hatte Camille die Augen wieder geschlossen. Ihr Puls ging noch rasch, aber beinahe regelmäßig. Der Arzt packte seine Instrumente ein. Er sah plötzlich wieder grau und müde aus.

»Es muß ständig jemand bei ihr sein. Sobald sie wach wird, geben Sie ihr drei Tropfen hiervon in einem Glas Wasser. Im Notfall können Sie die Dosis auf zehn Tropfen erhöhen. Ich werde morgen im Laufe des Tages wiederkommen.«

»Seien Sie unbesorgt, Doktor«, mischte sich Madame Trillaud ein, »ich werde mich um sie kümmern. Ich kenn' mich aus mit Kranken.«

»Auf Wiedersehen, Madame Trillaud, Sie sind eine gute Frau. Ruhen Sie sich ein wenig aus.« Im Gehen wandte er sich an Léa. »Sie sehen schlecht aus.«

François Tavernier begleitete den Arzt bis zur alten Brücke. Bei seiner Rückkehr fand er Léa schlafend auf der Rückbank des Wagens vor. Gerührt betrachtete er sie eine Zeitlang; im Schlaf sah sie mehr denn je wie ein trotziges kleines Mädchen aus. Vorsichtig machte er es sich auf den Vordersitzen bequem, seine langen Beine durch das geöffnete Fenster gestreckt.

Die laute Unterhaltung einiger Frauen am Fluß und der Lärm ihrer Wäscheklopfer rissen Léa aus dem Schlaf. Sie knieten auf flachen strohgefüllten Kisten und wuschen ihre Wäsche im Fluß. Ein Stück weiter weg saß François auf einem umgedrehten Kahn und blickte auf die Gartempe, die an dieser Stelle über kiesigen Grund sprudelte. In einiger Entfernung wogten lange, blühende Algen in der Strömung.

Madame Trillaud trat über die Schwelle ihrer Haustür und klatschte in die Hände. »Das Frühstück ist fertig!«

In der sonnendurchfluteten Küche standen große, dampfende Tassen aus dickem weißem Porzellan mit rotem Zierrand auf dem blaukarierten Wachstischtuch. Der Duft des Kaffees, vermischt mit dem herrlichen Geruch von geröstetem Brot, ließ Léas Nasenflügel beben.

»Kommen Sie essen, sonst wird es kalt. Butter gibt es zwar immer noch nicht, dafür aber Quittengelee. Das müssen Sie unbedingt probieren!«

»Wie hat unsere Freundin geschlafen?« erkundigte sich François.

»Sehr gut. Als sie vorhin aufwachte, habe ich ihr die Tropfen gegeben. Sie hat mich lieb angelächelt und ist gleich wieder eingeschlafen.«

»Wie sollen wir Ihnen nur für das alles danken, Madame?«

»Ach was, nicht der Rede wert. Nur, wenn Sie einige Tage bleiben müssen, würde ich Sie bitten, sich an den Kosten zu beteiligen, denn sehr reich bin ich nun mal leider nicht.«

»Das versteht sich von selbst, Madame«, entgegnete Léa und biß herzhaft in ihre Schnitte.

»Haben Sie die Nachrichten gehört?« fragte François Tavernier und deutete auf ein dickbäuchiges Rundfunkgerät, das zwischen Familienfotos, einem Rosenstrauß in einer blauen Vase und zwei großen, ziselierten Granaten aus dem Ersten Weltkrieg auf dem Küchenschrank thronte.

»Nein, ich hatte Angst, das ganze Haus aufzuwecken, weil die Lautstärke sich nicht mehr richtig regulieren läßt.«

»Ich werde mal nachsehen, ob ich Ihnen das reparieren kann.«

»Kennen Sie sich mit so was aus?«

»Ein bißchen.«

»Wo kann ich mich waschen?« wollte Léa wissen.

»Oben, neben meinem Schlafzimmer. Besonders komfortabel ist es nicht, bloß ein kleiner Waschraum. Ich hab' saubere Handtücher hingehängt. Hier, nehmen Sie diesen Kessel mit heißem Wasser mit, fließendes Wasser gibt es oben nicht. Ihr Mann hat das Gepäck schon raufgebracht.«

»Er ist nicht mein Mann!« brauste Léa mit einer Heftigkeit auf, die Madame Trillaud verblüffte.

»Entschuldigen Sie, ich dachte nur ...«

Gegen elf schaute Doktor Rouland vorbei. Das Befinden der Patientin überraschte ihn angenehm. Léa hatte sie gewaschen und gekämmt. Von Kopfkissen gestützt, saß Camille im Bett, und ihr Gesicht sah nicht mehr so schrecklich verfallen aus wie noch am Vortag. Nur die schwarzen Ringe unter den Augen und ihr matter Blick ließen noch erkennen, was sie durchgemacht hatte.

»Ich bin sehr zufrieden mit Ihnen«, sagte der Arzt, nachdem er sie abgehorcht hatte. »Aber Sie dürfen auf gar keinen Fall aufstehen. Ich werde Ihnen eine Pflegerin schicken. Sie wird Ihnen die Spritzen geben, die ich Ihnen verschreibe. Lassen Sie sich gut pflegen, dann werden Sie bald wieder gesund sein.«

»Wann werden wir weiterfahren können?«

»Im Augenblick ist daran gar nicht zu denken.«

»Aber Doktor . . .«

»Kein Aber! Entweder Sie tun, was ich Ihnen sage, oder Sie setzen das Leben Ihres Kindes aufs Spiel, und ihr eigenes dazu. Es ist ohnehin ein Wunder, daß Sie das Kind noch nicht verloren haben. Haben Sie Geduld, es sind ja nur noch zwei Monate.«

Doktor Rouland ging hinunter in die Küche, um sein Rezept auszustellen. In dem großen Raum herrschte Gedränge: Die Vettern und Cousinen aus Paris halfen das Mittagessen vorbereiten, berichteten zum soundsovielten Mal von ihrer abenteuerlichen Fahrt oder schauten François Tavernier bei der Reparatur des Rundfunkempfängers zu.

»So, jetzt müßte er wieder funktionieren.«

Es knisterte ein paar Sekunden, und dann sagte eine Stimme: »Es spricht Marschall Pétain.«

Die Unterhaltung verstummte. Es war der 17. Juni 1940, eine halbe Stunde nach Mittag.

»Franzosen! Vom Präsidenten der Republik berufen, habe ich mit dem heutigen Tage die Führung der Regierung Frankreichs übernommen. In der Gewißheit der Treue und Loyalität unserer bewunderungswürdigen Armee, die mit einem ihrer langen militärischen Tradition würdigen Heldenmut gegen einen an Zahl und Bewaffnung überlegenen Feind kämpft in der Gewißheit, daß sie durch ihren großartigen Widerstand unsere Pflicht gegenüber unseren Verbündeten erfüllt hat, in der Gewißheit der Unterstützung der Soldaten des letzten Krieges, die zu befehligen ich die Ehre hatte, und in der Gewißheit des Vertrauens des ganzen Volkes stelle ich meine Person Frankreich zur Verfügung, um sein Unglück zu mildern. In diesen schmerzlichen Stunden denke ich an die unglücklichen Flüchtlinge, die in größtem Elend über unsere Straßen ziehen. Ihnen gilt mein Mitgefühl und meine Anteilnahme. Schweren Herzens sage ich Ihnen heute, daß wir die Kampfhandlungen einstellen müssen. Ich habe mich heute nacht an den Gegner gewandt und ihn gefragt, ob er bereit ist, mit mir, von Soldat zu Soldat, nach dem Kampf und in Ehren Mittel und Wege zu suchen, um den Feindseligkeiten ein Ende zu setzen. Ich fordere alle Franzosen auf, sich hinter die Regierung zu stellen, die ich in dieser Zeit schwerer Prüfungen leite, und ihre Gewissensnot schweigen zu lassen, um nur noch ihrem Vertrauen in das Schicksal des Vaterlandes zu gehorchen.«

Nachdem die zitternde, brüchige Stimme verstummt war, saßen alle mit gesenktem Kopf da. Über manches Gesicht liefen Tränen, und dennnoch machte sich nach und nach ein unrühmliches Gefühl der Erleichterung breit.

Bleich, mit starrem, entschlossenem Blick, stellte François das Gerät ab und verließ ohne ein Wort das Haus.

Léa hatte nur einen Satz im Gedächtnis behalten: ». . . daß wir die Kampfhandlungen einstellen müssen.« Der Krieg ging zu Ende, und Laurent würde zurückkehren. Sie stürmte die Treppe hinauf, um Camille die Nachricht zu überbringen. Camille begann laut zu schluchzen.

»Aber warum weinst du denn? Der Krieg ist vorbei, der Marschall hat es gesagt. Laurent kommt zurück!«

»Ja, vielleicht, aber wir haben den Krieg verloren.«

»Der war schon lange verloren.«

»Wahrscheinlich. Aber ich habe so viel gebetet . . .«

». . . daß du geglaubt hast, der liebe Gott würde dich erhören. Gebete, Gebete! Einen Krieg gewinnt man nicht mit Gebeten, sondern mit Flugzeugen, Panzern, Befehlshabern. Hast du sie am Himmel gesehen, unsere Flugzeuge? Und unsere Panzer, hast du sie auf den Straßen gesehen? Und unsere Befehlshaber an der Spitze ihrer Truppen? Die, die wir gesehen haben, waren auf der Flucht. Erinnerst du dich nicht mehr an diesen Oberst, der, grün vor Angst, in seiner vollbepackten Limousine saß und rief: ›Platz da, Platz da, ich muß auf meinen Posten zurück‹? Seinen Posten, o ja, in Spanien vielleicht! Und hast du unsere Soldaten gesehen, unsere schmukken Soldaten? In ihren bunt zusammengewürfelten Uniformen, mit ihren veralteten Waffen, dreckig mit blutenden Füßen und nur den einen Gedanken im Kopf: Flucht!?«

»Jetzt übertreibst du aber. Ich bin überzeugt, die meisten haben sich tapfer geschlagen. Denk doch an die Soldaten, die die Brücke in Orléans verteidigt haben. Überall in Frankreich, überall haben die Männer gekämpft, und sie haben tapfer gekämpft. Viele sind gefallen.«

»Für nichts und wieder nichts!«

»Nein, nicht für nichts, für die Ehre!«

»Für die Ehre! Daß ich nicht lache! Ehre, das ist so eine Aristokratenidee, Ehre kann sich nicht jeder leisten. Der Arbeiter, der Bauer, der kleine Ladenbesitzer, der durch den Schlamm stapft, dem die Bomben auf den Kopf fallen und dem die Kugeln in den Leib gejagt werden, der pfeift auf die Ehre! Alles, was er will, ist, nicht wie ein Hund zu verrecken, und daß endlich Schluß ist, egal wie, egal um welchen Preis. Er hat diesen Krieg nicht gewollt, und er begreift ihn auch nicht.«

»Er hat den Krieg nicht gewollt, das ist wahr, aber deine Behauptung, es sei ihm völlig egal, wie er zu Ende gebracht wird, stimmt einfach nicht.«

»Meine liebe Camille, da machst du dir aber ganz

schöne Illusionen! Du wirst schon sehen, ob sie das Ende des Krieges akzeptieren werden oder nicht!«

»Das kann ich nicht glauben. Laß mich jetzt bitte allein, ich bin müde.«

Achselzuckend ging Léa wieder hinunter.

». . . er wird uns retten . . .«

». . . hast du das gehört, er stellt seine Person Frankreich zur Verfügung . . .«

». . . ein echter Patriot . . .«

». . . mit dem Marschall als Regierungschef haben wir nichts mehr zu befürchten . . .«

». . . dann können wir endlich nach Hause zurück . . .«

». . . wird auch Zeit, die Geschäfte müssen weitergehen . . .«

»Ich fürchte, die Deutschen werden sehr hart mit uns umspringen.« Erstauntes Schweigen folgte dieser Bemerkung Doktor Roulands.

»Warum meinen Sie, Doktor?«

»Weil sie diesmal Sieger auf der ganzen Linie sind und die harten Friedensbedingungen von 1918 bestimmt nicht vergessen haben.«

»Aber das war doch ganz normal, schließlich hatten sie den Krieg verloren!«

»Eben. Wie wir heute.«

Spät in der Nacht kehrte François Tavernier, reichlich betrunken, in Madame Trillauds Haus zurück. Sie saß strickend in der Küche und erwartete ihn.

»Madame Trillaud, ich glaub', ich hab' unsere Niederlage zu sehr begossen. Aber so eine Schlappe erlebt man schließlich nicht alle Tage . . . Soll ich Ihnen sagen, Madame, was Deutschland ist? Deutschland ist ein großes Land und Hitler ein großer Mann. Es lebe Deutschland, es lebe Hitler . . .«

»Seien Sie doch still, gleich wird das ganze Viertel zusammenlaufen«, ermahnte sie ihn und drückte ihn auf einen Stuhl. »Sie haben bestimmt noch nichts gegessen. Wie wär's mit einem Teller Kohlsuppe? Ich glaube, das ist das Beste, um wieder einen Menschen aus Ihnen zu machen.«

»Sie haben ein gutes Herz, Madame Trillaud, aber glauben Sie mir, Deutschland ...«

»Ja, ich weiß, ist ein großes Land. Essen Sie Ihre Suppe, bevor sie kalt wird!«

Nach dem letzten Löffel sank er vornüber, mit der Stirn auf den Tellerrand. Behutsam zog die Frau den Teller fort.

»Armer Kerl«, murmelte sie und löschte das Licht.

Als Madame Trillaud am nächsten Morgen herunterkam, war François frisch rasiert und gekämmt und gerade damit beschäftigt, das Frühstück zuzubereiten.

»Bonjour, Madame, Sie kommen zu früh, ich wollte Sie mit einem fertigen Frühstück überraschen. Ich hab' heute morgen Milch, Butter und frisches Brot aufgetrieben.«

»Guten Morgen, Monsieur. Wie haben Sie denn das fertiggebracht?«

»Auf meinem gestrigen Streifzug durch die Kneipen Montmorillons habe ich einige Freundschaften geschlossen ... Es tut mir leid wegen heute nacht. Können Sie mir verzeihen?«

»Reden wir nicht mehr davon, ist schon vergessen. Ich bin sicher, mein verstorbener Mann hätte sich auch vollaufen lassen.«

»Danke, Madame. Wie geht es der Kranken?«

»Viel besser. Was diese Frau braucht, ist nur Ruhe und Erholung.«

»Kommen Sie, der Kaffee ist fertig. Ich werde heute aufs Rathaus gehen und sehen, ob ich dort in Erfahrung bringen kann, wo mein Regiment ist. Wenn ich nichts herausfinde, reise ich nach Paris zurück.«

»Sie lassen die beiden Damen allein?«

»Mademoiselle Delmas ist durchaus in der Lage, ohne mich zurechtzukommen. Gestern waren die Telefonleitungen zusammengebrochen; vielleicht klappt es heute. Dann rufe ich ihre Eltern an und gebe ihnen Bescheid. Übrigens: Wo gibt es hier einen Laden, um Wäsche, Hemden und einen Anzug zu kaufen?«

»Viel Auswahl haben wir hier nicht. Versuchen Sie es bei Rochon oder Guyonneau. Der eine ist bei den Markthallen, der andere Ecke Hauptstraße und Boulevard.«

»Noch etwas: Kennen Sie keine Wohnung oder ein Haus, das ich für meine Freundinnen mieten könnte?«

»Im Moment ist da nichts zu machen. Die ersten Flüchtlinge haben sich einquartiert, wo gerade was frei war. Aber in ein paar Tagen werden wir weitersehen. Die Leute reden schon davon, wieder nach Hause zurückzukehren. Bis dahin können die Damen bei mir wohnen.«

»Das ist sehr liebenswürdig von Ihnen, aber Sie haben nicht einmal mehr Ihr Schlafzimmer zu Ihrer Verfügung.«

»Ach, in meinem Alter braucht man nicht mehr viel Schlaf. Eine Matratze in einer Ecke reicht mir.«

»Es ist ein Trost, zu wissen, daß es noch Menschen wie Sie gibt.«

»Guten Morgen«, gähnte Léa. Mit ihrem Morgenmantel bekleidet, kam sie ungekämmt und verschlafen in die Küche.

»Guten Morgen, Kleines, haben Sie gut geschlafen?«

»Nicht besonders, Camille war die ganze Nacht über unruhig.«

»Wie geht es ihr heute morgen?« erkundigte sich François.

»Besser, denke ich, sie hat nämlich Hunger.«

»Das ist ein gutes Zeichen, ich werde ihr ein Tablett hinaufbringen«, sagte Madame Trillaud und erhob sich.

»Lassen Sie nur Madame, das erledige ich schon«, erbot sich François und stand ebenfalls auf.

Geschickt verteilte er auf dem schlichten Holztablett eine hübsche Porzellantasse, einen Korb mit dünn geschnittenen Brotscheiben, ein Stück Butter, etwas Zukker und Marmelade. Abgerundet wurde die Mahlzeit von einer kleinen Schale Kirschen, und eine Rose aus der blauen Vase diente als Schmuck. Zufrieden ließ er das Tablett von den beiden Frauen begutachten.

»Nicht übel, oder?«

»Hervorragend«, bestätigte Madame Trillaud.

»Und Sie glauben, sie könnte das alles essen«, spottete Léa.

»Sie haben die Milch und den Kaffee vergessen«, bemerkte die Frau des Hauses und stellte noch ein Kännchen Milch und eine große Kaffeekanne auf das Tablett.

»Als Zimmermädchen bin ich wohl doch noch nicht perfekt!«

Léa saß in der Küche und mühte sich unter den belustigten Blicken Madame Trillauds und den bewundernden Blicken ihres pickligen Neffen, Erbsen auszuschoten.

»Warten Sie mit dem Essen nicht auf mich«, sagte François beim Eintreten, »ich werde schon irgendwo was bekommen.«

»Wohin gehen Sie?« wollte Léa wissen.

»Eine Werkstatt für den Wagen suchen, zum Rathaus,

ein paar Sachen zum Anziehen kaufen, Ihre Eltern und Monsieur d'Argilat anrufen.«

»Ich komme mit«, rief Léa und ließ die Erbsen stehen.

»Sie sind ja noch nicht fertig. Wir können uns auf der Post treffen, wenn Sie möchten.«

»Aber ...«

Er war bereits draußen. Léa setzte sich wieder an ihre Erbsen.

Gegen fünf Uhr nachmittags kam François Tavernier in einem marineblauen Anzug von undefinierbarem Schnitt zurück. Léa bügelte ein Kleid und hörte dabei Radio.

»Wo waren Sie denn? Ich habe Sie überall gesucht!«

»Dann haben Sie eben nicht richtig gesucht! So groß ist die Stadt nun auch wieder nicht. Drei Stunden war ich auf der Post und habe versucht, zuerst Paris und dann Ihre Eltern zu erreichen. Ich habe nur kurz mit ihnen sprechen können, wir wurden gleich wieder getrennt.«

»Wie geht es ihnen?« rief Léa und schob das Bügeleisen fort.

»Gut, hatte ich den Eindruck. Sie waren natürlich in Sorge um Sie. Ich habe sie aber beruhigt.«

»Ich hätte so gern mit Mama gesprochen!«

»Wir werden es morgen von Doktor Roulands Wohnung aus versuchen. Ich traf ihn, als ich aus der Post kam, und er hat mir liebenswürdigerweise angeboten, von seiner Wohnung aus zu telefonieren ... Aber sagen Sie mal, finden Sie nicht, daß es hier etwas sonderbar riecht?«

»Verflixt, mein Kleid ... Das ist nur Ihre Schuld ...«

François lachte schallend und drehte an den Knöpfen des Radiogeräts. »Was bringen sie im Rundfunk?« fragte er.

»Nichts, furchtbar langweilig, nicht mal gute Musik spielen sie. Schauen Sie sich bloß mein Kleid an! Was mach' ich denn jetzt?«

»Nähen Sie eine Tasche darüber.«

»Eine prima Idee!« rief Léa begeistert, fügte aber sogleich enttäuscht hinzu: »Ich hab' keinen passenden Stoff!«

»Das Kleid ist weiß, setzen Sie farbige Taschen und dazu passende Knöpfe auf, das macht sich gut.«

Léa schaute ihn verblüfft an. »Gar nicht so dumm. Ich wußte gar nicht, daß Sie sich für Mode interessieren.«

»Ich interessiere mich für alles. Im Gegensatz zu Ihnen.«

»Was soll das heißen?«

»Daß Ihnen nicht einmal aufgefallen ist, daß ich nach dem letzten Schrei von Montmorillon gekleidet bin.«

»Der Ihnen übrigens ausgezeichnet steht«, bemerkte sie nach einem gleichgültigen Blick.

»Verbindlichsten Dank. Ein Kompliment aus Ihrem Munde freut mich ganz besonders.«

»Hören Sie doch auf, an den Knöpfen herumzukurbeln.«

»Ich suche Radio London, ich will wissen, was los ist. Vielleicht sind die Engländer besser informiert als wir.«

»Hier Radio London ... Es spricht General de Gaulle ...«

»Wer ist General de Gaulle?« fragte Léa.

»Still, ich sag's Ihnen nachher.«

»Die Oberbefehlshaber, die seit vielen Jahren an der Spitze der französischen Armeen stehen, haben eine Regierung gebildet. Diese Regierung hat sich unter dem Vorwand der Niederlage unserer Armeen mit dem Feind in Verbindung gesetzt, um den Kampf zu beenden. Gewiß, wir sind von der Übermacht des Feindes zu Lande und in der Luft überrannt worden. Weit mehr noch als ihre zahlenmäßige Überlegenheit zwingen uns die Panzer, die Flugzeuge und die Taktik der Deutschen zum Rückzug. Die Panzer, die Flugzeuge und die Taktik der Deutschen haben unsere Feldherren so überrascht, daß sie in die Lage gekommen sind, in der sie sich heute befinden. Aber ist das letzte Wort wirklich gesprochen? Müssen wir die Hoffnung aufgeben? Ist die Niederlage endgültig? Nein! Glauben Sie mir! Ich weiß, wovon ich spreche, und ich sage Ihnen, daß nichts für Frankreich verloren ist! Dieselben Mittel, die uns bezwungen haben, können uns eines Tages den Sieg bringen. Denn Frankreich ist nicht allein! Hinter ihm steht sein großes überseeisches Reich. Es kann sich mit dem Britischen Weltreich zusammenschließen, das die Meere beherrscht und den Kampf fortsetzt. Es kann wie England unbegrenzt auf die gewaltige Industrie der Vereinigten Staaten zurückgreifen. Dieser Krieg ist nicht auf das unglückliche Gebiet unseres Landes beschränkt. Dieser Krieg ist nicht mit der Schlacht um Frankreich entschieden. Dieser Krieg ist ein Weltkrieg. Alle Fehler, alle Verzögerungen und alle Leiden ändern nichts daran, daß in der Welt alle erforderlichen Mittel vorhanden sind, um unsere Feinde zu vernichten. Wenn wir heute auch von der technischen Übermacht zerschlagen sind, so können wir doch in der Zukunft durch überlegene technische Macht siegen. Darin wird das Schicksal der Welt liegen.

Ich, General de Gaulle, zur Zeit in London, rufe die französischen Offiziere und Soldaten, die sich auf britischem Boden befinden oder dorthin gelangen können, mit oder ohne ihre Waffen, sowie die Ingenieure und die Facharbeiter der Rüstungsindustrie, die sich auf britischem Boden befinden oder dorthin gelangen können, und fordere sie auf, sich mit mir in Verbindung zu setzen. Was auch immer geschehen mag, die Flamme des französischen Widerstandes darf nicht verlöschen und wird nicht verlöschen. Morgen werde ich, wie heute, über den Londoner Rundfunk sprechen.«

Nachdenklich schaltete François Tavernier den Empfänger aus und begann im Zimmer auf und ab zu gehen. Madame Trillaud hatte zu Beginn der Rede unbemerkt die Küche betreten und saß nun in einer Ecke und wischte sich mit dem Schürzenzipfel über die Augen.

»Was haben Sie denn, Madame?« fragte Léa.

»Ach, nichts . . . es ist nur die Freude.«

»Die Freude?«

»Ja. Dieser General . . . wie heißt er doch gleich?«

»De Gaulle.«

»Ja, dieser General de Gaulle hat gesagt, die Flamme des französischen Widerstands würde nicht erlöschen.«

»Was heißt das schon? Er ist in London, nicht in Frankreich. Die Deutschen sind aber hier, nicht in England. Er braucht bloß zurückzukommen, wenn er weiterkämpfen will, anstatt feige seinen Posten zu verlassen.«

»Sie reden Unsinn, Léa«, sagte François. »Sie wissen nicht, wovon Sie sprechen. De Gaulle ist ein aufrichtiger, mutiger Mann, ich habe ihn kennengelernt, als er Staatssekretär im Verteidigungsministerium war. Bestimmt hat er es sich lange überlegt, ehe er sich zu diesem Aufruf entschloß. Immerhin verläßt er damit die bestehende Rechtsordnung – ausgerechnet er, ein aus militärischer Tradition ganz dem Gehorsam verpflichteter Mann!«

»Werden Sie seinem Aufruf folgen?« fragte Madame Trillaud.

»Ich weiß nicht. Das hängt alles von der weiteren Entwicklung ab. Zuerst muß ich mein Regiment finden. Heute abend werde ich zum Essen nicht hier sein; ich esse mit dem Bürgermeister.«

»Und was wird aus mir?«

»Sie? Sie werden sich als treusorgende Freundin um Camille kümmern«, erwiderte er mit einer spöttischen Verbeugung.

Am darauffolgenden Tag konnte Léa ihre Eltern am Telefon erreichen. Sie brach in Tränen aus, als sie die weiche Stimme Isabelles und die vor Rührung heisere Stimme ihres Vaters vernahm. Welch eine Freude, wieder einmal Ruths Akzent zu hören! Selbst die wenigen Worte, die sie mit François und Laure wechseln konnte, machten sie glücklich. Immerzu fragte sie, was es Neues gebe auf dem Gut, und erkundigte sich nach Onkeln, Tanten, Vettern und Cousinen. Mit einem Schlage wurde ihr bewußt, wie sehr sie an ihnen allen hing. Sie wünschte, sie könnte ihrer Mutter von den entsetzlichen Luftangriffen erzählen, von Josettes Tod, von dem Mann, den sie umgebracht hatten, als er ihnen den Wagen hatte stehlen wollen, von dem Schmerz der Großmutter beim Anblick der toten Tochter und Enkel, von Camilles Krankheit, von ihrer Affäre mit François ... Aber ihr fiel nichts weiter ein, als in einem fort zu wiederholen:

»Wenn du wüßtest, Mama, wenn du wüßtest ...«

»Dein Vater und ich kommen dich so bald wie möglich holen, mein Liebling ...«

»O ja, Mama! Komm schnell, du fehlst mir so sehr, ich habe dir so viel zu erzählen, ich hatte ja solche Angst! Ich habe so oft an dich gedacht, hab' mich gefragt, was würde Mama jetzt tun? Ich habe nicht immer getan, was du getan hättest, habe mich egoistisch benommen, wie ein verwöhntes Kind. Aber bald werde ich wieder bei dir sein. Ich werde in dem kleinen Bett im Kinderzimmer schlafen. Du wirst wie früher zu mir kommen und mit mir reden, bevor du schlafen gehst; du wirst mich in deine Arme nehmen wie früher, als ich noch klein war. Ich werde das Parfüm an deinem Hals riechen und dein schönes Haar streicheln. O Mama, ich hab' dich so lieb! Ich hatte solche Angst, dich nie wiederzusehen, als rings um uns her alles in Flammen stand. Die Luftangriffe sind etwas Furchtbares, kleine Kinder werden getötet, die armen Menschen ... Mama ...«

Tränen erstickten ihre Stimme. Sanft nahm ihr François den Hörer aus der Hand, und gab Pierre Delmas die Adresse seiner Tochter und die Telefonnummer von Doktor Rouland durch. Dann bedankten sie sich bei dem Arzt und verabschiedeten sich.

Es war fast dunkel; in den mit Fahrzeugen verstopften Straßen brannte nirgendwo Licht. Die Luft war überaus mild, als sie die alte Brücke überquerten, und Léa bemerkte: »Es riecht nach Wasser.«

Sie liebte diesen Geruch der großen Flüsse nach Gras, Fisch und Schlick.

Kurz bevor sie an Madame Trillauds Haus angekommen waren, schlug Léa vor: »Ich habe noch keine Lust, nach Hause zu gehen. Wir könnten ein wenig zu den Feldern hinaus, sie beginnen gleich am Ende des Weges.«

»Wie Sie möchten.«

Léa hakte sich bei François unter. Sie schlenderten zwischen zwei Steinmäuerchen hindurch, hinter denen Gemüsegärten angelegt waren. Am Ende der Straße kamen sie an eingefallenen Häusern vorüber, auf deren Schwellen sich allerlei Unrat angehäuft hatte. Ein starker Geruch nach Schweinestall ließ sie ihre Schritte beschleunigen. Statt Mauern säumten nun Hecken, einige davon blühend und duftend, den zunehmend schmaleren Weg. Léa zog François auf eine kleine Wiese, auf der unter einer Eiche eine kleine Hütte stand. Intensiver Heugeruch strömte ihnen entgegen, als sie die Tür aufstieß.

»Das ist mein Haus, ich hab's gestern entdeckt. Ich habe mich hier richtig wohl gefühlt; es war so ruhig und es roch so gut, ganz wie in Montillac, daß ich heute mit meinen Büchern wieder hergekommen bin«, erklärte Léa, während sie sich in das duftende Heu fallen ließ.

François blieb unbeweglich stehen und fragte sich, was dieses launische Mädchen wohl von ihm erwarten mochte. Er fürchtete, eine Ungeschicklichkeit zu begehen, die sie von neuem gegen ihn aufbringen könnte. Seit sie die Praxis Doktor Roulands verlassen hatten, hatte ihn ihr Benehmen angenehm überrascht, und was ihn selbst betraf, so verspürte er nur noch den einen Wunsch, sie in seine Arme nehmen zu können. Nicht, weil er mit ihr schlafen wollte, sondern weil es ihn glücklich machte, sie zu spüren, auch wenn er wußte, daß sie an einen anderen dachte.

»So stehen Sie doch nicht da wie angewurzelt, kommen Sie her! Es sieht ja aus, als hätten Sie Angst vor mir.«

Da könnte was Wahres dran sein, dachte er und legte sich neben sie.

Sie schwiegen eine Weile.

»Warum küssen Sie mich nicht?«

»Ich dachte, das gefiele Ihnen nicht.«

»Wie kommen Sie denn darauf? Nehmen Sie mich in Ihre Arme!«

Anfänglich waren seine Küsse zart, seine Liebkosungen fast scheu.

»Fester, küssen Sie mich fester!«

Die ganze Nacht hindurch liebten sie sich wieder und immer wieder, bis es ihnen körperliche Schmerzen bereitete. Endlich schliefen sie, eng umschlungen, ein.

Das Prasseln des Regens weckte sie. Es war kalt. François legte Léa sein blaues Jackett über die Schultern. Völlig durchnäßt trafen sie bei Madame Trillaud ein.

»Ich habe mir Sorgen gemacht! Wo waren Sie denn? Sie können mir doch nicht so eine Angst einjagen! Sehen Sie doch bloß, wie Sie aussehen, Sie holen sich ja den Tod! Das war sehr unvernünftig, Monsieur Tavernier. Die Kleine schlottert ja. Als ob eine Kranke nicht genug wäre.« Die brave Frau war entrüstet.

Aus einer Truhe holte sie eine Decke, wickelte die zähneklappernde Léa darin ein und verschwand in der Küche, um einen Glühwein zuzubereiten. Neben dem brennenden Herd dampfte über einer Stuhllehne Taverniers Jacke.

»Hier, da haben Sie ein Hemd und eine Hose meines verstorbenen Mannes. Ziehen Sie sich um.«

Wortlos nahm François die Kleidungsstücke entgegen.

Am späten Nachmittag teilte François Camille und Léa seinen Entschluß mit, abzureisen.

»Wohin?« stieß Léa schroff hervor.

»Nach Paris.«

»Sie lassen uns allein?«

»Hier sind Sie in Sicherheit. Madame Trillaud hat mir versprochen, sich um Sie zu kümmern und Ihnen eine passende Unterkunft zu besorgen, solange Doktor Rouland Camille noch nicht für reisefähig hält. Haben Sie Geld?«

»Ja, das ist kein Problem. Danke, daß Sie daran gedacht haben, François.«

»Monsieur Tavernier, Monsieur Tavernier ... kommen Sie schnell, General de Gaulle spricht wieder!« schrie Madame Trillaud herauf.

»Ich würde ihn so gern hören«, seufzte Camille.

François beugte sich über das Bett, hob Camille kurzerhand hoch und trug sie vorsichtig die Treppe hinunter. In der Küche setzte er sie behutsam in den Korbsessel ihrer Wirtin. Insgesamt waren es etwa zehn Personen, die aufmerksam der Stimme lauschten, welche aus einem freien Land zu ihnen sprach, um ihnen Hoffnung zu machen.

»In dieser Stunde gibt es keinen Franzosen, der nicht begreift, daß die herkömmlichen Formen staatlicher Macht zu existieren aufgehört haben. Angesichts der Verwirrung, die in den Herzen der Franzosen herrscht, angesichts der Auflösung der Regierung, die sich unter das feindliche Joch begeben hat, und angesichts der Möglichkeiten des Feindes, sich unserer Institutionen zu bedienen, bin ich, General de Gaulle, französischer Soldat und Kommandeur, mir bewußt, im Namen Frankreichs zu sprechen. Im Namen Frankreichs erkläre ich hiermit nachdrücklich: Es ist die Pflicht eines jeden Franzosen, der noch Waffen trägt, den Widerstand fortzusetzen. Die Waffen niederzulegen, eine militärische Stellung zu räumen, oder auch nur ein Stück französischen Bodens der feindlichen Herrschaft zu überlassen wäre ein Verbrechen gegen das Vaterland.

Dies gilt in dieser Stunde vor allem für das französische Nordafrika, das noch intakte Nordafrika. Der Waffenstillstand mit Italien ist nichts als eine plumpe Falle. Im Afrika Clauzels, Bugeauds, Lyauteys und Noguès' ist es die Pflicht eines jeden, der sich seine Ehre bewahrt hat, die Bedingungen des Gegners abzulehnen. Wir dürfen nicht zulassen, daß sich die Kopflosigkeit der Regierung in Bordeaux bis zur anderen Seite des Meeres ausbreitet. Auf, Soldaten Frankreichs, wo immer ihr seid!«

François Tavernier verließ das kleine Dorf noch in derselben Nacht.

16

Nach der Unterzeichnung des Waffenstillstands am Abend des 22. Juni 1940 fielen Léa und Camille einander um den Hals. Ihr erster Gedanke war: Der Krieg ist vorbei, Laurent kommt zurück. Doch dann stellten sich bald Zweifel ein, Angst und Scham. Vor allem Camille empfand den Waffenstillstand als Schmach, während er für Léa zunächst nur die Rückkehr zum normalen Leben bedeutete. Sie wollte leben und verschwendete keinen Gedanken daran, die Situation zu analysieren. Der Krieg war zu Ende, Punkt. Alles würde wieder so sein wie früher. Wie früher? . . . Sie wußte, daß sie sich etwas vormachte und daß *nichts* mehr so sein würde wie vorher. Da waren all die Toten, die einen sinnlosen, schrecklichen Tod gestorben waren, da war dieser Mann, den sie getötet hatte und der sie mit einem Angstschrei nachts im Bett hochschrecken ließ. Nur dank ihrer sanften, mütterlichen Art gelang es Camille, Léa immer wieder zu beruhigen. Ohne es zu wissen, gebrauchte sie die gleichen Worte wie Isabelle Delmas.

»Ist ja gut, Liebes, ich bin doch bei dir. Hab keine Angst, es ist vorbei, schlaf ein.«

Und Léa, an Camille geschmiegt, schlief wieder ein und murmelte: »Mama!«

Nein, nichts würde mehr so sein wie früher. Inmitten

des Grauens war sie zur Frau geworden. Und es fiel ihr nicht leicht, sich das zu verzeihen. Seit dem 19. Juni hatte sie sich vergebens um eine Telefonverbindung nach Montillac bemüht. Endlich, am 30. Juni, vernahm sie die Stimme ihres Vaters. Vermutlich lag es an der Entfernung, an der schlechten Verbindung, daß ihr seine Stimme vorkam wie die eines alten Mannes, so zaudernd, so benommen.

Er wiederholte in einem fort: »Es ist alles in Ordnung, es ist alles in Ordnung ...«

Langes Schweigen am anderen Ende der Leitung war die Antwort, als Léa darum bat, ihre Mutter zu sprechen.

»Hallo, hallo ... bitte nicht trennen ...«

»Hallo, Léa?«

»Ruth, wie schön, dich zu hören! Wie geht's dir? Gib mir Mama, ich habe Angst, wir könnten getrennt werden. Hallo ... hörst du mich? Gib mir Mama.«

»Deine Mutter ist nicht da, sie ist in Bordeaux.«

»Oh, wie schade! Ich hätte so gern ihre Stimme gehört, das hätte mir so gut getan. Gib ihr einen dicken Kuß von mir. Vergiß nicht, ihr zu sagen, daß ich oft an sie denke und sie ganz besonders lieb habe. Ich werde versuchen, nächste Woche noch mal anzurufen ... Hallo, hallo ... verflixt, jetzt sind wir doch unterbrochen worden.« Léa legte den Hörer auf die Gabel zurück. Ein beklemmendes Angstgefühl beschlich sie, Schweiß trat ihr auf die Stirn und die Schläfen und ließ die Narbe über der Augenbraue jucken und brennen.

»Ich muß unbedingt nach Hause«, murmelte sie vor sich hin.

Sie erhob sich aus dem Sessel im Arbeitszimmer Doktor Roulands, als der Arzt gerade den Raum betrat.

»Haben Sie Ihre Eltern erreicht?«

»Ja, vielen Dank. Wann wird Camille die Reise fortsetzen können?«

»Nicht vor der Geburt, das wäre zu gefährlich.«

»Ich muß nach Hause, es ist dringend.«

»Sicherlich nicht so dringend wie die Gesundheit Ihrer Freundin und die ihres Kindes.«

»Was wissen Sie denn schon davon? Ich werde zu Hause gebraucht, das weiß ich. Ich muß hin.«

»Jemand krank?«

»Ich weiß nicht, aber ich fühle, daß ich nach Hause muß. Ich fühle es, verstehen Sie?«

»Ich verstehe Sie ja, beruhigen Sie sich. Aber es muß Ihnen doch klar sein, daß Sie jetzt nicht weiterreisen können.«

»Aber Sie sind doch da, Doktor und Madame Trillaud auch. Und es geht Camille doch auch schon viel besser, seit Sie ihr erlaubt haben aufzustehen.«

»Das genügt nicht. Allein Ihre Anwesenheit bewahrt sie davor, in Panik zu geraten. Sie liebt Sie so sehr, daß sie Ihnen ihre Sorgen und ihre Unpäßlichkeiten verheimlicht. Daß ich ihr erlaubt habe, ein paar Schritte zu gehen, heißt noch lange nicht, daß sie die kritische Phase überwunden hat. Außerdem kann man angesichts ihrer Erschöpfung eine Frühgeburt nicht ausschließen. Haben Sie Geduld, ich bitte Sie!«

»Ich gedulde mich schon seit Wochen. Ich kann nicht mehr, ich will meine Mutter sehen.«

Léa sank in den Sessel zurück, schlug die Hände vor das Gesicht und fing leise an zu weinen: »Ich will weg von hier, ich flehe Sie an, lassen Sie mich gehen!«

So geschickt der Arzt im Umgang mit Kranken war, so hilflos war er gegenüber den Tränen eines hübschen Mädchens. Erst nach mehreren vergeblichen Versuchen gelang es ihm, die richtige Dosis eines Beruhigungsmittels in Wasser aufzulösen und Léa zu überreden, davon zu trinken. Selbst mit den Nerven am Ende, nahm auch er einen Schluck.

»Hören Sie auf zu weinen ... das hilft doch nichts ... Sie werden mir sonst noch krank ...«

Als die gute Madame Trillaud Léas verstörte Miene und ihre zitternden Hände bemerkte, zwang sie sie mit sanfter Gewalt, sich schlafen zu legen.

In der Nacht bekam Léa Fieber, das bis auf vierzig Grad anstieg. Der eilends herbeigerufene Arzt wußte nicht, welche Diagnose er stellen sollte. Drei Tage hielt das Fieber an, und im Delirium rief Léa nach ihrer Mutter, nach Laurent und François. Dann verschwand es ebenso rasch, wie es gekommen war.

Camille war die ganzen drei Tage über nicht eine Sekunde von ihrem Bett gewichen, ungeachtet der Mahnungen des Arztes und Madame Trillauds.

Eine Woche später war Léa vollkommen genesen. Bei den Ilettes nahm sie ein Bad in der Gartempe. Am Abend desselben Tages sagte Camille: »Doktor Rouland meint, ich könnte ohne Gefahr nach Roches-Blanches zurückfahren.«

»Wirklich?«

»Ja, wenn wir langsam fahren. Ein Cousin von Madame Trillaud hat es übernommen, den Wagen durchsehen zu lassen und uns Benzin zu beschaffen. Wir können fahren, wann du willst.«

»Das ist wunderbar, endlich werde ich Mama wiedersehen!«

Camilles Blick verriet, daß auch sie sich über das Glück, der Freundin freute. Sie scheint mich wirklich zu mögen, diese dumme Gans, dachte Léa.

»Madame Trillaud, wir können fort von hier, Camille darf weiterfahren!« frohlockte Léa und stürzte Madame

Trillaud entgegen, die mit einem großen Korb voll Gemüse die Küche betrat.

Verwundert wandte die Frau sich an Camille. »Aber, Kind! . . .«

Sie brach ab, als sie bemerkte, daß die junge Frau ihr Zeichen gab, nichts zu sagen.

»Wir werden morgen abreisen, liebe Madame, der Doktor ist einverstanden«, fügte Léa hastig hinzu.

»Warum hat er mir denn vor seiner Abreise nichts davon gesagt?« fragte Madame Trillaud mißtrauisch.

»Er wird's vergessen haben, er hat ja soviel zu tun.«

»Ich wußte gar nicht, daß er weggefahren ist. Wohin denn?« fragte Léa.

»In die Bretagne zu seiner Mutter. Seit ihr jüngster Sohn bei Dünkirchen gefallen ist, ist sie ganz allein.«

»Ich wußte nicht, daß er einen Bruder im Krieg verloren hat«, sagte Camille.

»Er spricht nicht gern darüber, aber ich weiß, daß er sehr darunter leidet. Er liebte diesen Jungen wie seinen eigenen Sohn.«

»Versichern Sie ihn bitte unseres tiefsten Mitgefühls.«

»Sie bleiben am besten hier und sagen es ihm selbst, wenn er zurückkommt.«

»Nein, wir müssen nach Hause. Ich möchte, daß mein Kind im Haus der Familie zur Welt kommt.«

»Die Straßen sind unsicher.«

»Machen Sie sich keine Sorgen, Madame Trillaud, es wird alles gutgehen«, sagte Camille und ergriff ihre Hände. »Sie müssen mir versprechen, mich zu besuchen. Sie werden mir stets willkommen sein.«

»Sie werden mir fehlen, Madame Camille. Ich hatte gerade eine schöne Wohnung mit Garten am Ufer der Gartempe für Sie gefunden. Sehen Sie, dort drüben, am anderen Ufer, das Haus mit den roten und weißen Fensterläden. Es gehört einem Getreidehändler, der immer nur ein paar Tage im Monat hier verbringt. Die Hälfte des Hauses vermietet er. Zuletzt hat ein Bankier aus Paris mit seiner Familie darin gewohnt; die sind aber inzwischen nach Hause zurückgekehrt.«

»Wie alle Flüchtlinge«, bemerkte Léa. »Die Stadt ist wie verlassen; richtig unheimlich. Die Straßen sind wie ausgestorben.« Sie atmete tief durch.

»Ich werde jetzt die Koffer packen.«

Ungeachtet der Tränen Madame Trillauds brachen Camille und Léa am nächsten Tag auf, wohlversehen mit Körben voller Lebensmittel aller Art. Selbst Léa verspürte beim Abschied einen Kloß im Hals.

»Nach dem Krieg werde ich mit Laurent und unserem Kind hierher zurückkommen«, sagte Camille und machte es sich auf der Rückbank bequem.

»Hoffentlich sehe ich dieses Nest nie wieder«, brummte Léa mürrisch, als sie über den Vieux-Pont fuhren.

Am frühen Nachmittag erreichten sie ohne Zwischenfälle Nontron im Limousin. Auf den Straßen herrschte wenig Verkehr, aber da und dort erinnerten verlassene oder teilweise zerstörte Fahrzeuge im Straßengraben oder am Wegesrand an die Flüchtlinge, die hier vorübergekommen waren.

Léa half Camille aus dem Wagen und führte sie an den Tisch eines Straßencafés.

»Bestell mir eine kühle Limonade, ich werde im Hotel drüben fragen, ob noch Zimmer frei sind.«

»Wozu?«

»Damit du dich ausruhen kannst, du mußt doch müde sein.«

»Nein, nein, nicht der Rede wert, laß uns noch ein Stück weiterfahren, ehe wir übernachten.«

»Meinst du wirklich, du schaffst es?«

Die Kellnerin, die an ihren Tisch trat, ersparte Camille die Antwort. »Zwei kühle Limonaden, bitte. Möchtest du auch was essen?« fragte Léa.

»Nein, danke, ich habe keinen Hunger.«

»Ich auch nicht, die Hitze schlägt mir auf den Magen.«

Nachdem sie Gesicht und Arme am Brunnen im Hof hinter dem Café erfrischt hatten, fuhren sie weiter.

In Périgueux wurden sie von französischen Gendarmen angehalten, die ihr Befremden darüber zum Ausdruck brachten, daß zwei junge Frauen allein in einem so großen Wagen und mit so wenig Gepäck unterwegs waren. Erst als sie Camilles Zustand bemerkten, ließen sie sie passieren.

»Sie täten besser daran, Madame, das nächste Krankenhaus aufzusuchen, wenn Sie Ihr Kind nicht unterwegs bekommen wollen«, rieten sie.

Camille bedankte sich, biß die Zähne zusammen und ging zum Wagen zurück.

Als der Wagen einige Minuten später durch ein Schlagloch holperte, stöhnte Camille auf.

Léa drehte sich um. »Geht's nicht mehr?«

»Nein«, antwortete Camille kopfschüttelnd und zwang sich ein gequältes Lächeln ab.

Léa steuerte das Auto an den Straßenrand.

»Wo tut es dir weh?« fragte sie und kletterte zu der Kranken auf die Rückbank.

»Überall«, antwortete Camille mit gepreßter Stimme. »Was hab' ich dem lieben Gott nur getan, daß mir so was passieren muß!«

Nur Ruhe, ganz ruhig, sprach sie zu sich selbst. Wir fahren ins nächste Dorf, dort treibe ich schon einen Arzt auf.

In den wenigen Dörfern zwischen Périgueux und Bergerac war jedoch nicht ein einziger Arzt zu finden. Alle drei Ärzte in Bergerac, bei denen Léa es versuchte, waren nicht zu Hause. Blieb also nur das Krankenhaus. Dort wurde ihr gesagt, zu dieser Stunde würden keine Patienten mehr aufgenommen; sie sollten am nächsten Tag wiederkommen oder ein Notaufnahmeersuchen des behandelnden Arztes vorlegen. Weder flehentliches Bitten noch Drohungen vermochten den diensthabenden *Zerberus* gnädig zu stimmen.

Camilles Zustand hatte sich nicht gebessert, als Léa zum Wagen zurückkehrte. Glücklicherweise fanden sie rasch ein Hotelzimmer. Es war zwar nicht sehr komfortabel, aber für eine Nacht mochte es genügen. Léa ließ sich das Essen aufs Zimmer bringen und zwang Camille, etwas heiße Brühe zu sich zu nehmen.

Kaum war Léa in das unbequeme Bett mit der durchgelegenen Matratze gekrochen, da war sie auch schon eingeschlafen. Camille hingegen tat die ganze Nacht kein Auge zu. Erst gegen Morgen nickte sie ein, schlief aber so unruhig, daß sie Léa weckte, die mißgestimmt aufstand. Es war sechs Uhr, der Himmel war bedeckt. Nach einer flüchtigen Toilette drehte sie eine kleine Runde durch die Stadt, um die Zeit zu überbrücken, bis es im Hotel Frühstück gab.

Sie kam an der Post vorbei und überlegte, ob sie versuchen sollte, ihre Eltern anzurufen, um ihnen ihre baldige Ankunft mitzuteilen. Vor der Abfahrt hatte sie keine Gelegenheit dazu gehabt, weil die Verbindungen wieder einmal unterbrochen waren. Trotz der frühen Stunde hatte sich bereits eine Schlange von Leuten im Postamt gebildet, die alle telefonieren wollten. Endlich war Léa an der Reihe.

Nach mehreren Versuchen sagte die Dame von der

Vermittlung: »Alle Leitungen besetzt, kommen Sie später wieder.«

Es war fast elf Uhr, als sie niedergeschlagen aus dem Postamt trat. In einer Schaufensterscheibe erblickte sie ein Spiegelbild, in dem sie sich nur mit Mühe wiedererkannte. Was würden ihre Mutter und Ruth sagen, wenn sie sie so sähen, ungekämmt und in einem ganz zerknitterten Kleid? Der Gedanke an die Vorhaltungen der beiden Frauen erfüllte sie mit Freude. Nicht mehr lange, dann würde sie endlich wieder zu Hause sein! Wie gern würde sie Ruths Lektionen über Anstand und Benimm und Mutters liebevollen Tadel über sich ergehen lassen! Bald, in ein paar Stunden, schlimmstenfalls in einem Tag, würde sie sie in die Arme schließen.

Camille lag angekleidet auf dem Bett und wartete. Sie hatte versucht, die Blässe in ihrem Gesicht mit Rouge zu überdecken, aber weil sie es nicht gewohnt war, sich zu schminken, hatte sie es zu dick aufgetragen und sah nun aus wie eine Puppe mit einem undeutlich gemalten Gesicht.

Léa ließ sich jedoch von der übertrieben gesunden Farbe täuschen.

»Du siehst besser aus als heute morgen«, sagte sie. »Fühlst du dich kräftig genug, um weiterzufahren?«

»Ja, mir geht es prächtig«, stieß Camille zwischen zusammengepreßten Lippen hervor und erhob sich.

Mit der einen Hand das Treppengeländer und mit der anderen Léas Arm umklammernd, schleppte sie sich die Treppe hinunter und durchquerte die Hotelhalle. Vor Anstrengung brach ihr der Schweiß aus allen Poren. Der Wagen stand vor der Tür. Sie streckte sich auf der Rückbank aus. Léa ging noch einmal nach oben, um das Gepäck zu holen, und nutzte die Gelegenheit, sich das Haar zu bürsten und sich umzuziehen.

Léa war zu Hause – die Namen der Städte und Dörfer klangen wie Musik in ihren Ohren: Sainte-Foy-la-Grande, Castillon-la-Bataille, Sauveterre-de-Guyenne, La Réole. Sie war sich unschlüssig. Sollte sie Camille zu ihrem Schwiegervater bringen oder mit nach Montillac nehmen? Als sie sich umdrehte, um Camille nach ihrer Meinung zu fragen, war die Rückbank leer.

»Camille? Camille?« rief Léa und stieg abrupt auf die Bremse. Sie riß den Wagenschlag auf und taumelte entsetzt zurück, als sie die Frau sah, die mit weit aufgerissenen Augen zwischen den Sitzen lag und auf eine Decke biß.

»Mein Gott! Camille . . .«

Was hatte sie bloß?«

»Das Baby . . .«

Was – das Baby? Das Baby . . . Was sollte das heißen . . .?

»Das Baby . . .«, hauchte Camille ein zweitesmal und hob den Kopf. O nein, doch wohl nicht jetzt, konnte das Baby denn nicht noch ein bißchen warten? In panischer Angst blickte Léa sich um. Nichts als Wiesen und Felder rings umher und drohende Gewitterwolken am Himmel. Ruhig, ganz ruhig. Wie lange dauert eine Geburt? Léa mußte sich eingestehen, daß sie nicht die geringste Ahnung hatte. Isabelle hatte mit ihren Töchtern nie über diese Dinge gesprochen.

»Wann hat es angefangen?«

»Gestern, aber heute morgen war es wieder vorbei . . . Vorhin ist irgendwas in meinem Bauch zerrissen. Da bin ich auf den Boden gerutscht. Ich war ganz naß.«

Der magere, verkrampfte Körper krümmte sich unter den einsetzenden Wehen. Camille versuchte vergeblich, einen Schrei zu unterdrücken, der ihr Gesicht verzerrte. Ein Schweißausbruch ließ ihre Schminke zerfließen.

Als der Schmerz vorbei war, versuchte Léa, Camille auf die Rückbank zu setzen. Sie schaffte es nicht.

»Ich kann nicht ... entschuldige ...«

»Sei still, laß mich nachdenken. Das nächste Kaff ist Pellegure, dort werden wir um Hilfe bitten.«

»Nein, nein, ich will zu Laurents Vater oder zu deinen Eltern.«

»Meinst du, du hältst es noch fünfzig Kilometer aus?«

»Ja ... laß uns weiterfahren ...«

Nie im Leben würde Léa diese fünfzig Kilometer vergessen. In Saint-Maixant sah sie die ersten deutschen Uniformen; vor Schreck hätte sie den Wagen beinahe in einen Graben gefahren. Am Fuße der Steigung, die nach Verdelais hinaufführte, war eine Sperre errichtet worden. Ein Soldat gab ihr Zeichen, anzuhalten.

»Durchfahrt verboten«, sagte er auf deutsch zu ihr. In ihrer Benommenheit vergaß Léa alles, was Ruth ihr an deutschen Vokabeln mühsam beigebracht hatte.

»Ich verstehe nicht.«

Ein Offizier trat hinzu und sagte in schwerfälligem Französisch: »Es ist nicht erlaubt, die Fahrt *fortzusetzen*. Haben Sie einen *Ausweis*?«

»*Ausweis?*«

»Ja, *laissez-passer.*«

»Nein, ich will nach Hause, das ist da oben«, sagte sie und zeigte mit dem Finger in Richtung Montillac.

»Nein, ohne Ausweis keine Weiterfahrt!«

»Ich bitte Sie, meine Freundin bekommt ein Kind ...! Baby«, fügte sie hinzu und deutete mit dem Daumen hinter sich. Der Offizier beugte sich vor. »Mein Gott! Wie heißen Sie?«

»Léa Delmas.«

»Gehören Sie zur Gutsbesitzerfamilie von Montillac?«

Er gab dem Soldaten ein Zeichen, den Weg freizumachen, und schwang sich auf ein Motorrad, das gegen einen Baum gelehnt war. »Kommen Sie, ich werde Sie begleiten.«

Léa hatte sich ihre Heimkehr anders vorgestellt: alle würden da sein, um sie zu empfangen, sie zu feiern und zu verhätscheln. Aber nichts dergleichen geschah, alles war verlassen, der Hof, die Weinkeller, das Haus, die Scheunen. Selbst die Tiere schienen verschwunden zu sein. Alles war ruhig, viel zu ruhig.

»Mama! Papa! Ruth!« rief sie und stürmte durch die große Küche ins Haus. Sie riß die Tür zur Treppe auf, die zu den Schlafzimmern nach oben führte, und rief noch einmal: »Mama! Papa! Ich bin's!«

Im Speisezimmer, im Salon und im Arbeitszimmer ihres Vaters waren die Vorhänge zugezogen, so als herrsche draußen strahlender Sonnenschein. Léa mußte sich damit abfinden: Es war niemand zu Hause.

Draußen bezog sich der Himmel, und in der Küche wartete der deutsche Offizier. Er trug Camille noch immer auf seinen Armen.

»Wo soll ich sie hinlegen?« fragte er auf deutsch.

»In mein Zimmer.«

Léa ging ihm voran. Im Zimmer roch es stickig. Sie lief in die Wäschekammer und holte frische Laken. Der Deutsche half ihr, das Bett zu beziehen. Camille hatte sich wimmernd in einem Sessel zusammengekauert. Kurz darauf betteten sie sie vorsichtig auf das nach Lavendel duftende Bett.

»Ist denn niemand da?«

»Ich werde den Arzt anrufen.«

Immer zwei Stufen auf einmal nehmend, sprang Léa die Treppe hinunter. Im Arbeitszimmer ihres Vaters herrschte eine unglaubliche Unordnung, so daß es ihr erst nach einigem Suchen gelang, sein Adreßbuch zu finden. Doch weder im Hause Doktor Blanchards noch bei den Ärzten von Saint-Macaire, Cadillac und Langon nahm jemand den Hörer ab.

In diesem Moment gellte ein Schrei durchs Haus. Wo mochten sie bloß alle sein? Abermals erscholl ein Schrei. Léa hastete aus dem Zimmer. Beim Hinauslaufen bemerkte sie eine schwarz umrandete Karte und fragte sich, wer wohl gestorben sei.

Der Offizier hantierte in der Küche. Er hatte den Herd angezündet und einige Töpfe mit Wasser aufgesetzt.

»Kommt der Arzt?«

Léa schüttelte den Kopf und eilte wieder nach oben zu Camille. Sie entkleidete sie bis auf den Unterrock, setzte sich zu ihr ans Bett, hielt ihre Hände und trocknete ihr die Stirn. Camille dankte ihr zwischen zwei Wehen. Sie war sichtlich darum bemüht, nicht allzu laut zu schreien.

Der Deutsche trat mit einer Schüssel heißen Wassers ein. Er hatte seine Mütze und die Uniformjacke abgelegt und die Hemdsärmel hochgekrempelt. Léa fiel auf, daß er noch sehr jung war und recht gut aussah. Eine lange, blonde Haarsträhne fiel ihm in die Stirn.

»Beruhigen Sie sich, es wird schon gutgehen«, sagte er auf deutsch und beugte sich über Camille.

Er wich vor dem Ausdruck des Entsetzens zurück, der sich plötzlich in dem Gesicht der jungen Frau widerspiegelte. Sie richtete sich auf und zeigte mit dem Finger auf die Nazi-Abzeichen am Hemd des jungen Mannes.

»Hab keine Angst«, sagte Léa und drückte sie sanft in die Kissen zurück. »Er hat mir geholfen, dich hierherzubringen.«

»Aber er ist Deutscher ... ich will nicht, daß ein

Deutscher mich anfaßt, daß er mein Kind anfaßt, lieber sterbe ich.«

»Genau das wird auch passieren, wenn du nicht ruhig liegen bleibst. Ich weiß nicht, was los ist, es ist niemand zu Hause.«

Eine Wehe, die stärker war als alle vorherigen, gefolgt von einer zweiten und gleich darauf von einer dritten, hinderten Camille an einer Antwort.

»Holen Sie mal Wäsche«, befahl der Soldat auf deutsch.

Léa gehorchte. »Wissen Sie denn, was zu tun ist?« stammelte sie, als sie mit einem Stapel Handtücher und zwei großen Schürzen wiederkam.

»Mein Vater ist Arzt, ich habe ein paar Bücher aus seiner Bibliothek gelesen«, entgegnete er in seiner Muttersprache und band sich eine Schürze um.

Léa wusch sich die Hände. Hoffentlich kommt Mama bald, ging es ihr durch den Kopf. Ich glaube, mir wird schlecht.

»Nur Mut ... oder wie sagt man bei Ihnen? *Du cran?*

Und zu Camille gewandt, sagte er auf französisch: »Nur Mut, Madame, das Baby wird gleich da sein.«

Als Ruth, ganz in Schwarz, die Zimmertür aufstieß, mußte sie sich am Rahmen festhalten, um nicht zu fallen: da stand ein Deutscher – sie erkannte es an seinen Stiefeln und seiner Uniformhose – und hielt ein winziges, in ein Handtuch gewickeltes Baby im Arm, das gellend schrie.

»Es ist ein Junge«, sagte er stolz auf deutsch.

Léa fiel der Kinderfrau um den Hals.

»O Ruth! Da bist du ja endlich! Und wo ist Mama? Ich hätte euch beide so dringend gebraucht!«

»Bonjour, Madame«, grüßte der Offizier mit einer Verbeugung. Sein rotes, schweißbedecktes Gesicht strahlte.

»Es ist alles in Ordnung. Das Baby ist zwar klein, aber sehr kräftig.«

Wortlos beugte Ruth sich über Camille. Mit besorgter Miene richtete sie sich wieder auf und eilte aus dem Zimmer. Einige Sekunden später trat Doktor Blanchard im schwarzen Anzug ein, gefolgt von Bernadette Bouchardeau, die ebenfalls Trauerkleidung trug.

»Kommen Sie schnell, Doktor!«

»Was gibt es denn ...?«

Der Arzt begriff sogleich. »Bernadette, Sie kümmern sich um das Kind. Ruth, holen Sie meine Tasche. Sie ist im Wagen.«

»Glauben Sie, daß sie sterben wird, Doktor?«

»Das kann ich nicht sagen, aber ihr Herzschlag ist ziemlich schwach. Was macht dieser Deutsche hier?«

»Er war mir behilflich, Camille hierherzubringen, und anschließend hat er Camille geholfen, das Kind zur Welt zu bringen.«

Nachdem Bernadette Bouchardeau ihm das Neugeborene abgenommen hatte, stand der junge Mann verlegen mitten im Zimmer und wischte sich die Hände an seiner Schürze ab. Ruth kehrte mit dem Arztkoffer zurück und wandte sich auf deutsch an ihn:

»Wir bedanken uns, Herr ...«

»Leutnant Friedrich Hanke.«

»Begleite den Herrn hinaus, Léa. Auf Wiedersehen, mein Herr.«

Friedrich Hanke legte seine Schürze ab, verbeugte sich steif und folgte dem Mädchen. Im Gehen schlüpfte er in seine Jacke. Draußen auf dem Flur trafen sie auf Françoise und Laure, Léas Schwestern, die beide ebenfalls in Schwarz gekleidet waren. Sie fielen einander in die Arme.

»Laure, meine Laurette, wie freue ich mich, dich zu sehen! Sogar dich, Françoise, du altes Ekel!«

»Oh, Léa, es ist furchtbar!«

»Was ist furchtbar? Wir sind wieder vereint, Camilles Baby geht es gut, der Krieg ist zu Ende, beinahe jedenfalls ...« Sie warf einen Seitenblick auf den Deutschen. »Was macht der denn hier?« flüsterte Laure ihr ins Ohr.

»Das erklär' ich dir später. Wo sind Papa und Mama?«

»Mama?«

Sie hatten sich in der Küche versammelt: Raymond d'Argilat, Jules Fayard, der Kellermeister, Amélie Lefèvre und ihr Verwalter Auguste Martin, Albertine und Lisa de Montpleynet, Luc und Pierre Delmas sowie einige Nachbarn. Aus großen Gläsern tranken sie den schweren goldgelben Wein von Montillac. Alle trugen dunkle, hochgeschlossene Kleidung. Die Frauen hatten ihre Hutschleier zurückgeschlagen.

Léas unbändiges Verlangen, dem Vater um den Hals zu fallen, *erstarb* jäh beim Anblick all dieser Leute. Woher kam diese plötzliche Kälte? Françoise und Laure standen hinter ihr und weinten; der Deutsche hatte den letzten Knopf seiner Uniformjacke geschlossen. Er schnallte sein Koppel mit der schwarzen Pistolentasche um, setzte seine Mütze auf, schlug vor Pierre Delmas die Hacken zusammen und verließ wortlos den Raum. Draußen im Hof startete er sein Motorrad, und das Dröhnen des Motors kam ihnen ungeheuer laut vor. Niemand rührte sich, solange es zu hören war.

In der Küche stach das Schwarz der Kleidung im Licht der einfallenden Sonnenstrahlen vom Weiß der Wände ab. Auf dem großen Tisch, dessen blaues Wachstuch an einigen Stellen verschlissen war, berauschten sich die Fliegen an den Weintropfen, die außen an den Flaschen entlanggelaufen waren. Die große Uhr schlug fünf. Ruth und der Doktor betraten die Küche, und noch immer rührte sich niemand. Léa lauschte. Warum ließ Mama so lange auf sich warten? Wußte sie denn nicht, daß ihre Tochter auf sie wartete?

»Mama«, hörte sie sich sagen. »Mama ... Mama ...« Das Wort wirbelte ihr durch den Kopf. Nein ... nur das nicht ... nicht sie ... mochten sie alle sterben, aber doch nicht sie ...

»Papa ... sag mir ... wo ist Mama ...? Das stimmt doch nicht, oder ...? Es ist jemand anders ...«

Léa blickte sich um, versuchte herauszufinden, wer fehlte. Es fehlten viele: Onkel Adrien, einige Cousins ...

Das Schluchzen ihrer Schwestern wurde heftiger. Alle senkten den Kopf. Über die Wangen des Vaters – wie alt er geworden war! – liefen Tränen. Ruth nahm sie in ihre Arme und zog sie an sich.

17

Über eine Woche lang war Léa wie betäubt; sie weinte nicht, sprach nicht, aß, was man ihr vorsetzte. Zusammengekauert schlief sie in dem kleinen Bett im Kinderzimmer, nahm die Medikamente ein, die Doktor Blanchard ihr verschrieben hatte, saß Stunde um Stunde auf der Terrasse und starrte ins Leere. Weder ihr Vater noch Ruth noch ihre Schwestern vermochten die Mauer des Schweigens, die sie umgab, zu durchbrechen. Der alten Ruth schnürte es jedesmal das Herz zusammen, wenn sie die schmale schwarze Silhouette sah, die unverwandt nach Verdelais hinüberschaute, als erwarte sie jemanden.

Eine alte Bluse ihrer Mutter aus rosarotem Crêpe, die sie in einem der Schrankkoffer im Kinderzimmer entdeckt hatte, löste endlich den befreienden Tränenstrom aus. Camille hörte sie weinen. Sie schleppte sich in ihrem weißen Nachthemd aus ihrem Zimmer und redete besänftigend, im gleichen Tonfall wie Isabelle, auf Léa ein.

Sie fand die richtigen Worte, das Leid ein wenig zu lindern. In Tränen aufgelöst, vom Schluchzen erschöpft, schlief Léa in Camilles Armen ein.

Als sie Stunden später allein aufwachte, benetzte sie ihr Gesicht mit kaltem Wasser, band sich das Haar zurück und suchte das Zimmer ihrer Mutter auf. Noch immer schwebte der Duft von Isabelles Parfum in dem Raum mit den geschlossenen Fensterläden. Neben dem ordentlich gemachten Bett hatte ein Strauß Rosen seine letzten Blütenblätter verloren. Léa kniete vor der Schlafstatt der Mutter nieder und legte ihre Wange auf die Tagesdecke aus weißem Piqué. Lautlos rannen ihr die Tränen über das Gesicht.

»Mama . . . Mamachen . . .«

Ihr Vater kam herein und kniete neben der Tochter nieder.

»Morgen früh gehen wir beide auf den Friedhof«, sagte sie. »Und jetzt erzähl mir, wie es passiert ist.«

»Willst du es wirklich wissen?«

»Ja.«

»Dann laß uns in mein Arbeitszimmer gehen, hier bringe ich das nicht über mich.«

In seinem Zimmer trank Pierre Delmas zwei Gläser Portwein hintereinander. Léa saß auf dem alten Ledersofa, in dem man noch tiefer versank als früher, und wartete.

»Es geschah in der Nacht vom 19. auf den 20. Juni. Deine Mutter war in Bordeaux bei der Frauenliga der Katholischen Aktion, der sie angehörte, und half bei der Unterbringung und Verpflegung der Flüchtlinge. Übernachten wollte sie bei deinem Onkel Luc. Kurz nach Mitternacht wurde Fliegeralarm gegeben. Überall in der Stadt fielen die Bomben: In der Nähe des Hafens, im Quartier de la Bastide, auf dem Cours de Luze und rund um Saint-Seurin; etwa ein Dutzend weitere zwischen der Rue David Johnston und der Rue Camille Godard, in der Rue des Remparts, beim Südbahnhof, am Cours d'Alsace et Lorraine, sowie in einen Dekkungsgraben der Allee Damours, in dem viele Menschen den Tod fanden. Eine schlug sogar neben dem Quartier des Bezirkskommandanten ein, wo die Diensträume Marschall Pétains und General Weygands untergebracht waren.«

Léa vermochte ihre Ungeduld nur mühsam zu zügeln. Was kümmerte es sie, wo die Bomben gefallen waren? Sie wollte nur wissen, wie ihre Mutter gestorben war.

Pierre Delmas füllte sein Glas ein drittesmal. »Deine Mutter verließ zusammen mit anderen Frauen das Haus der Katholischen Aktion, um sich in den nächsten Luftschutzkeller zu begeben. Vermutlich hat sie damit zu lange gewartet. Eine Bombe fiel in die Rue Ségalier, und deine Mutter erlitt Verletzungen an Kopf und Beinen. Ein Journalist aus Paris war einer der ersten, die zur Stelle waren. Er brachte sie ins Krankenhaus und ließ mich verständigen. Als ich eintraf, lag sie im Koma, aus dem sie erst am Vorabend ihres Todes, am 10. Juli, wieder erwachte.«

»Hat sie noch etwas für mich hinterlassen?«

Pierre Delmas leerte sein Glas, bevor er antwortete. Seine Stimme war belegt: »Dein Name war das letzte Wort, das über ihre Lippen kam.«

Ein jähes, ungetrübtes Glücksgefühl erfüllte Léa. »Danke, lieber Gott«, murmelte sie und warf sich in die Arme ihres Vaters.

»Wir dürfen nicht weinen, Léa, sie kommt jede Nacht zu mir und spricht mit mir.«

Léa sah ihn verwundert an. »Ja, Papa, ich glaube auch, daß sie noch immer bei uns ist.«

Sie verließ das Zimmer, ohne den lächelnden Ausdruck felsenfester Überzeugung in seinem Gesicht bemerkt zu haben.

Als Léa und ihr Vater tags darauf vom Friedhof zurückkamen, fanden sie Ruth in ein Gespräch mit Friedrich Hanke und einem weiteren Offizier verwickelt. Ihrer aufgebrachten Miene nach zu urteilen, mußte es sich um eine äußerst hitzige Diskussion handeln.

»Guten Tag, meine Herren«, sagte Pierre Delmas schroff. »Was gibt es, Ruth?«

»Diese Herren hier haben die Absicht, sich bei uns einzuquartieren. Sie verfügen offenbar über einen Requisitionsbefehl.«

»Aber das geht doch gar nicht!« rief Léa.

Leider doch, schien Hankes Geste besagen zu wollen. Er deutete auf das Blatt Papier, das Ruth in Händen hielt.

»Wir haben keinen Platz, wir haben Verwandte aus Paris und Bordeaux bei uns aufgenommen.«

»Es tut mir leid, Monsieur, aber wir haben Befehle, die wir ausführen müssen. Ich bin Oberleutnant Otto Kramer. Ich benötige zwei ausreichend große Zimmer sowie einen Schlafplatz für drei meiner Männer. Wir werden uns bemühen, Sie so wenig wie möglich zu belästigen.« Sein Französisch war tadellos.

»Das dürfte Ihnen schwerfallen«, brummte Léa.

»Hier können Sie nicht bleiben, dies ist ein Trauerhaus«, zischte Ruth, die ihren Zorn nur mühsam zu zügeln vermochte.

»Sie haben unser tiefstes Mitgefühl. Erlauben Sie, daß wir uns das Haus ansehen?«

Pierre Delmas stellte dem Oberleutnant sein Schlafzimmer zur Verfügung und richtete sich in dem seiner verstorbenen Frau ein.

»Nehmen Sie mein Zimmer, Sie kennen es ja bereits«, sagte Léa zu Friedrich Hanke.

»Ich möchte Sie nicht vertreiben, Mademoiselle.«

»Das ist schon geschehen«, entgegnete sie auf deutsch und räumte die Schubfächer ihrer Truhe aus.

»Ich versichere Ihnen, ich kann nichts dafür, wir haben den Befehl aus Bordeaux bekommen.«

Eine schwierige Zeit des Zusammenlebens begann. Die Deutschen gingen sehr früh am Morgen hinunter in die Küche, wo die Ordonnanz Oberleutnant Kramers das Frühstück zubereitet hatte. Françoise, die im Krankenhaus von Langon als Krankenschwester arbeitete, mußte zeitig aufstehen, und so traf man sich des öfteren vor dem Herd, auf dem das Wasser kochte. Man wechselte ein paar Worte miteinander, und einmal nahm Léa gar an ihrem Frühstück teil, das unbestreitbar reichhaltiger war als das ihre. Für den Rest des Tages waren sie nicht zu sehen: Sie hielten sich meistens in Langon oder in Bordeaux auf. Abends richteten sie es so ein, daß sie erst spät zurückkamen. Albertine und Lisa de Montpleynet waren für diese Rücksicht sehr dankbar. Am unerträglichsten war ihre Gegenwart für Camille, die sich nur langsam von der Geburt erholte. Zu wissen, daß sie zusammen mit Deutschen unter einem Dach hauste, versetzte sie in eine Wut, die an ihren Kräften zehrte. Doktor Blanchard hatte sich dagegen ausgesprochen, seine Patientin nach Roches-Blanches zu entlassen, da ihm der Weg dorthin für eine tägliche Visite zu weit war. Das Kind – ein reizender Knabe, dem seine Mutter den Namen Charles gegeben hatte – entwickelte sich zwar normal und war gesund, mußte aber wegen seines geringen Körpergewichts ebenfalls regelmäßig untersucht werden.

Camille blieb nichts anderes übrig, als sich mit den Gegebenheiten abzufinden. An den Wochenenden kam regelmäßig ihr Schwiegervater Raymond d'Argilat für zwei Tage zu Besuch; das Enkelkind half ihm über die Abwesenheit seines Sohnes und die Ungewißheit um dessen Schicksal hinweg.

Durch Vermittlung von Oberleutnant Kramer hatte die Familie ohne Schwierigkeiten Passierscheine erhalten, die sie zum Übertritt in die freie Zone berechtigten. Isabellas Tod hatte den Haushalt und das Leben der Hausbewohner aus ihren geregelten Bahnen geworfen. Schon nach kurzer Zeit mußte Ruth feststellen, daß die Vorräte rasch zur Neige gegangen waren: kein Öl mehr, keine Seife, keine Schokolade, kein Kaffee, nur noch wenig Zucker und Marmelade, einige wenige Konserven. Gemeinsam mit Léa und Françoise radelte sie nach Langon, um einzukaufen. Eine sengende Hitze lastete auf der Stadt; die Straßen waren so gut wie ausgestorben, die Cafés fast leer. Höchstens ein paar deutsche Soldaten saßen dort und tranken mit zutiefst gelangweilter Miene ihr Bier. Die Geschäfte sahen aus, als wären sie geplündert worden: die Lebensmittelhändler hatten ebensowenig anzubieten wie die Schuhläden und Bekleidungsgeschäfte. Die Auslagen der Bäckereien und Fleischereien waren leer, und auch der Weinhändler hatte nur noch ein paar verstaubte Flaschen. Die Deutschen seien hier gewesen, hieß es, und hätten für ihren eigenen Bedarf oder für ihre Familien in Deutschland eingekauft.

»Sogar der Eisenwarenhändler hat ein Bombengeschäft gemacht«, erzählte Madame Vollard, die Inhaberin des Lebensmittelladens, in dem die Familie Delmas seit vielen Jahren einkaufte. »Und der Buchhändler hat sich doch immer beklagt, daß die Leute hier nicht lesen würden – jetzt hat er kein einziges Buch mehr, keinen einzigen Bleistift. Zwei Tage lang haben die Kassen nur so geklingelt. Aber inzwischen ist hier alles rationiert.«

»Was sollen wir denn machen? Wir haben überhaupt nichts mehr im Haus!« rief Léa verzweifelt.

»Als Ihre arme Mama noch lebte, wäre das nicht passiert. Wissen Sie, am Tag vor dem Bombenangriff war sie noch hier. Da habe ich ihr trotz der Lebensmittelmarken noch die Körbe füllen können. Aber heute ...«

»Können Sie uns gar nichts verkaufen?«

»Nicht sehr viel. Was brauchen Sie denn?«

»Kaffee, Seife, Öl, Zucker ...«

»Kaffee hab' ich keinen mehr. Zichorie habe ich noch da; mit Milch schmeckt sie ja sehr gut. Heute morgen habe ich auch wieder Butter gekommen. Zwei Liter Öl und drei Kilo Zucker kann ich Ihnen geben. Ein bißchen Schokolade habe ich auch noch, ein Stück Pastete und Sardinen.«

»Geben Sie uns, soviel Sie können. Und die Seife ...?«

»Das geht in Ordnung. Haben Sie Ihre Marken dabei?«

Wieder auf Montillac, beschlossen François und Léa spontan, im Salon den Familienrat einzuberufen.

»Wir müssen etwas unternehmen, wenn wir nicht verhungern wollen«, sagte Léa. »Wir werden die kleine Wiese am Waschhaus umgraben müssen, um einen Gemüsegarten anzulegen; wir müssen Hühner kaufen, Kaninchen, Schweine ...«

»O nein!« fiel Laure ihr ins Wort, »die stinken doch so!«

»Aber gegen Schinken und Pökelfleisch hast du sicher nichts einzuwenden!«

»Und dann noch eine Kuh, wegen der Milch!« warf Lisa ein.

»O ja, dann kann sie Caoubet und Larouet Gesellschaft leisten!« rief Laure.

»Das ist alles gut und schön«, sagte Françoise, »aber was ist mit Fleisch und Kolonialwaren?«

»Wir werden uns mit dem Fleischer in Saint-Macaire

in Verbindung setzen; eure Mutter war ja die Patin seines Sohnes. Und Françoise fährt schließlich dreimal die Woche nach Langon ins Krankenhaus; da kommt sie auf dem Wege bei Madame Vollard vorbei. Aber bis wir das Gemüse aus Léas Gemüsegarten ernten können, steht uns noch eine harte Zeit bevor.«

»Bis dahin wird Marschall Pétain für alles gesorgt haben«, sagte Tante Bernadette.

Bernadette Bouchardeau war nicht nach Bordeaux zurückgefahren, sondern hatte Pierre Delmas' Gastfreundschaft dankbar in Anspruch genommen. Ihr Sohn Lucien war geflüchtet, um sich, wie er in seinem Abschiedsbrief an die Mutter geschrieben hatte, General de Gaulle anzuschließen. Seit jenem Tage hatte sie nichts mehr von ihm gehört. Sie hatte dem »Deserteur von London«, wie sie ihn nannte, unversöhnlichen Haß geschworen. Das Todesurteil, das am 2. August in Abwesenheit gegen ihn verhängt worden war, hatte sie mit Genugtuung erfüllt.

Ende August traf ein Brief aus Deutschland bei Raymond d'Argilat ein, aus dem hervorging, daß sein Sohn verwundet worden war und sich nun im pommerschen Westfalenhof in Kriegsgefangenschaft befand. Er lebte, Laurent lebte! Freude leuchtete aus Camilles und Léas Augen.

»Ich werde meinen Sohn nicht wiedersehen«, murmelte Raymond d'Argilat.

»Verderben Sie uns doch nicht die Freude, lieber Freund!« erwiderte Pierre Delmas. »Sie reden dummes Zeug. Nicht mehr lange, dann wird Laurent wieder zu Hause sein.«

»Für mich wird es zu spät sein.«

Seine Gewißheit machte Pierre Delmas betroffen.

Aufmerksam beobachtete er den Freund. Es war nicht zu leugnen: In letzter Zeit war er sehr gealtert und mager geworden.

Am 2. September traf ein Mann mit dem Fahrrad auf Roches-Blanches ein und verlangte Madame d'Argilat zu sprechen.

»Was wollen Sie von ihr?« erkundigte sich der alte Kellermeister.

»Ich habe Nachricht von ihrem Mann.«

»Von Monsieur Laurent? Oh, sagen Sie, wie geht es ihm? Wissen Sie, ich habe ihn schon gekannt, da war er noch ganz klein«, sagte der alte Mann gerührt.

»Es geht ihm gut, hoffe ich. Wir waren zusammen in Kriegsgefangenschaft. Er hat mir Papiere für seine Frau anvertraut. Seitdem habe ich ihn nicht wiedergesehen.«

»Madame d'Argilat ist nicht da. Sie ist auf Montillac, in der Nähe von Langon. Dort ist auch der alte Monsieur d'Argilat.«

»Ist das weit?«

»Etwa vierzig Kilometer.«

»Bah, ein bißchen mehr, ein bißchen weniger . . .«

»Aber Sie müssen trotzdem achtgeben, das Gut liegt in der besetzten Zone. Mein Sohn wird Sie begleiten, er kennt den Weg genau.«

Ohne Zwischenfall trafen die beiden jungen Männer am späten Nachmittag auf Montillac ein. Der Mann mit dem Fahrrad wurde sogleich zu Camille geführt.

»Bonjour, Madame. Ich bin Leutnant Valéry. Oberleutnant d'Argilat wurde zur selben Zeit wie ich gefangengenommen. Er war an den Beinen verwundet und konnte daher nicht fliehen. Er hat mir diese Papiere für Sie mitgegeben. Verzeihen Sie, daß ich meinen Auftrag nicht eher ausführen konnte. Haben Sie Nachricht von ihm?«

»Nein ... das heißt, ja, ich weiß wohl, daß er verwundet wurde und in Pommern in Gefangenschaft ist.«

»Gott sei Dank lebt er noch!«

»Sie mögen ihn wohl sehr?«

»Er ist ein hochanständiger, tapferer Mann. Seine Leute lieben ihn.«

»Und Sie, Monsieur, Sie haben aus dem Lager fliehen können?«

›Jawohl.«

»Was haben Sie nun vor?«

»Über die Grenze nach Spanien und von dort nach Nordafrika.«

»Und wie?«

»In Bordeaux gibt es eine Kontaktstelle. Verbindungsmann soll ein Dominikaner sein.«

»Ein Dominikaner?« entfuhr es Léa, die der Unterhaltung beiwohnte. »Wie heißt er?«

»Das weiß ich nicht. Treffpunkt ist ein Bistro am Hafen.«

»Léa ... du glaubst doch nicht ...?«

»Aber nein! Der Leutnant kann nicht in Montillac bleiben, das ist viel zu gefährlich ...«

»Zwei deutsche Offiziere haben sich bei uns einquartiert«, fügte Camille erklärend hinzu.

»Und wie wollen Sie nach Bordeaux kommen?« fragte Léa.

»Mit dem Zug.«

»Die Bahnhöfe werden streng überwacht, und heute abend fährt kein Zug mehr. Sie können in meinem Zimmer schlafen.«

»Nein, besser in meinem«, widersprach Camille. »Wegen des Babys wagen sie nicht, mich zu behelligen.«

»Du hast recht. Morgen früh werde ich Sie zum Bahnhof begleiten. Den anderen sagen wir besser nichts, es besteht kein Grund, sie unnötig zu beunruhigen. Sie haben bestimmt Hunger, Monsieur.«

»Ich könnte schon eine Kleinigkeit vertragen.«

Léa brachte aus der Küche ein Tablett mit kaltem Fleisch, Käse, Brot und einer Flasche nach oben. Schmunzelnd beobachteten die beiden Frauen, mit welchem Heißhunger der Mann sich darüber hermachte.

»Verzeihen Sie«, sagte er mit vollem Mund, »aber ich habe seit zweit Tagen nichts mehr gegessen.«

»Wir werden Sie jetzt allein lassen, ruhen Sie sich aus. Und vielen Dank, Monsieur, daß Sie mir die Briefe meines Mannes gebracht haben.«

Camille und Léa verließen das Zimmer.

»Wollen wir auf die Terrasse gehen?« fragte Camille.

»Wenn du dich stark genug fühlst?«

»Doktor Blanchard hat mir geraten, mich ein wenig zu bewegen. Seit ich Nachricht von Laurent habe, geht es mir besser, und die Briefe, die der Leutnant mir gebracht hat, sagen mir, daß ich ihn bald wiedersehen werde.«

Camille nahm auf der Eisenbank in der Gartenlaube Platz, wo die letzten Glyzinien verwelkten, riß den dikken Umschlag auf und begann zu lesen.

Meine geliebte Frau!
So Gott will, wird Leutnant Valéry Dir diese Seiten überbringen, die ich in den seltenen Minuten der Ruhe geschrieben habe. Sie werden Dir vielleicht eintönig erscheinen, aber in dem Zustand kraftloser Niedergeschlagenheit, in dem ich mich zur Zeit befinde, vermag ich mich nur schwer vom absurden täglichen Einerlei zu lösen. Du sollst jedoch wissen, daß ich unablässig an Dich und an unser Kind denke. Ihr beide gebt mir die Kraft, die Hoffnung nicht aufzugeben.

Mein geliebter Schatz, verzeih, daß ich Dir so kurz und bündig schreibe, aber ich habe zu viele meiner Freunde, meiner Gefährten neben mir sterben sehen. Die Welt soll erfahren, daß sie sich tapfer geschlagen haben. Vergiß das nie, auch wenn plötzlich viele Leute behaupten werden, die französischen Soldaten seien vor dem Feind davongerannt. Auf einige trifft das leider zu. Ich habe sie gesehen, wie sie Reims plünderten, wie sie ihre Waffen in die Straßengräben warfen, um schneller weglaufen zu können; ich habe sie gesehen, und ich werde es nie vergessen. Aber ich habe auch andere gesehen, bescheidene Helden, die sich lieber umbringen ließen, als zurückzuweichen. Deren Andenken werden wir bewahren müssen.

Paß gut auf Dich auf. Möge der Herr Dich und Léa segnen!

15. Juni 1940, bei Veules-les-Roses.
PS: Ich lege Dir mein Tagebuch bei.

Armer Laurent, dachte Camille. Sie entfernte die Klammer, die das dünne Bündel eng mit Bleistift beschriebener Blätter zusammenhielt und machte es sich für die Lektüre bequem. Es war ihr zur Gewohnheit geworden, Léa verschiedene Passagen vorzulesen.

»Dienstag, den 28. Mai 1940
Ich habe Houdoy in der Dorfkneipe wiedergetroffen. Er ist völlig kaputt. Er hat mit seinen Pferden 245 Kilometer in vier Tagen zurückgelegt. Viele Pferde sind verletzt. Den Rest des Tages bringe ich damit zu, auf den umliegenden Bauernhöfen Nachschub aufzutreiben.

Mittwoch, den 29. Mai 1940
Houdoy, Wiazemsky und ich sind zu Pferde unterwegs. Wir plaudern die ganze Nacht hindurch. Wir kommen durch Congis, Puisieux, Sennevières, Nanteuil, Baron. Um sechs Uhr morgens kampieren wir auf einem Gehöft. Nach ein paar Stunden Schlaf überprüfen wir unsere Ausrüstung und unsere Waffen, denn wir nähern uns der Front. Der Oberst stattet uns einen Besuch ab. Aufbruch um 23 Uhr 30.

Donnerstag, den 30. Mai 1940
Gegen ein Uhr früh durchqueren wir Senlis. Ankunft um 7 Uhr 30, nach fünfundvierzig Kilometern. Die Schwadron biwakiert auf einer Wiese. Wir haben Schwierigkeiten, Wasser zu finden.

Freitag, den 31. Mai 1940
Wir sammeln uns um ein Uhr früh, Aufbruch um 1 Uhr 30. Kleine Etappe von fünfundzwanzig Kilometern bis nach Bois-du-Parc, wo wir unser Lager aufschlagen. Am Tage mache ich mit meinem Lastwagen eine Versorgungsfahrt hinunter nach Beauvais. In der Stadt ist alles ruhig; die Geschäfte sind geöffnet. Ich kaufe mir eine Lokalzeitung. Um 16 Uhr fahre ich mit dem Auftrag zurück, das nächste Lager in Equennes vorzubereiten. Um 22 Uhr ist das Quartier bezugsfertig. Ich erhalte eine Nachricht vom Oberst: Wir können das Quartier nicht mehr beziehen. Wir brechen erneut ins Ungewisse auf.

Montag, den 3. Juni 1940
Während ich mit Wiazemsky beim Frühstück sitze, beobachten wir den Absturz einer Maschine über einem Waldgebiet hinter der 3. Schwadron. Allgemeine Aufregung. Der Pilot hat den Absturz zum Glück überlebt. Er

ist Engländer, ein Hüne von einsneunzig. Der Oberst erteilt mir Weisung, ihn zu seinem Stützpunkt, acht Kilometer von Rouen entfernt, zu fahren. Auf dem Rückweg mache ich Halt in Gournay-en-Bray, um ein paar belegte Brote und Schokolade einzukaufen. Die Geschäfte quellen über vor Waren; die Stadt bietet ein Bild des Friedens. Abendessen im Gefechtsstand. Angeblich will man uns nach Forges-les-Eaux entsenden. Spaziergang im Wald mit Yvan Wiazemsky; der Gedankenaustausch mit ihm bereitet mir zunehmend Vergnügen. Im Regiment gibt es keine markantere Persönlichkeit als ihn, niemanden, der mich mehr in seinen Bann zieht. Er ist ein hochgewachsener, gutaussehender Bursche, trotz seiner großen Ohren; sein Gang ist gemessen, und sein Blick verliert sich häufig in der Ferne. Er verfügt über eine hohe Intelligenz und einen grundanständigen Charakter. In gewisser Weise hat er mich adoptiert, hat mir im Regiment gezeigt, wo es lang geht, und mir sogleich das Du und seine Kameradschaft angeboten, die mir teuer sind. Gemeinsam mit Houdoy ist er hier mein bester Freund.

Dienstag, den 4. Juni 1940
Ruhiger, ereignisloser Tag. Wir haben Schwierigkeiten, Heu aufzutreiben.

Mittwoch, den 5. Juni 1940
Ich schreibe im Schein einer Kerze, die ich auf eine Kiste gestellt habe. Nachdem ich mich in der Frühe – wie immer – um den Nachschub gekümmert hatte, habe ich mir vom Dorffriseur die Haare schneiden und mich rasieren lassen. Ich hatte das Kinn voller Seifenschaum, als Wiazemsky mit dem Befehl der Brigade in der Hand hereinstürmte: ›Der Feind hat heute morgen an der

Somme einen massiven Angriff vorgetragen und hat an verschiedenen Frontabschnitten unsere Division durchbrechen können!‹ Wir wissen, was das bedeutet . . . Die Hitze ist fürchterlich. Zahllose Flugzeuge jagen über uns hinweg. Ganz in der Nähe schlagen Granaten ein. Ich erhalte vom Hauptmann die Genehmigung, meine Funktion als Verbindungsmann wiederaufzunehmen und dem mobilen Gefechtsstand mit meinem Fahrer und dem Anhänger zu folgen. Gegen 14 Uhr fahren wir los und überholen das Regiment inmitten einer riesigen Staubwolke. Mehrmals stelle ich die Verbindung zur Vorhut her. Gegen 16 Uhr machen wir Halt in Hornoy, das noch bewohnt ist. Ich plündere sämtliche Bistros, damit der ganze Gefechtsstand etwas zu trinken hat. Wir setzen unseren Weg fort und geraten in Belloy in einen unglaublichen Stau. Die Einwohner räumen die Stadt. Die Schwadronen sitzen fest. Ein Offizier überbringt mir die Nachricht, General Maillard wünsche dringend den Oberst zu sprechen. Wir melden uns zu viert: der Oberst, Creskens, Wiazemsky und ich. Die aufgeschlagene Karte vor sich auf dem Kotflügel eines Panhard, eröffnet uns der General, daß die Deutschen ganz nah sind und er das vierte Husarenregiment in Warlus mit Panzern angreifen will. Sie haben am frühen Morgen die Somme überquert. Es gelte, den auf Beauvais vorrückenden Feind aufzuhalten. Der Oberst diktiert seine Befehle für die Stellungen der Schwadronen und erteilt mir zwischendurch den Auftrag, sofort nach Agnières aufzubrechen, um die dort verbliebenen Minen und die Munition zu holen. Ich mache mich sofort auf den Weg. Es ist etwa 18 Uhr. Als ich zurückkomme, sind die deutschen Panzer in unmittelbarer Nähe und operieren am Rande des Dorfes zwischen den Linien. Ichh erfahre, daß Chevaliers Lastwagen am Ortsaus-

gang von Hornoy auf eine Mine gefahren und hochgegangen ist. Es ist schon fast dunkel, und von allen Seiten wird geschossen. Ich treffe auf Chevalier, der mit einer schweren Rückenverletzung durch die Finsternis irrt. Er ist sehr tapfer und beklagt sich nicht. Ich warte an seiner Seite, bis der Arzt eintrifft. Der Doktor sagt mir, die Verletzung sei sehr ernst. Mit einem Händedruck verabschiede ich mich von Chevalier, der hinter die Front gebracht wird.

In Bromesnil stoße ich auf den Gefechtsstand, wo auch Houdoy sich mit seinen Leuten und seinen Pferden befindet. Von ihm erfahre ich, daß wir General de Contenson unterstellt worden sind. Es ist 23 Uhr, und ich lege mich für ein paar Minuten schlafen.

Donnerstag, den 6. Juni 1940

Um zwei Uhr morgens wird der Gefechtsstand nach Fresneville verlegt, während die Schwadronen an der Front Stellung beziehen.

Im Morgengrauen stelle ich eine Verbindung mit Navarre im Schloß von Avesnes her. Wir werden von einigen Bombern im Tiefflug überrascht. So schnell wir können, springen wir aus dem Fahrzeug und suchen Schutz hinter einer Mauer. Die Flugzeuge nehmen den Wagen im Vorüberfliegen unter Beschuß. Ich kann sehen, wie die Kugeln das Blech aufschlitzen. Endlich entfernen sie sich. Wir fahren weiter in Richtung Arguel.

Es ist 8 Uhr. Im Gefechtsstand ist trotz der Bedrohung durch die deutschen Panzer alles ruhig. Im Laufe der Nacht hat das Regiment den Standort gewechselt. Kurze Zeit später breche ich auf nach Hornoy. Dort treffe ich einen Oberleutnant der Pioniere an, der ziemlich kopflos ist und mir erklärt, es hätte keinen Sinn, noch länger Minen zu legen. Das Dorf ist eingekreist. Die Schüsse kommen immer näher. Ich frage ihn, ob er das Dorf zu räumen beabsichtigt, und er erwidert: ›Natürlich nicht!‹ Ich biete ihm meine Hilfe an. Es gelingt mir, drei senegalesische Schützen zurückzuholen, die versucht hatten zu fliehen. Eine Stunde später muß ich mit ansehen, wie sie von einer Maschinengewehrgarbe niedergemäht werden. Mich überkommt Übelkeit. Ohne meinen Übereifer wären die drei armen Kerle vielleicht desertiert, aber sie wären noch am Leben. Rings um mich her pfeifen Kugeln. Ich heb ein Gewehr auf, das neben einem leblosen Körper liegt, und bringe es in Anschlag: ein Schrei ertönt aus dem Gestrüpp. Ein barhäuptiger Mann richtet sich auf. Keine zehn Meter trennen uns. Mir fällt seine Jugend auf und sein blondes Haar. Aus seiner zerfetzten Kehle strömt Blut. Mit weit aufgerissenen Augen stürzt er zu Boden, den Blick auf mich geheftet. Ein Schrei rettet mir das Leben: ›Herr Oberleutnant! Herr Oberleutnant! Schnell weg!‹ Eher instinktiv denn irgendeiner Überlegung folgend werfe ich mich gerade noch rechtzeitig zu Boden. Steine prasseln auf meinen Rücken nieder. Auf der Straße liegen zwei Motorradfahrer, die der Feuerstoß zerrissen hat, neben ihren umgestürzten Maschinen. Eines der Motorräder ist unbeschädigt; ich steige auf und versuche, mich zum Gefechtsstand durchzuschlagen. Um vier Uhr nachmittags erstatte ich Bericht. Man läßt mir keine Zeit, Atem zu schöpfen. Ich erhalte den Befehl, mit den Lastwagen nach Sénarpont zu fahren und den Nachschub zu holen. Ich lasse Verpflegung für zwei Tage an die Schwadronen verteilen. Es ist 21 Uhr. Ich bin vollkommen erschöpft . . .«

Camille hielt inne. »Hier, lies weiter«, sagte sie und reichte Léa die Blätter. »Ich muß nach Charles sehen, er weint.«

Léa fuhr mit der Lektüre des Tagebuchs fort.

Freitag, den 7. Juni 1940
Ich befinde mich im Befehlsstand von Rohan-Chabot, als die deutsche Offensive sich auf die gesamte Länge der Front auszudehnen beginnt. Die Bombenangriffe werden stärker, und die Deutschen greifen immer hartnäckiger an. Ich fahre hinüber zum zweiten Regiment, wo ich vom Tod Colombs erfahre. Kéraujat wird verwundet; Rohan-Chabot wenig später auch.

Gegen 20.30 Uhr ist die Verbindung mit Séze unterbrochen, der Oberst schickt mich los, um sich den Befehl zum Rückzug bestätigen zu lassen. Eilige Rundfahrt durch den Bombenhagel und zurück. Im Morgengrauen sind wir in Campneuseville (25 Kilometer) angelangt. Die Etappe war anstrengend: trostlose Landschaft, viele Häuser sind zerstört. Um fünf Uhr läßt uns der Oberst zu sich rufen. Wir sind endgültig abgeschnitten. Wir wollen versuchen, uns einen Weg zur Seine zu bahnen und gemeinsam mit der 5. Infanteriedivision den Rückzug der Gebirgsdivision zu decken. Das Regiment sammelt sich mühsam. Der Oberst teilt mir mit, daß der gesamte Proviant seit achtundvierzig Stunden spurlos verschwunden ist. Ich schlage vor, ein paar Tiere zu schlachten, die Bäckerei zu requirieren und einen Vorrat an Cidre anzulegen. Mit Wiazemskys Hilfe beschaffen wir fünfhundert Kilo Brot und 1600 Liter Cidre. Um alles weitere müssen die Schwadronen sich selbst kümmern.

Sonntag, den 9. Juni; Montag, den 10 Juni 1940; Dienstag, den 11. Juni 1940
Das Regiment formiert sich zu einer Verteidigungslinie an der Front bei Auvilliers-Mortemer. Von allen Seiten werden Durchbrüche der Deutschen gemeldet. Gegen 17 Uhr erhalten wir Befehl, uns abzusetzen. Sehr problematisch. Saint-Germain-sur-Eaulne, unsere einzige Rückzugsmöglichkeit, ist beim Eintreffen der 3. Schwadron schon besetzt. Es kommt zu einem Straßengefecht, in dessen Verlauf Dauchez getötet wird. Die Deutschen ziehen sich zurück, und wir können zusammen mit der 2. und 4. Schwadron passieren.

Es bleibt Zeit, drei Tiere schlachten zu lassen; sie werden verteilt, und wir brechen auf zum Schloß von (?), wo der Gefechtsstand eingerichtet wird. Die Verteidigung wird neu organisiert. Wir erfahren, daß wir endgültig eingekreist sind.

Ich führe das 4. Pionierkorps, das einzig noch intakte, zur Verstärkung der 3. Schwadron heran und richte meine Befehle im Unterstand von Stern ein. Ich erfahre gerade noch, daß Séze mit drei Zügen in Bellencombre in einen Hinterhalt geraten ist, und ... die Hölle bricht los. Cazenove, der einen Stützpunkt zu meiner Linken zu errichten versuchte, wird getötet, ebenso Chambon, der neben Audoux mit einem Granatsplitter im Hals fällt. Stern wird schwer verwundet. Das 4. Pionierkorps wird von den deutschen Panzern aufgerieben: Echenbrenner tot, Luirot, Branchu, Novat, Sartin verwundet. Ich sammle die Überlebenden, und wir ziehen uns in einen Steinbruch unter der Felswand neben dem Gefechtsstand zurück. Die deutschen Panzer kommen bis auf zweihundert Meter und nehmen uns drei Stunden lang aus 37er Geschützen und mit Phosphorgeschossen unter Beschuß. Unsere Muniti-

onslastwagen, die wir am Ortseingang von Veules-les-Roses zusammengezogen haben, fliegen einer nach dem anderen in die Luft. Der Himmel brennt. Die Pferde sind bewundernswert ruhig.

Eine Nacht fieberhaften Wartens. Ich bezähme meine Ungeduld, indem ich im Schutz der Felswand diese Aufzeichnungen niederschreibe. Ich habe zwei Gewehre im Geröll festgeklemmt und einen Mantel darüber gehängt, der das Licht meiner Kerze abschirmt. Seit einigen Minuten herrscht Stille. Man kann deutlich das Rauschen der steigenden Flut hören. Auf der anderen Seite des Wassers liegt die Freiheit, liegt vielleicht das Leben. Ich denke an meine geliebte Camille, an unser Kind, das seinen Vater vielleicht niemals kennenlernen wird, an die großartige und leidenschaftliche Léa, an meinen Vater, an unsere französische Heimat, in die der Feind eingefallen ist, an alle meine Freunde, die um ihrer Freiheit willen ihr Leben ließen und deren Opfer doch vergebens war. Ich denke an den deutschen Soldaten, den ich getötet habe, ich, der ich Gewalt verabscheue. Ein sonderbarer Friede erfüllt mich. Die Nacht ist still und schön. Der Duft des Meeres vermischt sich mit dem warmen Geruch der Pferde.

Den kleinen Charles auf dem Arm, trat Camille an das Fenster zum Park und bemühte sich, das Kind zum Lachen zu bringen, um nicht selbst in Tränen auszubrechen.

Bewegt fuhr Léa zu lesen fort:

Mittwoch, den 12. Juni, im Morgengrauen.
Wir erfahren, daß es nur drei englischen Transportern gelungen ist, rechtzeitig auszulaufen (einer lief vor dem Strand auf Grund, ein anderer ist an der Hafenausfahrt

versenkt worden). Wiazemsky wurde in der Nacht gefangengenommen, Mesnil ist verschwunden. Vom 4. Regiment unter Dumas sind nur wenige übriggeblieben; dazu gehören auch Pontbriand und ich und etwa fünfzig weitere Soldaten des ursprünglich 226 Mann starken Regiments. Major Augère hat mir als Abschnitt die Klippe nordöstlich von Veules zugewiesen. Wir stehen mit dem Rücken zum Meer. Ich verteile meine Leute und steige den Felsen hinauf. Im Osten, Süden und Westen manövrieren in einer Entfernung von drei bis vier Kilometern Panzerkolonnen. Gegen Mittag werden wir Schlag auf Schlag eingedeckt mit 37er-Salven und Leuchtspurmunition. Ravier und einige andere werden verwundet.

Major Augère erklärt, es sei sinnlos, die Stellung weiter zu halten. Wir marschieren hinunter ins Dorf und organisieren den Widerstand auf den Bauernhöfen. Meine Männer und ich feuern bis 16 Uhr. Ich werde an den Beinen verwundet und sinke auf die Knie. Als wir keine Munition mehr haben, schließen wir uns in einer Scheune ein und warten auf die Dunkelheit. Gegen 17 Uhr jedoch stürmen deutsche Soldaten mit Maschinenpistolen im Anschlag unser Versteck. Ich werfe meinen leergeschossenen Revolver fort. Zwei meiner Männer stützen mich beim Hinausgehen. Man bringt uns in einen Hohlweg, wo wir auch die anderen Überlebenden des Regiments antreffen. Wir werden ins Feldlazarett transportiert, wo ich mich auch jetzt noch befinde.

Leutnant Valéry hat mich von seiner Absicht zu fliehen in Kenntnis gesetzt. Da meine Beinverletzung mich hier festhält, vertraue ich ihm diese Aufzeichnungen und einen Brief an meine Frau an. Gott schütze ihn!

Die letzten Zeilen begannen vor Léas Augen zu tanzen. Sie glaubte, Laurents Schmerzen am eigenen Leibe zu spüren, und ahnte, welche Qualen sich hinter den Aufzeichnungen verbargen. Wo mochte er jetzt sein? Waren seine Verletzungen ernst? Er hatte nichts davon erwähnt.

Den kleinen Charles auf dem Arm, trat Camille neben sie. Sie hatte geweint.

»Wein doch nicht, das tut dir nicht gut. Da kommt Ruth, geh mit ihr hinauf.«

Léa reichte ihr die Blätter, und Camille versteckte sie in ihrer Tasche.

»Sie haben ja schon wieder geweint, Camille! Das ist aber sehr unvernünftig. Denken Sie doch an Ihren Sohn! Kommen Sie, gehen wir.«

Wortlos ging die junge Frau mit.

Léa blieb mit dem Kind allein. Die Landschaft vor der Terrasse ließ nichts von dem Unglück ahnen, das über sie gekommen war. Voll zärtlicher Besorgtheit ruhte Léas Blick darauf wie auf dem Gesicht einer geliebten Mutter, die ein vielleicht unheilbares Leiden befallen hat. Nichts schien sich verändert zu haben. Die Reben schwankten im Abendwind, in der Ferne bellte ein Hund, auf der Straße lärmten kleine Kinder.

18

Am nächsten Morgen, noch ehe die Deutschen und Françoise aufgestanden waren, begleitete Léa Leutnant Valéry zum Bahnhof von Langon, wo sie bis sieben Uhr auf die Ankunft des ersten Zuges nach Bordeaux warten mußten. Der Leutnant gab sein Fahrrad auf und passierte Zoll und Kontrolle ohne Schwierigkeiten: seine falschen Papiere waren von echten nicht zu unterscheiden. Léa bemerkte nicht ohne Besorgnis, mit welcher Gründlichkeit deutsche Soldaten und französische Gendarmen die Papiere der Reisenden überprüften. Spontan vertraute sie ihr Fahrrad dem Bahnhofsvorsteher an, den sie seit ihrer Kindheit kannte, und löste eine Rückfahrkarte nach Bordeaux.

»Haben Sie kein Gepäck?« fragte einer der Gendarmen.

»Nein, ich fahre nur für einen Tag nach Bordeaux, um meine kranke Tante zu besuchen.«

Léa stieg fast gleichzeitig mit dem Pfiff des Bahnhofsvorstehers ein.

Die Fahrt schien kein Ende nehmen zu wollen. An jeder noch so kleinen Station hatte der Zug längeren Aufenthalt. Es war fast zehn Uhr, als er in die Gare Saint-Jean einfuhr. Léa hielt Ausschau nach Leutnant Valéry, aber auf dem Bahnsteig herrschte ein solches Gedränge, daß sie sich plötzlich, ohne ihn erspäht zu haben, in der Halle wiederfand.

»Léa!«

Das Mädchen schrak zusammen. Vor ihr stand, sehr elegant gekleidet, Raphael Malh.

»Raphael! Wie schön, Sie wiederzusehen!«

»Ganz meinerseits, Teuerste. Von all meinen schönen Freundinnen, die Paris in dieser verrückten Zeit verlassen mußten, haben Sie mir am meisten gefehlt.«

»Sie übertreiben, wie immer.«

»Lassen Sie sich anschauen. Seit unserer kläglichen Niederlage sind Sie noch schöner geworden.«

Einige Leute drehten sich nach ihnen um.

»Vorsicht, man sieht schon zu uns herüber!«

»Und wenn schon, stimmt es vielleicht nicht, daß wir eine denkwürdige Schlappe erlitten haben?«

»Seien Sie doch still!« flehte Léa.

»Fast könnte man meinen, ich brächte Sie in Verlegenheit, Mädel! Kommen Sie, das war doch nur ein Scherz. Verlassen wir diesen Bahnhof. Wohin gehen Sie?«

»Ich weiß nicht.«

»Wundervoll, ich lade Sie zum Essen ein. Ein Mittagessen wie ›vorher‹. Das dürfen Sie sich keinesfalls entgehen lassen.«

»Wenn Sie meinen.«

»Sagen Sie das doch nicht so traurig! In Ihrem schwarzen Kleid sehen Sie aus, als hätten Sie gerade Vater und Mutter beerdigt.«

»Meine Mutter ist gestorben.«

»Das tut mir aufrichtig leid, Léa, das wußte ich nicht. Ich werde nie wieder so einen Witz machen.«

Vor dem Bahnhof wartete ein Wagen mit Chauffeur. Raphael öffnete die hintere Tür und lies Léa einsteigen.

»Zur Zeitung«, sagte er knapp, als er einstieg.

Sie schwiegen einen Augenblick, dann ergriff er wieder das Wort. »Erzählen Sie mir, wie es passsiert ist.«

»Mama ist bei dem Bombenangriff am 19. Juni umgekommen.«

»Ich war damals selbst in Bordeaux. Von Tours aus war ich der Regierung gefolgt. Nach diesem idiotischen Luftangriff, der sechzig Menschenleben gefordert hat, wollte ich Frankreich am nächsten Tag verlassen. Ich hatte einen Platz an Bord der *Massilia.* Aber dann traf ich eine Freundin – Sie kennen sie übrigens: Sarah Mulstein –, die einen Weg suchte, ihren Vater außer Landes zu bringen. Sie hatten zwar ihre Visa, aber keine Plätze. Ich habe ihnen meinen Platz überlassen.«

»Das war sehr edel von Ihnen.«

»Ach was, ich konnte doch nicht zulassen, daß ein so außergewöhnlicher Dirigent wie Israel Lazar den Deutschen in die Hände fällt.«

»Und was ist aus Sarah Mulstein geworden?«

»Das weiß ich nicht. Am 20. Juni wurde Bordeaux zur offenen Stadt erklärt; am 22. wurde der Waffenstillstand vereinbart; am 25. ordnete Pétain Staatstrauer an; am 27. marschierten die Deutschen mit Musik in Bordeaux ein, und am 30. zog die Regierung sich aus der Stadt zurück. Sie können sich nicht vorstellen, was für ein Durcheinander hier geherrscht hat. Am 29. bin ich nach Paris zurückgefahren. Bei *Radio Mondial*, das von den Deutschen besetzt worden war, gab man mir zu verstehen, daß meine Gegenwart unerwünscht sei. Freunden habe ich den glücklichen Umstand zu verdanken, eine Stelle als Journalist bei *Paris-Soir* gefunden zu haben. Das ist auch der Grund, warum ich wieder hier bin: ich mache eine Reportage.«

Der Wagen stoppte vor dem Redaktionsgebäude von *La Petite Gironde*, wo Raphael Malh einige Termine wahrzunehmen hatte. Er führte Léa in einen dunklen, mit Zeitungsstapeln überfüllten Büroraum.

»Nehmen Sie Platz, es wird nicht lange dauern. Bilden Sie sich weiter, an Lektüre wird es Ihnen hier sicher nicht fehlen.«

Nach einer halben Stunde war er wieder zurück und führte sie zum Essen ins *Chapon fin*.

»Guten Tag, Monsieur, Ihr Tisch ist schon gedeckt«, empfing ihn der Oberkellner mit einer Verbeugung.

»Danke, Jean. Was gibt es heute Gutes?«

»Die Auswahl ist nicht sehr groß, Monsieur Malh«, entgegnete er, während er Léas Stuhl zurechtrückte. »Ich kann Ihnen Gänseleberpastete und dazu einen Château-Yquem anbieten, Lammkeule mit Beilagen, gefülltes Masthühnchen oder kleine Seezungen.«

»Sehr schön. Und als Dessert?«

»Eine *Charlotte aux fraises* oder Windbeutel mit Vanilleeis und heißer Schokolade.«

»Ich glaube, ich träume«, sagte Léa. »Ich dachte, die Mahlzeiten in den Restaurants seien reglementiert worden.«

»Nicht in allen, Mademoiselle, nicht in allen.«

»Bringen Sie uns die Gänseleberpastete und Ihren Sauternes. Was würden Sie zu einer Lammkeule sagen, teuerste Freundin? Sie ist vorzüglich. Dazu einen Haut-Brion. Einen guten Jahrgang, bitte.«

»Ich werde Ihnen den Weinkellner schicken.«

»Das ist nicht nötig. Er soll den Sauternes gleich bringen.«

»Sehr wohl, Monsieur.«

»Kommen Sie oft hierher?« fragte Léa und sah sich um.

»Nur manchmal, es ist nämlich sündhaft teuer hier. Aber heutzutage sind alle guten Restaurants unerschwinglich geworden. Als die Regierung noch hier war, habe ich oft im *Chez Catherine* zu Abend gegessen, einem ausgezeichneten Restaurant. Der Besitzer ist Monsieur Dieu, ein großer Koch und Bücherfreund. Wir haben uns darüber gestritten, in welchem Jahr Nordens *Voyage d'Egypte et de Nubie* erschienen ist. Er behauptete, es sei 1755 gewesen, ich dagegen beharrte auf 1757. Er behielt recht.«

»Sehen Sie nur, dort drüben, die deutschen Offiziere.«

»Was ist so verwunderlich daran? Nicht alle essen Wurst und Sauerkraut. Ich kenne eine ganze Reihe hervorragender Weinkenner unter ihnen.«

»Mag sein, aber ich finde es ziemlich störend.«

»Sie werden sich entweder daran gewöhnen müssen, meine Liebe, oder aber Sie schließen sich General de Gaulle in London an. Glauben Sie mir, die werden noch ein Weilchen hierbleiben, die Deutschen!«

Ehrfurchtsvoll brachte der Weinkellner eine Flasche Château-Yquem, Jahrgang 1918.

»Der Jahrgang des Sieges«, flüsterte er Raphael Malh zu, während er ihm die Flasche präsentierte.

»Schweigen Sie!« zischte dieser und blickte sich rasch um.

»Schenken Sie mir rasch ein«, sagte Léa und hielt ihm ihr Glas hin, »damit ich auf den Sieg trinken kann!«

Ein amüsiertes Lächeln erschien auf Raphael Malhs Lippen. »Warum nicht? Auf den Sieg!«

»Auf den Sieg!« rief Léa lauthals und hob ihr Glas. Sie stießen miteinander an. Das Klirren der Gläser und das Lachen des Mädchens zerschnitten die Stille, die sie plötzlich umgab.

»Monsieur, Mademoiselle, ich bitte Sie!« murmelte der Wirt, der herbeigelaufen war, mit einem Seitenblick auf den Tisch der deutschen Offiziere.

Einer von ihnen erhob sich, verneigte sich vor Léa und hob das Glas Champagner, das er in der Hand hielt. »Und ich trinke auf die Schönheit der Französinnen!«

»Auf die Schönheit der Französinnen!« riefen seine Kameraden und erhoben sich ebenfalls.

Léa worde rot vor Zorn und wollte aufstehen. Raphael hielt sie zurück: »Bleiben Sie sitzen.«

»Entweder diese Leute gehen oder ich.«

»Machen Sie sich nicht lächerlich! Wollen Sie noch mehr auffallen? Das ist unklug. Denken Sie an Ihre Familie.«

»Wie meinen Sie das?«

Raphael senkte die Stimme. »Ich sagte Ihnen doch, daß ich an einer Reportage arbeite. In Wahrheit stelle ich Nachforschungen über eine Untergrundorganisation an, deren Ziel es ist, bestimmte Leute, die nach Nordafrika oder nach London zu General de Gaulle wollen, über die spanische Grenze zu schleusen.«

»Und was hat das mit mir zu tun?«

»Oh, mit Ihnen nichts. Aber es gibt da durchaus glaubhafte Andeutungen, die mich vermuten lassen, ein gewisser Dominikanerpriester könne an der Spitze dieser Organisation stehen.«

»Ein Domini . . .«

»Jawohl, ein Dominikaner wir Ihr Onkel Adrien, der berühmte Prediger.«

»Das ist absurd, mein Onkel interessiert sich nicht für Politik.«

»In den besseren Kreisen von Bordeaux erzählt man sich etwas ganz anderes.«

»So? Was denn?«

»Man hat nicht vergessen, daß er die spanische Revolution unterstützt hat. Als guter Franzose müßte ich ihn eigentlich bei der Vichy-Regierung denunzieren.«

»Werden Sie es tun?

»Das weiß ich noch nicht. Essen Sie doch Ihre Gänseleberpastete, sie ist vorzüglich.«

»Ich habe keinen Hunger.«

»Aber Léa, wie können Sie meine Worte nur so ernst nehmen? Sie wissen doch, daß ich gerne Witze mache.«

»Eine sonderbare Art von Humor haben Sie.«

»Nun essen Sie schon!«

Ihre Eßlust siegte.

»Gut, nicht wahr?«

»Hmmm . . .!« war Léas Antwort.

»Die ersten Wochen nach dem Waffenstillstand müssen wohl recht turbulent gewesen sein hier in Bordeaux«, meinte Léa nach einer Weile versonnen und drehte ihr Glas Haut-Brion vor den Augen hin und her.

»Etwas Vergleichbares habe ich noch nie gesehen. Stellen Sie sich das mal vor: Zwei Millionen Flüchtlinge in dieser Stadt; kein einziges freies Zimmer mehr. Im *Hôtel de Bordeaux* und im *Splendide* wurden sogar die Sessel in der Halle vermietet. Ganz Paris war in Bordeaux. Überall begegnete man Freunden und Bekannten und vergaß über der Freude des Wiedersehens sogar die Flucht. In den Straßencafés wurde unablässig politisiert, und immer wieder wurden neue Namen für alle möglichen Regierungsposten gehandelt. Vor den Konsulaten wurden die Schlangen derer, die einen Paß beantragen wollten, länger und länger. Etliche Minister rieten den Rothschilds zur Flucht, obwohl kein Mensch glaubte, daß die Deutschen jemals bis nach Bordeaux kämen. Die Restaurants öffneten bereits um zehn Uhr. Die Nachmittage verbrachte ich damit, mal mit dem, mal mit jenem zu plaudern: mit Julien Green, Audiberti, Jean Hugo. Abends streifte ich über die Esplanade des

Quinconces auf der Suche nach einer verwandten Seele. Nichts regte so sehr zu Ausschweifungen an wie die düsteren Stunden des Lebens. Zum Teufel, denkt man sich, wer weiß, was der morgige Tag bringen wird, da ist das rasche Vergnügen das beste! Und schließlich bleibt einem gar nichts anderes übrig, als das Vergessen zu suchen, sei es in zügellosen Ausschweifungen oder im Alkohol. Ja, man muß das Vergessen suchen, wenn man ohnmächtig die kopflose Flucht einer ganzen Nation miterlebt! Niemals hätte ich es mir träumen lassen, Zeuge von so viel Feigheit zu werden. Wir sind die hinfälligen Greise einer alten Nation, die seit zweihundert Jahren von innen her verrottet und verfault, und damit wird man sich nun einmal abfinden müssen.«

»*Ich* will mich damit nicht abfinden. *Ich* bin keiner von diesen Greisen . . .«

»Sie vielleicht nicht. Aber wo sind denn die kräftigen jungen Männer, die Sie verteidigen sollen? Ich habe gesehen, wie sie die verstörten Zivilisten auf ihrer Flucht über den Haufen rannten, wie sie ihre Gewehre fortwarfen, um schneller laufen zu können; fett sind sie, vollgefressen und schon in jungen Jahren glatzköpfig, und sie träumen von nichts anderem mehr als von bezahltem Urlaub, von Sicherheit und von der Pensionierung.«

»Seien Sie still! »Was ist denn mit *Ihnen*? Wo haben denn Sie Ihre Uniform und Ihr Gewehr?«

»Oh, meine Teure, wir vom anderen Ufer haben fürchterliche Angst vor allem, was schießt und knallt«, säuselte Raphael affektiert. »Wir Tunten mögen Uniformen nur, weil sie der Liebe eine gewisse Würze verleihen. Schauen Sie sich doch nur unsere niedlichen Besatzer an, blond, braungebrannt, männlich und zärtlich zugleich, wie junge römische Götter. Mir läuft das Wasser im Munde zusammen!«

»Sie sind ekelhaft!«

»Aber nein, doch bestenfalls realistisch. Da die feine Blüte der französischen Jugend entweder unter dem Rasen oder in Gefangenschaft weilt, bleibt mir nichts anderes übrig, als mich der deutschen Seite zuzuwenden. Glauben Sie mir, liebe Freundin, Sie sollten es ebenso machen, sonst sind Sie alt und grau, noch ehe der Krieg zu Ende ist. *Cueillez, si m'en croyez, les roses de la vie . . .«*

»Lassen Sie die französischen Klassiker aus dem Spiel. Erzählen Sie mir lieber von Ihrer Arbeit.«

»Sie neugieriges kleines Ding würden zu gern mehr über diesen Dominikaner hören. Das ist ein Geheimnis, mein schönes Kind, das nicht für Ihre niedlichen Öhrchen bestimmt ist. Sehen Sie sich lieber diese *Charlotte aux faises* an: Läuft Ihnen da nicht das Wasser im Munde zusammen? Und die Windbeutel? Ich könnte davon essen, bis mir übel wird. Ach, guten Tag, lieber Freund!«

»Guten Tag, Malh. Sie befinden sich in reizender Gesellschaft. Wollen Sie uns nicht miteinander bekannt machen?«

»Verzeihung, wo habe ich bloß meinen Kopf? Léa, ich möchte Ihnen meinen Freund Richard Chapon vorstellen, Herausgeber von *La Petite Gironde.* Richard, Mademoiselle Delmas.«

»Guten Tag, Mademoiselle, ich bin entzückt, Ihre Bekanntschaft zu machen, sogar in so schlechter Gesellschaft.« – Er zwinkerte mit den Augen – »Scheuen Sie sich nicht, meine Hilfe in Anspruch zu nehmen. Ich würde mich glücklich schätzen, Ihnen einen Dienst erweisen zu dürfen.«

»Danke, Monsieur.«

»Bis gleich, Malh.«

»Bis gleich.«

Schweigend beendeten sie ihre Mahlzeit. Der Saal leerte sich allmählich. Léa war es nicht gewohnt, so viel zu trinken; ihr war ein wenig schwindlig.

»Kommen Sie, gehen wir ein paar Schritte.«

Auf der Straße schlug ihnen eine drückende Hitze entgegen.

»Wann sehe ich Sie wieder, Léa?«

»Ich weiß nicht. Sie leben in Paris, ich hier. Sie scheinen glücklich und zufrieden zu sein; ich bin es nicht.«

»Warum soll ich Ihnen Ihre Illusion rauben, Kindchen? Ich finde hier und da mal ein bißchen Glück, aber rundherum glücklich bin ich niemals. Tief in meinem Innern quält mich ein bohrender, unbestimmbarer, tiefer Schmerz, der mich nicht mehr losläßt. Mit zwanzig Jahren nahm ich mir vor, ein begnadetes Buch zu schreiben; inzwischen wäre ich schon zufrieden, wenn es ein gutes Buch würde. Meine Arbeit als Schriftsteller ist die einzige, die ich wirklich liebe, und zugleich die einzige, zu der ich nicht komme. Ich lasse mich von allem und jedem ablenken und mitreißen, ich verzettele mich. Ich habe den Ehrgeiz, tagtäglich etwas zu schaffen. Es gibt nichts, dessen ich nicht bald überdrüssig würde. Ich liebe jeden und keinen, den Regen und den Sonnenschein, die Stadt und das Land. Im Grunde meiner Seele sehne ich mich nach dem Guten, nach der Ehre und nach festen Gesetzen, um die ich mich aber nie geschert habe. Obwohl ich mich über meinen schlechten Ruf ärgere, erliege ich doch der Versuchung, mir etwas darauf einzubilden. Wissen Sie, mein Fehler ist, daß ich nicht durch und durch schlecht bin, sondern großzügig bis zur Maßlosigkeit – übrigens häufig genug aus Feigheit. Ich habe niemals vorgegeben, ein halbwegs tugendhafter Mensch zu sein und – wie im Grunde genommen alle anderen auch – die bösen Buben den Heuchlern vorzuziehen, die sich für ehrenhaft halten, obwohl sie kaum mehr Ehre im Leib haben als ich. Ich liebe mich nicht, ich will nur mein Bestes.«

Beim letzten Satz brach Léa in Gelächter aus. »Ich bin überzeugt, daß aus Ihnen noch ein großer Schriftsteller wird!«

»Als ob es darauf ankäme! Wir werden ja sehen. Vielleicht wird man meine Bücher nach meinem Tod lesen . . . Aber ich spreche andauernd von mir, während Sie viel interessanter sind. Kommen Sie nach Paris, bleiben Sie nicht hier.«

»Mein Vater braucht mich.«

»Ist das nicht rührend? Was für ein braves Mädchen Sie sind! Aber Spaß beiseite: Familiensinn ist etwas Schönes. Apropos Familie, bestellen Sie Ihrem Herrn Dominikaneronkel, er soll vorsichtig sein. Ich werde in meinem Artikel nichts von dem erwähnen, was ich herausgefunden habe, aber andere könnten es tun.«

Léa hatte sich bei ihm untergehakt. Sie hielt ihn am Arm fest und sah ihn aus ihren hellen Augen an.

»Danke, Raphael, ich werde es nicht vergessen.«

»Danke wofür? Ich habe Ihnen doch gar nichts gesagt. Wir wollen uns hier trennen.« Er zeigte auf die Kirche Sainte-Eulalie. »Zünden Sie eine Kerze für mich an, wenn Sie an Gott glauben. Auf Wiedersehen, schöne Freundin, vergessen Sie mich nicht. Wenn Sie mich erreichen wollen, schreiben Sie an die Buchhandlung Gallimard, Boulevard Raspail; meine Post wird mir nachgesandt.« Er machte keinen Hehl aus seiner Ergriffenheit, als er Léa umarmte. »Übrigens, die Rue Saint-Genès ist ganz in der Nähe.«

Raphael winkte ihr ein letztesmal zu; dann ging er davon.

Léa betrat die Kirche. Nach der Gluthitze draußen schauderte sie in der kühlen Luft. Mechanisch griff sie nach einer Kerze, warf einige Münzen in den Opferstock und zündete den Docht an. Mit der Kerze in der Hand, trat sie vor das Standbild der heiligen Theresa vom Kinde Jesu, die ihre Mutter besonders verehrt hatte. Mama . . . Sie setzte sich in die erste Reihe vor dem Altar und ließ ihren Tränen freien Lauf . . . Die Rue Saint-Genès ist ganz in der Nähe . . . Warum hatte er das gesagt? Was war in der Rue Saint-Genès? Der Name sagte ihr irgend etwas, aber was? Zu dumm, daß es ihr einfach nicht einfallen wollte! Ein Priester und ein Mönch schritten durch den Mittelgang. Onkel Adrien! In der Rue Saint-Genès wohnte Onkel Adrien, genauer gesagt, dort war das Dominikanerkloster. Sie begriff, weshalb Raphael sie bis hierher begleitet hatte. Sie mußte ihren Onkel warnen, und zwar schnell.

In der Hitze lag die Rue Saint-Genès menschenleer und verlassen da. Die Klosterpforte wurde augenblicklich geöffnet.

»Was kann ich für Sie tun, mein Kind?« fragte ein sehr alter Mönch.

»Ich möchte meinen Onkel sprechen, Pater Delmas. Ich bin Léa Delmas.«

»Pater Adrien ist seit einigen Tagen verreist.«

»Was gibt es, Bruder Georges?« Ein hochgewachsener Mönch betrat das Empfangszimmer; sein volles weißes Haar milderte den strengen Gesichtsausdruck.

»Mademoiselle Delmas möchte Pater Adrien sprechen.«

»Guten Tag, mein Kind. Sie sind vermutlich eine Tochter von Pierre Delmas? Ich kannte Ihre Mutter gut, sie war eine bewundernswerte Frau. Möge Gott Ihnen die Kraft verleihen, Ihren Schmerz zu tragen.«

»Danke, Vater.«

»Ihr Onkel ist nicht da«, fuhr er in sachlichem Ton fort. »Was haben Sie ihm denn Wichtiges mitzuteilen?«

»Er muß . . .« Ohne recht zu wissen, weshalb, brach Léa ab.

»Er muß . . . was?«

Warum zögerte sie, ihm zu sagen, weshalb sie gekommen war?

Unerklärliches Mißtrauen ergriff sie.

»Ich bin der Prior Ihres Onkels: Sie müssen mir sagen, warum Sie ihn sprechen wollen.«

»Mein Vater muß ihn dringend sehen«, erwiderte Léa hastig.

»Aus welchem Grund?«

»Das weiß ich nicht.«

Der Abt musterte sie kalt, aber Léa hielt seinem Blick stand.

»Sobald er zurück ist, werde ich ihm von Ihrem Besuch und dem Wunsch Ihres Vaters berichten. Auf Wiedersehen, mein Kind. Gott segne Sie!«

Ein leichter Wind war aufgekommen, brachte aber keinerlei Kühlung. Léa fühlte das schwarze Kleid auf ihrer Haut kleben. Wie konnte sie nur Onkel Adrien erreichen? Und wo war Leutnant Valéry? Hatte er nicht den Hafen erwähnt? Aber wo am Hafen? Mutlos blieb Léa stehen. Raphael war der einzige, der ihr weiterhelfen konnte. Nach langem Suchen fand sie die Rue de Cheverus wieder und betrat das prachtvolle Gebäude, in dem sich die Räume der *Petite Gironde* befanden. Monsieur Malh sei nach Paris zurückgereist, teilte man ihr mit.

»Wer will denn diesen Halunken sprechen?« tönte eine Stimme aus einem der Büros.

»Eine junge Dame, Monsieur le directeur.«

»Eine junge Dame? Für Malh? Das ist ja ganz was Neues! Sie soll reinkommen.«

Mißgestimmt trat Léa ein. Das Büro schien leer zu sein.

»Ich bin hier, ich habe gerade einen Stapel Bücher umgeworfen«, scholl es unter dem Schreibtisch hervor, auf dem sich Stöße von Zeitungen, Briefe, Bücher und Akten türmten. Léa bückte sich.

»Aber das ist ja Mademoiselle Delmas! Einen Augenblick, ich stehe Ihnen gleich zur Verfügung.«

Die Arme vollbepackt mit Büchern, richtete Richard Chapon sich auf. Da im ganzen Raum kein freies Plätzchen zu finden war, lud er seine Last auf einem Sessel ab.

»Sie suchen Malh? Er ist abgereist. Ich bin erstaunt, daß ein Mädchen aus einer so angesehenen Familie mit Leuten seines Schlages verkehrt. Aber offenbar ist auch das in diesen Zeiten ganz normal. Vielleicht kann ich Ihnen weiterhelfen?«

Léa zögerte. Wie konnte sie ihre Frage stellen, ohne den Journalisten neugierig zu machen? Konnte sie ihm vertrauen?

»Wie stellt man es an, wenn man Frankreich verlassen will?« fragte sie ohne Umschweife.

Grenzenloses Erstaunen zeichnete sich auf seinem Gesicht ab, gefolgt von einem kurzen Aufflackern der Angst. Langsam schloß er die Tür.

»Und was wollen Sie Malh fragen?«

Léa spürte, daß sie sich ihre Antwort genau überlegen mußte. Sie setzte ihre argloseste Miene auf. »Ich dachte, da er Journalist ist, müßte er doch wissen, ob so etwas möglich ist.«

»Alles ist möglich, aber diese Frage aus dem Mund eines jungen Mädchens erstaunt mich. Wen kennen Sie denn, der Frankreich verlassen will?«

»Niemand, ich wollte es bloß mal wissen.«

»Sie sind noch sehr jung und ziemlich unerfahren, Mademoiselle. Sie sollten wissen, daß man in der gegenwärtigen Situation keine Fragen stellt, ›bloß um es zu wissen‹.«

»Schön, reden wir nicht mehr davon«, sagte sie mit gut gespielter Ungezwungenheit. »Es tut mir leid, daß ich Ihnen Ihre Zeit gestohlen habe.«

»Verehrtes Fräulein. Sie können mir gar nicht genug Zeit stehlen«, scherzte Chapon im Plauderton des weltgewandten Mannes. »Ist es etwas Dringendes?« flüsterte er und hielt ihre Hand auf dem Türknauf fest.

»Nein«, murmelte sie. Doch dann besann sie sich eines Besseren: »Können Sie meinem Onkel Adrien Delmas ausrichten, er soll vorsichtig sein?«

»Dem Dominikaner?«

»Ja.«

»Keine Sorge, das wird erledigt. Bitte seien Sie bei allem, was Sie unternehmen, äußerst vorsichtig!«

»Vielen Dank, auf Wiedersehen.«

Léa sprang auf den Zug, als dieser bereits anfuhr. Nirgends ein freier Sitzplatz. Sie blieb im Gang stehen und blickte hinaus auf die vorbeihuschenden Vororte von Bordeaux mit ihren Fabriken, den Schrebergärten der Eisenbahner, den Feldern, Dörfern und kleinen Stationen. Sie versuchte, sich über den verworrenen Ablauf des Tages klarzuwerden und warf sich vor, leichtfertig gehandelt zu haben. Was, wenn ihr Verhalten nun eine Serie von Katastrophen auslöste? Mit wem konnte sie reden, wem sich anvertrauen?«

Gegen neun Uhr fuhr der Zug in Langon ein.

»Wir hatten solche Angst, mein Schatz! Wo bist du denn gewesen?« rief Pierre Delmas und schloß Léa in seine Arme. Die ganze Familie, die im Salon gesessen und Françoise beim Klavierspiel zugehört hatte, war bei Léas Heimkehr aufgesprungen. Camille sah sie mit glänzenden Augen lange und eindringlich an. Ruth schneuzte sich energisch, Lisa schnippte fahrig mit ihren kurzen, drallen Fingern, Albertine räusperte sich, Bernadette stieß einen gewaltigen Seufzer aus, Françoise runzelte die Stirn. Nur Laure blätterte unbeteiligt in einem Buch.

»Ich wollte Onkel Adrien in Bordeaux besuchen.«

»In Bordeaux, wo die ganzen *Boches* sind!« entfuhr es Bernadette Bouchardeau.

»Hör auf, die Deutschen *Boches* zu nennen, Tante, das mögen sie nicht«, wies Françoise sie zurecht. Ihre Entrüstung schien Léa übertrieben.

»Es sind aber *Boches*, und deshalb nenne ich sie auch *Boches*, Mademoiselle!«

Françoise zuckte mit den Achseln.

»Warum hast du mir nicht gesagt, daß du unseren Onkel besuchen willst? Ich hätte dich begleitet. Deine Mutter hätte sich auch gefreut, ihn wiederzusehen.«

Betretenes Schweigen senkte sich über die Anwesenden. Léa sah ihren Vater mit schmerzlicher Verwunderung an. Armer Papa, wie sehr er sich verändert hatte! Zerbrechlich schien er geworden zu sein, sein Gesicht zeigte manchmal einen geradezu kindlichen Ausdruck. Man fühlte sich versucht, ihn beschützen zu wollen, ihn, der doch stets der Beschützer gewesen war.

»Entschuldige, Papa.«

»Ich bitte dich, Liebes, mach so etwas nicht wieder, ich war sehr in Sorge. Hast du deinen Onkel angetroffen?«

»Nein, er war nicht da.«

»Bei Isabelles Begräbnis war er auch nicht da«, brummte Bernadette.

»Du hast noch nicht zu Abend gegessen, du wirst sicher Hunger haben«, sagte Camille. »Ich werde dir eine Kleinigkeit kochen. Kommst du mit in die Küche?«

Léa folgte ihr. Camille nahm ein paar Eier aus dem Kühlschrank.

»Ist dir ein Omelett recht?«

»Ja, fein.« Léa setzte sich an den großen Tisch.

»Und?« fragte Camille, während sie die Eier aufschlug.

»Mit dem Leutnant ging alles glatt in Langon, in Bordeaux auch, glaube ich. In der Gare Saint-Jean habe ich Raphale Malh getroffen. Du erinnerst dich doch, ich habe dir von ihm erzählt. Wir haben dann zusammen zu Mittag gegessen. Aus dem, was er sagte, habe ich den Eindruck gewonnen, daß Onkel Adrien jener Dominikaner sein könnte.«

»Wundern würde mich das nicht bei ihm«, sagte Camille. Sie ließ ein kleines Stückchen Butter in die Pfanne gleiten.

»Ich verstehe gar nichts mehr. Muß man denn nicht die Anordnungen Marschall Pétains befolgen? Ist er denn nicht der ›Retter Frankreichs‹, der ›Vater aller Franzosen‹, wie Tante Lisa und Tante Bernadette immer sagen?«

»Nach meiner Meinung hat jeder Franzose die Pflicht, gegen den Feind zu kämpfen.«

»Aber wie? Was sollen wir denn tun?«

»Das weiß ich noch nicht, aber mir wird schon was einfallen. Iß jetzt«, sagte sie und stellte Léa das Omelett hin.

»Danke.«

»Bald ist Weinlese. Dein Vater hat noch kein Wort darüber verloren.«

»Stimmt, das hatte ich ganz vergessen. Ich werde ihn morgen darauf ansprechen.«

Einige Sekunden aß sie schweigend, dann fragte sie: »Findest du nicht auch, daß Papa in letzter Zeit merkwürdig ist?«

Aus Mangel an Helfern ging ein Teil der Ernte verloren. Alle Bewohner Montillacs beteiligten sich zwar an der Weinlese, aber die Frauen, die wenig Übung darin hatten, waren bei allem guten Willen vergleichsweise langsam und unbeholfen. Nur Léa und Ruth leisteten ganze Arbeit. Camille, der ihr Gesundheitszustand nicht erlaubte, den anderen zur Hand zu gehen, half der alten Sidonie und Madame Fayard, den Ochsenkarren zu lenken und die Mahlzeiten zuzubereiten.

Die Organisation der Weinlese und alles, was mit ihr zusammenhing, hatte Léa selbst in die Hand nehmen müssen, denn Pierre Delmas legte völlige Gleichgültigkeit an den Tag. Selbst Fayard, der Kellermeister, der noch immer ohne jede Nachricht von seinem Sohn war, ließ es an jener fachmännischen Unterstützung fehlen, die ihn früher immer ausgezeichnet hatte. Und Monsieur d'Argilat hatte sich darauf beschränken müssen, Ratschläge zu erteilen, denn auf Roches-Blanches war die Lage kaum weniger dramatisch.

Hochmütig hatte Léa sich dem Wunsch ihrer Schwester Françoise widersetzt und die Hilfe abgelehnt, die ihr die beiden deutschen »Hausgäste« anboten. In ohnmächtiger Wut hatte sie mit angesehen, wie die Trauben am Rebstock verfaulten.

Alles ging in jenem Herbst 1940 schief. Gemeinsam mit Ruth waren sie kreuz und quer über Land gefahren, um Schweine, Kaninchen und Geflügel aufzutreiben. Nichts als ein paar magere Hühnchen hatten sie mit nach Hause gebracht, von denen die Hälfte schon bald starb, dazu ein Schwein, das zu füttern teurer war, als sie gedacht hatten. Léa hatte keine Ahnung von der finanziellen Lage der Familie. Stets hatte sie ihre Eltern für reiche Leute gehalten. Ihr Vater klärte sie darüber auf, daß der Großteil ihres Vermögens auf den Antillen angelegt war und daß eine Reihe vor dem Krieg vorgenommener Investitionen sich als Fehlschlag erwiesen hatten.

»Haben wir kein Geld mehr?« fragte sie ungläubig.

»Nein«, erwiderte er lächelnd, »nur noch die Mieteinnahmen aus dem Haus in Bordeaux.«

»Wieviel macht das im Monat?«

»Ich weiß nicht, frag deine Mutter, um das Haus kümmert sie sich.«

Frag deine Mutter ... Wie oft hatte sie diesen Satz schon gehört? Bestimmt mehr als dreimal am Tag. Am Anfang hatte sie wenig darauf geachtet und nur den Schmerz empfunden, den ihr diese Worte bereiteten. Aber je weiter die Zeit fortschritt, desto größer wurde die Angst, über die sie nicht zu sprechen wagte. Den übrigen Hausbewohnern erging es ebenso. Eines Tages nahm Léa ihren Mut zusammen und sprach Doktor Blanchard darauf an.

»Ich weiß. Ich habe ihm vor einiger Zeit eine Behandlung verschrieben. Wir müssen Geduld haben, er steht noch unter Schock.«

»Aber mir kommt es vor, als verschlimmere sein Zustand sich von Tag zu Tag, als sei er vollkommen abwesend. Ich habe Angst.«

»Aber, aber, nehmen Sie sich zusammen! Sie und Ruth tragen die alleinige Verantwortung hier. Madame Camille zähle ich nicht mehr dazu, denn sie wird bald nach Roches-Blanches zurückkehren können.«

»Schon?«

»Sind Sie nicht froh darüber? Ich hatte den Eindruck, ihre Gegenwart sei Ihnen unerträglich.«

Léa zuckte gereizt die Schultern.

»Ganz und gar nicht, Camille macht sich hier sehr nützlich, und außerdem habe ich Laurent versprochen, auf sie achtzugeben.«

»Haben Sie inzwischen noch einmal etwas von ihm gehört?«

»Ja, ein Brief von fünfundzwanzig Zeilen, in dem er schreibt, es gehe ihm gut und er bitte um Schuhe, Wäsche und Tabak. Gestern haben wir ihm ein Päckchen geschickt. Das mit den Schuhen war gar nicht so einfach. Schließlich hat Françoise welche aufgetrieben, aber sie wollte nicht verraten, wie und woher. Wunderschöne Schuhe übrigens, mit Kreppsohlen.«

19

Das Weihnachtsfest 1940 war eines der traurigsten, die Montillac je erlebte. Drei Wochen zuvor hatten sie Monsieur d'Argilat zu Grabe getragen, der nach langer Krankheit im Schlaf verstorben war. Keiner seiner Angehörigen hatte geahnt, wie ernst es um ihn stand. Wie er es vorausgesagt hatte, war er gestorben, ohne seinen Sohn noch einmal gesehen zu haben.

Die Nachricht vom Tode seines besten Freundes stürzte Pierre Delmas in einen Zustand dumpfer Benommenheit, der mehrere Tage lang andauerte. Léa mußte sich um die notwendigen Formalitäten kümmern. In einem Brief teilte sie Laurent die traurige Nachricht mit und bat ihn um seinen Rat, was mit dem Gut geschehen solle. Über diese Frage kam es zu einer heftigen Auseinandersetzung mit Françoise, welcher Léa vorwarf, sie mache sich im Haus kein bißchen nützlich und habe nichts anderes als ihr Krankenhaus im Kopf, obgleich die Familie dringend auf sie angewiesen sei.

»Ich kümmere mich genausoviel darum wie du! Wer bringt denn Fleisch nach Hause, wenn es nirgendwo welches gibt? Und Öl? Und Zucker? Und zwanzig Sack Kohle? Du vielleicht? Wenn ich auch nur hier wäre, um den Pflug zu ziehen so wie du, dann wären wir längst verhungert!«

Françoise hatte recht; Léa konnte nicht umhin, sich das einzugestehen. Ohne sie hätte die Familie sich von Steckrüben, Kartoffeln oder den Kastanien ernähren müssen, die sie, Ruth und Laure im Wald bei La Réole sammelten. Wie machte sie das bloß? Zumal sie niemals Geld dafür haben wollte und immer nur erklärte, sie käme mit ihrem Gehalt als Krankenschwester aus. Léa hatte da ihre Zweifel. Denn, ganz abgesehen von den Lebensmitteln, leistete Françoise sich ziemlich oft einen neuen Rock, eine Bluse, einen Schal und einmal sogar ein Paar Tanzschuhe.

Schon mehrfach hatte Léa sich bemüht, Françoise für das Schicksal von Montillac zu interessieren und mit ihr zu besprechen, wie das Weingut verwaltet werden solle, bis es dem Vater wieder besserging. Aber stets hatte sie nur dieselbe gleichgültige Antwort erhalten: »Du machst das alles schon richtig, kleine Schwester!«

»Aber das betrifft dich doch auch! Es ist unser Land, das Haus, in dem wir geboren sind, das Mama so geliebt und gepflegt hat.«

»Ich habe nie verstanden, was ihr alle an diesem alten Kasten und an dieser sterbenslangweiligen Gegend findet!«

Dieser Ausbruch hatte Léa die Sprache verschlagen. Sie hatte sich wie in Kindertagen auf ihre Schwester gestürzt, um sie zu verprügeln. Aber Françoise war ihr entkommen und auf ihr Zimmer geflüchtet. Seitdem war das Verhältnis der beiden Schwestern äußerst gespannt.

Trotz der Luftangriffe, deren dumpfes Grollen noch immer von Bordeaux aus herüberdrang, hatte Ruth wie in jedem Jahr den traditionellen Tannenbaum im Salon aufgestellt und ihn mit den Girlanden und Glaskugeln geschmückt, die Isabelle Delmas seit der Geburt ihrer ältesten Tochter wie einen Schatz in Schuhkartons aufbewahrt hatte. Zum erstenmal war nicht sie es, die das Jesuskind aus Wachs in die Krippe legte. Camille war ausersehen, diese symbolische Geste vorzunehmen.

Estelle und Madame Fayard hatten sich beim Abendessen selbst übertroffen, und so trauerte niemand den wohlschmeckenden Gerichten der Köchin nach, die man im Zuge der Sparmaßnahmen hatte entlassen müssen. Das Festmahl bestand aus einem riesigen Truthahn – offensichtlich einem Geschenk von Françoise –, im Saft des Bratens auf kleiner Flamme geschmortem Rosenkohl, Kastanienpüree und einem mit Schokolade gefüllten Weihnachtskuchen, einem Meisterwerk Estelles. Einige ausgesuchte Flaschen Wein vom Gut rundeten die Mahlzeit ab.

Da es sehr kalt war, verzichteten sie auf den Besuch der Mitternachtsmesse und aßen frühzeitig. Alle hatten sich, trotz ihrer Trauer, um festliche Kleidung bemüht: hier ein Tuch, da eine Kette, dort eine Blume lockerten das viele Schwarz ein wenig auf. Der kleine Charles zeigte sein erstes Lächeln.

Nach dem Essen begab die Familie sich in den Salon. Hier war es wohlig warm, und die Kerzen am Baum und das flackernde Kaminfeuer verbreiteten strahlendes Licht. Camille schenkte Léa eine prachtvolle Perlenkette, die einst ihrer Mutter gehört hatte.

»Wunderschön, Camille! Aber das kann ich doch nicht annehmen.«

»Ich bitte dich darum, du würdest mir eine große Freude machen.«

Léa schämte sich, weil ihr Geschenk so bescheiden war: sie hatte ein Porträt des kleinen Charles gemalt.

Camille drückte die Federzeichnung an sich. »Du hättest mir keine größere Freude machen können. Erlaubst du, daß ich es Laurent schicke?«

»Es gehört dir, du kannst damit machen, was du willst.«

Françoise und Laure bekamen jede ein hübsches goldenes Armband, Ruth eine Brosche mit einem Saphir, Lisa einen Spitzenkragen, Albertine eine alte Ausgabe von Pascals *Pensées*, Bernadette Bouchardeau und Estelle einen Seidenschal. Pierre Delmas bekam von Camille ein Kistchen seiner Lieblingszigarren, Ruth und Bernadette verschenkten Handschuhe, Schals, Socken und Pullover, die sie beim gemütlichen abendlichen Beisammensein gestrickt hatten. Jeder hatte sich etwas ausgedacht, um den anderen im Rahmen seiner Möglichkeiten eine Freude zu bereiten. Die beiden Fräulein de Montpleynet beschenkten ihre Nichten mit warmem Mantelstoff.

In der friedlichen Atmosphäre jenes Abends vergaßen sie für eine Weile ihren Kummer, ihre Ängste und den Krieg. Françoise spielte eine Fuge von Bach. Zum erstenmal dachte Léa ohne Aufbegehren und ohne Tränen an Isabelle. Eine Hand drückte die ihre. Sie zog sie nicht fort, obgleich sie die mageren Finger Camilles erkannte.

Françoise beendete ihr Spiel. Vom Eingang her erscholl Applaus, noch ehe die Familie Beifall spenden konnte. Alle wandten sich um. Im Flur standen Otto Kramer und Friedrich Hanke. Françoise erhob sich und ging zu ihnen hinaus. Kurz darauf betraten sie den Salon.

»Ihr Fräulein Tochter hat darauf bestanden, daß wir hereinkommen«, sagte Oberleutnant Kramer. »Wir hatten uns erlaubt, dem Klavierspiel zuzuhören«, fügte er, an Pierre Delmas gewandt, hinzu. »Meine Mutter ist eine ausgezeichnete Musikerin, sie liebt Bach sehr. Erlauben Sie mir, Ihnen trotz des Krieges ein frohes Weihnachtsfest zu wünschen.« Er schlug die Hacken zusammen und wandte sich zur Tür.

Zum Erstaunen aller bot Camille an:

»Es ist Weihnachten; da sollten wir vergessen, daß wir Feinde sind. Trinken Sie ein Glas mit uns.«

»Danke, Madame Camille«, sagte Friedrich Hanke.

»Frohe Weihnachten!« wünschte sie auf deutsch.

»Joyeux Noël!« erwiderten die beiden Soldaten.

»Sie sagten, Ihre Mutter sei Musikerin, Herr Oberleutnant. Sind Sie auch Musiker?« fragte Lisa betont freundlich.

»Er ist einer der besten deutschen Pianisten«, erklärte sein Begleiter.

»Glauben Sie ihm kein Wort, er übertreibt.«

»Aber Herr Oberleutnant . . .«

»Kein Wort mehr, Friedrich.«

»Bitte, Herr Oberleutnant, spielen Sie uns etwas vor«, bat Françoise.

Alle sahen sie an. Das Mädchen wurde rot und senkte den Kopf. Jeder wußte um ihre Leidenschaft für die Musik. Um keinen Preis hätte sie sich ein Konzert in Bordeaux entgehen lassen. Hatte sie nicht sogar zu Beginn der Konzertsaison, ungeachtet der Vorhaltungen Ruths und ihrer Tanten, *Samson und Delilah* und den *Bolero* von Ravel gehört? Nun gut, alles was recht ist – aber einen deutschen Offizier zu bitten, ihnen etwas vorzuspielen . . .

»Wenn Ihr Herr Vater gestattet, Mademoiselle, komme ich Ihrem Wunsch mit Vergnügen nach.«

»Ich bitte darum, Herr Offizier, meine Frau liebt Musik sehr«, sagte Pierre Delmas und sog an seiner Zigarre. Sein Gesicht war stark gerötet, sein Blick abwesend.

Otto Kramer setzte sich an das Klavier.

»Jetzt spielt er uns bestimmt etwas von Wagner, du wirst sehen«, flüsterte Léa in Camilles Ohr.

Sie waren dankbar für das Taktgefühl, das er bewies, indem er mit großer Meisterschaft einige Klavierstücke von Debussy vortrug. Als die letzte Note verklungen war, herrschte einen Augenblick Stille. Dann brach stürmischer Beifall los. Niemand außer Camille bemerkte, wie das hübsche Gesicht von Françoise vor Stolz und Glück strahlte.

Am Tag nach Heiligabend flüchtete Laurent d'Argilat gemeinsam mit einem Freund aus dem Lager Westfalenhof, wo er interniert war. Die Gelegenheit dazu verdankten die beiden Männer einem Arbeitseinsatz zum Holzschlagen in den Wäldern außerhalb des Lagers und der Mithilfe zweier Kameraden, die sich krank gemeldet, die Krankenstation aber verlassen und sich nach der von den Wachleuten durchgeführten Zählung unter den kleinen Trupp gemischt hatten. Im Wald verbargen sich Laurent und sein Freund im Unterholz. Ein eisiger Wind wehte, der Himmel war verhangen, und es schneite unablässig. Die Aufseher brachen den Arbeitseinsatz vorzeitig ab und zählten ihre Gefangenen: die Zahl stimmte. Der Trupp marschierte zum Lager zurück. Außer sich vor Freude kamen Laurent und sein Gefährte aus ihrem Versteck und rannten davon in die Freiheit.

Der Schnee lag hoch. Nach einer halben Stunde mußten sie anhalten, um Atem zu schöpfen und ihre Sträflingskluft auszuziehen. In den endlosen Stunden seiner Gefangenschaft hatte Laurent sich aus der Uniformweste eines niederländischen Polizisten eine schwarze, zweireihige Jacke angefertigt. Darunter trug er zwei Pullover, die Camille ihm geschickt hatte. Gefütterte Lederhandschuhe, Schuhe von Françoise sowie eine Mütze von der Art, wie sie die Pariser Kohlenhändler trugen, vervollständigten seine Garderobe. Die Rucksäcke enthielten Proviant und Daunenschlafsäcke. Ihr Ziel war der vierzig Kilometer entfernte Bahnhof von Jastrow.

Die erste Nacht verbrachten sie in einer Straßenarbeiterhütte am Rande der Landstraße. Am folgenden Abend durchquerten sie Jastrow. Die Straßen waren noch weihnachtlich geschmückt, und eng umschlungene Paare gingen zum Tanz. Durch die geöffnete Tür einer Weinschenke quoll ihnen der lauwarme Dunst von Tabak und Alkohol entgegen, zusammen mit den Klängen eines Akkordeons ... Sie eilten zum Bahnhof, in der Hoffnung, das Schicksal werde ihnen einen Zug bescheren, der sie der Freiheit näherbringen würde. Aber alle fuhren in die entgegengesetzte Richtung. Durchfroren suchten sie Schutz in einem Waggon auf einem der Abstellgleise. Trotz ihrer Schlafsäcke setzte ihnen die Kälte arg zu.

Nach dieser langen Nacht stiegen sie ohne Fahrschein in einen Zug nach Schneidemühl. Sechs Tage lang reisten sie als blinde Passagiere in Kartoffel-, Vieh- oder Kieswagen. Zuweilen stiegen sie, noch immer ohne Fahrkarte, in einen Personenzug, wo sie in der Menge unterzutauchen versuchten. Laurents Deutschkenntnisse bewahrten sie wiederholt davor, erwischt zu werden. Auf diese Weise gelangten sie nach Frankfurt an der Oder, Cottbus, Leipzig, Halle, Kassel, Frankfurt am Main. Hinter dem Bremsersitz versteckt, überquerten sie in Mainz den Rhein. In Bingerbrück endete ihr Abenteuer, als Laurents Weggefährte beim Studieren der Zugfahrpläne von einem Polizeibeamten angesprochen wurde und aufgrund seiner mangelnden Deutschkenntnisse nicht in der Lage war, sich aus der Affäre zu ziehen. Man ließ ihn jedoch zunächst unbehelligt, um einen möglichen Komplizen nicht zu warnen. Laurent sah von weitem seinen friedlich dasitzenden Kameraden und ging auf ihn zu. Der aber sprang plötzlich auf und rannte in Richtung der Gleise, wo im selben Augenblick ein Güterzug vorüberfuhr. Während etliche Polizeibeamte unter lautem Geschrei den Bahnhof stürmten, gelang es den beiden Männern, in einen offenen Waggon zu springen. Unglücklicherweise hielt der Zug aber an, und die Deutschen nahmen sie mit vorgehaltener Pistole fest. Nicht gerade sanft wurden sie zum Büro der Bahnhofspolizei geführt. Ihre Behandlung änderte sich erst, als Laurent ihre Fragen in tadellosem Deutsch beantwortete.

Man setzte ihnen eine warme Suppe und ein Stück Fleisch vor und äußerte sich anerkennend über die vollbrachte Leistung. Anschließend wurden sie in die städtische Strafanstalt eingeliefert und tags darauf – von drei Wachleuten gut bewacht – zurück ins Lager Westfalenhof transportiert. Der Nachrichtenoffizier, der sie verhörte, mußte einräumen, daß sie es verdient hätten, wenn ihnen die Flucht gelungen wäre. Sie wurden zu dreißig Tagen verschärftem Arrest verurteilt. Neun Tage waren seit ihrem Ausbruch vergangen. Im Anschluß an das Verhör durften sie außerdem noch eine Strafpredigt von Oberst Malgorn über sich ergehen lassen, dem Lagerältesten des Oflag II D, der ihnen den egoistischen Charakter eines solchen Vorhabens und die im Normalfall damit verbundenen harten Repressalien vorhielt, die ihnen nur dank der Großzügigkeit des Lagerkommandanten erspart geblieben seien. Er riet ihnen, darüber nachzudenken, was derzeit ihre wirkliche Aufgabe sei: sich nämlich wie korrekte Kriegesgefangene zu verhalten. Dies sei der einzig sinnvolle Beitrag, den sie zur Politik Marschall Pétains und damit zur baldigen Verwirklichung eines »europäischen Frankreich« leisten könnten.

Nachdem sie ihre Strafe abgesessen hatten, kehrten sie in ihre Barackenunterkunft zurück – allerdings nur für kurze Zeit, denn aus Sicherheitsgründen wurden sie in ein anderes Lager verlegt.

Mehr als sieben Monate waren seit jenem Sommertag vergangen, an dem sie an einem nordfranzösischen Strand in Gefangenschaft geraten waren.

20

Der Winter wollte kein Ende nehmen. Alles Brennmaterial war aufgebraucht, und so herrschten im Hause Temperaturen von kaum mehr als zehn Grad. Die Mahlzeiten wurden in der Küche eingenommen, in der der alte, mit Holz zu befeuernde Herd, auf dem Ruth und Estelle das Essen zubereiteten, etwas Wärme verbreitete. Trotz der Lebensmittel, die Françoise hin und wieder aus Langon mitbrachte, wurde niemand satt.

Es gab kaum jemanden in der Weinbauregion, der in jenem strengen Winter 1940/41 nicht unter Hunger und Kälte litt. In ohnmächtiger Wut mußten die Eisenbahner mit ansehen, wie ganze Waggons voll Fleisch, Mehl, Gemüse und Holz in Richtung Deutschland rollten. Die Bewohner von Montillac schränkten sich zudem ein, um Laurent Pakete schicken zu können. Im Februar erhielten sie eine Karte mit der Nachricht, er sei in die Festung Colditz verlegt worden.

Im März bekundeten Albertine und Lisa ihre Absicht, nach Paris zurückzukehren. Die beiden an die Stadt gewöhnten Fräulein ertrugen das Leben auf dem Lande nicht mehr. Alle Versuche, sie zum Bleiben zu bewegen, waren erfolglos.

Mit dem Frühling kehrte ein Hauch von Wohlstand auf das Gut zurück. Auf dem Stück Wiese, das Ruth und

Léa umgegraben hatten, waren verschiedene Sorten Gemüse ausgesät oder gepflanzt worden. Léa wachte mit Argusaugen über jeden noch so kleinen grünen Stengel, der dort heranwuchs. Das Gedeihen ihres Gemüsegartens war in ihren Augen von allergrößter Bedeutung: schließlich hatte sie Kreuzschmerzen, rissige Hände und Frostbeulen dafür in Kauf genommen und den Hunger kennengelernt, den sie, so hatte sie sich geschworen, nie wieder erleiden wollte. Die Rebstöcke, um die die Gedanken aller anderen in dieser Gegend kreisten, machten ihr etwas weniger Sorgen, seitdem Fayard, der inzwischen zum Verwalter des gesamten Gutes aufgestiegen war, Nachricht von seinem Sohn erhalten hatte. Mathias befand sich in deutscher Kriegsgefangenschaft, aber Marschall Pétain hatte sich für seine baldige Heimkehr verbürgt. Die Dankbarkeit und Begeisterung Fayards für den Marschall kannten keine Grenzen. Das war endlich einmal ein Staatsoberhaupt, das sich um das Schicksal der armen Kriegsgefangenen kümmerte! Frankreich war in guten Händen. Arbeit, Familie, Vaterland – darin lag die Zukunft! Mit ungeahntem neuem Eifer stürzte der Frontsoldat des Ersten Weltkriegs sich auf die Arbeit. Nur ein Schatten trübte seine Freude: An die ständige Gegenwart der Deutschen auf Montillac vermochte er sich nur schwer zu gewöhnen. Der Anblick einer Uniform war ihm stets aufs neue ein Dorn im Auge.

Mathias Fayard wurde im Mai entlassen. Bei seiner Ankunft kehrte das Lächeln in Léas Gesicht zurück, das seit dem Tode der Mutter verlorengegangen zu sein schien. Als der junge Mann sie in seine Arme schloß, erweckte ein wohliger Schauer ihren Körper zu neuem Leben. Sie gab ihn gar nicht mehr frei, mochte Ruth auch noch so tadelnd blicken und Camille amüsiert zuschauen. Mathias betrachtete sie mit ungläubigem, beglücktem Staunen: Sie hat sich verändert, fand er, ist fraulicher geworden, und schön ist sie, von einer grenzenlosen Schönheit. Ein ihm bisher unbekannter Ausdruck von Härte lag in ihren Augen.

»Man könnte es ja mit der Angst kriegen, so dürr und verdreckt bist du. Komm, ich laß dir ein Bad einlaufen.«

»Aber Mademoiselle Léa, er kann sich doch bei uns waschen«, warf der alte Fayard ein und kaute auf seinem Schnurrbart.

»Lassen Sie nur, Fayard, meine Tochter macht das schon richtig. Erst heute morgen sagte ihre Mutter zu mir ...«

»Laß gut sein, Papa ...«

Noch ehe Mathias' Eltern etwas sagen konnten, hatte Léa ihn zur Treppe und hinauf in ihr Kinderzimmer gezogen.

»Du lebst, du lebst!« wiederholte sie ein um das andere Mal.

»Wie hätte ich sterben können, wenn ich doch immerzu an dich denken mußte!«

Sie betasteten einander, atmeten ihren gegenseitigen Duft, als wollten sie sich vergewissern, daß sie wirklich existierten.

Léa hatte ihr Gesicht an seiner Schulter vergraben und küßte ihn zärtlich.

»Laß mich, ich bin fürchterlich schmutzig. Vielleicht hab' ich Läuse.«

Bei dem Wort »Läuse« stieß Léa ihn von sich. Mathias hatte die kleinen Tierchen nicht von ungefähr erwähnt. Schon seit ihrer gemeinsamen Kindheit war Léa der Gedanke, Läuse zu haben, unerträglich gewesen. Er brauchte bloß »Laus« zu sagen, und schon schüttelte sie sich in unüberwindlicher Abscheu. Er lachte, als sie angewidert das Gesicht verzog.

»Du hast recht. Warte hier auf mich, ich lasse dir das Bad einlaufen.«

Das Bad neben dem Kinderzimmer war das größte und älteste im Haus. Es wurde wenig benutzt, weil für die riesige Badewanne der gesamte Warmwasservorrat aus dem Kessel benötigt wurde. Die beiden Waschtische, die mit geblümtem, verschossenem Chintz verkleidete Frisierkommode, die Korbliege und das hohe Fenster nach Süden hin mit seinem weißen Cretonnevorhang verkörperte für Léa all den Zauber ihrer Kindheit. Unter lautem Gelächter und Gekreische hatte Isabelle ihre Töchter allabendlich in der großen Wanne gebadet. Manchmal war der Vater, aufgeschreckt von so viel Krach, heraufgekommen und hatte so getan, als zürne er ihnen. Doch dann erreichte die Ausgelassenheit der Mädchen erst ihren Höhepunkt; jede wollte von Papa trockengerubbelt werden. Laure, die Jüngste, war oft in den Genuß dieses Privilegs gekommen, sehr zum Mißfallen Léas, die gern die einzige gewesen wäre, die der Vater in den großen Bademantel hüllte und ins Zimmer hinübertrug.

Léa schüttete den letzten Rest Lavendelsalz ihrer Mutter unter den Strahl des Wasserhahns. Als der heiße, duftende Dampf aus der Wanne aufstieg, war es um ihre Fassung geschehen. Sie brach in Tränen aus, sank auf die Bademattte nieder und ließ ihrem Kummer freien Lauf, den Kopf gegen die Emailumrandung gelehnt.

»Léa!«

Camille kniete sich neben sie und strich ihr übers Haar.

»Was hast du denn, Liebes?«

»Mama . . .«

Der Anblick solch grenzenloser kindlicher Verlorenheit ließ nun auch Camille in Tränen ausbrechen. So fand Ruth die beiden Frauen vor, als sie die Tür öffnete. »Was ist denn? Ist was passiert? ...«

»Nein, nein ... kein Grund zur Sorge, Ruth. Nur ein bißchen zuviel Kummer«, beschwichtigte Camille sie, erhob sich und benetzte Léas Gesicht mit kaltem Wasser.

»Madame Camille, Oberleutnant Kramer ist unten. Er möchte Sie sprechen.«

»Was macht er denn mitten am Tage hier? Und warum will er mich sprechen?«

»Ich weiß nicht, aber er macht ein ziemlich finsteres Gesicht.«

»Mein Gott! Hoffentlich ist Laurent nichts passiert!«

»Was soll ihm denn passiert sein? Er ist in Gefangenschaft, da kann ihm doch gar nichts zustoßen.« Léa trocknete sich das Gesicht ab.

»Komm mit, ich habe nicht den Mut, allein hinunterzugehen.«

»Zuerst kämmen wir uns mal; schau doch nur, wie wir aussehen. Wenn er merkt, daß wir geweint haben, wird er anfangen, sich Fragen zu stellen.«

»Da hast du recht.«

Die beiden ordneten ihr Haar.

»Bitte sag Mathias, daß sein Bad fertig ist, Ruth«, bat Léa und zupfte ihren Rock zurecht. »Er ist in meinem Zimmer.«

Der Oberleutnant erwartete sie im Salon. Er hatte sich nicht gesetzt und verbeugte sich bei ihrem Eintreten.

»Sie wollten mich sprechen, Monsieur?«

»Jawohl, Madame, ich habe Ihnen eine äußerst bedauerliche Mitteilung zu machen: Ihr Gatte ist geflohen.«

Camilles Miene blieb undurchdringlich.

»Sie wissen natürlich nichts davon?« fuhr der Offizier fort.

Camille schüttelte den Kopf. »Wann?« fragte Léa.

»Ostern.«

»Haben Sie das jetzt erst erfahren?«

»Nein, wir wurden schon vor drei Wochen verständigt.«

»Und warum sagen Sie es mir erst jetzt?«

»Wir haben das Haus und sein Gut Roches-Blanches überwachen lassen – er hätte ja versuchen können, sich mit Ihnen zu treffen.«

»Hätten Sie ihn dann verhaftet?«

»Ich hätte meine Pflicht getan, Madame. Ungern zwar, aber ich hätte es getan. Da ich Ihr Gast bin und sowohl Achtung als auch Sympathie für Sie empfinde, habe ich Wert darauf gelegt, Sie von dem Vorfall selbst in Kenntnis zu setzen.«

»Was wird mit ihm geschehen, wenn er gefaßt wird?«

»Das ist sein zweiter Fluchtversuch. Er muß damit rechnen, diesmal sehr viel härter bestraft zu werden.«

»Aber ist es denn nicht ganz natürlich, daß man als Gefangener zu fliehen versucht?« rief Léa zornig.

»Ich bin ganz Ihrer Meinung, Mademoiselle. Wenn ich Gefangener wäre, würde ich auch um jeden Preis zu entkommen versuchen. Aber ich bin kein Kriegsgefangener. *Wir* sind es, die den Krieg gewonnen haben ...«

»Gegenwärtig ja«, fiel Léa ihm ins Wort.

»Mag sein, das Kriegsglück ist launisch, aber zur Zeit ist kein Land dieser Erde in der Lage, das Großdeutsche Reich zu besiegen.«

»Nicht einmal die Amerikaner?«

»Nicht einmal die. Gestatten Sie mir einen Rat, Madame d'Argilat. Sollte Ihr Gatte wie durch ein Wunder unseren Kontrollen entwischen können, raten Sie ihm, sich zu stellen.«

»Niemals würde ich so etwas tun!«

»Madame, ich sage Ihnen das in seinem und in Ihrem Interesse. Denken Sie an Ihren Sohn!«

»Gerade weil ich an ihn denke, Monsieur, werde ich meinem Mann einen solchen Rat niemals geben.«

Beinahe gerührt betrachtete Oberleutnant Kramer die zarte junge Frau, die ihm die Stirn bot.

»Madame, wenn alle Franzosen so gedacht hätten wie Sie . . .«

»Ich bin sicher, daß im Grunde ihres Herzens alle so denken wie ich.«

»Dann müssen sie ihren Sinn für Ehre aber sehr tief in ihrem Herzen vergraben haben!«

Der Oberleutnant schlug die Hacken zusammen, grüßte und ging hinaus. Camille und Léa blieben regungslos stehen und schwiegen lange. Hoffentlich kommt er nicht hierher, dachten beide.

»Wir müssen Onkel Adrien benachrichtigen«, sagte Léa nach einer Weile.

»Aber wie? Seit seinem letzten kurzen Besuch Anfang Februar haben wir nichts mehr von ihm gehört.«

»Bevor er verschwand, hat er mir gesagt, im Notfall könnten wir eine Nachricht für ihn bei Richard Chapon hinterlassen, der sie dann an ihn weiterleitet. Ich werde nach Bordeaux fahren.«

»Ich komme mit.«

»Nein. Wenn wir beide gehen, schöpft der Oberleutnant Verdacht und läßt uns womöglich beschatten. Ich habe eine Idee. Morgen werden Papa und Ruth Laure im Pensionat besuchen. Ich werde ihnen sagen, daß ich meine kleine Schwester auch gern sehen möchte.«

Beim Hinausgehen stieß Léa im Eingang mit einem

großen jungen Mann zusammen, der nach Lavendel duftete und seine Arme um sie legte.

»Was fällt Ihnen ein ... Ach, du bist's! Dich hab' ich ganz vergessen!«

»Das geht aber schnell! Ich bin kaum da, und gleich bin ich aus deinem Leben auch schon wieder verschwunden. Das ist aber nicht sehr nett.«

»Nein, Mathias, so war das nicht gemeint. Es ist nur ... entschuldige, aber das kann ich dir nicht sagen. Wir treffen uns in einer Stunde auf dem Kalvarienberg.«

Als sie sich trafen, hatte es zu regnen begonnen. Sie suchten Schutz in einer der Kapellen des Kreuzwegs. Eng aneinandergeschmiegt, um sich zu wärmen, berichteten sie einander, was sie seit der Trennung in Orléans erlebt hatten.

Léa erzählte ihm alles, auch den Mord an dem Mann, der sie hatte ausrauben wollen. Nur ihr Verhältnis mit François Tavernier verschwieg sie.

Nachdem Mathias die Rettungsmannschaften bei der Bergung der Verletzten unterstützt hatte, war er auf der Suche nach seiner Freundin vergeblich inmitten von Trümmern und Flüchtlingen herumgeirrt. Schließlich hatte er sich einem kleinen Trupp Soldaten unter Führung eines jungen Leutnants angeschlossen und bis zuletzt eine Stellung in der Nähe der Kathedrale verteidigt. Bis auf einen Gefreiten waren alle seine Kameraden gefallen. Die beiden Überlebenden wurden gefangengenommen und zuerst in ein provisorisches, mit Stacheldraht umzäuntes Lager unweit der Kirche Saint-Euverte und später dann nach Motte-Sanguin gebracht. Einen Tag später half er den Brand bekämpfen, der fünf Tage lang in Orléans gewütet hatte, beteiligte sich an den Aufräumarbeiten, am Abtransport der Verletzten und der Bestattung der Toten. Es war ein kläglicher Trupp, der sich anschließend nach einem langen Fußmarsch im Lager Pithiviers mit seinen achtzehntausend Gefangenen wiederfand. Sie schliefen in Schmutz auf dem nackten Boden, litten Hunger, waren verdreckt und voller Ungeziefer; sie nahmen nicht einmal mehr den gräßlichen Gestank wahr, der von den Männern ausging, von denen manch einer seit einem Monat weder Hemd noch Socken gewechselt hatte. Sie prügelten sich um ein Stück verschimmeltes Brot und um einen Schöpflöffel voll Gerstensuppe. Mit behelfsmäßigem Eßgeschirr in der Hand, einem alten schartigen Napf zum Beispiel oder einer Konservenbüchse, mußten sie stundenlang anstehen, um an ihre dürftigen Rationen zu kommen.

Mathias hielt den Kopf gesenkt und erzählte alles: von den dreißig Gramm Pferdefleisch, die ihnen von Zeit zu Zeit zustanden; von ihrer Freude, wenn die *Association des Dames de France* ihnen ein paar Decken brachte; von den mit Leberpastete belegten Broten, die die *American Legion* verteilen ließ; von der nach Nelken duftenden Seife, die ihm ein junges Mädchen geschenkt hatte; von der immer wieder enttäuschten Hoffnung auf baldige Freilassung; von dem ungebrochenen Vertrauen aller in den Marschall; von dem Päckchen Tabak zu einem France, das für hundert verkauft wurde; von der wachsenden Mutlosigkeit; von den Gottesdiensten, deren Besucherzahl ständig zunahm: Waren es Anfang Juni noch hundert von achtzehntausend Gefangenen, so kamen Anfang August zweitausend von den noch verbliebenen zweitausendfünfhundert. Er sagte, auch er sei unter jenen zweitausend gewesen und habe darum gebetet, Léa wiedersehen zu können. Zorn schwang in seiner Stimme mit, als er schilderte, wie feige sie die zahlreichen Möglichkeiten zur Flucht, die sich ihnen anboten, ungenutzt hatten verstreichen lassen. Er beschrieb den

Jubel, den die Nachricht vom Waffenstillstand ausgelöst hatte; ihre Enttäuschung über die Bedingungen für die Beendigung der Feindseligkeiten und insbesondere über jenen Artikel 20, der bestimmte, daß alle französischen Kriegsgefangenen bis zum Friedensschluß in den deutschen Lagern bleiben würden; die endlosen Stunden der Untätigkeit, die sie damit zubrachten, einander immer wieder von der »Zeit davor« zu erzählen, mit knurrendem Magen Schlemmermahlzeiten zusammenzustellen und von Frauen zu träumen. Zu seinem Glück war dann der Herbst gekommen. Er gehörte zu jenen Jungbauern, die als Erntehelfer quer durch Frankreich geschickt wurden, um die fehlenden Männer zu ersetzen. »Ich hätte nie geglaubt, daß es mir solche Freude bereiten würde, mit nacktem Oberkörper bei sengender Sonne Getreidegarben aufzuladen. Endlich hatten wir genug zu essen.«

Von einem Gehöft in der Beauce aus hatte er an sie und seinen Vater geschrieben. Die beiden Briefe waren nie angekommen. Da er keine Antwort erhalten hatte, hatte er sich vom Hofbesitzer Zivilkleidung »ausgeliehen« und einen Fluchtversuch unternommen. Nach dreißig Kilometern war er geschnappt und in einen Viehwagen mit Kurs nach Deutschland verladen worden. Vierzehn Tage war er in einem Stalag nicht weit von Frankfurt interniert. Dann wurde er in einen forstwirtschaftlichen Betrieb gesteckt, wo er bis zu seiner Freilassung blieb. Warum man ihn freigelassen hatte, war ihm unbegreiflich; er hatte schließlich keinerlei familiäre Verpflichtungen. Die einzig plausible Erklärung war die, daß der Waldbesitzer nach Beendigung der Arbeiten keine Arbeitskräfte mehr benötigt hatte und die umliegenden Lager überfüllt waren. Zu jener Zeit hatte die Vichy-Regierung überdies sämtliche Hebel in Bewegung gesetzt, um die Freilassung der Gefangenen zu erreichen. Mathias meinte, er hätte einfach Glück gehabt. Und noch größeres Glück, Léa gesund und wohlbehalten wiederzusehen.

»Was willst du jetzt anfangen?« fragte Léa.

»Ich werde arbeiten. Mein Vater braucht mich dringend.«

»Ja, das schon, aber der Krieg?«

»Was ist mit dem Krieg?«

»Es gibt Leute, die weiterkämpfen.«

»Du meinst Nordafrika?«

»Ja, oder General de Gaulle.«

»Weißt du, vor zwei Tagen, im Zug, da hat mir jemand von de Gaulle erzählt. Viele sind der Ansicht, man dürfe ihn nicht ernst nehmen und müsse dem Marschall Vertrauen schenken.«

»Und wie denkst du darüber?«

»Ach, weißt du, im Augenblick denke ich nur an eines: Ich bin wieder zu Hause und halte die Frau in meinen Armen, die ich liebe. Da kann de Gaulle ruhig warten.« Er bedeckte ihr Gesicht mit Küssen.

Verstimmt schob Léa ihn von sich. »Ich mag es nicht, wenn du so redest.«

»Du willst mir doch nicht etwa erzählen, mein Schatz, daß du dich neuerdings für Politik interessierst und unter die Gaullisten gegangen bist?«

»Du verstehst überhaupt nichts! Das ist doch mehr als eine einfache politische Frage – es geht um die Freiheit.«

Der junge Mann brach in Gelächter aus. »Also wirklich, ich war auf alles gefaßt, nur darauf nicht: die schöne, kokette Léa Delmas hält Reden über die Freiheit, liebäugelt mit General de Gaulle und legt keinen Wert mehr darauf, junge Männer zu verführen. Was ist dir denn widerfahren, daß du dich so verändert hast?«

Erbost stand Léa auf.

»Was mir widerfahren ist, fragst du? Ich habe Frauen und Kinder auf grausige Weise sterben sehen ... ich habe einen Mann getötet ... meine Mutter, die ich in Sicherheit glaubte, kam im Bombenhagel in Bordeaux ums Leben ... Laurent steckt weiß Gott wo ... Wir haben kein Geld mehr ... fast nichts mehr zu essen ... Die Deutschen haben unser Haus besetzt und mein Vater ... mein Vater verliert den Verstand ...« Ihre Fäuste hämmerten gegen das Gemäuer. »Verzeih, das war dumm von mir. Jetzt bin ich ja da, ich werde dir helfen.«

Er küßte ihr Gesicht, ihr volles, lockiges Haar. Es duftete stark nach Vanille.

Léa bewegte sich nicht mehr. Gespannt lauschte sie dem Echo, das seine heftigen Liebkosungen in ihrem Körper wachriefen. Es schoß ihr durch den Kopf, daß es nicht richtig sei, daß es doch Laurent sei, den sie liebte, daß es verrückt und leichtsinnig von ihr sei – aber das Verlangen nach der Berührung eines anderen Körpers war so übermächtig, daß jeder Widerstand von vornherein zum Scheitern verurteilt war. Sie hörte sich stöhnen, unzusammenhängende Worte murmeln.

»Komm ...«

Der Regen draußen war stärker geworden; es war dunkel wie im Winter. In der Kapelle, die sich zu den Bäumen des Kalvarienbergs hin öffnete, lagen ein Junge und ein Mädchen, halb entkleidet und schliefen zu Füßen einer blassen, steinernen Figurengruppe, die sie zu beschützen schien.

Am Tag nach Mathias' Rückkehr begleitete Léa ihren Vater, Tante Bernadette und Ruth unter dem Vorwand, Laure besuchen und Samen für den Gemüsegarten kaufen zu wollen, nach Bordeaux. Nach einem unerfreulichen Mittagessen bei Onkel Luc, in dessen Verlauf sich die Unterhaltung ausschließlich darum drehte, welch ein Glück es für Frankreich sei, einen Helden wie Pétain gefunden zu haben, erhielt Léa die Erlaubnis, ihre Besorgungen zu erledigen.

»Ich komme mit«, sagte Laure und stand auf.

»Das lohnt sich nicht, ich bin bald wieder da«, sagte Léa gequält.

»Kann ich nicht mitkommen?« fragte ihre Cousine Corinne.

Léa warf Ruth einen flehenden Blick zu. Ruth hatte von den »verrückten Einfällen der Kleinen«, wie sie es nannte, zwar noch nie viel gehalten, aber sie war überzeugt, Léa werde allein mit allem fertig und brauche mehr Freiraum als ihre Schwestern. »Ihre Lebenskraft, ihr Überlebenswille wälzt alles nieder. Wehe dem, der sich ihr in den Weg stellt!« hatte sie zu Adrien Delmas gesagt, als sie ihn das letztemal gesehen hatte.

Obwohl sie einen gewissen Argwohn hegte, kam sie Léa zu Hilfe. »Laure, wolltest du nicht zur Buchhandlung Mollat? Wir könnten mit Corinne dorthin gehen, während Léa ihre Samen kauft. Auf dem Rückweg könnte sie dann dort vorbeikommmen.«

Ruth hatte den Satz kaum beendet, als Léa auch schon aus dem Hause stürzte. Zum Glück wohnte Maître Delmas nicht weit von der *Petite Gironde* in der Rue de Cheverus. Und die Buchhandlung Mollat befand sich in unmittelbarer Nähe der Zeitung in der Rue Vital-Carles.

Es empfing sie derselbe Angestellte wie beim vorigen Mal. Der Herr Direktor sei für unbestimmte Zeit außer Haus, erklärte er.

»Aber es ist dringend«, beharrte Léa.

»Vielleicht kümmert er sich um zu viele dringende

Angelegenheiten, Mademoiselle«, meinte der Mann und fügte angesichts ihrer ratlosen Miene hinzu: »Suchen Sie seinen Freund auf, den Pfarrer von Sainte-Eulalie; vielleicht kann der Ihnen weiterhelfen.«

Sainte-Eulalie? Das war nicht weit vom Dominikanerkloster, in der Nähe der Stelle, wo sie sich von Raphael Malh getrennt hatte. Sie beschloß hinzugehen. »Vielen Dank, Monsieur.«

Der Himmel hatte sich verfinstert, es war kalt. Léa schlug den Kragen von Isabelles altem Regenmantel hoch und rückte ihren Filzhut zurecht, ehe sie, die Umhängetasche fest an sich gepreßt, zu laufen begann. Atemlos blieb sie vor der Kirchentreppe stehen. Der Regen setzte ein, als sie das Portal aufstieß. Einige Frauen knieten betend vor dem Altar, auf dem das kleine rote Licht flackerte.

Um nicht aufzufallen, kniete Léa ebenfalls in der Nähe der Sakristei nieder und überlegte, was sie als Nächstes tun und sagen sollte.

»Léa, was machst du denn hier?«

Sie fuhr zusammen und hätte um ein Haar laut aufgeschrien, als sie die Hand auf ihrer Schulter spürte. Ein Mann in einem braunen Anzug mit einem Hut in der Hand sah sie an. Ein dicker Schnauzbart bedeckte seine Oberlippe.

»Onkel Adrien!«

»Pst! Komm mit.«

Er steuerte auf den Ausgang zu. Draußen regnete es. Adrien Delmas setzte seinen Hut auf, ergriff Léas Arm und zog sie rasch mit sich fort.

»Warum trägst du diese Kleider?«

»Die Dominikanerkutte ist für gewisse Spaziergänge ein bißchen zu auffällig. Ich danke dem Herrn, daß ich dich getroffen habe. Seit einigen Tagen wird die Kirche von der Gestapo überwacht. Gott allein weiß, was geschehen wäre, wenn ich dich nicht hätte hereinkommen sehen.«

»Ich habe dich gesucht.«

»Das dachte ich mir, aber versuch es auf diesem Wege nie wieder. Was gibt es denn?«

»Laurent ist geflohen.«

»Woher weißt du das?«

»Oberleutnant Kramer hat es Camille gesagt.«

»Und wann?«

»Ostern.«

Der Regen wurde stärker. Sie blieben in einem Hauseingang gegenüber der Kathedrale stehen.

»Von ihm selbst hat Camille nichts gehört?«

»Nein.«

»Und was soll ich jetzt eurer Meinung nach tun?«

»Ich ... Camille hat Angst, Laurent könnte versuchen herzukommen. Das Haus wird überwacht. Was sollen wir tun, wenn es ihm gelingt, sich bis hierher durchzuschlagen?«

Zwei deutsche Soldaten stellten sich neben ihnen unter. Sie lachten. »Schlechtes Wetter in Frankreich«, sagte der eine auf französisch und schnitt eine Grimasse dazu.

»Aber guter Wein«, ergänzte der andere.

Wie auf Verabredung verließen Léa und ihr Onkel den schützenden Hauseingang. Sie gingen eine Weile schweigend nebeneinander her.

»Nächste Woche muß ich nach Langon, um einen unserer Brüder im Krankenhaus zu besuchen. Bei der Gelegenheit werde ich einen Abstecher nach Montillac machen. Ich muß unbedingt mit einer Reihe von Leuten in der Gegend Kontakt aufnehmen.«

»Kann ich das nicht für dich tun?«

Ohne stehenzubleiben, drückte Adrien sie an sich.

»Nein, mein Kind, das wäre zu gefährlich. Du weißt schon mehr, als für deine und auch für meine Sicherheit gut ist.«

»Ich möchte Laurent aber helfen.«

»Daran zweifle ich nicht. Aber du hilfst ihm am besten, indem du dich still verhältst.« Ein gereizter Ton schwang in seiner Stimme mit. »Wie geht es deinem Vater?«

Léa stieß einen tiefen Seufzer aus.

»Ich mache mir große Sorgen. Er hat sich völlig verändert und interessiert sich für gar nichts mehr. Seit dem Tod von Monsieur d'Argilat ist es noch viel schlimmer geworden. Unentwegt spricht er von Mama, als ob sie noch lebte. Er sitzt allein in seinem Arbeitszimmer oder auf der Terrasse und führt Selbstgespräche. Wenn man ihm Gesellschaft leisten will, hat man das Gefühl, ihn zu stören. ›Laß mich, du siehst doch, daß ich mich mit Mama unterhalte.‹ Es ist furchtbar, Onkel Adrien, ich habe Angst um ihn.«

»Ich weiß, Kleines, ich weiß. Was sagt Blanchard dazu?«

»Er möchte nicht darüber sprechen. Er hat ihm Medikamente verschrieben, die Ruth ihm regelmäßig gibt.«

»Ein Teil seiner selbst ist gestorben, und der ist mit Medikamenten nicht wieder zum Leben zu erwecken. Wir müssen zu Gott beten ...«

»Gott! Glaubst du etwa noch an Gott?«

Sei still, Léa, lästere nicht.«

»Onkel, ich glaube nicht mehr an Gott, und ich fürchte, auf Montillac glaubt überhaupt niemand mehr an ihn, höchstens noch die arme Camille.«

»So etwas darfst du nicht sagen. Du weißt nicht, was du mir damit antust.«

In der Rue des Remparts kamen sie an den Trümmern

eines ausgebombten Hauses vorbei. Der Anblick erinnerte Léa auf schmerzliche Weise an ihre Mutter.

»Warum bist du nicht zu Mamas Beerdigung gekommen?«

»Ich konnte nicht, ich war nicht in Bordeaux. Wohin gehst du jetzt?«

»Ich treffe mich mit Ruth und Laure in der Buchhandlung Mollat.«

»Das ist gleich dort drüben. Ich komme nicht mit, denn ich möchte nicht, daß sie mich in dieser Aufmachung sehen. Und halte dich genau an das, was ich dir jetzt sage: Versuche nicht mehr, mich im Kloster oder über die *Petite Gironde* zu erreichen. Anfang nächster Woche komme ich auf alle Fälle nach Montillac. Bis dahin sei vorsichtig. Sollte Laurent dummerweise doch vorher bei euch eintreffen, sag ihm, er soll sich in Saint-Marcaire an den Patensohn deiner Mutter wenden; der weiß, was zu tun ist. Laurent soll wörtlich zu ihm sagen: *Die Dominosteine sind umgedreht*. Er weiß Bescheid.«

»Die Dominosteine sind umgedreht.«

»Ja.«

An der Porte Dijeaux trennten sie sich. Der Regen hatte aufgehört.

In der Buchhandlung teilte ihr ein Angestellter mit, die Damen Delmas seien gerade gegangen. Die Samenhandlung am Marktplatz hatte zum Glück geöffnet. Sie fand einige Tüten Samen und als Krönung des Ganzen auch noch ein paar Tomaten- und Kopfsalatsetzlinge.

In Onkel Lucs Wohnung wurde sie von Laure, die sich gerade anschickte, in ihre Schule zurückzugehen, recht kühl empfangen.

»Ich wollte dir etwas Wichtiges sagen, aber dann eben das nächste Mal«, zischte sie.

»Stell dich nicht so dumm an, sag's schon.«

»Nein, nein, jetzt ist es zu spät.«

»Dann gehe ich eben ein Stück mit dir mit.«

»Nicht nötig. Du kannst Françoise ja mal fragen, ob sie sich neulich abend im Konzert gut amüsiert hat. Auf Wiedersehen.«

21

»Onkel Adrien!«

Léa, die einen schwarzen, blauweiß geblümten Bauernkittel und auf dem Kopf einen großen Strohhut trug, kauerte in ihrem Gemüsegarten. Als sie sich aufrichtete, hatte sie gerade ein Büschel Unkraut in der Hand.

In Begleitung Camilles kam der Dominikaner in seiner weißen Kutte auf sie zu.

Léa warf sich in seine ausgebreiteten Arme. »Wie schön, dich zu sehen, Onkel!«

»Er hat Laurent gesehen, Laurent ist in Bordeaux!« stieß Camille hastig hervor.

»In Bordeaux . . .«

»Er wollte zu mir, aber dein Onkel hat ihn davon abgehalten . . .«

»Im Augenblick besteht keine Gefahr, er ist in Sicherheit.«

»Wo? Ich will ihn sehen.«

»Das geht zur Zeit nicht, das wäre zu gefährlich, Camille; die Gestapo könnte ihn finden. Ich werde Ihnen aber bald sagen, wo Sie ihn treffen können.«

»Hoffentlich bald!«

»Wie geht es ihm?« fragte Léa.

»Gut. Aber er ist ziemlich erschöpft. Nach seinem Ausbruch aus Colditz ist er in die Schweiz geflohen.

Dort erkrankte er so schwer, daß er nichts mehr von sich hören lassen konnte. In ein paar Tagen werde ich dafür sorgen, daß er sich in die freie Zone absetzen kann.«

»Braucht er irgend etwas?«

»Im Moment gar nichts. Nächsten Donnerstag besuche ich Pater Dupré wieder in Langon. Dann komme ich her und sage Camille, wo sie sich mit Laurent treffen kann. Aber bis dahin bitte ich euch dringend, euch ruhig zu verhalten und vor allem mit niemandem ein Wort darüber zu sprechen. Falls ich aus irgendeinem Grund nicht nach Montillac kommen kann, lasse ich Françoise eine Nachricht zukommen. Sie arbeitet auf der Station, auf der Pater Dupré liegt.«

»Ist es klug, ihr eine solche Aufgabe anzuvertrauen?« sagte Camille und senkte den Kopf.

»Wie meinst du das?«

Verständnislos sahen Adrien und Léa einander an. Weshalb diese plötzliche Zurückhaltung, dieses Mißtrauen? Das sah Camille so gar nicht ähnlich.

»Sie könnte die Botschaft verlieren ... oder von den Deutschen verhaftet werden«, stammelte Camille mit hochrotem Gesicht.

»Camille, Sie verheimlichen uns etwas! Welchen Grund haben Sie, Françoise zu mißtrauen?«

»Keinen ... keinen ... Es ist nichts weiter. Ich habe nur Angst um Laurent.«

Pater Delmas ging ein paar Schritte auf und ab. Dann kam er zurück und sagte: »Ich werde Françoise eine Ausgabe von Therese von Avilas *Chemin de la Perfection* für Camille mitgeben und eine Adresse im Einband verstecken. Aber vermutlich sind diese Vorsichtsmaßnahmen gar nicht nötig, denn ich werde doch selbst kommen und euch die Adresse geben können.«

Inzwischen waren sie zum Haus zurückgekehrt. Auf der Steinbank, von der aus man auf Bellevue und den Hügel von Verdelais blickte, saß Pierre Delmas, das Kinn auf die Hände gestützt, die einen schweren, gewundenen Stock hielten. Ein verlorenes Lächeln umspielte seine Lippen, und sein Blick war ins Leere gerichtet.

»Nun, Bruder, ruhst du dich ein wenig aus?« fragte Adrien in aufmunterndem Ton.

»Ja, Isabelle hat mir aufgetragen, die Möbel in ihrem Zimmer umzustellen. Das war einfach zuviel für mich.«

»Papa, Mama ist ...«

»Das kann ich gut verstehen, Monsieur Delmas, es gibt nichts Anstrengenderes, als Möbel zu rücken«, schnitt Camille ihr das Wort ab.

»Nicht wahr?« meinte er verzückt. »Isabelle will nicht begreifen, daß ich auch nicht mehr der Jüngste bin ...«

Léa wandte sich ab.

Auf dem zur Terrasse hin abfallenden Rasen halfen Camille und Françoise dem kleinen Charles bei seinen ersten Gehversuchen.

»In einem Monat kann er laufen«, sagte Françoise.

»Sidonie und Ruth meinen das auch. Sie sagen, ein Baby fängt früher an zu laufen, wenn es nicht so pummelig ist.«

»Wie wird Laurent sich freuen, ihn zu sehen! Merkwürdig, daß du seit seinem Ausbruch nichts mehr von ihm gehört hast.«

Camille biß sich auf die Lippen.

»Wenn er nicht geflohen wäre, hätte man ihn bestimmt freigelassen wie Mathias«, fuhr Françoise fort und hob das Kind hoch, das zu quietschen und zu strampeln anfing.

Er war ein hübscher blonder Junge, der seinem Vater

ebenso wie seiner Mutter ähnelte. Er wuchs prächtig heran und war noch nicht ein einziges Mal krank gewesen. Camille umgab ihn mit animalischer, ängstlicher Fürsorge. Sie verfolgte ihn mit zärtlichen Blicken, als fürchte sie, er könne jeden Moment vom Erdboden verschlungen werden. Alle liebten ihn abgöttisch, ausgenommen Léa, die sich bei seinem Anblick einer gewissen Eifersucht nicht erwehren konnte, und das, obwohl der Kleine sie schon sehr früh ins Herz geschlossen hatte.

»Willst du das Buch, das mir Onkel Adrien für dich mitgegeben hat, wirklich lesen? ›Der Weg zur Vollkommenheit‹ – das klingt nicht besonders lustig.«

»Nein, lustig ist es nicht, aber vielleicht hilft es einem, neuen Lebensmut zu finden.«

»Vielleicht hast du recht«, erwiderte Françoise nachdenklich.

Camille bemerkte ihren Stimmungswechsel, tat aber so, als sei ihr nichts weiter aufgefallen. Sie spielte mit ihrem Sohn, lachte über die Grimassen, die er zog. Die Mutterrolle bekommt ihr gut, dachte Françoise.

Tatsächlich sah Camille d'Argilat an diesem Pfingstsonntag blendend aus, so sehr strahlte sie vor Glück. Mit den ersten warmen Sonnentagen hatte sie die Trauerkleidung abgelegt, die sie im Andenken an ihren Bruder und ihren Schwiegervater getragen hatte, und sich nun, da Stoff für neue Sachen nicht zu bekommen war, für eines ihrer alten Kleider aus feinem hellblauen Leinen entschieden, das ihre Augen, ihren leicht gebräunten Teint und ihr von der Sonne aufgehelltes Haar betonte. Mit ihrer gertenschlanken Figur wirkte sie wie eine zerbrechliche Heranwachsende. Die brünette Françoise sah daneben älter und fraulicher aus, obwohl sie drei Jahre jünger war. Seit sie einer geregelten Arbeit im Krankenhaus von Langon nachging, hatte sich eine merkliche Veränderung mit ihr vollzogen: sie war weiblicher geworden, reizvoller, sie verstand sich vortrefflich zu frisieren und zu schminken – zuviel, urteilten Ruth und Tante Bernadette – und war trotz der kriegsbedingten Einschränkungen stets gut gekleidet. Das leichte Seidenkleid – rot mit marineblauen Tupfen und einem miederähnlichen Oberteil – schien von einem renommierten Couturier zu stammen und nicht, wie sie behauptete, von der kleinen Schneiderin aus Langon.

Morgen werde ich Laurent sehen, dachte Camille.

Léa hatte scheußlich Laune. Sie hatte sich mit Mathias in Saint-Macaire in der Wohnung eines Freundes getroffen, der den Tag über nicht zu Hause war. Für Mathias war die kurze Zeit fern von Montillac, fern der fragenden Blicke Ruths und der besorgten Blicke seiner Eltern, ein wahres Fest. Seit ihrer Umarmung in der Kapelle am Kreuzweg von Verdelais hatte er Léa nicht eine Sekunde allein sehen können und sich schließlich gefragt, ob sie ihm nicht aus dem Weg ging. Um so mehr war er überrascht, als Léa am Donnerstagabend plötzlich mit bleichem Gesicht die Küche betreten und ihn aufgefordert hatte mitzukommen. Er war ihr in die Scheune gefolgt, und dort hatte sie sich wortlos, zitternd wie ein junges Lamm, an seinen Hals geworfen. Sanft hatte er ihre eiskalten Lippen geküßt, sie ins Heu gedrückt und zu wärmen versucht. Die Arme, die sie um seinen Hals geschlungen hatte, waren steif wie die einer Toten.

Für Mathias war von dieser Umarmung ein eigentümlich bitterer Nachgeschmack zurückgeblieben. Um die Erinnerung daran auszulöschen, hatte er in der Wohnung seines Freundes ein kleines Essen vorbereitet, wie Léa es früher immer so gern gemocht hatte: Erdbeertörtchen, einen alten süßen Weißwein, in Branntwein eingelegte Kirschen, eine Caramelcreme. Es hatte seines ganzen Einfallsreichtums bedurft, um diese Köstlichkeiten zu beschaffen. Das bescheidene alte Haus duftete nach den weißen Rosen, die er da und dort verteilt hatte. Léa entgingen seine Bemühungen nicht; als sie sie bemerkte, lächelte sie.

Ganz Hausherr, reichte Mathias ihr ein Glas Wein.

»Auf unser Glück!«

Léa trank das Glas in einem Zug leer.

»Gib mir noch eins, das tut gut.«

Mathias schenkte lächelnd nach. Das Glas in der Hand, wanderte Léa durch das Zimmer. Sie blieb lange vor dem hohen Kamin stehen, der mit einer auf ein Stück Rinde gemalten Ansicht von Lourdes, einem ausgestopften, reichlich mottenzerfressenen Frettchen, einem Kalender, einem Rosenstrauß und vergilbten Fotografien geschmückt war.

»Dein Freund hat es nett hier«, sagte sie langsam. »Wo ist das Schlafzimmer?«

Seine Augen blitzten beinahe verärgert auf. An die Ungeniertheit, die sie an den Tag legte, konnte er sich nicht gewöhnen. Insgeheim wünschte er sich manchmal, sie wäre schüchterner. Er hatte den unangenehmen Eindruck, als bestimme sie, wo es langging, und das schien ihm weder normal noch schicklich. Für ihn stand fest, daß sie seine Frau würde.

Als Léa das Schlafzimmer betrat, hätte sie beinahe laut aufgelacht, so sehr ähnelte es dem von Sidonie: das gleiche hohe Nußbaumbett mit einer weißen Tagesdecke aus Baumwolle und einem riesigen Federbett aus roter Satinette, darüber ein großes Kruzifix aus schwarzem Holz, verziert mit einem geweihten Buchsbaumzweig. Direkt gegenüber, zu beiden Seiten des Fensters, zwei

Porträts von Bauern in Sonntagskleidung und neben der Tür ein gewaltiger Kleiderschrank.

Ohne die Schnallen zu lösen, schleuderte Léa ihre Sandalen quer durch den Raum. Der Fliesenboden fühlte sich angenehm kühl an. Sie stellte ihr Glas auf den Nachttisch und begann, vor sich hinsummend, sich auszuziehen.

Mathias schlug die Decke zurück. Mit seinen weißen Laken wirkte das Bett riesig. Léa streckte sich nackt darauf aus.

»Gib mir was zu trinken.«

»Du trinkst zuviel«, bemerkte Mathias, als er mit der Flasche zurückkam.

Während sie zusah, wie er sich auszog, trank sie in kleinen Schlucken. »Du solltest mit bloßem Oberkörper arbeiten. Man sieht genau, wo dein Hemd anfängt, und man könnte meinen, als sitze dein gebräunter Kopf auf einem Rumpf, der nicht dazugehört. Das sieht nicht schön aus.«

»Dir werd' ich zeigen, was schön ist«, sagte er, streckte sich neben ihr aus und zog sie an sich.

Nackt, ungekämmt und mit dunklen Schatten unter den Augen saß Léa im Schneidersitz auf dem zerwühlten Bett, verschlang die Törtchen, die Früchte und die Creme und trank dazu den Wein, der sie schwindlig machte. Mathias beobachtete sie staunend.

»Hör auf, mich so anzustarren.«

»Ich könnte dich immerzu ansehen, du bist so schön.«

»Das ist kein Grund.«

»Wenn du erst meine Frau bist, werde ich dich ansehen, solange es mir gefällt.«

Die Hand, die im Begriff war, eine Stück Torte an den Mund zu führen, erstarrte mitten in der Bewegung.

»Wovon redest du da?«

»Na, von unserer Hochzeit.«

»Ich will nicht heiraten.«

»Und warum nicht?«

Léa zuckte mit den Achseln.

»Bin ich dir nicht gut genug?«

»Red keinen Unsinn! Ich will nicht heiraten, basta.«

»Alle Mädchen wollen heiraten.«

»Mag sein, aber ich bin anders. Bitte, laß uns nicht mehr davon sprechen.«

»Im Gegenteil, gerade jetzt sollten wir darüber sprechen. Ich liebe dich, und ich will dich heiraten«, sagte er und packte ihren Arm.

»Laß los, du tust mir weh.«

Mathias verstärkte seinen Griff.

»Du bist völlig verrückt geworden, laß mich sofort los!«

»Nicht, bevor du mir versprochen hast, mich zu heiraten.«

»Niemals, hörst du, niemals!«

Drohend erhob er die Hand.

»Na los, schlag doch zu ... Na, mach schon ... Worauf wartest du?«

»Aber warum willst du denn nicht?«

»Weil ich dich nicht liebe.«

Mathias wurde leichenblaß, und Léa duckte sich instinktiv.

»Was hast du gesagt?«

Mit einem Satz sprang sie aus dem Bett und begann sich anzukleiden. »Du darfs mir nicht böse sein, Mathias, ich habe dich gern ... ich habe dich schon immer wahnsinnig gern gehabt, aber ... nicht als deine Frau.«

»Du bist aber meine Frau!«

Léa hatte den letzten Knopf ihres Kleides geschlossen.

Sie betrachtete Mathias, der, noch immer nackt, mit gesenktem Kopf auf den zerknitterten Laken hockte und die Beine herabbaumeln ließ. Eine Strähne war ihm ins Gesicht gefallen. Wie sehr er dem kleinen Jungen ähnelte, der all ihren Kinderlaunen nachgegeben hatte! Eine Woge von Zärtlichkeit durchflutete sie. Sie setzte sich neben ihn und lehnte den Kopf gegen die Schulter des Freundes.

»Sei doch vernünftig, wir müssen doch nicht heiraten, bloß weil wir zusammen geschlafen haben.«

»Wer ist es?«

»Was meinst du damit?«

»Wer ist dein Liebhaber?«

»Ich weiß nicht, wovon du redest.«

»Du hältst mich wohl für blöd! Meinst du, ich hätte nicht gemerkt, daß du keine Jungfrau mehr bist?«

Mit feuerrotem Gesicht erhob sie sich und suchte nach ihren Schuhen. Einer war am Fußende des Bettes, der andere lag unter dem Schrank. Auf allen vieren versuchte sie ihn hervorzuangeln. Aber Mathias war schneller. »Wirst du mir jetzt antworten? Wer ist es?«

»Du gehst mir auf die Nerven, das geht dich nichts an.«

»Du mieses Flittchen ... ich wollte es nicht glauben, ich sagte mir: sie nicht, sie ist ein anständiges Mädchen ... Vielleicht war es ihr kleiner Verlobter, wahrscheinlich wollte sie ihm eine Freude machen, ehe er in den Krieg zog, du kannst ihr deswegen nicht böse sein ... Aber jetzt wird mir klar, daß es nicht Camilles armer Bruder gewesen ist ... Und dich wollte ich zu meiner Frau machen! Du bist um keinen Deut besser als deine Schwester ... diese Deutschenhure ...«

Schluchzend warf sich Mathias auf das Bett.

Léa stand da wie versteinert und spürte, wie das Blut

aus ihrem Körper wich. Sie starrte vor sich hin, ohne etwas wahrzunehmen.

Eine ganze Weile verharrten sie so – sie regungslos, er in Tränen aufgelöst. Mathias fing sich als erster wieder. Plötzlich begann Léa, ihm Angst einzuflößen. Er wischte seine feuchten Wangen am Laken ab und kam zu ihr. In ihrem totenbleichen Gesicht waren die Augen gespenstisch starr und ausdruckslos. Nur mit ungeheurer Anstrengung gelang es ihr, sich aus ihrer Starre zu lösen und mit dumpfer Stimme hervorzustoßen:

»Was hast du da eben gesagt?«

Mathias bedauerte seine Worte bereits. »Nichts, ich war wütend.«

»Was hast du da gesagt?« fragte sie noch einmal.

»Nichts, bestimmt nicht, gar nichts.«

»... *wie deine Schwester ... diese Deutschenhure ...*«

Wie Gras unter der Sichel begann das Mädchen zu schwanken. Mathias fing ihren Sturz ab und kniete neben ihr auf dem kalten Boden aus roten Kacheln. Er hätte alles darum gegeben, seine unbedachte Äußerung ungeschehen zu machen.

»Nein, sag jetzt nichts, drück mich fest an dich ... Wie konntest du glauben ...«

»Verzeih mir ...«

»... daß ich ...«

»Sei still«, stammelte er. Er bedeckte ihre Lippen mit Küssen, um sie am Sprechen zu hindern.

»Françoise ... oh, jetzt versteh ich ... Papa ... armer Papa, er darf es nicht erfahren ... Mathias, was soll ich tun?«

»Denk nicht mehr daran, Liebste ... vielleicht habe ich mich getäuscht.«

Léa hatte es abgelehnt, von Mathias nach Montillac zurückbegleitet zu werden. Sie schützte eine heftige Migräne vor, damit sie um das Abendessen herumkam und früh zu Bett gehen konnte. Auf der Treppe begegneten ihr die beiden deutschen Offiziere. Sie grüßten und traten zur Seite, um sie vorbeizulassen.

Endlich allein in ihrer geliebten Unordnung, ließ sie sich auf die Kissen fallen. Was sie nur geahnt hatte, war also doch wahr: Françoise, ihre Schwester Françoise, war die Geliebte eines Deutschen! Aber welcher der beiden war nun ihr Liebhaber? Vieles sprach für Otto Kramer – die gemeinsame Liebe zur Musik zum Beispiel.

Jemand klopfte an die Tür.

»Ich bin's, Camille, kann ich reinkommen?«

»Ja.«

»Armer Schatz, du siehst wirklich nicht gut aus. Ich habe dir ein Aspirin gebracht.«

»Danke«, sagte Léa kurz. Sie nahm die Tablette und das Glas Wasser, das Camille ihr reichte.

»Nett von dir, daß du mich morgen begleiten willst. Laurent wird sich bestimmt freuen, er mag dich sehr.«

»Sag mal, ist dir an Françoise nichts aufgefallen in letzter Zeit?«

»Nein, wieso?«

Léa warf ihr einen mißtrauischen Blick zu. »Und warum warst du dann neulich so reserviert?«

Camille errötete und schwieg.

»Glaubst du auch ... daß sie und der Oberleutnant ...«

»Sei still ... das wäre zu abscheulich ...«

»Aber du könntest es dir vorstellen?«

»Das kann nicht sein ... bestimmt irren wir uns ...«

»Und wenn nicht?«

»Das wäre furchtbar«, entfuhr es Camille leise. Sie schlug die Hände vor das Gesicht.

»Wir müssen Gewißheit haben. Ich werde sie fragen.«

»Nicht jetzt ... nicht bevor ich Laurent gesehen habe.«

»Wer hätte das von Françoise gedacht?«

»Wir wollen nicht über sie urteilen, solange wir nichts Genaues wissen. Und ... falls es doch wahr sein sollte, dann kann es nur sein, weil sie ihn liebt.«

»Das ist kein Grund.«

»Der beste, den es gibt!«

Verblüfft starrte Léa sie an. Wie das? Was wußte die prüde Madame d'Argilat denn von Liebe und Leidenschaft? Doch dann sah sie noch einmal jene Camille vor sich, die sich zwar kaum auf den Beinen halten konnte, aber bereit und entschlossen war, zu töten, um sie, Léa, zu verteidigen. Sie hatte nicht einen Augenblick gezaudert, und vielleicht war sie in der Liebe ... Dieser Gedanke war ihr unerträglich: Camille, hemmungslos in Laurents Armen ... nein!

»Du weißt nicht, was du sagt. Du vergißt, daß er ein Deutscher ist.«

»Nein, das habe ich nicht vergessen. Seit Wochen ...«

»Was? Und du hast mir nie ein Wort gesagt ...«

»Was hätte ich dir sagen sollen? Es war nur so ein Gefühl, ab und zu ein Blick, den ich aufgefangen habe, nichts Konkretes.«

»Trotzdem hättest du mir davon erzählen müssen. Wenn doch nur Mama noch da wäre! Meinst du, die anderen haben auch schon etwas gemerkt?«

»Ich habe keine Ahnung. Aber wir müssen jetzt ins Bett, morgen brechen wir frühzeitig auf. Ich habe den Holzvergaser überprüfen lassen, er ist in Ordnung. Ich bin so glücklich, Léa! Bald, in ein paar Stunden schon, werde ich Laurent wiedersehen! Oh, verzeih mir, das war dumm von mir und egoistisch. Aber bald wirst du einen jungen Mann finden, der dich ebenso glücklich machen wird, wie du es mit meinem Bruder geworden wärest.« Camille gab ihr einen liebevollen Kuß.

Wütend zog Léa sich aus und streifte ein viel zu kurzes Nachthemd über, in dem sie aussah wie ein kleines Mädchen. Sie ging ins Bad, putzte sich die Zähne und zerrte unbarmherzig die Haarbürste durch ihr Haar. Aus dem Spiegel blickte ihr ein angespanntes, trotziges Gesicht entgegen. Wenn sie morgen in La Réole auch so verdrossen dreinblicken würde, könnte Laurent sie am Ende gar häßlich finden. Mit einem strahlenden Lächeln glättete sie ihre mürrischen Züge und legte sich schlafen.

Sie hatten die Demarkationslinie ohne Probleme passiert. Der Wagen fuhr so zügig über die verlassene Landstraße, als sei die Fahrt durch die unbesetzte Zone auch für ihn etwas Berauschendes. Am Ortsausgang von La Réole bog Léa nach links in eine Nebenstraße ein. Kurz darauf kamen sie an einer gestutzten Hecke vorbei. Das Eisentor stand offen. Sie fuhren einige Meter auf einem breiten, mit Rosenstöcken bestandenen Kiesweg, ehe sie zu einem wuchtigen, schmucklosen Gebäude gelangten, das um die Jahrhundertwende erbaut worden sein mußte. Léa hielt vor der Außentreppe und stellte den Motor ab. Nichts war zu hören als das Zwitschern der Vögel und das Wimmern des kleinen Charles, der in den Armen seiner Mutter wach geworden war. Hinter der Hausecke trat eine hochgewachsene, humpelnde Gestalt hervor. Léa und Camille sprangen gleichzeitig aus dem Wagen. Camille drückte Léa das Kind in die Arme und rannte mit einem Aufschrei auf den Mann zu.

»Laurent . . .!«

Léa preßte das Baby an sich, und seine Ärmchen schlangen sich um ihren Hals. Sie wünschte, sie hätte sich vom Anblick der beiden eng umschlungenen Menschen abwenden können, war aber unfähig, sich zu rühren. Nach einer Zeit, die ihr endlos erschien, kam das Paar Hand in Hand auf sie zu. Vor lauter Freude über den unsagbar zärtlichen Blick, mit dem Laurent sie umfing, hätte Léa beinahe das Kind fallenlassen, um sich ihm an den Hals zu werfen. Camille nahm ihr Charles ab und reichte ihn seinem Vater. Unbeholfen hob er es hoch und betrachtete es, als könne er nicht glauben, was er sah.

»Mein Sohn«, stammelte er, während eine Träne über seine Wange lief und sich in dem buschigen Schnurrbart verfing, der ihn merklich älter aussehen ließ. Behutsam drückte er einen Kuß auf das kleine Gesicht. »Charles, mein Sohn . . .«

»Ohne Léa wäre er jetzt nicht hier, und ich auch nicht.«

Laurent reichte Camille das Kind zurück und zog Léa an sich.

»Ich wußte, daß ich dir vertrauen konnte. Danke.«

Er preßte seine Lippen dicht neben ihrem Ohr auf ihr Haar.

»Danke«, murmelte er noch einmal, leise und voller Leidenschaft. Für einen Moment spürte Léa das unbändige Verlangen ihre Liebe zu ihm hinauszuschreien.

»Laurent . . . wenn du wüßtest, Laurent . . .«

»Ich weiß, es war hart, Adrien hat mir alles erzählt. Du bist sehr tapfer gewesen . . .«

»Ach was, ich bin nicht tapfer«, fuhr Léa beinahe wütend dazwischen, »ich hatte einfach keine andere Wahl.«

»Du darfst ihr nicht glauben, Laurent, sie ist wundervoll.«

»Ich weiß.«

Ein Mann und eine Frau – beide in den Sechzigern – gesellten sich zu ihnen.

»Camille, Léa, ich möchte euch Monsieur und Madame Debray vorstellen, meine Gastgeber, die ein großes Risiko eingehen, indem sie entflohene Kriegsgefangene wie mich bei sich aufnehmen.«

»Kein Wort mehr davon, Monsier d'Argilat, es ist uns eine Ehre, unseren Soldaten helfen zu können«, sagte Monsieur Debray voller Überzeugung.

»Wir tun nur unsere Pflicht«, bekräftigte Madame Dedray mit sanfter Stimme.

»Das hier ist Camille, meine Frau, und mein Sohn Charles.«

»Charles ... Das war aber sehr unvorsichtig von Ihnen, Madame, wissen Sie denn nicht, daß augenblicklich der Name Philippe in Mode ist?« Monsieur Debray neckte sie.

»Die Mode ändert sich, Monsieur. Ich freue mich sehr, Ihnen für alles danken zu können, was Sie für meinen Mann getan haben.«

»Ich bitte Sie, an unserer Stelle hätten Sie gewiß ebenso gehandelt. Das ist unsere Art, weiterzukämpfen und uns unserem Sohn nahe zu wissen.«

»Der Sohn unserer Freunde ist in Dünkirchen als Held gefallen.«

Camille wollte etwas sagen, aber Monsieur Debray ließ sie erst gar nicht zu Wort kommen: »Sagen Sie nichts ... Worte können nichts ändern. Kommen Sie, gehen wir ins Haus. Wer ist diese bezaubernde junge Dame?«

»Mademoiselle Delmas, Léa Delmas, eine Freundin,

die uns sehr viel bedeutet und der wir unser Glück zu verdanken haben.«

»Seien Sie willkommen, Mademoiselle. Erlauben Sie, daß ich Sie Léa nenne?«

»Aber selbstverständlich, Monsieur.«

Drei Tage hielten sie sich in dem gastfreundlichen Haus auf. Am zweiten Tag stieß Adrien Delmas – in bürgerlicher Kleidung – zu ihnen. Die Anwesenheit ihres Onkels lenkte Léa ein wenig von der schrecklichen Eifersucht ab, die sie beinahe zerfraß. Sie konnte den Anblick von Camilles leuchtenden Augen und Laurents besorgter Zärtlichkeit nicht länger ertragen.

Laurent war einer der ersten gewesen, der den Ausbruch aus der einst königlichen Festung Colditz gewagt hatte, die auf einem schroff aufragenden Felsen vierzig Meter hoch über einer kleinen Stadt mit ihren rosaroten Sandsteinhäusern und Ziegeldächern am rechten Ufer der Mulde liegt.

Der tägliche Ausgang bot die einzige Chance zur Flucht; das hatte er nach kürzester Zeit herausgefunden. Er weihte drei Gefährten in seinen Plan ein und versorgte sich mit ihrer Hilfe mit Nahrungsmitteln, Kleidung und etwas Geld. Eines Nachmittags war Laurent beim Ausgang oberhalb der Straße, auf der die Gefangenen zum Park hinausgeführt wurden, ein dreistöckiges Gebäude aufgefallen, das frisch verputzt wurde. Eine sonst immer verschlossene Tür stand offen. Wegen der Hanglage befand sich das Erdgeschoß auf der zur Straße hin gelegenen Seite hoch über dem Boden, so als wäre es der erste Stock. Laurent vermutete, daß es sich um Keller- oder Abstellräume handelte. Eile war geboten, denn nach Beendigung der Arbeiten konnte die Tür sofort wieder geschlossen werden.

An einem der folgenden Tage, auf dem Rückweg vom

Park zur Zitadelle, setzte Laurent seinen Entschluß in die Tat um. Das bescheidene Gepäck hatte er unter seinem Mantel versteckt. Als sie sich dem Gebäude näherten, flüsterte er dem Gefährten, der neben ihm ging, zu: »Es geht los.«

Der Kamerad verlangsamte das Tempo der Kolonne.

»Langsam, bewahrt Ruhe, schaut geradeaus!«

Der Aufseher an der Spitze hatte sich nicht ein einziges Mal umgedreht. Laurent marschierte in der dritten Reihe und konnte von dort aus gut seinen kräftigen Nacken erkennen. Hinter ihm folgten weitere Reihen von Gefangenen und ganz am Schluß wiederum ein Aufseher.

Drei große Schritte, und Laurent war in der Kellertür verschwunden, in jedem Augenblick darauf gefaßt, eine Kugel in den Rücken zu bekommen. Innerlich fühlte er sich wie ausgebrannt. Die Schritte seiner Kameraden hatten sich entfernt. Sein Herz schlug zum Zerspringen. Er hatte seine blaue Hose umgekrempelt und in eine Art Kniebundhose verwandelt, die seine dicken weißen Wollstrümpfe sehen ließ. Die alte Leinenjacke hatte er ausgezogen und nur den groben beigefarbenen Pullover mit dem Zopfmuster anbehalten, den Ruth ihm geschickt hatte. Der blaue Hemdkragen schaute unter dem Pullover hervor. Auf dem Kopf trug er eine Mütze mit Ohrenklappen, in der Hand ein Köfferchen und an den Füßen bequeme Schuhe mit Kreppsohlen. Er sah ganz so aus wie ein schmucker deutscher Wandersmann.

Eine Minute war bereits verstrichen. Noch immer kein Geschrei, keine Kommandorufe, kein Hundegebell. Hinaus aus dem feuchten Keller, über das Mäuerchen, zurück auf den Weg, und vor allen Dingen nicht rennen: wieder und wieder hatte er sich das eingeschärft. Die einzige wirkliche Gefahr drohte ihm von den Wachen auf dem Wehrgang.

Sein Plan war einfach: Er hatte vor, auf einem umgestürzten Baum das Flüßchen zwischen Festung und Park zu überqueren, über den Holzzaun zu klettern, der den Sportplatz der deutschen Soldaten umgab, und dann von einem schmalen Felsvorsprung aus die angrenzende Befestigungsmauer zu übersteigen. Aber eine Gruppe ballspielender Soldaten hatte die Durchführung seines Planes verzögert. Er war gezwungen, in seinem Versteck im Keller auszuharren. Mehrmals war er nahe daran, entdeckt zu werden: Im Mittelgang hatten zwei Jungen Murmeln gespielt; Soldaten waren am Haus vorbeimarschiert; ein Paar mit einem Hund war eine ganze Weile vor der offenen Tür stehengeblieben. Den Hund hatte er am meisten gefürchtet. Trotz der feuchten Kälte war Laurent naßgeschwitzt, als das Tier endlich fort war. Wider Erwarten hatten die Aufseher sein Verschwinden immer noch nicht bemerkt. Bis zum Appell waren es noch zwei Stunden.

Endlich konnte er den Keller verlassen, und nun verlief alles nach Plan. Am Fuß der Festungsmauer blickte er sich um: vor ihm lag der menschenleere Park, zur Linken die gewalige Zitadelle, die im Abendlicht lange Schatten warf und daher noch bedrohlicher wirkte als sonst. Auf dem Wehrgang hoben sich die Silhouetten der Wachsoldaten dunkel von dem noch immer hellen Himmel ab. Sollte auch nur einer von ihnen in seine Richtung blicken, so war es um ihn geschehen. Vorsichtig begann er mit dem Aufstieg. Obwohl ihn die Verwundung am Bein noch immer behinderte, fiel es ihm nicht schwer, die Mauer zu erklimmen. Das Laub dämpfte seinen Sprung in die Tiefe. Er war entkommen!

Schräg unter ihm eine Straße: der Weg in die Freiheit. Einige Steine hatten sich unter seinen Füßen gelockert und polterten den Abhang hinunter. Von unten tönten Stimmen herauf. Laurent strich seine Kleider glatt und entfernte die Erde von seinen Schuhen. Die Stimmen kamen näher: zwei Offiziere und ihre Ehefrauen kamen ihm entgegen. Sie waren in eine lebhafte Unterhaltung vertieft und nahmen ihn überhaupt nicht wahr. Von einer Sekunde auf die andere war er zu einem Durchschnittsmenschen geworden. Wie selbstverständlich erwiderte er das Lächeln eines alten Mannes und grüßte eine Gruppe junger Leute mit einem markigen »Heil Hitler!« Auf der Hauptstraße angekommen, ließ er es sich nicht nehmen, sich umzudrehen und noch einmal einen Blick auf die gewaltige Silhouette der Festung Colditz zu werfen. Grenzenloser Stolz erfüllte ihn: Es war ihm gelungen, die ausgeklügelten Sicherheitsvorkehrungen der Zitadelle zu überwinden.

Noch am selben Abend war er ohne einen Pfennig in den Zug nach Rochlitz gestiegen, und drei Tage später hatte er bei Schaffhausen die Grenze überschritten. In Bern war er dann schwer erkrankt, hatte dort etliche Tage im Krankenhaus verbracht und lange Briefe an den Vater und seine Frau geschrieben, die aber nie ankamen. Nur ein Brief an Adrien Delmas war auf wundersame Weise durch das Netz der Zensur geschlüpft und hatte seinen Empfänger erreicht. Der Dominikaner hatte daraufhin über einen schweizerischen Ordensbruder, der Laurent auch Geld und Papiere beschaffte, Kontakt zu ihm aufgenommen.

Das Städtchen La Réole, in dem Laurent und Léa einige Besorgungen zu erledigen hatten, lag still und friedlich im milden Licht des späten Nachmittages. Camille mußte sich um Charles kümmern und hatte deshalb nicht mitkommen können. Zum erstenmal waren sie allein. Madame Debray hatte ihnen eine Bäckerei in der Rue des Argentiers genannt, deren Brot angeblich das beste in der ganzen Gegend war und die überdies noch Mehl zu verkaufen hatten. Sie schlenderten ziellos durch die kleinen Straßen und fanden sich schließlich unweit des Schlosses Quat' Sos wieder, hoch über dem Tal der Garonne.

Sie kamen an der Benediktinerabtei vorbei. Die Linden dufteten, und Léa hatte plötzlich den Wunsch, die Kirche zu besuchen. Ihre Schritte hallten in dem gotischen Gebäude wider. Laurent hatte schon eine ganze Zeit vor der Kapelle der Jungfrau gestanden, als Léa seine Hand ergriff und den Kopf an seine Schulter legte. Er küßte ihr lockiges Haar. Ihre Hand spürte den Pulsschlag des Mannes, den sie liebte. Sie hob ihr Gesicht zu ihm auf; ihre Blicke trafen sich und konnten sich nicht mehr voneinander lösen. Ihre Lippen begegneten sich flüchtig, doch die leichte Berührung genügte, um ihre Körper zu entflammen. Ganz in der Nähe schlug eine Tür zu; das Geräusch holte sie in die Wirklichkeit zurück. Der Zauber war gebrochen. Laurent schob das Mädchen sanft von sich.

»Nein . . . halt mich fest.«

»Léa, wir sind verrückt. Wir dürfen nicht . . . ich darf nicht . . .«

»Sei still. Ich liebe dich.«

Abermals drängte sie ihren Körper dem seinen entgegen. Er legte seine Hände auf ihre Hüften und preßte sie an sich. »Ich liebe dich.«

Léa sah Laurent triumphierend an. Dann stand sie auf und ging zum Ausgang. Er folgte ihr mit gesenktem Kopf.

»Schnell, wir müssen uns beeilen, sonst ist die Bäckerei zu!«

Geschlossen war sie nicht, aber sie hatten es allein der Enpfehlung von Mądame Debray zu verdanken, daß sie einen Vier-Kilo-Laib Brot und ein Paket Mehl bekamen.

Am Bahnhof stiegen sie auf ihre Räder. Sie waren in ihre Gedanken versunken und hatten für das Panorama des Signal du Mirail keinen Blick übrig. Wenig später hatten sie den Besitz der Debrays erreicht. Camille eilte ihnen bereits am Gartentor entgegen.

»Wo wart ihr denn? Ich bin vor Sorge fast gestorben.«

»Was hätten uns denn zustoßen sollen? Wir haben uns La Réole angeschaut«, sagte Léa mit unerschütterlicher Ruhe.

Beim Abendessen gab Léa sich fröhlich und witzig und plauderte geistreich und über alles mögliche, stets aufs neue ermutigt von Adrien oder Monsieur Debray, die sich über ihre lustigen Kommentare amüsierten.

Während sie im Garten einen Kaffee tranken, der diesen Namen nicht verdiente, teilte der Dominikaner Laurent mit:

»Ich habe den Mann gefunden, den wir suchen. Es ist Jean Bénazet aus Varilhes. Wir treffen uns morgen nachmittag in Foix im *Café de la Poste*.«

»Schon!« entfuhr es Camille.

»Bitte, Liebes, du wirst so bald wie möglich nachkommen.«

»Aber ich will dich begleiten!«

»Das kommt nicht in Frage. Denk an Charles, er braucht dich.«

Madame Debray war aufgestanden und hatte die Hand auf die Schulter der jungen Frau gelegt. »Mein

Kind, machen Sie es Ihrem Mann mit Ihren Tränen nicht noch schwerer. Es ist seine Pflicht, den Kampf nicht aufzugeben. Seien Sie tapfer. Möchten Sie hier bei uns bleiben? Mein Mann und ich würden uns freuen, Sie hierbehalten zu dürfen.«

»Das geht nicht«, entgegnete Laurent. »Camille muß mich auf Roches-Blanches ersetzen. Aus einem Brief von Delpech, unserem Verwalter, weiß ich, daß nicht nur das Haus besetzt ist, sondern auch die Weinberge zu verkommen drohen, weil es an Arbeitskräften fehlt.«

»Wie in Montillac«, bemerkte Léa.

»Wie überall in der Gegend«, bestätigte der Dominikaner.

»Was gedenken Sie zu tun?« fragte Monsieur Debray.

»Weiß ich noch nicht. Unentwegt muß ich an meinen armen Vater denken, Ich frage mich, was er getan hätte. Die Prüfungen, die unserem armen Land auferlegt werden, erfüllen mich mit Zorn und Trauer. Ich, der ich stets für eine Annäherung der Völker, für ihren Zusammenschluß in den Vereinigten Staaten von Europa war, ausgerechnet ich fühle mich inzwischen als Nationalist. Vor dem Krieg hielt ich eine solche Denkweise für hoffnungslos überholt! Ich wußte weder, daß ich so mit Leib und Seele Franzose bin, noch, daß ich mein Land dermaßen liebe.«

»Junger Freund, nur mit Männern wie Ihnen können wir hoffen, Frankreichs Ehre und Freiheit wiederzugewinnen«, bekräftigte Debray.

»Glauben Sie wirklich daran?«

»Wenn nicht, dann hätten meine Frau und ich an dem Tage, an dem der Marschall verkündete, er habe um den Frieden gebeten, den Freitod gewählt! Für uns war das, als wäre unser Sohn ein zweites Mal gestorben. Wir haben geweint und Gott angefleht, uns den Weg zu weisen.

Am Tag darauf hat er uns durch die Stimme General de Gaulles seine Antwort gegeben.«

Keiner erwiderte etwas. Nur der Gesang der Vögel und das Zwitschern der Schwalben, die über den Himmel jagten, waren zu hören.

Nach einer Weile brach Adrien Delmas das Schweigen. »Hätten wir doch nur mehr Leute, die so handeln wie Sie! Überall nichts als Gleichgültigkeit, Verwirrung, faule Kompromisse, niederträchtige Bespitzelungen, teuflische Denunziationen und feiges Sichfügen in die Knechtschaft! Begabte Schriftsteller wie Brasillach, Rebatet, Drieu, außerdem Universitätsgelehrte, Geschäftsleute, Soldaten und selbst Priester – der Herr möge ihnen vergeben – prostituieren ihre Talente im Dienste einer verwerflichen Idelogie. Sie kuschen vor den Stiefeln der Besatzer wie die Tiere, die sich zum Zeichen der Unterwerfung auf den Rücken legen und dem Sieger ihre Unterseite darbieten ... Ich bin verzweifelt.«

»Aber Ihr Glaube an Gott wird Ihnen den Glauben an die Menschheit wiedergeben«, unterbrach ihn Madame Debray.

»Gewiß: mein Glaube an Gott ...«, Adrien beendete den Satz nicht und erhob sich.

Léa stand auf, erstaunt über den Tonfall ihres Onkels. Sie glaubte, einen Anflug von gehässiger Ernüchterung herausgehört zu haben. Hatte er seinen Glauben verloren? Ein Mönch, der nicht mehr an Gott glaubt, das wäre zu komisch, ging es ihr durch den Sinn.

»Du siehst unglücklich aus, Onkel Adrien«, sagte sie zärtlich, als sie ihn unter einem großen Kastanienbaum eingeholt hatte. Statt einer Antwort steckte er sich eine Zigarette an. Léa beobachtete ihn aus dem Augenwinkel: Er war nicht nur unglücklich, er hatte jegliche Hoffnung aufgegeben. Eine Scheu, die auf ihre Kindertage zurückging, hinderte sie daran, ihn zu trösten. Sie versuchte deshalb, ihn auf andere Gedanken zu bringen; zugleich wollte sie ihre Furcht vor seinem Zweifel zerstreuen, er, der so unerschütterlich gewesen war in seinem Glauben an Gott, für den er alles aufgegeben hatte, durfte nicht zweifeln.

»Weißt du, ob Leutnant Valéry gut in Marokko angekommen ist?«

»Er ist gut angekommen.«

»Und Laurent? Meinst du, es wird alles gutgehen?«

Der Dominikaner betrachtete sie aufmerksam. Er hatte sich nicht getäuscht: die Kleine war noch immer in Laurent d'Argilat verliebt. Er beschloß, sich Gewißheit zu verschaffen.

»Es wird alles gutgehen, der Mann, der ihn über die Grenze bringen soll, ist zuverlässig. In Algier wird er seine Kameraden wiedertreffen. Camille und sein Sohn werden ihm bald folgen können.«

Léa erblaßte, zuckte aber nicht mit der Wimper.

»Du bist doch sicherlich froh, daß sich für deine Freunde nun alles zum Besten wendet«, fügte er mit einem Anflug von Sadismus in der Stimme hinzu.

»Sehr froh«, gab sie trocken zurück und wandte sich ab. »Entschuldige, ich bin müde und gehe jetzt schlafen. Gute Nacht.«

»Gute Nacht, möge der Herr über dich wachen.«

Léa rannte zum Haus zurück.

Sie schloß sich in ihrem Zimmer ein. Sie sah keine Möglichkeit, mit Laurent vor seiner Abreise noch einmal allein zu sein.

Der Tag wollte kein Ende nehmen.

Tags zuvor waren Adrien und Laurent frühzeitig mit dem Zug nach Toulouse aufgebrochen, wo sie in den

Zug nach Foix umsteigen mußten. Der Abschied war so herzzerreißend gewesen, wie es sich nun mal gehörte, spöttelte Léa im stillen. Es war ihr jedoch gelungen, Laurent noch einen Brief zuzustecken. Sein jähes Erröten war weder Adrien noch Madame Debray entgangen. Aber Léa kümmerte das nicht: die Hauptsache war, er wußte, daß sie ihn liebte und daß sie es ihm noch einmal hatte sagen können.

»Ich vertraue dir ein weiteres Mal das Teuerste an, das ich habe«, hatte er ihr gesagt, als er sie zum Abschied umarmte.

Endlich Schritte auf dem Kiesweg. Es war Adrien. Léa bezwang ihren Wunsch, ihm entgegenzulaufen und ihn auszufragen. Madame Debray war in der Nähe, und seit dem Vortag beobachtete sie sie unentwegt.

»Ist alles gutgegangen?« rief Camille atemlos, eine Hand auf ihr wild pochendes Herz gepreßt.

»Ja, sehr gut.«

»Wann fährt er nach Spanien?«

»Heute nacht. Er ist nicht allein, sie sind zu siebt oder zu acht.«

»Wenn Sie wüßten, Pater, was für eine Angst ich ausgestanden habe«, sagte Camille.

»Sic brauchen nichts zu befürchten, es wird alles gutgehen.«

»Hoffentlich. Aber was kann ich in der Zwischenzeit tun? Gibt es nichts, das man hier in Frankreich unternehmen könnte? Sie tun etwas, Pater, und Monsieur und Madame Debray ebenfalls. Ich möchte Ihnen helfen. Verfügen Sie über mich.«

Gerührt ließ der Dominikaner seinen Blick auf der so zerbrechlich anmutenden jungen Frau ruhen.

»Ihre erste Pflicht ist, gegen die Mutlosigkeit anzukämpfen und äußerst vorsichtig zu sein. Es sind nur sehr wenige, die in unserer Bewegung aktiv sind. Sie sehen es ja selbst in Ihrer Umgebung. Wir müssen warten, bis das Vertrauen in Marschall Pétain geschwunden ist. Es ist bereits ziemlich gesunken, aber noch zögern viele Männer und Frauen, die durchaus nicht weniger Patrioten sind als wir, sich außerhalb der Gesetze zu stellen. Es gibt in London Offiziere, die General de Gaulle feindlich gegenüberstehen. Viele mißtrauen England. Der Vorfall bei Mers-el-Kebir hat das gute Verhältnis zwischen unseren beiden Staaten stark erschüttert. Sie müssen sich in Geduld üben. Ich werde so bald wie möglich Kontakt zu Ihnen aufnehmen und Ihnen mitteilen, wie es Laurent geht und wann Sie ihm voraussichtlich folgen können. Dennoch können Sie mir einen Gefallen tun: ein Bündel Briefe in Saint-Emilion abgeben. Es ist allerdings nicht ganz ungefährlich, die Demarkationslinie mit diesen Briefen zu überschreiten.«

»Wo soll ich das Päckchen hinterlegen?«

»Bei Monsieur Lefranc, Venelle du Château-du-Roy. Überreichen Sie ihm diese Ausgabe des Guide bleu der Bretagne, dann weiß er Bescheid. Danach vergessen Sie alles und fahren nach Roches-Blanches zurück. Komm Léa, gehen wir ein paar Schritte, ich muß mit dir reden.«

Léa folgte Adrien auf den Gartenweg, und ihr Herz pochte heftig; sie fürchtete sich vor diesem Gespräch.

»Ich muß heute abend abreisen. Ich nehme den Sechs-Uhr-Zug nach Bordeaux. Morgen wirst du Camille mit dem Wagen nach Saint-Emilion und von dort zurück nach Roches-Blanches bringen. Dann kehrst du so schnell wie möglich nach Hause zurück. Du fährst über Cadillac, wo du Monsieur Fougeron, der dort im Rathaus arbeitet, diese drei Briefe von unserem Stiftsherrn übergibst.«

»Ist das alles?«

»Ja. Ach nein, beinahe hätte ich's vergessen: das da hat Laurent mir für dich gegeben.«

Léa wurde glutrot, als sie den verräterischen Umschlag aus der Hand des Onkels entgegennahm.

»Danke.«

»Du brauchst mir nicht zu danken. Ich habe es nicht für dich getan, sondern für ihn, auch wenn ich es mißbillige, daß er dir schreibt. Ich habe mich nur dazu bereit erklärt, weil ich gefühlt habe, wie sehr er innerlich zerrissen ist.«

Léa antwortete nicht. Mit gesenktem Kopf drehte sie den Brief unschlüssig hin und her. Er war nicht versiegelt. Sie warf Adrien einen prüfenden Blick zu.

»Beruhige dich, ich habe ihn nicht gelesen.«

22

Nicht im Traum hätte Léa geglaubt, daß ihr der Abschied von Camille schwerfallen könnte. Und doch stürzte sie sich, vom Trennungschmerz überwältigt, noch einmal in Camilles Arme, ehe sie losfuhren.

Die Demarkationslinie in Saint-Pierre-d'Aurillac hatten sie reibungslos passiert. Die Briefe waren in dem kleinen Koffer mit den Babysachen versteckt. In Saint-Emilion hatte Camille Monsieur Lefranc den Bretagne-Reiseführer übergeben. Und auf Roches-Blanches hatte Delpech die junge Frau und ihren Sohn mit Tränen der Rührung willkommen geheißen.

Seit jener Verlobungsfeier, die das Ende einer glücklichenZeit eingeläutet hatte, war Léa nicht mehr auf dem Gut gewesen. Sie hatte nur den einen Wunsch: so rasch wie möglich weiterzufahren, und so erfrischte sie nur kurz Gesicht und Hände und setzte ihre Reise fort.

Das Rathaus in Cadillac erreichte sie kurz vor Dienstschluß. Auf den Stufen begegneten ihr zwei herzhaft lachende deutsche Soldaten. Ein Standesbeamter – es war Fougeron – war damit beschäftigt, Urkunden in Schönschrift auszufertigen. Léa übergab ihm die Briefe, und Fougeron drückte ihr ein Päckchen in die Hand, mit dem Auftrag, es in der unbesetzten Zone aufzugeben. Ihr blieb keine Zeit, irgendwelche Fragen zu stellen: Die deutsche Wache war sichtlich schlecht gelaunt. Hastig ließ sie das Päckchen in ihre Handtasche gleiten.

Von jenem Tage an übernahm Léa regelmäßig Botengänge zwischen den beiden Zonen. Unter dem Vorwand, sich um die Ländereien ihres Vaters in Mounissens und La Laurence, unweit von Saint-Pierre-d'Aurillac, kümmern zu müssen, hatte sie von Oberleutnant Kramer den erforderlichen Sonderausweis erbeten. Durch ihre Besuche auf den Bauernhöfen war der Speisezettel auf Montillac reichhaltiger geworden. Sie konnten sogar Albertine und Lisa, die, wie sie schrieben, in aller Stille zu verhungern drohten, Pakete nach Paris schicken.

Zu Beginn der Ferien war Laure aus dem Mädchenpensionat zurückgekehrt, fest entschlossen, nun, da sie ihr Abschlußzeugnis hatte, nie wieder einen Fuß hineinzusetzen. Sie war jetzt sechzehn Jahre alt, hübsch, kokett und obeflächlich und außerdem eine große Verehrerin des Marschalls. Sie sammelte Bilder von ihm in jeder nur erdenklichen Form und konnte Léa nicht verzeihen, daß diese ein Foto mit einer Widmung ihres Idols von seinem Platz auf dem Klavier im Salon genommen und zu Boden geworfen hatte. Sie hatte sich bei ihrem Vater darüber beklagt und von ihm eine Antwort bekommen, die nicht ohne Eindruck auf sie geblieben war: »Deine Mutter hätte dasselbe getan.« Seitdem verließ sie jedesmal demonstrativ den Salon, wenn Léa Radio London hörte.

Was in Françoises Kopf vorging, wußte hingegen keiner so recht. Wenn sie keinen Dienst im Krankenhaus hatte, spielte sie den ganzen Tag Klavier und trug eine so verklärte Miene zur Schau, daß Ruth bemerkte: »Würde mich nicht wundern, wenn die Kleine verliebt wäre.«

Aber in wen? Das war die Frage, die auch Léa sich

nicht zu beantworten wagte. Seit einigen Tagen schon beobachtete sie ihre Schwester, ohne jedoch etwas Verdächtiges an ihrem Benehmen feststellen zu könnnen. Einmal war sie früher als gewöhnlich zum Frühstück hinuntergegangen. Im Halbdunkel des Treppenaufgangs war sie mit Leutnant Hanke zusammengestoßen, der ihr mit ungewöhnlich lauter Stimme seinen Gruß entboten hatte: »Guten Morgen, Mademoiselle Léa.«

»Guten Morgen«, hatte sie barsch erwidert.

Oberleutnant Kramer saß in der Küche und beendete gerade sein Frühstück. Bei ihrem Eintreten stand er auf und verbeugte sich. »Guten Morgen, Mademoiselle Delmas, Sie sind heute ja besonders früh auf den Beinen! Sie wollen gewiß nach den Ländereien Ihres Herrn Vaters in der unbesetzten Zone sehen?«

Warum standen drei Tassen auf dem Tisch, und warum war eine noch voll?

Kurz nachdem Laure aus dem Pensionat nach Hause gekommen war, trafen Philippe, Corinne und ihr kleiner Bruder Pierrot, die Kinder Onkel Lucs, ein. Wieder erfüllte Gelächter und Geschrei das alte Haus. Wegen der Anwesenheit der deutschen Soldaten hatte man allerdings ein wenig zusammenrücken müssen.

Das Wiedersehen mit ihrem Cousin Pierrot bereitete Léa große Freude. Mit seinen vierzehn Jahren hielt er sich bereits für einen ganzen Mann. Wie früher schliefen Léa und er im Kinderzimmer.

Die Diskussionen beim Essen waren so hitzig, daß Bernadette Bouchardeau eilig die Fenster schloß: »Soll denn alle Welt euch hören? Wollt ihr, daß wir alle miteinander verhaftet werden?«

Die Tischgesellschaft war klar in drei Lager gespalten: überzeugte Pétain-Anhänger wie Bernadette, Philippe,

Corinne und Laure, die nicht hart genug über jene urteilen konnten, die feigen Verrat am Marschall und damit an Frankreich begingen; Gaullisten oder solche, die die Besatzungsmacht nicht akzeptierten, wie Léa und Pierrot; und schließlich jene, die, aus welchen Gründen auch immer, keine Partei ergreifen wollten, wie Pierre Delmas, Françoise und Ruth.

Die erste Gruppe pries die von Pétain am 30. Oktober 1940 geforderte Zusammenarbeit mit den Deutschen als die einzige Möglichkeit, in diesem Lande, dem von den Juden und Kommunisten schwerer Schaden zugefügt worden sei, Ordnung, Selbstachtung und Religion wiederherzustellen. Ihre Gegenspieler sahen Frankreichs einzige Chance, Ehre und Freiheit wiederzuerlangen, darin, General de Gaulle zu folgen.

»Dieser Verräter!«

»Ein Held ist er!«

Die übrigen beteiligten sich kaum an den Gesprächen: Ruth aus Taktgefühl, Pierre Delmas aus Gleichgültigkeit und Françoise . . . Françoise? Das wußte keiner. Wurde die Diskussion allzu heftig, stand sie oft vom Tisch auf und ging hinaus.

Eines Tages hielt Léa es nicht mehr aus und folgte ihr auf die Terrasse. Wie ein Häuflein Elend hockte Françoise dort auf der Eisenbank und schluchzte vor sich hin.

Léa setzte sich neben sie und fragte leise: »Was hast du denn?«

Das Schluchzen wurde lauter.

»Ich habe es satt, nichts anderes mehr zu hören als Krieg, Pétain, Hitler, de Gaulle, Beschränkungen, Russen, freie Zone, besetzte Zone, England und . . . und . . . ich hab's satt! Sie sollen mich doch in Ruhe lassen . . . ich will lieben können, wen ich will . . . ich will . . . ich würde am liebsten sterben . . .«

Léas Mitgefühl für den Kummer ihrer Schwester hatte sich nach und nach in Verdrossenheit und schließlich in Abscheu verwandelt. Wenn das Heulen einen so häßlich macht, sollte man sich besser verstecken, dachte sie.

»Hör auf! Wenn du dich sehen könntest! Wenn dir etwas nicht paßt, dann sag es mir! Liegt es an deinem Liebhaber, daß du in einem solchen Zustand bist? Wenn ja, solltest du ihm den Laufpaß geben!« stichelte Léa.

Françoises heftige Reaktion verschlug ihr die Sprache.

»Was weißt du schon von meinem Liebhaber, ausgerechnet du! Du tollst mit einem Domestiken im Heu herum und denkst dabei an den Mann einer anderen! Wenn mein Liebhaber es wollte, könnte er euch alle ver ... Aber das geht dich gar nichts an, geht niemanden etwas an! Ich hasse euch, ich will euch nie mehr wiedersehen!«

Nachdem sie ihr den letzten Satz geradezu ins Gesicht geschleudert hatte, sprang sie auf, schlüpfte durch das Loch in der Hecke und eilte davon. Léa blickte der hastenden Gestalt nach, wie sie zwischen den Weinstöcken hindurchlief und hinter Valenton verschwand.

Wie lange wohl mochte sie in dieser Stellung verharrt haben – vor sich die vertraute Landschaft, während in ihrem Schädel ein quälender kleiner Satz dröhnte: »Wenn mein Liebhaber wollte, könnte er euch alle verhaften lassen, wenn mein Liebhaber wollte, könnte er euch alle verhaften lassen ...«

Doch wie immer hatte sich beim Anblick der stillen Schönheit der Felder, der Wälder, der Hügel, der Weinberge, der Dörfer und der dunklen Linie des Landes am Horizont ihre Angst allmählich gelegt, und das furchtbare Echo in ihrem Kopf war verstummt.

Am nächsten Tag teilte Françoise ihnen mit, sie führe nach Arcachon zu einer Freundin. Léa erinnerte sich daran, daß Laure ihr vor einiger Zeit geraten hatte, Françoise doch einmal zu fragen, ob sie sich im Konzert gut amüsiert habe. Léa hatte sich darüber gewundert und ihre kleine Schwester wenig später noch einmal darauf angesprochen. Laure hatte vage geantwortet, das sei nicht so wichtig, sie habe es vergessen. Doch als Léa nicht locker ließ, rückte sie schließlich mit der Sprache heraus.

»Ich dachte, ich hätte sie zusammen mit Oberleutnant Kramer gesehen. Aber er kann es nicht gewesen sein, denn ihr Begleiter war in Zivil.«

Léa hatte nicht den geringsten Zweifel mehr: Ihre Schwester liebte einen Deutschen und war aller Wahrscheinlichkeit nach auch seine Geliebte. Sie hatte mit Camille darüber gesprochen, als diese vor der Weinlese ein paar Tage zu Besuch gewesen war. Was sollte sie tun? Sollte sie ihrem Vater, Ruth, Onkel Adrien davon erzählen?

»Unternimm gar nichts«, hatte Camille ihr geraten. »Die Sache ist zu ernst. Nur Françoise oder Oberstleutnant Kramer können dir sagen, ob es stimmt.«

»Aber was sie da gesagt hat . . .«

»Das hat sie im Zorn gesagt.«

Während Françoise sich in Arcachon aufhielt, ließ Oberleutnant Kramer sich nur höchst selten im Hause blicken.

Mit den ersten Herbsttagen war ein Großteil der Familie nach Bordeaux zurückgekehrt, sogar Laure, die erklärte, auf dem Lande sei es »sterbenslangweilig«. Léa, die die Bürde der Verantwortung für die Weinlese auf Mathias und Fayard abgewälzt hatte, war recht froh über die Abreise ihrer Verwandten, denn selbst mit den zusätzlichen Lebensmittelmarken war es kein Kinderspiel gewesen, sie alle zu ernähren. Dank des Eingemachten aus ihrem Gemüsegarten und der mit Hühnern und Kaninchen gut bestückten Ställe – ganz zu schweigen von den beiden Schweinen – sah sie dem kommenden Winter ohne allzu große Sorge entgegen. Eines jedoch bereitete ihr Kopfzerbrechen: das Geld wurde knapp. Der Erlös aus dem Weinverkauf reichte nicht einmal aus, alle die zu entlohnen, die in den Weinbergen arbeiteten. Fayard hatte schon sechs Monate lang keinen Lohn mehr bekommen.

Von Camille hatte Léa erfahren, daß Laurent nur wenige Monate in Algier geblieben war. Inzwischen befand er sich in London. Erfreut hatte sie festgestellt, daß Camille nicht mehr davon sprach, ihrem Mann folgen zu wollen. Ungeachtet ihrer Liebe zu Laurent hatte sie die Beziehung zu Mathias nicht abgebrochen, und ihre Begegnungen wurden von Mal zu Mal stürmischer, aber auch jedesmal enttäuschender. Nach jeder ihrer Umarmungen schwor sie sich, das sei die letzte gewesen, doch spätestens nach vierzehn Tagen traf sie sich erneut mit dem jungen Mann in der Scheune, im Weinberg oder in dem alten Haus in Saint-Macaire.

Am 21. Oktober war in Bordeaux ein Attentat auf einen deutschen Offizier verübt worden. Am 23. Oktober 1941 wurden fünfzig Geiseln hingerichtet.

Léa litt mehr und mehr unter dem Gefühl, ersticken zu müssen und vor Langeweile umzukommen. Vergeblich suchte sie die Eintönigkeit ihrer Tage in den Büchern aus der Bibliothek ihres Vaters zu vergessen. Kein Schriftsteller fand Gnade von ihren Augen – Balzac, Proust, Mauriac – alle glitten ihr aus den Händen. In der Nacht wurde sie von grauenvollen Alpträumen gequält: Bald stieg ihre Mutter schluchzend aus den Trümmern empor, bald hielt der Mann, den sie getötet hatte, sie in einer anstößigen Umarmung umschlungen. Tagsüber brach sie oft unvermittelt in Weinkrämpfe aus, nach denen sie sich wie gerädert fühlte. Montillac lastete schwer auf ihren Schultern. Sie begann sich zu fragen, ob es tatsächlich der Mühe wert sei, all dies am Leben zu erhalten, das Land behalten zu wollen, das jetzt nur sie allein noch liebte, denn weder ihr Vater noch ihre Schwestern kümmerten sich darum. Es gab allerdings noch jemand, dessen Liebe zu dieser Erde so stark war, daß er sie gern in seinen Besitz gebracht hätte: Fayard. Mit der Heimkehr seines Sohnes war sein Lebensinhalt zurückgekehrt und gleichzeitig eine Habsucht, die er bis zu jenem Tage zu verbergen verstand, an dem er Léa klipp und klar erklärte: »Das alles ist zuviel für ein junges Ding wie Sie. Der arme Monsieur Delmas ist nicht mehr ganz richtig im Kopf, und bald wird man ihn einsperren müssen. Ein Betrieb wie dieser hier braucht einen Mann. Sie sollten Ihrem Vater raten, das Gut zu verkaufen. Ich besitze einige Ersparnisse, und meine Frau hat kürzlich geerbt. Das reicht natürlich nicht ganz, aber über das, was fehlt, wird Ihr Vater bestimmt mit sich reden lassen und es Ihnen als Mitgift mit auf den Weg geben.«

Léa erstarrte. Sie war unfähig, den Mann zu unterbrechen. Sie begriff, daß er in all den arbeitsreichen Jahren auf diesem Gut an nichts anderes gedacht hatte, als eines Tages sein Besitzer zu werden. Die Umstände kamen ihm wie gerufen. Hätte Isabelle Delmas noch gelebt, wäre er nie so dreist gewesen, mit einem solchen Vorschlag an sie heranzutreten. Darüber hinaus hatte er ihr soeben zu verstehen gegeben, daß er über ihre Affäre mit seinem Sohn unterrichtet war.

»Sie sagen ja gar nichts? Ich sehe schon, Sie haben Angst, daß Sie das Haus verlassen müßten. Dabei liegt es ganz allein in Ihrer Hand, ob es Ihnen auch künftig gehören wird: Heiraten Sie meinen Sohn.«

Nur mühsam bezwang sie ihren Zorn, der in ihr aufstieg.

»Weiß Mathias von Ihren schönen Plänen?«

»Mehr oder weniger. Er meint, es sei noch zu früh, darüber zu sprechen.«

Léa war, als fiele ein Teil der Last, die sie bedrückte, von ihr ab. »Sie irren sich, Fayard, wir denken nicht im Traum daran, das Gut an Sie oder an irgendwen sonst zu verkaufen. Auf diesem Land bin ich geboren, und mir liegt daran, daß es im Besitz der Familie bleibt. Und der Zustand meines Vaters ist keineswegs so besorgniserregend, wie Sie ihn beschreiben.«

»Sie haben kein Geld mehr, und seit sechs Monaten sind Sie mir den Lohn schuldig geblieben.«

»Unsere finanziellen Angelegenheiten gehen Sie nichts an. Und was Ihren Lohn betrifft, so werden Sie ihn noch vor Monatsende erhalten. Gute Nacht, Fayard.«

»Sie machen einen Fehler, mir gegenüber diesen Ton anzuschlagen, Mademoiselle Léa«, stieß er drohend hervor.

»Das genügt, Fayard, ich habe dem nichts mehr hinzuzufügen. Gute Nacht.«

Murrend ging Fayard hinaus.

Gleich am nächsten Tag schrieb Léa einen Brief an Albertine und bat sie, ihr die Summe vorzustrecken, die sie Fayard schuldete. Sie erhielt das Geld postwendend und beauftragte Ruth, es dem Kellermeister auszuhändigen. Bei dieser Gelegenheit kam es zwischen Vater und Sohn zu einem heftigen Streit, der Mathias bewog, sich als Freiwilliger für den Arbeitsdienst in Deutschland zu melden. Léa beschwor ihn, dieses Vorhaben aufzugeben. Sie redete auf ihn ein, sagte ihm, sie brauche ihn, und es sei Verrat an seinem Vaterland, wenn er nach Deutschland ginge.

Noch in derselben Nacht jedoch nahm Mathias den Zug nach Bordeaux, um von dort aus am 3. Januar 1942 nach Deutschland weiterzufahren.

23

Der Hund der Fayards hatte Léa auf ihrem Spaziergang begleitet. Gemeinsam rasteten sie unter dem Croix de Borde, das hoch über der Ebene aufragt. Das Wetter war sonnig und klar; ein lebhafter, kühler Wind rötetete Léas Wangen; eingehüllt in einen weiten Umhang, wie die Schäfer der Gegend ihn trugen, starrte sie vor sich hin. In Saint-Macaire kündeten die Glocken vom Ende des Vespergottesdienstes: es war Sonntag. Plötzlich hob der Hund aufmerksam den Kopf und erhob sich knurrend.

»Was hast du, Courtaud?«

Laut kläffend jagte der Hund zum Weg hinunter. Wahrscheinlich ein Hase oder eine Waldmaus, dachte sie und versank aufs neue in ihren inhaltsleeren Träumereien. Neben ihr rollte ein Stein herab. Léa drehte sich um und sprang auf. »Onkel Adrien!«

»Mein Kind!«

Glücklich umarmten sie einander.

»Uff! Ich hatte ganz vergessen, wie steil der Weg hier ansteigt, bis man ganz oben ist«, ächzte er und ließ sich atemlos ins Gras fallen. »Es sei denn, daß es an meinem Alter liegt«, fügte er hinzu und strich die Falten seiner Kutte zurecht.

»Was machst du denn hier? Wann bist du angekommen?«

»Gerade eben, ich habe dich gesucht. Ich bin froh, daß wir uns nicht so nah am Haus getroffen haben; ich habe dir nämlich etwas Wichtiges zu sagen.«

»Laurent? . . .«

»Nein, es handelt sich nicht um Laurent. Ihm geht es gut . . . das war zumindest der Fall, als ich ihn das letztemal sah.«

»Als du ihn das letztemal sahst? . . . Er ist also in Frankreich?«

»Ja, er ist von London aus herübergeflogen und mit dem Fallschirm abgesetzt worden.«

»Und wo ist er?«

Der Dominikaner antwortete nicht.

»Weiß Camille Bescheid?«

»Ich glaube nicht. Hör mir gut zu, Léa. Ich weiß, daß du noch immer als Kurier zwischen den Zonen unterwegs bist und daß dein blaues Fahrrad ein Begriff für alle die geworden ist, die noch Hoffnung haben. Du hast mehrfach bewiesen, daß es dir weder an Mut noch an Kaltblütigkeit mangelt. Ich möchte dir eine Mission von allergrößter Bedeutung anvertrauen. Es wird nicht mehr lange dauern, bis man mir auf den Fersen ist, und mir bleibt nichts anderes übrig, als mich in die freie Zone abzusetzen. Ich muß unbedingt eine Nachricht nach Paris übermitteln. Du wirst an meiner Stelle hinfahren.«

»Ich?«

»Ja, du. Morgen wirst du einen Brief von Tante Albertine bekommen, in dem sie dich bittet, ihr bei der Pflege ihrer Schwester behilflich zu sein.«

»Ist Tante Lisa krank?«

»Nein, der Brief ist gefälscht. Aber du brauchst einen plausiblen Grund für deine Abreise. Du nimmst morgen den Nachtzug. Du fährst zweiter Klasse. Hier ist deine Fahrkarte. In Paris rufst du vom Bahnhof aus deine Tanten an. Überlege dir gut, was du ihnen sagst. Dann steigst du in die Metro und fährst über die Rue du Bac direkt zur Rue de l'Université ...«

»Aber ...«

»Ich weiß, das ist ein Umweg, aber du nimmst diesen Weg trotzdem. Erfinde irgendeinen Grund für dein Kommen. Hervorragend wäre es, wenn Lisa ein paar Tage im Bett bleiben könnte. Am Nachmittag gehst du spazieren, erledigst Einkäufe im *Bon Marché*, schaust dir die Auslagen an. Auf dem Rückweg gehst du an der Buchhandlung Gallimard, Boulevard Raspail, vorbei. Weißt du, wo das ist?«

»Ja.«

»Du betrachtest das Schaufenster, dann gehst du hinein. Du blätterst in den Büchern auf dem Tisch gegenüber der Kasse, schaust dir die Regale an und bleibst vor dem Buchstaben P wie Proust stehen. Nimm den zweiten Band von *A la recherche du temps perdu* heraus. Im Innern findest du einen Prospekt mit den Neuerscheinungen der *Nouvelle Revue française*. Er wird dir ein bißchen dicker als gewöhnlich vorkommen. Den tauschst du gegen diesen hier aus.«

Léa nahm das blaßgrüne Heftchen mit den Buchtiteln.

»Der hier ist aber auch recht dick.«

»Ja, er enthält eine Botschaft, die unbedingt überbracht werden muß. Anschließend stellst du das Buch in das Regal zurück. Nimm dir dann irgendein Buch und bezahle es an der Kasse.«

»Ist das alles?«

»Nein. Du betrittst die Buchhandlung exakt um fünf Uhr, zehn Minuten später verläßt du sie wieder. Es könnte sein, daß du den Prospekt aus irgendeinem Grunde nicht austauschen kannst. In diesem Fall gehst du am nächsten Tag um elf Uhr noch einmal hin. Sollte es wiederum Probleme geben, kehrst du in die Rue de l'Université zurück, wo du neue Anweisungen erhalten wirst. Hast du alles verstanden?«

»Ja. Was soll ich mit dem anderen Prospekt machen?«

»Den legst du in das Buch, das du gekauft hast. Wenn alles gutgegangen ist, wirst du am nächsten Tag die Zwei-Uhr-Vorstellung von Louis Daquins Film *Nous les gosses* im Kino an den Champs-Elysées besuchen. Setz dich in die zweitletzte Reihe, so nahe wie möglich an den Mittelgang. Bevor der Film zu Ende ist, schiebst du das Buch unter deinen Sitz und gehst hinaus. Kommt etwas dazwischen, versuchst du in der Vorstellung um vier dasselbe. Zwei Tage später gehst du um drei Uhr ins Musée Grévin. Vor der Gruppe der königlichen Familie im Tempel wird dich jemand mit den Worten ansprechen: *Wir gehen nicht mehr in den Wald*. Du wirst ihm antworten: *Die Lorbeerblätter sind gepflückt*. Er wird eine Broschüre über das Museum fallen lassen, du hebst sie auf, und er wird sagen: ›Behalten Sie sie ruhig, vielleicht interessiert es Sie.‹ Du bedankst dich, gehst weiter und schaust ab und zu in die Broschüre.«

»Und dann?«

»Dann gehst du nach Hause zu deinen Tanten. Am nächsten Morgen nimmst du den Frühzug nach Limoges. Im Bahnhof von Vierzon werden Kontrollen durchgeführt. In Limoges gibst du deinen Koffer bei der Gepäckaufbewahrung ab. Dann steigst du in die Straßenbahn und fährst bis zur Place Denis-Dussoubs. Dort ist ein Kino, das *Olympia*. Gegenüber, an der Ecke des Boulevard Victor Hugo, befindet sich eine Buchhandlung. Du gehst hinein und suchst nach einer etwas fülligen Frau um die Sechzig, die dort arbeitet. Frag sie, ob sie *Les mystères de Paris* von Eugène Sue hat. Sie wird dir antworten, daß sie nur die *Mystères de Londres* von Paul Féval habe, und dir ein Exemplar vorlegen. Du steckst die Broschüre vom *Musée Grévin* hinein. Dann gibst du ihr das Buch mit den Worten zurück, es täte dir leid, aber es interessiere dich nicht. Draußen wendest du dich nach rechts in die Rue Adrien-Dubouché und gehst in die Kirche Saint-Michel-des-Lions, so genannt nach den beiden steinernen Löwen am Eingang. Du machst einen kleinen Rundgang. Schadet nichts, wenn du ein bißchen betest. Anschließend gehst du die Rue du Clocher hinunter, an den *Nouvelles Galeries* und am Hôtel Central vorbei, bis zur Place Jourdan. Du gehst um den Platz herum und biegst in die Avenue de la Gare ein. Dann ist es ungefähr fünf Uhr. Um fünf Uhr dreißig fährt ein Zug nach Bordeaux. Onkel Luc wird dich in Bordeaux erwarten. Du übernachtest bei ihm. Er weiß von nichts. Er glaubt, du hättest deine Tante gepflegt. Tags darauf fährst du nach Montillac zurück und versuchst, das alles wieder zu vergessen. Hast du verstanden?«

»Ich glaube schon.«

»Wiederhole es noch einmal.«

Fehlerfrei wiederholte sie, was sie zu tun und zu sagen hatte. »Im Grunde genommen dürfte nichts schiefgehen. Wenn du die Demarkationslinie passierst, sei unbesorgt, deine Papiere sind in Ordnung. Verlier nicht den Kopf, falls du in eine unvorhergesehene Kontrolle gerätst. Und solltest du in Paris irgendwelche Probleme bekommen, ruf François Tavernier an oder hinterlasse eine Nachricht für ihn ...«

»François Tavernier! ...«

»Aber ja, erinnerst du dich nicht mehr? Du hast ihn auf der Verlobungsfeier von Laurent und Camille kennengelernt.«

»Kannst du dich denn auf ihn verlassen?«

»Das kommt darauf an. Manche halten ihn für einen Kollaborateur, andere für einen Agenten des Deuxiéme Bureau, des militärischen Geheimdienstes. Sollen sie glauben, was sie wollen. Ich weiß, wann ich mich auf ihn verlassen kann. Ruf ihn an, falls du Ärger bekommst.«

Léa schauderte.

»Aber du frierst ja! Ich bin ein Idiot, daß ich dich hier so lange festgehalten habe. Steh auf, sonst wirst du noch krank. Und das können wir im Moment am wenigsten brauchen.«

In Montillac fanden sie die Familie im Salon vor einem Holzfeuer vereint. Sie tranken heiße Schokolade und verspeisten eine Brioche von beachtlicher Größe.

»Aber das ist ja das reinste Schlaraffenland hier!« rief Adrien aus.

»Das haben wir Françoise zu verdanken«, erklärte Bernadette Bouchardeau. »Einer ihrer Patienten hat ihr diese Köstlichkeiten aus Dankbarkeit geschenkt.«

Während sie an ihrer Schokolade nippte, sah Léa immer wieder beunruhigt zu ihrer Schwester hin. Sollte sie ihren Onkel in ihre Vermutungen einweihen?

Alles spielte sich genau ab, wie Adrien es vorausgesagt hatte. Sie nahmen zusammen den Zug nach Bordeaux, und dort stieg Léa allein in den Zug nach Paris um, ohne sich umzudrehen.

Vor lauter Freude über das Wiedersehen mit ihrer Nichte fragten die beiden Schwestern de Montpleynet erst gar nicht lange nach dem Grund ihres Besuches. Und als Léa einen Schinken, ein Dutzend Eier und ein Kilo Butter aus ihrem Koffer holte, waren sie von so viel Glück schier überwältigt. Der naschhaften Lisa traten

Tränen in die Augen, selbst die würdevolle Albertine schien gerührt, und Estelle drückte Léa rechts und links einen Kuß auf die Wange, nannte sie »ein braves Kind« und schleppte ihre Schätze sogleich wie ein argwöhnischer Geizkragen in die Küche.

Die drei Frauen saßen fröhlich bei Tisch. Ihre Mahlzeit bestand aus einer etwas dünnen Suppe, kleinen Kartoffeln und ein wenig Schinken. »Wenn du nicht gekommen wärst, hätten wir wieder nichts als dieses ärmliche Essen!« seufzte Lisa mit vollem Mund und deutete auf die Suppenterrine.

»Wir wollen uns nicht beklagen, Schwester, es gibt viele, die noch ärmer dran sind als wir. Mit dem bißchen Geld, das uns geblieben ist, können wir uns immerhin ab und zu auf dem Schwarzmarkt Fleisch oder Geflügel leisten.«

»Das ist wahr, aber Kuchen haben wir schon lange nicht mehr gegessen.«

Albertine und Léa mußten über diesen kindlichen Gedanken lachen. Nach dem Essen erklärte Léa, sie werde einen kleinen Spaziergang durch das Viertel unternehmen.

Nachdem sie aus der Metro ausgestiegen war, hatte Léa dem Geschehen rings um sie her keine Beachtung geschenkt. Erst am Boulevard Saint-Germain fiel ihr auf, wie still es war: keine Fahrzeuge, abgesehen von einigen Fahrrädern oder Fahrradtaxis, nur ein paar Fußgänger und ein funkelnder Mercedes mit zwei deutschen Offizieren, die ihre Arme um zwei unechte Blondinen in Pelzmänteln gelegt hatten. Léa blickte dem Wagen nach und zog fröstelnd ihren zu leichten Mantel enger. Sie bedauerte, nicht eine von Claudes Hosen angezogen zu haben, die Camille ihr geschenkt hatte. Sie waren ihr für Paris nicht schick genug gewesen. Die wenigen Fußgänger hasteten mit grimmiger Miene und gesenktem Kopf an ihr vorbei, um sich vor den eisigen Windstößen zu schützen. Eilig ging Léa den Boulevard Raspail hinauf. Sie verlangsamte ihren Schritt, als sie das Hotel Lutétia vor sich sah. Vor der Fassade knatterten deutsche Flaggen im Wind. Obwohl der Anblick nicht neu für sie war – auch Bordeaux trug die Zeichen der Besatzung –, stieg Bitterkeit in ihr auf. In der Rue de Babylone hatte sie Mühe, gegen die Windböen anzukämpfen. Im *Bon Marché* dagegen war es warm. Aber die meisten Verkaufsregale waren leer. »Mach ein paar Besorgungen«, hatte Adrien gesagt und ihr Geld zugesteckt. Schön und gut, aber was gab es schon zu kaufen? Für fast alles brauchte man Marken. In der Papierwarenabteilung kaufte sie Buntstifte und eine Dose Farbe, in der Kosmetikabteilung ein Eau de Toilette von Chanel. Eine Stunde lang irrte sie durch das Kaufhaus, ging schließlich in die Teestube und bestellte sich ein heißes Getränk, das mit Tee nur den Namen gemeinsam hatte. Endlich war es halb fünf. Wenn sie gemächlich ging, würde sie um fünf Uhr in der Buchhandlung Gallimard sein.

Léa hatte das Gefühl, als würde sie von allen Leuten in der Buchhandlung kritisch beäugt. Nie hätte sie es für so schwierig gehalten, ein Buch aus einem Regal zu nehmen. Und dieser junge Verkäufer auch noch, der sie unentwegt aus seinen dunklen Augen sehnsuchtsvoll anstarrte! Die Titel begannen vor ihren Augen zu tanzen.

»Na, suchen Sie ein gutes Buch?«

Léa schob den zweiten Band von *A la recherche du temps perdu* auf seinen Platz zurück, ehe sie sich umwandte.

»Sie!«

»Jawohl, ich! Sind wir uns das erstemal nicht auch hier begegnet?«

»Raphael! Mir kommt es vor, als wäre das schon eine Ewigkeit her!« sagte sie und reichte ihm die Hand.

»Guten Tag, schönes Fräulein aus Bordeaux! Eigenartig! Jedesmal, wenn wir uns begegnen, versetzt es mir einen Stich ins Herz, und ich verspüre so etwas wie Sehnsucht. Wenn ich nicht anders wäre, holde Freundin ... meine Liebe wäre Ihnen gewiß«, sagte er, während er die Lippen spitzte und ihre Hand mit kleinen Küssen bedeckte.

»Sie ändern sich wohl nie?« fragte sie und zog ihre Hand zurück.

»Weshalb sollte ich? Sagte ich Ihnen nicht bereits, daß ich mich so mag, wie ich bin: Jude und schwul.«

»Seien Sie doch noch ein bißchen lauter«, stieß sie nervös hervor.

»Oh, hier bin ich unter Freunden, und jeder kennt mich. Schließlich bin ich ein Autor dieses Hauses, zwar ein wenig bekannter, aber hochgeschätzt! Der reizende brünette junge Mann dort drüben ist geradezu ein wandelndes Lexikon, er hat alles gelesen, sogar meine Werke. Mit sechzehn Jahren! Unglaublich, nicht wahr? Wie heißen Sie doch gleich?«

»Jean-Jacques, Monsieur.«

»Jean-Jacques, genau. Haben Sie das Buch aufgetrieben, das ich gesucht habe, mein kleiner Jean-Jacques?«

»Noch nicht, Monsieur, aber es ist nur eine Frage von wenigen Tagen.«

»Bringen Sie es mir in mein Hotel, Rue des Saints-Pères, sobald Sie es haben. Ich werde Ihnen einen sehr alten Portwein vorsetzen, eine echte Rarität«, sagte er und kniff den Jungen, der ihn amüsiert und frech betrachtete, in die Wange. »Haben Sie diese Augen gesehen? Welch ein Feuer! Verzeihen Sie, Herzchen, ich vernachlässige Sie. Was machen Sie in Paris? Das letztemal sah ich Sie vor einer Kirche in Bordeaux. Apropos, wie geht es den Dominikanern in dieser schönen Stadt?«

Mühsam unterdrückte sie ein Frösteln und erwiderte schroffer als beabsichtigt: »Sehr gut.«

»Das freut mich ungemein! Aber Sie haben mir noch nicht gesagt, was Sie hier machen.«

»Eine meiner Tanten ist krank, und die andere ist auch nicht mehr so recht bei Kräften. Ich gehe ihnen ein bißchen zur Hand.«

»Welch ein liebes, braves Mädel ... Heute essen Sie selbstverständlich mit mir zu Abend.«

»Das ist nicht ...«

»Papperlapapp! Ich hole Sie um halb sieben ab. In Paris speist man jetzt früh. Wie war doch gleich die Adresse?«

»65, Rue de l'Université. Aber ich versichere Ihnen ...«

»Kein Wort mehr. Ich habe Sie wiedergetroffen, jetzt lasse ich Sie nicht so einfach gehen! Machen Sie sich hübsch: heute abend führe ich Sie aus in die große Welt. Zuerst ein Diner im *Tour d'Argent*, anschließend ein Empfang, dessen Kleinod Sie sein werden.«

Wie werde ich ihn bloß los? dachte Léa. Jetzt ist es zu spät, um die Prospekte auszutauschen.

»Ich bitte Sie, nehmen Sie an, um unserer Freundschaft willen.«

»Einverstanden, holen Sie mich nachher ab.«

»Danke, Sie wissen gar nicht, welche Freude Sie mir damit machen!«

Und wenn er ein Spion ist? ging es Léa unablässig durch den Kopf, während sie zur Rue de l'Université hastete. Nein, das kann nicht sein. Hat er mir in Bordeaux nicht helfen wollen? Hoffentlich ist morgen niemand in der Buchhandlung. Was soll ich heute abend bloß anziehen? Sie nahm es sich übel, daß sie sich um solche Nichtigkeiten sorge, wo sie doch nicht einmal imstande gewesen war, ihren Auftrag zu erfüllen. Unwillkürlich ging sie in Gedanken die Kleider durch, die sie mitgenommen hatte. Für das *Tour d'Argent* war nichts passendes dabei.

»Léa, wirklich, das kommt überhaupt nicht in Frage, mit einem Herrn zu Abend zu essen, den wir gar nicht kennen!«

»Aber Tante Albertine, er holt mich doch ab, und dann wirst du ihn kennenlernen.«

»Mag sein, aber so etwas schickt sich nicht.«

»Ich bitte dich, Tantchen, es ist das erstemal, seit ich von hier fortgegangen bin, daß ich etwas tue, was mir Spaß macht!« Albertine sah ihre Lieblingsnichte voller Zärtlichkeit an. Das arme Kind hatte in der Tat keine sehr fröhliche Jugend gehabt; ein bißchen Abwechslung würde ihr guttun.

»Hast du etwas Elegantes anzuziehen?«

»Leider nicht.‹

»Ich werde mit Estelle und Lisa nachsehen, ob wir etwas für dich finden. Gott sei Dank habe ich meinen Fuchs nicht verkauft!« Lisa und Albertine kramten aus ihren Schrankkoffern Abendkleider hervor, von denen das neueste aus den zwanziger Jahren stammte.

»Und das, was ist das da?« fragte Léa und faltete einen schwarzen Tüllrock mit Spitzenbesatz auseinander.

»Keine Ahnung, der muß unserer Mutter gehört haben.«

»Der ist sehr hübsch«, sagte Léa. Sie streifte ihn über ihr Kleid. »Seht doch, der braucht bloß gebügelt zu werden, dann ist das ein prima Rock. Und die Bluse hier?«

»Das kannst du nicht anziehen, Liebes, das ist doch viel zu altmodisch!«

»Bitte helfen Sie mir, Estelle! Das kriegen wir schon hin.«

So kam es, daß Léa im *Tour d'Argent* alle Blicke auf sich zog: der hohe schwarze Spitzenkragen der schwarzen Bluse aus einer anderen Zeit umschloß ihren langen Hals, die Manschetten der Ärmel kräuselten sich um ihre Handgelenke, der weite Rock floß über ihren Stuhl. Das hochgesteckte, mit schwarzen Federn geschmückte Haar verlieh ihr einen hochmütigen Ausdruck. Überaus elegante, stark geschminkte und mit Juwelen behängte Damen musterten voller Neid das junge Mädchen, von dessen blassem, nur mit einem Hauch Puder überzogenen Teint sich die strahlenden Augen mit den mascaraschweren Wimpern abhoben. Auch die Männer beachteten sie, wenn auch mit ganz anderen Gefühlen. Diejenigen, die Raphael Malh und seinen zweifelhaften Ruf kannten, zeigten sich erstaunt, daß eine so elegante junge Dame sich in seiner Gesellschaft kompromittierte.

Für Léas Selbstbewußtsein waren diese Blicke eine wahre Wohltat. Sie beglückwünschte sich, kein modisches Kleid gehabt zu haben und sich von all diesen Frauen zu unterscheiden.

Raphael überschüttete sie in seiner gewohnten Art mit überschwenglichen Komplimenten: »Bravo, Sie sind die Schönste! Schauen Sie nur, wie sie Sie alle anstarren, besonders die Frauen! Zu komisch! Wo haben Sie nur diese Garderobe aufgetrieben? Sie ist streng und zugleich ungewöhnlich ›sexy‹, wie die Amerikaner sagen. Verglichen mit Ihnen, wirken die wenigen mondänen Damen, die hier verkehren, wie Kokotten. Danke, daß Sie so schön sind! Ober, Champagner! Einen Dom Pérignon, einen guten Jahrgang.«

»Sehr wohl, Monsieur.«

»Wir müssen unser Wiedersehen feiern. Ihre Tanten finde ich absolut entzückend. Ich dachte, eine von ihnen sei krank?«

»Es geht ihr schon wieder besser«, sagte Léa hastig.

»Das freut mich aber. Ah, da kommt der Champagner. Leider hat der Krieg diese Stadt ihrer strahlenden Lichter beraubt, so daß Sie den herrlichen Blick auf Notre-Dame, die Seine und die Ile Saint-Louis nicht genießen können. Aber ich verspreche Ihnen, die Küche wird Sie darüber hinwegströsten. Sie befinden sich hier im ältesten und zugleich in einem der renommiertesten Restaurants von Paris.«

Léa musterte ihren Begleiter. Seit ihrer letzten Begegnung hatte er sich sehr verändert: er war dicker geworden, seine Smokingjacke spannte an einigen Stellen. Sein Teint war grau verfärbt, als bekomme er zu wenig Schlaf; er machte einen nervösen Eindruck und rauchte eine Zigarette nach der anderen. »Geben Sie mir auch eine.«

»Ich dachte, Sie rauchen nicht«, sagte er und hielt ihr das geöffnete Etui hin.

Léa nahm eine Zigarette mit goldenem Mundstück heraus. Ein Ober stürzte herbei, um ihr Feuer zu geben.

»Danke, sagte sie und stieß den Rauch aus.

»Schmeckt sie Ihnen?«

»Woher kommen die? Sie haben einen eigenartigen Geschmack.«

»Es sind türkische Zigaretten. Der Hotelboy vom *Crillon* besorgt sie mir stangenweise. Ich kann Ihnen welche beschaffen, wenn Sie mögen.«

»Danke, das übersteigt meine Mittel.«

»Wer spricht denn in unseren Kreisen von Geld, teure Freundin? Sie können mir das Geld später geben.«

»Nein, danke, ein gutes Paar Schuhe wäre mir lieber.«

»Wenn es weiter nichts ist, ich kann Ihnen welche besorgen. Was möchten Sie denn: Pumps, Stiefeletten, Sandalen? Ich kann alles liefern. Oder möchten Sie einen Zobel, einen Murmelmantel, Seidenstrümpfe, Kaschmirpullover, einen Kamelhaarmantel? Ich kann Ihnen das alles besorgen.«

»Wie machen Sie das?«

»Das ist mein Geheimnis, schöne Freundin. Im allgemeinen interessiert es meine Kunden nicht, woher die Ware stammt. Sie bezahlen einfach ... und damit basta. Glauben Sie mir, je weniger man von alldem weiß, desto besser bekommt es einem.« Der Weinkellner servierte den Champagner.

»Trinken wir auf Ihre Schönheit!«

Léa neigte stumm den Kopf und trank ihr Glas in einem Zug aus.

»Aber, meine Liebe, davon kostet man nur, das ist doch keine Limonade. Was möchten Sie essen?«

»Meeresfrüchte, viele Meeresfrüchte und dann den berühmten *canard au sang*, von dem ich schon so viel gehört habe.«

»Eine vortreffliche Wahl, für mich bitte dasselbe.«

Kurze Zeit später wurde eine prächtige Platte mit Austern, Seeigeln und Muscheln aufgetragen. Es folgten der *canard au sang*, dann ein reifer Brie und ein riesiges Stück Schokoladentorte. Nach dem letzten Bissen lehnte Léa sich unter den belustigten Blicken der Gäste an den Nachbartischen auf ihrem Stuhl zurück.

»Mmm ... zum erstenmal seit Monaten habe ich keinen Hunger mehr.«

»Das möchte ich hoffen, Sie haben ja auch für vier gegessen.«

»Soll das ein Vorwurf sein?«

»Nein. Es ist ein Vergnügen, Ihnen beim Essen zuzuschauen. Sie scheinen es richtig zu genießen. Einfach köstlich.«

»Finden Sie?« bemerkte sie verärgert. »Ich schäme mich dafür. Geben Sie mir eine Zigarette, und sagen Sie mir, wer alle diese Leute hier sind, abgesehen von den Deutschen natürlich.«

»Die Leute hier sind dieselben wie vor dem Krieg. Sehen und gesehen werden, das war schon immer das oberste Gebot der Pariser Gesellschaft. Hier verkehrt das Tout-Paris, meine Liebe. Ebenso wie im *Maxim's*, im *Fouquet's*, im *Carrère*, im *Doyen*, überall da, wo ›man‹ eben ist.«

»Das glaube ich Ihnen nicht.«

»Sehen Sie die beiden Frauen dort drüben, zwischen dem vornehmen deutschen Offizier und dem gutaussehenden Mann mit dem blauschwarzen Haar?«

»Er sieht aus wie Sacha Guitry.«

»Er ist es. Die Dame zu seiner Rechten ist die große Pianistin Lucienne Delforge. Von ihr stammt der hübsche Satz: ›Sollte ich Kollaboration definieren, würde ich sagen: Kollaboration, das ist Mozart in Paris.‹«

»Ich verstehe den Zusammenhang nicht.«

»Weil es Ihnen an Humor fehlt, Teuerste. Die andere Dame ist die beste Wagner-Interpretin, Germain Lubin. Der deutsche Offizier ist Oberleutnant Rademacher, der oberste Chef der Zensur. Ohne seine Zustimmung kann in Paris nichts aufgeführt werden. Am Tisch neben dem Fenster sehen Sie Albert Bonnard, Bernard Grasset sowie Marcel und Elise Jouhandeau. Dort drüben, sehen Sie, das ist die Arletty: nach Ihnen die schönste Frau hier im Saal . . .«

Ein Mann von jugendlichem Äußeren trat an ihren Tisch. Er besaß ein kantiges Profil, starke, feingliedrige Hände und trug über dem Smoking einen lässigen, mit rotem Satin gefütterten Umhang. Ein sehr gut aussehender junger Mann, gleichfalls im Smoking, folgte ihm.

»Raphael, du hier! Es freut mich zu sehen, daß deine Geschäfte offensichtlich wieder bessergehen!«

»Sie gehen besser, viel besser, ich habe eine Glückssträhne. Léa, darf ich Sie mit einem sehr lieben Freund bekannt machen: Monsieur Jean Cocteau.«

»Jean Cocteau! . . . Guten Abend, Monsieur. Ihr *Thomas l'imposteur* hat mir sehr gefallen.«

»Vielen Dank, Mademoiselle. Ich wußte gar nicht, daß mein Freund Raphael so entzückende Bekanntschaften hat.«

»Jean, das ist Mademoiselle Delmas aus Bordeaux.«

»Bordeaux! Welch eine hübsche Stadt! Nirgendwo sonst ist die Langeweile von solch aristokratischer Eleganz. Selbst die kleinen Straßenjungen an der Place des Quinconces haben unerreichte Klasse. Darf ich Sie irgendwo absetzen? Ein Freund besaß die Liebenswürdigkeit, mir seinen Wagen und seinen Chauffeur zur Verfügung zu stellen.«

»Dann wird es aber eng werden.«

»Oh, verzeihen Sie, mein Bester. Wo habe ich bloß meinen Kopf? Diese junge Dame verwirrt mich. Mademoiselle . . . entschuldigen Sie, wie war doch gleich der Name?«

»Delmas.«

»Mademoiselle Delmas, ich darf Ihnen den hervorragendsten Tänzer von Paris, was sage ich, von ganz Europa vorstellen: meinen Freund Serge Lifar.«

Der junge Mann, schlank und elegant in seinem nachtblauen Smoking, machte eine knappe Verbeugung.

»Wohin gehen Sie?« fragte der Dichter.

»Zu meinem Freund Otto.«

»Wie amüsant, wir auch. Kommt, wir sind bestimmt die letzten.«

Ein deutscher Chauffeur riß den Schlag einer prunkvollen dunklen Limousine auf. Léa wich zurück.

»Aber, aber, teure Freundin, kommen Sie nur, es geschieht Ihnen nichts, Sie sind in guten Händen. Der Ort, an den wir uns begeben, ist einer der gefragtesten in Paris. Ich kenne berühmte Leute, die allerlei Demütigungen auf sich nehmen, um dort empfangen zu werden.«

Léa setzte sich zwischen Jean Cocteau und Raphael. Der Tänzer nahm schmollend auf dem Beifahrersitz Platz. Schweigend fuhren sie die menschenleeren Quais entlang. Düster und gewaltig ragte Notre-Dame in die kalte, klare Nacht und schien über die Stadt zu wachen. Der Anblick erinnerte Léa an ihren ersten Aufenthalt in Paris, damals noch in Begleitung ihres Vaters. Wie weit das alles zurückzuliegen schien . . .

Sie bogen in die Rue des Saints-Pères ein, dann in die Rue de Lille. Wenige Sekunden später fuhr der Wagen durch eine breite, von deutschen Soldaten bewachte Toreinfahrt und hielt vor der ausladenden Treppe einer vornehmen Villa.

Galant half Jean Cocteau Léa aus dem Fahrzeug.

»Wo sind wir hier?« fragte sie.

»In der Villa, die Bonaparte Josephine zum Geschenk machte.« Sie schritten die Treppe hinauf. Mit leisem Rascheln glitten die Vorhänge der großen Glastür vor ihnen zur Seite. Licht, Wärme und ein Duft von Parfum schlugen ihnen entgegen. Diener in Livrée nahmen ihnen die Mäntel ab. Unwillig trennte Léa sich von ihrer Fuchsjacke. In kindlicher Verzückung, geblendet von all dem Glanz, sah sie sich um. Vergeblich suchte sie das Unbehagen zu verdrängen, das ihr Entzücken ein wenig trübte.

»Wo sind wir hier?« fragte sie noch einmal.

»In der deutschen Botschaft.«

Ihr war, als hätte man ihr einen Fausthieb in den Magen versetzt. Sie fuhr zurück, aber da hatte Raphael sie bereits gepackt und zerrte sie in den hell erleuchteten Saal.

»Ich will fort von hier!«

»Das können Sie mir nicht antun. Und außerdem ist es dafür zu spät: da ist der Botschafter.«

Ein schöner Mann, noch recht jung, in einem sehr eleganten Smoking, der einen leichten Bauchansatz kaschierte, kam auf sie zu, um Jean Cocteau zu begrüßen.

»Lieber Freund, es ist mir stets ein Vergnügen, einen Dichter wie Sie in meinem Haus zu empfangen.«

»Exzellenz ...«

»Machen Sie mich mit Ihren Freunden bekannt.«

»Exzellenz, Serge Lifar, Sie haben sicher schon von ihm gehört.«

»Aber selbstverständlich. Ich bin ein großer Bewunderer Ihrer Art zu tanzen, Monsieur.«

»Eure Exzellenz ...«

»Raphael Malh, Schriftsteller und Journalist.«

»Monsieur ist mir bekannt«, bemerkte der Botschafter und ging vorbei, ohne ihm die Hand zu reichen. Eine leichte Röte stieg Raphael ins Gesicht. Er verneigte sich steif.

»Wer ist diese entzückende junge Dame? Die künftige Darstellerin in einem Ihrer neuen Meisterwerke vielleicht?«

»Erlauben Sie, daß ich Ihnen Mademoiselle Léa Delmas vorstelle. Léa, Seine Exzellenz, der deutsche Botschafter in Paris, Otto Abetz.« Léa wagte nicht, die ausgestreckte Hand des Botschafters zu ignorieren. Vertraulich nahm er sie beim Arm und sagte in tadellosem Französisch: »Kommen Sie, Mademoiselle, ich werde

Sie mit meiner Frau bekannt machen. Sie ist ebenfalls Französin; ich bin sicher, Sie werden sich gut mit ihr verstehen.«

Madame Abetz begrüßte sie auf charmante Art: »Ihr Kleid ist überaus originell, meine Teure, Sie müssen mir unbedingt die Adresse Ihres Schneiders geben.«

Ohne die Antwort abzuwarten, wandte sie sich neu angekommenen Gästen zu und ließ Léa mitten im Raum stehen. Ringsum herrschte ein ständiges Kommen und Gehen von elegant gekleideten, nach Parfum duftenden, lachenden, plaudernden Leuten. Jeder hielt ein Glas in der Hand, und es gab kaum jemanden, der nicht das schlanke Mädchen musterte, dessen eigentümliches, weites schwarzes Kleid den blassen Teint unterstrich. Léas Muskeln spannten sich unter diesen Blicken, und sie war froh, daß das lange Kleid die altmodischen und ausgetretenen Pumps verdeckte, die Lisa ihr geschenkt hatte. Mit unverhohlener Neugier betrachtete sie das Treiben der Menge, die ausgelassen und unbekümmert schien und sich offensichtlich in dieser Atmosphäre wohl fühlte, in der sich die prunkvollen Roben und die kostbaren Juwelen der Frauen von den dunklen Anzügen der Männer abhoben.

»Erstaunlich, nicht wahr?« flüsterte Raphael ihr ins Ohr.

»Was ist erstaunlich?«

»All diese Leute hier, die den Feind umschmeicheln.«

»Und Sie, was machen Sie?«

»Oh, ich? Ich bin nur ein Wurm, und außerdem liebe ich Sieger, das sagte ich Ihnen ja schon.«

»Vielleicht werden sie nicht immer Sieger bleiben.«

»Nicht so laut, mein Herz«, zischte er und blickte sich ängstlich um. »Glauben Sie etwa«, fuhr er fort, indem er ihren Arm ergriff und ihr ins Ohr flüsterte, »daß die, die hier sind, und alle ihre Gesinnungsgenossen, nicht fest vom Sieg des Deutschen Reichs überzeugt sind?«

»Und doch haben die deutschen Truppen in Rußland immer höhere Verluste.«

»Pst! Wollen Sie, daß man uns verhaftet? So etwas dürften Sie überhaupt nicht wissen, geschweige denn laut sagen. Ein guter Rat: hören Sie lieber Radio Paris statt Radio London. Das ist weniger gefährlich.«

Vor dem Buffet blieben sie stehen. Léa stopfte rasch hintereinander fünf oder sechs Petits Fours in sich hinein.

»Mir ist, als sei die alte Zeit zurückgekehrt! Damals habe ich mich ausschließlich auf den Cocktailparties der besseren Gesellschaft ernährt. Welche Unmengen von Lachs- und Kaviarkanapees ich da verdrücken konnte . . . Das hat oft zwei Tage lang vorgehalten. Hier, trinken Sie einen Schluck, sonst ersticken Sie noch.« Aus einem angrenzenden Saal drang eine Walzermelodie an ihr Ohr.

»Der Ball beginnt. Schade, daß ich so ein erbärmlicher Tänzer bin, ich wäre gerne zu den Klängen eines Wiener Walzers mit Ihnen über das Parkett geschwebt. Kommen Sie, wir sehen uns das Haus an. Ich werde Ihnen Joséphines Schlafgemach zeigen.«

Da der kleine Raum hoffnungslos überfüllt war, verzichteten sie darauf, sich hineinzudrängeln, und nahmen statt dessen in einem etwas abseits gelegenen Salon Platz. Auf einem Tisch stand eine prächtige, in eine Lampe verwandelte chinesische Vase. Das teerosenfarbene Licht des Schirms verlieh Léas Teint und Haaren einen ganz besonderen Schimmer. Ein mittelgroßer, ziemlich beleibter Mann ging an ihnen vorüber.

»Nanu, ist das nicht mein verehrter Herr Verleger persönlich?«

»Sie trifft man aber auch überall! Gehört diese Schönheit zu Ihnen? Machen Sie uns bekannt.«

»Léa, darf ich Ihnen Monsieur Gaston Gallimard vorstellen, den großen Verleger und Frauenliebhaber. Mademoiselle Delmas.«

»Hören Sie nicht auf ihn, Mademoiselle«, sagte er und setzte sich neben sie.

»Gaston, kommen Sie bitte einen Augenblick, der Botschafter fragt nach Ihnen.«

»Entschuldigen Sie, Mademoiselle. Gehen Sie nicht weg, ich bin gleich wieder da. Ich komme, Marie!«

»Ist das nicht Marie Bell?«

»Ja, eine reizende Frau. Das ist ein ausgesprochen literarischer Abend heute. Außer unserem Freund Cocteau sind noch Georges Duhamel und Jean Giraudoux da, Robert Brasillach, der schöne Drieu La Rochelle und dort Pierre Benoit im Gespräch mit seinem Freund Arno Breker ...«

»Dem Bildhauer?«

»Ja, er bereitet eine große Ausstellung vor, die im Mai stattfinden soll. Sehen Sie die beiden dort, die eben hinzugekommen sind? Das sind zwei seiner Kollegen, die sich allerdings mit seiner Begabung nicht messen können: Belmondo und Despiaux. Dort hinten, das sind Jean Luchaire und Edwige Feuillère ...«

»Das reicht, hören Sie auf mit Ihrer Aufzählung, das ist ja wirklich deprimierend ...«

»Gewähren Sie mir einen Tanz, Mademoiselle?«

Léa hob die Augen. »Françoise ...«

Mit einem Satz sprang sie auf.

»Léa ...«

Sie standen sich gegenüber, sahen sich ungläubig an und wagten nicht, einander zu berühren.

»Ein seltsamer Ort für ein Wiedersehen«, murmelte

François. »Ich hatte ganz vergessen, wie schön Sie sind. Kommen Sie, tanzen Sie mit mir.« Seit langem war nicht mehr ein so wunderbarer Traum für sie in Erfüllung gegangen: einen langsamen Walzer zu tanzen in den Armen eines Mannes, den sie begehrte und der offensichtlich ebenso von Verlangen ergriffen war.

Welch himmlisches Gefühl, sich treiben zu lassen! Nur nicht aufwachen, nur nicht die Augen öffnen! Sie schmiegte sich enger an François. Sie vergaß, wo sie war, vergaß die Menschen ringsumher, Deutsche und Franzosen, sie vergaß Adriens Auftrag, vergaß den Krieg, vergaß sogar Laurent. Sie wollte nichts weiter sein als eine Frau in den Armen dieses Mannes.

»Lieber Freund, selbst wenn Sie ohne Musik weitertanzten, könnte ich es Ihnen nicht verübeln«, sagte Otto Abetz und legte François Tavernier die Hand auf die Schulter. Der sah wie abwesend durch Abetz hindurch und zog Léa wortlos mit sich fort.

»Ah, nur die Franzosen sind zu solcher Leidenschaft fähig«, seufzte der Botschafter leise. Neidvoll blickte er dem Paar nach.

In der Eingangshalle wartete Raphael auf Léa.

»Gehen Sie schon?«

»Ja«, erwiderte François Tavernier. »Mademoiselle Delmas ist müde, ich bringe sie nach Hause.«

»Aber ...«

»Gute Nacht, Monsieur.«

»Gute Nacht, Raphael.«

François ließ sie in einen Bugatti einsteigen, der im Hof der Botschaft parkte. Die dunklen Straßen von Paris waren menschenleer. Die Place de la Concorde glich einem Bühnenbild, und die Bäume der Champs-Elysées reckten ihre kahlen Äste in den Himmel.

»Wohin fahren wir?«

»Keine Ahnung«, entgegnete er und hielt den Wagen am Straßenrand an. Mit dem Feuerzeug leuchtete er ihr über das Gesicht. Die Flamme erlosch.

»Wohnen Sie bei Ihren Tanten?«

»Ja.«

»Ich habe ein Zimmer im Hôtel du Pont-Royal, ganz in Ihrer Nähe. Wollen wir hingehen?«

»Ja.«

»Léa, Ihre Tanten machen sich bestimmt entsetzliche Sorgen, es ist fünf Uhr früh.«

»Ich fühle mich so wohl, ich will nicht fort.«

»Es muß sein, meine Liebe.«

»Ja . . . Sie haben recht . . .«

Schlaftrunken kleidete sie sich an.

Welch ein Wahnsinn! dachte er.

»Ich bin soweit.«

»Hoffen wir, daß Ihre Tanten Sie nicht schon auf der Türschwelle erwarten. Es dürfte Ihnen schwerfallen, die Ringe unter den Augen und Ihr unordentliches Haar zu erklären.«

»Stimmt, ich sehe wirklich aus, als wäre ich eben erst aus dem Bett gekommen«, meinte sie nach einem Blick in den Spiegel.

In der Rue de l'Université schliefen alle noch. François und Léa standen auf dem Treppenabsatz, unfähig sich voneinander zu trennen.

»Ich habe so oft in all den Monaten an Sie gedacht, mon amour. Sie müssen mir alles erzählen, was Sie erlebt haben.«

»Ich bin müde.«

»Gehen Sie schlafen, mein Herz, ich werde Sie morgen zum Abendessen abholen.«

Nach einem letzten Kuß schloß Léa die Wohnungstür.

Wie eine Schlafwandlerin wankte sie in ihr Zimmer. Ungeduldig fingerte sie an dem Hakenverschluß ihres Spitzenkragens herum. In das dicke Nachthemd unter der Decke war eine Wärmflasche eingewickelt. Da es kalt war und sie fror, schlüpfte sie hinein. Tante Lisas Wärmflasche hatten die Laken angenehm erwärmt. Kaum hatte Léa sich zugedeckt, da schlief sie auch schon.

»O nein! Bitte mach das Licht aus, zieht den Vorhang zu!« murrte Léa und zog sich die Bettdecke über den Kopf.

»Aber du hast doch gestern gesagt, du hättest heute morgen Besorgungen zu machen, mein Schatz. Da habe ich mir gedacht, es sei an der Zeit dich zu wecken.«

Besorgungen? ... Was meinte Lisa damit? Was für Besorgungen? Oh, verflixt, der Prospekt!

Sie schlug die Decke zurück und sprang mit einem Satz aus dem Bett. »Wie spät ist es?«

»Halb elf, glaube ich.«

»Halb elf ... großer Gott, ich komme zu spät.«

Sie stürzte ins Badezimmer, begnügte sich mit einer Katzenwäsche und zog sich dicke Strümpfe, wollene Unterwäsche, einen Rock und einen weiten Pullover an.

»Du wirst doch nicht weggehen, ohne etwas gegessen zu haben?«

»Dazu habe ich keine Zeit mehr. Wo ist meine Handtasche?«

»Dort im Sessel. Was für eine Unordnung, meine arme Kleine!«

»Ich räume nachher auf.«

Der Prospekt, wo war der Prospekt? ... Hier ... Ein gewaltiger Schreck war ihr in die Glieder gefahren.

»Trink wenigstens deinen Tee.«

Ihrer Tante zuliebe nahm Léa einen Schluck.

»Zieh dir etwas Warmes an, es ist kalt heute morgen«, sagte Albertine, als sie ins Zimmer kam. Léa schlüpfte in ihren Mantel und schlang sich einen dicken roten Wollschal um den Hals. Sie eilte die Treppe hinunter und rückte ihre Baskenmütze zurecht.

Ein paar Meter vor der Buchhandlung verlangsamte sie ihre Schritte. Es war zwei Minuten vor elf. Noch immer außer Atem, stieß sie die Tür auf.

Außer den drei Verkäufern war niemand im Laden. Einer ging gerade hinaus, ein anderer stieg eine Treppe hinab, und so blieb nur der brünette junge Mann mit den intelligenten, neugierigen Augen übrig, der Karteikarten ausfüllte. Er hob den Kopf. »Kann ich Ihnen behilflich sein?«

»Nein, danke, ich sehe mich nur um.«

Wie am Tag zuvor blieb sie vor dem Regal mit den Autoren stehen, die mit dem Buchstaben P begannen.

So nervös und aufgeregt sie beim Betreten der Buchhandlung noch gewesen war, so ruhig und gelassen griff sie jetzt nach dem zweiten Band von *A la recherche du temps perdu*. Der Prospekt war da. Automatisch fühlte sie nach, wie dick er war, und ließ ihn dann geschickt in ihre Manteltasche gleiten. Das Buch noch immer in der Hand, wandte sie sich um und ging ein paar Schritte, den Blick auf die Seiten geheftet, als lese sie darin. Der brünette junge Mann war noch mit seiner Kartei beschäftigt. Aus ihrer Handtasche nahm sie den anderen Prospekt und legte ihn zwischen die Seiten. Ungezwungen und ohne Hast stellte sie das Buch ins Regal zurück.

Noch immer war sie der einzige Kunde. Sie griff nach einem Buch, das auf dem Tisch lag und die bekannte Abkürzung N.R.F. trug. Sie überflog die ersten Zeilen: »Mit den Heften seiner zweiundvierzig Schüler in der Aktenmappe stellte Monsieur Josserand sich vor, er sei

Vergil, der aus der Unterwelt durch den Hauptausgang der Metrostation Clichy emporgestiegen sei und sich in aufmerksamer Einfalt darüber wunderte, das Tageslicht in diesem eigenartigen Landstrich wiederzuentdecken, in dem so viel Neuartiges auf ihn einstürmte.«

Sie hob den Kopf und blickte in die Augen des brünetten jungen Mannes.

»Das ist ein hervorragendes Buch, das sollten Sie nehmen«, riet er ihr und trat näher.

»Schön, ich werde mich auf Sie verlassen. Ich habe noch nichts von diesem Autor gelesen.«

»Das ist ein Fehler, von Marcel Aymé muß man alles lesen.«

»Danke, ich werde daran denken.« Léa zahlte und ging.

»Auf Wiedersehen, Mademoiselle, bis bald.«

Kein Kunde hatte inzwischen den Laden betreten. Es war fast elf Uhr fünfzehn. Trotz der frühlingshaften Sonne war es noch immer sehr kalt. Vor dem Hôtel du Pont-Royal fiel ihr plötzlich der vergangene Abend ein. Sie errötete.

Ich muß mir über einiges klarwerden, sagte sie unentwegt vor sich hin, bis sie die Tür zu ihrem Zimmer aufstieß. Ein großer Korb mit weißen Blumen nahm den gesamten Platz auf der Kommode ein. Léa streifte lächelnd ihre Schuhe ab, streckte sich auf dem Bett aus und deckte sich mit der Daunendecke zu, schloß die Augen, öffnete sie wieder und schaute auf den Umschlag vor dem Korb.

Es war halb vier, als sie am Rond-Point des Champs-Elysées aus der Metro stieg. Sie bemühte sich, die gewaltigen Werbetafeln mit Propagandaplakaten rings um die Verkehrsinsel, auf der ein Polizist den spärlichen Verkehr regelte, nicht zur Kenntnis zu nehmen. Es war ein schöner Nachmittag. Trotz der Kälte bummelten zahlreiche Spaziergänger über die Avenue. Vor den Lichtspieltheatern hatten sich lange Schlangen gebildet. *Nous les gosses* wurde im *Normandie* aufgeführt. Léa stellte sich an der Kasse an.

Der Dokumentarbericht über die Jugendlager wollte kein Ende nehmen. Die Wochenschau befaßte sich ausschließlich mit den »Großtaten der ruhmreichen deutschen Soldaten«, zeigte die Menschenmengen, die Marschall Pétain zujubelten, die fröhliche Abreise junger Leute, die sich freiwillig zum Arbeitsdienst gemeldet hatten, ferner eine Prominentenhochzeit in Vichy, die Probe für ein Stück von Montherlant, Maurice Chevalier, der vor Kriegsgefangenen in Deutschland sang, und die neue Frühjahrsmode. Der Film kam ihr endlos lang vor. In den letzten Minuten schließlich ließ sie ihren Handschuh fallen, hob ihn wieder auf und schob dabei das Buch unter ihren Sitz. Dann stand sie auf und strebte dem Ausgang zu, ohne sich noch einmal umzublicken. Auf den Champs-Elysées hatte sie das Gefühl, von allen Leuten angestarrt zu werden. Sie war darauf gefaßt, daß jeden Moment jemand zu ihr sagte: »Folgen Sie mir, Mademoiselle!« Bildete sie es sich bloß ein, oder war das dort drüben tatsächlich der brünette junge Mann aus der Buchhandlung? Sie zwang sich, langsam zu gehen.

Die Metro war überfüllt. Léa saß eingezwängt zwischen einem deutschen Soldaten, der sich vergeblich bemühte, sie nicht zu berühren, und einem dicken, aufdringlich parfümierten Mädchen. An der Station Concorde stieg sie um; das Mädchen ebenfalls. Um halb sieben öffnete sie die Wohnungstür in der Rue de l'Université. Das erste, was sie hörte, war Lisas Gelächter, dem sogleich, wenn auch etwas verhaltener, das Lachen

Albertines folgte. Wer mochte die beiden alten Damen wohl so vergnüglich stimmen? Sie ging ins Boudoir, dem einzigen Raum, in dem ein Holzofen anstelle der Zentralheizung eine halbwegs ausreichende Wärme verbreitete. In einem Lehnsessel saß François Tavernier und rieb seine dem Feuer entgegengestreckten Hände. Bei Léas Eintreten erhob er sich.

»Liebes!« rief Lisa aus. »Warum hast du uns nicht gesagt, daß du Monsieur Tavernier getroffen hast? . . .«

». . . und daß du mit ihm zum Abendessen verabredet bist«, ergänzte Albertine.

»Heute morgen hatte ich keine Zeit, es euch zu erzählen.«

»Du mußt dich bei Monsieur Tavernier für die wunderschönen Blumen bedanken.«

»Ist schon gut, Mademoiselle, nicht der Rede wert. Sie haben doch nicht vergessen, daß wir gemeinsam zu Abend essen wollten?«

»Nein, nein. Entschuldigen Sie mich bitte, ich werde mich rasch umziehen.«

»Das ist nicht nötig, Sie können sehr gut so bleiben, wie Sie sind. Es ist ein sehr einfaches Lokal. Einfach, aber gut.«

»Ich bringe nur rasch mein Haar in Ordnung.«

Nach einer Viertelstunde kam sie zurück. Sie hatte sich umgezogen und ein leichtes Augen-Make-up aufgetragen.

»Bringen Sie sie nicht zu spät nach Hause, Monsieur. In diesen Zeiten sind wir ständig in Sorge.«

»Einen schönen Abend, mein Goldstück, und laß es dir schmecken!« rief ihr Lisa wehmütig nach.

Nichts deutete darauf hin, daß der Ort ein Restaurant war. Nach einem unauffälligen Klingelzeichen von François öffnete sich die Tür im zweiten Stock eines Wohnhauses in der Rue Saint-Jacques einen Spaltbreit, ehe sie vollends aufgemacht wurde.

»Monsieur François!«

»Guten Tag, Marcel. Na, wie läuft es denn?«

»Kann nicht klagen. Sie kommen gerade richtig, ich habe ein schönes Stück Rind bekommen, falls Ihnen Wachteln oder Huhn nicht lieber sind.«

»Bringen Sie uns, was Sie für richtig halten. Ich bin sicher, es wird vorzüglich sein, wie immer.«

»Was halten Sie von einem kleinen Chablis als Aperitif?«

»Sehr schön, und geben Sie uns ein ruhiges Plätzchen.«

»Tja, da bleibt nur das Schlafzimmer übrig«, entgegnete er, wobei er geflissentlich Léas Blick auswich.

»Wunderbar, dann also das Schlafzimmer!«

Das Lokal war sehenswert. Die Eheleute Andrieu hatten in ihrer Vierzimmerwohnung ein verbotenes Restaurant eingerichtet, das von seiner Stammkundschaft lebte, die die Adresse sorgfältig hütete. Die unmittelbaren Nachbarn waren natürlich im Bilde, wurden aber für ihre Verschwiegenheit reichlich belohnt.

Die Tafel im familiären Speisesaal bot zwölf Gästen Platz. Alle Räumlichkeiten machten einen bieder-gemütlichen Eindruck: ein Henri-II-Büffet, ein Serviertisch, schlecht gemalte ländliche Szenen auf einer geblümten, verschossenen Tapete, ein Kronleuchter, der spärliches Licht verbreitete, eine rotkarierte Tischdecke, schlichte weiße Porzellanteller, dickwandige Gläser, Servietten und Gedecke, die nicht zusammenpaßten.

Diese brave provinzielle Note ging auf Madame Andrieu zurück, eine beleibte, leutselige Dame. Sie hatte sich die Urwüchsigkeit der Menschen aus dieser fruchtbaren Region bewahrt. Vor allem aber hatte sie nie den Kontakt zu ihrer großen Familie verloren, die sie mit Trüffeln und Gänseleber versorgte, mit Geflügel aller Art, Fleisch im Überfluß, einem wunderbaren Cahors, Nußöl, den herrlichsten Früchten, taufrischem Gemüse, köstlichen kleinen Ziegenkäsen und sogar ein bißchen heimlich angebautem Tabak. Freilich war es nötig, einige Mittelsmänner reichlich zu entlohnen, um regelmäßige Lieferungen sicherzustellen. »Aber nur Franzosen!« Wie Monsieur Andrieu stolz betonte, wenn man ihn fragte, wie er das Wunder vollbrachte, Erdbeeren anzubieten, lange bevor sie im *Maxim's*, im *Le Doyen* oder im *Carrère* zu haben waren. Man konnte sicher sein, bei den Eheleuten Andrieu nie einer deutschen Uniform zu begegnen. Zu ihren Stammgästen zählten vor allem wohlhabende Pensionäre, Hochschullehrer, Schriftsteller, reiche Kaufleute sowie einige bekannte Künstler. Hin und wieder tauchten auch weniger vertrauenerweckende Gestalten und aufgedonnerte Damen auf: die unverblümte Redeweise der Wirtin bereitete solchem Treiben jedoch ein rasches Ende.

Vor dem Krieg hatten die Andrieus im fünfzehnten Arrondissement ein kleines Restaurant mit Spezialitäten aus dem Quercy besessen, das François Tavernier regelmäßig aufsuchte. Schon nach kurzer Zeit empfanden die beiden für ihren unkomplizierten, großzügigen Gast mehr als nur Sympathie. Ende des vorigen Jahres fiel ihr Besitz einem Bombenangriff zum Opfer. Von einem Tag zum anderen standen sie vor dem Nichts.

Es war Tavernier, der ihnen die Wohnung in der Rue Saint-Jacques besorgt hatte. Das Mobiliar hatten sie auf dem Flohmarkt erstanden. Wie für die meisten Franzosen war der Waffenstillstand auch für sie eine große Erleichterung gewesen. Nun würde der einzige Sohn wieder nach Hause kommen. Marthe Andrieu hatte rasch begriffen, welchen Nutzen sie aus dem Umstand ziehen konnte, daß ihre Familie auf dem Land geblieben war. Onkel und Vettern wurden ihre Lieferanten wie in der Zeit vor dem Krieg. Es war wiederum François Tavernier zu verdanken, daß das illegale Restaurant seit einem Jahr gute Geschäfte machte.

Aufgrund des großen Erfolges hatten die Wirtsleute sich gezwungen gesehen, überall in der Wohnung Tische aufzustellen: sechs im Salon, drei im Flur und einen gar, der jedoch ausschließlich guten Freunden vorbehalten war, im ehelichen Schlafzimmer.

Kerzen in einem hübschen Silberkandelaber erhellten den Tisch. Ein zweiter Leuchter stand auf der Kommode, die als Serviertisch diente. Vermutlich aus Schamhaftigkeit war ein chinesischer Wandschirm, der in dieser Umgebung etwas aus dem Rahmen fiel, vor das Bett gestellt worden.

Ehe sie sich zu Tisch begaben, mußte François den Enkel des Wirts begrüßen, dessen Patenonkel er war. Diesem Ritual durfte er sich keinesfalls entziehen, wenn er die Leute nicht verletzen wollte. Léa brach in schallendes Gelächter aus, als sie ihn mit dem Baby auf dem Arm erblickte.

»Das steht Ihnen aber gar nicht. Ich hatte keine Ahnung davon, daß Sie Kinder mögen.«

Er lächelte ihr zu, während der Kleine auf sein Hemd sabberte. »Ich mag sie sogar sehr. Sie nicht?«

»Überhaupt nicht. Ich finde sie eher lästig und laut.«

»Eines Tages werden Sie Ihre Meinung ändern.«

»Das glaube ich kaum«, versetzte sie trocken.

Er gab das Kind seiner Mutter zurück.

Meinen Glückwünsch, Jeannette, mein Patensohn wird immer hübscher.«

Die Frau errötete vor Freude. »Ich schicke Ihnen meinen Mann, um die Bestellung aufzunehmen.«

François rückte Léas Stuhl zurecht. Das flackernde Kerzenlicht schien die Drachen auf dem Wandschirm zum Leben zu erwecken und verlieh dem Gesicht des Mädchens eine Sanftheit, die jedoch vom Blick ihrer Augen Lügen gestraft wurde. François sah sie unverwandt und schweigend an.

»Hören Sie auf, mich so anzustarren.«

»In all den Monaten habe ich oft versucht, mir in Gedanken Ihr Gesicht vorzustellen ...«

Der Sohn des Hauses brachte eine Weinflasche.

»Da bin ich, Monsieur François, entschuldigen Sie, daß ich Sie habe warten lassen, aber es ist viel los heute abend.«

»Guten Abend, René, wie geht's?«

»Danke gut, Monsieur François. Wäre Ihnen Gänseleberpastete, Bauernschinken und gefüllter Gänsehals als Vorspeise recht?«

»Ausgezeichnet.«

»Anschließend wird Mama Ihnen ein Hühnerfrikassee mit Pfifferlingen und in Gänsefett gebratenen Kartoffeln zubereiten, und als Beilage einen kleinen Salat in Nußöl und *cabécous*, kleine Ziegenkäse aus dem Lot, die ein Gedicht sind, Sie werden sehen. Zum Nachtisch dann eine *mousse au chocolat*.«

»O ja!« rief Léa aus.

»Also dann, *mousse au chocolat*! Und bringen Sie uns noch eine Flasche Cahors.«

»Sehr wohl, Monsieur François. Kosten Sie mal diesen Chablis«, bat er und reichte ihm ein Glas.

»Mmm ... nicht übel!«

»Nicht wahr?«

Nachdem er Léa eingeschenkt und Taverniers Glas aufgefüllt hatte, verließ er das Zimmer. Eine Weile nippten sie stumm an ihren Gläsern. »Erzählen Sie mir, wie es Ihnen ergangen ist. Aber sagen Sie mir zuerst, wie es Madame d'Argilat geht.«

»Sehr gut. Sie hat einen kleinen Jungen zur Welt gebracht und ihm den Vornamen Charles gegeben.«

»Das überrascht mich nicht bei ihr. Und ihr Mann?«

»Er hat zwei Fluchtversuche unternommen, der zweite ist geglückt. Danach hat er sich General de Gaulle in London angeschlossen.«

Stolz und trotzig hatte sie das gesagt und es sogleich bereut. François Tavernier vermochte das Bedauern auf ihrem Gesicht zu lesen. Er leerte zwei Gläser Wein rasch hintereinander. Er mußte mit ihr sprechen. Aber was konnte er ihr schon sagen? Ihre Angst und ihr Argwohn waren ihm unerträglich. Wie sollte er es ihr begreiflich machen? . . .

»Léa . . .«

Langsam hob sie den Kopf und sah ihn an. »Ja? . . .«

»Laurent hat genau das Richtige getan, sich General de Gaulle anzuschließen, und dabei viel Mut bewiesen. Aber Sie dürfen nicht darüber sprechen, nicht einmal mit mir.«

»Mit Ihnen auf gar keinen Fall, wollen Sie sagen.«

Er lächelte müde. »Nein, Sie können mir alles sagen, das bleibt unter uns. Gestern dagegen hatte ich Angst um Sie, als ich Sie zusammen mit Raphael Malh, dieser kleinen Ratte, sah.«

»Er ist ein alter Bekannter von mir. Warum nennen Sie ihn eine Ratte? Schließlich verkehrt er in denselben Kreisen wie Sie.«

»Eins zu null für Sie. In diesem Punkt haben Sie recht.

Aber nur in diesem. Er ist aus mehreren Gründen eine miese Ratte. Ich will nur einen nennen: für Geld zögert er nicht, seine Freunde bei der Gestapo zu denunzieren.«

»Das glaube ich nicht.«

»Fragen Sie ihn doch, falls Sie ihn wiedersehen, wovon ich Ihnen allerdings abrate. Da er durch und durch pervers ist und eine ausgeprägte masochistische Ader hat, wird er Ihnen sicher eine Antwort darauf geben, und da er außerdem ein sehr genauer Mensch ist, wird er Ihnen auch Einzelheiten schildern.«

»Das kann nicht wahr sein, das wäre ja ungeheuerlich!«

»Bei ihm ist alles möglich. Einmal hat er ein jüdisches Kind bei sich aufgenommen ...«

»Sehen Sie, so schlecht ist er doch nicht.«

»... und es nach wenigen Monaten ins Waisenhaus zurückgebracht, weil er es unbegabt fand. Er hat verschiedentlich Leute ausgenommen, die ihm ihr letztes Hab und Gut anvertraut hatten, um in die unbesetzte Zone zu gelangen. Er handelt mit Gold, Devisen, Heroin. Zweimal hat die französische Polizei ihn verhaftet, und beide Male mußte sie ihn mangels Beweisen laufen lassen.«

»Wie erklären Sie sich dann, daß man ihn in den Salons empfängt und daß seine Bücher veröffentlicht werden?«

»Er wird nirgends empfangen. Vielleicht mit Müh und Not bei Leuten wie gestern abend, die ihn benutzen, oder bei einigen bedeutenden Schiebern. Und seine Bücher wurden vor dem Krieg publiziert. Glauben Sie mir, Sie müssen ihm aus dem Weg gehen. Er zieht jeden in den Schmutz, der ihm zu nahe kommt.«

»Aber in Bordeaux hat er mich doch gewarnt, daß mein Onkel ...«

Léa beendete den Satz nicht und trank einen Schluck Wein, um ihre Verlegenheit zu überspielen.

»Ich weiß, was Adrien macht, aber Sie, Sie dürften es nicht wissen.«

»Wer spricht denn von meinem Onkel Adrien? Was wissen Sie von ihm?

»Nichts, lassen wir das. Fahren Sie fort. Was hat Ihr Freund Raphael in Bordeaux Bewundernswertes vollbracht?«

»Er hat seinen Platz an Bord der *Massilia* Sarah Mulsteins Vater überlassen.«

»Das stimmt, das hat Sarah mir erzählt. Ich muß gestehen, ich war überrascht. Sarah ist Ihnen ähnlich, auch sie ist sehr nachsichtig mit ihm. Sie sagt, er habe einen guten Kern.«

»Ist Sarah noch in Paris?«

»Ja, sie will nicht fort von hier. Sie hat es satt, immer auf der Flucht zu sein.«

»Aber das ist doch Wahnsinn!«

»Ich weiß, das sage ich ihr jedesmal, wenn ich sie sehe. Aber seit dem Tod ihres Vaters ist etwas in ihr zerbrochen.«

»Ich wußte gar nicht, daß er tot ist.«

»Die Vichy-Polizei hat ihn in Algier ins Gefängnis werfen lassen.«

»Aus welchem Grund?«

»Weil er Jude war und dazu noch Ausländer. Er hat die Haft nicht ertragen. Er war ein müder alter Herr, der nur für seine Musik lebte. Eines Morgens fand man ihn tot in seiner Zelle.«

»Sie mochten ihn wohl sehr?«

»Ja, er war ein bemerkenswerter Mensch.«

Jeannette brachte zwei reichlich gefüllte Teller.

»Einen guten Appetit zusammen!« Léa starrte auf ihren Teller. Leichte Übelkeit überkam sie, und sie fuhr sich mit der Hand über die Stirn.

»Ich weiß, was Sie empfinden, Léa. Mehr darf ich Ihnen im Moment nicht sagen. Sie müßten mich blind lieben, um mir zu vertrauen. Aber das wäre zuviel verlangt. Es ist noch zu früh. Essen Sie. Essen ist heutzutage ein so seltenes Vergnügen geworden.«

»Für Sie augenscheinlich nicht.«

»Möchten Sie beim Chablis bleiben oder lieber einen Cahors?«

»Einen Cahors.«

Er stand auf, holte ein Glas vom Serviertisch und schenkte ihr den Rotwein ein. Léa begann eher lustlos zu essen, aber mit der vortrefflichen Leberpastete und dem samtigen Wein kehrte ihr gesunder Appetit bald zurück. Nachdem sie ihren Teller sorgfältig mit einem Stück Brot ausgewischt hatte, war ihr Blick ein wenig liebenswürdiger geworden.

»Sie sind wie ein kleines Tier, Léa. Man braucht Ihnen bloß etwas zu essen vorzusetzen, Sie ein wenig zu streicheln, und schon vergessen Sie alles rings um sich her.«

»So einfach ist das nun auch wieder nicht«, widersprach sie ihm mit vollem Mund. Marthe Andrieu, die sich die Hände an ihrer weißen Schürze abwischte, kam herein, gefolgt von ihrem Sohn, der eine Platte mit einer silbernen Glocke trug. Stolz hob sie den Deckel hoch. »Schnuppern Sie mal, Monsieur François. Also, mich macht dieser Geruch ganz verrückt, so sehr erinnert er mich an meine Heimat. Ich sehe meine arme Mutter noch vor mir, wie sie auf unserem Bauernhof vor dem großen Herd stand und Steinpilze, Pfifferlinge oder Totentrompeten in heißem Fett briet. Niemand verstand Pilze so gut zuzubereiten wie meine Mutter.«

»Außer Ihnen, liebe Marthe.«

»Oh, nein, Monsieur François, Mama konnte das viel besser.«

Er lächelte über diesen Beweis kindlicher Zuneigung und kostete die Speise, die fachmännisch, aber liebevoll zubereitet worden war.

»Ich habe noch nie so etwas Gutes gegessen, Madame«, sagte Léa und wischte sich das Fett vom Kinn.

Die Köchin lächelte zufrieden und sagte augenzwinkernd und anzüglich zugleich zu François:

»Ein gutes Zeichen, wenn ein hübsches Mädchen die gute Küche mag ... Ich lasse Sie jetzt allein, die Gäste warten.«

Léa aß fast das ganze Huhn und ließ auch von Pfifferlingen und den Kartoffeln nichts übrig. Dazu trank sie sehr viel. All ihre Befürchtungen waren vergessen, sie schwelgte nur noch im Glück des Augenblicks. So protestierte sie auch nicht, als die Beine ihres Begleiters sich unter dem Tisch um die ihren schlossen und seine Finger die Innenseite ihres Handgelenks liebkosten. Mit dem Salat wurden die *cabécous* serviert. Schmunzelnd beobachtete François, wie sie gleich drei dieser kleinen Käse hinunterschlang. Auch der zweiten Flasche Cahors hatte sie kräftig zugesprochen. Nach einer beachtlichen Portion cremiger *mousse au chocolat* fand Léa das Leben herrlich.

Sie hatte ihren Stuhl ein wenig zurückgeschoben, rauchte ein Zigarillo und schlug die langen Beine übereinander, so daß die Spitze ihres Unterrocks hervorlugte. Mit halb geschlossenen Augen saß sie da und genoß rückhaltlos diesen Augenblick grenzenlosen Wohlbehagens.

Durch die schmalen Schlitze ihrer Augen beobachtete Léa François. Sie liebte die Kraft, die von ihm ausging, und seinen Blick, der bald zärtlich und heiter, bald düster und hart, bald nachsichtig und bald geringschätzig sein konnte. Sie betrachtete seine eigenwilligen Züge, den schönen Mund, der so raffiniert küssen konnte.

»Wollen wir miteinander schlafen?«

François lächelte. Er hatte mit diesem Vorschlag gerechnet, hütete sich aber, ihr das zu sagen. Bisher war er nur wenigen Frauen begegnet, die eine derart natürliche Begabung für die Liebe besaßen. Léa liebte mit einer Spontaneität, einer urtümlichen Sorglosigkeit, die weder das Vermächtnis ihrer Mutter noch das der Schwestern von Sacré-Cœur in Bordeaux sein konnte. Auch hatte sie nie die leiseste Furcht vor einer Schwangerschaft bekundet. War sie so ahnungslos oder aber so leichtsinnig?

Das Bett hinter dem Wandschirm war eine unförmige Masse im Halbdunkel. Er legte sie behutsam darauf nieder, küßte zärtlich ihre Lider, ihre Lippen, ihren Hals. Léa ließ ihn gewähren.

François hatte einen Korb mit den leckersten Dingen füllen lassen, die die Familie Andrieu zu bieten hatte, und gab ihn Léa für ihre Tanten mit.

»Bringen Sie ihnen das von mir.«

»Danke.«

»Wann werde ich Sie wiedersehen?«

»Ich weiß nicht, in zwei Tagen muß ich zurückfahren.«

»Schon!«

Die Art, wie er das sagte, rührte sie. Ihre Stimme war weicher, als sie entgegnete:

»Der Tod meiner Mutter hat meinen Vater so mitgenommen, daß ich ihn nicht zu lange allein lassen kann.«

»Ich verstehe. Sollten Sie Ihren Onkel Adrien wiedersehen, richten Sie ihm meine besten Grüße aus.«

Da fiel ihr der Rat des Dominikaners ein: ›Wenn du in Schwierigkeiten bist, ruf François Tavernier an oder hinterlasse ihm eine Nachricht.‹ Wie konnte jemand, der mit den Deutschen anscheinend auf bestem Fuße stand, von Nutzen für sie sein? »Ich werde daran denken, zumal er mir geraten hat, mich im Notfall an Sie zu wenden.«

Ein frohes Lächeln entspannte seine Züge. »Da hat er recht. Sagen Sie ihm, es hätte sich nichts geändert.«

»Ich werde es ihm ausrichten. Gute Nacht. Und danke für das wundervolle Essen und für das da«, sagte sie und zeigte auf den Korb. »Tante Lisa wird sich riesig freuen!«

Den folgenden Tag verbrachte Léa mit heftigen Magenschmerzen im Bett.

Am übernächsten Tag ging sie, noch recht bleich und ziemlich unsicher auf den Beinen, ins Musée Grévin. Alles verlief genau nach Plan, so wie Adrien es ihr gesagt hatte. In der Rue de l'Université wartete Sarah Mulstein auf sie. »François Tavernier hat mir erzählt, daß Sie für ein paar Tage in Paris seien. Ich wollte Sie unbedingt wiedersehen«, sagte sie und umarmte Léa.

Wie sehr sie sich verändert hatte! Sie war noch immer schön, vielleicht noch schöner als früher, aber ihr Mienenspiel und ihr Blick waren vollkommen verändert. Léa konnte sich des sonderbaren Eindrucks nicht erwehren, als habe ein anderes Wesen von dieser Frau Besitz ergriffen.

Wie zur Bestätigung sagte Sarah: »Ich habe mich so verändert in letzter Zeit, daß ich mich selbst kaum wiedererkenne.«

»François hat mir von Ihrem Vater erzählt ...«

»Wir wollen lieber nicht darüber sprechen, ja?«

»Und Ihr Mann?«

»Ich hoffe für ihn, daß er inzwischen nicht mehr lebt.«

Léa spürte einen bitteren Geschmack auf der Zunge.

»Nach den Folterungen haben sie ihn in ein Konzentrationslager gebracht. Ich weiß nicht, in welches.«

Sarah verstummte. Niemand brach das Schweigen.

»François hat mir gesagt, daß Sie Raphael ganz gern mögen. Mir geht es ebenso, trotz allem, was ich über ihn weiß. Aber seien Sie auf der Hut, er fügt selbst denen, die er liebt, Leid zu.«

»Aber Sie brechen Ihre Beziehung zu ihm doch auch nicht ab?«

»Was kann er mir jetzt denn noch antun? Er macht mich neugierig, darum treffe ich mich mit ihm. Ich möchte verstehen, weshalb er einerseits so schlecht und andererseits so hellsichtig ist. Woher kommt dieser Drang zur Selbstzerstörung, diese Selbstverachtung, diese Lust an der Demütigung, die mit einem grenzenlosen Stolz gepaart ist? Er kann Gutes tun, ohne ersichtlichen Grund, gleichsam spielerisch, und dann, im nächsten Moment, zieht er das alles ins Lächerliche, als wolle er sich für diesen Funken Edelmut bestrafen.«

»Warum verlassen Sie Frankreich nicht?«

»Ich weiß nicht, ich liebe dieses Land, und ich habe es satt, zu fliehen. Außerdem möchte ich nicht allzu weit fort von Deutschland, denn ich sage mir – so widersinnig es auch sein mag –, mein Mann könnte doch noch freigelassen werden.«

»Gehen Sie wenigstens in die unbesetzte Zone.«

»Ja, vielleicht. François möchte, daß ich ins Limousin zu seinen dortigen Freunden gehe.«

»Wohin? Nach Limoges?«

»Nein, nach Eymoutiers, eine kleine Stadt nicht weit von Limoges.«

»Ich fahre morgen nach Limoges, wollen Sie mich nicht begleiten?«

»Was hast du in Limoges zu tun?« rief Albertine aus.

Léa bereute ihre Unbesonnenheit, aber nun war es zu spät. Rasch erfand sie eine Notlüge:

»Papa hat dort einen Kunden, der ihm Geld schuldet; er hat mich gebeten, ihn aufzusuchen.«

»Du hättest uns ruhig etwas davon sagen können.«

»Entschuldigt, Tantchen, ich habe nicht daran gedacht. Was meinen Sie, Sarah, begleiten Sie mich?«

»Warum nicht, ob ich nun hier bin oder anderswo . . .«

Die Türklingel ließ die vier Frauen erstarren. Dann öffnete sich die Tür zum Boudoir, und François Tavernier trat ein. »Haben Sie uns einen Schrecken eingejagt!« rief Sarah. »Ich dachte schon, es sei die Gestapo.«

»Deswegen komme ich auch. Sarah, Sie können nicht zu den Donatis zurück: die sind eben verhaftet worden.«

»Nein! . . .«

»Sie müssen fort von hier. Ich habe Ihnen Papiere und einen Passierschein mitgebracht, damit Sie in die unbesetzte Zone fliehen können.«

»Aber ich kann doch nicht einfach so fort, ich habe meine Kleider nicht dabei, meine Bücher . . .«

»Ich weiß, Sarah, aber wir haben keine andere Wahl. Heute abend fährt kein Zug mehr nach Limoges; der nächste geht morgen früh um 7 Uhr 30. Den müssen Sie nehmen. In Limoges haben Sie Anschluß nach Eymoutiers. Jetzt brauchen wir erst einmal eine Bleibe für die Nacht.«

»Madame Mulstein kann hier schlafen«, sagte Albertine. »Nicht wahr, Lisa?«

»Aber sicher, mit Vergnügen.«

Lächelnd betrachtete François die beiden alten Damen.

»Das ist sehr liebenswürdig von Ihnen. Aber ich muß

Sie darauf aufmerksam machen, daß es nicht ganz ungefährlich ist.«

»Sprechen wir nicht davon, Monsieur.«

»Ich werde ein Bett für Sie beziehen«, sagte Lisa.

»Das ist nicht nötig, Mademoiselle, ich werde bei Léa schlafen, wenn es ihr nichts ausmacht, dann werden wir ganz bestimmt wach und verpassen den Zug nicht.«

»Fährt Léa nach Limoges?« fragte François erstaunt.

»Ja, bevor Sie kamen, habe ich Sarah angeboten, mit ihr zu fahren.«

»Schön, wenn Sie zusammen fahren, bin ich beruhigt. Der heikelste Moment ist die Kontrolle der Papiere beim Überqueren der Demarkationslinie. Zu zweit ist es leichter. Kann ich Sie einen Augenblick allein sprechen, Léa?«

»Kommen Sie mit in mein Zimmer.«

Léa setzte sich auf das Bett und wickelte sich in die Daunendecke.

»Ich will Sie nicht fragen, was Sie in Limoges machen, ich nehme an, Sie würden es mir doch nicht sagen. Aber bitte seien Sie vorsichtig. Würden Sie mir einen Gefallen tun?«

»Wenn ich kann.«

»Ich möchte, daß Sie Sarah nach Eymoutiers zu meinen Freunden bringen. Sie spricht sehr gut französisch, aber ich habe Angst, ihr Akzent könnte die deutsche und die französische Polizei neugierig machen.«

»Warum will man sie verhaften?«

»Weil alle ausländischen Juden verhaftet werden. Tun Sie mir den Gefallen?«

»Ja.«

»Danke.«

Wieder klingelte es. Léa sprang auf, um zu öffnen. Raphael Malh stürmte herein und rannte sie fast um.

»Wo ist Sarah?«

Vor Überraschung mußte Léa sich gegen die Wand lehnen. Estelle kam hinzu. Hoffentlich hielt sie den Mund!

»Wen meinen Sie?«

»Sarah Mulstein natürlich!«

»Ich habe sie seit 1940 nicht wiedergesehen. Wieso suchen Sie sie hier?«

»Weil Sarah Sie mag und ich ihr erzählt habe, daß sie hier in Paris sind. Ich dachte mir, sie würde Sie vielleicht besuchen. Seit zwei Stunden suche ich überall nach ihr.«

»Warum?«

»Um ihr zu sagen, daß sie nicht nach Hause gehen kann, die Gestapo wartet dort auf sie.«

Léa spielte die Überraschte, so gut sie konnte. »Oh, mein Gott!«

Raphael sank auf die kleine Sitzbank in der Diele.

»Wo mag sie nur sein? Ich kann ihr doch nicht vor der Haustür auflauern, um sie zu warnen. Ich habe so schon genug Ärger.«

»Ich dachte, Sie stünden mit diesen Herren in bestem Einvernehmen?«

»Ja, solange sie mich brauchen können. Aber wenn sie herausbekommen, daß ich versuche, die Tochter Israel Lazars vor ihren Fängen zu bewahren, werde ich mich an ihrer Stelle im Konzentrationslager wiederfinden.«

»Armer Raphael, soll ich Sie etwa bedauern? Schließlich sind es Ihre Freunde.«

»Sie haben recht«, bemerkte er und stand auf, »ich bin es nicht wert, daß Sie mich bedauern. Ich werde weitersuchen. Sollten Sie Sarah zufällig sehen, sagen Sie ihr, sie soll auf keinen Fall nach Hause gehen. Und Sie, Herzchen, sind Sie noch immer entschlossen, aufs Land zurückzufahren?«

»Ja.«

»Na schön, dann gute Reise. Denken Sie hin und wieder an mich. Adieu!«

»Auf Wiedersehen, Raphael.«

Nachdenklich schloß Léa die Tür hinter ihm und lauschte den Schritten, die sich auf der Treppe entfernten.

»Bravo, Sie waren fabelhaft!« sagte François und legte seine Hände auf ihre Schultern.

»Sie sehen, er ist nicht so schlecht, wie Sie ihn machen.«

»Mag sein, aber ich habe meine Zweifel. Es könnte eine Falle sein.«

»Ich bin sicher, er meinte es ehrlich.«

»Ich auch«, bekräftigte Sarah, die aus dem Boudoir trat.

»Also gut. Trotzdem müssen wir noch vorsichtiger sein. Morgen wird euch jemand abholen und zum Bahnhof bringen. Er wird um 6 Uhr 30 vor der Tür stehen und sagen: ›Ihr Taxi wartet.‹ Der Mann hat ein Fahrradtaxi und fährt ab und zu für mich. Er wird eure Fahrscheine mitbringen. Bis zur Abfahrt des Zuges wird er bei euch bleiben ... Ich muß jetzt gehen, Sarah. Versprechen Sie mir, daß Sie sich nicht unnötig in Gefahr begeben.«

»Ich werde es versuchen, François, das verspreche ich«, entgegnete sie und umarmte ihn. »Danke, danke für alles.«

»Passen Sie auf Léa auf, solange ihr zusammen seid«, flüsterte er ihr zu.

»Ich verspreche es.«

Léa war vollkommen verwirrt: wer waren sie wirklich, François Tavernier und Raphael Malh? Und Sarah Mulstein? Was für ein Spiel spielten sie? Und sie selbst?

Sie ließ Bücher in Kinos zu Boden fallen, hob Prospekte in Museen auf, fuhr mit einer von der Gestapo gesuchten Jüdin nach Limoges, um einen Buchhändler nach den *Mystères de Paris* zu fragen ... Das alles war doch völliger Wahnsinn. Warum hatte sie nur eingewilligt, diese Mission für Onkel Adrien zu übernehmen? Sie war so sehr in ihre Gedanken versunken, daß sie zusammenfuhr, als François zu ihr sagte: »Denken Sie nicht zuviel darüber nach, Léa. Auf Ihre Fragen gibt es keine hundertprozentigen Antworten. Alles ist viel einfacher und zugleich viel komplizierter, als Sie sich vorstellen können. Auf Wiedersehen, kleines Mädchen, Sie werden mir fehlen.«

Sie fühlte, wie etwas in ihrer Brust zerreißen wollte. Höchst verwundert fragte sie sich: ›Tut mir die Trennung von ihm etwa weh?‹ Sie hielt ihm ihre Wange hin. Den Kuß, den er ihr gab, spürte sie kaum.

Es war noch dunkel draußen, als der Mann mit dem Fahrradtaxi an der Wohnungstür klingelte.

24

Die Deutschen an den verschiedenen Abschnitten der Demarkationslinie kannten Léa mittlerweile. Sie nannten sie »das Mädchen mit dem blauen Fahrrad«. Kehrte sie mit einem Korb voller Obst – Erdbeeren, Kirschen, Pfirsichen oder Aprikosen – auf dem Gepäckträger aus der unbesetzten Zone zurück, vergaß sie nie, den Wachposten etwas anzubieten. Oft waren unter den Früchten Briefe versteckt, die sie in Saint-Pierre-d'Aurillac am Schalter für postlagernde Sendungen abgeholt hatte.

»Sie haben aber 'ne Menge Verehrer«, rief der alte Postbeamte ihr jedesmal zu.

Aus Gründen der Sicherheit rollte sie die Briefe manchmal auch zusammen und steckte sie in den Rahmen unter dem Sattel oder in den Lenker. Einmal hatte ein Deutscher, der argwöhnischer war als seine Kameraden, sie aufgefordert:

»Öffnen Sie Ihre Gepäcktaschen und Ihre Handtasche, Sie schmuggeln doch Post!«

Lachend hatte Léa ihm ihre Handtasche gezeigt:

»Wenn ich Post schmuggeln wollte, würde ich sie unter dem Sattel verstecken und nicht in meiner Handtasche!«

»Das wäre in der Tat ein gutes Versteck!« erwiderte

der Mann und lachte ebenfalls. Dann gab er ihr die Tasche zurück.

Léa hatte entsetzliche Angst ausgestanden und war mit schlotternden Knien auf ihr Rad gestiegen. An jenem Tag kam ihr die Steigung bei Montaunoire steiler vor als sonst. Dabei liebte sie diese Fahrten durch Wiesen und Felder, die ihr Gelegenheit boten, der Atmosphäre von Montillac zu entrinnen, die von Tag zu Tag beklemmender wurde: die geistige Verwirrung von Pierre Delmas; der kaum noch erträgliche Druck, den Fayard ausübte, um den Verkauf des Gutes zu erzwingen; das Gejammer Bernadette Bouchardeaus über ihren Sohn; die beiden deutschen Offiziere, deren Gegenwart immer aufdringlicher wurde; und vor allem Françoise, die seit zwei Monaten schlecht gelaunt und unausstehlich war. Das Geld wurde ernstlich knapp. Ruth hatte Léa bereits ihre gesamten Ersparnisse übergeben. Bevor es dazu gekommen war, hatte Léa sich noch zu einem Bittgang zu Onkel Luc, dem einzigen reichen Mann der Familie, aufgerafft. Der Anwalt, der sich offen für die Kollaboration mit den Deutschen aussprach, hatte ihr geraten, den Besitz an Fayard zu verkaufen, da ihr Vater ohnehin nicht mehr in der Lage sei, sich darum zu kümmern, und er auch keinen Sohn als Nachfolger habe.

»Aber ich bin doch da, ich und meine Schwestern!«

»Eine Frau! ... als ob eine Frau ein Weingut leiten könnte! Wenn du so an Montillac hängst, dann such dir einen Mann, der es bewirtschaften kann! Für ein hübsches Mädchen wie dich sollte das doch nicht schwer sein, auch ohne Mitgift.« Die Demütigung hatte sie blaß werden lassen, aber sie war hart und unnachgiebig geblieben:

»Mama besaß doch noch Land auf Martinique, Onkel. Sobald der Krieg vorbei ist, könnten wir es verkaufen.«

»Mein Kind, all diese Dinge sind sehr ungewiß. Wer sagt dir denn, daß diese Ländereien nicht längst von den Kommunisten besetzt oder von den Schwarzen annektiert worden sind ... Entschuldige mich, aber ich habe gleich eine äußerst wichtige Verabredung. Bestell deinem armen Vater meine besten Grüße. Ich gebe nächste Woche ein kleines Fest zu Ehren deiner Cousine. Laure und Françoise haben schon zugesagt. Möchtest du nicht auch kommen?«

»Nein, danke, Onkel Luc, ich mag die Leute, die man in Ihrem Haus trifft, nicht.«

»Was willst du damit sagen?«

»Das wissen Sie sehr wohl. In Ihrem Haus verkehren der Chef der Miliz von Bordeaux und die ...«

»Kein Wort mehr! In meinem Haus empfange ich, wen ich will. Ich stelle fest, daß du unter den Einfluß dieses bedauernswerten Adrien geraten bist. Erst neulich sagte mir sein Prior: ›Ich bete zum Herrn, daß er unseren unglückseligen Bruder auf den rechten Weg zurückführt und ihm zeigt, wo die wahren Interessen Frankreichs liegen.‹ In meinen Augen hat Adrien Verrat an seinem Land und an der Kirche begangen. Es ist eine Schande für die ganze Familie, daß er sich diesen Terroristen angeschlossen hat. Dem Himmel sei Dank, daß niemand hier auf den Gedanken kommt, ich könnte seine unheilvollen Ansichten teilen. Außerdem habe ich meinen Freunden bereits erklärt, ich würde nicht zögern, diesen Verräter zu denunzieren, wenn er sich hier blicken lassen sollte. Für mich ist mein Bruder gestorben.«

»Dreckskerl!«

Drohend war Luc Delmas auf sie zugegangen:

»Du weißt wohl nicht, mit wem du sprichst?«

»Für mich sind Sie auch gestorben, ich spucke auf Ihre Leiche!« Sie ließ ihren Worten die Tat folgen und spuckte ihrem Onkel ins Gesicht.

Mit Ruths Geld würde sie bis zur Weinlese schon irgendwie über die Runden kommen.

Im Juli kehrte Laure nach Hause zurück; sie war sehr mißgestimmt, denn seit der Auseinandersetzung zwischen Léa und Onkel Luc durfte sie sein schönes Haus nicht mehr betreten. Sie schloß sich in ihrem Zimmer ein oder fuhr nach Langon zu einer Schulkameradin.

Vergeblich hatte Léa sich bemüht, sich mit ihrer kleineren Schwester auszusöhnen, die ihr viel bedeutete. Aber Laure ließ sie nicht an sich herankommen. Um Léa zu provozieren, ging sie mit Friedrich Hanke in den Weinbergen spazieren, lachte schallend und machte ihm schöne Augen.

In jenem Juli 1942 kehrten auch Camille und ihr kleiner Sohn nach Montillac zurück. Die Gestapo hatte sie aus Roches-Blanches vertrieben. Jemand hatte Laurent d'Argilat als Agenten Londons denunziert, und sein gesamter Besitz war beschlagnahmt worden. SS-Obersturmführer Friedrich-Wilhelm Dohse hatte Camille in Bordeaux stundenlang verhört, um herauszubekommen, wo sich ihr Mann aufhielt. Mit der größten Gelassenheit erklärte Camille ihm, sie wisse auch nicht mehr als das, was ihr von offizieller Seite mitgeteilt worden sei. Dohse glaubte ihr natürlich kein Wort, hielt es jedoch für nützlicher, sie laufenzulassen, weil er überzeugt war, daß Laurent d'Argilat früher oder später versuchen würde, ihr eine Nachricht zuzuspielen oder sie gar aufzusuchen.

Im Postamt von Saint-Pierre-d'Aurillac lag allwöchentlich ein Brief von Sarah Mulstein für Léa bereit.

Voller Ironie schilderte sie ihr Leben im Limousin, beschrieb mit bewegender Komik, was die Bewohner von Eymoutiers für Gesichter machten, wenn sie, aus Solidarität mit den Juden in der besetzten Zone, mit dem gelben Stern auf ihrem Kleid durch die Straßen ging:

Wäre ich nackt herumgelaufen, hätte ihre Verlegenheit nicht größer sein können. Die meisten sahen weg. Bloß ein alter, einarmiger Mann mit einem dicken grauen Schnurrbart, wie die Bauern ihn hier tragen, und einer Unmenge von Auszeichnungen auf der Samtweste kam auf mich zu, zog seinen großen schwarzen Filzhut und sagte mit heiserer Stimme: ›Ich wäre viel stolzer, einen solchen Stern wie Sie zu tragen, als all den Schrott, den ich mir in Verdun verdient habe.‹

In einem anderen Brief machte sie sich über die Maßnahmen lustig, mit denen die Juden schikaniert wurden:

Nachdem wir schon kein Rundfunkgerät und kein Telefon mehr besitzen dürfen, hat man uns nun auch verboten, Restaurants zu betreten; desgleichen Cafés, Theater, Kinos, Telefonzellen, Schwimmbäder, Strände, Museen, Bibliotheken, Burgen, Ausstellungen, Märkte und Messen, Sport- und Campingplätze, Rennstrecken, Parks ... Vermutlich ist es auch nicht statthaft, mit einem Nicht-Juden ins Bett zu gehen. Die Nazis haben nur einen Traum: uns das Atmen zu verbieten, aus Furcht, die Luft, die wir ausstoßen, könnte die reine deutsche Rasse »verjuden«.

Sie sprach in ihren Briefen oft von François Tavernier, von der Freundschaft, die sie vor dem Krieg füreinander empfunden hatten, von ihrem grenzenlosen Vertrauen in ihn. Sie bestärkte Léa, Montillac nicht aufzugeben, und riet ihr, mit ihren Äußerungen gegenüber Fayard vorsichtig zu sein. Am 27. Juli erhielt sie den letzten Brief von Sarah. Unter einem Baum machte sie halt und riß den Umschlag auf.

Wenn Du diese Zeilen liest, werde ich wieder in Paris sein. Die Ereignisse der letzten Tage verbieten mir, mich noch länger zu verstecken, während Angehörige meines Volkes zur Schlachtbank geführt werden. Vielleicht weißt Du nichts davon, denn die Zensur funktioniert ausgezeichnet. Ein jüdischer Freund und seine Gefährtin, die im Ministerium für jüdische Angelegenheiten arbeitet, haben mir berichtet, wie es in Wirklichkeit aussieht.

In der Nacht von Mittwoch auf Donnerstag haben französische Polizeibeamte zwischen drei und vier Uhr morgens Tausende von ausländischen jüdischen Familien, gleich welcher Abstammung, aus den Betten geholt und verhaftet. Dank dem Mitgefühl oder der Bestechlichkeit mancher Polizisten gelang einigen wenigen – leider viel zu wenigen – die Flucht. Alle anderen, Frauen, Kinder, Greise, Männer, selbst Kranke, wurden abgeführt und mit dem armseligen Gepäck, das sie mitnehmen durften, in Autobusse verfrachtet. Wer kräftig genug war, mußte zu Fuß gehen. Als sie vorüberzogen, schauten die Pariser zur Seite. Man brachte sie ins Vélodrome d'Hiver: *7000 waren es, darunter 4051 Kinder! 6000 weitere wurden ins Lager Drancy geschafft! 13 000 Personen wurden von der französischen Polizei festgenommen, nur weil sie Juden waren! ... Ich habe gehört, die deutschen Behörden seien enttäuscht gewesen: sie hätten mit 32 000 gerechnet! ... Um dieser Massenverhaftung zu entgehen, haben viele Unglückliche Selbstmord begangen. Manche Frauen entsannen sich der Pogrome, die sie als Kinder in Rußland oder Polen erlebt hatten, und stürzten sich mit ihren Kindern aus dem Fenster.*

Nichts war vorbereitet worden, diese Massen aufzunehmen, die sieben Tage lang unter den von der Sonne erhitzten Blech- und Glasdächern eingepfercht waren. Es gab keine Fenster, die man zum Lüften hätte öffnen können, und der Gestank wurde von Tag zu Tag unerträglicher. Die völlig unzureichenden Latrinen waren rasch unbenutzbar geworden, und die verzweifelten Menschen wateten durch eine unbeschreibliche Brühe, während der Urin die Sitzreihen entlangfloß. Zur Angst kam die Demütigung hinzu. Kranke starben, weil sie nicht behandelt wurden. Nur zwei Ärzte und ein paar Krankenschwestern vom Roten Kreuz durften zu den Internierten hinein, aber sie waren machtlos gegen die Fehlgeburten, gegen die Ruhr und den Scharlach ... Nur einem knappen Dutzend gelang die Flucht. Am Sonntag, dem 19. Juli, wurden tausend Menschen, größtenteils Männer, in Viehwaggons verladen und nach Deutschland geschafft.

Ich kenne das Schicksal, das sie erwartet, ganz genau, es ist so entsetzlich, daß niemand, nicht einmal meine jüdischen Freunde, meinen Worten glauben will. Und doch haben einige meiner Freunde – so wie ich – Mein Kampf *gelesen und das englische* Weißbuch, *das 1939 in Frankreich erschienen ist und erschreckende Einzelheiten über das Lager* Buchenwald *und seine erbarmungslos präzise Organisation beschrieb. Doch für sie waren das nur Schreckensbilder aus einem Zukunftsroman, die ihr Vertrauen in Frankreich nicht erschüttern konnten.*

Warum machen die Franzosen sich mitschuldig an diesem Frevel, der als einer der größten in die Geschichte der Menschheit eingehen wird? Warum?

Vor diesen Ereignissen war ich weder gläubig, noch ging ich regelmäßig in die Synagoge, und durch meine Reisen, durch die Sprachen, die ich spreche, durch meine Bildung fühlte ich mich stets als Kosmopolitin. Aber jetzt bin ich eine Jüdin und nur noch Jüdin. Also kehre ich heim zu meinem Volk, in der Gewißheit, daß dieser Weg mich in den Tod führen wird. Ich akzeptiere ihn. Und wenn es sich als möglich erweisen sollte, einige von uns vor der Vernichtung zu bewahren, indem wir kämpfen, dann werde ich kämpfen. Vielleicht brauche ich dann Deine Hilfe. Ich weiß, Du wirst mich nicht enttäuschen.

Paß gut auf Dich auf, meine Freundin, Du bist noch so jung. Denk manchmal an mich; Deine Gedanken werden mir Kraft und Mut geben. Ich liebe und umarme Dich. Sarah.

Auf der letzten Seite hatte sie ein Postskriptum angefügt:

Anbei ein beschämender Artikel aus der antisemitischen Zeitschrift Au Pilori *vom 23. Juli 1942, auf daß nie in Vergessenheit gerate, was ein Rebatet, ein Céline, ein Chateaubriand, ein Philippe Henriot, ein Brasillach zu schreiben gewagt haben. Vergiß auch nicht meinen Freund François Tavernier. Ich weiß, er liebt Dich, und ich glaube, mich nicht zu irren, wenn ich behaupte, daß auch Du ihn liebst, auch wenn Du es vielleicht noch nicht weißt. Ihr beide seid wie füreinander geschaffen.*

Ein Zeitungsartikel, den Sarah ausgeschnitten hatte, fiel zu Boden. Es war ein Auszug aus dem erwähnten Beitrag, der mit *Jacques Bourreau* unterzeichnet war.

14. Juli 1942. Eine wunderbare Nachricht verbreitet sich in den Straßen von Paris. Rundfunk und Fernsehen des Landes geben in ihren Nachrichtensendungen folgende Meldung bekannt: Soeben ist der letzte Jude gestorben. Jetzt ist es also endlich aus mit dieser widerlichen Rasse, deren letzter Vertreter seit seiner Geburt im ehemaligen Zoo im Bois de Vincennes *lebte, in einem eigens für ihn gebauten Stall, wo unsere Kinder ihn zu ihrer moralischen Erbauung – nicht etwa zu ihrem Vergnügen – in scheinbarer Freiheit beobachten konnten. Nun ist er tot. Im Grunde genommen ist es besser so. Ich persönlich hatte stets befürchtet, er könnte ausbrechen, und Gott weiß, was ein Jude in Freiheit alles hätte anrichten können! So blieb er also seit dem Tod seiner Gefährtin, die zum Glück unfruchtbar war, allein. Aber bei dieser Brut kann man nie wissen. Ich muß unbedingt selbst in den Zoo gehen, um mich von der Richtigkeit dieser Nachricht zu überzeugen.*

Es war ein wunderschöner wolkenloser Sommermorgen, und ein leichter Wind sorgte dafür, daß die Hitze nicht unangenehm wurde. Wiesen und Weinberge fügten sich zu einem grünen Stilleben zusammen. Da und dort bildeten Viehherden helle Tupfer auf den Weiden. Der Kirchturm und die Dächer eines Dorfes in der Ferne rundeten das harmonische Bild der sanft hügeligen Landschaft ab. Léa stand auf. Den Brief, den Adrien ihr geschrieben hatte, wollte sie später lesen. Sie stieg auf ihr Fahrrad, um die Post in Mouchac, Verdelais und Liloy abzuliefern.

In Montillac zog sie sich in das Kinderzimmer zurück, um endlich den Brief zu lesen. Ihr Onkel gratulierte ihr noch einmal zum Erfolg ihrer Mission in Paris und Limoges. Er bat sie, jeden Abend Radio London zu hören und auf eine Nachricht zu warten, die sie auffordern würde, sich mit ihm in Toulouse zu treffen. Auf der

Hauptpost würde dann ein Brief für sie bereitliegen, dem sie den genauen Treffpunkt entnehmen könne. Die Nachricht sollte lauten: *Am Kreuzweg blühen die Veilchen,* und Léa sollte sich zwei Tage später auf den Weg machen.

Léa hatte den Brief gerade verbrannt, als Camille, ohne anzuklopfen, eintrat.

»Entschuldige, wenn ich dich störe. War nichts für mich dabei?«

»Nein, nur ein Brief von Adrien«, sagte sie und zeigte auf das verbrannte Blatt Papier, »und von Sarah Mulstein. Sie hat Eymoutiers verlassen.«

»Und wo will sie hin?«

»Nach Paris.«

»Nach Paris? Sie muß den Verstand verloren haben!«

»Hier lies, dann wirst du verstehen, weshalb.«

Am 2. August wurde die für Léa bestimmte Nachricht im Rundfunk durchgegeben. Für die Dauer ihrer Abwesenheit übernahm Camille den Kurierdienst.

Im Postamt von Toulouse war eine knappe Mitteilung für Léa hinterlegt worden: nach einem kurzen Besuch in Notre-Dame du Taur solle sie sich gegen siebzehn Uhr in der Basilika von Saint-Sernin einfinden.

Es herrschte drückende Hitze. Léa hatte außer einer lauwarmen Limonade in der Bahnhofsgaststätte von Matabiau nichts zu sich genommen und war entsprechend hungrig und durstig. In der Rue Bayard, der Rue Rémusat und auf der Place du Capitole war nur wenig Betrieb. Die kleine Kirche in der Rue du Taur erschien Léa wie eine Oase inmitten dieser Wüste aus weißglühenden Ziegelsteinen. Erst nach geraumer Zeit gewöhnten ihre Augen sich an das Halbdunkel. Sie ging nach vorne zum Altar, wo das kleine rote Licht brannte. Gebetsfetzen schwirrten ihr durch den Kopf: Vater unser, der du bist im Himmel ... Maria voller Gnaden ... allmächtiger Vater ... der du auferstanden bist von den Lebenden und den Toten ... Lamm Gottes ... dein Wille geschehe ... erlöse uns von dem Übel ...

Sie stellte den kleinen Lederkoffer ab, der ihrer Mutter gehört hatte, und kniete nieder, beseelt von dem Wunsch, noch glauben und sich Gottes Schutz anvertrauen zu können. Aber sie vermochte nur trostlose Leere zu empfinden. Erst vier Uhr! Eine alte Frau schlurfte durch die Kirche. Sie blieb vor Léa stehen, musterte sie eingehend und murrte dann im Weitergehen: »So zieht man sich aber nicht an, wenn man in die Kirche geht.«

In der Sommerhitze hatte Léa nicht mehr an das tiefe Dekolleté ihres arg kurzen blauen Leinenkleids gedacht. Sie kramte ein Dreieckstuch aus dem Koffer hervor und bedeckte damit Kopf und Schultern. So würde sie weniger Aufsehen erregen.

Halb fünf. Léa trat aus der Kirche und lenkte ihre Schritte zur Basilika von Saint-Sernin. Noch immer war es drückend heiß, und kein Luftzug regte sich. Auf dem unregelmäßigen Pflaster des schmalen Gehsteigs klapperten dumpf ihre Holzsohlen. Plötzlich öffnete sich das Eingangstor eines stattlichen Gebäudes aus dem 16. Jahrhundert, ein Mann trat heaus, packte sie und zog sie in den Torbogen.

»Aber ...«

Eine Hand schloß sich um ihren Mund. »Still, Sie sind in Gefahr!« Auf der Rue du Taur waren eilige Schritte und nahe Stimmen zu hören.

»Sie wird uns nicht entkommen, diese Saubande ...«

»Schrei nicht so laut, diese verfluchten Juden sind ein gerissenes Pack.«

»Mag sein, aber der Chef ist noch gerissener.«

»Stimmt es, daß es Priester gibt, die ihnen helfen?«

»Angeblich ja, aber ich werde den Verdacht nicht los, daß das alles Kommunisten sind, die sich als Pfarrer verkleidet haben.«

»Aber der Dominikaner, der gestern verhaftet wurde, war echt.«

Der Mann hielt Léa noch immer an sich gepreßt. Sie begann zu zittern.

»Wir werden sehen. Wenn er echt ist, wird er bedauern, je auf die Welt gekommen zu sein. Priester oder nicht. Wer Juden hilft, dem hilft keine Religion.«

Ein langer Pfiff gellte durch die Straße.

»Los jetzt.«

Die beiden Männer rannten weiter. Dann hörte man Schreie, Flüche, Schüsse . . . schließlich war alles still.

Mit geschlossenen Augen lehnte Léa an dem Tor.

»Kommen Sie, wir gehen durch die unterirdischen Gänge.«

»Bitte sagen Sie mir doch, ob das mein Onkel war, den sie verhaftet haben.«

»Das weiß ich nicht. Gestern haben Lécussan und seine Männer eine Gruppe von Juden und denen, die sie über die Grenze schleusen, eine Falle gestellt. Ich weiß nur, daß einer von ihnen Priester war.«

»Wie sah er aus?«

»Keine Ahnung. Kommen Sie, bald wird das ganze Viertel abgeriegelt sein.«

»Eine Frage noch. Woher wußten Sie, daß ich hier vorbeikommen würde?«

»Ich hatte Weisung, Sie auf dem Weg von Notre-Dame-du-Tour bis Saint-Sernin zu beschützen. Vor der Basilika habe ich Joseph Lécussan und zwei seiner Leute wiedererkannt. Ich dachte, vielleicht sind die Ihretwegen da. Genügt das? Kommen Sie jetzt mit?«

»Ja.«

»Geben Sie mir Ihren Koffer«, sagte er und steckte die Pistole, die er die ganze Zeit in der Hand gehalten hatte, unter seine Jacke. Durch eine kleine Tur betraten sic das Haus, stiegen einige Stufen hinab und standen vor einer weiteren Tür, die der Mann mit einem Schlüssel öffnete. Dann liefen sie eine Zeitlang, die Léa endlos erschien, durch ein Gewirr von halb eingestürzten Gängen, über ausgetretene Treppen, hinauf, hinunter, durch phantastische, von elektrischem Licht plötzlich hell erleuchtete Gewölbe. Atemlos blieb Léa stehen.

»Wo sind wir hier?«

»Direkt unter dem *Capitole*. Unter der Altstadt von Toulouse existiert ein zum Teil mehrstöckiges System von Kellergewölben. Einige davon sind berüchtigt, weil sie während der Inquisition als Folterkammern genutzt wurden. Aber viele haben im Laufe der Jahrhunderte als Zuflucht gedient. Seit Ausbruch des Krieges haben einige meiner Kameraden und ich Gänge ausgebessert, Decken abgestützt und verschüttete Offnungen freigelegt.«

Schweigend setzten sie ihren Weg fort. Einige Augenblicke später gelangten sie in einen schmalen Gang, den sie nur gebückt passieren konnten, und standen plötzlich in einem gewaltigen Raum mit Wänden aus roten Ziegelsteinen und wundervollen Spitzbögen, die von den in den Boden gesteckten Fackeln beleuchtet wurden. Sprachlos vor Verwunderung blieb Léa stehen, blickte hinauf zu dem gotischen Gewölbe und drehte sich langsam im Kreise. Der Gang, durch den sie gekommen waren, schien der einzige Zugang zu diesem Raum zu sein. Der tanzende Widerschein der Fackeln machte ihn noch geheimnisvoller, noch erhabener. Als sie den Blick wieder senkte, erkannte sie an den Wänden Tische, Kisten und eine Reihe von Feldbetten, auf denen Männer ruhten, manche noch sehr jung, alle ärmlich gekleidet.

»Sind Sie fertig mit Ihren Betrachtungen?« fragte ihr Begleiter.

»Es ist wunderschön hier!«

Ein Mann trat auf sie zu. »Warum haben Sie sie hierhergebracht?«

»Ich dachte, es sei das Beste, Chef: ich konnte doch nicht zulassen, daß sie Lécussan in die Hände fiel. Wissen Sie, was er mit Frauen macht?«

»Keine Sorge, Michel, ich übernehme die Verantwortung für sie.« Diese Stimme ...

»Schön, alter Freund, wenn Sie die Verantwortung tragen wollen ...«

»Das werde ich.«

»Laurent!«

Die Hände auf die Lippen gepreßt, sah sie mit verzücktem, ungläubigem Staunen den Mann auf sich zukommen, den sie liebte. Wie sehr er sich verändert hatte ...

»Ja, Léa, ich bin es.«

»Laurent«, sagte sie noch einmal.

Er zog sie an sich und schloß sie in seine Arme. Für Léa gab es nichts anderes mehr als die Wärme, die ihren Körper durchflutete, den Atem, der ihren Nacken liebkoste, die Stimme, die ihren Namen aussprach. Auch der Mann, der sich Michel nannte, vermochte den Zauber nicht zu brechen, als er sagte: »Heute nacht kann sie bleiben, aber morgen früh muß sie fort von hier.«

Was bedeutete ihr das Morgen, allein das Jetzt zählte, denn nun war sie gewiß, daß er sie liebte, auch wenn er fragte: »Wie geht es Camille und dem kleinen Charles?«

»Gut. Du weißt ja, daß sie auf Montillac sind, seit die

Gestapo Roches-Blanches beschlagnahmt hat. Charles ist ein lieber Junge, er ist dir sehr ähnlich. Ich glaube, er hat mich ganz gern.«

»Wer könnte dich nicht gern haben? Wic kann ich dir je danken für alles, was du für uns getan hast?«

»Kein Wort mehr davon, ein für allemal.«

»Hoffentlich bringt dir das nicht noch eine Menge Ärger ein.«

»Solange Hauptmann Kramer im Hause ist, werden wir keine Scherereien bekommen.«

»Wie kannst du da so sicher sein, wo so viel denunziert wird.«

»Wer sollte uns denunzieren? Jeder kennt uns, jeder mag uns.«

»Welch naives Vertrauen! Täglich werden Kameraden von ihren Nachbarn, ja sogar von ihren eigenen Freunden verraten.«

»In unserem Versteck in der Rue du Taur soll ein Dominikaner verhaftet worden sein ...«

»Keine Angst, es ist nicht dein Onkel, aber einer seiner Freunde, Pater Bon.«

»Aber dann haben sie ihn vielleicht vorhin in der Basilika verhaftet?«

»Niemand ist verhaftet worden. Aber irgend jemand muß ihn denunziert haben.«

»Was soll ich jetzt machen?«

»Jetzt ruhst du dich erst mal aus.«

»Ich hab' Hunger und Durst!«

»Setz dich hierher.«

Laurent zeigte auf eine Kiste an einem der Tische. Kurz darauf kehrte er mit einer großen Schüssel Pastete, einem Brotlaib, einem Korb Pfirsiche, einer Flasche Wein und zwei Gläsern zurück. Léa griff hastig nach dem angeschnittenen Brot und sog den frischen Duft tief ein. »Wie kommt ihr bloß an solches Brot? Unseres ist schwarz und klebrig.«

»Mit Lebensmitteln haben wir ein Riesenglück. Die Marktfrauen von der Place du Capitole versorgen uns mit Fleisch, Pasteten, Gemüse, Käse und Obst. Ein alter Bäcker aus Caraman liefert das Brot und ein Winzer aus der Umgebung von Villemur den Wein. Wir bezahlen, wenn wir Geld haben. Die Organisation ist nicht sehr reich. Wenn unsere Zahl wächst, wird es problematisch werden.«

»Was ist das für ein Geräusch?«

»Das ist unsere Druckerei. Wir drucken einen Großteil der Untergrundpresse für die Départements Tarn, Garonne, Hérault und Aude, dazu Flugblätter, gefälschte Lebensmittelkarten und Ausweise. Wir sind inzwischen gut organisiert.«

»Aber das ist doch ungeheuer gefährlich!«

»Wir sind sehr vorsichtig, und hier unten riskieren wir praktisch nichts.«

»Sitzt ihr hier nicht in der Falle? Das ist doch wie ein Gefängnis hier unten.«

»Ganz im Gegenteil! Es gibt eine Menge unsichtbarer Ausgänge, Falltüren, unterirdische Gänge, auch Verliese. Der Untergrund von Toulouse gleicht einem Schweizer Käse, und manche von uns kennen sich seit ihrer Kindheit bestens darin aus . . .«

»Aber wenn sie ihn kennen«, fiel Léa ihm ins Wort, »kennen doch auch andere ihn.«

»Das ist richtig, deshalb haben wir auch die bekanntesten und die am leichtesten zu findenden Eingänge zugemauert.«

»Und der Eingang in der Rue du Taur?«

»Heute nacht wird ein Erdrutsch den Zugang verschütten.«

Léa hatte sich unterdessen eine dicke Scheibe Brot abgeschnitten, die sie mit Pastete belegte.

»Herrlich schmeckt das!«

»Ich habe noch nie jemand so essen sehen wie dich. Alles an dir, Körper und Geist, scheint darin aufzugehen.«

»Bei dir nicht?« nuschelte sie mit vollem Mund.

Er lachte. »Nein, ich glaube nicht.«

»Das ist ein Fehler. Obwohl es in diesen Zeiten sozusagen ein Glück für dich ist. Du bist wie Camille, sie ißt auch so gut wie nichts. Ihr ständiges ›Ich habe keinen Hunger‹ geht einem direkt auf die Nerven, wenn einem immerzu der Magen knurrt.« Lächelnd hielt sie ihm ihr Glas hin. »Gib mir noch was zu trinken. Laß uns anstoßen.«

»Worauf?«

»Auf uns«, flüsterte sie und hob ihr Glas.

»Auf uns . . . und auf den Sieg.«

»Und ich, bekomme ich nichts zu trinken?«

Ein Mann in schmutziger, abgerissener Kleidung stand neben ihnen.

»Onkel Adrien!«

»Pater Delmas!«

Ihre verdutzten Gesichter brachten ihn zum Lachen. »Guten Tag, Kinder«, sagte er und setzte sich auf eine Kiste.

Léa reichte ihm ein Glas. Er leerte es in einem Zug.

»Als ich merkte, daß der Dom überwacht wurde, hatte ich eine Angst wie selten zuvor in meinem Leben. Ich hätte es mir nie verziehen, wenn sie dich geschnappt hätten.«

»Jacques war phantastisch, er hat sie rechtzeitig abgefangen und hierhergebracht.«

Léa starrte ihren Onkel unentwegt an. »Weißt du,

wenn du mir so begegnet wärst, hätte ich dich nie im Leben erkannt. Ich glaube, ich wäre vor dir weggelaufen.«

»Gefällt dir meine Verkleidung nicht? Sie ist doch perfekt. Ich kann jederzeit in der Masse der armen Teufel untertauchen, die auf dem Vorplatz von Saint-Sernin um ein Almosen betteln.« In der Tat, kein Mensch hätte in diesem dreckverkrusteten Landstreicher mit dem grauen Bart, der schlotternden, nur von einem Bindfaden zusammengehaltenen Hose und dem schmutziggrünen, verbeulten Filzhut, der vor ihnen stand und dessen nackte Füße in unbeschreiblichen Tretern steckten, den eleganten Dominikaner wiedererkannt, dessen Predigten von den Gläubigen in aller Welt gerühmt wurden und den in Bordeaux jeder kannte.

»Ich wußte gar nicht, daß dein Bart schon grau ist, Onkel.«

»Ich auch nicht. Das war eine Überraschung für mich; ich hätte nicht gedacht, daß ich schon so alt bin. Hör mir gut zu: ich kann nicht lange bleiben, ich muß gleich wieder fort, heute nacht sollen noch Leute mit dem Fallschirm abgesetzt werden. Ich habe dich aus verschiedenen Gründen hierhergebeten. Bleiben Sie, Laurent, es gibt nichts, was Sie nicht wissen dürften. Léa, du mußt noch viel vorsichtiger sein. Die Übergänge an der Demarkationslinie werden von jetzt an noch genauer kontrolliert werden. Die Post wirst du von nun an in Caudrot abholen. Der Postvorsteher und das Fräulein am Schalter gehören zu uns. Camille und du, ihr wechselt euch ab, und jede fünfte Fahrt macht ihr gemeinsam. Manchmal sind Botschaften dabei, die ihr persönlich überbringen müßt. Monsieur und Madame Debray werden euch in solchen Fällen alles Weitere mitteilen. Sobald ihr über Radio London den Satz hört: *Sylvie ißt gern Champignons,* stellt ihr eure Fahrten ein. Das bedeutet nämlich, daß man euch auf der Spur ist. Im Postamt werdet ihr von nun an auch Zeitschriften und Flugblätter bekommen. Die müssen verteilt werden. Hast du einen stabilen, nicht zu großen Koffer dabei?«

»Ja, diesen hier«, sagte Léa und zeigte ihn vor.

»Sehr gut. Du mußt gefährliches Material darin transportieren. Es steht dir aber frei, diesen Auftrag abzulehnen. Wenn ich jemand anders hätte, würde ich dich bestimmt nicht darum bitten.«

»Worum handelt es sich?«

»Nach Langon zu fahren und bei den Olivers ein Funkgerät abzugeben.«

»Aber dort wimmelt es doch von deutschen Offizieren!«

»Eben, gerade deshalb ist es der ideale Ort. Am Tag nach deiner Rückkehr legst du das Gerät in deinen Einkaufskorb und befestigst ihn auf dem Fahrradgepäckträger. Es ist Markttag. Du fährst früh los und kaufst ein, was du bekommen kannst: Obst, Gemüse, Blumen. Wie zufällig wirst du Cordeau, den alten Weinkellner der Olivers, treffen, du kennst ihn ja. Er wird sich nach deinem Vater erkundigen und sagen, er hätte etwas Leckeres für die Tochter seines alten Freundes. Unterdessen seid ihr vor dem Restaurant angelangt. Er wird deinen Korb mit hineinnehmen. Er wird leichter sein, wenn du ihn zurückbekommst, aber ebenso voll. Drei Einmachgläser Entenconfit und eines mit Steinpilzen liegen gut sichtbar obenauf. Bist du einverstanden?«

»Da läuft einem ja das Wasser im Munde zusammen! Es gibt nichts, was ich für Entenpastete nicht täte!« rief sie lachend.

»Du mußt dich lebhaft bei ihm bedanken und dann gehen. Schwierig wird es nur vorher, am Bahnhof von

Langon. Der Bahnhofsvorsteher ist zwar Sympathisant, aber ich habe Bedenken, ihn einzuweihen.«

»Ich kenne ihn, ich bringe ihm oft Post von seinem Sohn. Sobald er mich erblickt, richtet er es stets so ein, daß die Polizisten und die Zöllner nicht in der Nähe sind. Das klappt, du wirst schon sehen. Er kann mein Fahrrad aufbewahren, und er wird mir helfen, den Koffer zu befestigen.«

»Ja, ich glaube, so schaffst du es. Was meinen Sie, Laurent?«

»Ja, das müßte klappen.«

»Aber das Funkgerät wird doch wohl nicht vom alten Cordeau bedient werden?«

»Nein, gestern abend ist ein Pianist aus London mit dem Fallschirm abgesetzt worden.«

»Ein Pianist?«

»So nennen wir die Männer, die Nachrichten übermitteln.«

»Wo ist er?«

»Das brauchst du nicht zu wissen. Dein einziger Kontakt ist Cordeau. Sag ihm Bescheid, wenn du glaubst, eine wichtige Nachricht weiterleiten zu müssen. Er wird sie mir dann zukommen lassen und dir sagen, was zu tun ist. Hast du verstanden?«

»Ja.«

»Spiel nicht die Heldin, wenn du verhaftet werden solltest, aber versuche, das Verhör so lange wie möglich hinauszuziehen, damit uns Zeit bleibt, Maßnahmen zu ergreifen.«

»Ich werde es versuchen.«

»Noch etwas: Im Untergrund bin ich unter dem Namen Albert Duval bekannt. So, jetzt muß ich aber gehen.«

Adrien Delmas erhob sich und blickte seiner Nichte für einen Augenblick fest in die Augen.

»Mach dir keine Sorgen, Onkel Adrien, es wird schon alles gutgehen«, sagte sie und schmiegte sich in seine Arme.

»Gott schütze dich«, sagte er leise und erteilte ihr seinen Segen. »Auf Wiedersehen, Laurent.«

»Auf Wiedersehen, Pater.«

Als der Dominikaner fort war, sprachen sie lange Zeit kein Wort. Dann neigte Léa sich zu Laurent hinüber.

»Wo sind hier die Toiletten?«

»Besonders komfortabel sind sie nicht, das sage ich dir gleich. Nimm die Lampe dort. Nach dem Durchgang der zweite Stollen rechts, dann noch einmal rechts, dann kommst du in einen Raum, und dort ist es. Die Schaufel, die du dort sehen wirst, dient dazu, Sand darüber zu decken, wie die Katzen es machen.«

Als Léa zurückkam, überprüfte Laurent gerade das Magazin seiner Pistole. »Diese Gewölbe sind faszinierend. Führ mich herum.«

Laurent ergriff eine Fackel, und sie gingen durch die Maueröffnung hinaus. »Ist das der einzige Ausgang hier?« fragte Léa.

»Nein, es gibt noch einen anderen, aber den dürfen wir nur im äußersten Notfall benutzen.«

»Ich komme mir hier wirklich eingesperrt vor. Du nicht?«

»Man gewöhnt sich an dieses Leben. Außerdem bin ich nicht sehr oft hier. Komm einmal her und schau dir die Wände an.«

»Was sind das für Inschriften?«

»Der Raum hier hat zeitweilig als Gefängnis gedient.«

Léa las: »›1763, schon fünf Jahre. 1848, Amélie, ich liebe dich. Es lebe der König, es lebe der Tod.‹ Wer ist dieser Lécussan, von dem ihr vorhin gesprochen habt?«

»Er stammt aus der Haute-Garonne und ist ein ehemaliger Marineoffizier. Nach dem Waffenstillstandsabkommen ist er nach England gegangen. Die Engländer haben ihn verhaftet, als die Sache mit Mers-el-Kebir passierte, und nach Frankreich zurückgeschickt. Er ist ein Unmensch, arrogant, antibritisch und antikommunistisch bis auf die Knochen. Aber das ist noch gar nichts gegen seinen fanatischen Antisemitismus. Nur um ein Beispiel zu nennen: die antisemitischen Studenten der medizinischen Fakultät von Toulouse haben ihn mit einem Davidstern aus Menschenhaut geehrt. Sie hatten ihn aus einem toten Juden herausgeschnitten und sorgfältig gegerbt.«

»Grauenhaft!«

»Wenn er getrunken hat, holt er ihn hervor, zeigt ihn selbstgefällig herum und sagt: ›Das ist vom Arsch.‹ Und diesen sauberen Herrn hat Xavier Vallat zum Leiter der Abteilung für jüdische Angelegenheiten in Toulouse ernannt. Seit einem Jahr macht er mit einer Bande ebenso brutaler Gesinnungsgenossen, die er mit großem Pomp aushält, Jagd auf Juden und Anarchisten..« Schweigend gingen sie weiter.

»Das hier ist so etwas wie meine private Ecke: ein paar Bücher, Decken und eine Petroleumlampe. Hierher flüchte ich mich nach einem schwierigen Einsatz oder wenn ich allein sein möchte«, sagte er und schob eine alte, von der Decke herabhängende Stoffbahn zur Seite. Dahinter lag einer der kleinsten Räume. Das Gewölbe stützte sich auf einen einzelnen Kreuzbogen; der Boden war mit feinem weißen Sand bedeckt. Hier und dort hatte Rauch die vormals roten Ziegelwände geschwärzt. In einer Ecke stand Laurents schmales Feldbett. Léa kniete sich auf die Decken. Mit gespannter Aufmerksamkeit beobachtete sie, wie er die Fackel in den Sand steckte und plötzlich einen betretenen, unglücklichen Eindruck machte.

»Komm zu mir.«

Er schüttelte den Kopf.

»Bitte, komm her.«

Widerstrebend kam er einen Schritt näher. Léa zog ihn zu sich herab. »Seit ich hier bin, habe ich auf diesen Augenblick gewartet: endlich mit dir allein zu sein.«

»Das dürfen wir nicht.«

»Warum? Du liebst mich, und ich liebe dich. Morgen bist du vielleicht schon verhaftet oder verwundet oder ... Ich ertrage es nicht, dir nicht ganz zu gehören, nichts zurückzubehalten, als die Erinnerung an ein paar Küsse. Nein ... sag nichts, du würdest doch nur etwas Dummes oder Banales sagen. Was ich für dich empfinde, steht über allen Konventionen. Es macht mir nichts aus, nur deine Geliebte zu sein. Du sollst mein Geliebter sein, wenn du schon nicht mein Mann werden wolltest.«

»Sei still ...«

»Warum denn? Ich schäme mich nicht, dich zu begehren und es dir zu sagen. Der Krieg hat vieles verändert; auch die Mädchen benehmen sich heute anders als früher ... Früher hätte ich wahrscheinlich nicht gewagt, so mit dir zu reden ... Obwohl ... Nein, ich glaube nicht, daß ich mich sehr viel anders verhalten hätte: ich hätte dir so wie heute gesagt, daß ich dich liebe, daß ich mit dir schlafen will und daß nichts und niemand mich davon abhalten kann.« Léa zog das blaue Leinenkleid über den Kopf. Sie trug nichts weiter darunter als einen einfachen weißen Baumwollschlüpfer.

Laurent vermochte seinen Blick nicht von ihrem schönen Körper abzuwenden, von ihren Brüsten, die nach seinen Händen verlangten. Wie hätte er Léa widerstehen sollen, die nun sein Hemd aufknöpfte, den Gürtel an seiner Hose löste?

Mit einem Satz sprang er auf und taumelte zurück. »Wir dürfen das nicht, Léa!«

Auf Knien rutschte sie zu ihm hin.

Im Schein der Fackel kam sie näher wie ein Tier, das sich seiner Beute sicher ist. Ihr wirr herabhängendes Haar, ihr zurückgeworfener Oberkörper, ihre langen Schenkel schlugen ihn in Bann. Er widersetzte sich nicht länger dem Griff ihrer Hände. Er wünschte, ihre Liebkosungen nähmen kein Ende, und doch schob er sie schließlich sanft von sich.

Léa stieß einen Schrei aus: »Nein!« Als er endlich in sie drang, war ihr Triumph vollkommen. Der weiße Sand, der an ihren reglosen Körpern haftete, verlieh ihnen das Aussehen steinerner Skulpturen. Léa schlug die Augen auf, wandte den Kopf und sah ihren Liebhaber an: Nun gehörte er ihr, ganz und gar ihr!

Arme Camille! Wie unbedeutend war sie doch angesichts dieser ihrer Liebe! Von nun an würde nichts mehr sie und Laurent trennen können . . .

Und dennoch empfand Léa so etwas wie Enttäuschung, ohne den Grund dafür zu begreifen. Nie zuvor hatte sie sich einem Mann so bedingungslos hingegeben. Sie hatte Laurent nicht nur ihren Leib, sondern auch ihre Seele dargeboten. Mit François und Mathias war es anders: da war sie mit jeder Faser ihres Körpers dabeigewesen. Diesmal, in der Vereinigung mit dem Mann, den sie liebte, hatte allein ihr Herz Erfüllung gefunden. Nach dem ungestümen Auftakt war Laurent gefühlvoll und zärtlich gewesen – ja, das war es: Er war zu zärtlich, als daß er ihr Verlangen hätte stillen können.

Wie schön er war: sein blondes Haar, sein ebenmäßig geschnittenes Gesicht, sein glatter, heller Oberkörper. Er hatte etwas Kindliches an sich, wie er so mit geschlossenen Augen dalag. Als er sie wieder aufschlug, hätte sie vor Glück weinen können.

»Verzeih mir, mon amour«, flüsterte er und bedeckte ihren Hals mit Küssen.

Ihm verzeihen? Was denn? Er war wohl nicht bei Trost! Sie streckte sich neben ihm aus, und ein unermeßliches Glücksgefühl durchströmte sie. Ihre Blicke trafen sich, verloren sich ineinander. In diesem Augenblick durchfuhr Léa ein heftiger, wollüstiger Schauer, der sie noch lange beben ließ.

Lautes Rufen holte sie in die Wirklichkeit zurück.

»Ich komme«, rief Laurent und schob Léa sanft von sich.

Sie klammerte sich an ihn.

»Ich muß jetzt gehen, mon amour. Willst du die Nacht über hierbleiben? Fürchtest du dich auch nicht zu sehr?«

»Nein. Aber mußt du wirklich fort?«

»Ja, es muß sein.«

In aller Eile zog er sich an. Seine Kleidung glich der eines Landarbeiters: grobes Leinen in Blau- und Brauntönen, dazu eine Mütze. Nichts erinnerte mehr an den vornehmen jungen Mann, mit dem sie im Sommer 1939 lange Spazierfahrten durch die endlosen Wälder der Landes gemacht hatte.

»Gut siehst du aus.«

Er mußte lachen. Er beugte sich zu ihr herab.

»Du sollst wissen, mein Herz, daß ich diese Minuten, die ich hier mit dir verbracht habe, nie vergessen werde, obwohl ich mich schäme, weil ich die Umstände und deine Zuneigung zu mir ausgenutzt habe.«

»Aber *ich* habe doch . . .«

»Ich weiß, aber ich hätte es nicht geschehen lassen

dürfen, es war nicht richtig, weder dir noch Camille gegenüber.«

»Aber du liebst sie doch nicht, du liebst *mich*!«

»Ja, ich liebe dich. Ich glaube, du kannst nicht verstehen, was ich für Camille empfinde. Sie ist mir Schwester, Tochter und Ehefrau zugleich. Sie ist so zart, sie braucht mich, und ich weiß, daß ich ohne sie nicht leben könnte. Sieh mich nicht so an. Ich versuche doch nur, dir zu erklären, daß Camille und ich wie aus einem Holz geschnitzt sind, daß wir dieselben Dinge lieben, dieselben Bücher, dieselbe Lebensart ...«

»Das hast du mir schon einmal gesagt. Ich werde mich ändern, glaube mir: dann liebe ich alles, was du liebst, lese deine Bücher, versuche so zu leben, wie du es magst, bin dir Schwester, Tochter, Frau und Geliebte. Wenn du willst, nehme ich sogar an Wohltätigkeitsveranstaltungen teil. Um dich zu behalten, bin ich zu allem bereit.«

»Hör auf, du machst mir Angst.«

»Du bist doch nicht etwa feige?«

»Dir gegenüber schon.«

»Ich will aber, daß du stark bist. Ich will immer zu dir aufblicken können.«

»Ich werde versuchen, dich nicht zu enttäuschen. Ruh dich aus, du mußt morgen früh aufstehen. Versprich mir, vorsichtig zu sein.«

»Ich verspreche es. Jetzt bin ich unverwundbar! Gib auch du auf dich acht, ich würde es dir nie verzeihen, wenn dir etwas zustieße.«

Sie küßten sich ein letztesmal, und in diesen Kuß legten sie alles hinein, was sie mit Worten nicht auszudrükken vermochten.

Die Hand an der Decke, die den Raum abteilte, blieb Laurent stehen, wandte den Kopf in Léas Richtung und sagte, ohne sie anzusehen:

»Vergiß nicht, daß ich dir Camille anvertraut habe. Paß auf sie auf. Ich kann mich doch auf dich verlassen, nicht wahr?«

Der Sand schluckte das Geräusch seiner Schritte. Erst jetzt fiel Léa auf, wie vollkommen still es hier unten war. »Grabesstille«, ging es ihr durch den Kopf.

Léa vergrub sich in den Wolldecken.

Als sie geweckt wurde, hatte sie das Gefühl, kaum ein Auge zugetan zu haben. Es schien ihr unmöglich, jemals wieder aufzustehen, so sehr schmerzte ihr Körper.

Jacquet, der junge Mann, der sie hergeführt hatte, trug ihr den Koffer und die Reisetasche zum Bahnhof. In einem Abteil dritter Klasse fand er ohne große Mühe einen Sitzplatz für sie. Er schob den Koffer unter den Sitz und verstaute die Tasche im Gepäcknetz.

Sie hatten gerade noch Zeit, im Gang eine Zigarette zu rauchen.

Léa hatte sich das Rauchen erst vor ein paar Monaten angewöhnt. Daran war zum Teil Françoise schuld, die ihre Zigaretten überall achtlos herumliegen ließ, weil sie sich jederzeit ohne Schwierigkeiten neue beschaffen konnte.

»Den Koffer habe ich nicht in das Gepäcknetz gelegt, weil ich Angst hatte, Sie bekämen ihn vielleicht nicht mehr herunter, und wenn Ihnen jemand helfen müßte, würde ihm auffallen, daß er ungewöhlich schwer ist. In der Reisetasche sind unter dem Käse und der Wurst unsere Flugblätter und unsere Zeitung *Libérer et Fédérer* versteckt. Bringen Sie die in Ihrer Gegend unter die Leute. Es ist die Ausgabe vom 23. Juni, in der wir den Aufruf General de Gaulles abgedruckt haben. Lesen Sie ihn, wenn Sie ihn noch nicht kennen, das kann nicht schaden.«

»Wollen Sie, daß man mich an die Wand stellt?«

»Das wäre schade, ein so hübsches Mädchen wie Sie . . . Aber zwei unserer Kameraden sind im Zug, für den Fall, daß etwas schiefgeht. Sollten Sie geschnappt werden, lassen Sie das Gepäck, wo es ist. Die beiden werden für ein Ablenkungsmanöver sorgen und es an sich nehmen. Wenn man Sie danach fragt, sagen Sie, man hätte es Ihnen gestohlen. Verstanden?«

»Verstanden.«

Ein Pfiff ertönte.

»Es geht los. Viel Glück.«

Er sprang vom Zug, als dieser sich in Bewegung setzte. Léa beugte sich aus dem Fenster und winkte ihm nach.

»Ein Jammer, wenn man von seinem Liebsten Abschied nehmen muß«, sagte jemand hinter ihr mit deutschem Akzent.

Léas Knie gaben nach. Sie wandte sich um. Aber der deutsche Offizier ging lächelnd, ohne ein weiteres Wort, den überfüllten Gang hinunter. Mit klopfendem Herzen kehrte Léa in ihr Abteil zurück.

»Langon, Demarkationslinie! Fünfundvierzig Minuten Aufenthalt. Die Reisenden werden gebeten, mit ihrem Gepäck auszusteigen!« Léa machte ihren Mitreisenden Platz. Gütiger Himmel, war dieser Koffer schwer! Wenn doch nur Liotard, der Bahnhofsvorsteher, auf dem Bahnsteig wäre! Sie stand auf dem Trittbrett und suchte in der Menge der Leute, die mit den Papieren in der Hand auf die Kontrolle warteten, nach einem bekannten Gesicht. Die deutschen Zöllner stiegen bereits ein, um die leeren Abteile zu durchsuchen. Auch ein Offizier war dabei.

»Oberleutnant Hanke!«

»Mademoiselle Léa! Was machen Sie denn hier?«

»Guten Tag, Herr Oberleutnant. Ich hatte mich gerade umgesehen, ob ich jemanden kenne, der mir helfen könnte, meinen Koffer zu tragen. Er ist sehr schwer.«

»Lassen Sie mich das machen. Tatsächlich. Was haben Sie denn da drin? Blei?«

»Beinahe! Eine zerlegte Kanone!«

»Mit diesen Dingen scherzt man nicht, Mademoiselle! Wir verhaften täglich Leute, die illegale Dinge transportieren.«

»Gehören auch Bücher dazu?«

»Manche schon.«

»Bei Gelegenheit müssen Sie mir einmal verraten, welche.«

Inzwischen waren sie beim Ausgang angelangt. Léa steuerte auf den Raum zu, in dem die weiblichen Reisenden durchsucht wurden.

»Lassen Sie's gut sein, Fräulein, das Mädchen gehört zu mir«, sagte er auf deutsch zu einer der beiden Frauen, die die Kontrolle durchzuführen hatten.

In der Bahnhofshalle kam ihnen Liotard entgegen.

»Guten Tag, Mademoiselle Delmas, ich hole Ihnen Ihr Fahrrad. Guten Tag, Herr Oberleutnant.«

»Guten Tag, Monsieur Liotard. Ich muß zurück auf den Bahnsteig. Helfen Sie Mademoiselle Delmas mit dem Gepäck«, sagte er und reichte dem Mann den Koffer. Oberleutnant Hanke hatte eine beachtliche Menge Französisch dazugelernt.

Der Koffer und die Reisetasche brachten das Fahrrad fast aus dem Gleichgewicht. Es drohte jeden Moment umzukippen. Außer Atem und mit feuerrotem Gesicht stieg Léa ab und schob es bis nach Hause. Der erste, der ihr begegnete, war ihr Vater. Er machte einen äußerst aufgeregten Eindruck. Sie lehnte das Rad an die Scheunenwand und versuchte, wieder zu Atem zu kommen.

»Mistkerle ... Ungeziefer ... Isabelle wird euch davonjagen ...«

»Was ist denn, Papa?«

»Wo ist deine Mutter? Ich muß unbedingt mit ihr reden, und zwar sofort.«

»Aber Papa ...«

»Nichts da, kein Aber, geh deine Mutter holen! Ich habe ihr etwas Wichtiges zu sagen.«

Léa strich sich mit der Hand über die Stirn. Die Anstrengungen der letzten Stunden waren einfach zuviel für sie: der Vater, der nach seiner toten Frau verlangte; der bleischwere Koffer; Laurent, der ihr Liebhaber geworden war; Oberleutnant Hanke, der ihr Gepäck getragen hatte; die gotischen Gewölbe von Toulouse; ihr Onkel, der Landstreicher, der Judenstern aus Menschenhaut; und Camille, die ihr mit ausgestreckten Armen entgegeneilte ... Sie glitt vor Pierre Delmas zu Boden.

Als sie wieder zu sich kam, ruhte ihr Kopf in Ruths Schoß, und Camille tupfte ihre Schläfen mit einem feuchten Handtuch ab. Laure stand daneben und hielt eine Schüssel mit Wasser. Ihr Vater saß mit vor Angst geweiteten Augen vor ihr und sagte weinend zu Fayard: »Sie ist doch nicht tot, meine Kleine, nicht wahr? Das würde mir ihre Mutter nie verzeihen.«

»Keine Sorge, Monsieur«, beschwichtigte ihn Ruth, »es ist nur ein Sonnenstich. Bei so einem Wetter fährt man auch nicht Fahrrad, ohne einen Hut aufzusetzen!«

»Es ist nichts weiter, Papa, mach dir keine Sorgen. Kümmere dich bitte um ihn, Laure.«

Léas Unwohlsein dauerte nur wenige Minuten. Gestützt von Camille, war sie rasch wieder auf den Beinen. »Tut mir leid, daß ich euch einen solchen Schrecken eingejagt habe. Ruth hat recht, es liegt an der Hitze. Wo sind mein Koffer und meine Tasche?«

»Fayard trägt sie ins Haus.«

»Schnell, ihm nach.«

In der Küche hatten sie ihn eingeholt.

»Ich weiß nicht, was mit Ihrem Koffer los ist, Mademoiselle Léa, da hat's wohl Steine drin? Na, ich bring' ihn halt hoch in Ihr Zimmer.«

»Nein, lassen Sie nur, vielen Dank, das kann ich selbst.«

»Aber nein, das ist doch viel zu schwer für Sie.«

Aus Furcht, sein Mißtrauen zu wecken, bestand Léa nicht weiter darauf. Sie folgte ihm hinauf ins Kinderzimmer.

»Danke, Fayard, vielen Dank.«

»Gern geschehen, Mademoiselle.«

Camille und Ruth kamen herein. Ruth hielt ein Glas in der Hand. »Trink das, dann wirst du dich besser fühlen.«

Léa leerte das Glas in einem Zug.

»Jetzt leg dich hin und ruh dich aus.«

»Aber . . .«

»Keine Widerrede! Vielleicht hast du einen Sonnenstich.«

»Machen Sie sich keine Sorgen, Ruth, ich werde nach ihr sehen. Kümmern Sie sich lieber um Monsieur Delmas.«

Léa streckte sich auf der Matratze aus und schloß die Augen, um Camille nicht in die Augen sehen zu müssen.

»Ich habe nicht schlafen können, seit du fort bist. Immer, wenn ich einzunicken begann, habe ich dich und Laurent vor mir gesehen, beide wart ihr in Lebensgefahr. Es war entsetzlich.«

Unterdessen hatte sie Léas Schuhe ausgezogen und massierte ihr sanft die Beine. Léa hätte am liebsten laut geschrien. Sie stand auf.

»Ich habe Laurent in Toulouse getroffen.«

Camille richtete sich auf. »So ein Glück! Wie geht es ihm? Was hat er gesagt?«

Ein boshafter Gedanke drängte sich ihr auf. Wenn sie ihr nun alles sagte: daß sie und Laurent ein Liebespaar waren? Irgend etwas in Camilles angespanntem, müdem kleinen Gesicht hielt sie davon ab.

»Es geht ihm sehr gut. Ich soll dir sagen, daß er oft an dich und an Charles denkt und daß du dir keine Sorgen um ihn machen sollst.«

»Wie sollte ich mir keine Sorgen machen?«

»Ich habe auch Onkel Adrien gesehen. Er hat mir einen Auftrag erteilt und neue Anweisungen für den Kurierdienst gegeben.«

»Kann ich dir dabei irgendwie helfen?«

»Nein.«

»Ich mache mir Sorgen um deinen Vater. Seit gestern abend ist er wie verwandelt. Er stößt Verwünschungen aus, ja sogar Drohungen. Ich habe versucht, ihn zu fragen, was denn geschehen sei, aber er hat immer nur wiederholt: ›Was wird bloß Isabelle dazu sagen?‹ Einen Moment lang glaubte ich, er hätte sich mit Fayard gestritten, was in letzter Zeit leider ziemlich oft vorgekommen ist, aber Fayard hat mir versichert, die letzte Meinungsverschiedenheit liege schon eine Woche zurück. Ruth hat keine Ahnung, was los ist, und deine Tante Bernadette auch nicht. Und Françoise hat seit drei Tagen Bereitschaftsdienst. Laure scheint irgend etwas zu wissen, aber sie will nicht darüber sprechen, schließt sich in ihrem Zimmer ein, und von draußen höre ich sie schluchzen.«

»Ich werde mit ihr reden.«

»Ruh dich doch erst einmal ein wenig aus.«

»Nein, ich habe so eine Vorahnung, daß es etwas sehr Ernstes ist. Ich habe Angst um Papa.«

Léa suchte im ganzen Haus nach ihrer Schwester, konnte sie aber nirgends finden.

Erst beim Abendessen tauchte Laure wieder auf. Ihre Augen waren gerötet. Niemand hatte Appetit. Léa ließ keinen Blick von ihrem Vater. Er schien sich beruhigt zu haben, aber seine Ruhe war beinahe noch beängstigender als sein erregter Zustand am Nachmittag. Nach dem Essen nahm Léa ihre Schwester beim Arm und zog sie mit sich fort.

»Komm mit, ich muß mit dir reden.«

Laure machte erst eine Bewegung, als wolle sie sich weigern, fügte sich dann aber doch. Sie gingen zur Terrasse hinab. Das Tal lag wie erstarrt unter der noch immer heißen Sonne. Sie setzten sich im Schatten einer Glyzinie auf das Mäuerchen.

»Warum ist Papa so aufgeregt?«

Laure senkte den Kopf. Zwei Tränen tropften ihr auf die Hände, mit denen sie ihre Knie umklammert hielt.

»Weine nicht, Schwesterchen. Erzähl mir, was passiert ist.«

Schluchzend warf Laure sich an den Hals der älteren Schwester.

»Ich traue mich nicht, es dir zu sagen, gerade dir nicht.«

»Wieso gerade mir nicht?«

»Weil du es nicht verstehen würdest.«

»Was verstehen?«

Laure schluchzte noch lauter.

»Nun rede schon, ich bitte dich, denk an Papa.«

»Ach, Papa, das ist nicht das Schlimmste.«

Was wollte sie damit sagen? Léa faßte sie an den Schultern und schüttelte sie. »Was soll das heißen? Was gibt es Schlimmeres?«

»Françoise«, begann sie stockend.

»Françoise?«

»Françoise und Otto.«

»Françoise und Otto? Kannst du nicht deutlicher werden? Ich verstehe kein Wort!«

»Sie wollen heiraten.«

»Heiraten?«

»Ja. Gestern hat Hauptmann Kramer um ihre Hand angehalten.«

»Verstehe. Und Papa hat natürlich abgelehnt.«

»Ich wußte es, ich wußte, daß du es nicht verstehen würdest und daß Françoise nicht mit deiner Hilfe rechnen kann! Ich hatte ihr das gleich gesagt. Aber sie wiederholte immer nur: ›Du irrst dich, Léa hat Erfahrung; sie weiß, was es bedeutet, jemanden zu lieben.‹ Und ich habe ihr gesagt, daß das nicht wahr sei und du gar nichts davon wüßtest. Und wenn sie Rat und Hilfe brauche, habe ich ihr gesagt, dann solle sie sich an Camille wenden.«

Léa war über Laures heftigen Ausbruch erstaunt.

»Du liebst nichts als Montillac! Der arme Mathias hat das begriffen. Darum ist er auch von hier fortgegangen.«

»Laß bitte Mathias aus dem Spiel, ja? Es geht um Françoise und ihre dreckige Affäre mit dem Deutschen.«

»Ich wußte es ja. Du schwörst nur auf deinen General de Gaulle und seine Terroristen, die er aus London herüberschickt, damit sie Telefonleitungen zerstören, Züge in die Luft jagen und Unschuldige ermorden.«

»Unschuldige ermorden! Wie kannst du jemanden unschuldig nennen, der unser Feind ist, der unser Land besetzt, es aushungert, seine Bewohner verschleppt und sie tötet? Wenn diese ›Unschuldigen‹ nicht wären, wäre Mama noch am Leben, Papa wäre nicht verrückt, und

Onkel Adrien und Laurent müßten sich nicht verstekken ...«

»Sie sind aber im Unrecht, denn sie sind Rebellen!«

»Rebellen? Männer, die für Frankreichs Ehre kämpfen, Rebellen?«

»Das sind nichts als große Worte, große leere Worte. Der Marschall verkörpert die Ehre Frankreichs.«

»Sei still, du hast ja keine Ahnung. Dein Marschall ist Hitlers Komplize.«

»Das ist nicht wahr: Er hat seine Person der französischen Nation zur Verfügung gestellt.«

»Ein reizendes Geschenk! Was Frankreich braucht, ist eine gut ausgerüstete Armee und einen Anführer, der weiterkämpft.«

»Du beleidigst einen Greis!«

»Na und? Ist Alter eine Entschuldigung, wenn man sich wie ein Schwein benimmt? Im Gegenteil, ich finde, das macht es nur noch schlimmer. Er hat sein Prestige als Kriegsheld von 1914 dazu benutzt, uns die Schande des Waffenstillstands anzuhängen.«

»Ohne diesen Waffenstillstand wären Hunderttausende im Bombenhagel ums Leben gekommen, so wie Mama.«

Beim Wort »Mama« brach Laure abermals in Tränen aus. Léa zog sie an sich.

»Vielleicht hast du recht, ich weiß es auch nicht. Was hätte Mama in diesem Fall getan?«

Niedergeschlagen, mit gesenkten Köpfen, hockten sie da und ließen die Beine baumeln.

»Bist du nicht schockiert, Laure, daß Françoise einen Deutschen heiraten will?«

»Ein bißchen schon«, gab sie zu. »Aber sie lieben sich doch!«

»Dann sollen sie warten, bis der Krieg vorbei ist.«

»Das geht nicht.«

»Warum geht das nicht?«

»Weil Françoise ein Kind erwartet.«

»O nein!«

»Doch.«

Léa sprang auf. Am Horizont zeichneten sich schwarz die Pinienwälder der Landes ab. Leichter Nebel stieg über der Garonne auf und senkte sich auf Langon und die Quellen von Malle.

»Arme Françoise«, murmelte sie.

Laure hatte es gehört. »Hilf ihr, Léa. Sprich mit Papa, auf dich wird er hören!«

»Das glaube ich nicht. Er ist schon zu weit von uns fort.«

»Versuch es, ich bitte dich, versuch es.«

»Wenn Françoise da wäre, könnte ich mit ihr reden und herausfinden, was sie nun genau vorhat.«

»Sprich mit Papa. Er muß seine Einwilligung geben, sonst bringt Françoise sich um.«

»Red keinen Unsinn.«

»Das ist kein Unsinn: Ich schwöre dir, sie ist völlig verzweifelt.«

»Ich verspreche dir, alles zu tun, was in meiner Macht steht. Laß mich jetzt allein, ich muß nachdenken. Sag Camille, sie möchte einmal zu mir kommen.«

»Ich hole sie schnell.« Dann, nach kurzem Zaudern, drückte Laure ihr einen Kuß auf die Wange. »Danke, Léa.«

Kurz darauf kam Camille aus dem Haus. Léa erzählte ihr mit knappen Worten, was geschehen war.

»Ich fühle mich schuldig. Wir haben sie allein gelassen.«

»Was hätten wir denn tun sollen?«

»Wir hätten ihr mehr Zuneigung entgegenbringen

und es ihr leichter machen können, sich uns anzuvertrauen.«

»Das hätte nichts geändert, ich kenne sie. Morgen gehe ich nach Langon auf den Markt. Auf dem Heimweg fahre ich am Krankenhaus vorbei und rede mit ihr, und dann, je nachdem, spreche ich mit Papa. Heute abend bin ich zu müde dazu. Gute Nacht, Camille.«

»Gute Nacht, Léa.«

»Hier, Mademoiselle Léa, und lassen Sie sich das Eingemachte schmecken!« Mit diesen Worten gab der alte Cordeau Léa den Korb zurück.

»Vielen Dank, da wird Papa sich aber freuen, wo er doch so viel Sinn für gutes Essen hat!«

»Grüßen Sie ihn von mir, und sagen Sie ihm, ich freue mich, wenn er wieder einmal hier bei uns vorbeikommt!«

»Ich werde es ihm sagen. Auf Wiedersehen und vielen Dank, Monsieur Cordeau!«

Mit dem großen Einkaufskorb in der Hand, über den ein rotgestreiftes Tuch gedeckt war, verließ Léa das Restaurant. Ein deutscher Soldat stand neben ihrem Fahrrad, das an der Hauswand lehnte.

»Ist aber unvorsichtig, schönes Fahrrad hier stehenzulassen, Mademoiselle. Viele Diebe, müssen aufpassen.«

»Danke.«

Mit zitternden Händen befestigte sie den Korb auf dem Gepäckträger. Der hilfsbereite Soldat hielt ihr dabei das Fahrrad fest. Sie stieg auf und fuhr in Richtung Krankenhaus davon.

Im Innenhof drängten sich Krankenwagen und Militärfahrzeuge. Sie ging ins Büro und verlangte ihre Schwester zu sprechen. Man schickte sie zur Unfallambulanz im hinteren Teil des Gebäudes. Abermals stieg sie auf ihr Rad. Der erste, dem sie begegnete, war Hauptmann Kramer. Er verneigte sich steif.

»Guten Tag, Mademoiselle Léa. Ich freue mich, Sie zu sehen. So kann ich mich wenigstens von Ihnen verabschieden.«

»Verabschieden?«

»Ja, ich muß dringend nach Paris und werde dort bleiben. In einer Stunde reise ich ab. Meine Ordonnanz wird sich um mein Gepäck kümmern. Beste Empfehlungen an Madame d'Argilat! Sie ist wirklich eine bemerkenswerte Frau. Es täte mir leid, wenn sie sich aus Liebe zu ihrem Vaterland zu etwas Unbesonnenem verleiten ließe. Sagen Sie Ihrem Herrn Vater, es sei für mich eine Ehre gewesen, ihn kennenzulernen, und ich hoffe, er wird eines Tages seine Vorurteile ablegen. Grüßen Sie auch die nette kleine Laure, die tüchtige Ruth und Ihre Frau Tante.«

»Haben Sie nicht jemanden vergessen?«

»Von Françoise habe ich mich soeben verabschiedet. Sie wird sehr auf Ihre Liebe angewiesen sein. Kann ich mit Ihnen rechnen?«

Auch das noch! Es wurde bei den Männern wohl langsam zur fixen Idee, ihr die Frau oder Geliebte anzuvertrauen! »Ich will sehen, was ich tun kann, aber es hängt nicht von mir allein ab.«

»Ich danke Ihnen. Françoise besitzt nicht Ihre Willensstärke, sie ist eher zart und leicht zu beeinflussen. Urteilen Sie nicht über sie. Ich hätte Sie gern besser kennengelernt, aber Sie haben ja stets jede Unterhaltung abgelehnt. Ich kann das verstehen. Ich an Ihrer Stelle hätte genauso gehandelt. Aber Sie sollen wissen, daß ich Frankreich liebe und daß es in meinen Augen nach wie vor ein großes, Deutschland ebenbürtiges Land ist. Eines Tages werden diese beiden schönen Länder eine einzige Nation sein und der Welt den Frieden bringen. Zu diesem Zweck müssen wir uns zusammenschließen.«

Léa hörte ihm kaum zu. Das Schlimmste war, daß er es ehrlich meinte.

»Sind Sie nicht auch der Meinung?«

»Vielleicht könnte ich daran glauben, wenn Sie nicht unser Land besetzt hätten und diejenigen verfolgten, die anderer Meinung sind als Sie. Adieu, Hauptmann Kramer.«

Léa nahm ihren Korb mit in den Aufenthaltsraum der Schwestern, die sich im hinteren Teil des Raumes versammelt hatten. Léa trat näher. Von ihren Kolleginnen umringt, saß Françoise am Tisch. Sie hatte den Kopf auf die Arme gelegt und weinte.

»Was wollen Sie?« fragte eine Krankenschwester.

»Ich möchte meine Schwester sprechen, Françoise Delmas.«

»Hier ist sie. Wenn Sie sie beruhigen könnten, wären wir Ihnen dankbar.«

»Kann ich allein mit ihr sprechen?«

»Aber sicher. Meine Damen, es ist Zeit, wieder an die Arbeit zu gehen! Mademoiselle Delmas wird sich um ihre Schwester kümmern.«

Als sie allein waren, setzte Léa sich neben Françoise, die sich nicht gerührt hatte.

»Komm, Françoise, laß uns nach Hause gehen.«

Sie hatte offenbar die richtigen Worte gefunden, denn die Schultern des unglücklich verliebten Mädchens hörten auf zu zittern. Eine Hand suchte vorsichtig die ihre und drückte sie fest.

»Ich kann nicht. Was wird Papa sagen?«

Die völlig verzagte, kindliche Stimme rührte Léa mehr, als sie für möglich gehalten hätte.

»Mach dir keine Sorgen, ich werde mich schon darum kümmern. Komm jetzt.«

Sie half ihr aufzustehen. »Ich muß mich umziehen.«

»Wo sind deine Sachen?«

»In dem Wandschrank dort drüben.«

Léa öffnete ihn und nahm das geblümte Kleid aus Kunstseide, die Handtasche und die Schuhe mit den Keilabsätzen heraus. Während Françoise sich noch ankleidete, trat die Oberschwester ein.

»Erholen Sie sich gut, Kleines, ich gebe Ihnen morgen frei.«

»Danke, Madame.«

Léa und Françoise legten die drei Kilometer von Langon nach Montillac zurück, ohne ein Wort miteinander zu wechseln. Wie schon am Tag zuvor stieg Léa vor der Steigung wieder ab, während Françoise im Zickzack weiterfuhr. Sie könnte wenigstens auf mich warten, dachte Léa.

Camille und Ruth waren in der Küche und trafen die letzten Vorbereitungen für das Mittagessen.

»Habt ihr Françoise nicht gesehen?«

»Doch, sie sagte, sie wolle sich hinlegen«, entgegnete Ruth, die am Herd stand und Kartoffeln briet.

»Seht nur, was ich zu den Kartoffeln mitgebracht habe!«

»Entenpastete!« riefen die beiden Frauen wie aus einem Munde.

»Das hat mir der alte Cordeau geschenkt.«

»Der alte Cordeau?« fragte Ruth. »Der ist doch sonst nicht so freigebig.«

»Jedenfalls wird das ein Festessen. Da wird Papa sich freuen!«

»Worüber soll ich mich freuen, mein Kind?« fragte Pierre Delmas, der soeben in die Küche gekommen war.

Beim Anblick ihres Vaters schrak Léa zusammen. Er, der sonst so viel Wert auf sein Äußeres legte, hatte sich nicht rasiert, und sein schmutziges, zerknittertes Hemd hing aus einer fleckigen, verstaubten Hose. Wie sehr er sich in einem Tag verändert hatte! Sein Blick war nicht mehr der gleiche – verzweifelt zwar, aber klar.

Er hat endlich begriffen, daß Mama tot ist, schoß es Léa durch den Kopf.

Sie bezwang ihr Verlangen, ihn in die Arme zu schließen, ihn zu trösten, ihm zu sagen, das alles sei ja gar nicht wahr, Isabelle werde gleich wiederkommen, den großen Strohhut als Schutz gegen die Sonne auf dem Kopf und einen Korb voller Blumen im Arm. Plötzlich überwältigte Léa die Erinnerung an ihre Mutter, und ihr wurde schmerzlich bewußt, daß sie genau wie ihr Vater den Tod der Mutter bisher nicht hatte wahrhaben wollen.

Das Einmachglas glitt ihr aus der Hand und zerschellte mit lautem Klirren auf dem Steinboden. Sie fuhren zusammen. »Das war aber ungeschickt, mein Schatz«, sagte Pierre Delmas, bückte sich und sammelte die Glasscherben ein.

»Lassen Sie nur, Monsieur«, sagte Ruth. »Das mache ich schon.« Léa vermochte die Tränen nicht mehr zurückzudrängen. Ihr Vater sah, daß sie weinte.

»Aber, aber, das ist doch nicht so schlimm, wir werden die Stücke abwaschen, und dann ist alles wieder in Ordnung. Komm her und schneuz dich, wie du es früher immer getan hast.«

Wie gern wurde sie wieder das kleine Mädchen, das sich auf seinen Schoß setzte, den Kopf in seiner Jacke vergrub, um sich darunter zu verstecken, das sich die Nase mit dem Taschentuch des Vaters putzte, die starken Arme spürte, die sich um sie schlossen, und den vertrauten Geruch nach Tabak, Weinkeller, Leder und Pferden schnupperte, in den sich manchmal das Parfum ihrer Mutter mischte . . .

»Papa . . .«

»Ist ja gut, mein Kleines, ich bin doch bei dir.«

Ja, er war wieder bei ihnen, endlich weilte er wieder unter den Lebenden. Aber für wie lange? Und welche schrecklichen Ereignisse warteten noch auf ihn?

Nachdem Ruth die Glassplitter sorgfältig entfernt hatte, ließen sie sich die Pastete schmecken. Nur Françoise war auf ihrem Zimmer geblieben. Pierre Delmas hatte sich vor dem Essen rasiert und umgezogen. Er war, wie die Familie beim Essen feststellte, auf einen Schlag wieder der alte geworden.

25

Einige Tage später löste Léa ihr Versprechen ein und versuchte, bei einem ihrer gemeinsamen Nachmittagsspaziergänge durch die Weinberge, mit ihrem Vater zu sprechen. Aber schon nach dem ersten Satz schnitt er ihr sogleich das Wort ab:

»Ich will nichts mehr hören von dieser Heirat, die gegen alle Natur ist. Offensichtlich hast du bereits vergessen, daß die Deutschen unsere Feinde sind, daß sie unser Land besetzt halten, und daß Hauptmann Kramer die elementarsten Regeln der Gastfreundschaft verletzt hat.«

»Aber sie lieben sich doch, Papa.«

»Wenn sie sich wirklich lieben, sollen sie warten, bis der Krieg vorbei ist. Im Augenblick jedenfalls verweigere ich meine Zustimmung zu einer Verbindung, von der auch deine Mutter nichts hätte wissen wollen.«

»Françoise er . . .«

»Kein Wort mehr davon; dieses Thema macht mich krank. Ich bin ohnehin ziemlich erschöpft.«

Er setzte sich auf einen der Grenzsteine am Weg.

»Mußt du denn morgen unbedingt nach Bordeaux?«

»Unbedingt. Ich muß mich von Luc beraten lassen, wie ich das Versprechen wieder rückgängig machen kann, das ich Fayard gegeben habe.«

»Hast du etwa versprochen, ihm Montillac zu verkaufen? Oh, Papa, wie konntest du nur!«

»Ich weiß auch nicht. Seit dem Tod deiner armen Mutter hat Fayard mir keine Ruhe gelassen, er verlangte immer mehr Geld für neue Anschaffungen. Als er dann merkte, in welchen Schwierigkeiten wir uns befanden, hat er vorgeschlagen, mir das Gut abzukaufen. Beim erstenmal hatte ich meine Sinne noch beieinander und drohte ihm, ich würde ihn davonjagen, wenn er noch einmal davon anfinge.«

»Warum hast du mir nichts davon gesagt?«

»Du weißt doch selbst, Kleines, daß ich nicht mehr ganz bei Verstand war. Isabelle war nicht mehr da, und dich hielt ich noch für ein Kind.«

»Aber, Papa, nur mir hast du es doch zu verdanken, daß es Montillac überhaupt noch gibt! Ich habe mich für dieses Land und seine Bewohner abgerackert, ich habe Fayard und die Arbeiter überwacht, mit dem Gemüse, das ich selbst angebaut habe, alle ernährt, ich habe Fayard in seine Schranken gewiesen, und jetzt kommst du und sagst ...«

Léa konnte den Satz nicht beenden. Pierre Delmas nahm die Hände seiner Tochter und küßte sie liebevoll.

»Ich weiß. Ruth und Camille haben mir erzählt, wie tapfer du warst. Deshalb will ich ja auch mein Versprechen für nichtig erklären lassen. Aber dazu brauche ich den Rat eines Anwalts.«

»Nimm dich in acht vor Onkel Luc, er ist ein Kollaborateur.«

»Das kann ich nicht glauben! Er war zwar immer schon ein fanatischer Anhänger von Maurras und ein militanter Rechter, und er ist auch ein fanatischer Antisemit und Antikommunist, aber deswegen gleich mit den Deutschen zu kollaborieren ...«

»Wenn Onkel Adrien hier wäre, würde er dich schon davon überzeugen.«

»Luc und Adrien haben einander noch nie leiden können. Schon als Kinder waren sie immer ganz entgegengesetzter Meinung. Beide waren immer gute Christen, aber dem anderen etwas verzeihen, das war ihnen fremd. Adriens Eintritt ins Kloster hat die Lage ein wenig entspannt, aber Luc konnte sich die Bemerkung nicht verkneifen, nun habe man den Bock zum Gärtner gemacht. Die Erfolge deines Onkels als Prediger haben Lucs Eitelkeit und Snobismus zwar geschmeichelt, aber der spanische Bürgerkrieg und Adriens Sympathie für die Republikaner, die Reden, die er von der Kanzel der Kathedrale in Bordeaux hielt und in denen er die Haltung der Kirche und der Regierung verurteilte, haben aufs neue seine an Haß grenzende Antipathie geschürt. Camille hat mir erzählt, Adrien stünde mit London in Verbindung und sei in die freie Zone geflüchtet. Doch das dürfte nun kaum nach Lucs Geschmack sein.«

»Mir hat er gesagt, wenn er wüßte, wo Adrien ist, würde er ihn denunzieren.«

»Das glaube ich nicht, das muß er im Zorn gesagt haben. Luc hat zwar viele Fehler, aber ein Judas ist er nicht.«

»Ich wollte, du hättest recht!«

»Ich hoffe auch, in Erfahrung bringen zu können, wie es Adrien geht. Ich habe dem Prior geschrieben und ihm meinen Besuch angekündigt. Und einen Termin bei meinem Notar habe ich auch.«

»Ich fahre mit dir; dann ist mir wohler.«

»Wie du willst, mein Schatz. Und nun laß mich allein. Ich brauche ein bißchen Ruhe.«

Sie gab ihm noch einen Kuß auf die Wange und ging

davon. Auf dem Weg zurück zum Haus, das im rötlichen Schein der untergehenden Sonne lag, versuchte sie, nicht an den kommenden Tag zu denken. Sie überlegte, daß es dringend regnen müßte; der Boden war vollkommen ausgedörrt, da und dort wurden die ersten Blätter gelb. Im Gehen bückte sie sich und hob eine Handvoll Staub auf. Morgen muß ich Fayard Bescheid sagen, daß er dieses Stück hier von den Ackerwinden befreien soll. Sie ging am Rande des kleinen Wäldchens entlang und erreichte die Terrasse. Im Licht des Abendhimmels trat das Tal in seiner ganzen Schönheit hervor, und wie immer wurde Léa bei diesem Anblick leicht ums Herz.

Im Halbdunkel des Laubengangs wartete Françoise auf sie. Mit angezogenen Knien hockte sie im Gras. Léa setzte sich neben ihre Schwester, die ängstlich fragend aufblickte.

»Hast du mit Papa gesprochen?«

»Ich habe es versucht, aber er wollte mich nicht anhören. Mir wird schon noch was einfallen, ich verspreche es dir.«

»Er wird dir auch ein andermal nicht zuhören. Was mache ich bloß?«

»Du könntest ...«

Léa zögerte. Sie ließ einen Erdklumpen von einer Hand in die andere gleiten. »Du könntest nach Cadillac zu Doktor Girard gehen. Er soll ...«

»Oh, wie entsetzlich! Wie kannst du mir nur einen solchen Vorschlag machen? Otto und ich wollen dieses Kind. Lieber würde ich sterben als ...«

»Schön, dann hör auf zu heulen und sag Papa selbst, daß du schwanger bist.«

»Nein, das könnte ich niemals. Ich werde mit Otto fortgehen. Vielleicht läßt Papa sich dann erweichen.«

»Nein, tu das nicht, er wäre furchtbar unglücklich. Vergiß nicht, was er seit Mamas Tod alles durchgemacht hat.«

»Und weißt du, was ich durchmache?«

»Entschuldige, aber ich habe wirklich keine Lust, dich zu bedauern. Ich finde das, was du getan hast, widerlich.«

»Und was hast du mit Mathias getan . . . und mit anderen wahrscheinlich auch noch?«

Léa protestierte. »Meine waren keine Deutschen.«

»Du machst es dir zu einfach. Bin ich vielleicht schuld an diesem Krieg zwischen unseren beiden Ländern?«

»Kramer hat sich schlecht benommen.«

»Aber er liebt mich!«

Léa zuckte mit den Achseln. Françoise fuhr fort:

»Ich kenne eine Menge Mädchen, die einen deutschen Freund haben. Unsere Cousine Corinne ist mit Major Strukell verlobt. Onkel Luc hat zwar erst gezögert, seine Zustimmung zu erteilen, aber als der Vater des Majors, ein bedeutender Würdenträger, der das Vertrauen Hitlers genießt, eigens aus Deutschland anreiste, um ihn um die Hand seiner Tochter zu bitten, fühlte er sich so geschmeichelt, daß er einwilligte. Außerdem ist die Familie sehr wohlhabend und von altem Adel. Alles so ganz nach dem Geschmack unseres Onkels! Corinne ist wirklich ein Glückspilz! Wenn Mama noch da wäre, hätte ich mit ihr sprechen können, sie hätte mich sicher verstanden und mir geholfen.«

»Du hättest Ruth ins Vertrauen ziehen können.«

»Dazu hatte ich nicht den Mut.«

»Und deshalb hast du dich Laure anvertraut? Einem kleinen Mädchen! Hast du dir nicht überlegt, daß deine Bekenntnisse sie völlig aus dem Gleichgewicht werfen könnten?«

»Nein, sie hatte nichts gegen die Deutschen, und es tat gut, mit jemandem sprechen zu können, der nicht voreingenommen ist.«

Mit gesenkten Köpfen hockten sie da und schwiegen eine Zeitlang.

»Ich würde dir so gerne helfen, Françoise ...«

»Ich weiß, Léa, und ich danke dir dafür. Seit du Bescheid weißt, fühle ich mich auch schon etwas erleichtert. Auch wenn wir in vielen Dingen ganz verschiedener Meinung sind, weiß ich, daß ich dir vertrauen kann«, sagte sie und gab ihrer Schwester einen Kuß.

»Morgen werde ich Papa nach Bordeaux begleiten. Er geht zu Onkel Luc. Vielleicht ändert er seine Meinung, wenn er von Corinnes Verlobung hört. Ich werde noch einmal versuchen, mit ihm zu reden, das verspreche ich dir. Aber dafür mußt du mir schwören, daß du nichts tun wirst, was ihm Kummer bereiten könnte.«

»Ganz bestimmt nicht«, stieß sie hervor und wischte die Hände an ihrem Kleid ab.

Léa kehrte mit einem innerlich gebrochenen Mann nach Montillac zurück. Wie Luc Delmas ihm erklärt hatte, war eine Annullierung des Verkaufsversprechens nicht möglich, denn dann wären Schadensersatzansprüche in einer Höhe angefallen, die Pierre Delmas nicht hätte aufbringen können. Auch was den Besitz in Übersee und seinen eventuellen Verkauf betraf, hatte der Anwalt sich skeptisch gezeigt.

Der Besuch im Dominikanerkloster in der Rue de Saint-Gènes war eine nicht minder schwere Prüfung gewesen. Der Prior hatte keinen Hehl aus seiner Überzeugung gemacht, Adrien sei ein Terrorist, ein Verräter und Abtrünniger. Er habe es als seine Pflicht angesehen, das Mutterhaus in Paris zu verständigen, und hoffe, daß man von dort aus über die Aktivitäten des fehlgeleiteten Bruders nach Rom berichten werde. Nein, wo Adrien sich aufhalte, wisse er nicht und wolle es auch gar nicht wissen. Durch seine Haltung habe Adrien sich aus der Gemeinschaft der Katholiken ausgeschlossen; er sei nicht länger würdig, dem Orden des heiligen Dominikus anzugehören; er sei nichts weiter als ein entlaufener Mönch. Er, der Prior, bete täglich für ihn, damit Gott das verirrte Schaf zur Herde zurückführen möge. Als Léa das Kloster verließ, war ihr übel. Ihr Vater hatte die Nachricht von Corinnes bevorstehender Heirat gleichgültig und geringschätzig aufgenommen. Es hatte ihn kaum zu erschüttern vermocht, daß Luc ihm geraten hatte: »Du solltest deine Zustimmung zu Françoises Hochzeit mit Hauptmann Kramer geben, wie mein künftiger Schwiegersohn entstammt auch er einer hervorragenden Familie.«

Bei diesen Worten hatte Pierre Delmas sich erhoben und zum Abschied schlicht gesagt:

»Ich will kein Wort mehr davon hören. Adieu.«

Wie oft war Françoise die hundert Meter vom Haus zur Straße unruhig auf und ab gewandert und hatte auf die Rückkehr von Vater und Schwester gelauert? Zehnmal, zwanzigmal? Der letzte Zug aus Bordeaux war längst angekommen. Der zweirädrige Karren, mit dem der alte Chombas zwischen Langon und Verdelais Taxi fuhr, hätte schon längst oben am Tor der Zufahrt zum Grundstück halten müssen. Und wenn sie in Bordeaux übernachteten? Noch eine schlaflose Nacht voller Ungewißheit würde sie nicht überstehen. Seit Otto fort war, hatte sie unter seiner Abwesenheit noch nie so sehr gelitten. Wieviel hatte sie für diese Liebe schon auf sich genommen: die Verachtung ihrer Kolleginnen im Krankenhaus, die Verachtung ihres Vaters und Léas, Camilles Mitleid, Fayards spöttische Blicke, die Schmach heimlicher Verabredungen, die Angst überrascht zu werden. Es war einfach zermürbend. Solange Otto da war, hatte sie sich stark genug gefühlt, allen Widrigkeiten zu trotzen. Ohne ihn war sie jedoch nichts weiter als ein verzagtes kleines Mädchen.

Das Knirschen der Wagenräder ließ sie aufschrecken. Wie ein ertapptes Kind versteckte sie sich hinter einer der dicken Platanen am Rande der Allee. Als sie ihren Vater erblickte, wie er, gestützt von Léa, schwerfällig und zaudernd zugleich vorwärtsschritt, wurde ihr klar, daß alles verloren war. Sie preßte die Stirn gegen die Rinde des Stammes. Ihr Blick fiel auf das geschäftige Hin und Her einiger Ameisen. Sie sah sich als kleines Mädchen, hinter eben diesem Baum versteckt, wo sie ihren Vater zu überraschen pflegte, wenn er von der Arbeit oder vom Spaziergang nach Hause kam. Sie erinnerte sich an den Jubel, wenn er vernehmlich vor sich hin brummte:

»Hier riecht es nach frischem Fleisch: nicht weit von hier muß sich ein kleines Mädchen versteckt haben. Ich werde es suchen und auffressen . . .«

»Nein, Papa! Nein, Papa!« jauchzte sie dann, rannte aus ihrem Versteck und stürzte in seine ausgebreiteten Arme.

Aber das war lange her . . . Morgen, spätestens übermorgen würde sie abreisen.

Am darauffolgenden Tag fuhr Léa nach Caudrot, um die Post zu holen. Im Postamt fand sie eine Nachricht vor: Sie solle Monsieur und Madame Debray in La Réole aufsuchen. Als sie dort ankam, machten die beiden einen nervösen, besorgten Eindruck.

»Können Sie heute abend oder morgen nach Bordeaux fahren?« fragte Madame Debray.

»Ich weiß nicht. Ich war gestern erst mit meinem Vater dort, ich müßte mir einen Grund ausdenken.«

»Tun Sie das. Das Leben zahlreicher Mitglieder unserer Organisation steht auf dem Spiel. Suchen Sie in der Cours de Verdun Nr. 34 das Versicherungsbüro von Monsieur André Grand-Clément auf und sagen Sie ihm, die Leberpastete von Léon des Landes sei verdorben gewesen. Er wird antworten, er wisse es, auch seine Frau und er hätten sich eine Vergiftung zugezogen. Dann erklären sie ihm, Sie kämen wegen der Police für die Versicherung, die Ihr Vater abzuschließen wünsche. Er wird Sie in sein Büro bitten, und Sie überreichen ihm diese Papiere hier: Es sind gefälschte Versicherungsunterlagen, denen er unsere Nachrichten entnehmen kann. Nach einer Weile sagen Sie, Sie fühlten sich nicht wohl und bräuchten ein bißchen frische Luft. Er wird Sie hinausbegleiten. Auf der Straße warnen Sie ihn dann, daß Komissar Poinsot ihm auf der Spur ist und ihn nur deswegen noch nicht hat verhaften lassen, weil SS-Obersturmführer Dohse, der wahrscheinlich einen seiner Leute in die Organisation eingeschleust hat, ihn zum Abwarten aufgefordert hat. Und daß Dohse offenbar erst dann zum großen Schlag ausholen will, wenn er sämtliche Leute beieinander hat. Sagen Sie Monsieur Grand-Clément, er soll bestimmte Personen so rasch wie möglich warnen, damit sie sich in Sicherheit bringen können. Haben Sie verstanden?«

Léa wiederholte die Anweisungen.

»Sehr gut. Je eher Sie nach Bordeaux fahren, desto besser.«

»Ich werde versuchen, den Abendzug um 6 noch zu

bekommen. Dieser Dohse, ist das nicht der, der Camille verhört hat?«

»Ja, genau der. Ein gefährlicher, intelligenter Mann, der einen Spürsinn wie ein Polizeihund hat und sich von keiner Fährte abbringen läßt. Es ist durchaus denkbar, daß er Camille d'Argilat noch immer beschatten läßt. Seien Sie vorsichtig. Um ganz sicher zu gehen, wird einer unserer Freunde Sie im Wald von Font de Loup über die Linie schmuggeln.«

»Aber die Deutschen in Saint-Pierre kennen mich. Sie werden sich bestimmt wundern, wenn ich nicht wieder an derselben Stelle herüberkomme.«

»Wenn man Sie beim Überschreiten der Demarkationslinie darauf anspricht, sagen Sie einfach, Sie hätten in Saint-Laurent-du-Bois eine Freundin besucht und seien dort über die Grenze gegangen. Ich werde dafür sorgen, daß man sich in Saint-Laurent an Sie erinnern wird.«

»Dann bin ich beruhigt.«

»Vielleicht habe ich mich in Ihnen getäuscht, Kleines«, sagte Madame Debray mit einem gütigen Lächeln. Sie umarmte Léa.

»Vielleicht, Madame, aber ist das so wichtig?«

»Für mich schon. Gestern haben wir eine Nachricht von Ihrem Onkel bekommen. Sie sollen seiner Schwester Bernadette bestellen, ihr Sohn Lucien sei bei ihm.«

»Oh, das freut mich aber! Ich mag meinen Cousin sehr, und ich hatte schon Angst, ihm sei etwas zugestoßen. Hat Onkel Adrien sonst noch etwas ausrichten lassen?«

»Nein. Sie müssen jetzt gehen. Fahren Sie über Labarthe, dort erwartet Sie der Hufschmied. Er kennt Sie und wird Sie ohne Komplikationen über die Linie bringen. Halten Sie sich genau an seine Anweisungen, dann kann nichts schiefgehen. Er wird Sie bis nach Saint-Martin-de-Grave begleiten, von da an kennen Sie den Weg ja. Auf Wiedersehen, mein Kind, Gott segne Sie.«

»Auf Wiedersehen.«

Die Eheleute Debray sahen Léa nach, wie sie auf ihrem blauen Fahrrad davonradelte, und fragten sich, mit welchem Recht sie das Leben dieses jungen Mädchens aufs Spiel setzten.

Im Wald von Manchot gab der Mann, der Léa über die Grenze bringen sollte, ihr ein Zeichen, sich mit ihrem Fahrrad möglichst im Hintergrund zu halten. Er selber versteckte sein Rad unter Farnsträuchern. Durch Wälder und Weinberge marschierten sie bis zur Route Nationale 672, welche die besetzte Zone von der unbesetzten trennte.

Im Dorf Maison-Neuve war die Straße, die an dieser Stelle schnurgerade verlief, menschenleer. Der Hufschmied winkte Léa eifrig herüber. Ohne Zwischenfälle überquerten sie die Grenze. Bis nach Saint-Martin-de-Grave fuhren sie zu zweit auf Léas Fahrrad. An der Kreuzung bei der Mühle trennten sie sich. In Mouchac hatte Léa eine Reifenpanne; den Rest des Wegs legte sie, leise fluchend, zu Fuß zurück.

Camille spielte mit ihrem Sohn auf der Wiese vor dem Haus. Freudig kreischend rannte der Kleine mit ausgebreiteten Ärmchen auf Léa zu. Sie ließ ihr Rad fallen und hob ihn hoch.

»Guten Tag, Charlie, guten Tag, mein Schatz! Au, du tust mir weh!«

Das Kind hatte seine Arme um sie gelegt und drückte sie mit aller Kraft. Lächelnd kam Camille auf sie zu.

»Er mag dich sehr gerne. Eigentlich müßte ich verrückt werden vor Eifersucht!«

Der Blick, den sie über die beiden schweifen ließ, war so voller Liebe und Zutrauen, daß Léa ganz unbehaglich zumute wurde.

»Versprich mir, daß du dich wie um deinen eigenen Sohn um ihn kümmern würdest, falls mir jemals etwas zustoßen sollte«, sagte Camille plötzlich sehr ernst.

»Red keinen Unsinn. Was sollte dir denn zustoßen?«

»Man kann nie wissen. Versprich es mir, bitte!«

Nicht nur, daß der Vater sie gebeten hatte, die Mutter zu beschützen, nun bat auch noch die Mutter sie, den Sohn zu beschützen! Und wer beschützte sie? Achselzuckend entgegnete sie: »Ich verspreche es, ich werde mich um ihn kümmern, als wäre er mein eigener Sohn.«

»Danke. Ist mit der Post alles gutgegangen?«

»Ja, aber ich muß noch einmal nach Bordeaux. Kannst du für Papa und Ruth eine Ausrede erfinden?«

»Keine Sorge, mir wird schon etwas einfallen.«

»Ich gehe mich umziehen. Leihst du mir dein Fahrrad? Ich habe einen Platten.«

»Sicher.«

»Sag bitte Tante Bernadette, Lucien geht es gut, er ist bei Onkel Adrien.«

»Das ist aber eine gute Nachricht! Ich gehe gleich zu ihr.«

Als Léa die Treppe herunterkam, hörte sie laute Stimmen aus dem Arbeitszimmer ihres Vates. Ihr erster Gedanke war, hineinzugehen. Aber dann würde sie den 6-Uhr-Zug nicht mehr erreichen. Schweren Herzens verließ sie Montillac. Es fiel ihr nicht schwer, sich den Wortwechsel zwischen Pierre Delmas und Fayard auszumalen.

Sie gab Camilles Fahrrad in die Obhut des Bahnhofsvorstehers. Wie gewohnt kam sie mühelos durch die Polizei- und Zollkontrollen.

Im Abteil waren außer ihr nur zwei Bäuerinnen. Léa lehnte sich bequem zurück, um sich zu entspannen. Sie überlegte, wo sie die Nacht verbringen könnte. Bei Luc Delmas jedenfalls nicht. Sie konnte sich das ja auch später noch überlegen. Schön, daß Lucien sich bei Onkel Adrien befand. Vielleicht war auch Laurent bei ihnen. Sie vermißte ihn sehr. Wie immer, wenn sie an Laurent dachte, sah sie François vor sich. Die letzten Worte aus Sarah Mulsteins Brief fielen ihr ein: »Ihr beide seid wie füreinander geschaffen.« Lächerlich!

Sie war für Laurent geschaffen, für keinen anderen. Und Françoise? Die Ärmste, wenn sie ihren Deutschen wirklich liebt, tut sie mir leid; sie wird viel durchmachen müssen. Was soll aus ihr und dem Kind werden? Ich muß Papa unbedingt überreden, daß er der Heirat mit Otto zustimmt.

Der Zug fuhr in den Bahnhof von Bordeaux ein.

Von der Gare Saint-Jean bis zur Cours de Verdun war es zu Fuß ein ganz schönes Stück. Léa ging am Fluß entlang bis zur Esplanade des Quinconces. Mehrmals versuchten deutsche Soldaten, das hübsche Mädchen in dem kurzen weißen Leinenkleid und den klappernden Holzsandalen anzusprechen. Manche erboten sich gar, den kleinen Weidenkoffer zu tragen, in dem sich die Papiere befanden, die die Debrays ihr anvertraut hatten. Noch nie war Léa ein Weg so endlos erschienen.

Es war kurz vor zwanzig Uhr, als sie die Cours de Verdun erreichte. Erst beim dritten Klingeln öffnete sich die Tür. Der Mann im Eingang entsprach der Beschreibung, die sie von ihm erhalten hatte.

»Monsieur Grand-Clément?«

Er bejahte mit einem Nicken.

»Guten Tag, Monsieur. Ich wollte Ihnen sagen, daß die Leberpastete von Léon des Landes verdorben war.«

»Ich weiß, leider, meine Frau und ich haben uns ebenfalls eine Vergiftung zugezogen.«

»Ich hätte Sie gerne wegen einer Versicherungspolice für meinen Vater gesprochen.«

»Kommen Sie bitte in mein Büro.«

Léa übergab ihm die Papiere, bat darum, ein wenig frische Luft schnappen zu dürfen, und übermittelte ihm draußen ihre Botschaft.

»Sagen Sie unseren Freunden Dank für diese wertvolle Information. Ich werde alles Notwendige in die Wege leiten, um unsere Leute zu warnen«, sagte Monsieur Grand-Clément.

»Haben Sie nichts für sie?«

»Nein, im Augenblick nicht. Keine Sorge, Mademoiselle, ich werde alles Erforderliche für die Versicherung Ihres Herrn Vaters in die Wege leiten«, sagte er mit betont lauter Stimme. Zwei Männer, dem Anschein nach harmlose Spaziergänger, die die milde Abendluft genossen, gingen vorüber.

»Gehen Sie schnell, das sind Kommissar Poinsots Leute!«

Léa ging, ohne sich auch nur einmal umzublicken. An der Place de Tourny blieb sie stehen. Wohin nun? Außer ihrem Onkel Luc kannte sie in Bordeaux keinen Menschen. Als sie die Allée de Tourny entlangging, die so gut wie menschenleer war, hatte sie das Gefühl, verfolgt zu werden. Sie gelangte zur Place du Grand Théâtre. Dort war es ein wenig belebter, vor allem Soldaten waren zu sehen. Vor einem Zeitungsstand blieb sie stehen. *La Petite Gironde* ... Ihr war, als sage der Name ihr etwas. *La Petite Gironde* ... Raphael Malh ... das *Chapon Fin* ... der Herausgeber ... Richard Chapon! Ein Seufzer der Erleichterung entrang sich ihrer Brust: Rue de Cheverus, da mußte sie hin.

Von der Kathedrale Saint-André schlug es neun, als sie das Redaktionsgebäude erreichte. Im Empfang saß derselbe Pförtner wie bei ihrem ersten Besuch.

»Wir haben geschlossen.«

»Ich möchte Monsieur Chapon sprechen.«

»Er ist nicht da, kommen Sie morgen wieder.«

»Bitte, ich muß ihn dringend sprechen!« sagte Léa und ging auf die Tür zu, von der sie wußte, daß sie zum Büro des Direktors führte. Die Tür wurde geöffnet, noch ehe sie die Klinke berührt hatte. Im selben Moment betraten zwei Männer die Halle.

»Wir haben geschlossen, meine Herren!« rief der Pförtner und stellte sich ihnen in den Weg.

Léa erkannte die Spaziergänger von der Cours de Verdun wieder. Ohne sich aufhalten zu lassen, stieß einer der beiden sie grob zurück.

»Was hat das zu bedeuten, meine Herren?« fragte Richard Chapon, der in der Tür zu seinem Büro stand.

»Wir möchten mit der jungen Dame hier reden.«

Der Herausgeber von *La Petite Gironde* wandte sich Léa zu.

»Kennen Sie die Herren?«

Léa schüttelte den Kopf.

»Also, meine Herren, dann darf ich Sie bitten, meine Redaktion zu verlassen.«

»Bedaure, wir müssen sie zum Verhör mitnehmen«, sagte der Mann, der offensichtlich der Chef war, und zeigte einen Ausweis vor, den Richard Chapon aufmerksam studierte.

»Ich bürge für Mademoiselle Delmas; sie ist eine Freundin von mir. Überdies ist ihr Onkel, Rechtsanwalt Luc Delmas, ein einflußreicher Mann in dieser Stadt.«

»Das tut nichts zur Sache. Wir haben Anweisungen

von Kommissar Poinsot erhalten, und die führen wir aus.«

»Es wird bald dunkel, kann das Verhör nicht auf morgen verschoben werden?«

»Nein, wir müssen sie mitnehmen.«

»Na schön, dann werde ich sie begleiten. Dufour, verständigen Sie Rechtsanwalt Delmas, wo seine Nichte sich befindet und daß ich bei ihr bin.«

Die unwillige Geste der beiden Kriminalbeamten entging dem Journalisten nicht.

»Worauf warten Sie, Dufour? Rufen Sie Maître Delmas an!« Erst nachdem er sich davon überzeugt hatte, daß der Pförtner mit Léas Onkel sprach, verließ er das Gebäude.

Ein großer schwarzer Citröen mit Fahrer wartete vor der Tür. Léa, Richard Chapon und einer der Beamten stiegen hinten ein. Eine Weile fuhren sie schweigend durch das dunkle Labyrinth der Straßen.

»Aber hier geht es doch nicht zu Poinsots Kommissariat!« rief Chapon erstaunt aus.

»Wir fahren in die Avenue du Maréchal-Pétain.«

»Nr. 224?«

»Ja, der Kommissar hat angeordnet, das Fräulein dorthin zu bringen.«

Léa fiel die sorgenvolle Miene ihres Begleiters auf.

»Stimmt was nicht?« fragte sie leise.

Richard Chapon gab keine Antwort.

Hastig überlegte sie: Sie hatte nichts Kompromittierendes bei sich; ihre Papiere waren in Ordnung und ihr Besuch bei Grand-Clément glaubhaft. Sie entspannte sich ein wenig; die Anwesenheit Richard Chapons machte ihr Mut.

Die Finsternis war so vollkommen, daß Léa das Haus, in das man sie führte, nicht erkennen konnte. Neben dem Eingang saß hinter einem Schreibtisch ein deutscher Soldat, der mit Schreibarbeiten beschäftigt war. Er blickte auf und sagte auf französisch:

»Was gibt's?«

»Für SS-Obersturmführer Dohse.«

»Gut, ich werde ihm Meldung machen.«

»Was hat das zu bedeuten? Ich dachte, Kommissar Poinsot wünsche Mademoiselle Delmas zu sprechen?«

»Auch SS-Obersturmführer Dohse möchte sie sehen.«

Der Soldat kam zurück. Am anderen Ende des Korridors betraten sie ein Zimmer, in das eine mit schwarzem Leder gepolsterte Doppeltür führte.

Ein großer schwarzhaariger Mann von etwa dreißig Jahren erwartete sie stehend.

»Lassen Sie uns allein«, rief er den beiden Kriminalbeamten zu. Die Männer entfernten sich.

»Guten Tag, verehrter Monsieur Chapon! Wie kommen Sie denn hierher?«

»Nicht zum Vergnügen, das können Sie mir glauben. Ich wäre lieber zu Hause im Bett. Ich habe eine Bekannte begleitet, Mademoiselle Delmas. Ihre Leute sagten, sie wollten sie zu Kommissar Poinsot bringen.«

»Das ist richtig, ich erwarte ihn jeden Moment. Der arme Kommissar ist derart überlastet, daß ich ihm zuweilen ein wenig unter die Arme greife. Aber so nehmen Sie doch Platz. Sie sind also die Nichte des berühmten Anwalts, Mademoiselle Delmas?« fuhr er sodann fort. »Meine Glückwünsche, er ist ein Mann, der seine Pflicht kennt! Eine Ihrer Cousinen ist mit einem unserer tüchtigsten Offiziere verlobt, nicht wahr? Wie könnte man die Verbindung unserer beiden großen Nationen besser zum Ausdruck bringen! Sie sind gewiß eine gute Patriotin, nehme ich an?«

»Allerdings«, erwiderte Léa lächelnd, obgleich die Angst in ihr wuchs.

»Ich habe nicht daran gezweifelt. Viele Ihrer Landsleute sind wie Sie. Sie sind uns eine unschätzbare Hilfe bei der Jagd nach den – glücklicherweise nicht sehr zahlreichen – Terroristen, die versuchen, in diesem Land Unruhe zu stiften. Wissen Sie, unsere Aufgabe ist recht undankbar und wird oft mißverstanden. Aber unsere Belohnung ist die Aufrecherhaltung der Ordnung und der ruhige Schlaf unserer Mitbürger, nicht wahr? Sie haben Monsieur Grand-Clément vermutlich in einer Familienangelegenheit aufgesucht?«

»Ja, mein Vater möchte einige seiner Versicherungen überprüfen lassen.«

»Dazu hatte er gestern vermutlich keine Zeit?«

Léa reagierte instinktiv richtig: »Sie lassen uns überwachen? Sonst könnten Sie doch wohl kaum wissen, daß mein Vater gestern in Bordeaux war!«

»›Überwachen‹ ist ein wenig übertrieben. Wir haben in jedem Bahnhof ein paar unserer Leute, und die melden uns die Ankunft gewisser Personen.«

»Und warum gehört mein Vater dazu?«

»Er ist doch ein Bruder von Pater Adrien Delmas, nicht wahr? Und den haben wir in Verdacht, im Dienste Londons zu stehen.«

»Mein Onkel Luc ist ebenfalls ein Bruder von Adrien, ihn lassen Sie offensichtlich nicht überwachen!«

Richard Chapon täuschte einen Hustenanfall vor, um sein Lächeln zu überspielen.

»Mademoiselle, Ihr Onkel Luc hat seine Verbundenheit mit dem Deutschen Reich hinreichend unter Beweis gestellt.«

»Kann ich mir denken«, konnte Léa sich nicht verkneifen. Das Telefon läutete. Dohse nahm den Hörer ab.

»Sehr schön, führen Sie sie herein ... Kommissar Poinsot und Maître Delmas sind eingetroffen.«

Der SS-Obersturmführer empfing den Anwalt ehrerbietig, den Kriminalkommissar dagegen ausgesprochen herablassend.

»Sie können mir glauben, cher Maître, daß ich untröstlich bin, Sie belästigt zu haben. Kommissar Poinsot hat Ihnen vermutlich schon erklärt, nicht wahr, daß wir im Zuge einer Routinekontrolle Ihre Nichte vernommen haben.«

»In der Tat. Und ich finde es unerhört, daß die Wahl auf ein Mitglied meiner Familie fiel. Wie kommen Sie nur auf den Gedanken, dieses Kind könne sich für etwas anderes als für ihre Kleider und Hüte interessieren?«

»Leider haben sich die Mädchen von heute sehr geändert, Maître«, bemerkte Kommissar Poinsot.

»Nicht in meiner Familie, Monsieur«, versetzte Luc Delmas.

»Verzeihen Sie, Chapon, ich habe Sie noch gar nicht begrüßt. Was führt Sie denn hierher?«

»Ich wollte Mademoiselle Delmas nicht mit diesen mir unbekannten Polizeibeamten allein lassen.«

»Sehr freundlich von Ihnen, aber was hatte sie bei Einbruch der Dämmerung bei Ihnen zu suchen?« forschte der Kommissar.

»Ich hatte noch keine Gelegenheit, sie das zu fragen. Ihre Leute ließen mir keine Zeit dazu.«

»Mademoiselle, was war der Zweck Ihres Besuchs bei Monsieur Chapon?«

Léa überlegte blitzschnell. Sie mußte unbedingt eine befriedigende Antwort finden.

»Ich wollte Monsieur Chapon um Arbeit bitten.«

»Arbeit?« fragten Luc Delmas und der Kommissar wie aus einem Munde.

»Ja, er sagte mir einmal, ich solle mich an ihn wenden, wenn ich etwas bräuchte, und da ich Arbeit suche . . .«

»Aber warum denn?« wunderte sich ihr Onkel.

»Um Papa zu helfen.«

Die vier Männer sahen einander an.

»Die finanziellen Schwierigkeiten deines Vaters sind mir bekannt, aber ich glaube nicht, daß ihm dein Gehalt sehr viel weiterhelfen würde. Dennoch möchte ich dir meine Anerkennung für deine löbliche Absicht aussprechen.«

»Ihr Vertrauen ehrt mich, Léa. Ich glaube, ich werde Ihnen in Kürze ein Angebot machen können.«

»Schön, meine Herren. Ich denke, die Antworten meiner Nichte sind zufriedenstellend. Es ist schon spät, und ich habe morgen zu früher Stunde eine Verhandlung. Komm, Léa, gehen wir, deine Cousins und Cousinen warten auf uns. Soll ich Sie zurückfahren, Poinsot?«

»Danke, Herr Rechtsanwalt, aber ich habe mit dem Herrn Obersturmführer noch das eine oder andere zu besprechen. Entschuldigen Sie bitte noch einmal die Störung. Auf Wiedersehen, Mademoiselle Delmas, auf Wiedersehen, Monsieur Chapon.«

Der SS-Obersturmführer Friedrich-Wilhelm Dohse verbeugte sich. »Auf Wiedersehen, Mademoiselle, achten Sie ein wenig auf Ihren Umgang!«

Léa neigte wortlos den Kopf und ging hinaus, gefolgt von Luc Delmas und Richard Chapon.

Der Herausgeber von *La Petite Gironde* stieg in den Wagen des Anwalts und bemerkte:

»Sie haben Glück, daß Sie noch Auto fahren können, ich besitze schon lange keinen Wagen mehr.«

Luc Delmas erwiderte nichts darauf. Richard Chapon fuhr fort:

»Mir ist ganz schön mulmig geworden. Ohne Sie wäre die Sache nicht so glimpflich abgelaufen.«

»Und warum nicht, wenn sie sich nichts vorzuwerfen hatte?«

»Bei diesen Leuten hat man sich stets etwas vorzuwerfen.« Luc Delmas ließ das Thema auf sich beruhen.

»Soll ich Sie am Verlagsgebäude absetzen?«

»Ja, gern, wenn es Ihnen nichts ausmacht.«

Bis zur Rue de Cheverus wechselten sie kein Wort mehr miteinander.

»Auf Wiedersehen, Léa, Sie können sich auf mich verlassen.«

»Auf Wiedersehen, Monsieur. Vielen Dank für alles.«

Der Anwalt und seine Nichte fuhren schweigend zu dessen Wohnung. In der Diele sagte er zu ihr:

»Sei leise. Komm mit in mein Büro.«

Der gefürchtete Augenblick der Wahrheit war gekommen. Léa trat in das Zimmer, dessen Wände hinter Regalen voller Bücher mit schmucklosen Einbänden verschwanden. Die Hände auf dem Rücken verschränkt, wanderte ihr Onkel im Zimmer auf und ab. Endlich blieb er vor dem Mädchen stehen, das sich nicht zu setzen gewagt hatte.

»Damit eines zwischen uns ganz klar ist: ich habe dich nur abgeholt, um einen Skandal zu vermeiden, in den wir auch mit hineingezogen worden wären. Es genügt, wenn wir ein schwarzes Schaf in der Familie haben, deinen Onkel Adrien. Ich hoffe um deinetwillen, daß Obersturmführer Dohse und Kommissar Poinsot auf deine Komödie mit Chapon hereingefallen sind.«

Obgleich er ihr Abscheu und Verachtung einflößte, spürte sie, daß sie ihn überzeugen mußte.

»Aber das war keine Komödie! Ich suche wirklich Arbeit. Wir haben keinen Pfennig mehr im Haus.«

Sie sagte das mit einer solchen Offenheit, daß Luc Delmas betroffen schien. »Und du glaubst wirklich, das genügt, um Montillac zu retten?« Es kostete Léa keine große Anstrengung, ein paar Tränen in ihre Augen treten zu lassen.

»Nein, natürlich nicht, aber es würde uns schon ein Stückchen weiterhelfen. Und die Weinernte verspricht gut zu werden.«

»Warum willst du dieses Land unbedingt behalten?« fragte er mit sanfterer Stimme.

»Dir gehört doch das alte Haus mit den Pinien, drüben bei Marcheprime; du hängst doch auch sehr daran, nicht wahr ...?«

Sein Blick bestätigte ihr, daß sie einen wunden Punkt getroffen hatte. Dieser Mann, der scheinbar ausschließlich darauf bedacht war, seinen Wohlstand zu vermehren, setzte sich leidenschaftlich für die Erhaltung eines kleinen Schäferhauses mitten im Wald ein, das er von seiner Amme geerbt hatte.

»Ich verstehe«, erwiderte er und gab sich geschlagen. »Geh jetzt schlafen.«

Und als Léa ihn überrascht ansah, fügte er hinzu:

»Hast du vielleicht geglaubt, ich würde dich auf die Straße setzen?«

Léas Cousine Corinne weckte sie am späten Vormittag mit einem Frühstückstablett. Sie war wie aus dem Ei gepellt, trug eine elegante Frisur und ein leichtes Seidenkleid in den Farben Rot und Blau. Léa traute ihren Augen nicht: auf dem Tablett waren Marmelade, Weißbrot, Butter und – o Wunder! – eine Brioche und ein Croissant. Ihre verzückte Miene entlockte Corinne ein Lächeln.

»Glaub nur nicht, daß das bei uns jeden Tag so aussieht. Dank Papas Beziehungen fehlt es uns zwar an nichts, aber Croissants gibt es nur zweimal die Woche.«

»Wenn ich recht verstehe, habe ich also einen günstigen Tag erwischt!« brachte Léa mit vollem Mund hervor.

»Ja. Iß nicht so schnell, sonst wird dir noch schlecht.«

»Das kannst du nicht verstehen, es schmeckt einfach himmlisch. Und dieser Kaffee – richtiger Kaffee! Wie macht ihr das bloß?«

»Ich werde dir ein Päckchen mitgeben. Der ist von einem von Papas Klienten, dessen Frachter Südamerika, die Antillen und noch irgendein Land anlaufen. Jedesmal, wenn eines seiner Schiffe zurückkommt, versorgt er uns mit Zucker, Kaffee, Kakao und Stoffen.«

»Stoffen?«

»Ja, damit können wir tauschen.«

»Wie ich sehe, habt ihr euch ganz gut arrangiert.«

»Anders geht es eben nicht in der heutigen Zeit.«

Corinne hatte das mit dem süßlichen, affektierten Tonfall einer Bürgersfrau gesagt, die Wert auf einen tadellos geführten Haushalt legt.

In einigen Jahren wird sie das perfekte Ebenbild ihrer verstorbenen Mutter sein, ging es Léa durch den Kopf. Der deutsche Bräutigam tat ihr schon im voraus leid.

»Es ist schon spät, du hättest mich früher wecken sollen.«

»Papa hat mit Montillac telefoniert.«

»Richte ihm meinen Dank aus. Ich werde den 4-Uhr-Zug nehmen.«

»Kannst du nicht bis morgen bleiben? Ich würde dir gern meinen Verlobten vorstellen.«

»Geht nicht, ich muß unbedingt nach Hause. Ein andermal.«

»Ich will dich nicht aufhalten. Papa hat mir erzählt,

daß du viele Sorgen hast. Aber ich bestehe darauf, daß du mich zur Anprobe meines Brautkleides zur Schneiderin begleitest. Diese Bitte kannst du mir nicht abschlagen.«

Erleichtert sah Léa die Stunde der Abfahrt näherrücken. In ihrem Koffer hatte sie Zucker, Kaffee und drei hübsche Stoffe. Corinne hatte sie unbedingt zum Bahnhof begleiten wollen. Den Onkel hatte Léa nicht wiedergesehen.

Am Gut Prioulette war sie schon vorbei. Noch eine kleine Anstrengung, dann wäre sie endlich wieder daheim! Und die Deutschen würden auch fort sein! Sie stellte sich den Jubel zu Hause vor, wenn sie ihren Koffer aufmachte . . .

Camille, Laure, Bernadette Bouchardeau, Ruth und die alte Sidonie saßen um den Küchentisch und machten einen betretenen Eindruck.

»Léa!« rief Laure und fiel ihrer Schwester um den Hals.

»Da bist du ja endlich!« seufzte Ruth. Ihre Züge waren angespannt. Sie stand nicht einmal auf.

»So ein Unglück, so eine Schande!« wimmerte Bernadette. Ihr Gesicht war vom Weinen ganz verschwollen.

»Arme Kleine«, murmelte Sidonie, die Hände auf ihren Bauch gepreßt.

Léa wandte sich Camille zu, die aufgestanden war und kein Wort herausbrachte.

»Was ist denn hier los?«

»Françoise ist fort.«

»Fort? Wann? Wohin?«

»Gestern abend, glaube ich. Wir haben es erst heute früh bemerkt. Sie hat zwei Briefe hinterlassen, für deinen Vater und für dich«, erwiderte Ruth.

»Wo ist mein Brief?«

Die Haushälterin zog einen zerknitterten Umschlag aus der Tasche ihres Kleides.

Meine kleine Schwester,

ich fahre zu Otto, weil ich es nicht ertragen kann, wenn ich nicht in seiner Nähe bin; ich hoffe, du kannst mich verstehen. Ich weiß, daß es Papa sehr weh tun wird, aber ich verlasse mich darauf, daß Du ihn tröstest. Sag Laure, ich habe sie sehr lieb; sie möge mir verzeihen, daß ich ihr ein schlechtes Vorbild war. Ruth wird mir sehr fehlen, sag ihr das. Gib Tante Bernadette einen Kuß von mir. Camille soll für mich beten, sie weiß besser als ihr alle zusammen, was ich durchgemacht habe. Sprich mit der guten Sidonie hin und wieder von der kleinen Françoise und trink ein Gläschen von ihrem Cassis auf mein Wohl.

Ich hinterlasse Dir eine schwere Bürde. Aber, Du hast bestimmt die Kraft, sie zu tragen. Du blickst allen Schwierigkeiten mutig und stolz ins Auge. Ich habe es Dir zwar nie gesagt, aber ich habe Dich sehr bewundert, als Du Dich für das Haus abgerackert und Deine Hände zerschunden hast, um Gemüse für uns anzupflanzen.

Noch etwas: Camille und Du, Ihr müßt von nun an vorsichtiger sein. Otto hat zahlreiche anonyme Briefe auf den Tisch bekommen, in denen Ihr beschuldigt werdet, Nachrichten aus der unbesetzten in die besetzte Zone zu schmuggeln, Kontakte zu Terroristen zu pflegen und Engländer über die Demarkationslinie zu bringen. Otto hat diese Briefe zerrissen, aber sein Nachfolger hat möglicherweise ein offenes Ohr für neue Denunziationen. Ich möchte hinzufügen, daß ich gutheiße, was Ihr macht. Das mag aus meinem Munde überraschend klingen. Gewiß, ich liebe einen Deutschen, aber ich liebe auch mein Land.

Léa, Du kannst mir postlagernd ins achte Arrondissement schreiben. Sobald ich eine Adresse weiß, werde ich sie Dir mitteilen. Du wirst mir doch schreiben, nicht wahr? Du mußt mich auf dem laufenden halten, wie es Papa geht.

Richte nicht über mich, meine Liebe, und verzeih mir, daß ich Euch klammheimlich verlassen habe, aber ich hatte nicht den Mut, Euch noch einmal zu sehen. Alles Liebe. Françoise.

Mit bebenden Lippen, den Blick in die Ferne gerichtet, setzte Léa sich hin.

»Françoise ist in Paris.«

»Bei ihrem *Boche*«, zischte Bernadette.

Léas Blick erstickte jeden weiteren Kommentar. Dann riß sie sich zusammen und las den Abschnitt vor, der etwas für jede von ihnen enthielt.

»Wie hat Papa reagiert?« wollte sie von Camille wissen.

»Zuerst wurde er mächtig wütend, dann sackte er auf der Bank am Weg zusammen und sah ab und zu zur Straße hin, als müsse sie jeden Augenblick von dort wiederkommen. Später hat er dann nach dir gefragt. Im selben Moment rief Onkel Luc an und hat lange mit ihm gesprochen. Ich weiß nicht, worüber. Dein Vater hat seinen Hut und seinen Stock genommen und ist in Richtung Kalvarienberg gegangen. Seitdem haben wir ihn nicht mehr gesehen. Sidonie kam und erzählte, sie habe ihn auf dem Friedhof von Verdelais am Grab deiner Mutter beten sehen. Sie ging zu ihm hin und sprach ihn an. Er schaute sie an, als erkenne er sie nicht, und forderte sie mit einer Handbewegung auf, ihn allein zu lassen. Allem Anschein nach war er geistig wieder vollkommen verwirrt.«

»Und danach?«

»Laure ist nach Verdelais gefahren, aber dort war er nicht mehr.«

»Ich war in der Kirche, habe mit Leuten gesprochen, die er kannte, und bin über den Kalvarienberg zurückgegangen, aber ich habe ihn nicht getroffen«, sagte Laure bestätigend.

»Wir müssen ihn unbedingt finden, ehe es dunkel wird. Heute abend gibt es sicher noch ein Gewitter«, meinte Léa.

Das Unwetter brach gegen acht Uhr abends herein, kurz nachdem Léa nach Hause gekommen war. Von Pierre Delmas keine Spur. Doktor Blanchard, den man vom Verschwinden seines alten Freundes benachrichtigt hatte, war herbeigeeilt, sobald er sich hatte freimachen können.

Fayard, der mit seinem Hund den ganzen Weinberg abgesucht hatte, war bei Einbruch der Dunkelheit völlig durchnäßt zurückgekehrt. Auch die Nachbarn, die sich an der Suche beteiligt hatten, fanden sich in der Küche vor dem Feuer ein, um sich zu wärmen und ihre Kleidung zu trocknen. Während sie den von Ruth angebotenen Glühwein tranken, diskutierten sie den Vorfall.

Die ungewohnte Betriebsamkeit machte den kleinen Charles ganz aufgeregt. Weinend lief er von einem zu andern. Gegen Mitternacht gingen alle, bis auf Doktor Blanchard, nach Hause.

Léa weigerte sich, zu Bett zu gehen, und brach im ersten Morgengrauen abermals auf. Sie ging überall hin, wo sie als kleines Mädchen mit ihrem Vater gewesen war. Nicht die geringste Spur. Am Fuß des Croix de Borde setzte sie sich in das feuchte Gras. Ein mächtiger grauer Himmel, aufgewühlt von noch düsteren Wolken, lag über dem Land. Nur in der Ferne, zu den Landes und zum Meer hin, zeichnete sich ein schmaler heller Streifen ab. Es wird Sturm geben, dachte Léa, ehe sie, gegen das Kreuz gelehnt, einnickte.

Kälte weckte sie. Das Wetter hatte sich nicht verzogen; im Gegenteil, der Himmel war jetzt unverhohlen drohend, die Helligkeit in der Ferne verschwunden. Abermals begann ein heftiger Regen. Léa hob ihr Fahrrad auf und ging zu Fuß den schlammigen Weg hinunter. Wie am Vorabend war die Küche überfüllt mit Männern in nasser Kleidung. Keiner sagte ein Wort. Sie waren still, viel zu still. Mußte sie denn immer gerade in der warmen, gemütlichen Küche die Dinge erfahren, vor denen sie sich am meisten fürchtete? Sie blickte sich um: überall unbedeckte, gesenkte Köpfe.

Ein stechender Schmerz krampfte ihr Herz zusammen, Tränen schossen ihr in die Augen, ein Aufschrei blieb ihr in der Kehle stecken, und eine Kinderstimme in ihrem Innern rief nach dem Vater. Der Pfarrer von Verdelais hatte Pierre Delmas zusammengekauert in einer dunklen Ecke in einer der Kapellen des Kalvarienberges gefunden, wo er offensichtlich vor dem Regen Schutz gesucht hatte. Sein müdes, vom Kummer geplagtes Herz hatte mitten in der Nacht aufgehört zu schlagen.

26

Camille und Ruth beobachteten voller Sorge den stillen, tränenlosen Schmerz Léas.

Lange hatte sie den Leichnam des Vaters betrachtet, den Doktor Blanchard auf das Sofa im Arbeitszimmer hatte betten lassen. Mit einem fast teilnahmslosen Blick auf das, was von ihrem Vater übriggeblieben war, hatte sie eine graue Strähne von seiner Stirn zurückgestrichen. Wer war dieser verkrümmte Greis mit den armseligen, kraftlosen Händen, dessen Leiche da lag? Ihr Vater war früher groß und stark gewesen; wenn er sie in seine Arme nahm, konnte nichts auf der Welt ihr etwas anhaben. Ihre kleine Hand verschwand ganz in der seinen, die Wärme, Schutz und Geborgenheit ausstrahlte. An seiner Seite durch die Reben zu wandern hieß, zu immer neuen Abenteuern aufzubrechen und die Welt zu erobern. Er sprach von der Erde wie Isabelle vom lieben Gott. Für ihn verbanden sich beide zu einer umfassenden Wahrheit.

Léa selbst glaubte nur an die Erde. Die hatte sie weder verraten noch im Stich gelassen. Als sie alle Hunger litten, war sie es gewesen, die ihre Mühen belohnt hatte. So wie Léa hatte auch Pierre Delmas dem Boden von Montillac abgerungen, was sie zum Leben brauchten. Vater und Tochter waren vom gleichen Schlag. Und jetzt, da sie vor seinen sterblichen Überresten stand, wurde ihr klar, daß ein anderes Bild ihres Vaters, das Bild eines Mannes, der aufrecht inmitten seiner Reben stand, die Zeit überdauern würde.

Gefaßt und ruhig gab sie Ruth und Tante Bernadette Anweisungen für das Begräbnis. Sie selbst telefonierte umgehend mit Luc Delmas und mit Albertine und Lisa de Montpleynet, die sie bat, Françoise zu verständigen. Sie beauftragte Camille, Freunde und Nachbarn sowie den Pfarrer von Verdelais zu benachrichtigen.

Dann ging sie hinauf in ihr Zimmer. In einem schwarzen Schürzenkleid, wie es die alten Frauen tragen und wie man es auch jetzt noch auf allen Märkten finden konnte, kam sie wieder herunter. Vom Kleiderständer neben dem Eingang nahm sie ihren Strohhut, dessen Bänder sie unter dem Kinn verknotete: die Sonne schien wieder heiß.

»Gehst du fort?« fragte Ruth.

»Ja, ich muß nach La Réole.«

»Jetzt? ...«

»Ja.«

Camille trat hinzu. »Soll ich dich nicht begleiten?«

»Nein, vielen Dank. Dich brauchen wir hier zu Hause. Ich muß die Post holen und den Debrays berichten, wie es in Bordeaux gelaufen ist. Außerdem wollte ich sie bitten zu versuchen, Onkel Adrien zu erreichen.« Dann fuhr sie schnell auf ihrem blauen Fahrrad davon.

Wer von den Verwandten, Freunden und Nachbarn es hatte ermöglichen können, war gekommen, um den Schmerz der Bewohner von Montillac zu teilen. Ungeachtet der Gefahr, verhaftet zu werden, waren sowohl Pater Adrien in seiner langen weißen Kutte als auch Laurent d'Argilat erschienen. Lucien hatte sie zur großen Freude seiner Mutter begleitet. Nur Françoise fehlte. In tiefer Trauer hatten Lisa und Albertine de Montpleynet sie am Morgen ihrer Abreise nach Bordeaux verständigt und ihr zu verstehen gegeben, wie sehr ihnen daran gelegen sei, daß sie mit ihnen fahre. Doch Françoise hatte erwidert, sie würde um nichts in der Welt mitkommen; sie wolle sich nicht sagen lassen müssen, die Schuld am Tod ihres Vaters zu tragen. In Tränen aufgelöst war sie davongerannt.

Adrien ließ es sich nicht nehmen, die Messe zu zelebrieren; Onkel Luc und Laurent fungierten als Meßdiener.

Für die Dauer des Gottesdienstes vergaßen die drei Männer ihre Feindseligkeiten.

Obersturmführer Dohse und Kommissar Poinsot hatten durch ihre Spitzel erfahren, daß sich zwei gesuchte Terroristen in Verdelais aufhielten. Noch während sie Vorkehrungen zu ihrer Festnahme trafen, erhielten sie aus Paris den Befehl stillzuhalten. Luc Delmas hatte von seinem zukünftigen Schwiegersohn, Major Strukell, verlangt, sich bei seinem Vater dafür einzusetzen, daß nichts unternommen würde, solange er sich in Montillac aufhalte.

Die weiblichen Familienmitglieder hatten in der ersten Reihe Platz genommen. Das Gesicht unter einem Trauerflor verborgen, ließ Léa sich von den Kinderstimmen des Kirchenchors einlullen. Sie machte sich Vorwürfe, weil sie aus Freude über das Wiedersehen mit Laurent für einige Augenblicke ihre Trauer vergessen hatte. Tiefer innerer Frieden und ein unbeschreibliches Glücksgefühl hatten sie erfüllt, als er sie am Abend vor der Beisetzung in seine Arme genommen und lange an sich gedrückt hatte. Aus Liebe zu ihr hatte er sein Leben aufs Spiel gesetzt und war hergekommen. So sicher war sie seiner Liebe, so sehr von ihr durchdrungen, daß sich nicht die geringste Eifersucht in ihr regte, als er mit Camille nach oben ins Schlafzimmer ging. Léa hatte sich zu Bett gelegt und war augenblicklich in einen tiefen, traumlosen Schlaf versunken. Nicht einmal das vor Glück strahlende Gesicht Camilles am anderen Morgen vermochte ihr seelisches Gleichgewicht zu erschüttern.

Allmählich kam ihr zu Bewußtsein, daß sie nun nichts mehr auf Montillac zurückhielt. Warum sollte sie für ein Stück Land kämpfen, von dem selbst ihr Vater sich losgelöst hatte? Laures größter Wunsch war, in der Stadt zu leben. Mit dem Erlös aus dem Verkauf des Gutes könnten sie in Bordeaux oder in Paris eine Wohnung erwerben und wären darüber hinaus einige Jahre gut versorgt. Eine andere Möglichkeit wäre, die Weinberge zu verpachten und das Haus zu behalten. Sie mußte unbedingt Onkel Adrien und Laurent um Rat fragen. Auch Françoise hatte noch ein Wort mitzureden: sie war die Älteste und seit einem Monat volljährig. Ihr selbst stünde nun nichts mehr im Wege, sich Laurent anzuschließen. Sie könnte in seiner unmittelbaren Nähe leben, Gefahren und Gefechte mit ihm teilen ... Unfähig zu beten, ahmte sie mechanisch die Bewegungen der Gläubigen ringsumher nach: sie stand auf, kniete nieder und setzte sich.

Ohne erkennbaren Grund begann ihr Herz plötzlich schneller zu schlagen; eine angenehme Wärme begann ihren Nacken und ihre Schultern zu durchströmen. Einem unwiderstehlichen Zwang folgend, drehte sie sich um.

Dort, im Schatten neben der Säule ... Sie hatte das törichte Gefühl, als wolle ihr das Herz aus der Brust springen. Sie wandte sich ab und zwang sich, auf den Altar zu schauen. Abrupt drehte sie sich noch einmal um. Es war kein Geist: es war tatsächlich François, der dort stand und zu ihr herübersah. Camille legte eine Hand auf ihren Arm. Unwillig schüttelte Léa die Hand ab, senkte den Kopf und schloß die Augen, als könne sie auf diese Weise des wachsenden Aufruhrs in ihrem Innern besser Herr werden. Mit unglaublicher Geschwindigkeit jagten Bilder durch ihren Kopf, Momentaufnahmen von atemberaubender Intensität, Verrücktheit und ungezwungener Sinnenfreude, Momente, die sie mit den drei Männern erlebt hatte, die ihre Liebhaber gewesen waren. Vergeblich bemühte sie sich, diese Gedanken im Angesicht der sterblichen Überreste ihrs Vaters zu verdrängen ... Die Trauerfeier neigte sich ihrem Ende zu.

Die ermüdende Kette der Beileidsbezeugungen schien kein Ende nehmen zu wollen. Unter einer grellen Sonne, die in den Augen schmerzte, löste der Trauerzug sich auf den steilen, verwitterten Wegen des kleinen Friedhofs auf. Léa spürte, wie ihr der Schweiß über den Rücken lief. Das Kleid aus dicker schwarzer Seide klebte am Körper. In ihrem Kopf drehte sich alles. Sie war versucht, sich in das offene Grab hinabgleiten zu lassen und sich auf dem hellen Eichensarg auszustrecken. Dort unter der Erde mußte es kühl sein. Sie schwankte. Eine starke Hand hielt sie zurück. Ein herrliches Gefühl, zu spüren, wie die Kraft dieser Hand auf sie überging. Sie schloß die Augen und gab sich dem Verlangen hin, sich an den Mann anzulehnen. Ringsumher nahm sie besorgte Gesten und banges Flüstern wahr, während man sie in den Schatten der Bäume am Rande des Friedhofs führte. Sie legte den Kopf an die Schulter, an der sie sich geborgen wußte.

Wie liebevoll er ihr den Hut mit dem hinderlichen Schleier abnahm, das an den Wurzeln feuchte Haar hochhob und die obersten drei Knöpfe an ihrem Kleid aufmachte. Wenn er jetzt sagte, »ich nehme Sie mit«, würde sie ihm folgen.

»Woran denken Sie?«

»Von hier fortzugehen«, erwiderte sie und richtete sich auf. François Tavernier sah sie an, als versuchte er in ihrem Gesicht zu lesen. »Warum fortgehen?«

»Hier erinnert mich zuviel an die Menschen, die nicht mehr unter uns sind.«

»Lassen Sie die Zeit für sich arbeiten, Léa. Auch mir wird sie helfen, meine Aufgabe zu meistern.«

»Welche Aufgabe?«

»Noch ist es zu früh, darüber zu sprechen.«

Camille, Adrien und Ruth gesellten sich zu ihnen.

»Wir gehen heim, Léa, kommst du mit?« fragte Camille. Dann wandte sie sich François zu, umarmte ihn und sagte: »Ich freue mich, Sie wiederzusehen, Monsieur Tavernier.«

»Ganz meinerseits, Madame d'Argilat. Guten Tag, Pater.«

»Guten Tag, Tavernier. Ich danke Ihnen, daß Sie gekommen sind. Wie haben Sie es erfahren?«

»Von den Damen de Montpleynet. Ich hatte nicht damit gerechnet, Sie hier zu sehen, Pater. Weder Sie noch Monsieur d'Argilat.«

»Wir haben es allein den Beziehungen meines Bruders Luc zu verdanken, daß man uns noch nicht verhaftet hat. Aber es wäre unklug, allzu lange hier zu bleiben. Heute abend müssen wir wieder fort.«

»Schon?« entfuhr es Léa.

»Wenn wir länger bleiben, sind wir in Gefahr. Jetzt kehren wir erst einmal nach Montillac zurück. Ich muß mit Onkel Luc und Fayard beraten, wie eure Rechte zu schützen sind.«

Laurent trat zu ihnen. Er schüttelte François die

Hand. »Ich bin froh, Tavernier, daß ich Ihnen für alles danken kann, was Sie für meine Frau getan haben. Ich werde ewig in Ihrer Schuld stehen.«

»Nun übertreiben Sie mal nicht. Sie hätten doch genauso gehandelt.«

»Mag sein, aber dennoch bin ich Ihnen dankbar.«

François Tavernier verneigte sich mit einer, wie es Léa schien, gewissen Ironie. Zu ihr gewandt, meinte er dann:

»Erlauben Sie, daß ich Sie begleite?«

»Wenn Sie möchten.«

An seinem Arm schritt sie zum Kirchplatz hinunter, wo die Autos und Pferdefuhrwerke warteten. Zusammen mit Adrien, Camille und Laurent stieg sie in François' Citroën.

Im Hof von Montillac stand im Schatten der Linden ein kleiner Imbiß bereit. Léa war mit ihren Gedanken woanders. Sie überließ es Camille, Ruth, ihrer Schwester und ihren Tanten, für das Wohl der Gäste zu sorgen. Mit einem Glas in der Hand schlenderte sie zur Terrasse hinunter.

Zwei Männer folgten mit ihren Blicken der schmalen schwarzen Gestalt, die über den Rasen schwebte. François Tavernier wandte sich zuerst ab und ging auf Adrien zu.

»Würden Sie mir die Weinkeller zeigen, Pater Delmas?«

»Aber mit Vergnügen, sie sind recht bescheiden, verglichen mit jenen der großen Lager dieser Gegend.«

Die beiden Männer steuerten auf eine niedrige Tür zu, die in den Hof führte.

»Sind wir ungestört?« flüsterte François. »Ich muß mit Ihnen reden.«

An das Mäuerchen der Terrasse gelehnt, sah Léa einem Zug nach, der in weiter Ferne die Garonne überquerte.

»Camille macht sich Sorgen, daß du ganz allein hier unten bist«, sagte Laurent zärtlich.

»Hat sie dich geschickt? Mir wäre es lieber, wenn du von alleine gekommen wärst. Hast du mir sonst nichts zu sagen?« fragte Léa und wandte sich um.

»Das hat doch keinen Zweck. Laß es uns vergessen.«

»Warum sollte ich? Ich schäme mich dessen nicht. Ich liebe dich, und du liebst mich auch«, stieß sie hervor. Sie ergriff seinen Arm und zog ihn in das kleine Wäldchen, das vom Hof aus nicht zu sehen war.

»Ich bedauere, was geschehen ist, ich habe mich Camille und dir gegenüber schlecht benommen. Ich verstehe nicht, wie ich so etwas tun konnte ...«

»Du konntest es, weil du es ebensosehr wolltest wie ich und weil du mich liebst, auch wenn du dich dagegen sträubst. Du liebst mich, hörst du? Du liebst mich!«

Sie schüttelte ihn bei diesen Worten. Ihre Frisur löste sich, und das Haar fiel auf ihre Schultern herab. Wild und leidenschaftlich sah sie aus, und er vermochte ihr nur schwer zu widerstehen: die glitzernden Augen zogen ihn in ihren Bann, der halbgeöffnete Mund erregte ihn, ihre Arme umschlangen ihn, ihr Körper drängte sich dem seinen entgegen, rieb sich an ihm in ungehemmter Leidenschaft. Er gab den ungleichen Kampf auf und küßte die Lippen, die sich ihm darboten.

Léa genoß den Triumph ihres Sieges und wünschte sich, dieses Gefühl noch länger auskosten zu können. Plötzlich war ihr, als höre sie Schritte. Unwillkürlich straffte sich ihr Körper. Laurent stieß sie zurück. An der Wegbiegung tauchte François Tavernier auf.

»Ah, da sind Sie ja, mein Lieber! Ihre Frau sucht nach Ihnen!«

»Danke«, stammelte er und wurde rot wie ein kleiner Junge, den man bei einem Streich ertappt hat.

Léa und François blickten ihm nach, wie er mit großen Schritten davoneilte.

»Sie tauchen aber auch immer im ungeeignetsten Moment auf!«

»Glauben Sie mir, teuerste Freundin, ich bin untröstlich, dieses zärtliche Tête-à-tête gestört zu haben«, versetzte er frech. »Ich frage mich, was ein Mädchen wie Sie an einem Mann wie ihm wohl finden mag.«

»Sie wiederholen sich. Was paßt Ihnen denn nicht an ihm? Er ist ein durch und durch feiner Mensch!«

»Vollkommen ist er, absolut vollkommen. Aber ich kann mir Sie, mit Verlaub, an der Seite eines vollkommenen Mannes schwerlich vorstellen.«

»Vermutlich eher an der Seite eines Mannes, wie Sie einer sind?«

»In gewisser Weise, ja. Wir beide haben viel gemeinsam. Wir haben eine merkwürdige Auffassung von Ehre, die uns zu absurden Heldentaten verleitet und uns alles gut erscheinen läßt, was zu unserem Vorteil ist. Ebenso wie ich sind Sie zu allem fähig, selbst zu einem Mord, um zu bekommen, was Sie wollen. Ihr Verlangen wird immer stärker sein als Ihre Intelligenz und Ihre instinktive Vorsicht. Sie wollen alles, Léa, und das auch noch sofort. Sie sind ein verwöhntes Mädchen, das keine Skrupel hat, sich das Spielzeug einer anderen zu nehmen – in diesem Fall den Ehemann –, selbst wenn das Spielzeug seinen Reiz verliert, sobald Sie es besitzen.«

»Das ist nicht wahr!«

»Aber ja doch, nur würden Sie sich eher die Zunge

abbeißen, als das zuzugeben. Aber was soll's? Daß Sie Monsieur d'Argilat zu lieben glauben, hat keinerlei Bedeutung, es geht sowieso vorbei.«

»Niemals!« protestierte Léa.

Er machte eine betont lässige Handbewegung. »Reden wir lieber von wichtigeren Dingen. Sie sollten für eine Weile nach Paris fahren, um auf andere Gedanken zu kommen. Ihre Tanten werden Sie gerne bei sich aufnehmen.«

»Ich habe aber keine Lust, nach Paris zu fahren. Ich muß hier bleiben und die Angelegenheiten meines Vaters regeln.«

»Man wird versuchen, Sie nach Strich und Faden auszunehmen. Ich habe Ihrer Familie vorgeschlagen, die Hilfe meines Anwalts, Maître Robert in Anspruch zu nehmen. Er ist ein ehrlicher, kompetenter Mann.«

»Warum sollte ich von Ihnen Hilfe annehmen?«

»Weil ich Sie darum bitte«, sagte er sanft.

Inzwischen waren sie auf dem Weg, der unterhalb der Terrasse entlangführte, am Ende des Grundstücks angelangt.

»Kehren wir um.«

»Nein, ich will diese Leute nicht sehen, ich möchte allein sein.«

»Gut, ich gehe.«

»Nein, bleiben Sie«, meinte sie und hakte sich bei ihm unter.

»Gehen wir noch ein Stück. Bis zur Gerbette.«

Verwundert sah Tavernier sie an.

»Das ist eine alte Hütte, in der ich als kleines Mädchen gespielt habe. Sie wurde zur Hälfte ins Erdreich gebaut, es ist schön kühl drinnen. Dort wurde der Klee für die Hasen gelagert und ausgedientes Werkzeug aufbewahrt. Ich war schon lange nicht mehr dort.«

Sie gingen den sanft abfallenden Weinberg hinunter bis zu einem kleinen, ebenerdig abschließenden Ziegeldach. Auf der anderen Seite führte ein mit Unkraut und Brombeergestrüpp überwucherter steiler Pfad zu einer kleinen verschlossenen Tür. François stemmte sich mit der Schulter dagegen und sprengte das verrostete Schloß. Der kleine Raum mit dem festgestampften Boden war zur Hälfte mit Heu gefüllt. Von den Balken hingen dicke Spinnweben.

»Schön ist es hier nicht gerade. Ich hatte alles viel größer in Erinnerung.« François zog seine Jacke aus und legte sie auf das Heu.

»Nehmen Sie Platz. Ich finde es ganz reizend hier.«

»Machen Sie sich nicht lustig über mich. Hier habe ich mich immer versteckt, wenn Ruth mir Deutschunterricht geben wollte. Dort drüben hinter der Futterkrippe ist eine Vertiefung. Was haben wir hier für Spaß gehabt!«

»Sie sind noch immer ein Kind«, sagte er und setzte sich neben sie. Léas Miene wurde kindlich-herausfordernd. Die Hände unter dem Kopf verschränkt, lag sie da und beobachtete ihn aus halb geschlossenen Augen. François betrachtete sie amüsiert.

»Wenn Sie nicht aufhören, mit mir zu kokettieren, werde ich sofort aufhören, mich wie ein großer Bruder zu benehmen.«

»Aber so mögen Sie mich doch, oder nicht?«

»So und anders.«

»Ich erkenne Sie ja gar nicht wieder, so brav wie Sie sind!«

»Ich spiele nicht gern den Ersatzmann.«

»Was soll das heißen?«

»Das wissen Sie genau.«

»Und wenn ich es nun so will? Ich dachte, wir seien uns ähnlich. Haben Sie nicht Lust auf mich?«

»Kleines Luder, ich bin doch kein ...«

Er konnte den Satz nicht zu Ende sprechen. Léa umklammerte seinen Nacken und preßte ihre Lippen auf seinen Mund.

»Ich möchte gerne eine rauchen.«

»Das ist unvorsichtig«, bemerkte François. Er holte ein Päckchen amerikanischer Zigaretten aus seiner Tasche.

Heuhalme klebten an ihren nackten, schweißnassen Körpern. Mit verschränkten Beinen lagen sie da und rauchten. In der Hütte war es inzwischen fast dunkel.

»Die anderen werden sich Sorgen machen.«

Sie gab keine Antwort, sondern stand auf und schlüpfte in ihr Trauerkleid. Sie schüttelte ihr Haar und ging hinaus.

Ohne sich umzudrehen, lief sie hinauf nach Montillac. Erst auf halbem Wege holte François sie ein. Schweigend gelangten sie zur Terrasse. Unter den Glyzinien saß Camille. Sie erhob sich, als sie Léa erblickte, und umarmte sie.

»Wo bist du gewesen?«

»Keine Bange, unser Freund war bei mir.«

Camille lächelte.

»Laurent und Adrien sind schon fort. Sie waren traurig, dich nicht mehr zu sehen.«

Léa machte eine Handbewegung, als wollte sie sagen: Ich kann es auch nicht ändern. Die Hände auf die warmen Mauersteine der Terrasse gestützt, blickte sie über die Ebene und sah zu, wie die rote Sonne hinter dem Hügel von Verdelais versank.

Sie erwiderte weder den Abschiedsgruß von François, noch reagierte sie auf Camilles Aufforderung, ins Haus zu kommen. Kurze Zeit später vernahm sie Motorengeräusch, dann war wieder alles still. Ein sanfter Wind, der vom Meer herüberkam, wehte ihr durch das Haar, die ersten Sterne wurden sichtbar. Sie glitt vor dem Mäuerchen auf die Knie, verschmolz mit dem Dunkel der hereinbrechenden Nacht und weinte leise die ersten Tränen seit dem Tod ihres Vaters.

Spannung, Liebe und dramatische Verwicklungen

Nichts ist, wie es einmal war, als Isabel in Bakersville, Texas, das Opfer eines Überfalls wird. Monate später wird ihr auf einer Party in München Marc Winter vorgestellt – der Mann, der sie damals überfallen hatte. Marc gelingt es, ihr Vertrauen zu gewinnen, hatte er doch in jener Nacht nach der brutalen Ermordung seiner Frau vollkommen den Verstand verloren ... Mehr und mehr fühlt sich Isabel zu Marc hingezogen. Doch das schreckliche Geheimnis um Carmens Tod läßt ihrer Liebe keine Chance.

Karin Kristen
Im Schatten der Nacht
Roman
Originalausgabe
288 Seiten
Ullstein TB 24450

Ullstein Taschenbuch